密陽 천년의 인물계보와 古典學

# 밀양 천년의 인물계보와 고전학

**하강진** 지음

# 지역학 연구방법론의 모색과 실천

이 책을 왜 쓰는가. 탈고를 앞두고 시작 단계에 스스로 제기한 질문을 다시 던진다. 답은 '지역이 살아야 나라가 산다'이다. 한 나라의 문화는 여러 지역(地域)의 문화를 귀납적으로 사유한 추상의 결정체이다. 한민족 문화가 연역적으로 규정된 것이 아니기에 시대와 지역에 따라 정신적, 물질적 생활 양태는 여러 모습으로 구현되었다. 고을마다 면면히 전승되는 유산에 내재한 양식적 특성과 인문적 가치를 탐구해 일반화한 것이 한국의 전통문화이다.

한국문화(韓國文化)의 기반은 지역에 있다. 지역문화(地域文化)는 개별성을 지니면서도 보편성이 있다. 일국이라는 거시적 시각에서 문화의 보편성이 중요하지만, 한 지역 내에서 공유한 문화적 기억은 생활공동체의 소중한 터전으로서 끈끈하게 작동한다. 지역문화는 소통 범위가 제한적이라 잘 드러나지 않는 속성이 있다. 내밀한 사정을 미세하게 들여다보면 전국 단위에 영향을 미친 문화적 요소도 적지 않다는 사실이다. 공시적으로 다양한 층위에서 향유한 관습 체계를 변별하고 시간의 흐름에 따라 그 변화한 양상을 기술할 때 지역문화 실제가 구체적으로 드러난다.

주지하다시피 문화는 객관적·절대적 진리를 갖는 게 아니다. 시대의식이나 문화 주체에 따라 의미 부여가 다를 뿐이다. 지역문화는 비교 시각에서 우열과 순위를 매길 수 없다. 선입견이나 편파성을 배제하고 있는 그대로를 인정하는 관점주의(觀點主義)가 합당하다. 시대 변화에 맞춰 지속 가능한 전통문화 체계 속에서 지역문화가 차지하는 의미를 탐색해야 한다. 한국문화를 심층적으로 접근하려면 지역 연구를 우선하지 않을 수 없다.

밀양(密陽)을 연구 대상으로 택했다. 내가 생장한 고을이라 남다른 애착이 있다. 밀양 천년(千年)의 역사와 문화를 어떻게 고찰할 것인가. 지역고전학의 기초는 인물계보에 대한 지식을 전제로 하고, 인물계보는 곧 입촌한 여러 가문(家門)과 관련된다. 가문의 유래는 밀양 내력을 포함하고, 밀양 변천은 전통 가문들의 전개 속에서 살펴야 할 것이다. 사람의 일생도 복잡미묘한 바 광범위한 가문들의 변화 과정을 요약하기란 쉬운 일이 아니다.

짧게는 수십 년, 길게는 천년을 함께 해 온 가문의 양상을 어떻게 서술해야 하는가. 밀양 땅에는 선사시대부터 사람이 살았다. 제목의 '千年'은 여러 성씨가 밀양에 집거(集居)한 이후의 장구한 세월을 통틀어 쓴 말이다. 천년은 주역 용어에 빗대면 변역(變易)과 불역(不易)을 동시에 함의한다. 변하지 않는 것은 무엇이며, 또 변하는 것은 무엇인가. 사람들이 밀양 땅에 존재하는 한 불역이요, 세대가 끊임없이 교체되면서 여러 가지 삶의 양식을 만들고 행정구역이 바뀌는 현상은 변역이라 하겠다. 변역과 불역의 교호 속에서 일구어 온 밀양의 전통은 성씨(姓氏) 본관별 역사와 흐름을 함께 한다.

성씨의 유입과 정착, 그리고 지역 내의 이동과 외부 전출은 어떤 방식으로 파악할 것인가. 일차 자료는 『세종실록지리지』, 『신증동국여지승람』, 『여지도서』, 「해동지도」 등이다. 관찬이나 사찬 지리지, 고지도는 밀양의 과거를 객관적으로 살피는 데 매우 유용한 문헌이다. 다만 속성상 지방종합지의 일부로 편찬되었기에 성씨 정보가 그다지 풍부하지 않다는 점이다. 『밀주 지리인물문한지』와 같은 단독 읍지라도 사정은 별반 다르지 않다. 이를 보완하는 매체가 가문에서 생산한 문서나 전적들이다. 여기에는 가문 성격을 비롯해 밀양의 문화적 특징이나 장소성에 대한 인식이 고스란히 반영되어 있다. 여러 지방지와 가문의 서적들을 세밀히 분석하면 밀양에 거주한 성씨의 윤곽을 그릴 수 있다.

한 고을은 만물유전의 순리처럼 늘 성쇠를 부침하는 과정을 겪는다. 고을의 지리적 특징은 행정 단위를 구획하는 기준이 된다. 예나 지금이나 국가 차원에서 단행된 행정구역(行政區域)의 조정은 인구(人口) 변동 추이와 밀접한 관련이 있다. 그래서 밀양 지역 연구의 기초가 되는 관할 범위와 명칭 변경을 제1부에서 다루었다. 이와 더불어 최신 행정지도를 따로 첨부함으로써 밀양의 읍면별 인문지리정보와 집성촌 분포지를 숙지하는데 도움이 되도록 했다.

이어 제2부에서는 개별 가문(家門)의 형성과 전개 과정에 관해 포괄적으로 제시했다. 집성촌을 근거로 114개 본관별 성씨를 아울렀다. 260여 입향조의 입촌 내력과 후손들의 지역 내 세거지 분포를 밝혔다. 종래의 재지사족(士族)은 가문 입지에 영향을 주는 혈연, 학연, 지연의 3대 연결 고리를 긴밀히 활용했다. 이에 혈연을 중심으로 한 사회적 관계망과 문헌에 자주 등장하는 인물 정보를 계보 속에서 알 수 있도록 했다. 근현대 읍지(邑誌)의 인물조, 지역 유력자 명부인 향안(鄕案)이나 향교지(鄕校誌)의 내용을 종횡으로 꿰뚫어 보는 데도 유익할 것이다. 아울러 지역 정체성의 정립 차원에서 주목할 만한 현대 독립운동가, 정관계나 재계나 문화 방면의 인사도 포함했다.

제3부는 밀양의 숨은 이야기를 엮었다. 15세기부터 19세기까지 세기별로 한 인물을 택해 집중적으로 서술했다. 향촌사회 형성에 상당한 비중을 차지했으되 가문의 행적을 찾기 어려운 재지사족 박림장(朴林長), 조선 전기의 출중한 무장으로 중국에까지 이름을 떨친 박곤(朴坤), 가슴 절절한 입촌 개척기를 남긴 이홍인(李弘仁), 조선 후기 실학자들이 집중 조명한

밀양기생 운심(雲心), 개화기 굴곡의 역사를 짊어진 밀양부사 정병하(鄭秉夏)이다. 그리고 점필재 김종직의 제자 박한주(朴漢柱)의 예를 결목으로 삼아 흥미로운 밀양 사투리를 살펴보았다. 이 스토리텔링의 주인공들은 독자 지명도에서 다소 편차가 있으나 결코 빠뜨릴 수 없는 인물이라 다루었고, 향후 이를 확장해서 단행본으로 출간할 계획이다.

제4부는 밀양의 근대 이전 고전문학사(古典文學史)를 개괄했다. 연전에 밀양문학회에서 발행한 『밀양문학사』에 수록된 글을 대폭 깁고 보완했다. 본격 기술에 앞서 목록화한 저술 현황은 밀양의 수준 있는 문화 역량을 일별하는 데 참고가 되리라 본다. 시대성(時代性)과 장소성(場所性)을 키워드로 하여 밀양의 주요 학자들이 저작한 작품을 앞의 문집에서 선택해 그 의미를 해석했다. 시대성은 중앙 정치의 변동과 국난 속에서 밀양 지식인이 어떻게 대응했는지를 보여주는 것이라면, 장소성은 밀양의 대표적인 인문경관이나 자연경물에 대해 작가가 어떻게 인식했는지를 살피는 데 서술 초점을 두었다.

제5부는 밀양고전문학사 연구의 각론에 해당한다. 기존 학회지에 발표된 논문 4편을 모은 것으로 밀양의 정체성을 심화하는 데 보탬이 될 것이다. 첫 번째 논문은 밀양의 장소성이 각별한 영남루(嶺南樓)를 제재로 한시의 통시적 흐름과 함께 주제 양상을 짚어보았다. 특히 阿娘 설화의 문헌 기록을 1810년으로 앞당긴 의미가 있다. 두 번째 논문은 영남루 제영시 작가 중 퇴계학파(退溪學派)에 주목하고 50여 편의 주제 의식을 유형화해 보았다. 세 번째 논문은 밀양부사를 겸직한 오횡묵(吳宖默)의 저술에서 밀양 관련 시문을 뽑아 의미를 천착했다. 영남루 주련이 실재한 사실을 비롯해 1889년 무봉암(舞鳳庵) 중수와 1890년 영남루 중수의 기록을 찾아 연혁 기록상 누락된 부분을 보완했고, 특히 운심(雲心) 묘소의 실재를 입증하는 시를 발굴했다. 네 번째 논문은 오휴자 안신(安玑)이 편찬한 예설서 특징과 고을의 명현을 현창한 산문을 처음으로 분석했다. 임란 후 흐트러

진 민심을 수습하고 향촌 사회의 예학 질서를 회복하는 데 크게 기여한 밀양의 한 선비를 만나게 될 것이다.

독자들이 이 책의 내용에 얼마나 공감할지는 알 수 없다. 밀양 관련 논문을 처음 쓰기 시작한 때가 15년 전이다. 밀양인이 저술한 고전 작품과 인문 사적을 생생하게 이해할 수 있도록 550여 장의 시각 자료를 붙였다. 밀양 전역을 수년간 애면글면 누비면서 직접 촬영했다. 가문의 오랜 전통을 담은 문화유산 화보집(畫報集)의 성격도 지닌다. 이번에 밀양을 사랑하는 방식으로 상재하면서 서명을 '밀양사용설명서'라 정할까 생각도 해보았다. 미흡한 부분은 차후 저서에 반영할 것임을 약속한다.

이 책 출간에 각별한 관심을 갖고 물심양면으로 도와주신 손정태(孫正泰) 밀양문화원장님께 진심으로 고마움을 표하며, 전국에서 두 번째로 개원한 밀양문화원(密陽文化院)의 신축 이전을 진심으로 축하한다는 말씀을 드린다. 밀양문화원의 새 삼문동 시대와 함께 하는 것이 한층 기쁘다. 미흡한 곳을 근정(斤正)해주신 박순문(朴淳文) 변호사님의 따뜻한 정을 잊을 수 없다.

아울러 가뜩이나 어려운 코로나 시기에도 출판을 흔쾌히 맡아주신 경진출판 양정섭 대표님의 호의를 오래 기억하고자 한다.

끝으로 이 책에 응축한 지식이 밀양의 인물 사전이자 문화 이해의 길잡이가 되기를 바란다.

2021년 10월
밀양 한실 閑雲樓에서
하강진 근서

차 례

## 제4부 시대성과 장소성으로 읽는 밀양고전문학사 321



## 제5부 밀양 고전작품 연구의 실제 431



## [ 부록 ] 585

# 제1부
# 밀양의 지세와 천년사 개요

종남산 봉수대에서 본 부북면과 밀양 시내

삼문동을 乙자 모양으로 휘돌아나가는 밀양강

## 제1장 밀양의 지리적 특징

고을은 대개 산과 강을 경계로 구획된다. 사람들은 산천이 빚어낸 논밭에서 의식주를 해결하며 대대로 마을을 이루고 산다. 산은 고저(高低)가 있고, 강은 심천(深淺)이 있으며, 땅은 후박(厚薄)이 있다. 마을의 지리적 조건에 따라 각기 생활양식이나 집단 문화가 다양하게 형성된다.

대한민국 수학자이자 통일운동가인 안재구(1933~2020)는 '고향땅 밀양'의 지리적 특징을 유려한 필치로 이렇게 묘사하고 있다.

> 남부지방에서는 보기 드물게 우뚝 솟아 있는 밀양의 산악지대는, 우리 삼천리 강산의 등뼈인 백두대간이 태백산에서 지리산으로 굽이치면서 남쪽으로 내려꽂는 여력이 그대로 뻗어 부산 앞바다를 향해 뛰어들려고 호흡을 가다듬어 모둠발로 도움닫기를 하느라 솟구쳐 불거진 모양과 같다. 북쪽에는 현풍 고을의 비슬산(毗瑟山)과 줄기가 이어져 있는 천 미터 가까운 화악산이 있고, 동부에는 그보다 더 높은 천황산, 재약산(載藥山)이 우뚝 솟아 있다.
>
> 이 산줄기에 올라서면 천 미터 가까운 고원인 사자평(獅子坪)이 질펀히 펼쳐져 있다. 능선을 따라 북으로 올라가면 석남재(石南峴)를 건너 가지산(伽智山)이 있고, 다시 경주 고을의 고헌산(高巚山)과 연이어 있다. 천황산에서 북으로 조금 올라가다가 보면 능동산(陵洞山)이라는 뾰족한 봉우리가 있고, 그곳에서 동쪽으로 가지가 벌어진 능선을 따라 남으로 내려가면 1,400미터가 넘는, 이 산악지대에서는 가장 높은 신불산(神佛山)을 만난다.

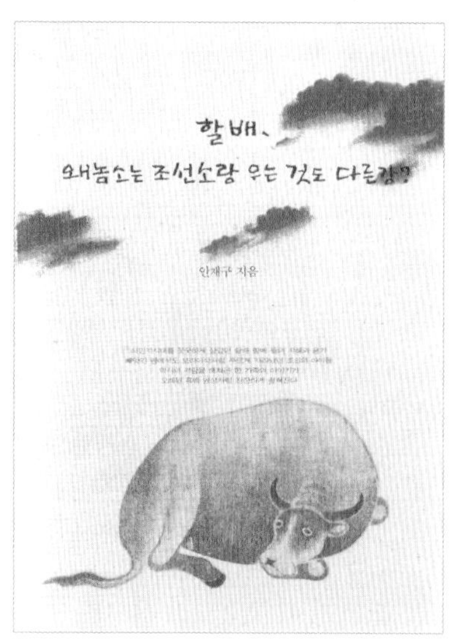


그림1 안재구 책 표지

여기에서 산줄기는 양산 통도사의 주산인 영취산(靈鷲山)을 디딤돌로 해서 한 발 걸음을 내려 디뎌 동래 범어사의 주산 금정산을 밟고 부산 앞바다로 풍덩 뛰어든다. 또 한편 가지산에서는 산줄기의 한 가지가 서쪽으로 휙 굽어내려 뻗다가 운문재(雲門峴)의 잘룩이에서 치솟아 1,200미터가 넘는 운문산(雲門山)으로 된다. 이 운문산에서 서쪽으로 더 뻗어 억산(億山), 구만산(九萬山)으로 내려와 밀양 남천강(南川江)의 상류 유천(楡川)을 건너 산줄기를 타고 화악산으로 이어나간다.

서남부에는 들판이 펼쳐져 있다. 이들 산악지대에서 흘러나오는 하천이 밀양 남천강으로 모아드는데, 하천이 넓어짐에 따라 그 양가의 논밭도 더욱 풍성해진다. 화악산의 남녘 기슭으로 흐르는 물은 위량(位良), 퇴로(退老)의 두 못에서 시작하여 남쪽으로 흘러 청운내[靑雲川]가 되고, 밀양시의 서쪽 교외를 적시어 감내[甘川]가 되어 삽개[鈒浦] 앞에서 밀양 남천강에 들어간다. 이들 내의 양쪽에는 10리 벌판이 펼쳐져 있고, 이 벌판은 예림(禮林)에서 남천강에 의해 일단 끊어지지만 예림부터 광활한 상남(上南)들이 되고 그것이 낙동강을 건너 김해평야와 합쳐진다.

한편 화악산의 산줄기는 서남으로 뻗어 창녕 화왕산(火旺山)에 이르지만 정남으로 내려가면 삽개 뒤 종남산으로 우뚝 솟는다. 이 종남산 서남자락부터 골짜기가 넓어져 남쪽으로 내려 초동(初同)들이 펼쳐지고, 왼쪽으로 신호(新湖)늪과 국농포(國農圃) 들판으로 돌아가면 남쪽으로 확 트인 하남(下南)들로 펴져나가 상남들과 더불어 낙동강 건너 김해평야와 마주본다.[1]

높고 낮은 산들과 깊고 얕은 하천으로 이루어진 평야가 밀양의 인문환경을 어떻게 조성하고 있는지가 일목요연하게 드러난다. 통치자들은 유구한 산천에 사는 사람들을 효율적으로 통치하기 위해 행정구역을 설치했다. 이는 국가 통치 체계의 정비와 맞물려 존재하는데, 그 유래는 삼한시대로 거슬러 올라간다.

# 제2장 행정구역의 변천과 동리 명칭

그림2 천만 명 이상을 매료시킨 영화 〈밀양〉(2007)

'밀양' 명칭은 삼한시대 변진 12소국의 하나인 미리미동국(彌離彌凍國)에 연원을 둔다. 신라 505년(지증왕6) 이곳에 추화군을 설치했고, 757년(경덕왕16) 밀성군(密城郡)으로 개칭했다. 고려 995년(성종14) 밀주(密州)로 바꾼 뒤 1018년(현종9)에 풍각현(豐角縣)을 합쳐 밀성군으로 변경했고, 1390년(공양왕2) 밀양부(密陽府)로 승격시켰다. 조선조 1415년(태종15)에 밀양도호부가 되었고, 1896년 8월 경상도를 남북으로 분리할 때 경상남도 밀양군(密陽郡)이 되었다.

이러한 까닭에 밀성, 밀주, 밀양을 읍지나 본관이나 교명으로 진작에 채택한 것이다. 추화산에 고호가 여전히 건재하고, '미리'를 음차하거나 추화(推火)의 우리말 뜻 '미리벌'을 장소나 건물 등의 이름으로 활용하고 있다. 'Secret Sunshine'으로 영역된 영화 〈밀양〉은 한자의 일차 의미를 직역한 것으로 원래 뜻과는 무관하다.

명칭의 생성과 소멸은 행정구역의 조직과 개편을 반영한다. 관할 범위의 측면에서 고미면과 청도면이 주목된다. 고미면(古彌面)은 역사서에 기록된 고매부곡으로 줄곧 밀양의 월경지(越境地)[2]로 존속했다. 밀양 관아에서 백여 리 내외 떨어진 곳으로 1906년 9월 전국의 월경지를 정리할 때 청도군 동이위면에 귀속된 뒤 1914년 청도군 운문면과 매전면의 일부로 되었다.

한편 청도면(淸道面)은 이와 반대의 길을 걸었다. 1018년부터 밀양에 속했던 풍각현이 1685년 대구부 속현으로 이관된 뒤 1832년 청도군 외서면으로 바뀌었다. 그러다가 1914년에 무려 230년간 밀양의 공식 역사에서 배제된 옛 풍각현 일부를 청도면으로 개칭해 13개 면의 하나로 부활시켰다.

이렇게 밀양과 경북은 20세기 초에 땅을 주고받았다. 고미면은 우리 기억에서 사라진 땅이지만 오졸재 박한주(朴漢柱)처럼 17세기 후반 대구부 관할 이전의 각남이나 각북에서 세거한 사람들은 마땅히 밀양인으로 수렴해야 한다.

1908년 천화면(穿火面)이 용암산과 승학산을 경계로 천화산내면과 천화산외면으로 분리되었다. 1918년 3월 밀양·산내·산외·초동·이동의 5개면 명칭을 새로 부여했다. 1928년 4월 하동면(下東面)을 삼랑진면으로 개칭했고, 1933년 1월 이동면과 하서면을 합쳐 무안면(武安面)을 신설했다. 그리고 밀양읍은 1931년 4월, 삼랑진읍은 1963년 1월, 하남읍은 1973년 7월에 각각 면에서 승격되었다. 1989년 1월 밀양읍을 밀양시(密陽市)로 승격시켜 밀양군과 병존하는 체계였다가, 1995년 1월 시군을 합쳐 '통합 밀양시'(5행정동 2읍 9면) 체제로 출범해 오늘에 이르고 있다.

이상의 경과가 읍지나 지도상에 어떻게 반영되어 있는지를 표로 나타내면 다음과 같다.

<table>
<tr><th rowspan="2"></th><th rowspan="2">밀주승람[3]<br>(1932)</th><th colspan="2">행정 구역 개편</th><th rowspan="2">밀양군읍지<br>(1899)</th><th rowspan="2">밀주읍지[4]<br>(1767)</th><th rowspan="2">여지도서[5]<br>(1760전후)</th><th rowspan="2">밀양부지리[6]<br>(1675년경)</th><th rowspan="2" colspan="2">밀양지<br>(1652)</th></tr>
<tr><th>1918</th><th>1914</th></tr>
<tr><td>5행정동</td><td>밀양읍</td><td>밀양면</td><td>부내면</td><td>부내면</td><td>부내면</td><td>부내면</td><td>부내면</td><td colspan="2">부내면</td></tr>
<tr><td>부북면</td><td>부북면</td><td>부북면</td><td>부북면</td><td>부북면</td><td>부북면</td><td>부북면</td><td>부북면</td><td colspan="2">부북면</td></tr>
<tr><td>상동면</td><td>상동면</td><td>상동면</td><td>상동면</td><td>상동면</td><td>상동면</td><td>상동면</td><td>상동면</td><td colspan="2">상동면</td></tr>
<tr><td>산내면</td><td>산내면</td><td>산내면</td><td>천화산내면</td><td rowspan="2">천화면[7]</td><td rowspan="2">중동면</td><td>중초동면</td><td rowspan="3">중동면</td><td rowspan="3" colspan="2">중동면</td></tr>
<tr><td>산외면</td><td>산외면</td><td>산외면</td><td>천화산외면</td><td>중이동면</td></tr>
<tr><td>단장면</td><td>단장면</td><td>단장면</td><td>단장면</td><td>단장면</td><td>단장면</td><td>중삼동면</td></tr>
<tr><td>삼랑진읍</td><td>삼랑진면</td><td>하동면</td><td>하동면</td><td>하동면</td><td>하동면</td><td>하동면</td><td>하동면</td><td colspan="2">하동면</td></tr>
<tr><td>상남면</td><td>상남면</td><td>상남면</td><td>상남면</td><td>상남면</td><td>상남면</td><td>상남면</td><td rowspan="2">부남면</td><td rowspan="2" colspan="2">부남면</td></tr>
<tr><td>하남읍</td><td>하남면</td><td>하남면</td><td>하남면</td><td>하남면</td><td>하남면</td><td>하남면</td></tr>
<tr><td>초동면</td><td>초동면</td><td>초동면</td><td>상서초동면</td><td>상서초동면</td><td>상서초동면</td><td>상서초동면</td><td rowspan="2">상서면</td><td rowspan="2" colspan="2">상서면</td></tr>
<tr><td rowspan="2">무안면</td><td>이동면</td><td>이동면</td><td>상서이동면</td><td>상서이동면</td><td>–</td><td>상서이동면</td></tr>
<tr><td>하서면</td><td>하서면</td><td>하서면</td><td>하서면</td><td>하서면</td><td>하서면</td><td>하서면</td><td colspan="2">하서면</td></tr>
<tr><td rowspan="3">청도면</td><td rowspan="3">청도면</td><td rowspan="3">청도면</td><td rowspan="3">청도면</td><td rowspan="3">–</td><td rowspan="3">–</td><td rowspan="3">–</td><td>현북면</td><td>각북면</td><td rowspan="3">풍각현</td></tr>
<tr><td>현남면</td><td rowspan="2">각남면</td></tr>
<tr><td>현동면</td></tr>
<tr><td></td><td></td><td></td><td></td><td>상북면[8]</td><td>고미면</td><td>고미면</td><td>고미면</td><td>고미면</td><td></td></tr>
</table>

그러면 행정구역별 동리 명칭의 변화는 어떠한가. 사실 동리의 유래를 일일이 추적해서 밝히기는 실로 어렵기는 하나 세기별 읍지를 비교해보면 동리의 변천 경과를 대략 가늠할 수 있다. 대상 읍지는 밀양부사 신익전(1605~1660)의 『밀양지』, 규장각 소장의 『밀양부읍지』(1767년경)와 『밀양부읍지』(1832년경), 1914년 행정 개편 이후 출판된 『동리명칭 일람』(1918.1)이다.

| 『밀양지』(1652.6) | | 『밀양부읍지』(1767년경) | |
|---|---|---|---|
| 행정구역 | 동 리 | 행정구역 | 동 리 |
| 부내면 | 용성리(龍城里) 장선리(長善里)<br>전천리(箭川里) 수남리(水南里)<br>감천리(甘川里) 송정리(松亭里)<br>월산리(月山里) | 부내면 | 동문내리(東門內里) 남문내리(南門內里)<br>서문내리(西門內里) 노상리(路上里)<br>노하리(路下里) 송정리(松亭里)<br>교동리(校洞里) 용성리(龍城里)<br>활천리(活川里) 이창리(耳倉里) |
| 부북면 | 삽포(鈒浦) 지동(池洞) 오례리(五禮里)<br>용현(用峴) 덕곡(德谷)<br>구을전리(仇乙田里) 적항리(赤項里)<br>대항리(大項里) 퇴로리(退老里)<br>위량동(位良洞) 무정리(無丁里)<br>월매리(月每里) 저대리(楮代里) | 부북면 | 전삽포리(前鈒浦里) 후삽포리(後鈒浦里)<br>대동리(大洞里) 대동리(大洞里)<br>제동리(堤洞里) 감천리(甘川里)<br>오례리(五禮里) 신기리(新基里)<br>용가리(龍駕里) 저대리(楮垈里)<br>덕곡리(德谷里) 적항리(赤項里)<br>청운리(靑雲里) 대항리(大項里)<br>퇴로리(退老里) 위량리(位良里)<br>월산리(月山里) 무정리(舞亭里) |
| 상동면 | 구곡(仇谷) 가곡(嘉谷) 평릉리(平陵里)<br>금곡(金谷) 고답리(高沓里)<br>사지촌(沙旨村) 오곡(烏谷) 내장(內場) | 상동면 | 신원리(新院里) 구곡리(仇谷里)<br>금곡원(金谷院) 북가곡(北佳谷)<br>평릉리(平陵里) 류방리(柳坊里)<br>금곡리(金谷里) 고답리(高踏里)<br>도곡리(道谷里) 사지리(沙旨里)<br>매화리(梅花里) 오곡리(烏谷里) |
| 중동면 | 오치리(烏峙里) 천화리(穿火里)<br>석골리(石骨里) 시례리(時禮里)<br>원당리(元堂里) 가좌리(加佐里)<br>미라촌(美羅村) 화랑동(花郎洞)<br>발례동(發禮洞) 소고례촌(所古禮村)<br>말례촌(末禮村) 희곡촌(希谷村)<br>보라리(甫羅里) 회동리(會洞里)<br>다원리(茶院里) 구서원리(舊書院里)<br>와요촌(瓦窯村) 양덕촌(陽德村)<br>엄광리(嚴光里) 남가곡(南加谷)<br>금곡리(金谷里) 석동(石洞) | 중동면 | 오치리(烏峙里) 소고례(所古禮)<br>벌원리(伐院里) 가라리(加羅里)<br>용천리(龍泉里) 적암리(赤巖里)<br>원당리(院堂里) 양지리(陽地里)<br>음지리(陰地里) 가좌리(加佐里)<br>양송정리(兩松亭里) 미라리(美羅里)<br>임고정리(林高亭里) 발례동리(發禮洞里)<br>희곡리(希谷里) 금곡리(金谷里)<br>죽동리(竹東里) 죽서리(竹西里)<br>와요리(瓦要里) 엄광리(嚴光里)<br>남가곡리(南佳谷里) 석골사(石骨寺) |
| | 사연리(沙淵里) 구천리(仇川里)<br>삼거리(三擧里) 호도연촌(虎渡淵村)<br>고여리(古汝里) 노곡리(蘆谷里)<br>단장(丹場) 법귀리(法貴里)<br>감물례리(甘勿禮里) 사촌(士村)<br>구미리(仇彌里) | 단장면 | 고예리(古曳里) 평리(坪里)<br>재악사(載嶽寺) 삼거리(三巨里)<br>구천리(仇川里) 사연리(沙淵里)<br>범도연리(泛道淵里) 소태동리(小太洞里)<br>진주동리(晉州洞里) 무릉동리(武陵洞里)<br>노곡리(蘆谷里) 국화전리(菊花田里)<br>구동창리(舊東倉里) 회동리(會洞里)<br>덕성리(德城里) 구미리(仇旀里)<br>사촌리(沙村里) 법귀리(法貴里)<br>안포동리(安圃洞里) 사지리(沙旨里)<br>감물례리(甘勿禮里) |

| 『밀양지』(1652.6) | | 『밀양부읍지』(1767년경) | |
|---|---|---|---|
| 행정구역 | 동 리 | 행정구역 | 동 리 |
| 하동면 | 금물리(金勿里) 안태리(安泰里)<br>병항점(甁項店) 우읍곡(亐邑谷)<br>율동(栗洞) 작원(鵲院)<br>소야항리(所也項里) 삼랑리(三浪里) | 하동면 | 안태리(安泰里) 율동리(栗洞里)<br>칠기점리(漆器店里) 무흘리(無屹里)<br>숭진리(崇眞里) 청룡리(靑龍里)<br>삼랑리(三浪里) |
| 부남면 | 운례리(運禮里) 고곡(古谷)<br>북곡(北谷) 이동음리(伊冬音里)<br>구금동(舊金洞) 백족리(白足里)<br>마산리(馬山里) 동산리(東山里)<br>조음촌(召音村) 무량원(無量院)<br>구박촌(仇朴村) | 상남면 | 예림리(禮林里) 운례리(運禮里)<br>미곡리(米谷里) 고곡리(古谷里)<br>우곡리(雨谷里) 이동리(伊冬里)<br>구금동리(舊金洞里) 역금동리(驛金洞里)<br>마산리(馬山里) 동산리(東山里)<br>세천리(洗川里) 조음리(召音里)<br>구박리(仇朴里) 영은사(靈隱寺) |
| | 서전리(西田里) 파서막(破西幕)<br>백산촌(柏山村) 멱례리(覓禮里)<br>휘영수(揮影藪) 수산현(守山縣)<br>귀명동(貴命洞) 곡량동(谷良洞)<br>우암(牛巖) 사당동(祀堂洞)<br>수량동(守良洞) | 하남면 | 백산리(栢山里) 멱례리(覓禮里)<br>휘영리(揮影里) 농소리(農所里)<br>수산리(守山里) 양동리(良洞里)<br>대사동(大寺洞) 귀명동리(貴命洞里)<br>파서막리(把西幕里) |
| 상서면 | 고강촌(高江村) 성만촌(星萬村)<br>구령리(龜齡里) 백산(白山)<br>대곡(大谷) 반월촌(半月村)<br>벽력암(霹靂巖) 벌음리(伐音里)<br>오방동(五方洞) 신동(新洞)<br>삼손리(三孫里) | 상서초동면 | 골강리(骨江里) 오방리(五榜里)<br>검암리(儉巖里) 두암리(豆巖里)<br>신곡리(新谷里) 금포리(金浦里)<br>성만리(星萬里) 신기리(新基里)<br>대곡리(大谷里) 벌음리(伐音里)<br>반월리(半月里) 성암리(星巖里)<br>삼손리(三孫里) 귀령리(歸令里)<br>내외송리(內外松里) 황대리(黃垈里)<br>와지리(臥旨里) 저대리(楮垈里)<br>방하동(方下洞) |
| | 당동(堂洞) 임곡(林谷) 고조곡(高槽谷)<br>인교리(茵橋里) 모로곡(毛老谷)<br>적동(赤洞) 둔지리(芚池里) 임곡(林谷) | | 상당동리(上堂洞里) 중리리(中里里)<br>고사을지리(古士乙只里) 신수리(新藪里)<br>부연리(釜淵里) 성덕원(城德院)<br>포미리(浦旀里) 적동리(赤洞里)<br>모로곡리(慕魯谷里) 중산리(中山里)<br>어룡동리(魚龍洞里) 관동리(冠洞里)<br>웅동리(熊洞里) 서가정리(徐哥亭里)<br>다례동리(多禮洞里) 고라리(古羅里) |
| 하서면 | 근곡(根谷) 신법리(新法里)<br>하봉점(河峯店) 당북리(堂北里)<br>신화리(神化里) 복을촌(伏乙村)<br>마을례리(麻乙禮里) 우령리(牛齡里)<br>신야치(新也峙) 판곡리(板谷里)<br>죽동(竹洞) 곡량동(谷良洞)<br>내진리(來晉里) 동산리(銅山里)<br>근기리(近奇里) 소고율리(所古栗里)<br>요제원촌(要濟院村) | 하서면 | 수안리(守安里) 하봉리(河峯里)<br>신화리(神化里) 신법리(神法里)<br>부로동리(扶老洞里) 복을촌리(伏乙村里)<br>마의례리(磨義禮里) 판곡리(板谷里)<br>죽동리(竹洞里) 곡량리(谷良里)<br>당북리(堂北里) 내진리(來進里)<br>동산리(銅山里) 근기리(近奇里)<br>화양동(華陽洞) 요제원(要濟院) |

| 『밀양지』(1652.6) | | 『밀양부읍지』(1767년경) | |
|---|---|---|---|
| 행정 구역 | 동 리 | 행정 구역 | 동 리 |
| 각남면 | 사을외리(沙乙外里) 신당리(神堂里)<br>녹갈리(祿葛里) 우척동(牛隻洞)<br>죽암(竹巖) 송동(松洞) 양산(陽山)<br>차산리(車山里) 대산동(臺山洞)<br>묘봉리(妙峯里) 무태리(無台里)<br>금동리(金洞里) 흑석리(黑石里)<br>평리(坪里) 마곡(馬谷) | – | – |
| 각북면 | 송지서리(松脂西里) 저대리(楮代里)<br>나립리(羅立里) 진읍촌(陳邑村)<br>방지촌(方旨村) 남산리(南山里)<br>지촌(枝村) 지곡(只谷) 금곡(金谷)<br>고산리(孤山里) 오리원(五里院)<br>부동(釜洞) 우곡(牛谷)<br>소월배리(所月背里) | – | – |
| 고미면 | 초고미리(初古彌里) 이사례리(伊士禮里)<br>북곡(北谷) 자물례리(自勿禮里)<br>지촌(知村) 동경리(東京里)<br>두평리(豆坪里) | 고미면 | 초고미(初古旀) 이사례리(伊士禮里)<br>사물니리(四勿泥里) 지촌리(知村里) |

위 두 읍지를 비교할 때 가장 큰 특징은 풍각현 소속 동리가 1685년 대구로 이관된 뒤로는 『밀양읍지』에서 사라졌다는 점이다. 이후 읍지에서 각남과 각북을 수록하더라도 "지금은 청도군"이라 기입해 구분했다. 그리고 중동면을 중동과 단장으로, 부남면을 상남과 하남으로 분리했음을 보여준다. 이보다 앞서 편찬된 『여지도서』에는 상서면을 초동과 이동으로 나누었으나 여기에는 상서초동면 하나로 통합되어 있다. 신설되거나 폐지된 동리도 있고, 동리명의 한자도 간간이 다르게 표기되었다.

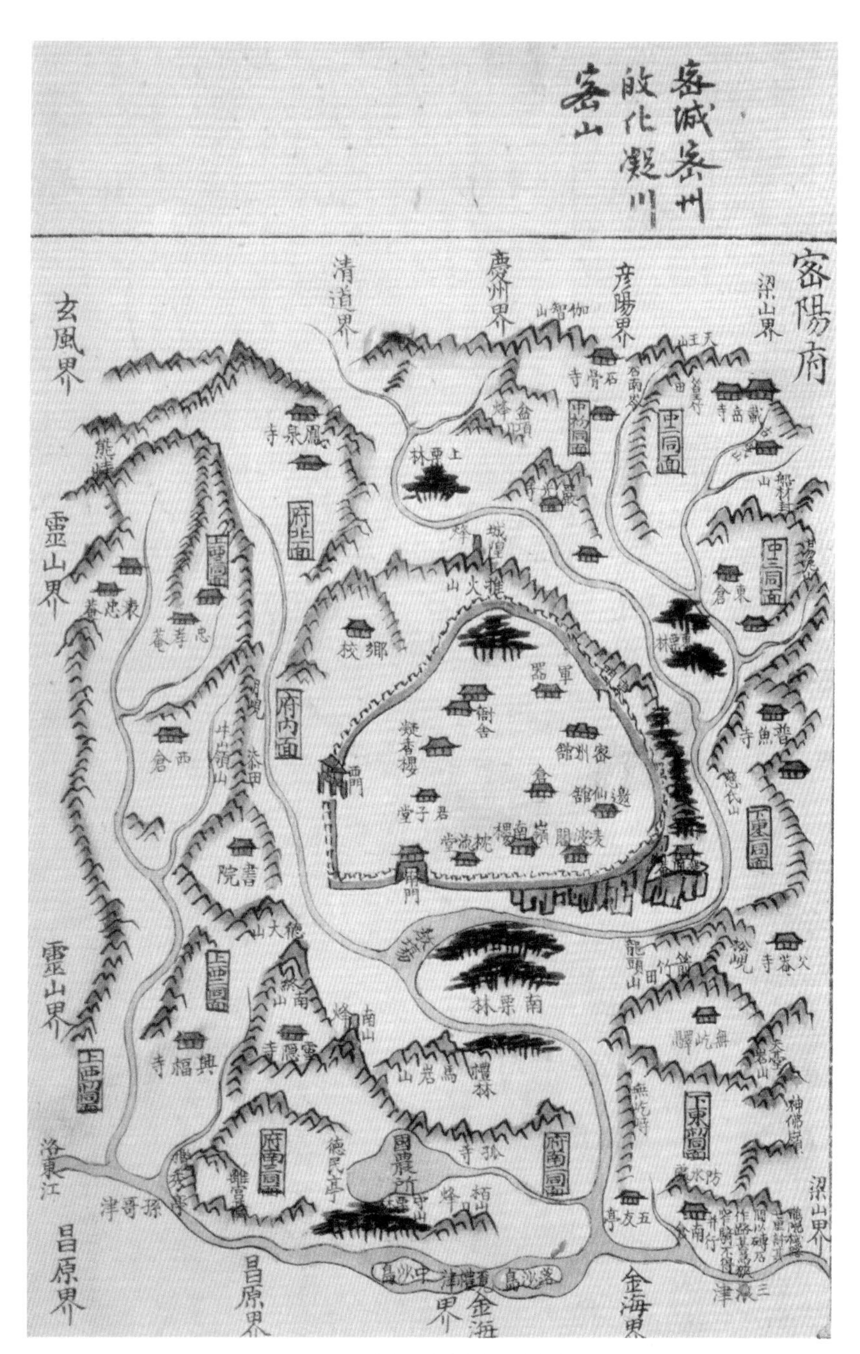


그림3 18세기 중반 〈여지도 밀양부〉

출처: 규장각 한국학중앙연구원

| 『밀양부읍지』(1832년경) | | 『동리명칭 일람』(1918.1)[9] | |
|---|---|---|---|
| 행정<br>구역 | 동 리 | 행정<br>구역 | 동 리 |
| 부내면 | 서문내리(西門內里) 남문내리(南門內里)<br>동문내리(東門內里) 노상리(路上里)<br>노하리(路下里) 송정리(松亭里)<br>교동리(校洞里) 춘복리(春福里)<br>전천리(箭川里) 용성리(龍城里)<br>평리(平里) 남포리(南浦里)<br>가곡리(駕谷里) | 府內面 | 남포리(南浦里) 가곡리(駕谷里)<br>활성리(活城里) 용평리(龍坪里)<br>교동리(校洞里) 내이동(內二洞)<br>내일동(內一洞) 삼문리(三門里) |
| 부북면 | 북서원리(北書院里) 전삽포(前鈒浦)<br>외삽포(外鈒浦) 내삽포(內鈒浦)<br>지대동(池大洞) 북신기리(北新基里)<br>오례리(五禮里) 감천리(甘川里)<br>용가리(龍駕里) 북저대리(北楮岱里)<br>덕곡리(德谷里) 가산리(佳山里)<br>청운리(靑雲里) 대항리(大項里)<br>퇴로리(退老里) 위량리(位良里)<br>계산리(鷄山里) 무정리(舞亭里) | 府北面 | 전사포리(前沙浦里) 후사포리(後沙浦里)<br>제대리(堤大里) 감천리(甘川里)<br>오례리(五禮里) 운전리(雲田里)<br>덕곡리(德谷里) 청운리(靑雲里)<br>가산리(佳山里) 대항리(大項里)<br>퇴로리(退老里) 월산리(月山里)<br>위량리(位良里) 무연리(舞鳶里)<br>춘화리(春化里) 용지리(龍池里) |
| 상동면 | 금곡원(金谷院) 북가곡(北佳谷)<br>도곡리(道谷里) 매화리(梅花里)<br>여수동(麗水洞) 구곡리(九谷里)<br>신원리(新院里) 평릉리(平陵里)<br>유방리(酉方里) 금동(金洞)<br>가곡리(佳谷里) 고답리(高踏里)<br>사지리(沙旨里) 모정리(茅亭里)<br>오곡리(烏谷里) | 上東面 | 안인리(安仁里) 옥산리(玉山里)<br>금산리(金山里) 고정리(高亭里)<br>매화리(梅花里) 신곡리(新谷里)<br>도곡리(道谷里) 가곡리(佳谷里) |
| 천화면 | 희곡리(希谷里) 금곡리(金谷里)<br>죽원리(竹院里) 죽서리(竹西里)<br>금천리(琴川里) 남가곡리(南佳谷里)<br>엄광리(嚴光里) | 穿火<br>山外面 | 남기리(南沂里) 금천리(琴川里)<br>다죽리(茶竹里) 금곡리(金谷里)<br>엄광리(嚴光里) 희곡리(希谷里) |
| | 오치리(烏峙里) 소고례리(所古禮里)<br>봉촌리(鳳村里) 호학동(呼鶴洞)<br>벌원리(伐院里) 노라리(蘆羅里)<br>적암리(赤巖里) 음지리(陰地里)<br>양지리(陽地里) 가좌리(加佐里)<br>임고정리(林古亭里) 와요리(瓦要里)<br>원당리(院堂里) 남화동(南化洞)<br>화복동(化福洞) 미라리(美羅里)<br>양송정리(兩松亭里) 발례동(發禮洞)<br>남산리(南山里) 저전동(苧田洞)<br>용천리(龍川里) | 穿火<br>山內面 | 용전리(龍田里) 봉의리(鳳儀里)<br>가인리(佳仁里) 원서리(院西里)<br>삼양리(三陽里) 남명리(南明里)<br>송백리(松柏里) 임고리(臨皐里) |

| 『밀양부읍지』(1832년경) | | 『동리명칭 일람』(1918.1)[9] | |
|---|---|---|---|
| 행정구역 | 동 리 | 행정구역 | 동 리 |
| 단장면 | 고례리(古禮里) 평리(坪里)<br>진주동리(晉州洞里) 회동리(會洞里)<br>감물니리(甘勿泥里) 범도연리(泛棹淵里)<br>삼거리(三巨里) 구천리(九川里)<br>사연리(沙淵里) 소태동(小台洞)<br>무릉동(武陵洞) 노곡리(蘆谷里)<br>국화전리(菊花田里) 구동창리(舊東倉里)<br>덕성(德城) 구미리(九尾里)<br>사촌리(士村里) 안포동(安包洞)<br>법귀리(法貴里) 사지리(沙旨里)<br>연화동(蓮花洞) | 丹場面 | 구천리(九川里) 범도리(泛棹里)<br>고례리(古禮里) 국전리(菊田里)<br>무릉리(武陵里) 사연리(泗淵里)<br>태룡리(台龍里) 단장리(丹場里)<br>미촌리(美村里) 안법리(安法里)<br>법흥리(法興里) 감물리(甘勿里) |
| 하동면 | 안태리(安太里) 작원리(鵲院里)<br>율동리(栗洞里) 무흘리(無屹里)<br>칠기점리(漆器店里) 송지리(松旨里)<br>삼랑리(三浪里) 청룡리(靑龍里)<br>숭진리(崇眞里) 임천리(林川里) | 下東面 | 행곡리(杏谷里) 안태리(安台里)<br>검세리(儉世里) 송지리(松旨里)<br>삼랑리(三浪里) 미전리(美田里)<br>율동리(栗洞里) 우곡리(牛谷里)<br>용전리(龍田里) 용성리(龍星里)<br>청학리(靑鶴里) 숭진리(崇眞里)<br>임천리(林川里) |
| 상남면 | 예림리(禮林里) 운례리(運禮里)<br>미곡리(米谷里) 고곡리(古谷里)<br>역금동리(驛金洞里) 우곡리(雨谷里)<br>기산리(箕山里) 이동리(伊冬里)<br>구금동(舊金洞) 평촌리(平村里)<br>마산리(馬山里) 동산리(東山里)<br>백족리(白足里) 세천리(洗川里)<br>조음리(召音里) 구박리(九朴里) | 上南面 | 예림리(禮林里) 기산리(岐山里)<br>남산리(南山里) 조음리(棗音里)<br>연금리(淵今里) 평촌리(平村里)<br>마산리(馬山里) 동산리(東山里)<br>외산리(外山里) |
| 하남면 | 농소리(農所里) 멱례리(覓禮里)<br>백산리(栢山里) 파서막리(把西幕里)<br>수산리(守山里) 휘령리(揮令里)<br>서전리(西田里) 보담리(寶淡里)<br>대사동(大司洞) 귀명동(貴明洞)<br>양동(良洞) | 下南面 | 수산리(守山里) 명례리(明禮里)<br>백산리(栢山里) 양동리(良洞里)<br>대사리(大司里) 파서리(巴西里)<br>남전리(南田里) 귀명리(貴明里) |
| 상서초동면 | 성암리(星巖里) 저대리(楮垈里)<br>곡강리(曲江里) 금포리(金浦里)<br>검암리(檢巖里) 두암리(豆巖里)<br>구령리(龜齡里) 도로포리(道老浦里)<br>대곡리(大谷里) 반월리(半月里)<br>신기리(新基里) 신곡리(新谷里)<br>벌음리(伐音里) 성만리(星巒里)<br>오방동(五榜洞) 삼손리(三孫里)<br>내송리(內松里) 외송리(外松里)<br>방하동(方下洞) 와지리(臥旨里)<br>봉대리(鳳臺里) | 上西初同面 | 금포리(金浦里) 검암리(儉巖里)<br>반월리(半月里) 대곡리(大谷里)<br>명성리(明星里) 덕산리(德山里)<br>봉황리(鳳凰里) 오방리(五方里)<br>범평리(帆平里) 신호리(新湖里)<br>신월리(新月里) 성만리(星萬里) |

| 『밀양부읍지』(1832년경) | | 『동리명칭 일람』(1918.1)[9] | |
|---|---|---|---|
| 행정구역 | 동 리 | 행정구역 | 동 리 |
| 상서이동면 | 중리(中里) 신수리(新藪里)<br>포미리(浦旀里) 어룡리(魚龍里)<br>관동리(冠洞里) 웅동리(熊洞里)<br>상당동(上堂洞) 호연동(浩淵洞)<br>고사동(高士洞) 부연리(釜淵里)<br>성덕원리(成德院里) 모로곡(慕老谷)<br>적동(赤洞) 고라리(古羅里)<br>다례동(多禮洞) 서가정(西佳亭)<br>중산리(中山里) | 上西二同面 | 연상리(淵上里) 성덕리(城德里)<br>모로리(慕老里) 덕암리(德巖里)<br>중산리(中山里) 웅동리(熊洞里)<br>가례리(佳禮里) 고라리(古羅里) |
| 하서면 | 부로곡리(扶老谷里) 당북리(堂北里)<br>화양동리(華陽洞里) 수안리(水安里)<br>근곡리(根谷里) 신법리(新法里)<br>태봉리(胎峯里) 화봉리(華峯里)<br>신화리(神化里) 정곡리(鼎谷里)<br>복을촌리(伏乙村里) 마의례리(磨義禮里)<br>판곡리(板谷里) 죽리(竹里)<br>곡량리(谷良里) 효우촌리(孝友村里)<br>내진(來進) 동산리(銅山里) | 下西面 | 화봉리(華封里) 삼태리(三台里)<br>신법리(新法里) 무안리(武安里)<br>마흘리(馬屹里) 정곡리(鼎谷里)<br>판곡리(板谷里) 죽월리(竹月里)<br>양효리(良孝里) 내진리(來進里)<br>운정리(雲汀里) 동산리(銅山里) |
| | 근기리(近奇里) 덕법리(德法里)<br>덕산리(德山里) 팔방동(八方洞)<br>요제원리(要濟院里) | 淸道面 | 고법리(古法里) 요고리(要古里)<br>소태리(小台里) 두곡리(杜谷里)<br>구기리(九奇里) 조천리(槽川里)<br>인산리(仁山里) |
| 고미면 | 초고미리(初古旀里) 이사례리(伊士禮里)<br>사물리(士勿里) 지촌리(芝村里) | - | - |

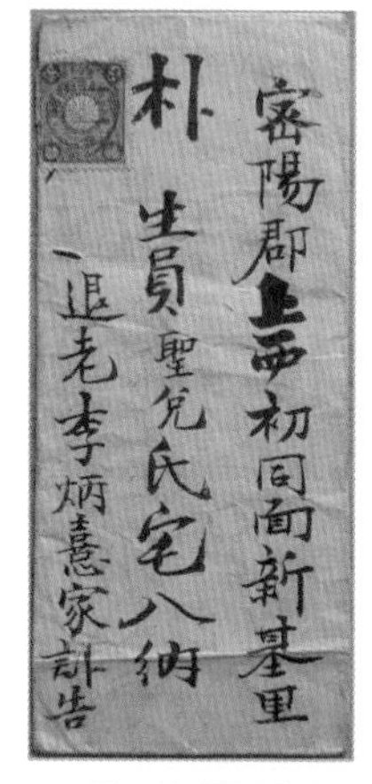

그림4 상서초동면이 필사된 1910년대 우편.

1832년경 밀양 읍지는 1767년경 읍지와 비교적 유사한 형태이다. 다만 중동면을 천화면으로 개칭하고, 상서초동면을 분리해 이동면을 신설한 점이 큰 특징이다. 1918년의 행정구역은 1832년 체재의 연속선상에 있음을 알 수 있다. 다만 천화면이 산외와 산내 두 면으로 분리되었고, 1914년에 신설한 청도면이 반영되어 있다. 읍면별 동리명의 자세한 변천 과정은 위 표의 내용으로 추적할 수 없겠으나 대략적인 개념은 파악할 수 있을 것이다.

현재의 동리(洞里)를 자연마을에 근거해 행정구역별로 열거하면 아래와 같다. 괄호 속은 법정동리에 귀속된 자연마을을 뜻하며, 일부 마을은 옛 지명이나 이칭을 부기한다. 밀양의 과거를 기억하기 위해 단장면 고례리 덕달처럼 수몰이나 개발로 소멸한 마을도 포함했다. 행정구역을 옛 군지의 읍면 배열 순서대로 열거하면 아래와 같다. 읍면별 동리 배치는 자동차 이동 노선을 고려했다.

사람이 거주하는 마을을 위주로 표에 올렸고, 밀양댐(고례)과 산업단지(사포, 감천, 용전, 미전, 하남) 조성에 따라 마을 자체가 사라졌거나 사라질 위기에 처한 곳도 있다. 본관 성씨별 밀양 입향조 시거지와 집성촌 분포를 이해하는 데 긴요한 정보가 될 것이다.

| 행정구역<br>(면적 ㎢) | 동리명<br>(2021.9.7. 기준) | 법정동리<br>(자연마을) |
|---|---|---|
| 시내<br>(28.9) | 교동(교동, 범북, 춘복, 모례) 활성동(장선, 살내〈활천=전천〉, 구서원〈덕성〉) 용평동(평리, 용평, 새터, 선불〈용성=승벌〉, 암새들) 내일동(남문걸, 서문걸, 북성사거리, 동문걸) 내이동(신촌, 해천걸, 동가리 신작로, 댓걸, 진장, 노상, 노하, 송정), 삼문동 가곡동(가곡동〈수남리〉, 용두연, 멍에실〈망우곡〉) 남포동 → 부북 전사포리 | 8<br>(28) |
| 부북면<br>(55.3) | 전사포리(마암, 신당, 동암, 전포) 후사포리(중포, 후포〈현포〉, 내곡〈안골〉) 제대리(송악, 한골〈대동〉, 분저곡, 지동〈못골〉) 감천리(신흥〈하감〉, 감호〈상감〉, 용재〈용척〉) 오례리 덕곡리(덕곡〈안마〉, 안덕실, 골안, 새터〈새덕곡〉) 청운리(적항, 중촌, 도촌, 상촌) 월산리(새마을〈신기〉, 정주마을, 안마을) 가산리 대항리(사랑골〈정동〉, 화남〈굴머리〉, 하항, 중항, 상항=수동, 봉천, 평전) 퇴로리 위양리(새장동, 장동〈구장동〉, 위양〈양량〉, 내양〈지싯골=제석동〉, 도방동) 무연리(연포, 무연) 춘화리(봉계, 부쇠바위, 화산〈저대리〉, 춘기, 신기) 운전리(신전〈새굴밭〉, 대전〈큰굴밭〉) 용지리(용포, 지동) → 상동 안인리 | 16<br>(48) |
| 상동면<br>(52.0) | 안인리(매일, 신안〈신원〉, 장진포, 구곡〈구칠〉, 포평〈깻들〉, 방천목) 옥산리(여수동〈바같여수, 안여수〉, 옥산, 관마을〈관촌〉) 고정리(들마을, 고정〈서촌〉, 고답〈동촌〉, 오르풀, 모정〈노진촌〉) 도곡리(하도곡, 상도곡〈윗뒤실〉, 솔방〈송방〉) 매화리(도가마, 외매화, 매화) 신곡리(오곡〈음지, 양지〉, 신지〈새마〉, 절골〈사곡〉, 안정, 뜬골〈부곡〉) 금산리(금호〈금호, 밤벌〉, 금곡, 유산〈유방〉, 평능〈平陵〉) 가곡리(가곡〈새각단, 내가곡〉, 길곡〈구가곡〉, 외가곡) → 산외 남기리 | 8<br>(37) |

| 행정구역<br>(면적 ㎢) | 동리명<br>(2021.9.7. 기준) | 법정동리<br>(자연마을) |
| --- | --- | --- |
| **산외면**<br>(35.4) | **엄광리**(숲촌〈숲마〉, 다촌〈죽촌, 중촌, 내촌=안마〉) **남기리**(기회〈긴늪=장연〉, 정문〈아래긴늪〉, 남가〈남가곡〉, 남계〈맥산〉, 양덕) **금천리**(화동〈화계〉, 대촌〈와야〉, 연지, 신기) **다죽리**(다원〈죽서=다원1구, 죽동=다원2구〉, 율전, 죽남) **금곡리**(본촌〈쇠실〉, 골안〈곡내〉, 단산〈주막껄〉) **희곡리**(보라, 박산〈박미〉, 골안, 괴곡〈양리〉) → 산내 용전리 | 6<br>(24) |
| **산내면**<br>(107.4) | **용전리**(용암〈한골=대곡, 하촌, 상촌〉, 저전〈저전, 지평, 골안〉, 오치〈오태〉) **봉의리**(구성, 봉촌, 가라〈가례〉, 양촌〈벌원〉, 상양촌) **임고리**(금암, 작평〈잣들〉, 임고정〈임양, 임음〉, 발례〈발양, 발음〉, 도평〈섬들〉, 소고) **송백리**(백평〈잣들〉, 팔풍, 송포(〈옥정동, 양송정=대촌, 서당마, 용지마〉, 미라〈갈밭, 미라, 덕걸=덕천, 대사〉) **가인리**(땅뫼〈곤산〉, 도촌, 괴목정, 인곡〈적암〉, 화평, 화주촌, 야촌〈가좌=들마〉, 운곡, 회곡〈도롱골〉) **원서리**(원당, 강변, 석골〈서촌〉) **삼양리**(하양, 상양, 중양〈깻들〉, 중마〈시례 호박소〉) **남명리**(얼음골, 신명〈시내촌〉, 동명〈숲마〉, 내촌, 추곡〈가래밭골〉, 마전〈남화〉) → 단장 단장리 | 8<br>(52) |
| **단장면**<br>(142.1) | **단장리**(단장〈단정〉, 창마〈창촌〉) **태룡리**(용회동〈회동리〉, 연경〈당포〉, 들마, 태동) **무릉리**(용포동, 노곡〈가실〉, 내무룡, 외무룡, 지시동〈지소동〉) **국전리**(진주동, 국화전〈국서－음지·섬땀, 국동－양지·장재골〉, 갓골) **사연리**(사연〈사연, 중촌〉, 동화전〈말방, 동화전, 세천〉) **범도리**(아불〈석전, 골마=곡촌, 새마, 아불〉, 범도=도연) **고례리**(평리〈바드리, 평리, 모래밭, 풍류동〉, 고례〈고례=고야, 구석마, 양지마, 음지마〉, 덕달〈본동, 죽촌, 사희동〉) **구천리**(구천〈대촌, 삼막골〉, 삼거, 시전〈토굴, 사자평〉) **미촌리**(사촌, 구미〈동편, 서편〉) **안법리**(안포동, 큰골〈=법귀/버구〉, 노상, 새뱅이〈신방〉) **법흥리**(법산〈버구〉, 사지, 상봉〈상북〉) **감물리**(구기〈대뱅이=죽봉, 구기〉, 중리, 용소〈점골, 용소, 당고개〉) → 삼랑진 우곡리 | 12<br>(58) |
| **삼랑진읍**<br>(78.3) | **우곡리**(염동, 추전, 우곡〈욱실〉, 덕촌) **율동리**(광천, 율곡, 무실〈무곡〉, 칠기점) **안태리**(배양, 안태, 동촌, 서남) **행곡리**(구남〈남촌〉, 행촌, 안촌, 숭촌) **검세리**(송원, 후검, 큰검세, 작은검세, 작원〈깐촌〉) **송지리**(후송, 죽곡〈대실〉, 내송, 외송, 신천〈냉천〉) **삼랑리**(하양, 하부, 내부, 상부〈뒷기미〉, 거족) **미전리**=미촌(화성, 대신〈새터〉, 대천〈무흘〉, 중촌, 대미) **용전리**(하신기, 직전, 새터〈상신기〉, 사기점, 용어동〈만어동〉) **용성리**(청룡, 칠성, 인전〈인굴〉) **청학리**(용복〈용북〉, 학동〈가정자〉) **숭진리**(금호, 숭진〈가리점, 용은동〉) **임천리**(본땀, 금곡〈쇠점〉) → 상남 예림리 | 13<br>(51) |
| **상남면**<br>(55.9) | **예림리**(예림=운례〈운하, 운내〉, 양림간, 동촌, 대성동, 당촌〈단천〉) **기산리**(고노실, 기산, 푹실〈우곡〉) **연금리**(이연〈이듬〉, 용연〈말림〉, 금동〈내금, 외금〉, 여시태) **평촌리**(평촌, 대흥동) **조음리**(조동〈사당동, 조음〉, 조서〈명성, 관동=갓골〉) **남산리**(새마을, 평리, 남산〈구배기〉, 남동) **마산리**(무량원, 상세천〈웃마〉, 중세천, 갓골〈노곡〉, 마산〈말미〉, 느림이〈만산〉) **동산리**(인산〈배죽〉, 당곡〈땅골〉, 동산) **외산리**(외산, 어은동, 오산) → 하남 명례리 | 9<br>(36) |

| 행정구역<br>(면적 ㎢) | 동리명<br>(2021.9.7. 기준) | 법정동리<br>(자연마을) |
|---|---|---|
| 하남읍<br>(36.9) | **명례리**(해동, 대성, 예동〈해양〉, 평지, 상촌, 도암〈동암〉) **백산리**(송산, 백내〈내촌〉, 칠정, 신촌, 야촌) **수산리**(대평, 대원, 들마을, 내서〈농소〉, 서편, 내동, 동촌, 시서, 시동, 신안) **양동리**(도야, 도서, 소바우, 양동) **귀명리**(논마을, 귀서〈서부〉, 귀동〈동부〉) **대사리**(덕동〈이대곡〉, 창동, 대사) **파서리**(파내〈내동〉, 파서〈내서〉, 아랫은산, 윗은산), **남전리**(효자문〈효자동〉, 서전〈본담〉, 송마, 보담) → 초동 성만리 | 8<br>(39) |
| 초동면<br>(48.4) | **성만리**(소구령, 대구령, 통바우〈통암〉, 바깥성만, 안성만) **금포리**(재골〈기와골〉, 시리골, 소캐〈속하〉, 금포, 모래들, 두암) **신호리**(도노포, 똑메, 백매, 솔고개〈솔곡〉, 새터〈신기〉, 대구말〈서호〉) **검암리**(모선동〈신촌〉, 대밭고개, 검암, 객금, 사도실, 곡강, 성북〈잣두〉, 검산) **반월리**(날끝〈신기〉, 내촌〈안마〉, 분두골〈골안〉, 차월), **대곡리**(예촌〈조개만리〉, 대곡〈한실〉) **명성리**(둔덕골, 노리, 명포〈큰벌미〉, 신포〈작은벌미〉, 성암) **범평리** **오방리** **신월리**(듬밑〈암저〉, 자양동, 새월〈신월=신곡〉) **덕산리**(삼박골, 삼손〈본동〉, 새마을, 골마, 장송동(내송〈솔안〉, 외송, 장터, 솔곡〈솔끝〉) **봉황리**(와지, 방동〈방하, 꽃새미〉, 신촌, 봉대〈외대, 내대=저대리, 황대, 연곡=제비골, 조곡=새실〉) → 무안 연상리 | 12<br>(58) |
| 무안면<br>(100.4) | **연상리**(중리, 양달마, 상당동〈고자곡〉, 화전, 고사동) **성덕리**(강동〈부연, 서은동=서근덤〉, 강서〈인교, 성덕원, 개미〉) **모로리**(화전, 모로) **무안리**(굴방이, 서부, 동부, 부로) **덕암리**(옥천, 새각단〈하촌〉, 큰마을〈대촌〉, 웃마〈상촌〉, 신숲) **중산리**(학교앞, 중산) **웅동리**(관동, 야촌〈들마을〉, 곰골〈웅동〉, 자양동, 어룡동) **가례리**(다례동〈새터, 못안=다례, 아치실〉, 서가정) **고라리**(장재터, 중촌〈괴진〉, 마곡〈신촌〉) **신법리**(삼거리, 신법, 외마을) **화봉리**(다만, 초전, 화봉〈안마〉, 모곡, 영신기, 영안동, 서당골) **삼태리**(태봉, 오숲골, 굴밑, 당두) **정곡리**(조무실, 신화, 단장, 무덤실, 정곡〈솥질〉, 나뭇골〈복을〉, 새터〈신야촌〉) **마흘리**(지정, 신생동, 점동, 새각단, 백안, 어은동〈마의례〉, 참나무진, 가복) **운정리**(운정, 노루실〈장곡〉, 안지말, 서재골) **판곡리**(점토, 널실, 웃동네), **죽월리**(죽월), **양효리**(곡량, 효우촌) **내진리**(내진〈통가〉, 정내) **동산리**(돌밭골, 원당골, 하촌, 들각단, 못안, 서당각단, 까막소〈오소〉) → 청도 인산리 | 20<br>(83) |
| 청도면<br>(57.5) | **인산리**(평지〈용포, 못골, 인목〉), 인산〈관목, 중신기, 지수〉) **두곡리**(비석동〈비석걸〉, 창리〈창마〉, 이불〈이견〉, 듬실〈본동〉, 가곡〈옥산〉) **소태리**(대곡〈유촌〉, 소태(아랫마, 웃마), 솥마지〈정영〉, 금서) **구기리**(당숲〈상신기, 오산, 당숲=당림, 목곡〉, 구기〈구축골, 구기=구좌, 중촌, 덕촌〉, 근기〈고장골, 내촌, 근기, 호음 양지〉) **조천리**(홈실〈호음 음지〉, 조천, 무시덤) **고법리**(덕법〈덕늘〉, 화촌, 화동〈=소고/본동〉, 팔방〈망덕〉, 덕산〈내곡〉, 돌고개) **요고리**(평전, 매곡〈질매실〉, 안곡〈안장실〉, 텃골〈기곡〉, 서편, 대촌〈요제원리〉, 수리듬〈차암〉, 회골, 운주골) → 부북 대항리 봉천 | 7<br>(46) |
| 5동2읍9면<br>(798.7) | 행정동리동 340(읍면 266·동 74), 행정반 1120(읍면 683·동 437) | 127<br>(560) |

※ 밑줄은 행정복지센터 소재지.

밀양의 명승고적을 소개하는 옛 민요가 있다. 읍면별 주요한 기억의 터전을 중심으로 역사 회고와 장소 사랑(topophilia)이 듬뿍 배여 있다.[10] 작품 속의 지명으로 볼 때 1933년 이후 창작되어 불린 노래로 보인다.

용두산[11] 굽어 돌아 남천강 자아내니
마암산 가루 막아 乙字강[12] 이루었고
추화산 등에 지고 종남산 바라보는
**밀양** 영남루는 영남의 제일루라

**부북면** 굴밭[13] 뒷산 밀산군 예터이요
날이테[14] 밑 한골리는 점필재 나신 터라
화악산물 모두 모아 퇴로못[15] 되고 나니
달다 하던 감냇물[16]도 이름만 남았구나

유천강 맑은 물가 **상동면** 박연정은
만년송 자랑보다 노는 고기 더욱 좋고
이서국[17] 마전암[18]과 임란 때 낙화듬[19]은
말 없는 바위건만 이름만은 아직 있네

동북천[20] 모인 물이 **산외면** 경계 되니
숲도 짙다 동북숲은 긴숲[21]서 다인[22]까지
살기 좋다 금물곳들[23] 은백인 보한[24] 쌀과
밀양강 은미회[25]는 경상감사 안 부릅다

밤 대추 실과 많고 산수 고운 **산내면**은
삼북[26] 얼음 얼음골과 호박소 이름 높다

석골사[27] 석골폭포 천 길이 요란하고
폭포가 구만 되니 이름도 작은 금강

천왕산 좋거니와 **단장면** 물도 맑다
재약산 표충사는 동방제일 선찰이라
서산과 송운 기터[28] 충의를 자랑한다
명은 짧고 의는 기니 배우자 영전에서

경부선 **삼랑진**은 교통의 요지이요
깐촌[29]과 광나리[30]는 왜적 막던 싸움터라
동해 용왕 다 화해서 미륵과 돌이 되니
이름은 만어사요 돌마다 쇠소리라

**상남면** 들어가는 예림다리 좁다마는
종남산 등에 지고 운렛들[31] 참 넓구나
고려 때 싸움터인 병구[32]는 예림 있고
쌀도 많이 나지마는 맥문동[33] 많다 하네

**하남면** 들어가니 고적도 참 많고나
가락의 구형왕이 정남정[34]서 항복하고
사다함[35] 가야 친 곳 파서막 있건만은
신라왕 유람하던 국노늪[36] 간 곳 없네

**초동면** 통바위[37]는 변춘정 사신 데요
검암리 이궁대[38]는 신라 때 궁터라지
덕대산 옛 성터 지금은 헌적 없고
소구령 폭포수[39]에 약물 찾아 많이 온다

사명당 나신 동네 **무안면** 괴나리[40]요
홍제원[41] 삼비문[42]은 이 나라 자랑이라
충신과 열녀 효자 한 곳에 함께 나니
이름은 삼강동[43]에 충렬목[44] 들머리라

옛날은 풍각이다 지금은 **청도면**에
이름은 당숲[45]인데 숲은 하나 안보이네
안장사[46] 운주[47]여래 억만암 절도 많다
천주사[48] 고려탑은 고려문학 자취이다

**그림5** 영남루 층층각(여수각) 침류각 방면에서 본 종남산. 2021.10.18.

**그림6** 상동면 낙화듬. 2021.5.5

**그림7** 산외면 긴늪. 2020.10.14

**그림8** 산내면 석골사. 2021.6.27

그림9 오우정 뒤쪽 후포산 정상에서 본 삼랑리. 2021.9.9

그림10 삼랑진읍 용성리 칠성마을 앞 광탄나루. 2021.9.19

그림11 초동면 통바위(밀양아라솔학교 기초공사 중). 2021.1.30

그림12 초동면 덕대산 원경. 종남산(후). 2021.10.23

그림13 무안면 고라리 중촌(괴나리) 원경. 2021.10.5

그림14 무안면 삼강동 원경. 2021.10.5

그림15 청도면 화악산 운주암. 2020.10.14

그림16 청도면 천죽사 고려 5층 석탑. 2021.6.22

그림17 〈1963년 밀양군 전도〉

출처: 손태규, 『밀양군지』(1963)

## 제3장 읍지에 나타난 인구 변동의 추이

행정구역 변화는 인구 변동 추이에 기초한다. 통치 효율성을 극대화하기 위한 일환이고, 지역의 위상은 인구 증감에 따라 변모한다. 과연 밀양 땅에는 사람들이 얼마나 살았을까. 시기별로 문헌에 수록된 600년간의 밀양 인구수를 표로 보이면 아래와 같다.

| | 밀양시청 (2021.9) | 밀양군지 (1963) | 밀주승람 (1931)[49] | 밀양군읍지 (1899) | 밀양부지 (1871) | 밀양부읍지 (1832) | 여지도서 (1760전후) | 경상도지리지 밀양부(1425) |
|---|---|---|---|---|---|---|---|---|
| 전체 | 103,691 | 184,365 | 117,312 | 32,466 | 50,876 | 33,142 | 50,489 | 13,745 |
| 남 | 50,907 | 90,665 | 60,185 | 19,311 | 20,361 | 15,862 | 19,285 | 6,785 |
| 여 | 52,784 | 93,700 | 57,127 | 13,155 | 30,515 | 17,281 | 31,204 | 6,960 |

그리고 2021년 9월말 현재 밀양시 홈페이지 〈분야별통계〉의 인구수를 전재하면 다음과 같다.

| 행정구역 | | 남 | 여 | 합계 | 행정구역 | 남 | 여 | 합계 |
|---|---|---|---|---|---|---|---|---|
| 시내 행정동 | 내일동 | 1,276 | 1,358 | 2,634 | 산외면 | 1,432 | 1,370 | 2,802 |
| | 내이동 | 8,045 | 8,226 | 16,271 | 단장면 | 2,106 | 2,152 | 4,258 |
| | 교동 | 2,837 | 3,014 | 5,851 | 삼랑진읍 | 3,273 | 3,273 | 6,546 |
| | 삼문동 | 9,644 | 10,434 | 20,078 | 상남면 | 4,122 | 4,165 | 8,287 |
| | 가곡동 | 3,665 | 4,205 | 7,870 | 하남읍 | 3,507 | 3,510 | 7,017 |
| 소계 | | 25,467 | 27,237 | 52,704 | 초동면 | 1,671 | 1,711 | 3,382 |
| 부북면 | | 2,642 | 2,464 | 5,106 | 무안면 | 2,392 | 2,517 | 4,909 |
| 상동면 | | 1,465 | 1,579 | 3,044 | 청도면 | 848 | 921 | 1,769 |
| 산내면 | | 1,982 | 1,885 | 3,867 | | 50,907 | 52,784 | 103,691 |

가장 이른 통계 문헌은 『경상도지리지 밀양부』이고, 인구수는 풍각현과 수산현을 포함해 13,745명이다. 수록 시기별 편차는 전수 조사의 목적 차이에서 비롯된 듯하나, 대체로 조선시대에는 3만 명 내외의 사람들이 거주한 것으로 추정해도 무방할 것이다.[50] 그러다가 일제강점기하에서는 10만 명을 상회했다. 이 수치에 미포함된 일본인 2,514명과 중국인 79명도 어울려 살았다. 1968년 205,996명을 정점으로 하향 추세를 걸어 2021년 9월말 현재 103,691명(외국인 2,490명 미포함)임을 보면 백 년 전과 비슷한 수준이다. 시내 5개 행정동을 합치면 52,704명으로 51%에 이른다. 전체 남녀의 수를 보면 여성이 1,877명이 더 많다. 읍면 중에서는 상남면이 8,287명이며, 청도면이 가장 적은 1,769명이다. 인구 절벽은 비단 밀양만의 문제는 아니나 지역 소멸의 우려를 간과할 수 없다. 한편으로는 마을 주변에 속속 들어서는 귀촌 전원주택은 또 다른 희망을 갖게 한다.

그렇다면 천년의 밀양 역사에 어떤 성씨가 밀양에 뿌리를 내렸는가. 『세종실록 지리지』에 따르면, 고려 이전부터 존재한 밀양의 토성은 손(孫)·박(朴)·변(卞)·김(金)·조(趙)·변(邊)·양(楊)이고, 외부 유입 성씨는 윤(尹)·이(李)·최(崔)·조(曺)이요, 사성(賜姓)은 당(唐)이다. 어느 시대나 그러하듯이 유입과 전출의 시기가 일정하지 않기 때문에 제대로 된 성씨별 인구 정보를 얻기란 쉽지 않다. 근대 이후 주거의 유동성(流動性)은 실태 파악을 더욱 어렵게 만드는 요인이다.

그림18 국립김해박물관 '밀양' 특별전(2017). 바탕은 19세기 〈밀양고지도〉(국립중앙박물관 소장)

이 글의 주된 목적은 성씨별 인구수 조사가 아니라 밀양 입향조가 언제 들어왔고, 동족집단이 어디에 주로 분포하는가를 살피는 데 있다. 이는 밀양 천년을 함께 한 가문들을 분석하는 데 확실하고도 현실적인 방법이다. 신뢰할 만한 정보는 기존의 근현대 밀양 읍지, 『밀양향안』, 『밀양누정록』 등에 저장되어 있다. 이를 십분 참고하되 특정 가문에서 보유하고 있는 문집을 여러 각도에서 활용할 것이다.

그림19 〈그림18〉 밀양 관아 확대

그림20 〈그림18〉 영남루 확대

# 미주

1 안재구, 『할배, 왜놈소는 조선소랑 우는 것도 다른강?』, 돌베개, 1997, 59~60쪽.

2 월경지(越境地): =비입지(飛入地). 군현의 행정구역이 다른 지방의 행정구역 영역을 넘어 들어가 위치한 지역. 해당 지역민의 조세부담률과 직결된 문제이므로 기존의 월경지에 대한 집착이 강했다.

3 『밀주승람』(밀양향토사료집 5집)은 손병현(1878~1961)이 편찬했다. 밀양읍이 등장하는 것으로 볼 때 1932년경에 편찬한 것으로 보인다. 해제에 따르면 손병현은 상동 구곡리에 거주했고, 노상직·조긍섭과 교유했다.

4 『밀주읍지』(향토사료집 1집, 밀양문화원, 1986, 207~304쪽)는 손성태 소장의 『밀양읍지』를 영인한 것으로, 표지 제목을 '밀주'라 달리 붙였다.

5 『여지도』(1757~1765, 규장각 한국학연구원 소장, 그림3)보다 약 10년 앞서 작성된 「해동지도」에는 하동초동면·하동이동면[하동면], 부남초동면[상남면], 부남이동면·부남삼동면[하남면]의 행정구역을 표기했다. 당시의 밀양 전체 인구는 49,978명(남 18,237, 여 31,741)이다.

6 원제 『밀양도호부지리』(이익성가 소장, 향토사료집 1집, 1986, 17~136쪽)는 1674년 이전의 인물과 지리 정보를 담고 있는데, 밀양문화원에서 2001년 『국역 밀주지』로 다시 간행했다. 참고로 『밀양도호부지리』(향토사료집 7집, 2018, 205~319쪽)는 마지막에 추가된 십여 페이지를 제외하면 본문 내용 하한선이 18세기 초반이다.

7 천화면(穿火面)은 1832년의 『밀양부읍지』(경상도읍지, 규장각 소장)에 처음 나오나 1871년의 『밀양도호부지』(영남읍지, 규장각 소장)에는 '중동면'으로 표기되어 있다.

8 상북면(上北面)은 고미면(古旀面)의 개칭이다. 관할 지역은 현재 운문면의 지촌리·봉하리·정상리·마일리, 매전면의 두곡리·금천리·내리, 금천면 이사리·사전리에 해당한다. 읍지에 지명으로 쓰인 '旀'나 '弥'는 '미(彌)'와 동자이고, 구결일 때는 '며'로 읽는다.

9 『현행 조선 부군도면정(府郡島面町) 동리 명칭 일람』(저작 겸 발행자 이찬, 송원서재, 1918.1)의 약칭이다. 부내면은 1918년 3월 1일 밀양면으로 개칭되었고, 1932년 『밀주승람』의 동리명과 법정동 수도 이와 똑같다.

10 신학상, 『향토문화』 창간호, 협동인쇄주식회사, 1953, 82~84쪽.

11 용두산: 가곡동에 있는 산. 이하 주해는 한태문·이순욱·정훈식·류경자 엮음, 『밀양민요집』 1, 밀양시, 2010, 68~73쪽을 깁고 더했다.

12 을자강: 밀양 중심부를 을자(乙字) 모양으로 흐른다고 해서 붙인 이름이다. 밀양강, 응천강, 남천강의 이칭이 있다.

13 굴밭: 대전과 신전을 경계로 흐르는 용심천에서 용이 승천하였다고 전한다. 용의 승천에는 구름이 끼게 마련인데다 밭이 많은 곳이라 하여 운전(雲田)이라 부른다.

14 날이테: 제대리에서 무안 마흘리로 넘어가는 날고개(나으리고개)를 말하고, 일현(日峴) 또는 나현(羅峴)의 이칭이 있다. 밀양문화원, 『밀양지명고』, 1994, 212쪽 참조.

15 퇴로못: 퇴로리에 있는 못으로, 1931년에 축조된 가산저수지를 말한다.

16 감냇물: 감천리 마을 중심을 흐르는 개천. 김종직이 태어난 후부터 냇물 맛이 달아졌다 하여 붙여진 이름이다. 경상남도 무형문화재 7호 '감내게줄당기기'라는 민속놀이가 전해 온다.

17 이서국: 삼한시대 변진 계통의 부족국가. 이서국 군사가 297년(유례왕14) 신라 금성을 공격했다가 5년 뒤 도리어 패망해 신라 구도성(仇刀城)이 되었다.

18 마전암: 매화리 사지마을 매전천(일명 동창천)의 남쪽 벼랑. 옛날 이서국이 신라에게 패하여 병사와 말이 바위 아래로 굴러떨어졌기에 붙인 이름이다.

19 낙화듬: 가곡리 낙하산(落霞山)의 절벽 이름. 임란 때 여인들이 왜군을 피해 절벽에서 꽃처럼 떨어진 곳이라 하여 '낙화데미'라 부르기도 한다. 길가에 여흥민씨 절부각이 있다.

20 동북천: 응천강(밀양강) 상류인 동천과 북천. 동천의 근원은 재악산과 실혜산, 북천의 근원은 운문산과 비슬산이다.

21 긴숲: 남기리 기회마을 긴늪의 소나무숲.

22 다인: 다죽리 다원.

23 금물곳들: 금물고(琴勿古) 들판. 금천리 곧 와야(瓦野)마을 앞에 있는 '금교들'의 속어로, 달리 '욕요'라 부르기도 한다.

24 보한: 보얀. 빛깔이 보기 좋게 흰.

25 은미회: 은어회. 밀양은 예로부터 은어로 유명했다. 목은 이색의 영남루 시에도 보인다.

26 삼북: 삼복.

27 석골사: 원서리 운문산에 있는 절. 임란 때 의병이 주둔한 곳이다.

28 기터: 기허대사의 오기. 서산대사의 제자로 의병장 조헌과 함께 청주를 수복했다.

29 깐촌: 검세리 작원마을.

30 광나리: 광탄(廣灘)나루. 용성리 칠성마을 앞의 강가에 있었고, 임란 때 밀양부사 박진이 작원관 전투에서 패배해 후퇴하던 중 많은 병사들이 이곳에 빠져 죽었다.

31 운렛들: 운례 마을의 들판.

32 병구: 고려 말 김훤이 삼별초를 진압할 때 주둔한 곳으로 예림리와 전사포리 사이에 있었다. 김종직의 병구(兵丘) 시가 있다.

33 맥문동: 밀양 특산물의 하나.

34 정남정: 신라왕이 가락국 마지막 임금인 구형왕의 항복을 받고 세운 파서리의 정자.

35 사다함: 이사부가 가야국을 정벌할 때 출전하여 큰 공을 세운 신라 화랑.

36 국노늪: 국농소 늪. 하남읍 수산리와 초동면 금포리 사이에 있는 들판. 삼한시대 수산제가 있다.

37 통바위: 옛 초동중학교 뒷산. 통암. 고려 인종 태실이 있다.

38 이궁대: 곡강마을 소재. 신라 임금의 행궁으로 가야를 정벌할 때 진을 친 곳.

39 폭포수: 덕대산 덕은사 계곡의 폭포를 말함. 대개 현대 지도에 '여폭포'라 표기되어 있다.

40 괴나리: 괴진(槐津). 고라리 중촌. 사명대사 생가지와 기념관이 있다.

41 홍제원: 무안리 표충비각이 있는 홍제사.

42 삼비문: 1744년 10월 건립한 표충비 비문을 말하고, 표충비각 정문 이름 또한 삼비문(三碑門)이다. 표충비에는 사명대사 유정(惟政), 서산대사 휴정(休靜), 기허대사 영규(靈圭) 세 선사의 공적과 임란 사적이 기록되어 있다. 이 중 사명대사 비문(1742)은 도곡 이의현이 지었고, 글씨는 퇴어 김진상이 썼으며, 전액은 지수재 유척기 글씨이다. 그리고 표충사의 표충사(表忠祠)에 세 대사의 영정과 위패가 봉안되어 있다.

43 삼강동: 무안 가례리와 고라리 일대. 임진왜란 때 맹활약한 사명대사, 손인갑과 손약해 부자, 노개방과 여주이씨 부부 등 충효열 삼강(三綱)이 같은 시대에 한곳에서 나왔다고 하여 붙인 이름. 중산리 입구에 삼강문(三綱門) 표지석(그림14)이 있다. 사명대사는 고라리 중촌, 손인갑은 가례리 아치실, 노개방은 가례리 서가정에서 각각 출생했다. 이 책 제2부 참조.

44 충렬목: 충렬 곧 삼강동으로 가는 길목.

45 당숲: 구기리 당림(棠林). 청도 김씨가 입촌해 세거지를 이루고 있고, 숲속마을 어린이 물놀이장이 인기가 있다.

46 안장사: 안곡리 안장산 계곡에 있던 절.

47 운주: 화악산에 있는 절.

48 천주사: 소태리에 있는 천죽사(天竹寺). 고려시대 5층 석탑(보물 312호)이 있음.

49 1932년 박수헌의 『밀주지』(밀양문화원, 향토사료집 8집), 1936년 간행된 안병희의 『밀주징신록』과 통계수치가 동일하다.

50 1828년경 밀양의 인구 규모는 경상도에서 경주, 진주, 상주, 대구, 성주, 안동, 고성, 선산 다음 정도에 위치한다. 정치영, 『지리지를 이용한 조선시대 지역지리의 복원』, 푸른길, 2021, 134~136쪽.

# 별첨: 밀양시 행정지도

출처: 대원지리정보(2021년 5월 발행)

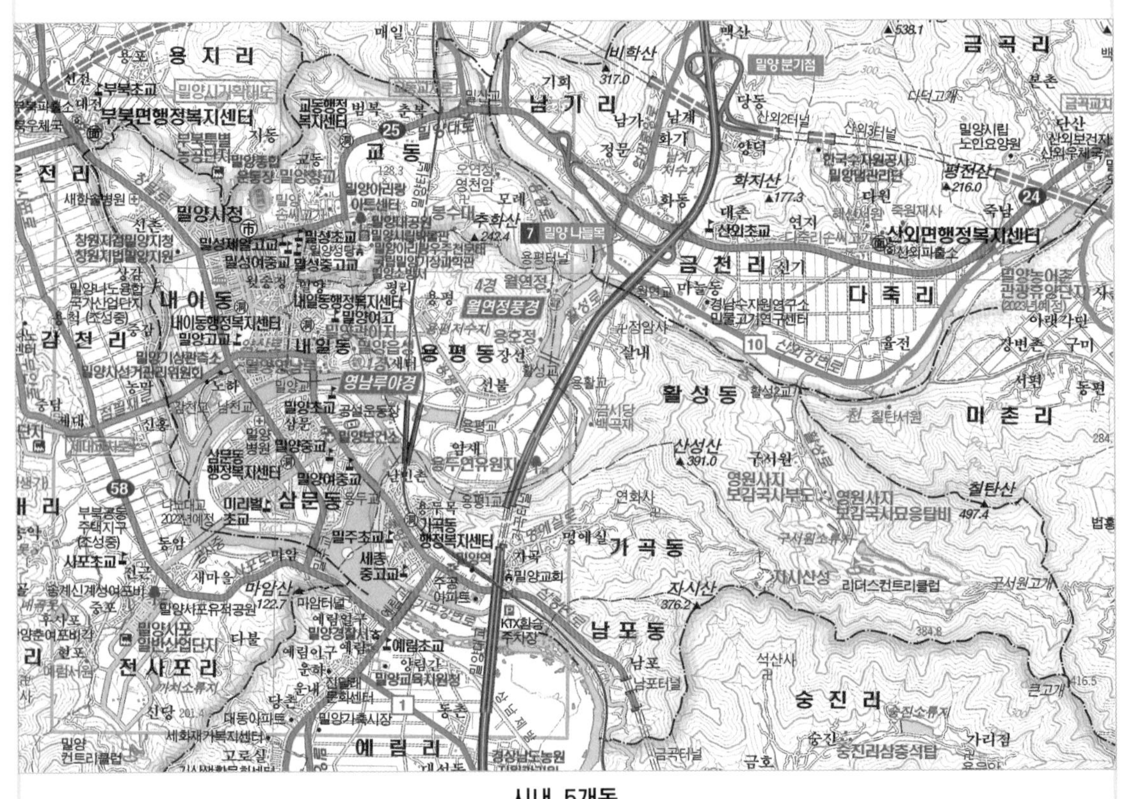


시내 5개동

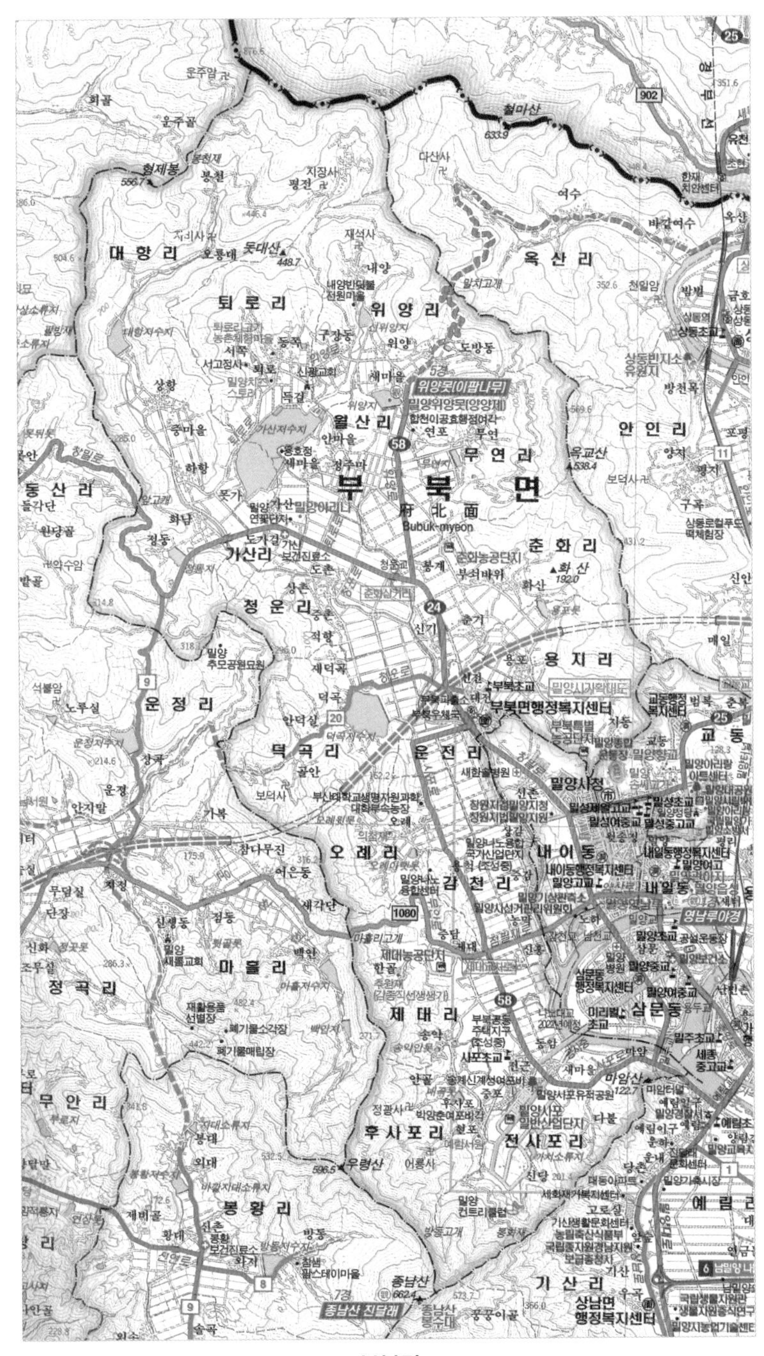

대항리
퇴로리
위양리
옥산리
월산리
무연리
안인리
부북면
府北面
Bubuk-myeon
동산리
가산리
춘화리
청운리
용지리
운정리
덕곡리
운전리
교동
오례리
내이동
감천리
내일동
마흘리
정곡리
제대리
삼문동
무안리
후사포리
전사포리
봉황리
기산리
밀양시청
부북면행정복지센터


부북면

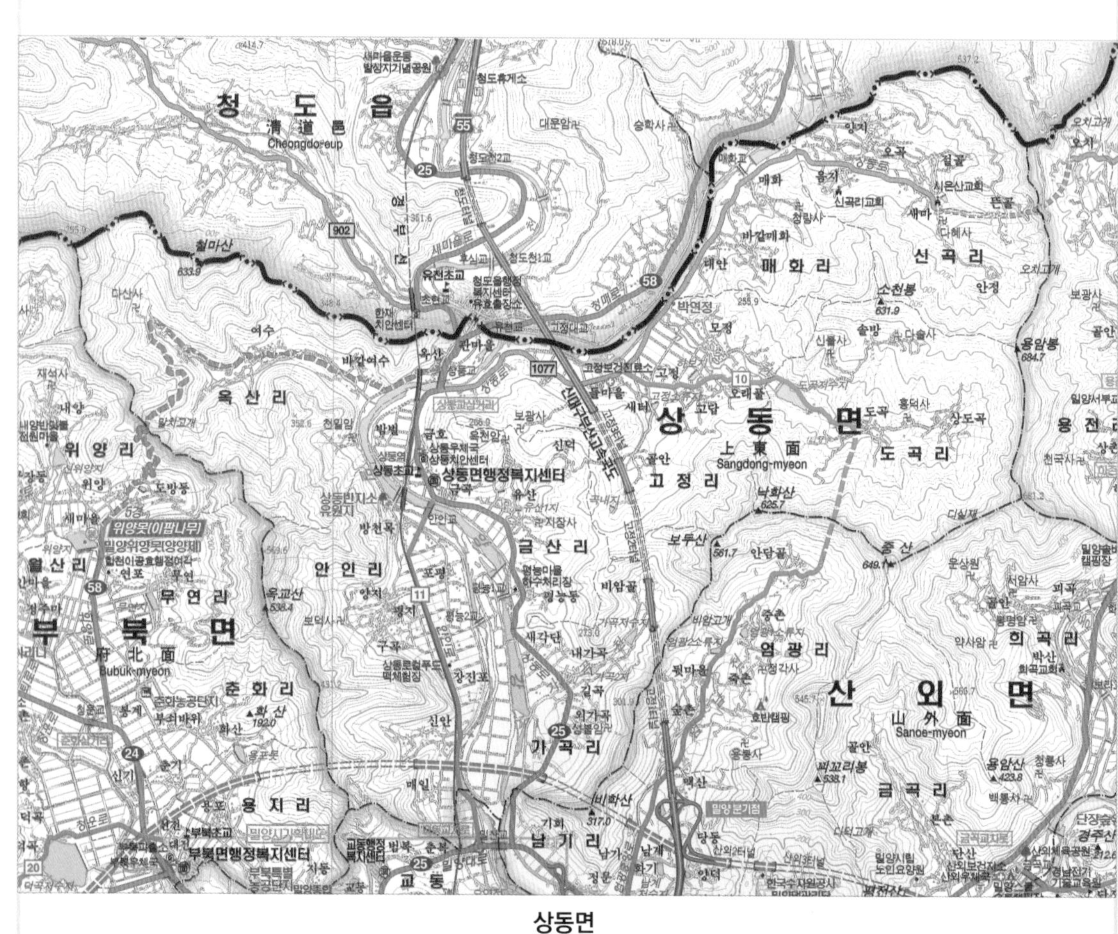

청 도 읍
清 道 邑
Cheongdo-eup
상 동 면
上 東 面
Sangdong-myeon
부 북 면
府 北 面
Bubuk-myeon
산 외 면
山 外 面
Sanoe-myeon
매 화 리
신 곡 리
옥 산 리
위 양 리
도 곡 리
고 정 리
금 산 리
안 인 리
무 연 리
춘 화 리
가 곡 리
용 지 리
남 기 리
염 광 리
금 곡 리
희 곡 리
교 동
상동면행정복지센터
부북면행정복지센터
청도휴게소


상동면

上東面
Sangdong-myeon
도곡리
고정리
상동면행정복지센터
금산리
낙화산
625.7
보두산
561.7
안담골
중산
649.1
디실재
운상원
밀양솔바람
캠핑장
밀양알프스
캠핑장
승학산
548.1
희곡리
엄광리
산외면
山外面
Sanoe-myeon
사연리
영각정사
가곡리
호박캠핑
용봉사
꾀꼬리봉
538.1
금곡리
용암산
423.8
청룡사
백룡사
백산
비학산
317.0
밀양 분기점
남기리
교동
당동
양덕
화지산
177.3
평천산
216.0
밀양시립
노인요양원
산외보건지소
산외우체국
단장숲유원지
경주산
212.6
단장면
행정복지센터
태룡초교
태룡리
단장리
동대서대부속
홍제중교
경남전기
기술교육원
산외초교
산외면행정복지센터
산외파출소
금천리
다죽리
밀양농어촌
관광휴양단지
추화산
242.4
밀양 나들목
월연정
용평동
활성동
미촌리
가래봉
502.2
단장1터널
단장2터널
안법동
산외강변로
산외1터널
산외2터널
산외3터널


산외면

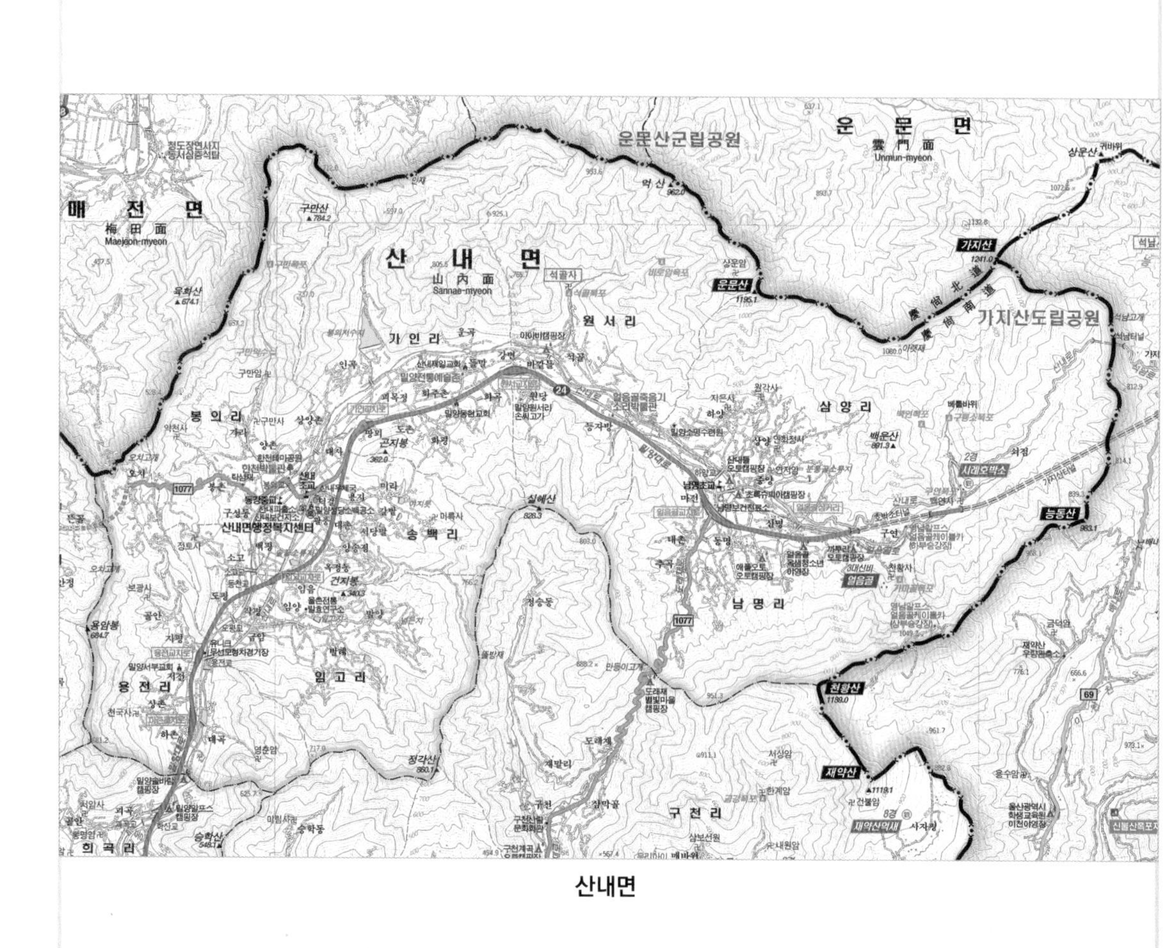
운문산군립공원
운 문 면
雲 門 面
Unmun-myeon
매 전 면
梅 田 面
Maejeon-myeon
산 내 면
山 內 面
Sannae-myeon
가지산도립공원
구만산
육화산
억산
운문산
가지산
상운산
실혜산
건지봉
고지봉
백운산
능동산
천황산
재약산
정각산
승학산
용암봉
가 인 리
원 서 리
봉 의 리
삼 양 리
송 백 리
남 명 리
임 고 리
용 전 리
구 천 리
희 곡 리
산내면행정복지센터
석골사
얼음골
시례호박소

산내면

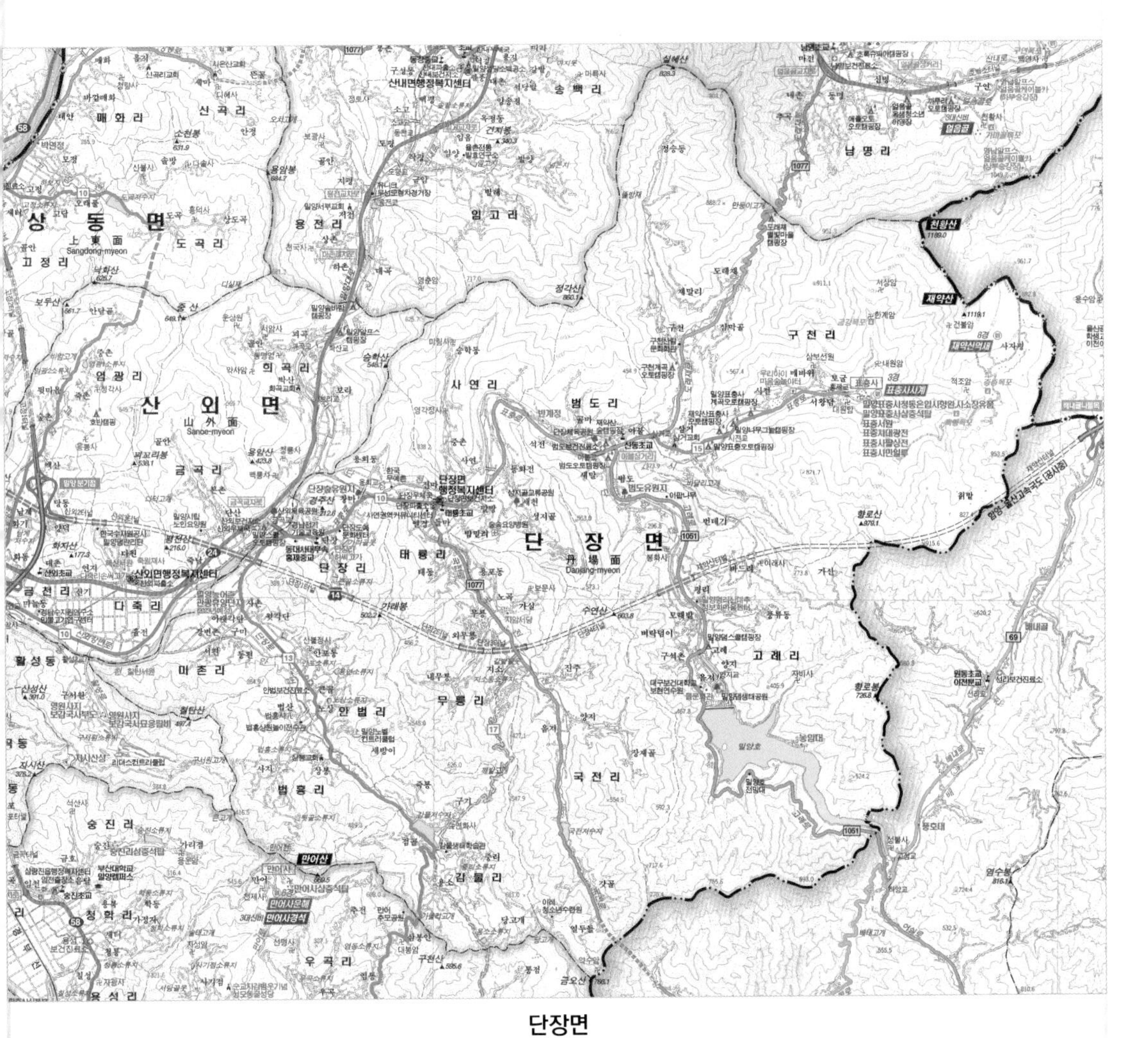

상 동 면
上東面
Sangdong-myeon
산 외 면
山外面
Sanoe-myeon
단 장 면
丹場面
Danjang-myeon
매 화 리
산 곡 리
도 곡 리
고 정 리
용 전 리
임 고 리
송 백 리
남 명 리
구 천 리
범 도 리
사 연 리
희 곡 리
염 광 리
금 곡 리
단 장 리
태 룡 리
다 죽 리
금 천 리
미 촌 리
안 법 리
무 릉 리
고 례 리
국 전 리
범 흥 리
숭 진 리
감 물 리
청 학 리
우 곡 리
용 성 리
산내면행정복지센터
단장면행정복지센터
산외면행정복지센터
천황산
재약산
향로산
실혜산
정각산
승학산
만어산
금오산
밀양호
표충사

단장면

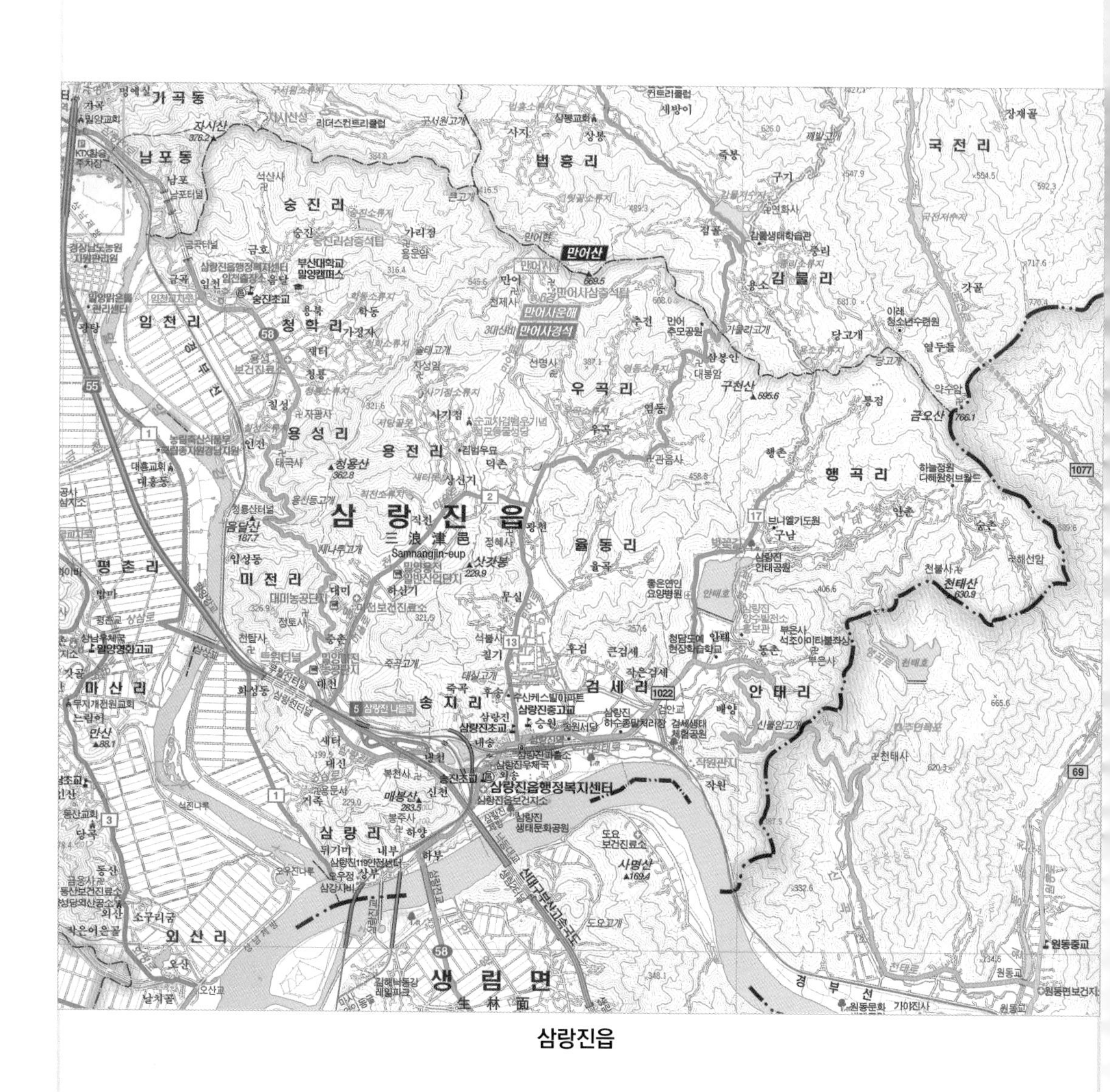

가곡동
남포동
숭진리
법흥리
국전리
감물리
임천리
청학리
용성리
용전리
우곡리
행곡리
삼랑진읍
三浪津邑
Samnangjin-eup
율동리
평촌리
미전리
마산리
송지리
검세리
안태리
삼랑리
외산리
생림면
生林面
만어산
만어사
만어사운해
만어사경석
자시산
칠용산
움달산
금오산
천태산
구천산
매봉산
사명산
만산
숭진초교
삼랑진초교
삼랑진중고교
삼랑진읍행정복지센터
부산대학교 밀양캠퍼스
밀양영화고교
경부선

삼랑진읍

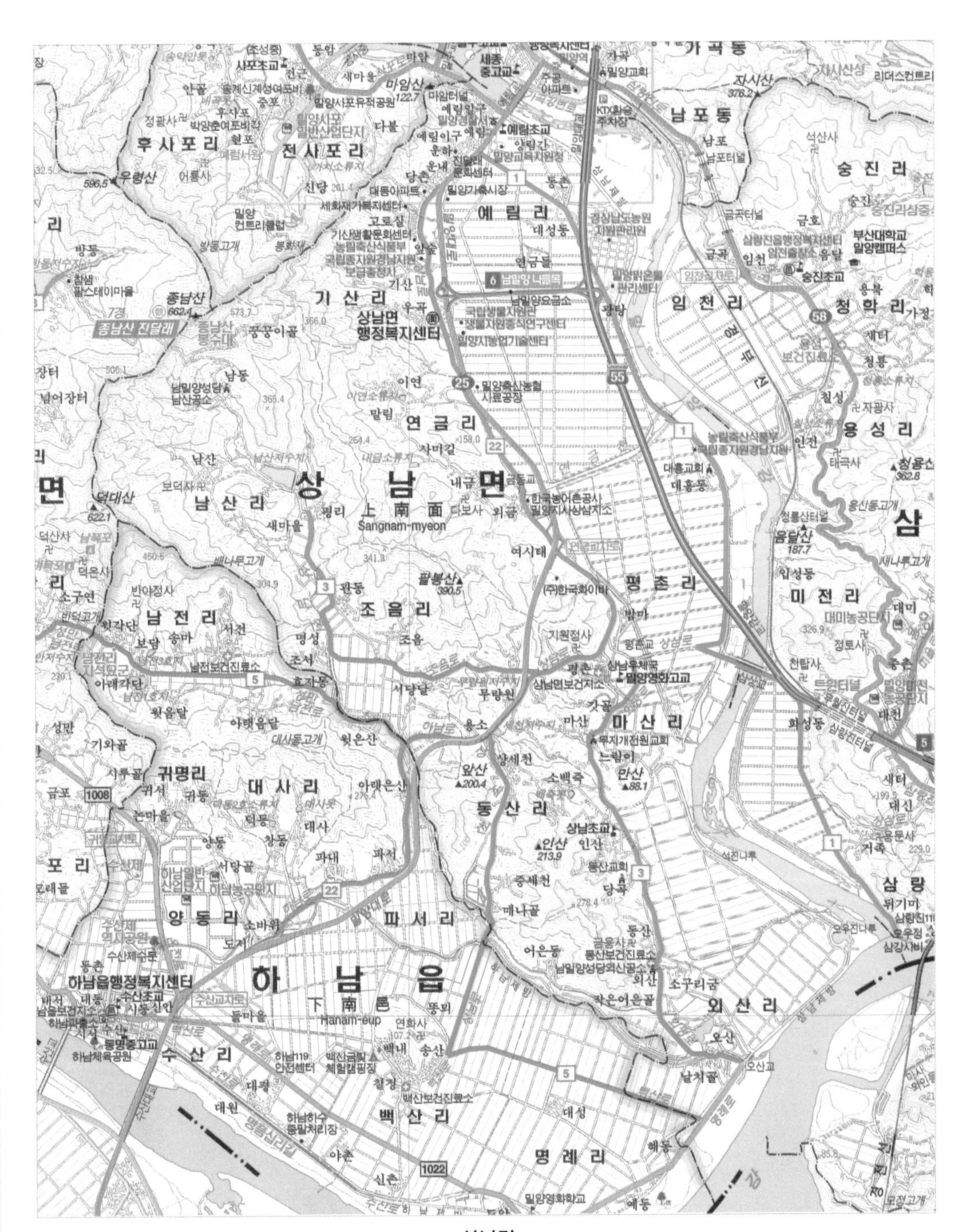
가곡동
남포동
숭진리
후사포리
전사포리
예림리
기산리
상남면
행정복지센터
임천리
청학리
연금리
용성리
상남면
上南面
Sangnam-myeon
남산리
평촌리
미전리
조음리
남전리
마산리
귀명리
대사리
동산리
포리
양동리
파서리
하남읍
下南邑
Hanam-eup
외산리
수산리
백산리
명례리
종남산
팔봉산
덕대산
우령산
용달산
자시산
만산
안산
왔산
세종중고교
밀양교회
예림초교
남밀양 나들목
상남초교
밀양영화고교
하남읍행정복지센터
수산초교
동명중고교
부산대학교 밀양캠퍼스
숭진초교
밀양영화학교

상남면

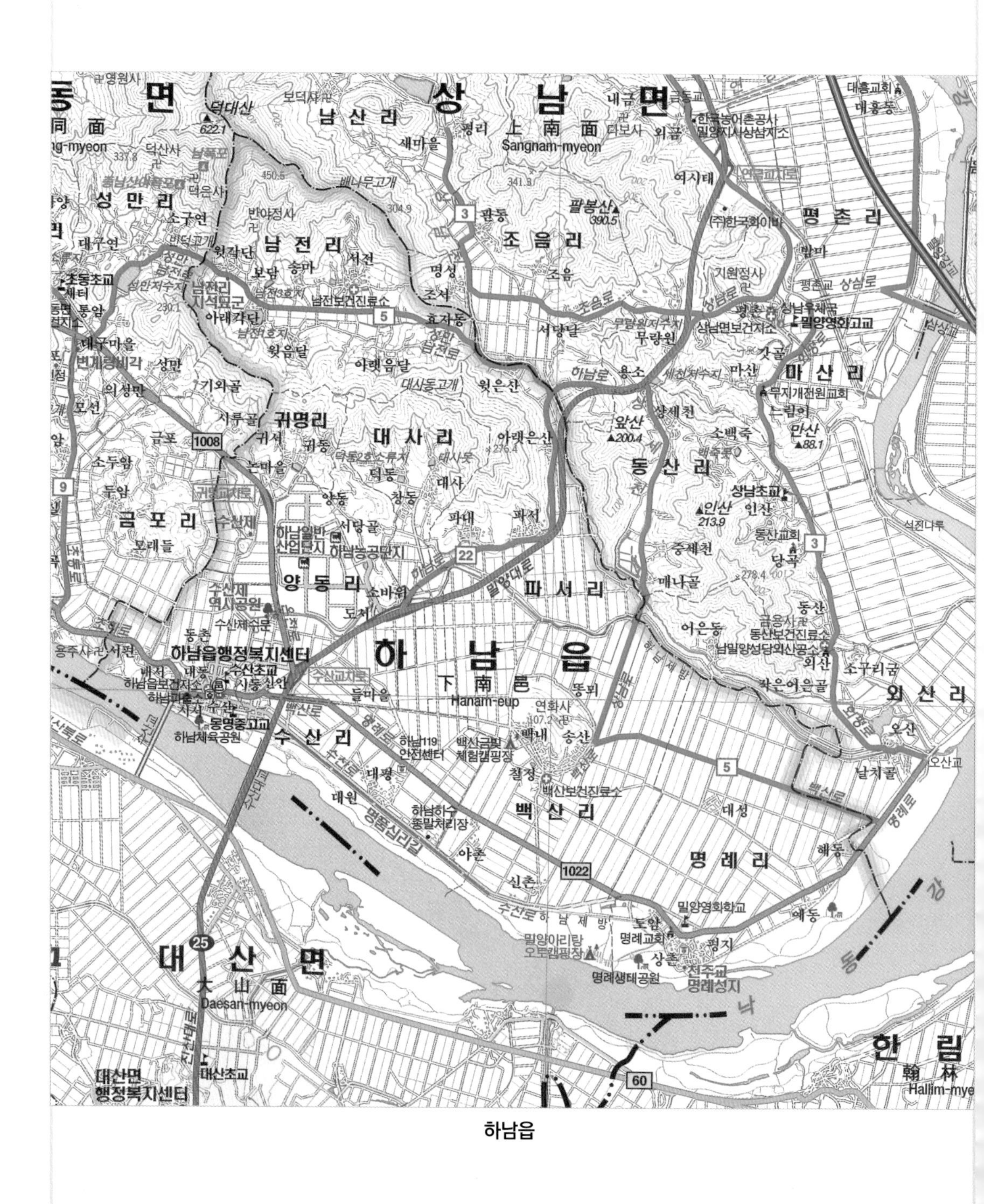

상남면
上南面
Sangnam-myeon
남산리
조음리
평촌리
남전리
마산리
귀명리
대사리
동산리
금포리
양동리
파서리
하남읍
下南邑
Hanam-eup
외산리
수산리
백산리
명례리
대산면
大山面
Daesan-myeon
한림
翰林
Hallim-mye
덕대산
622.1
팔봉산
390.5
앞산
200.4
만산
88.1
인산
213.9
보덕사
덕산사
덕은사
반야정사
서전
명성
조서
효자동
서당날
무량원
용소
상세천
소백죽
중세천
매나골
어은동
당곡
동산
외산
오산
오산교
날치골
해동
예동
대성
평지
상촌
명례교회
명례성지
명례생태공원
밀양아리랑 오토캠핑장
밀양영화학교
밀양영화고교
상남초교
상남면보건지소
상남우체국
동산보건진료소
작은어은골
소구리골
석전나루
연화사
백내
송산
칠정
백산보건진료소
하남119 안전센터
백산금빛 체험캠핑장
하남하수 종말처리장
대평
대원
야촌
신촌
들마을
똥뫼
도처
소바위
수산제 역사공원
수산제쉼터
동촌
하남읍행정복지센터
수산초교
하남읍보건지소
하남파출소
동명중고교
하남체육공원
용주사
서편
내서
대동
하남일반 산업단지
하남농공단지
서당골
양동
창동
덕동
대사
파대
파서
귀동
귀서
논마을
금포
시루골
기와골
모래들
소두왕
두암
수산제
성만리
소구연
대구연
조동초교
아래각단
웟각단
보담
송마
남전보건진료소
웟음달
아랫음달
웟은산
아랫은산
대사동고개
배나무고개
관동
조음
지원정사
여시태
내금
외금
한국농어촌공사 밀양지사상남지소
대흥교회
대흥동
평촌교
상남로
하남로
밀양대로
수산교
백산로
명례로
수산로
명품심리길
하남제방
대산면 행정복지센터
대산초교
낙동강
3
5
9
22
25
60
1008
1022


하남읍

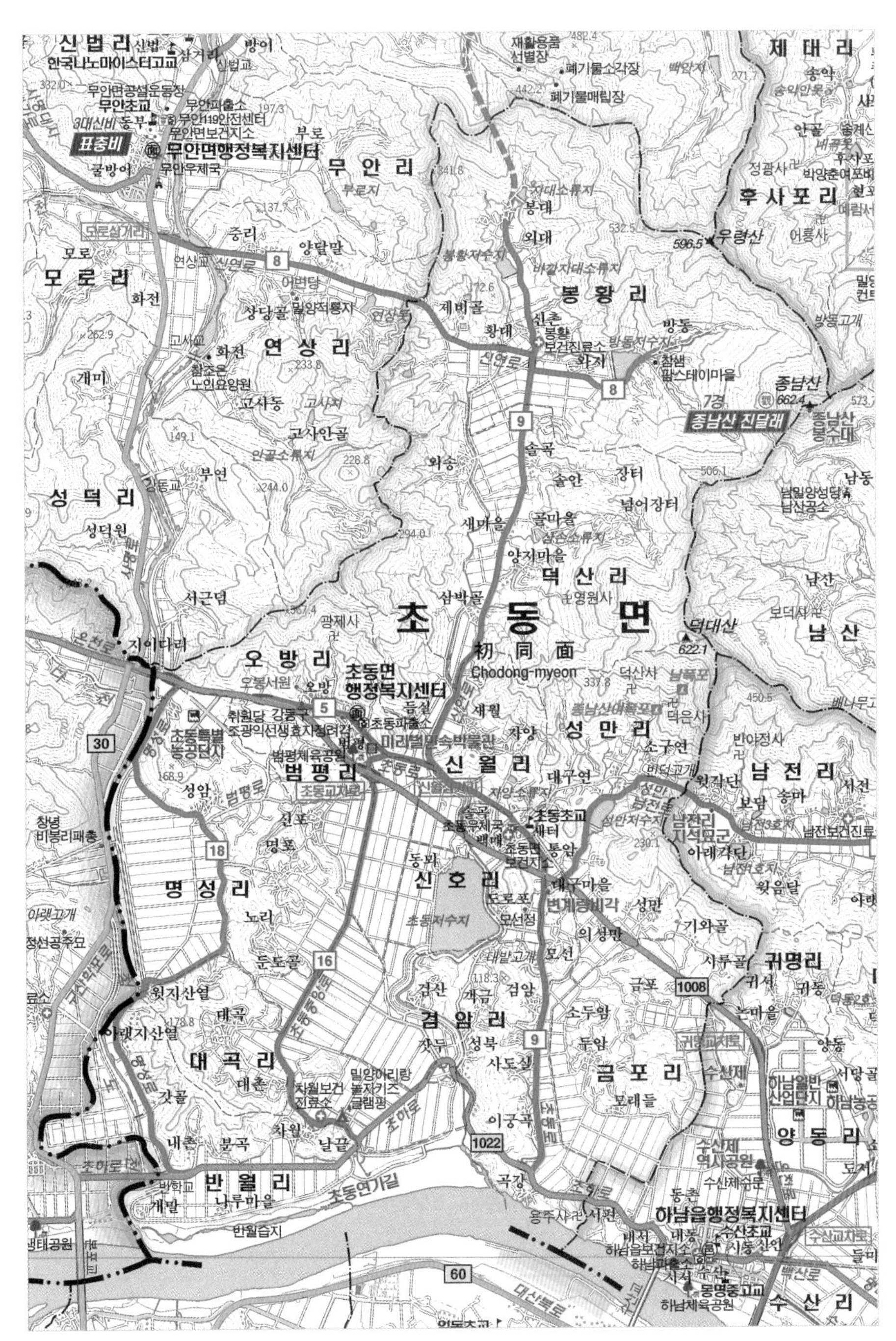
신법리
한국나노마이스터고교
무안초교
무안면행정복지센터
표충비
무안우체국
무안리
모로리
연상리
봉황리
제대리
후사포리
우령산
종남산
종남산 진달래
성덕리
덕산리
초동면
初同面
Chodong-myeon
오방리
초동면
행정복지센터
범평리
신월리
남전리
남산
명성리
신호리
초동저수지
귀명리
검암리
대곡리
금포리
양동리
반월리
초동연가길
하남읍행정복지센터
수산리
수산제
역사공원
지이다리
덕대산

초동면

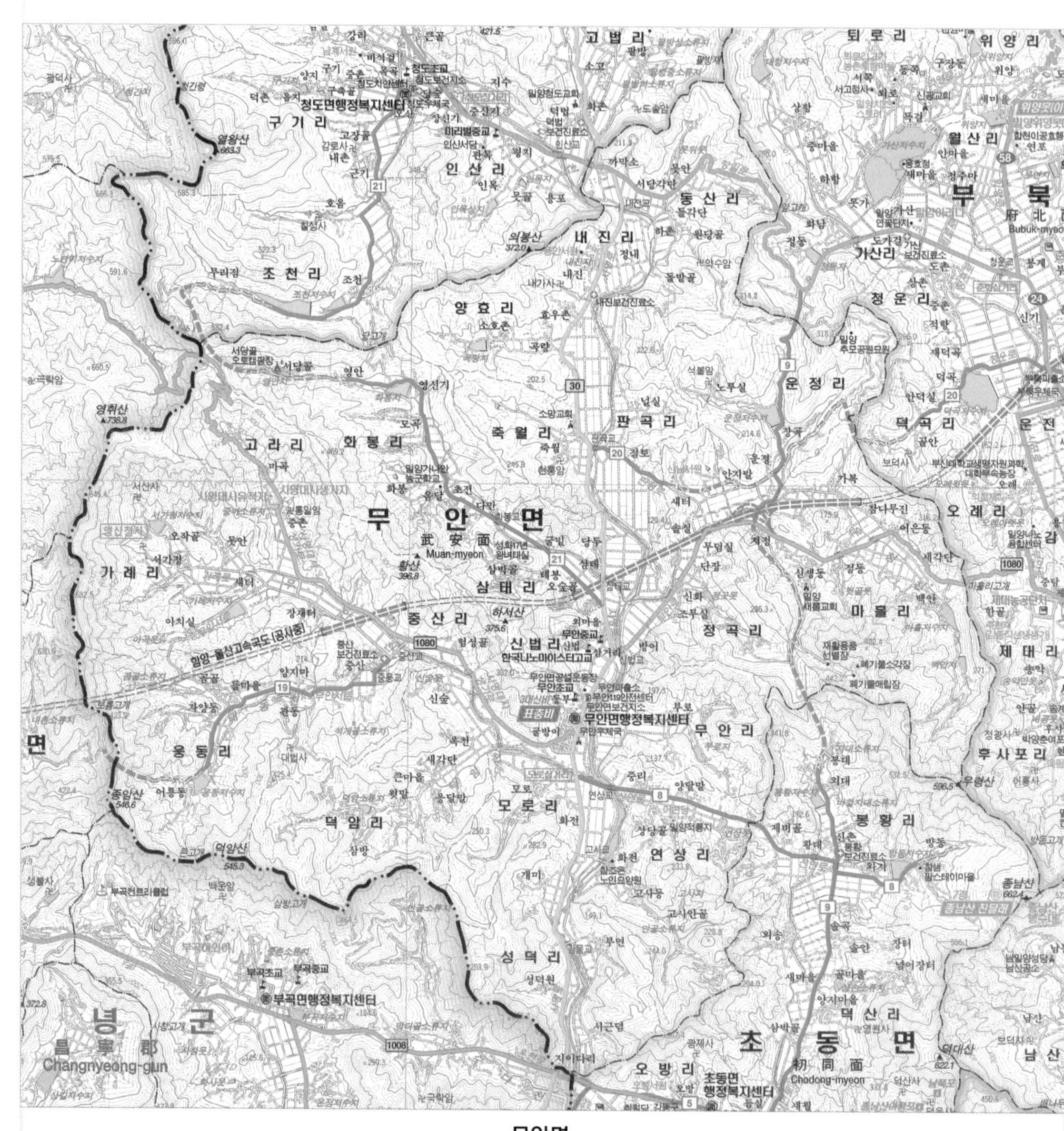

고법리
퇴로리
위양리
구기리
청도면행정복지센터
인산리
월산리
부북면
府北面
Bubuk-myeon
동산리
내진리
가산리
조천리
양효리
청운리
운정리
덕곡리
운전리
고라리
화봉리
죽월리
판곡리
무안면
武安面
Muan-myeon
오례리
가례리
삼태리
중산리
신법리
마흘리
정곡리
제대리
함양-울산고속국도(공사중)
무안면행정복지센터
무안리
웅동리
후사포리
모로리
덕암리
봉황리
연상리
성덕리
부곡면행정복지센터
덕산리
오방리
초동면
初同面
Chodong-myeon
초동면 행정복지센터
창녕군
昌寧郡
Changnyeong-gun
영취산
열왕산
화악산
종암산
덕암산
종남산
덕대산


무안면

각 남 면
角南面
Gangnam-myeon
청 도 면
清道面
Cheongdo-myeon
소 태 리
요 고 리
두 곡 리
고 법 리
대 항 리
퇴 로 리
구 기 리
인 산 리
동 산 리
내 진 리
조 천 리
양 효 리
가산리
운 정 리
청 운
慶 尙 北 道
慶 尙 南 道
천왕산
화악산
호암산
청도면행정복지센터
청도초교
미리벌중교

청도면

# 제2부
## 성씨별 입촌 시기와 인물계보

초동면 봉황리 와지저수지에서 본 종남산

산내면 가인리 인곡 봉의저수지에서 본 실혜산

문헌상의 집성촌을 근거로 114개 본관별 성씨와 260여 명의 입향조를 다룬다. 1987년 밀양문화원에서 발간한 『밀양지』에는 거주인 1명까지 포함해 집계한 성씨가 174개, 입향조는 총 206인으로 나온다. 거주인 10명 이상으로 제한할 경우 106개 성씨로 줄어든다. 인구의 급격한 감소와 지역 이동을 고려하면 통계상의 변수는 불가피하다. 촌락에 군집하지 않는 성씨는 약술할 수밖에 없는바, 이는 전국적 이농 현상 이전의 동족 마을을 주된 고찰 대상으로 삼았기 때문이다. 일부 성씨는 집성촌에 무게를 두지 않고 기술했다.

밀양의 여러 가문이 어떤 경로를 거쳐 터전을 마련하게 되었는가 하는 점이 서술의 핵심이다. 입촌의 계기나 세거지 변화 과정에서 특징적인 사실을 서술할 것이다. 문중 역사는 자손들의 세대교체와 다름없으므로 계보 정보가 필요하다. 분파를 중심으로 세계(世系)의 종횡 관계를 밝히되, ❶-①-㊀-㉮-Ⓐ-ⓐ, ⓑ-㊊-㊤과 같은 원문자로 구분한다. 부호는 계대(繼代)가 연속된 경우, ❶의 손자는 ㊀, 그리고 Ⓐ의 아들 ⓐ~ⓑ는 고손자를 의미한다. 계대는 항렬자로 어렵지 않게 가늠할 수 있을 것이다. 아울러 양자(養子) 정보는 출(出)과 계(系)로 표시했다.

입촌과 관련된 인물은 계보상에 체크(√밑줄) 표시를 하고, 또 문집이 있는 인물은 굵은 글씨체로 나타냄으로써 가독성을 높였다. 아울러 문중의 족세(族勢)를 확대하면서 관습상 혼맥을 중시한 까닭에 재지(在地) 사족 간의 통혼이 어떻게 이루어졌는지를 개괄적으로 소개한다.[1] 현대 인물 중 밀양의 지역성을 돋보이게 하는 독립운동 서훈자는 2020년 8월 현재 87명인데,[2] 이 중 본관을 구체적으로 확인한 이는 '☆'로 표시했다. 이와 더불어 문중의 브랜드 마크로서 현존하는 재실이나 누정은 성씨의 과거와 현재를 파악하는 데 매우 유용하기에 함께 다루고, 배경 지식이 필요한 인문 사적에 대해서는 미주를 달았다.

【1】 회산 **감씨**(檜山**甘**氏)는 감래성(甘來聖)이 영조대(1725~1776) 창원 내동에서 상남 동산리 세천에 전거(奠居: 머물러 살 곳을 정함)함으로써 밀양과 연이 닿았다. 아들 묵재 감창기(1775~1845)는 유림의 신망이 높았고, 중세천(중마)에 경묵재(敬默齋)가 있다. 후손 중 의재 감동규(甘東珪)의 손자이자 감호현(甘豪鉉)의 아들 감영생(1914~1950)은 세천 출신으로 의열단 단원이고, 외조부가 손유헌(안동)이다.

**그림1** 상남면 동산리 중세천 경묵재. 2021.6.6

【2】 진양 **강씨**(晉陽**姜**氏)의 시조는 고구려 때 장군 강이식(姜以式)이고, 시조의 20세손인 중시조 강계용의 후손들이 밀양에 세거한다.

세계는 1강이식……21**〈박사공파〉**강계용(姜啓庸)－강인문－강사첨(姜師瞻)－❶**〈어사공파〉**강창부(姜昌富)－강황보－강손기－강렬－강말동－강빈(姜贇)－①강응두(1501~1558), ②육암 강응규(1507~1576)－강몽린－이재 강희(姜熺)－자암 강경승(1577~1633)－√강연지(1604~1640, 일명 淵浩)－㊀강필(姜弼)－강우주, ㊁강필재－강범선, ❷강창귀(姜昌貴)－강군보－강시－①**〈통정공파〉**강회백－㊀강종덕, ㊁강우덕－㉮강맹경, ㉯강숙경, ㊂강석덕－㉮강희안, ㉯강희맹(姜希孟), ②**〈통계공파〉**강회중(姜淮仲)－강안수－강혜(姜徯)－강효정－강세웅－㊀1남 강우－강복휴－강기룡(출), ㊁4남 강숙－강복남－(계)강기룡(1593卒, 초명 起龍)－강우황－강정－강후재－강태

문－(계)강세형－강성응－강호－도계 강치흠(1766~1835, 족보명 思顯)－강문영－√도암 강만형(1821~1897)－㉮강상희(1857~1907)－Ⓐ**퇴산 강신철**(1879~1949)－(계)강연석, Ⓑ**우산 강신혁**(1879~1966)☆－강우석(姜雨錫)·강연석(출)·강해석·강위석(호적명 貞出), Ⓒ강신긍, Ⓓ강신창, Ⓔ강신규(출), Ⓕ강신려(姜信呂), ㉯강윤희－(계)강신규로 이어진다. 참고로 강응두(姜應斗)의 사위가 곽재우(郭再祐)의 부친 곽월이고, 강세형(姜世亨)의 장인은 하수창(진양)이며, 강만형의 사위는 박이중의 7세손 박한준(은산군파)이다.

먼저 중시조 강계용의 13세손이자 〈어사공파〉 파조 강창부의 10세손인 강연지(姜淵之)가 임진왜란 이후 의령을 떠나 무안 덕암리에 복거해 일문을 이루었고, 중촌마을에 덕암재(德巖齋)가 있다.

다음으로 중시조의 13세손이자 〈통계공파〉 파조 강회중의 7세손인 강기룡(姜起龍)은 임진왜란 때 진주성에서 순절했는데, 10세손 강만형(姜萬馨)이 일찍 고아가 되어 의지할 데가 없어 창녕 도야에서 장인 설광륜(순창)의 세거지와 가까운 부북 청운리 도촌으로 이거했다. 여기서 쌍둥이로 태어난 퇴산(退山) 강신철·우산(友山) 강신혁 형제는 약관에 노상직(광주)의 제자가 되어 문집을 남겼다. 강신철(姜信喆)은 1906년 창녕으로 돌아갔다가 1930년에 다시 밀양 부북 춘화리 봉계로 이사한 뒤 단산서당(丹山書堂)을 짓고 강학했다. 동생 강신혁(姜信赫)은 파리장서에 서명해 옥고를 치러 2003년 건국포장을 추서받았으며, 강위석의 아들이 창녕 고암면 출

**그림2** 무안면 덕암리 중촌 덕암재. 2021.6.11

**그림3** 무안면 무안리 원원교의 강순조 진휼비(좌). 2021.8.14

신의 전 동국대 사회학과 교수 강정구(姜禎求)이다.

이외 통계공 강회중의 차남 강안복(姜安福)의 14세손 강진호(1881~1972, 족보명 化魯)의 효행비가 초동 명성리 성암에 2004년 건립되었다. 조부는 강익조(姜益祚)이고, 부친은 강주우(1856~1907)이다. 그리고 강계용의 후손 강순조(1906~1967) 진휼비가 무안리 서부동 원원교 가에 있는바, 그는 역경을 딛고 포목상으로 일군 재산을 고장 발전에 희사했다.

【3】 개성 **고씨**(開城**高**氏)의 경우, 밀양의 입촌 내력은 상세하지 않으나 세종 때 한성판윤을 지낸 고신인(高信仁)이 있다. 사위가 남원양씨 밀양 입향조인 양준(梁濬)이고, 여동생은 안동손씨 밀양 입향조 손관(孫寬)의 모친이다. 묘소가 용평 선불마을 뒤쪽의 추화산 산록에 있고, 묘갈은 여동생의 손자이자 손관의 아들 손조서가 1454년(단종2)에 지었다.

【4】 장흥 **고씨**(長興**高**氏)의 경우, 근대 밀양의 인물로 1912년 밀양교회를 설립한 고삼종(高三宗) 목사가 있다. 내이동에서 태어난 차남 고인덕(1887~1926)은 삼일운동 전 만주로 건너가 의열단에 가입했고, 최수봉·박소종 등과 함께 1920년 밀양경찰서 투탄의거에 참여했다. 정부는 1963년 건국훈장 독립장을 추서했다.

【5】 제주 **고씨**(濟州**高**氏)의 경우, 철종 때 무안 고라리에 입촌한 고상한(高尙漢)의 후손이 산다. 하남 명례리 평지마을의 명례성당 정문에 1951년 건립한 고광조(高光兆) 딸의 절부비가 있고, 남편은 경주김씨 김학성(金學成)이다.

그림4 하남읍 명례리 명례성당 앞 제주고씨 절부비. 2021.1.30

【6】 곡부 **공씨**(曲阜孔氏)는 여말 선초에 초동의 유력한 재지 사족이었다. 예컨대 공인기(孔麟起)의 사위가 박익의 차남 박소(은산군파)이고, 구봉 김수인(광주)이 「구령동안서」에서 '영망(令望)'이라 칭한 공숭(孔崇)의 사위가 안숙량(금포)이며, 공문충(孔文沖)은 태종 때 향안에 올랐다. 영조 때 공흥평(孔興平)이 부곡 영산에서 초동 덕산리 삼손에 입촌했고, 제6대 해병대 사령관이자 국회의원을 지낸 공정식(1925~2019)이 삼손 골마 출신이다. 또 상남 남산리 구법(구비기)에도 임란 뒤 입촌한 공종현(孔從賢)의 자손들이 살고 있다.

【7】 현풍 **곽씨**(玄風郭氏)의 경우, 숙종 때 둔곡 곽세익(郭世翼)이 부북 청운리에 입촌했고, 이후 자손이 춘화리 봉계동으로 옮겨 산다. 또 산내 가인리 야촌(들마을)에도 영조 때 입촌한 곽수헌(郭守憲)의 후손이 거주한다.

【8】 능성 **구씨**(綾城具氏)의 시조는 고려 중기의 인물 구존유이다. 시조의 6세손으로 〈좌정승파〉 파조인 구홍의 후예가 밀양에 집거하고, 구홍의 사위가 안처선(사포)이다. 세계는 1구존유(具存裕)……7**〈좌정승파〉**구홍(具鴻)……11구숙원－❶구사종－구침－구대성－계암 구회신(1564~1634)－구인계－포재 구시웅－구천기－구항리－구만희－구위한－√월간(月磵) 구핵

(1778~1839, 초명 櫢)－구홍로·구건로·구성로·구문로(具文魯), ❷구찬종－구권석－구척－구호증－구인영－구시필－구승조－구만규(具萬揆)－구정세(1747~1784)－√4남 서은 구석범(1776~1840)－구두희·구례희로 이어진다.

이 중 파조의 15세손 구핵(具核)이 정조 때 대구시 북구 무태동에서 단장 고례리 평리로 전거해 이곳에 추모재(追慕齋)가 있다. 또 파조의 14세손 구석범(具錫範)이 1805년(순조5) 의령에서 무안 성덕리에 시천했고, 세거지 무안리 서부마을에 보유재(報裕齋)가 있다.

한편 독립운동가 일우(一友) 구영필(1891~1926, 일명 최계화)은 기장 청광리에서 영남보부상 총책 구성백(具性伯)과 한기순(韓琪順)의 장남으로 태어나 1907년 부친을 따라 밀양 가곡리 외가로 이거해 유년기를 보냈다. 상경해 경성공업전습소를 졸업했고, 국권 상실 후 전 가족이 만주 영안현으로 망명했다. 의열단 창단과 밀양경찰서 투탄의거를 주도하고 임정 요인으로 활약했으나 밀고 행적 논란이 해소되지 않아 공훈을 인정받지 못하고 있다. 가곡에서 출생한 장남 구수만(1910~1976)은 서울지역 학생운동에 깊이 관여하다가 밀양으로 내려와 청년동맹 활동을 전개했고, 그의 딸이 밀양 송전탑 반대에 앞장선 구미현이다.

**그림5** 단장면 고례리 평리 추모재. 2021.8.25

**그림6** 무안면 무안리 서부 보유재. 2021.5.14

【9】 창원 **구씨**(昌原**具**氏)의 원래 성은 구(仇)자인데 1791년(정조15) 왕명으로 사성(賜姓)이 내려져 사용하기 시작했다. 고려 초 권신 왕규(王規)의 전횡을 진압한 구성길(具成吉)을 시조로 하고, 중시조 구종길(具宗吉)의 증손 창원교수 구유온은 1542년(중종37) 「영남루 중수상량문」을 지었다.

세계는 1천곡 구종길(1363生)－**〈부사공파〉**구복한－구석종－하계 구유온(具有溫)－구사원－구숙람－구응두－구계동－**√구천상**(1603~1678)－구창민(1622~1703)－구자립－구치명－구만직－구시영－(계)구문진－구대혁(1809~1862)－5남 **구형주**(1852~1938)－구재진(具在震)으로 이어진다. 이 중 구유온의 5세손 구천상(具天祥)이 1636년 상동 안인리 구곡에 입촌했고, 그의 8세손 구포(九圃) 구형주(具馨周)가 문집을 남겼다.

【10】 안동 **권씨**(安東**權**氏)의 경우, 우선 시조 권행의 9세손이자 〈복야공파〉 파조 권수홍의 후손이 밀양에 입촌했다. 부북 위양리(位良里)에 시거한 권치와 당질 권삼변의 세계를 살펴본다.

세계는 1권행(權幸)……10**〈복야공파〉**권수홍(權守洪)……21**〈종정공파〉**권광국－❶권옥형－권추(權錘)－**√권삼변**(1577~1645)－①3남 권욱(1619~1680)－㊀권이규(權爾規)－㉮권대임－Ⓐ권식－권정신·권정의(출), Ⓑ권격(權格)－권정길－권숙－권상협－권중우－**권태직**(1886~1950), ㉯권대징(출), ㉰권대윤－권환, ㉱권대성－권정, ㊁권이구(權爾矩)－(계)화암 권대징(1689~1787)－권즙(權檝)－(계)권정의－**권수**(1789~1871)－**권상규**(1829~1895)－권중기, ②4남 성암 권목(1622生)－㊀권이도－권대중－권박, ㊁권이준－㉮권대유－권순, ㉯석호정 권대여(1716~1787)－권경, ❷권사형－①권수(權銖)－권가수(출), ②**√권치**(1562生)－(계)권가수－권명남이다.

이 중 문집이 있는 이는 학산(鶴山) 권삼변(權三變), 오곡(梧谷) 권수(權洙)·죽와(竹窩) 권상규(權相奎) 부자, 평재(平齋) 권태직(權泰直)이다.

파조의 13세손 권치(權錙)가 명종 때 단성에서 부북 위량리 도방동으로 입촌했다. 그의 셋째 사위가 김자강(서흥)이고, 넷째 사위가 이호(함평)이다. 또 권추(權錘)의 사위는 김시성(광산)이다. 아들 권삼변은 단성 도산리에서 출생했으나 6세 때 부친을 여읜 뒤 모친 파평 윤씨를 따라 교육상 당숙부 권치(權錙)가 거주하던 밀양 위양리로 이사했다. 그의 첫째 장인은 위양에 세거하던 손충보(孫忠輔)이고, 둘째 장인은 김경수(金敬修)이다. 권삼변은 임란 때 모친을 등에 업고 창녕 대산으로 피난 갔다가 왜군에게 붙잡혀 일본 산양도에서 강항, 백수회, 정호인과 함께 지내다가 1604년(선조37) 귀환했다.

사적으로 위양지에 1900년 건립한 관광명소 완재정(宛在亭)과 권삼변

그림7 부북면 위양지 완재정. 2021.5.1

그림8 완재정 편액. 2021.5.1

그림9 완재정 권삼변 유허비. 2021.5.1

**그림10** 부북면 위양리 위양 **학산정사**. 2021.8.28

유허비가 있고, 위양리 위양(양량)마을에 학산정사(鶴山精舍)가 있다. 현대 인물로 부산시의회 의장을 지낸 권녕적(權寧迪)이 학산의 10세손이다.

한편 시조의 9세손 권지정(權至正)은 〈좌윤공파〉 파조인데, 파조의 15세손 권응생이 밀양 사포에서 출생했다. 이는 경주 안강 두류리 출신의 부친 권사의(權士毅)가 모렴당 안윤조(사포)의 사위가 된 까닭이다.

세계는 1권행(權幸)……10**〈좌윤공파〉**권지정……23**구봉 권덕린**(權德麟)－윤암 권사의(1552~1596)－**권응생**(1571~1647)－❶권기(權炁), ❷태암 권임(1600~1654), ❸모암 권도(1604~1683)－①권숙(權塾)－권경흠, ②권규(權奎)－√**권경명**(1673~1735), ③권학(權壆)－권경후·권경원으로 이어진다.

부북 사포의 외가에서 생장한 권응생(權應生)은 산외 남기리 꾀꼬리봉 아래의 양덕(陽德)에 별장을 마련해 본가를 내왕하며 동문수학한 손기양(밀양)과 절친히 지냈고, 1620년대 중반 진천현감을 그만둔 뒤 밀양 인사들과 교유하다가 본가로 돌아갔다. 임진왜란 당시 약관에 숙부들과 창의해 김태허(광주), 손기양(밀양), 이운룡 등과 팔공산에서 회맹하고 곽재우 의진에 합류한 바 있다. 그리고 경주 능동리에서 태어난 권경명(權慶命)은 조부가 우거한 적이 있고 또 부친 묘소가 삼랑진 우곡리에 있었기에 밀양을 제2의 고향으로 여겨 일찍이 읍내 활천(용활)에 우거하며 이이두(벽진·무안)에게 수학했고, 죽원의 옛집에서 졸했다. 또 권학(權壆)의 후손들도

그림11 산외면 남기리 남가 학남서당. 2021.6.27

그림12 무안면 가례리 못안 임연정. 2021.8.14

밀양에 거주하고, 단소가 청도면 요고리 안장실의 밀양박씨 직조재 옆에 있다.

통혼 관계를 보면, 권응생의 장인이 금시당 이광진의 아들 이경홍(여주)이고, 권도(權燾)의 장인은 손기양(밀양)·사위는 장희적(아산)이다. 또 권학(權壆)의 장인은 이이정(벽진·무안)이다.

노헌(魯軒) 권응생(權應生)과 강동(江東) 권경명(權慶命)의 문집이 있고, 산외 남기리 남가에 학남서당(鶴南書堂)이 있다.

이외에도 선조 때 경주에서 무안 가례리 다례동(못안마을)로 이거한 권응헌(權應憲)을 추모하는 임연정(臨淵亭)이 있다. 또 삼랑진 우곡리 우곡에는 정조 때 합천에서 무안 부로리로 터전을 옮긴 호은 권신경(權信京)의 후손이 살며, 그의 8세손 송산 권병문(1852~1939)도 정조 때 경북 고령에서 이곳으로 이거해 송산재(松山齋)가 있다.

【11】경주 **김씨**(慶州**金**氏)는 시조 김알지(金閼智)의 28세손이자 경순왕의 제3남 김명종(金鳴鍾), 제4남 김은열(金殷說)의 후예가 단장과 무안 등지에 세거한다.

세계는 1김알지(金閼智)……28경순왕－영분공 김명종(金鳴鍾)……39김영고－김인경－김궤－❶김요－김정윤－김남분……56김봉학－√김상한(金尙漢)－김성천·김성지, ❷김평무－김구－김정심……58김시천－√김석절

그림13 단장면 무릉리 안무릉 세경재. 2021.7.25

(1701~1792)－김봉채로 이어진다. 이 중 시조의 56세손이자 영분공 김명종의 28세손 김상한(金尙漢)이 경주 건천에서 산내 남명리 원덕마을로 이거했다. 또 시조의 58세손이자 영분공의 30세손 김석절(金碩節)이 영조 때 경주에서 언양을 거쳐 단장 무릉리 내무릉(內武陵)에 입촌했고, 이곳 세거지에 세경재(世敬齋)가 있다.

다음으로 제4남 김은열 후예가 밀양에 입촌했다. 세계는 1김알지(金閼智)……28경순왕－김은열(金殷說)……36〈장군공파〉김순웅(金順雄)－김인위－❶김원정(金元鼎)－김지예－김순부－김영유－김의공－김광준－김남미－김수－김기연－김지윤－47〈계림군파〉김균(1341~1398)－①김맹성(金孟誠), ②김중성(金仲誠)－김신민－김태경……60김지혁(1745~1802)0－√농호 김규종(1779~1835)－김덕윤－㊀김용옥－(계)경모당 김교문(1853~1924)－김정원－김순경, ㊁김용팔(1833~1867)－㉮김교문(출), ㉯김교철－김정일－김화경－김학득, ③김계성－〈공호공파〉김종순(金從舜), ❷김원궤(金元軌)－김승무－김영－41〈태사공파〉김인관(金仁琯)－김칙려－김필윤—김정유－김종성－김예－김영백－김오－49〈상촌공파〉김자수(1313卒)－추은 김근(金根)－①〈판관공파〉퇴헌 김영년－김강－김맹견－청심재 김경－김효성－김건－김여호－일성재 김은－김경뢰－김정대－김한교－김익주－김로연－√**김봉희**(1808~1872)－김상열, ②〈좌랑공파〉김영원, ③〈사승공파〉김영전, ④〈공평공파〉김영유(金永濡)－김저－김상필－김계천－김운성－송계 김현(1553~1627)－김경추－퇴은 김희담－김효의(1638生)－죽림당 김칠득(1708生)－치헌 김한삼(金漢三)－㊀김일주－김로묵－김주의－석천 김상집－김용제(金鎔濟), ㊁√김도주(1761生)－(계)김로상－김건희(1836生)－농암 김상우(1856~1924, 족보명 商瑞)－김선제(金宣濟)로 이어진다.

시조의 60세손이자 〈계림군파〉 파조 김균(金稛)의 14세손 김규종(金奎宗)이 순조 때 무안 웅동리에서 연상리 상당동 음달에 복거했다. 이곳 세거지에 경모재(敬慕齋)와 입향조의 증손자 김교문(金敎文)의 효행기적비가 있다.

〈상촌공파〉 파조 김자수(金自粹)의 13세손 김도주(金道柱)가 양산에서 삼랑진 미전리 대미마을로 이거했다. 이곳 세거지에 홍릉참봉을 지낸 증손자 김상우(金商瑀) 효자각이 있다. 1937년 건립된 정려각의 현판 기문은

그림14 무안면 연상리 상당동 김교문 기적비(좌) 경모재(우). 2018.2.18

그림15 상당동 경모재. 2021.2.9

그림16 삼랑진읍 미전리 대미 김상우 효자각. 2021.7.21

그림17 무안면 가례리 서가정 이씨부인 정려각(좌) 김정보 효행비(중) 윤대신 효자비(우). 2021.8.14

노상익(광주)과 민종호(閔宗鎬)가, 정려비문은 족제 김정목(金正穆)의 글을 족질 김용제 글씨로 새겼다. 또 찬시(贊詩)는 부산의 개화기 선각자 박기종(1839~1907)의 아들로 밀양군수 겸 밀양공립보통학교장을 역임한 박정규(朴晶奎)가 지었다. 아울러 김자수의 15세손 벽오(碧塢) 김봉희(金鳳喜)는 기장에서 태어난 뒤 양산, 칠곡을 전전하다가 단장 무릉을 거쳐 산외 금천에 집을 지어 살았다. 단장 태룡의 만포 안유중(사포), 만파 손종태(밀양), 동아 이제영(벽진) 등 밀양 인사들과 두루 교유했다. 무릉 자암서당에서 1928년 발행한 『벽오유집』에 효자 육해주와 열부 달성서씨를 포천(褒闡)하는 청장(請狀), 효자 윤세효 전기 등이 들어 있다.

이외 무안 가례리 서가정 입구에 김정보(金鼎寶) 효행비가 있다.

【12】 고령 **김씨**(高靈金氏)는 의성김씨 시조 김석(金錫)의 8세손 김룡비(金龍庇)의 아들대에서 분적되었다. 제1남 김의(金宜)의 아들로 공민왕 때 벼슬한 김남득(초명 麟芝)이 관조(貫祖)이다. 세계는 1김남득……6**〈순천공파〉**김구(金鉤)……13김광렴－김항택(金恒澤)－(계)김학동－김치우－√김성우(1831~1903)－김무홍－김룡길·김룡백·김룡갑으로 이어진다. 이 중 〈순천공파〉 파조의 11세손 김성우(金誠愚)가 고종 때 산내 임고리에 입촌했다. 후손들은 부북 운전과 상남 예림에 거주한다.

【13】 광산 **김씨**(光山金氏)의 관조(貫祖)는 김알지의 후예 김흥광이고, 그의 16세손이자 〈전리판서공파〉 파조인 김광리(金光利)의 자손이 밀양에 세거한다.

세계는 1김흥광(金興光)……14**〈양간공파〉**김련(金璉)－김사원－김진－**〈전리판서공파〉**김광리(1309生)－창주 김남우－❶1남 김유(金維)－김자휘(金自輝)－광암 김태정(1426~1478)－김호－김오년－김황(1537生)－김덕기－김여공－김처인－남송 김석홍－√3남 죽헌 김문호(金文浩)－김천의(金天義)－

김발, ❷3남 김직(金織)－김유형－김윤온－①김길사－김태현－√세심헌 김천수(1534生)－김홍발－√쌍괴정 김시성(1579~1631)－㉠김용(金鎔)－김진명－김만겸－김정원－김기해－김상범(1744生), ㉡김탁(1662~1720)－3남 김극명－김태겸－김정한(金鼎漢)－김기일－3남 포은 김종호(1845~1910)－㉮1남 김치묵, ㉯7남 김치연(1898生), ②김안사－㉮김우정(金禹鼎)－김천여·김천후, ㉯김구정(金九鼎)－김천일로 이어진다.

우선 문장가로 명망이 있던 김태정(金台鼎)의 8세손 김문호(金文浩)가 합천읍 신소양에서 청도 고법리 덕산(내곡)으로 이거했고, 이곳에 치산재(鵄山齋)가 있다.

다음으로 김직(金織)의 5세손 김천수(金天授)가 명종대(1545~1567)에 합천에서 장인 이원량(여주)이 거주하던 밀양 구대곡(용활)으로 옮겨왔다. 손자 의금부도사 김시성(金時省)은 용활에서 상남 동산리 상세천(웃마)으로 이사했고, 장인은 권추(안동)이다. 사적으로 세거지 상세천(웃마)에 포은정(浦隱亭)이, 중세천(중마)에 첨모재(瞻慕齋)가 있다. 참고로 시헌 안희원의 「김시성 묘갈명」에는 김직이 밀양 입향조라 되어 있고, 손자 김윤온(金允溫)의 장인은 박진(은산군파)이다.

이외 부북 퇴로에서 출생한 효자 김제일(金濟鎰)의 정려각이 부북 운전리 신전 입구(부북고추공동선별장 앞)에 있다. 원래 춘화리에 있던 것을 밀양 유도회장 이계목(李啓穆)이 발의해 1977년 이곳으로 이건했다. 최초

**그림18** 청도면 고법리 덕산 **치산재**. 2021.5.23

**그림19** 상남면 동산리 상세천 **포은정**. 2021.6.6.

그림20 동산리 중세천 첨모재. 2018.2.5

그림21 부북면 운전리 신전 김제일 효자각. 2021.9.5

건립 당시 소눌 노상직과 시강(侍講) 이재현이 효자비문을, 정존헌 이능구(여주)가 효자전[3]을 지었다.

【14】 광주 **김씨**(廣州**金**氏)는 의성 김씨에서 직계 분적되었고, 관조(貫祖)는 시조 김석(金錫)의 7세손 김록광이다. 병구(전사포와 예림 사이)에 진영을 설치해 밀양 삼별초의 대몽항쟁을 진압한 김훤(金晅)의 5세손으로 성종대(1469~1494) 판결사를 지낸 김려(金礪)가 하남 귀명리에 전거했다. 우선 세계를 간단한 표로 나타내면 다음과 같다.

> 1김석(金錫)……8김록광(金祿光)－김굉－김훤(1234~1305)－김남물－김인간－김곤수－❶김차문－김경보－김수형－김국평－〈해수공파〉김우정(1551~1630)－김세인－김시술, ❷김차무－√김려(金礪)

이 중 입향조 세계는 √김려－❶김희증－〈양무공파〉**김태허**(1555~1620)－김수겸(1573~1625)－①1남 김명현－(계)김명－(계)김은세－김원중－㈠김종익－김석권－(계)김지목, ㈡김종엽－㉮김진권－Ⓐ김지원(金志元)－매각 김란규(1813~1870), Ⓑ김지목(출), ㉯김정권(1767~1831), ②4남 김부호－

김경홍, ❷김희로(1509~1549)－**김태을**(1530~1571)－①〈운암공파〉김수눌(1556~1620)－김지선(金之銑)－김성달, ②〈구봉공파〉**김수인**(1563~1626)－㊀김지익(1596~1660)－㉮김수－김하세·김은세(출), ㉯김명(출), ㊁김지경(金之鏡)－김유, ㊂김지윤(1602~1665)－Ⓐ2남 김기(1627~1693)－(계)김명세－김중원, Ⓑ김위－김명세(출), ㊃동호 김지일(1604~1663)－김상훈－김정세－㉮김남후－김종태－창재 김한권(1752~1815)－김지학, ㉯김성후－김종경－김도권(1784~1830)－김지숙－김문규－김용규－**김무영**(1889~1964)－김상집, ㊄명파 김지흡(1606~1679)－(계)김상정－㉮김준세－김수후－김종문－김시권－김지겸－Ⓐ김오규－김용대－김태영(1857~1904)－ⓐ김상호－김정환, ⓑ김상원, ⓒ초산 김상윤(1897~1927)☆－김철환－김기우(金基宇), ㉯김범세－김진후－김종렴－김성권－남해 김지립(1810~1876), Ⓑ김한규－김용대(출), ㊅김지건(1619~1677)－김상원·김상정(출)으로 이어진다.

김태허(金太虛)는 임란이 일어나자 밀양 선비 손기양, 권응생 등과 팔공산에서 창의해 울산 전투에서 혁혁한 공을 세워 일등공신에 녹훈되었다. 전란 후 귀명리와 이웃한 대사리 덕동으로 이사했고, '양무(襄武)' 시호를 받았다. 상동 고정리 모정에 박연정(博淵亭)을 따로 지어 여생을 마쳤는데, 이후 이 마을 역시 후손들의 세거지가 되었다.

통혼 관계를 보면, 김태허의 사위는 김일준의 손자 김익(김해)이고, 아들 선무원종공신 김수겸(金守謙)의 장인은 이경승(여주)·사위는 손돈(밀양)이다. 김지익(金之釴)의 장인은 김언효(청도), 사위는 이수근(함평)·노수(장연) 등이며, 김태허의 7세손 김정권(金定權)의 사위가 안유중(사포)이다.

문집이 있는 이로는 구옹(矩翁) 김태을(金太乙), 양무공(襄武公) 김태허(金太虛), 구봉(九峯) 김수인(金守訒), 농산(聾山) 김무영(金武永)이 있다.

사적으로는 하남 대사리 대사동의 김태허 신도비[4]·대학당(大學堂)·김태허 별묘, 대사리 덕동의 임춘재(臨春齋)·동호재(東湖齋), 귀명리 귀동의 덕양사(德陽祠)·김수인 별묘 명명사(明明祠), 귀명리 입구 사등산 자락의 무홀재(无忽齋), 상동 고정리 모정의 박연정(博淵亭)·김태허 공적비·팔공산 회맹시비, 하남 수산리 내서의 남수정(攬秀亭)·추모정(追慕亭)이 있다.

현대 인물로 상남 기산리 출신 초산 김상윤(金相潤)은 의열단 단원으로서 1920년 12월 고향 친구 최수봉과 함께 밀양경찰서에 폭탄을 투척했고, 중국 거점으로 무력 의거를 하다가 31세로 순국했다. 정부는 1990년 애족장을 추서했고, 2005년 건립한 의열투쟁기념비가 마을 입구에 있다.

그림22 하남읍 대사리 대사동 김태허 신도비. 2021.7.14

그림23 대사동 대학당. 별묘는 뒤쪽. 2021.7.14

그림24 대사리 덕동 임춘재. 2021.7.14

그림25 덕동 동호재. 2021.10.4

그림26 하남읍 귀명리 귀동 덕양사. 별묘는 뒤쪽. 2017.4.29

그림27 귀명리 입구 사등산 무홀재. 2021.7.14

그림28 상동면 고정리 모정 박연정, 김영복 공적안내판. 2021.8.26

그림29 모정 팔공산회맹시비(좌), 김태허공적비(우). 2021.8.26

그림30 하남읍 수산리 내서 추모정(좌), 남수정(우). 2018.2.5

그림31 상남면 기산리 기산 김상윤 의열투쟁기념비. 2018.2.5

또 상동 고정리에서 출생한 월담 김영복(1920~1993)은 대구사범학교에 재학하면서 임굉(나주) 등과 더불어 비밀결사체 '연구회'를 조직해 항일의식을 고양하다가 체포되어 옥고를 치렀으며, 해방 후 밀성고 교감을 지냈다. 정부는 1990년 애족장을 수여했다. 박연정 앞에 공적 안내판이 있다.

【15】 김녕 **김씨**(金寧**金**氏)의 관조(貫祖)는 시조 김알지(金閼智)의 34세손 김녕군 김시흥이다.

세계는 1김알지……35김시흥(金時興)－❶김상(金瑞)－김극세－김중원－김현－김광저－김순－김관－〈충의공파〉백촌 김문기(1399~1456)－①1남 김현석(金玄錫)－㊀김충립－㉮김충지－5남 김영추－김능학(1572生)－√김선홍(金善洪)－김사일－김수민－김필명－김중갑－김종려－√덕음 김화성(1768~1839), ㉯김상지－Ⓐ3남 김영민(1518~1601)－김수상－김복－김한국－√벽산 김엄기(1672卒)－김수룡, Ⓑ8남 김영산－김사문－√김원성(金元成)－김춘의(1617~1678)－김기남, ㈡김충윤－√4남 김자천(金自天)－김산호－김언신, ②2남 김인석(金仁錫)－김덕민－김호철－√김승전(1599~1679, 초명 承銓)－김이후, ❷김순(金珣)－김극주－김중보－김문엽－김투－김숙기－김승욱－김수익－김원승－√효우당 김동명(金東明)－김시성－김윤(金允)－〈어초공파〉**김유부**(1549~1621)－**김기남**(1589~1637)·**김난생**(1592~1637)으로 이어진다.

먼저, 관조 김녕군의 장남 김상의 7세손이자 〈충의공파〉 파조인 사육신 김문기(金文起)의 후예가 여러 곳에 살고 있다. 김충윤의 아들 김자천은 연산군 때 경북 상주에서 삼랑진 청학리로 이주했다. 또 백촌의 6세손 김원성(金元成)은 선조 때 경북 성주에서 단장 태룡리 태동으로 이거했고, 이곳에 태산재(台山齋)가 있다. 백촌의 장남 김현석의 5세손 김선홍이 1618년경 경북 상주 내남면에서 산내 봉의리 양촌에 이거했고, 이후 그의 6세손 김화성(金化成)이 양친을 모시고 상동 고정리 고정에 정착한바 이곳에 덕음재(德蔭齋)가 있다. 그리고 백촌의 8세손 김엄기(金嚴基)는 조부 때부터 살던 진주 중안면에서 무안 화봉리로 이주했고, 화봉리 화봉(안마)에 벽산재(壁山齋)가 있다. 또 무안 판곡리에 백촌의 차남 김인석 묘가 있는데, 이곳은 김인석의 증손자 김승전(金承田)이 1622년(광해군14) 부친의 유

그림32 단장면 태룡리 태룡 태산재. 2018.2.3

그림33 상동면 고정리 고정 덕음재. 2021.8.26

그림34 무안면 화봉리 벽산재. 2021.5.16

그림35 무안면 판곡리 죽산재. 2021.5.19

배지 황해도에서 시천한 곳으로 재숙소 죽산재(竹山齋)가 있다.

다음으로, 김녕군의 차남 김순의 9세손 김동명(金東明)이 연산군 때 상주 화대면에서 산내 봉의리 봉촌에 터를 잡았다. 4세 때 부친을 여읜 김유부는 임란 때 창의해 90세 노모를 등에 업고 출전해 효평과 황산에서 공을 세웠고, 이어 팔공산 전투에서 큰 전과를 올려 선무원종공신 2등에 녹훈되었고, 1754년(영조30) 나라의 정표를 받아 충효각(忠孝閣)이 세워졌다. 아들 김기남·김난생 형제는 병자호란 때 경기도 광주 쌍령전투에서 전사했는데, 며느리 최씨와 송씨가 함께 남편의 시체를 찾은 다음 순사해 절부(節婦) 명성을 얻었다. 사림에서 한 집안의 양대가 이룩한 충·효·열의 탁절(卓絶)한 삼강(三綱)을 기리는 탁삼재(卓三齋)를 1864년 건립했다. 어초와(漁樵窩) 김유부(金有富), 대암(臺巖) 김기남(金起南)·두암(竇巖) 김난생(金蘭生)의 합편 문집이 있다.

그림36 산내면 봉의리 봉촌 탁삼재(좌) 충효각(우). 2021.8.22

그림37 충효각. 2021.9.25

【16】 김해 **김씨**(金海**金**氏)는 시조 김수로왕 25세손으로 고려 광종 때 벼슬한 김진유(金振酉)의 후손이 여러 곳에 집거한다. 세계를 간단한 표로 우선 요약하면 아래와 같다.

> 1김수로왕……26김진유－❶김승의……31김수성－①김상흠……47김상주(金相宙)－㊀김방직……〈경파〉51김목경(金牧卿), ㊁김용직－〈삼현파〉김관(金管), ②김상현……47김원옥－김하기－김재백－㊀김구서－〈판서공파〉김불비(金不比), ㊁김기서, ❷김진의……47김성대－김신빈－김이학－〈도총관공파〉김경신－김원현－①김태순……〈서강파〉김계금, ②김태로, ③김태덕……〈참봉공파〉김인서

우선 김목경의 선후 세계는 김상주(金相宙)－❶김방직－김익섬－김주국－〈경파=김녕군파〉김목경－①충간공 죽강 김보(金普)－㊀1남 김도문－김근－김효분－김진손(金震孫)－㉮〈참판공파〉김영견(金永堅), ㉯〈횡성공파〉김영서(金永瑞), ㉰〈안경공파〉김영정(1437~1509)－김세균－〈첨정공파〉김종수－김희철(1519~1592)－(계)김례직－김수검(1592~1644)－Ⓐ1남 김대임－김진하, Ⓑ7남 김대원－김동하－김광채(1703~1778)－김명호－√김석현(1745~1793), ㉱〈석성공파〉김영순(金永純), ㊁〈밀직사공파〉3남 김창문(金昌門)－김흥근－김효언－김진우－김영순－김홍국－김만수－√남은 김희덕(1531~1612, 초명 德秀), ②김저(金著)－김경문－3남 김관(金觀)－김효순－김진주－김여룡－김규(金規)－√김귀존(1430~1493)－김득화－김필－김찬－무암 김인서(1557~1631)－김계성, ❷김용직－〈삼현파=판도판서공파〉김관(金管)－김문숙－김항－김서(1342~1420)－모암(사시 節孝) 김극일(1382~1456)－①〈군수공파〉김건(金健)－김태석·김례석, ②〈집의공파〉남계 김맹(金孟)－㊀동창 김준손(1454~1507)－㉮삼족당 김대유(1479~1551)－2남 김생－김일양－김진개－√일옹

김기련(金基璉)－김준희, ㉯김대장(출), ㉰은재 김대축－김일－√김치우(1541~1603, 초명 浚遇), ㊁매헌 김기손(金驥孫)－김대인, ㊂탁영 김일손(1464~1498)－(계)김대장－김장(金鏘)－도연 김치삼(1560~1625)－김선경(金善慶)－㉮김즙(1607~1654)－김성달－김운장(1689~1733)－√김박(1719~1774)－김현대, ㉯김흡(1609~1666)－김성망－√모계 김원장(1657~1723)－김례구－김현도－김재명－김성석－독효당 김만곤(1800~1854, 초명 致坤)－김동두, ③〈한림공파〉김용(金勇)－김한손, ④〈진사공파〉김순(金順)－김백견(1432~1493)－김홍－김우－김유생(1528生)－√2남 김진호(金進好), ⑤〈녹사공파〉김인(金靷)－만화당 김류손(金騮孫)－㊀2남 호백당 김대승(1484~1545)－김구－김치상－김리경, ㊁4남 김대용(1487生)－김종성－김치윤－김세강, ⑥〈진의공파〉김현(金鉉)－김락손으로 이어진다.

이 중 김상주의 장남 계열로 고려 충혜왕 때인 1342년(충혜왕3) 조적(曺頔)의 반란을 진압한 김목경의 장남 김보(金普)의 후손으로 〈안경공파〉 파조 김영정(金永貞)의 증손자 김희철(金希哲)은 선조의 장인인데, 그의 5세손 김광채(金光彩)는 32세 때 흉적의 화를 만나 경기도 죽산에서 창녕 계성리로 거주지를 옮겼다. 손자 김석현(金錫鉉)은 아들 다섯 형제를 데리고 무안 마흘리 어은동으로 이거했고, 이곳에 재숙소 산양재(山陽齋)가 있다.

또 김영정의 9세손 김달조(金達祚)가 숙종 때 사화를 피해 시천한 산내

그림38 무안면 마흘리 어은동 산양재. 2021.2.9

그림39 산내면 남명리 숲마 동림재. 2021.8.25

그림40 초동면 범평리 유산재. 2021.5.5

그림41 상동면 매화리 안매화 경무재. 2021.8.26

남명리 동명(숲마)에 동림재(東林齋)가 있다. 1970년대 농민문학의 전형을 보여주는 소설 『쌈짓골』을 위시해서 밀양의 향토성이 물씬 묻어나는 『칼춤』과 『토찌비 사냥』의 작가 김춘복(金春福)이 이곳 출신으로 김달조의 9세손이다.

아울러 김보의 3남 김창문(金昌門)은 〈밀직사공파〉 파조인데, 7세손 김희덕(金希德)이 임란 때 경기도 양주에서 남하해 정착한 초동 범평리에 유산재(酉山齋)가 있다.

김목경의 차남 김저(金著)의 7세손 김귀존(金貴存)이 1467년(세조13) 관직을 고사하고 경기도 양주에서 상동 매화리 안매화로 이거했다. 고손자 김인서(金麟瑞)는 무과 급제했고, 임란 때 창의해 곽재우 휘하에서 전공을 세워 선무원종공신 2등에 녹훈되었으며, 이곳에 경무재(景武齋)가 있다.

김상주의 차남 계열로 〈삼현파〉 파조 김관의 고손자 김극일(金克一)은

그림42 청도면 소태리 웃마 모선재. 2021.6.22

그림43 무안면 가례리 못안 모계재. 2021.8.14

출천(出天)의 효행으로 '절효(節孝)' 사시(私諡)를 받았고,[5] 아들 여섯은 각자 파조가 된다. 〈집의공파〉 중 김대유의 고손자 김기련(金基璉)이 청도군 토평동에서 청도면 소태리 웃마(모선재마을)로 시천했고 이곳에 모선재(慕先齋)·모선재 중수기적비가 있다. 김대축의 손자 김치우(金致遇)는 명종 때 청도에서 부북 춘화리 화산으로 이거했다.

그림44 김만곤 효자비. 2021.8.14

또 무안 가례리 다례동 못안마을에는 김일손(金馹孫)의 7세손 김원장(金元章)이 청도군 백곡에서 전거한 곳으로 모계재(慕溪齋)가 있고, 그리고 그의 5세손 김만곤(金萬坤)의 효자비가 가례리 초입에 있다. 김즙(金濈)의 증손자 김박(金墣)이 영조 때 이거한 부북 위양리 도방동에 삼모재(三慕齋)가 있고, 김즙의 장인은 신영몽(평산)이다.

그림45 부북면 위양리 도방동 삼모재. 2021.8.28

〈진사공파〉의 김진호(金進好)는 임란 때 청도군 백곡에서 밀양 화악산 선암으로 피난한 뒤 정착한 청도면 요고리 수리듬에 화선재(華僊齋)·김주석 기적비가 있다.

〈녹사공파〉 중 김류손의 차남 김대승(金大昇)은 1498년(연산군4) 무오사화 이후 청도에서 무안 성덕리 부연(釜淵)에 입촌했고, 후손들이 성덕리 강동 서은마을(서근덤)과 고라리에도 산다. 또 4남 김대용(金大鏞)의 8세손 누곡(耨谷) 김필영(金弼永)은 영조 때 창녕 영산에서 전거한 무안 양효리 곡량으로 이사했고, 이곳에 병산재(屛山齋)가 있다.

이외 김극일의 8세손 김원(金源)이 선조 때 청도 내동(현 청도군 매전면 내리)에서 이거한 하남 명례리 평지동에 완산재(玩山齋)가 있다.

그림46 청도면 요고리 수리듬 화선재. 2021.6.22

그림47 하남읍 명례리 평지동 완산재. 2021.2.21

한편 김진유(金振酉)의 24세손으로 고려 말 도총관을 지낸 김경신(金敬臣)을 중조로 하는 일파가 있다. 세계는 〈도총관공파〉김경신－김원현－❶김태순－김안기－김돈－〈서강파〉김계금(1405~1493)－3남 김보민(金寶民)－㈠김윤권－김수생－김처성－김실(金實)－김동혁－김근남－김현조－김필립－√김진흥(1748~1826)－김병윤－김치원－김규인－김성호(1882~1963), ㈡김소권－김수형－김발(金潑)－김영후－김위－김준천(1668~1715)－김중련－김광택－김상옥－김시오－√김인조(1820~1881)－김규혁·김규영·김규백, ❷김태로, ❸김태덕－김방려－김순생－퇴은 김계희(金係熙)－김강의－①김극량－〈참봉공파〉김인서(金麟瑞)[6]－김헌(金憲)－㈠김일기(金逸驥), ㈡√김일준(1542生)－㉮김극해(金克諧)－김익(1582生)－Ⓐ김응철(1604生), Ⓑ김사철(1608生)－김성로, ㉯김겸해－김춘근, ㉰√김선해－김변상, ㈢√김일원(金逸騵)－김세해－김련부－김천(1577~1610), ㈣김일창(金逸昌)－김사범, ②김극공－김춘부－김수손－김은서, ③괴애 김극검(1439~1499)－김관(金寬)으로 이어진다.

이 중 〈서강파〉 파조 김계금(金係錦)의 10세손 김진흥(金振興)이 영조 때 김해에서 이사한 하남 파서리 내동에 파산재(巴山齋)가 있다. 또 파조의 12세손 김인조(金仁祚)는 철종 때 김해 한림면 퇴래리 퇴은에서 하남 귀명리로 이주했고 귀서 뒷산에 학명재(學明齋)가 있다.

〈참봉공파〉 파조 김인서의 손자 김일준(金逸駿)은 동생 김일원과 함께

그림48 하남읍 파서리 내동 파산재. 2021.4.18

그림49 하남읍 귀명리 귀서 학명재. 2021.9.5

명종 때 김해 생림면 봉림을 떠나 처향인 부북 적항리(현 청운리 상촌)에 처음 터를 잡았으나, 김일원(金逸騵)은 만년에 밀양에서 개령 마전(현 김천시 대항면 복전리)로 이주했다. 손자 김련부(金連富)는 임란 때 김천성에서 순절했고, 증손 김천(金天)은 정유재란 때 곽재우 휘하에서 공을 세워 선무원종공신에 녹훈되었다.

또 김일준의 3남 김선해는 청운에서 정각리(현 청도군 매전면 내리)로 이거해 이곳에 각산재(角山齋)가 있다. 통혼 관계를 보면, 담양부사 김일준의 장인은 박세분(정국군파), 장남 김극해의 초배 장인은 어영준(魚泳濬), 손자 김익(金瀷)의 장인은 양무공 김태허(광주)이다. 사적으로 부북 청운리 상촌에 김일원·김세해 부자를 비롯한 선대 제단과 경모재(景慕齋)가, 덕곡리 새터에 재숙소 운곡재(雲谷齋)·김일준 묘갈·김일준 묘비·김인서 김헌 부자 설단이 있다.

그림50 부북면 청운리 상촌 참봉공파 제단(좌) 경모재(우). 2021.9.4

그림51 부북면 덕곡리 새터 김인서 김헌 설단(좌) 운곡재(중) 김일준 묘비(우). 2021.8.28

아울러 김진유(金振酉)의 25세손 신묵재 김불비(金不比)를 중조로 하는 〈판서공파〉가 있다. 김재백(金再伯)의 손자로 정몽주의 제자 변계량과 동문인 그의 선후 세계는 김재백－❶김구서－**〈판서공파〉**김불비－①성헌 김수광(金秀光)－김석공(1463~1535)－김맹손·김중손·김말손, ②김숙광(金淑光)－김석하－김정손－√김충근(金忠根)－김학령, ❷김기서－척재 김만희(1314~1404)－김혁으로 이어진다. 이 중 김불비의 4세손 김충근이 임란 때 창원 금동(현 의창구 동읍 금산리)에서 초동 명성리 명포(벌미)로 피난했고, 이곳 세거지에 여재당(如在堂)과 경모재(敬慕齋)가 있다.

이밖에 영조 때 청도군 화양읍 토평에서 옮겨온 김선옥(金善玉)의 후손들이 세거하는 상동 도곡리 하도곡에 학선정(學仙亭)이, 또 인산 김해조(1708~1771)의 증손 김중준(金仲俊)이 청도 매전에서 입촌한 상동 신곡리 오곡(음지)에 인산재(仁山齋)가 있다. 또 헌종 때 김광진(金光振)이 무안 고라리에 입촌했다.

**그림52** 초동면 명성리 명포(큰벌미) 여재당. 2021.2.21

**그림53** 명포 경모재. 2021.8.22

**그림54** 상동면 도곡리 하도곡 학선정. 2021.8.26

**그림55** 상동면 신곡리 오곡(음지) 인산재. 2021.8.26

현대 인물로 경파 25세손이자 〈참판공파〉 19세손인 독립운동가 약산 김원봉(1898~1958)[7]의 존재는 각별하다. 조부 김철화와 부친 김주익은 역관(譯官) 출신이고, 부친은 1908년 밀양 유지들이 설립한 밀흥야학교(密興夜學校) 초대 교장을 지냈다. 친정이 제대 감물리인 모친 이경념(월성)은 동생을 낳다가 1901년 세상을 버렸다. 내이동에서 출생한 그는 민족주의자 전홍표(정선)가 설립한 동화학교에서 수학했다. 1916년 상경해 다니던 중앙학교를 중퇴하고 중국으로 망명한 뒤 1919년 11월 길림성에서 의열단(義烈團)을 조직했고, 1938년 10월에는 조선의용대를 창단해 항일 혁명 투쟁을 전개했다. 해방 후 임시정부 2진으로 귀국했고, 1946년 3월 밀양공설운동장에서 10만 인파의 환영을 받은 이듬해부터 국내에서 모습을 쉬이 드러내지 않다가 1948년 4월 남북협상 때 북한 대표로 김일성과 함께 등장했다. 고모부가 백민 황상규(창원)이고, 1931년 중국에서 재혼한 독립

**그림56** 조선의용대 창설(1938.10.10)

출처: 독립기념관

운동가 박차정(1910~1944)의 묘가 제대리 송악 뒷산에 있다. 사적으로 독립의열사 숭모비[8]와 2018년 해천 생가터에 건립된 의열기념관이 있고, 2021년 말까지 의열기념공원과 체험관을 준공할 예정이다.

또 항일독립지사 김대지(1891~1943)가 있다. 내이동에서 태어난 그는 1909년 비밀결사단체 일합사(一合社)를 조직하고, 1911년 동화학원에서 절친 황상규와 함께 최수봉, 김상윤, 김원봉을 가르쳤다. 1918년 중국으로 망명해 의열단 창설과 상해임시정부 운영에 깊이 관여했다. 정부는 1963년 대통령표창을, 1980년 독립장을 추서했다. 손녀 김주영이 '독립운동가 김대지의 손녀가 풀어쓴 한민족 100년사'라는 부제가 붙은 조부의 전기를

그림57 밀양시 내이동 해천 의열기념관. 2021.3.23

그림58 밀양독립운동기념관 '선열의 불꽃' 광장. 2018.10.27

그림59 부북면 제대리 송악 뒷산 박차정 묘. 2020.11.20

지었다.[9]

【17】 서흥 **김씨**(瑞興金氏)의 시조는 경순왕의 후예로 고려 중기 중랑장을 지낸 김보(金寶)이고, 손자 김천록(金天祿)이 관조(貫祖)이다. 세계는 1김보(金寶)－김덕인－김천록……7김중곤(金中坤)－김소형－김뉴(金紐)－한훤당 김굉필(1454~1504)－❶김언숙(金彦塾)－김대(金垈)－김수침(金壽忱)－김응길－김대윤－김려－김서정－김한걸－김명원(1705~1756)－김중직－김기인－김극운－√1남 김규현(1819生)－김우동(1855~1919)－김희경(金熙暻), ❷김언상(金彦庠)－성재 김립(金立)－김수개(金壽愷)－김정－김자강(1604~1654)－①1남 김내성(金迺聲)－김시호(1641~1711)－김상중, ②6남 김유성(金有聲)－김시각－김상겸－√3남 김익성(1729~1790)－김창려－김시곤－김석기－김규윤－두은 김해동(1859~1919)－김희진(金熙震)으로 이어진다.

김굉필(金宏弼)의 9세손 김익성(金益聖)이 1750년(영조26) 창녕 계팔에서 청도 두곡리 듬실로 시천했고, 이곳 세거지에 척망재(陟望齋)가 있다. 또 김굉필의 13세손 김규현(金奎絢)이 철종 때 산내 가인리 야촌(들마을)에는 입촌해 후손들의 터전을 마련했다.

통혼 관계를 보면, 김자강(金自剛)의 장인이 권치(안동)이고, 김내성의 사위가 김하정(청도)이며, 김시호의 사위가 이지복(여주)이다.

그림60 청도면 두곡리 듬실 척망재. 2021.5.19

【18】 선산 **김씨**(善山**金**氏)의 시조는 김알지의 후예로 고려 개국공신인 김선궁이다. 세계는 1김선궁(金宣弓)－❶김봉술……11김신함－①김우의－김원로－**〈농암파〉**김주(1355生)－김진양－김지(金地)……21김학초－√덕은 김응문(1589生)－김억세－김학령, ②김우류－**〈화의군파〉**김달상(金達祥)－김계수(金季壽)－김여덕－√김유장－김치원(金致元)－김세간－김일희·김일신, ❷김봉문……14김은유－김관(金琯)－√**김숙자**(1389~1456)－①김종보－김적(金績)－김신종－김선－김승서, ②김종익, ③김종석(1423~1460)－김치(金緻)·김연(金縯), ④고당(苽堂) 김종유(1429生)－㊀김회(金繪)－김유창, ㊁김굉(金紘)－김보정, ⑤**김종직**(1431~1492)－김숭년(1486~1539)－㊀김륜(金綸)－김천서·김천상, ㊁김유(金維)－김몽령·김석령, ㊂**김뉴**(1527~1580)－김갑령(1553~1626)·김을령으로 이어진다.

이 중 시조의 21세손이자 〈농암파〉 파조 농암(籠巖) 김주(金澍)의 8세손 김응문(金應文)이 1619년(광해군11) 경북 선산에서 상남 조음리 명성으로 입촌했다. 이곳 세거지에 명덕재(明德齋)가 있다.

그리고 〈화의군파〉 파조 김달상의 김유장(金有章)이 밀양 입향조가 되었다. 부친 김여덕(金餘德)이 일찍 세상을 떠나자 모친 밀양박씨가 경북 선산에서 친정인 부북 무연(舞鳶)으로 다시 들어와 살면서 세거지가 되었다. 무연에 옥봉재(玉峯齋)가 있다. 김유장의 장인은 우당 박융(은산군파)이다.

그림61 상남면 조음리 명성 **명덕재**. 2018.2.5

그림62 부북면 무연리 무연 **옥봉재**. 2021.8.28

이어서 다룰 밀양 입향조는 시조의 15세손 김숙자(金叔滋)이다. 그가 입촌한 계기는 부북 지동에 살던 박천경(朴天卿)의 두 아들 박언충·박홍신으로 거슬러 올라간다. 김숙자는 부친의 명에 따라 출처(出妻)한 뒤 대마도 정벌에서 순국한 박홍신의 무남독녀(1400~1479)를 1420년(세종2) 봄에 재취로 맞이했다. 변계량이 박언충의 사위이니, 김숙자는 그와 종동서인 셈이다. 그는 같은 해에 경북 선산에서 처향인 제대리로 이사함으로써 밀양인이 되었고, 부유한 처가의 재산을 물려받아 경제적 기반을 확보했다. 한편 생모 민씨부인의 소생 3남 2녀 중 셋째 아들로 대동 외가에서 출생한 김종직은 1451년 울진현령 조계문의 사위가 되었고, 1485년 문극정의 딸에게 재취했다.[10]

밀양 사족과의 통혼 관계를 보면, 김숙자의 사위는 강척(康惕)과 민제(여흥)이고, 김종직의 맏사위는 예림 운내의 거부였던 류세미(전주)이다. 무오사화 때 가까스로 살아남은 김숭년(金崇年)은 손순무(안동)의 사위가 됨으로써 신탁(평산)과는 동서 사이가 된다. 그리고 김뉴는 1545년(인종1) 이운핵의 손녀이자 이희백(재령)의 딸에게 장가를 들었다.

문집이 있는 이는 강호산인(江湖散人) 김숙자(金叔滋), 점필재(佔畢齋) 김종직(金宗直), 박재(璞齋) 김뉴(金紐)이다.

사적으로는 부북 후사포리 후포의 예림서원(禮林書院), 제대리 한골의

그림63 부북면 후사포리 후포 예림서원. 2021.10.18

그림64 부북면 제대리 한골 김종직 신도비. 2006.7.3

그림65 제대리 한골 추원재(좌), 점필재 흉상, 연보비. 2021.8.28

그림66 점필재 생가 추원재. 2021.8.28

김종직 신도비[11]·추원재(追遠齋)가 있다.

【19】 수원 김씨(水原金氏)의 기세조는 경순왕의 제4남 대안군 김은열(金殷說)의 손자로 고려 현종 때 거란군 토벌에 공을 세워 정난공신에 책록된 김품언이다. 세계는 1김품언(金稟言)－1남 김자이……19김계용－√김의지(金義智)－❶김시보(金時輔)－경재 김란(金鸞)－①김량준(金良駿)－김정수－김극용(1504生), ②김량일(金良馹)－김황－김윤복－김홍서(1567生)－√정은 김류(1582生)－김시정－√김중채(1675~1742), ❷김시필(金時弼)로 이어진다.

이 중 밀양 입향조는 기세조의 19세손으로 1455년(세조1) 원종공신에 녹훈된 김의지이고, 한양 유의동(柳依洞)에서 상동 금산리 평능(平陵)으로 입촌했다. 후손들은 상남 조음에 주로 거주한다. 그리고 김류(金瀏)는 향변(鄕變)으로 양산 원동면 용당으로 은거했고, 손자 김중채(金重彩)는 용당에서 하북면 농소로 이거했다. 통혼 관계를 보면, 김극용(金克鎔)의 사위가 박려(행산공파)이고, 김윤복(金潤福)의 장인이 류사원(전주)이며, 김홍서의 장인은 박민준(장사랑공파)이다.

【20】 의성 김씨(義城金氏)는 경순왕의 제5남 김석을 시조로 한다. 시조의 8세손 김룡비(金龍庇)의 제3남 김영의 10세손으로 밀양부사를 역임한 김

우홍(金宇弘)이 〈이계공파〉 파조이다. 세계는 1김석(金錫)……9김룡비-10김영(金英)……18김치정(金致精)-칠봉 김희삼(1507~1560)-❶〈이계공파〉김우홍(1522~1560)-김행가-①1남 김극성-(계)√김정실(1610~1648)-김건-김성중-김석달-김도선-김몽의-김치응-김한벽-김온영-김득림-김창해-우정 김흥기(金興基)-청운 김성태, ②4남 김원(金瑗)-김정실(출)·김정필, ❷개암 김우굉, ❸사계 김우용, ❹동강 김우옹(1540~1603)으로 이어진다.

이 중 파조의 증손자 김정실(金廷實)이 인조 때 경북 성주에서 하남 귀명리에 입촌했다. 시내 가곡동 멍에실에 용산서원(龍山書院)이 있고, 무안 죽월에도 후손들이 산다. 현대 인물로 김정실의 12세손 김성태(金聖泰)가 1970~1971년 밀양군수를 역임했고, 부친 김흥기의 송덕비가 멍에실 입구 우측 언덕에 있다.

그림67 밀양시 가곡동 멍에실 용산서원. 2021.2.14

【21】 청도 김씨(淸道金氏)는 수원 김씨 시조인 김품언의 후예이다. 관조(貫祖)이자 시조는 김은열(金殷說)의 7세손 영헌공 김지대(金之岱)이다. 대안군 김은열(金殷說)-김렴-김품언-2남 김순보-김세익-김봉기-김여홍-김지대로 이어지고, 이후의 세계를 표로 나타내면 다음과 같다.

1**김지대**(1190~1266, 초명 仲龍)－김선장(金善莊)－❶김득제(金得濟)－매죽당 김복기－김인수－김한귀－김린－김점－9김유손－①김호우(金好雨)－김생수－김맹전－김승한－김요산－㊀김관보－√김백일(金百鎰)－㉮김한은, ㉯김한침, ㉰김한문, ㊁〈북지파〉김관벽－김만일－김극요－김은우－김주－김기현－김익전－√김만정(金萬貞)－김세규, ②김시우(金時雨)……23김중채－√김두인, ❷김일제(金日濟)－김희보－김익량－김겸－김덕진－김두생－김구정－김효급－김이인(金以仁)－√2남 죽계 김준(金準)－①덕은 김덕휘－㊀김언량(1553生), ㊁김언효(1567生)－김여근(金汝謹), ②김명휘－김한정

김선장(金善莊)의 장남계로 시조의 15세손이자 전라감사를 지낸 김호우의 6세손 김백일(金百鎰)이 성종대(1469~1494) 남하해 청도면 두곡(杜谷)에 처음 정착했다.

세계를 자세히 살펴보면, 김관보(金觀保)－√김백일(金百鎰)－❶김한은(金漢恩)－김익견－김규－김호원(金浩源)－①√1남 김발(1591生)－㊀김영수－김봉문－김정－김유성(1728~1781)－김종벽－김시극－김경권－김기로(1839~1890)－㉮석파 김태규－Ⓐ겸산 김재희－**김필호**(1909~1982), Ⓑ**김재화**(1887~1964)－김달호, ㉯**김태린**(1869~1927)－김재렬, ㊁김영후－김봉기－김윤－김치성(1734~1762)－김종례－김진표－김석규－김병로－김태혁(1894~1968)－김재한, ②√5남 김경(1615~1660)－김자도－김만전(1676~1768)－김창덕－김달성－김기직－김시욱－김한주－경암 김기석(1875~1909)－(계)김수영(1893~1925)－관포 김태순, ❷김한침(金漢琛)－김익수－김삼－김극유(金克裕)－①김철견(1611~1667)－㊀√김하정(金夏鼎)－김태일(1660~1732), ㊁김하삼(金夏三)－3남 김성일－3남 김희문(1736~1805)－㉮김성택－김종구, ㉯김성보－Ⓐ김종련－김정학－김두윤－김철원－김문회(1910

~2000, 초명 海龍)－김희순, Ⓑ김종우－김정구－김두성(1872~1946), Ⓒ김종호(金宗祜)－김정문－일야 김두하(1881~1949)－김규원, ②김경견(金景堅)－김원량－㊀김세명, ㊁√김선명(1641~1713)－㉮김재규－김성중－김윤덕－김종락－김성규－송애 김한곤(1827~1904)－김기호, ㉯김재균－김성원－김윤하－김사우－김동규－(계)추강 김락곤(1852~1906)－Ⓐ김기만－김정현, Ⓑ김기삼－김인현, ㊂김필명－김재현－김성탁－김치도－김사무－김한규(1826~1858)－김락곤(출), ❸김한문(金漢文)－김익청－김인적－김은복－김선룡－√김영민(金榮敏)－①김종신(1680~1718)－김원채, ②김종부－김계창, ③김종서－김원우로 이어진다.

세거지 변화를 보면, 김백일의 고손자 김호원의 장남 김발(金韍)은 만년에 두곡에서 소태리로, 5남 김경(金軽)은 구기리로 각각 이사했다. 김경의 손자인 중추부사 김만전(金萬全)은 부친의 명을 좇아 1768년 고법리 화동웃마에 터전을 개척했다. 또 김한침의 증손자 김극유는 정유재란 때 양산군수로서 전공을 세워 선무원종공신에 녹훈되었다. 손자 김하정(金夏鼎)은 인산리 지수로, 그의 당질 김선명(金善鳴)은 조천리로 각각 터전을 옮겼다. 또 김한문의 고손자 김선룡(金善龍)은 만년에 청도에서 경주 월성으로 이사했는데, 김영민(金榮敏)은 부친 사후 다시 모친 월성이씨를 모시고 산내 원서리 서곡(석골)으로 이사했다.

통혼 관계를 보면, 김극유의 둘째 부인은 경재 하연(河演)의 증손녀이자 하옥(河沃)의 딸이고, 사위가 장문제(아산)이다. 또 김하정의 장인은 김내성(서흥), 김희문(金喜文)의 사위는 하태룡(진양), 김락곤(金洛坤)의 장인은 안효대(사포), 김태린의 장인은 하문규(진양)이다.

문집이 있는 이는 영헌공(英憲公) 김지대(金之岱), 당숙질 사이의 소강(小岡) 김태린(金泰麟)·순재(醇齋) 김재화(金在華), 유정(遊庭) 김필호(金弼鎬)이다.

사적은 청도면에 두루 분포한다. 두곡리의 남계서원(南溪書院), 두곡리 이불의 추강정사(秋岡精舍)·김락곤 기행비(紀行碑), 구기리 근기(고장골)의

그림68 청도면 두곡리 듬실 남계서원. 2013.10.27

망수재(望修齋), 조천리 본동의 오남재(鰲南齋)·송애 김한곤 교사비(敎思碑), 고법리 화동의 장남재(莊南齋)·김만전 기적비·절부 밀양박씨(김기석의 처) 행적비, 인산리 관목의 인산서당(仁山書堂), 인산리 지수의 돈의정(敦義亭), 소태리 소태(아랫마)의 사의정(四宜亭)·낙역재(樂亦齋, 당호 求志堂)·태산서당(台山書堂)·춘우당(春雨堂)·김태혁(金泰爀) 기념비, 산내면 원서리 석골의 원사재(遠思齋)가 있다.

그림69 남계서원 문화재 지정 건으로
은사 탕민 류탁일 교수님을 배행하고. 1994.12.10

그림70 청도면 두곡리 이불 추강정사(후) 김락곤 기행비.
2021.5.19

그림71 청도면 구기리 근기 망수재. 2021.5.19

그림72 청도면 조천리 오남재(후) 김한곤 교사비(전). 2021.5.19

그림73 청도면 고법리 화동 김만전 기적비(전) 장남재(중) 절부 밀양박씨행적비(후) 2021.4.11

그림74 고법리 화동 장남재. 2021.4.11

그림75 청도면 인산리 관목 인산서당. 2021.6.22

그림76 인산리 지수 돈의정. 2021.6.22

그림77 청도면 소태리 사의정. 2021.6.22

그림78 소태리 낙역재. 2021.6.22

또 〈북지파〉 파조 김관벽(金觀碧)의 7세손 김만정이 청도군 매전면 북지리 도장동에서 산외면 엄광리 다촌에 입촌했으며, 중촌마을에 청룡재(靑龍齋)가 있다. 아울러 김시우의 14세손 김두인(金斗仁)은 경북 자인 흥정(興政)에서 상동 도곡리 솔방으로 이거했고, 이곳 세거지에 청송정(淸松亭)이 있다.

한편 김선장(金善莊)의 차남계로 시조의 11세손이자 김이인의 차남 김

그림79 청도면 소태리 태산서당. 2021.6.22

그림80 소태리 김태혁기념비(좌) 춘우당. 2021.6.22

그림81 산내면 원서리 석골 원사재. 2021.6.27

그림82 산외면 엄광리 다촌 청룡재. 2021.6.27

그림83 상동면 도곡리 솔방 청송정. 2021.8.26

그림84 초동면 성만리 대구령 죽계재. 2021.4.21

준(金準)은 증조부 김구정(金九鼎)이 태조 때 관직을 버리고 은거한 상주 화동면 판곡리에서 초동 성만리 대구령으로 성종대(1469~1494) 시천했고, 1624년 중수한 밀양 향안에 등재되었다. 세계는 1김지대……12√김준—김덕휘—김언효(金彦孝)……19김광귀—❶김성익—김응종·김수종·김문종·김삼종, ❷김성채(1834~1903)—①김락종, ②김대종—김영범—김유술—김희도—김동규(1936生), ③김우종, ④김택종으로 이어진다. 김언효(金彦孝)의 사위가 김지익(광주)이고, 경성대 교수를 지낸 김동규(金東圭)는 한국연극계에 큰 자취를 남겼다. 사적으로 초동면 성만리 대구령의 죽계재(竹溪齋)가 있다.

【22】 의령 **남씨**(宜寧南氏)의 관조는 충렬왕 때 추밀원직부사를 지낸 남군보이고, 관조의 6세손으로 예조판서를 지낸 남오(南褀)가 연산군 때 경기도 양주 임간에서 단장 미촌리 사촌(士村)으로 이거했다. 또 구한말에는 남형규(南瀅圭)가 사촌에서 안법리 법귀로 이거해 후손들이 살고 있다.

세계는 1남군보(南君甫)—남익지—남천로—❶남을번—①남재(南在)—남경문—㊀남지(南智), ㊁남간(南簡)—남준—남전—추강 남효온(南孝溫)—남충세, ㊂남휘(南暉)—남빈—충무공 남이(1441~1468), ②남은(南誾)—남경우, ❷남을진—남규(南珪)—①1남 남치화—지곡 남의(1434~1496)—남정소, ②3남 남치효—√지족당 남오(南褀)—㊀침류정 남우문(南右文)—㉮남술선—남동길, ㉯탄수 남계선—Ⓐ망성재 남영길—ⓐ남이흔—남두장, ⓑ남이돈—남두원, Ⓑ수헌 남순길—ⓐ남이혁—남두홍, ⓑ남이명—남두광, ㊁4남 조암 남필문(南弼文)—남우시, ③5남 남치신(南致信)—㊀남포(南褒)—남정진, ㊁지정 남곤(1471~1527)—남승사로 이어진다.

통혼 관계를 보면, 남치화의 장인은 하지명(진양)이고, 남치신의 장인은 하비(진양)이다. 부북 대항의 외가에서 태어난 남곤(南袞)은 입향조 남오의 종제이다.

그림85 단장면 미촌리 사촌 지족당. 2021.7.25

그림86 단장면 안법리 큰골 용연정. 2021.9.22

그림87 단장면 사연리 사연 침류정. 2018.2.3

사적으로 단장면 미촌리 사촌의 지족당(止足堂), 안법리 큰골마을의 용연정(龍淵亭)·안포동의 광주안씨(남순길 처) 절부비, 사연리 사연의 침류정(枕流亭)이 있다.

【23】 광주 **노씨**(光州**盧**氏)의 경우, 시조 노만(盧蔓)의 20세손 노한석(盧漢錫)이 1600년대 창녕 국동에서 김해 생림(현 한림면 금곡)으로 옮겼는데, 그의 6세손 노필연의 아들 대에 이르러 밀양 정주(定住)의 인연을 맺었다.

세계는 1노만(盧蔓)……18옥촌 노극홍(1553~1625)－❶노세일－국담 노해(盧垓)－해은 노한석(1622~1702)－금곡 노문필－노진헌(盧振巘)－노사정－①1남 노영수(盧永壽)－노직문－노덕연－(계)노상헌－(계)노정용(1897~1841)－2남 응재 노재찬(1925~2007)－치허 노규현(盧圭鉉), ②4남 묵와 노우수(盧禹壽)－도천 노봉문(盧奉文)－㊀극재 노필연(1827~1884)－㉮√노상익(1849~1941)☆－(계)노식용(1874~1912)－노재건－(계)노을현, ㉯노상직(출), ㊁노유연(盧有淵)－노상은, ㊂우당 노호연(1843~1868)－(계)√노상직(1855~1931)☆－㉮노식용(출), ㉯노가용(盧家容)－노재혁, ㉰노정용(출), ㉱노찰용(1904~1976)－노재황, ㉲노심용, ❷노세후－노식－노시진－노대지－노이갑－노종일－노상보－노호문－노기필－(계)노수엽－성암 노근용(1884~1965)으로 이어진다.

대눌·소눌 형제가 1879년 부친을 따라 창녕으로 이사했다가 양친 사후 일어난 동학당 소요를 피해 1895년 산외 금곡(金谷)으로 옮겨 금산서당(錦山書堂)을 개설했다. 1897년 단장 노곡에 비로소 터를 잡아 자암초려를 지어 정착했다. 경술국치 후 노상익은 형과 함께 만주로 망명했다가 1913년 노곡으로 귀향한 이듬해 기존 초당을 허물고 자암서당(紫巖書堂)을 신축했다. 1919년 단장 태룡리 말방에 사남서장(泗南書庄)을 지어 강학을 계속하면서 김재화(청도), 성기덕(1884~1974), 신성규(평산) 등의 많은 제자를 길렀다. 1919년 밀양만세운동이 세찼던 3월, 단장면 풍뢰정(風雷亭)에서 제자들과 함께 파리장서에 서명했다.[12] 정부는 2003년 노상직에게 건국포장을, 2017년 노상익에게 대통령표창을 각각 추서했다.

대눌(大訥) 노상익(盧相益)과 소눌(小訥) 노상직(盧相稷)의 문집이 있다.

그림88 단장면 무릉리 자암서당(노상익·노상직 공적안내판). 2021.7.25

그림89 자암서당 후경. 2018.1.11

그림90 밀양독립운동기념관 앞 독립의열사 숭모비(좌) 파리장서비(우). 2021.8.22

통혼 관계를 보면, 노해(盧垓)의 장인은 신영몽(평산)이다. 노필연(盧佖淵)의 사위는 안연원(광주·김해)이고, 외손자가 독립지사 안종달이다. 또 대눌의 장인은 안진중(사포)이고, 사위는 이병곤(여주)이며, 소눌의 초취 장인이 황계(장수)이고, 사위는 손경현(밀양)이다. 노정용(盧定容)의 장인은 손량희(안동), 노식용(盧寔容)의 장인은 안익원(사포), 노가용의 장인 허대(許垈)이다.

【24】 교하 **노씨**(交河**盧**氏)는 고려 개국공신 노강필(盧康弼)을 시조로 한다. 시조의 26세손이자 〈교리공파〉 파조 노정직의 10세손 노광검(盧光儉)이 1810년(순조10) 하남 남전리 보담에 입촌했다. 세계는 1노강필……17**〈교리공파〉**노정직(盧廷直)……22명암 노경종(1555~1625)－노정(盧楨)－노상경(1663~1732)－침계 노세환－노석봉－❶노광범－노용진, ❷√노광검(1768~1835)－노궤진·노과진·노성진·노개진으로 이어지고, 후손은 상남 조음리에 산다.

【25】 장연 **노씨**(長淵**盧**氏)의 시조는 신라 효공왕 때 당에서 귀화한 노수(盧穗)의 장남으로 장연백에 봉해진 노구(盧坵)이다. 시조의 23세손이자 몽학재 노잠(盧潛)의 5세손 노린담(盧麟聃)이 영조 때 상동 신곡리 오곡(양

그림91 상동면 신곡리 오곡(양지) 영훈재. 2021.8.26

지)에 입촌했고, 이곳 세거지에 영훈재(永薰齋)가 있다. 이외 태만 안구(광주)의 묘갈명을 지은 노곤(盧鯤)의 후손 중 무안 마흘리에 거주한 노수(盧琇)의 장인이 김지익(광주)이다.

【26】 풍천 **노씨**(豊川盧氏)의 시조는 당나라에서 귀화한 노수(盧穗), 득관조는 노지(盧址), 기세조는 노유이다. 기세조의 8세손 노계동(盧季仝) 때부터 무안 가례리 서가정에 거주한 것이 확인된다. 세계는 1노유(盧裕)－노장용……7노홍길－노언－❶송재 노숙동(盧叔仝)－노분－노우명－**〈문효공파〉**칙암 노진(盧禛), ❷**〈교위공파〉**졸암 노계동(1407~1457)－노순－노우도－노응기－노일－신재 노개방(1563~1592)－(계)노후신으로 이어진다.

이 중 가례리 서가정에 태어난 동래교수 신재 노개방(盧蓋邦)은 귀근(歸覲)하러 본가에 머물던 중 임진왜란 소식을 듣고 분연히 달려가 동래성 정원루에 옮겨져 있던 성현의 위패를 지키다가 양조한(남원)과 함께 순국했다. 이 무렵 이경옥(여주)의 딸인 아내는 밀양 엄광산 골짜기에 피신해 있다가 왜적을 만나자 남편의 홍패를 품에 안고 절벽에서 몸을 던져 죽었다. 노개방의 절사(節死)와 이씨부인의 정렬(貞烈)을 표창하기 위해 선조가 정려를 내렸고, 충렬각(忠烈閣)이라 부르는 정려각이 가례리 서가정 입구에 있다.

**그림92** 무안면 가례리 서가정 입구 **이씨부인 정려각**. 2021.8.14

【27】 밀양 **당씨**(密陽**唐**氏)는 고려 말 원나라에서 귀화한 당성(1337~1413)이 시조이자 입향조이고, 예부상서 박정수(朴廷秀)의 손녀와 결혼해 산외 다죽에 정착했다. 조선 건국에 세운 공으로 태종이 밀양 본관을 하사했고, 관련 사적으로 원나라 모씨와 당씨가 전란을 피해 머물다가 음수했다는 모당천(毛唐泉)이 죽동의 죽원재사 표지석 바로 밑에 있다.

**그림93** 산외면 다죽리 죽동 모당천. 2021.5.14

【28】 성주 **도씨**(星州**都**氏)의 중시조는 고려 명종 때 전리상서(典理尙書)를 역임한 도순을 중시조로 한다. 세계는 1도순(都順)－도충박－❶도유도－도효원－도홍경－도급시－도영수－**〈승지공파〉**도여필……16도흠조(1515~1563)－①도원국－**〈양직당공파〉도성유**(都聖俞)－도신여, ②도원결－**〈서재공파〉**

그림94 부북면 전사포리 신당 망향비. 2018.2.7

그림95 전사포리 신당 사우당. 2021.9.5

**도여유**(都汝兪)－㊀지암 도신수(1598~1650)－남악 도이설－√사우당 도만추(1659~1713)－도계운·사묵당 도계적, ㊁도신여, ㊂도신행, ㊃**죽헌 도신징**(1611~1678)－도이화, ③도원량－㊀**〈취애공파〉도응유**(都應兪)－도신위(출), ㊁**〈일암공파〉**도언유－(계)도신위－구암 도이열－도만정(1654~1719)－도세희, ❷도유덕－도효안－도홍정－도길부(1388卒)로 이어진다.

이 중 시조의 20세손이자 〈서재공파〉 파조의 증손자 도만추(都萬秋)가 밀양 입향조이다. 그는 안절(사포)의 사위가 되면서 현종~숙종 연간에 달성군 다사읍 서재리에서 부북 전사포리 신당(新塘)으로 이거했다. 사포산업단지 조성으로 사라진 신당에 2012년 망향비를 세웠고, 전사포리 일반산업단지 내에 2019년 사우당(四友堂)을 건립했다. 도만추의 사위는 이의한(벽진·무안)이고, 도만정(都萬鼎)의 사위가 안명담(사포)이다. 이외 청도면 요고리에도 경종 때 입촌한 도만규(都萬圭)의 자손이 살고 있다.

【29】 문화 **류씨**(文化**柳**氏)는 고려 개국공신 류차달이 시조이다. 세계는 1류차달(柳車達)……9류순－❶류성비－류식－류안택－**〈하정공파〉**류관(柳寬)……22약재 류상운(1636~1707)－류봉협－류창원－√3남 남하 류동신(1724~1799)－류승박, ❷류자성－류소－류평－**〈곤산군파〉**류익정(柳益貞)－류번－류윤경－류록－**〈사재감정공파〉**류제(柳堤)－류승연－류홍종－류소창

(1452~1517) – 류정(柳井) – 류인원 – 류영제 – 류응(柳凝) – 류청춘 – ✓류창무(柳昌茂) – ①류광윤(1570生) – ㈠류한(柳澣) – 류성익, ㈡류정(柳淵) – 류성열, ㈢류원(柳沅) – 류성구, ②류경윤(柳慶胤) – 류순 – 류성삼으로 이어진다.

이 중 시조의 24세손이자 〈하정공파〉 파조 류관의 12세손 류동신(柳東信)이 밀양에 이거했고, 후손들은 산외 엄광리를 중심으로 정착했다.

그리고 〈사재감정공파〉 파조 류제의 9세손 류창무가 명종 때 삼랑진 금음물리(용성)에 입촌했다. 조부 류응이 역병을 피해 세거지 칠곡을 떠나 장인 배진(裵軫)이 살던 김해 활천에 터를 잡았다. 외아들 류청춘(柳靑春)은 양친이 별세한 뒤 노비 연개(蓮介)의 보살핌을 받다가 삼랑진 용성리의 함안 조씨 집안에 장가를 들었다. 하지만 그는 자식 출생을 보지 못하고 명종대(1545~1567) 요절했다. 조씨부인은 류씨 가문의 대를 잇기 위해 고심 끝에 생후 7일의 유복자를 연개의 등에 업혀 용성의 친정으로 보내어 양육을 맡겼다. 류창무는 외조부 조련(趙連)의 슬하에서 자라 하종영(진양)의 사위가 되었고, 뒷날 훈령부정을 지냈으나 두 아들을 남겨둔 채 일찍 세상을 떠나고 말았다. 임란 때 류광윤(柳光胤)은 가문을 잇게 한 90세의 연개를 업고서 관동까지 피난했고, 전란이 끝나고 돌아오던 중 연개가 사망하자 경주에 임시로 안장했다.

류정(柳淵)의 첫째 장인이 반월처사 정식(초계)이다. 사적으로 용성리 청룡 세거지에 영사정(永思亭)과 1925년 노상직의 비문이 새겨진 의비연

그림96 삼랑진읍 청룡리 청룡 영사정. 2021.2.14

그림97 영사정 우측 의비연개비. 2021.2.14

개비(義婢蓮介碑)가 있다. 현대 인물로 밀양 문협의 토대를 닦은 류종관(1920~2016) 시인이 입향조의 13세손으로 용성에서 출생했다.

【30】 전주 **류씨**(全州**柳**氏)는 백제에서 유래한 토성으로 고려 말 완산백에 추봉된 류습(柳濕)을 시조로 하는 일파가 있다. 시조의 고손자로 세종대 홍문관 전한을 지낸 류승식(柳承湜)이 상남 예림리 운내로 입촌해 밀양 사족이 되었다.

세계는 1**〈장령공파〉**류습(柳濕)－2남 류극서－류정－류효천－√류승식(柳承湜)－류세미(柳世湄)[13]－❶류수원(柳洙元)－류경해－류진량(1572生), ❷류사원(柳泗元), ❸류기원(1552~1613)－류언침(1574~1635)－류면(柳沔, 개명 得春)－류홍엽·류홍기·류홍후로 이어진다.

이 중 거부 류세미의 장인은 점필재 김종직(선산)이고, 류사원의 사위가 김윤복(수원)이며, 류기원의 사위가 신계성의 차남 신유안(평산)이다. 아울러 류진량(柳震樑)은 1624년 손기양(밀양), 안신(광주) 등과 더불어 밀양 향안(鄕案)을 수정했다. 세거지 부북 운전리 대전에 운계재(雲溪齋)가 있고, 부북 춘화리 용지에도 후손이 산다.

그림98 부북면 운전리 대전 운계재. 2021.9.4

【31】 진주 **류씨**(晋州**柳**氏)의 시조는 최충헌의 외조부로 진강부원군에 봉

해진 류정(柳挺)이다. 시조의 9세손이자 파조 류지정(柳之淀)의 증손자로 1434년 산청현감(세종실록 기준)을 지낸 류종귀(柳宗貴)가 경북 상주에서 무안 정곡리 복을(나뭇골)로 전거했다가 운정리 본동으로 이거해 밀양 입향조가 되었다.

세계는 1류정(柳挺)……6류간(柳玕)－❶〈진천군공파〉류지정－류손－류휘생－①류포(柳砲)－류달존, ②〈현감공파〉√류종귀(족보명 𥗌)－㉠2남 류성동(초명 時厚)－류수원(柳秀源)－류정(柳汫)－㉮류세기(柳世沂)－류방춘, ㉯류세변(柳世汴)－Ⓐ죽담 류분(1523~1580)－(계)경재 류여주(1579~1630)－3남 류록－류경두(柳擎斗)－류동지－류심－류종권－ⓐ류달운(柳達雲)－류기원－류두종－류승문－류갑수－㊊류지상－(계)**우당 류창목**(1940~2013), ㊋류지룡－류창목(출), ⓑ류달현(柳達玄)－류성인－류진근－류승택－류영수－대남 류지형－**고당 류민목**(1910~1984), Ⓑ류포(1526~1589)－류여주(출), ㉡3남 류차연－류대승, ③류포(柳圃)－류효문, ❷류지택(柳之澤)－류번－류백통－류승미(1391~1439)－①류효손(柳孝孫)－류자하, ②류중손(柳仲孫)－류자호－류계원으로 이어진다.

통혼 관계를 보면, 입향조 류종귀의 사위가 이중림(벽진·무안)이고, 손자 류수원의 장인은 격재 손조서(안동)이며, 증손자 류정의 장인은 박맹번(박소의 장남)의 4남 박계손(은산군파)이다. 류정의 손자 류분(柳芬)은 1544년 스승 주세붕(1495~1554)의 청량산 유람에 동행했고, 아들 류여주(柳汝駲)는 1624년 손기양(밀양)·안신(초동) 등과 더불어 밀양 향안을 수정했다. 류분의 동생 류포(柳苞)의 장인이 박자곤(정국군파), 그의 사위가 하유(진양), 아들 류여주의 사위는 장문승(아산), 류지형의 장인이 손량대(안동)이다. 또 류지택의 고손자 류중손의 사위가 무안의 효자 어영하(魚泳河)이다.

사적으로 무안 운정리 서재골의 죽담정(竹潭亭)·입향조 이하 제위 설단, 세거지 본동의 운곡재(야인정)가 있다. 현대 인물로 입향조 류종귀의 18세손이자 류경두의 10세손인 명필가 류민목(柳敏睦), 밀성제일고 교장과 밀

그림99 무안면 운정리 서재골 죽담정. 2021.4.11

그림100 서재골 죽담정. 2021.4.11

그림101 서재골 입향조 이하 설단. 2021.4.11

그림102 운정리 본동 운곡재. 2021.4.18

양문화원장을 지낸 류창목(柳昌睦)이 문집을 남겼다.

한편 성종대(1469~1494)의 류자공(柳子恭)은 밀양의 광활한 전토를 소유하고 무남독녀만 두었는데, 사위 이사필(여주)이 별다른 연고가 없는 사인당리(용평)에 입촌할 때 큰 도움을 주었다.

【32】 남평 **문씨**(南平**文**氏)는 시조 무성공 문다성(文多省)의 후예 문익(文翼)을 중조로 한다. 중조의 11세손 문익점(1329~1398)의 13세손 모현당 문주천(1655~1722)이 숙종 때 청도면 요고리에 입촌했다. 모현당의 부친은 낙암 문이연(文以硯), 증조부는 쌍청당 문응방(文應房)이다. 후손들이 2010년 입향조 유덕을 기리기 위해 이곳의 매곡(질매실)에 재숙소 숭모재(崇慕齋)를 건립했고, 기문은 손희수(안동)가 지었다.

한편 박영미의 사위 문희복(文希福), 이정무의 사위 문세휘(文世徽)·문세

그림103 청도면 요고리 매곡 숭모재. 2021.4.11

빈(文世彬) 형제가 초동에 거주해 『구령동안』에 등재되어 있으나 자세한 내력은 불명이다.

【33】 여흥 **민씨**(麗興**閔**氏)는 민칭도를 시조로 한다. 세계는 1민칭도(閔稱道)……11민수생－3남 민약손－**〈이참공파〉**민근(閔謹)－3남 민제(1437~1457)－∨민경(1457生)－❶욱재 민구령(閔九齡)－민상, ❷경재 민구소(閔九韶)－민정－민경손, ❸우우정 민구연(閔九淵)－민유(閔裕)－민응담－민인복－①민효선－㊀민유(閔輶)－민우삼－민관수, ㊁민의(閔艤)－민우맹－민희수, ②민효증－㊀민로(閔輅)－민여도－민종수, ㊁민집(閔輯)－민우화－민계수·민함수, ㊂민진(閔軫)－민우사(閔友賜)－민몽수, ③민효성－민전－민우정－민정수, ❹무명당 민구주(閔九疇)－민지생－민성인, ❺삼매당 민구서(閔九敍)－민서웅·민서창으로 이어진다. 이 중 시조의 12세손으로 이조참의를 지낸 민근이 〈이참공파〉 파조이고, 그가 성주현령으로 있을 때 아들 민제(閔除)가 김숙자의 둘째 사위가 되었다. 뒷날 손자 민경(閔熲)이 외가인 부북 지동에서 출생함으로써 밀양 입향조가 되었다.

민제는 결혼한 지 2년 만에 불행히도 아내를 잃었지만, 유복자(遺腹子) 민경은 결혼해 효우(孝友)가 특출한 아들 다섯을 낳았다. 이 5형제는 진외종조부 김종직(金宗直)을 스승으로 모셨고, 1510년(중종5) 삼랑진 낙동강

그림104 삼랑진읍 삼랑리 상부마을 오우정. 2021.5.1

그림105 하남읍 파서리 내서 양정서당. 2021.4.25

의 뒷기미 언덕에 정자를 건립해 부모를 극진히 섬기며 우애를 돈독히 나눈 미담을 실기(實記)를 통해 볼 수 있다. 민구연의 장인은 전세경(옥산)이고, 박희량(졸당공파)과 결혼한 민구서의 딸을 기리는 열부 정려각이 상동 가곡리에 있다. 또 삼랑진 삼랑리 상부의 삼강서원(三江書院)·오우정(五友亭), 파서리 내서의 양정서당(養正書堂), 상남 마산리의 덕후재(혜산정)가 있다. 참고로 민제의 14세손 괴헌 민영하(1869~1910)는 가업을 계승하기 위해 세거지 하남 파서리에 자학계(資學契)를 창설했다.

【34】 밀성(밀양) **박씨**(密城朴氏)는 박혁거세의 29세손이자 제54대 경명왕의 여덟 왕자(8대군) 중 제1왕자 박언침(朴彦忱)을 본관 시조로 한다. 관련 사적으로 내일동의 밀성재(密城齋)·세루정·추화재와 익성사(翊聖祠), 영남루 경내의 밀성대군 단소(壇所), 무안면 무안리 동부의 경덕단(景德壇)과

그림106 내일동 세루정(좌) 밀성재(중) 추화재(우). 2021.9.4

그림107 밀성재. 2021.10.18

만운재(萬雲齋)·유경각(逌敬閣)이 있다.

세계는 밀성대군 박언침－박욱(朴郁)－박란(朴瀾)－❶박영정－박기세－박시주－박찬행(朴讚行)－①〈태사공파〉박언부(朴彦孚)－㊀박효신, ㊁박의신, ②〈도평의사공파〉박언상(朴彦祥), ③〈좌복야공파〉박언인(朴彦仁), ❷박영희－박추세－박시후－박유손－〈밀직부사공파〉박량언(朴良彦), ❸박영기－박호－박지온－박수강－〈판도판각공파〉박천익(朴天翊), ❹박영후－박련－박지윤－박성린－〈좌윤공파〉박을재(朴乙材)－3남 박덕기－박정구－박기(朴璣)－박옥성－박천명－박광후－①〈정국군파〉박위(朴葳), ②박천(朴蕆), ❺박영지로 이어진다. 곧 1세조 박언침의 7세손 모두 중조가 되었고, 여기에 박효신계의

그림108 밀양여고에서 본 밀성재 후경. 저 멀리 천진궁과 영남루가 보인다. 2021.9.4

그림109 추화재(좌) 익성사(우). 2021.9.4

그림110 영남루 경내 밀성대군 단소. 2006.1.22

그림111 무안면 무안리 동부 경덕단. 2021.5.14

그림112 동부 만운재(전) 유경각(후). 2021.5.14

〈규정공파〉, 박의신계의 〈사문진사공파〉·〈충헌공파〉·〈밀직부원군파〉, 박량언계의 〈영동정공파〉를 더해 밀양박씨는 총 12파 중조(中祖)가 있다.

12파별로 입향 인물을 살펴본다. 먼저 최충(984~1068)과 더불어 태사(太師) 벼슬을 지낸 〈태사공파〉 박언부의 세계를 우선 간단한 표로 들어본다.

1박언침(朴彦忱)……8**〈태사공파〉**박언부(朴彦孚)－❶박효신－박공필－①박육경(朴育慶)－박대화－박간(朴幹)－㊀**〈은산군파〉**박영균－㉮**박익**(초명天翊)－박융·박소·박조·박총, ㉯박천경, ㉰박문경－박민, ㊁**〈행산공파〉**박세균－박문빈－박신열·박신경·박신보, ②박육화(朴育和)－박윤공－박광례－박유효－박홍－**〈규정공파〉**박현(朴鉉), ③박육권(朴育權)……√박의번－**〈어변당공파〉**박곤, ❷박의신－①**〈사문진사공파〉**박원(朴元), ②박윤(朴允)－㊀박호연－박지영－박수길－박진록－**〈밀직부원군파〉**박중미(朴中美), ㊁박효연－박지형－**〈충헌공파〉**박척(朴陟)

〈은산군파〉 박영균(朴永均)의 장남 세계는 **박익**(1332~1398)－❶**〈우당공파〉** **박융**(1347~1428)－①감헌 박진(朴震)－해루당 박문손(1440~1504)－박성무(朴成武)－√박밀－박승례－모와 박주(1546~1604), ②**〈소고공파〉**√소고/두곡 박건(朴乾)－박승원－**소요당 박하담**(1479~1560)－㊀박영(朴穎)－㉮박경연

—박환·박찬·박우·박숙, ㉯삼우정 박경신(1539~1594)—박지남·박천남(초명 哲男), ㉰용연 박경인(1542~1592)—박선(朴瑄)—박동흠—박태한—박심휴—박명희—박증적—박필봉(1742~1787)—√박승덕, ㊁박이(朴頤)—㉮박경전, ㉯박경윤—박린·박구, ㉰박경선, ㉱박경준—박기[청도군], ❷**〈인당공파〉**√**박소**(1347~1426)—박중번(朴仲蕃)—박효순—**박수견**—박봉(朴芃)—박승륜(朴承綸)—①박이겸(1558~1592)—√박범(1583~1658)—박문경(1622~1666)—박의중(1644~1717)—㊀1남 박운익(1664~1689)—**박증엽**(1688~1755)—박함(朴諴)—㉮1남 박정순—박세우—박로경—(계)박한좌—**박승목**(1846~1926)—박희대—박원기, ㉯3남 박정신(1740~1811)—자양 박세덕—산서 박리경(朴履慶)—박한창—농려 박사목(1859~1927)—양호당 박희순[신호], ㊁√2남 박운핵(1669~1704)—박증휘[대구말], ②√박이눌(1569生)—안분당 박지(1588~1645)—㊀박문영(1615~1652)—㉮1남 박희중(초명 時稷)—(계)일신당 박운구(1667~1704)—일암 박증경—박선(朴譔)—**박정원**(1753~1811)—박세재·박세교, ㉯2남 박홍중(초명 時益)—Ⓐ박운구(출), Ⓑ박운기, Ⓒ시습당 박운징(朴雲徵)—ⓐ1남 박증임—박속, ⓑ4남 박증진(1716~1779)—박상[신월], Ⓓ박운제—√송강 박증위(1783~1856)[산내], Ⓔ박운근, Ⓕ박운장—박증관, Ⓖ박운집, ㊂박문잠(1618~1651)—㉮박빈중(朴彬中)—박운채, ㉯박리중—박운삼—박증형—박영—박정구—박세경—박상기—박한수—검석 박충목(1890~1949)—박희동(1925~2010), ❸**〈아당공파〉**√**박조**(1350~1431)—경암 박홍문·박두문, ❹**〈졸당공파〉**√**박총**(1353~1439)—①박승문—2남 박서림—3남 박진(朴蓁), ②송재 박희문—박세림—√5남 박영(朴英, 초명 葵)—박유일—호수 박희량(朴希良)—취송당 박종민(1564~1668)—무진정 박선승(1584~1668)—㊀1남 박영휘(1627生)—㉮박성우—박상현—계만당 박한규, ㉯박성주(朴聖宙)—모산 박상희(1688~1757)—성재 박서규—우헌 박필추—박지태—박준석—박제현—산수정 박장근(1862~1935)—농포 박병우—박등줄(朴登茁), ㊁√3남 박영시(朴英時)로 대를 이었다.

〈우당공파〉 파조 박융의 고손자 박밀(朴密)은 조부가 무오사화에, 부친이 갑자사화에 잇달아 연좌되자 함양으로 은둔했고, 아들 박숭례(朴崇禮)는 창녕 부곡으로 이거했다. 뒷날 손자 박주(朴胄)의 9세손 박사일(朴思一), 박사인, 박사덕이 1830년 부곡에서 청도 고법리 팔방에 정착했다. 참고로

그림113 청도면 고법리 팔방 박익 묘. 2020.10.14

그림114 팔방 박익 벽화묘 가는 길. 2020.10.14

그림115 우당·인당·감헌 제단비. 2020.10.14

그림116 박익 묘(후면). 앞에서부터 팔방 화동 덕법마을이다. 2020.10.14

그림117 팔방 박익 신도비(좌) 보본재. 2021.5.23

그림118 팔방 박주 효자각. 2020.10.14

박융의 사위가 안돈후(순흥)와 김유장(선산)이다.

사적으로 세거지 팔방의 송은 박익의 묘소와 우당·인당·감헌 제단비, 모와 박주 효자각,[14] 송은 신도비와 보본재(報本齋)가 있다.

〈인당공파〉 파조 박소(朴紹)는 변계량(1369~1430)의 권유로 만년에 후사포에서 초동 신촌(모선동)으로 전거했다. 세 아들 중 차남 박중번(朴仲蕃)만 초동 모선동에 정주하되 장남 박맹번은 창원 사촌(沙村)으로, 3남 박계번은 합천 삼가로 이사했다. 박소의 사위는 배정미(분성)이고, 박소의 후손 박이눌(朴以訥)이 신곡(새월)으로 옮겨 살았다. 그는 임란 때 연소한 장조카 박범(朴範)을 데리고 자양동 뒷산의 원당골로 피신했는데, 박범은 전란이 끝난 뒤 신호리 새터에 입촌했다. 또 박운핵(朴雲翮)은 1700년경 신호리 대구말(서호)에 터를 잡았고, 박지(朴篪)의 고손자 박증위(朴增緯)는 헌종대(1834~1849) 신월에서 상동 신곡리 오곡으로 이주했는데 '신곡'은 신월리에서 유래한 것이다.

현대 인물로 박충목(朴忠穆)의 차남 박희동 장군이 초동 검암리 출신이며, 공정식과는 1938년 초동초등학교 졸업 동기이다. 그리고 밀양시민신문 대표 운산 박희학(朴熙鶴)은 인당의 18세손이다.

사적으로 초동 신호리 대구말의 모선정(慕先亭)·덕남사(德南祠)·숭절재(崇節齋)·인당 박소 유허비, 신호리 새터의 신계재(新溪齋)·양호당(養浩堂), 백매의 감모재(感慕齋), 신월리 새월의 역열재(亦悅齋)·덕남서원 터, 신월리 자양의 자영재(紫暎齋), 검암리 본동의 검석정(儉石亭), 봉황리 방동의 봉서재(鳳棲齋), 상동 신곡리 오곡(양지)의 원사재(遠思齋)가 있다.

〈졸당공파〉 파조 박총은 첫째·둘째 형이 별세한 뒤 셋째 형 박조와

그림119 초동면 신호리 대구말 박소 유허비(전) 모선정(중) 덕남사(후) 숭절재(우) 2021.8.22

그림120 초동면 신호리 새터 신계재. 2021.4.25

그림121 신호리 새터 양호당. 2018.2.5

그림122 신호리 백매 감모재. 2018.2.5

그림123 초동면 신월리 자양동 자영재. 2021.8.7

그림124 신월리 새월 역열재. 2021.8.7

그림125 새월 덕남서원 터. 2021.3.23

그림126 초동면 검암리 검암 검석정. 2021.1.30

그림127 상동면 신곡리 오곡(양지) 원사재. 2021.8.26

함께 합천 가수(현 삼가) 대평으로 옮겼고, 또 졸당의 증손자 박진(朴蓁)이 대평에서 산청으로 전거한 까닭에 단성 진태리에 신계서원(新溪書院)이 있다. 아울러 졸당의 증손자 박영(朴英)은 중종 때 다시 대평에서 상동 가곡(佳谷)으로 옮겼고, 5세손 박영시는 금산리 유방(酉方)으로 이거했다.

사적으로 세거지인 가곡리(내가곡)의 경모정(敬慕亭)·요산요수당(樂山樂水堂)·원모정(遠慕亭)·열부 여흥민씨(박희량 처) 정려각, 금산리 유산의 송

그림128 상동면 가곡리(내가곡) 경모정. 2021.5.5

그림129 가곡리(내가곡) 요산요수당. 2021.5.5

그림130 내가곡 원모정. 2021.5.5

그림131 내가곡 여흥민씨 열부각. 2021.5.5

그림132 상동면 금산리 유산 송강정. 2021.5.5

그림133 유산 동화정. 2021.5.5

강정(松江亭)·동화정(東華亭)이 있다. 참고로 박영휘(朴榮輝)의 사위는 손석룡(밀양), 박상현(朴尙玄)의 장인은 이만용(여주)이다.

한편 박융의 차남이자 〈소고공파〉 파조 박건(朴乾)은 청도군 이서면 수야리로 이사했고, 임란 때 박경신 삼부자를 위시한 14의사가 의병을 일으켜 역사에 빛나고 있다. 사적으로 이서면 학산리의 용강서원(龍岡書院), 청도군 금천면 임당리의 임호서원(林湖書院), 금천면 신지리의 선암서원(仙巖書院)이 있다. 또 박하담의 10세손이자 박경인의 8세손 박승덕(朴承德)은 부친 박필봉(朴必鳳) 사후에 청도군 모산(현 학산리)에서 밀양 무안면 동산리로 이거했고, 이곳 못안마을에 경모재(敬慕齋)가 있다.

〈은산군파〉의 통혼 관계를 대략 보면, 박익의 사위가 손억(밀양), 박융의 사위가 안돈후(순흥), 박소의 둘째 장인이 공인기(孔麟起), 박조의 장인은 신희(辛憘), 박총의 장인은 이공실(합천), 박진의 사위는 김윤온(광산),

그림134 무안면 동산리 못안마을 경모재. 2021.6.11

박문손(朴文孫)의 사위는 신승준(평산), 박맹번의 4남 박계손의 사위는 류정(진주)이다. 박효순의 사위가 이륜(벽진·무안)과 노사열(장연)과 박영미(밀양)이고, 아들 박수견의 장인은 박영미의 외삼촌 신학(辛鶴)이다. 또 박범의 사위가 이도희(벽진·초동), 박지의 장인은 박양춘(행산공파), 박문잠의 장인은 낙원 안숙(금포), 박증엽의 사위는 손사준(밀양), 박함의 장인은 손수대(밀양), 박정원의 첫째 장인은 안경기(사포)이다. 박이중의 7세손 박한준(朴漢俊)의 장인이 강만형이고, 박한장(朴漢章)의 장인이 안봉원(사포)이며, 박충목의 장인이 이진구(여주)이다.

문집이 있는 이는 송은(松隱) 박익(朴翊), 우당(憂堂) 박융(朴融), 인당(忍堂) 박소(朴昭), 아당(啞堂) 박조(朴調), 졸당(拙堂) 박총(朴聰), 모선재(慕先齋) 박수견(朴守堅), 덕계(德溪) 박증엽(朴增曄), 몽수(蒙叟) 박정원(朴鼎元), 소재(素齋) 박숭목(朴崇穆) 등이다.

다음으로 〈행산공파〉 박세균(朴世均)의 장남 세계는 박문빈(朴文彬)－❶박신열(朴臣悅)－①1남 박시거(朴時擧)－박종지－㉡2남 사미 박형달(朴亨達)－㉮1남 박숙지－박천수－응천자 박유(朴瑜), ㉯3남 박언계(朴彦桂)－안국암 박대성(1503~1572)－Ⓐ성재 박항(朴恒)－√모헌 박양춘(1561~1631)－ⓐ현석 박려(朴璨)－창암 박진인－송암 박소원(朴紹遠), ⓑ창석 박오(1604~1662)－㊊박진익－박존도[청도], ㊋박진필－박성도－송악 박용응－박경천

－박세묵－박용수－√박상우(1840~1896)－학남 박진영(朴晉永)·박이영(朴貽永), Ⓑ무진재 박신(1529~1593)－ⓐ박장춘(朴長春), ⓑ**박수춘**(1572~1652)－㊊박류(朴瑠)－박진한－**박맹징**(1659~1732)－송오 박윤종, ㊋박뢰(朴璢)－박진공－㊏사우당 박규징, ㊥술재 박몽징[풍각], ⓒ박득춘(朴得春)－㊊박종(朴琮), ㊋박선(朴璇), ㊁3남 박영달(朴英達)－박장환－박상손－박종(朴宗)－박원의－박진룡－박창유－박규형－박성권－박태식－갈곡 박세웅(1807~1868)－운림 박경수(朴擎壽), ②√3남 박시예(朴時乂)－㊀1남 박개주(朴介柱)－박효선－채지당(采芝堂) 박구원(1442~1506)－묵암 박수팽－농암 박세환(초명 世芸)－매촌처사 박광옥－㉮√낙춘재 박이화(1554~1605)－박사인－박승준－박동잠－박유성－박성한－박종일－박치만－Ⓐ묵옹 박지순(1789~1859)－사청(四靑) 박래흡(1820~1885)－박인보[사연], Ⓑ박지열(1804~1834)－박만흡, ㉯양재 박이문[고례], ㊁3남 박말주－박정간[조음], ❷박신경－박후성－박린신－박경의, ❸√박신보(朴臣輔)－①1남 박돈인－**박한주**(1459~1508)－㊀박봉(朴鳳)－박지령－박사충[청도], ㊁박란(朴鸞)－㉮박경성－박숙, ㉯박규성－박태, ㊂박붕(朴鵬), ㊃박홍(朴鴻), ②2남 박의인－√박문로(朴文老)－박여계(朴汝桂)－박원수－박기성－박언숙－박대석－√도은 박무남(1673~1706)－박의룡, ③4남 박근인－박수종－박유온－박홍령－박춘계－박침－박천우－박홍남－박영호－박명원－박원규－√지산 박종강(1710~1798)으로 이어진다.

〈행산공파〉의 중심 세거지는 대대로 터전을 일군 후사포리와 제대리 송악 일원이다. 하지만 다른 곳으로 이거한 후손도 있다. 박신열의 3남 박시예(朴時乂)는 사포에서 단장 고야(고례)로 옮겨갔고, 박이화의 후손들은 단장 미촌리 사촌에 세거하며, 박양춘의 8세손 박상우(朴尙宇)는 산외 남기리 기회에 은거했다.

사적으로는 제대리 송악의 행산재(杏山齋), 후사포리 내곡의 국담재(菊潭齋), 후사포리 후포의 기양재(箕陽齋), 박양춘[15]·박수춘의 여표비와 행산공

그림135 부북면 제대리 송악 행산재. 2018.2.7

그림136 부북면 후사포리 내곡 국담재. 2018.2.7

그림137 후사포리 후포 기양재. 2018.2.7

그림138 후포 행산공파 삼세제단(좌) 박수춘 여표비. 2018.2.7

그림139 후사포리 후포 박양춘 여표비. 2021.8.28

그림140 산외면 금곡리 본촌 용산정. 2021.7.25

그림141 단장면 미촌리 사촌 금석정. 2021.7.25

그림142 부북면 청운리 중촌 박상윤 공적안내판. 2021.9.4

파 삼세 단소, 부북 청운리의 갈곡재(葛谷齋), 산외 금곡리 본촌의 재숙소 용산정(龍山亭), 단장 미촌리 사촌의 금석정(錦石亭)·박구원의 12세손 박지열(朴志悅)의 처 달성서씨 순열비가 있다.

현대 인물로 부북 청운리 중촌에서 출생한 독립운동가 박상윤(1881~1938)이 있다. 1919년 파리장서에 서명했고, 1938년 별세하자 일제는 문상객 접근을 금지하는 행패를 부렸다. 정부는 2005년 건국포장을 추서했다.

또, 일찍이 청도 풍각현으로 옮겨간 일파도 있으니 〈행산공파〉 파조의 손자이자 박문빈의 3남 박신보(朴臣輔)이다. 손자 박한주(朴漢柱)는 흑석리 차산마을에서 태어나 함안의 거부 안효문(안보문의 동생)의 사위가 되면서 처향으로 이사했다. 박양춘(朴陽春) 또한 1599년(선조32) 고조부 박형달의 수양처 사미정(四美亭)을 수호하기 위해 흑석리로 이사해 후손들이 그곳에 세거한다. 사적으로 풍각면 차산리의 박한주 여표비[16]·차산서원(車山書院)·풍산재(豊山齋), 흑석리의 안국암 각자(刻字)·보강재(普岡齋)·석강서원(石岡書院), 각북면 남산리의 남강서원(南岡書院)이 있다.

반면 박신보의 손자 박문로(朴文老)는 아들과 함께 풍각에서 상동 고정리 고답(高踏)으로 은거했고, 그의 6세손 박무남(朴武南)은 숙종 때 고답에서 무안 가례리 서가정(徐佳亭)으로 이거해 경도재(景道齋)가 있다. 또 박신보의 12세손 박종강(朴宗綱)은 풍각 차산에서 청도면 요고리 안곡(안장실)으로 이주해 이곳에 직조재(直照齋)가 있다.

그림143 무안면 가례리 서가정 경도재. 2021.8.14

그림144 청도면 요고리 안곡 직조재. 2021.6.22

〈행산공파〉의 통혼 관계를 보면, 박대성의 장인은 김익강(광주)이고, 박양춘의 장인은 손경제(밀양)·사위는 박지(은산군파)이다. 박려의 장인은 김극용(수원), 박오(朴璈)의 첫째 장인이 이선지(함평)·사위는 손극겸(안동)이며, 박진익(朴振翊)의 사위는 조하위(창녕)이다. 박수춘의 다섯 사위 중 안진한(초동), 이장윤(여주), 이이정(벽진·무안)이 모두 밀양인이며, 박진공의 장인이 이이정의 형 이이주이다. 그리고 박한주의 사위가 주세붕의 형 주세곤(周世鵾)이다.

문집이 있는 이는 오졸재(迂拙齋) 박한주(朴漢柱), 국담(菊潭) 박수춘(朴壽春), 천택재(天澤齋) 박맹징(朴孟徵)이다. 특히 박시예의 증손자 박구원(朴龜元)은 단장천 명승지를 배경으로 우리나라 최초의 구곡가인 「고야구곡가」를 지었다.

한편 박공필의 차남 박육화(朴育和) 세계는 박윤공－2남 박광례－박유효－박흥(朴興)－〈규정공파〉박현(朴鉉)－박문유－박사경－박침(1342~1399)－❶2남 박강생(1369~1422)－①2남 박절문－박중손(1412~1466)－박미(朴楣)－박광영－박조－낙촌 박충원－관원 박계현(1524~1580), ②〈청재공파〉3남 박심문(1408~1456)－5남 박원량(朴元良)－박온－박효순－박억필－박언청－박일홍－√박상의(朴尙義)－박관－박세창－박명우－박지곤－박년환－박희장－박화석(1907~1976)－박연구(朴淵九)·박연차(1945~2020), ❷4남 박신생(朴新生)－박호문－박철손－박수종－송당 박영(朴英)으로 이어진다. 이 중 세종의 처남 청재 박심문(朴審問)의 7세손 박상의가 동래에서 밀양으로 이거했고, 박화석(朴華錫)의 기업가 두 아들이 산외 엄광리 출신이고, 엄광리 다촌 내촌(안마)에 2008년 건립한 성모재(省慕齋)가 있다.

그림145 산외면 엄광리 다촌 성모재. 2021.6.27

또 박공필의 3남은 박육권(朴育權)이고, 그의 7세손 박의번이 무안 연상리에 처음 전거해 파조가 되었다. 세계는 √박의번(朴義蕃)-〈어변당공파〉**박곤**(朴坤)-동암 박옥형(1539~1570)-2남 **모우당 박몽룡**(1554~1622)-❶박사순(朴士純)-1남 박종선(朴宗璿)-①둔암 박세로(1641~1708)-박사익-(계)박홍신-박명우-(계)박문택-(계)박수린-박기욱(朴基郁), ②박세규-박사점-㊀박홍신(출), ㊁박기신-박명덕-㉮박문택(출), ㉯박규택-박수린(출)·박수구, ❷박사수(朴士粹)-①1남 박종장(朴宗璋)-**박세용**(1625~1713)-㊀박사태(朴思泰)-(계)박정신-㉮박명오, ㉯박명계(출), ㊁박사대(朴思大)-박리신—박명호-박량택-박수홍-박춘욱(朴春郁), ②5남 박종구(朴宗球)-박세기-박사제-㊀박정신(출), ㊁박래신-(계)박명계-√덕린 박주택(1778~1840)-만오 박수목(1804~1862)-㉮**박태욱**(1833~1883)-**박기우**(1856~1902)-Ⓐ**박태한**(1882~1955)-(계)박병무, Ⓑ박정한-박병무(출), ㉯**박근욱**(1839~1917)-Ⓐ동암 박기인(1860~1919)-박원한-박병달, Ⓑ박기의(1864~1924)-창암 박권한-박병륜(朴秉輪), ㊂박운신(朴雲新)으로 이어진다. 이 중 박명계의 첫째 장인은 하우일(진양)이고, 둘째 장인은 황상복이다. 아들 박주택(朴周宅)은 연상리 인근의 초동 봉황리 와지마을에 처음 자리를 잡았고, 증손자 박기우(朴起羽)는 전라좌수사와 부산진 첨사(1887)를 역임했다.

문집이 있는 이는 어변당(魚變堂) 박곤(朴坤)[17], 죽림재(竹林齋) 박세용(朴世墉), 덕암(德庵) 박태욱(朴泰郁)·구계(九溪) 박기우(朴起羽)·소봉(小峰) 박태한(朴兌漢) 조손, 사죽당(思竹堂) 박근욱(朴瑾郁)이다.

사적으로 무안 연상리 상당동 음달의 어변당(魚變堂)·적룡지(赤龍池)·충효사(忠孝祠)·덕연서원(德淵書院)·충효공원·향토사료관, 초동 봉황리 와지의 덕린재(德鄰齋)·사죽당(思竹堂) 등이 있다.

그림146 무안면 연상리 상당동 어변당 적룡지. 2021.7.28

그림147 상당동 어변당. 2021.7.28

그림148 상당동 덕연서원. 2021.2.9

그림149 상당동 충효사. 2021.7.28

그림150 상당동 충효공원. 2021.8.24

그림151 초동면 봉황리 와지 덕린재. 2021.5.28

그림152 와지 사죽당. 2021.5.28

다음은 박언부(朴彦孚)의 차남 박의신(朴義臣)의 세계이다. 박의신－❶〈사문진사공파〉박원－박교연(朴皎然)－박기보－박홍승－박성－박화－박인익－박구－박의림－박유(朴維)－박혜동－박인(1481~1520)－박원정－파백당 박봉상－박철－박덕호(朴德豪)－박귀남－√박선봉(1638生)－박진화, ❷박윤－①박호연(朴浩然)－박지영(朴之榮)－박수길－박진록－〈밀직부원군파〉박중미(朴中美)－㊀박희(朴嘻)－박등－박유인－박장손－박성림－박순－박사눌－대암 박성(朴惺), ㊁〈대사헌공파〉박해(1347生)－박울(朴蔚)－㉮3남 박사조(朴嗣祖)－박돈손－박린－박응신－박구(1571~1659)－박수겸－박훈－박재우－√박영근(1691~1761)－박립우－박성춘－박영재－Ⓐ박사일－박학윤－박정록－박진신(朴鎭新)－박성수－박동욱(朴東煜), Ⓑ박창출－박학용－초산 박정권(1846~1916)－박진한(초명 漢新), ㉯4남 박찬조(朴纘祖), ㉰5남 박순조(1402~1457)－박영손－Ⓐ박빈－박윤수－박연－박천기－박묵－박증효－√3남 박신(1616~1670)－박희세, Ⓑ박정－(계)박윤청－박석(朴碩)－노계 박인로(1561~1642), ②박효연(朴皛然)－박지영(朴之瑩)－〈충헌공파〉박척(朴陟)－박성진－박원(朴原)－√2남 박윤문(1298~1372)－㊀〈전법판서공파〉박밀양(朴密陽)－1남 대광공 박경의(초명 敬茂)－박득중－박갱(朴賡)－박서창－㉮1남 박즙(朴緝)-2남 박학령－4남 박한(朴翰)－박승겸-박문전－박희기－〈절사공파〉**죽계 박유**(1576~1627)－청천 박원형(1610~1643)[산외], ㉯4남 박유(朴維)－박현령[하남], ㊁〈대제학공파〉박대양(朴大陽)－㉮박응－박겸형－박시림－박연－박덕손, ㉯박일－박겸정, ㊂〈진사공파〉박소양(朴紹陽)－박경세－박종남, ㊃〈정언공파〉박삼양(朴三陽), ㊄〈참찬공파〉박계양(朴啓陽), ㊅〈장사랑공파〉박재양(朴載陽)－박국검(1378~1446)－박소－박태손－박림－박홍숙－√관재(寬齋) 박민준(1540生)－박여순(1609生)－㉮박충일－박릉, ㉯박성일－박익(朴榏)으로 이어진다.

〈사문진사공파〉 파조 박원(朴元)의 17세손 박선봉(朴善奉)은 선대가 횡성과 하동을 거쳐 우거한 창녕을 떠나 모친 영산신씨를 모시고 초동 명성

그림153 초동면 명성리 성암 원모재. 2021.5.5

그림154 산내면 송백리 미라 우경재. 2021.6.27

리 성암(星巖)에 터를 잡았는데, 이곳 세거지에 원모재(元慕齋)가 있다.

〈밀직부원군파〉 중조 박중미(일명 仲美)의 차남 박해(朴晐)는 〈대사헌공파〉 파조로 전의룡(옥산)의 사위이다. 파조의 셋째 손자 박사조(朴嗣祖)의 8세손 박영근(朴永根)이 숙종 때 청도군 풍각에서 산내 송백리 미라마을에 전거했고, 이곳 집성촌에 우경재(寓敬齋)가 있다. 또 다섯째 손자 박순조(朴順祖)의 8세손 박신(朴慙)이 현종 때 경북 영천에서 삼랑진 용성리 칠성에 입촌했고, 그의 7세손 박진화(1874生)는 다시 송백리 미라(美羅)로 이거했다.

한편, 박효연의 손자 박척(朴陟)은 〈충헌공파〉 중조로 충선왕 때 밀성군에 봉해진 인물이다. 본파가 밀양에 입향한 계기는 파조의 증손자이자 박원(일명 朴元)의 2남 박윤문(朴允文)이 1361년 홍건적의 난을 피해 부인 광산김씨(1302~1374)와 함께 남하해 하남에 머물러 살았기 때문이다. 아들 6형제가 모두 파조가 되었다.

〈전법판서공파〉 후예로서 〈절사공파〉 파조인 죽계 박유(朴甹)는 충신으로 저명하다. 죽원리에서 출생한 그는 학문은 손기양에게, 궁술은 김태허에게 배웠다. 정유재란 때 일본에 끌려가 1605년(선조38) 사명대사와 함께 환국했고, 정묘호란이 일어나자 자진 출전해 평안도 안주에서 순국했다. 경상도 관찰사가 귀한 사연을 조정에 알려 '절사(節士)' 시호를 받았고, 이를 신유한이 상세히 입전함으로써 세상에 드러나게 되었다. 14세손

그림155 산외면 금곡리 본촌 금양재(좌) 금계사(우). 2021.7.25

박수창이 1934년에 간행한 『절사박공실기』가 전한다. 현재 산외 금곡리 본촌의 금계사(錦溪祠)에 배향되고 있고, 치제소 금양재(錦陽齋)가 있다. 또 박현령의 후손은 하남 대사리에 거주한다.

그리고 〈대제학공파〉 파조 박대양(朴大陽)의 후손이 하남읍 귀명리, 양동리 등지에 산다. 귀명리 귀서에 경모재(景慕齋)를 비롯해 박대양 제단비·삼세 제단이 있다. 박응의 사위가 하결(사직공파)이다. 또 경모재 서편에는 〈충헌공파〉 파조 박척의 증손 박윤문(朴允文)의 묘, 〈정언공파〉 파조 박삼양(朴三陽)의 제단, 〈참찬공파〉 파조 박계양(朴啓陽)의 묘가 있다. 참고로 고성 출신으로 밀양 삼문동에 유성모직을 설립한 심계 박용보(朴容甫)는 박덕손의 15세손이다.

아울러 〈진사공파〉 박소양의 후손이 단장 사연리 사연에 살고, 이곳에

그림156 하남읍 귀명리 귀서 박계양 박윤문 묘, 박삼양 제단(좌) 경모재(우). 2021.9.5

그림157 귀서 박대양 제단비(후) 경모재(전). 2021.4.25

그림158 단장면 사연리 사연 진모재. 2021.7.25

그림159 무안면 연상리 상당동 양달마을 박재양 제단비(좌) 반월정(우). 2021.5.28

진모재(進慕齋)가 있다. 또 〈장사랑공파〉 파조의 6세손 박민준(朴民俊)은 1564년 급제해 홍문관 교리가 되었고, 무안 연상리 고자곡(상당동)에 살면서 초동 반월에 반월정(半月亭)을 지어 우거했다. 사위가 김홍서(수원)이고, 아들 박여순(朴汝恂)의 두 사위가 손흘·손즙(안동) 종형제이다. 묘소가 있는 상당동 양달마을에 1924년 중건한 반월정과 박재양 제단비가 있다.

〈도평의사공파〉 중조 박언상(朴彦祥)의 17세손 박시성이 현종 때 안동에서 단장 무릉리 노곡(蘆谷)으로 이거했다. 세계는 1박언상–박량신……13송파 박우춘(朴遇春)–박주–박염–박춘남–단암 박언복(1611~1672)–√박시성(朴時聖)–박세덕–박태인으로 이어진다. 박언복(朴彦福)은 병자호란 때 안동에서 의병을 일으켰고, 노곡에 모선재(慕先齋)가 있다. 족보에는 모선재 기문과는 달리 박언복이 만년에 노곡으로 이거한 것으로 되어 있다.

그림160 단장면 무릉리 노곡 모선재. 2021.7.25

〈밀직부사공파〉 중조 박량언(朴良彦)의 5세손 박원광(朴元光)이 한 파조가 되었다. 밀양 입향 인물로 박언충·박홍신 형제가 있는데, 선후 세계는 박영년－〈영동정공파〉박원광－박문저－박순장－박영춘－박윤정－박인기－박천경(朴天卿)－❶√박언충(1361~1457)－박눌－박광민－√박경현(朴景玄)－박여달－박류(朴榴)－박종수－박오(朴旿)－문숙공 박진영(1569~1641), ❷√박홍신(1373~1419)으로 이어진다.

박언충(朴彦忠)은 규정공파 파조 박현(朴鉉)의 손녀와 결혼해 개경을 내왕하며 벼슬살이했고, 만년에 처가인 초동 구령(龜齡)으로 이사했다. 뒷날 증손 박경현은 친형 박경원(朴景元)과 함께 구령리에서 함안 두릉촌으로 이거했다. 동생 박홍신(朴弘信)은 민위(閔暐)의 딸(1377~1416)과 결혼해 제대리 지동(못골)에서 살았다. 1417년(태종17) 부인을 잃고 3년 뒤 형을 따라 대마도 토벌에 나섰다가 결국 전사자로 돌아오자 얼자 박근생이 유의(遺衣)를 받들어 단장리에 장사지냈고, 현재 제대리 분저곡에 묘소가 있다. 박언충의 사위는 변계량이고, 무남독녀를 둔 박홍신은 후사가 없고 김숙자(선산)는 사후에 들인 사위이다.

아울러 〈판도판각공파〉 중조 박천익(朴天翊)의 세계는 ❶박석화－박자영－박사원－박경림, ❷박석명－박록－박삼－박계업, ❸박석원－박승권으로 이어진다. 박천익의 후예 중 남은 박중길(朴仲吉)이 1726(영조2)에

그림161 삼랑진읍 검세리 큰검세 판도판각공 제단비. 2021.9.9

당쟁을 피해 한성부 좌윤 관직을 버리고 하남 양동 서당골로 낙향했다가 뒤에 삼랑진 검세리로 이거해 후손들의 세거지가 되었다. 큰검세에 중조 제단비가 있다.

마지막으로 〈좌윤공파〉 중조 박을재(朴乙材)의 7세손으로 〈정국군파〉 파조인 정국공 박위(朴葳)가 있다. 파조는 1389년 2월 대마도 정벌로 명성을 떨쳐 한국형 해군 잠수선 '박위함'의 유래가 된 장군인데, 아들 박기(朴耆)는 부친이 제1차 왕자의 난 때 희생되자 밀양으로 낙향해 번성한 가문의 기틀을 마련했다. 세계를 간단한 표로 먼저 보인다.

〈정국군파〉박위(1332~1398)－소총재 박기(朴耆)－❶박대생(朴大生)－박거인－박림, ❷박현생(朴賢生)－박석손－박근－①박세영－박원곤－㊀박충헌, ㊁박효헌, ②박세화－박자곤, ③박세분－박사립, ④√박세건－박수번－㊀박광헌, ㊁박순생, ❸박인생(朴仁生)－박석보, ❹〈사직공파〉√**소암 박효생**(朴孝生)－①〈병사공파〉박림번－박주, ②〈부호군공파〉박림무, ③〈사맹공파〉박림간－㊀박성형, ㊁박시형, ④〈사간공파〉박림조

이 중 박현생계는 박근(1513生)－❶박세영(朴世英)－(계)√박원곤－①박충헌(朴忠憲)－㊀박종서－박욱(朴旭)－박몽장－박필기－박윤덕－박귀룡[수산 대평], ㊁박종휘(1580~1663)－(계)박양복－㉮박수민(1676~1741)－Ⓐ박경조－(계)박재춘(1723~1750)－박기효, Ⓑ박내필－(계)박정춘－ⓐ박기동－박치주－박상욱－박주룡－박영하(1862~1915), ⓑ정옹 박기은(1768~1841)－박치록(朴致籙)－㊊1남 박상수－박해조－박시채(1874~1902, 초명 萬夏)－박지원(1893~1966, 자 仁叔)☆－박석규·박차규, ㊋4남 당암 박문호(1833~1917)－㊏**박해철**(1868~1934, 초명 海喆)－난곡 박시표－박지년·묵선자 박지명(일명 黃囿)[삼태 당두], ㊥만강 박해린(1883~1952, 일명 海克), ㉯박시민

(1682~1763)－Ⓐ박내영－ⓐ박재춘(출), ⓑ박백춘－노농당 박기성(1749~1830)[정곡], ⓒ박정춘(출), Ⓑ박내예(출), ㉰박처민(朴處敏)－(계)박내예－Ⓐ박승춘－박기서(출), Ⓑ박원춘－(계)박기서－박치기－박상익－박해민－죽오 박전표(1891~1979, 일명 在夏)－박일(1927~1997)[삼태 태봉], ②박효헌(朴孝憲)－박명일－박민－박시종－박맹수[원서 원당], ❷박세화(朴世華)－①박자곤－박경헌－박시복, ②박원곤(출), ❸박세분(朴世芬)－시천 박사립(1564生)－박유헌－박종장－박양복(출), ❹√박세건(朴世健)－박수번－㊀박광헌－박종의－박정익－**박진무**(1656~1741)－박겸지－박윤중[부북 사랑골], ㊁√도은 박순생(1601~1680)－㉮박태암－박석달－Ⓐ박상강, Ⓑ박상화, Ⓒ박상채[무안 판곡], Ⓓ√명헌 박상빈(1690~1745)－박로－박응천－박기철－박치화－박상훈－박해련－박정표(朴正杓)－석천 박지석(朴志碩), ㉯박태명－Ⓐ박석지－박상기[운정 노루실], Ⓑ박석정－박상화[고법 팔방]로 이어진다.

세거지 변화를 보건대, 박현생의 고손자 박원곤(朴元坤)의 자손들은 정곡리 새터(신야촌)와 정곡(솥질)을 비롯한 무안 삼태리에 세거했고, 박세건은 부북 대항리 정동(사랑골)에 터를 잡은 까닭에 사정재(思井齋)가 있다. 또 박순생(朴順生)은 1644년 사랑동에서 청도 고법리 화동(華洞)으로 전거했고, 증손자 박상빈(朴相彬)은 1719년경 무안 판곡리에서 화동으로 이거했다.

통혼 관계를 보면 박원곤(朴元坤)의 사위는 안수굉(사포), 박자곤(朴自坤)의 사위는 류포(진주), 박충헌(朴忠憲)의 사위는 장영(아산), 박세분의 장인은 이륜(벽진·무안), 박세분의 사위는 김일준(김해)과 이경함(여주), 박사립(朴斯立)의 장인은 이원충(여주), 박종휘의 동생 박종서(朴宗緖)의 사위는 안광익(사포), 박종장(朴宗章)의 사위는 조세주(창녕), 박수민(朴修敏)의 장인은 이명전(벽진·무안), 박재춘(朴載春)의 장인은 조하각(창녕), 박기성(朴基聖)의 장인은 조가택(창녕), 박영하(朴榮夏)의 사위는 신성규(평산)이다.

문집을 남긴 이는 부북 대항리 사랑골 출신의 지선당(地仙堂) 박진무(朴

震懋), 홍문관 시독을 지낸 명필가 창번(蒼樊) 박해철(朴海徹)이 있다.

사적으로는 무안 정곡리 새터의 신남서원(莘南書院)·경보당(景報堂)·상모사(尙慕祠)·선대 제단비, 삼태리 당두의 창번재(滄樊齋, 옛 척첨대)·분성배씨(박해철 처) 기적비, 화봉리 화봉의 박문호(朴文琥) 유덕비, 무안리 동부의 경초재(景肖齋), 청도 고법리 팔방의 화남재(華南齋)가 있다.

현대 인물로 무안중을 설립하고 제헌 국회의원을 지낸 박해극(朴海克)이 정곡리 정곡(솔질) 출신이고, 전 국회의원 박일(朴一)은 삼태리 태봉 출신이다. 특히 삼태리 당두에서 태어난 독립운동가 박지원(朴志源)은 기독교 신자로서 1919년 부북면 춘화리 만세운동에 적극적으로 참여했고,

그림162 무안면 정곡리 새터 신남서원 전경. 2021.5.16

그림163 신남서원 경보당(전) 상모사(후). 2021.5.16

그림164 부북면 대항리 정동 사정재. 2021.5.16

그림165 무안면 화봉리 화봉 박문호 유덕비. 2021.5.16

그림166 무안면 삼태리 당두 창번재. 2021.5.16

그림167 무안면 무안리 동부 경초재(우). 2021.5.14

그림168 청도면 고법리 팔방 화남재. 2021.5.23

그림169 무안면 삼태리 당두 박지원 공적안내판. 2021.5.16

이듬해 부산 구포에서 군자금을 모집하다가 체포되어 7년형을 언도 받고 3년 6개월 옥고를 치렀다. 정부는 1990년 애국장 추서했다. 그리고 서예가로 묵선자 박지명과 석천 박지석이 있다.

또 〈사직공파〉 박효생계는 ❶〈병사공파〉박림번(朴林蕃)－5남 모당 박주(朴宙)－박윤검－박순인(朴舜仁)－성재 박붕(1534~1590)－박수(1557~1619)－박동영－박승팽－박준－퇴은 박사검(朴師儉, 1687~1765, 일명 寅燦)－박종택－√청명재 박인후(1749~1837)－①침천 박영진, ②무민 박재진－**박문정**(1821~1887)－박일호, ③온재 박규진－㊀박문일－박정표(출), ㊁성암 박문하(1830~1877)－(계)박정표(朴梃杓)－박지훈(1889~1966)－만취 박창규(1912~1998)－4남 박종대(족보명 鍾特), ㊂박문범－**박경표**(1886~1963)－박지호(朴志浩), ④둔암 박대진[고법 화동], ❷〈부호군공파〉박림무(朴林茂)－박성손, ❸〈사맹공파〉박림간(朴林幹)－①박성형－㊀박이(朴彛)－박희열, ㊁박륜(朴倫)－√박희익－박홍점, ②박시형－박부한－박귀견－박유남－박무지(朴武枝)[청룡 용성], ❹〈사간공파〉박림조(朴林稠)－박명곤으로 이어진다.

세거지 변화를 보건대, 단종 손위 직후 밀양 부북으로 남하한 박효생(朴孝生)의 고손자로 아들과 함께 밀양 향안에 등재된 박희익(朴希益)은 무안 판곡리 널실에 정착했고, 12세손 박인후(朴仁垕)는 1836년(헌종2) 대가족을 이끌고 퇴로리에서 청도 고법리 화동(소고)으로 이사했다.

통혼 관계를 보면 박륜(朴倫)의 사위는 손경제(밀양)와 하곤(진양), 박희익(朴希益)의 사위는 이만생(벽진·무안)이다.

문집을 남긴 이는 청도 고법리 팔방의 화석(華石) 박문정(朴文珵)과 남헌(南軒) 박경표(朴璟杓)가 있다.

또 청도 고법리에 사적이 다수 분포한다. 화동(본동)의 추모재(追慕齋)·달과정(達科亭)·영모사(永慕祠)·소암 박효생 제단비·선무원종공신 박수(朴守) 사적비·박인후 기적비·화석 박문정 유지비, 팔방의 모성재(慕醒齋)·만

그림170 고법리 화동 원경. 2021.5.23

그림171 화동 추모재(좌) 영모사(중) 박효생 제단비. 2021.5.23

그림172 화동 추모재(좌) 달과정. 2021.5.23

그림173 화동 박수 사적비(좌) 박인후 기적비. 2021.5.28

그림174 화동 박문정 유지비. 2021.5.23

그림175 고법리 팔방 모성재. 2021.5.23

그림176 팔방 경현사(좌) 모아재(중) 박씨칠현 유적비. 2021.5.23

그림177 팔방 모우재(좌) 모와재(우). 2021.5.23

취당(晩翠堂)·김해김씨(박지훈 처, 1892~1978) 기적비(유정각)·모아재(慕雅齋)·박씨칠현 유적비·경현사(景賢祠)·모우재(慕憂齋)·모와재(慕窩齋), 무안 판곡리의 도남재(棹南齋)가 있다.

【35】 순천 **박씨**(順天**朴**氏)의 시조는 후백제 견훤의 사위 박영규(朴英規)이고, 중시조는 충숙왕 때 대제학을 지낸 박숙정(朴淑貞)이다. 세계는 1박숙

정－박원상－박안생－박중림－〈충정공파〉박팽년(1417~1456)－박순－박일산……16박춘도(1711生)－√박광택(朴光澤)－박기우－박인현·박의현·박정현·박신현·박증현으로 이어진다. 이 중 박팽년의 12세손 박광택이 영조 때 경북 달성에서 상동 도곡리 상도곡(윗뒤실)에 입촌했고 이곳 세거지에 도화재(道華齋)가 있다. 또 박문휘(朴文徽)가 선초 상동 금산리 금곡에 이거했고, 상동 가곡리 길곡에도 구한말 입촌한 순천박씨 후손이 산다.

그림178 상동면 도곡리 상도곡 도화재. 2021.8.26

【36】 거제 **반씨(巨濟潘氏)**는 일명 기성반씨(岐城潘氏)이다. 구한말에 단장 미촌리 구미(九美)에 터를 잡았다. 현대 인물로 반봉출(1891~1950)·반봉갑(1898~1944) 형제가 밀양 단장만세의거에 참여해 태형을 받았다. 정부는 2015년 두 지사에게 건국훈장 대통령표창을 추서했다.

【37】 남양 **방씨(南陽房氏)**의 시조는 고려 개국공신 방계홍(房季弘)이다. 9세손 방구성이 〈정산공파〉의 파조이고, 고손자 방응세가 한 파조이다. 후손 중 방태필(房泰弼)이 1680년(숙종6) 산내면 원서리 원당으로 이거했다. 세계는 1방계홍……10〈정산공파〉방구성(房九成)……14〈만호공파〉방응세－방덕일－방호인－방명수－방두진－√방태필(1660~1722)－방관준(1679~1745)－방의봉으로 이어진다.

【38】 분성 **배씨**(盆城裵氏)의 득성 도시조는 배지타(裵祗沱)이고, 무열공 배현경의 5세손으로 고려 우왕 때 분성군에 봉해진 배원룡이 중시조이다.

세계는 1배현경(裵玄慶)……5배사혁(裵斯革)－❶분성군 배원룡(裵元龍)－배서－배단－배정미(裵廷亹)－배윤손－배유홍－배진(裵縉)－①배맹후, ②배중후, ③배숙후, ④모당 배계후(裵季厚)－배세경－배인검－배의－배필문－배응심－배순국－배성도－√두암 배규(1698~1758)－배석보－배경정(1764~1809), ❷성산군 배천룡, ❸달성군 배운룡으로 이어진다.

중시조의 7세손 배계후는 칠원현감 때인 1489년 2월 촉석루에서 진주목사 경임·탁영 김일손 등 30명과 금란계를 결성한 인물이다. 그의 8세손 배규(裵奎)가 무안 동산리 못안마을에 시천했다. 배정미의 장인은 박소(은산군파)이고, 후손들이 사는 이곳에 모본재(慕本齋)가 있다.

이외 1550년(명종5) 배언신(裵彦信)이 청도면 구기리에 입촌해 그 후손이 무안 양효리에 살고, 고종 때 무안 성덕리에 입촌한 배익준(裵翊焌)의 후손이 상남 외산리 오산에 산다.

그림179 무안면 동산리 못안마을 모본재. 2021.6.11

【39】 성주 **배씨**(星州裵氏)는 성산 배씨라고도 한다. 숙종 때 배영우(裵英祐)가 초동 장송리 외송에 입촌했다.

【40】 수원 **백씨**(水原白氏)의 시조는 당에서 귀화한 백우경(白宇經)이고, 신라 경명왕 때 중랑장을 지낸 백창직을 중시조로 한다. 세계는 1백창직(白昌稷)……11〈선정공파〉백인관(1341~1421) – 백위(白偉) – ❶백정화……16백거추(白巨鰍) – 백결 – √백이휘(白以輝) – 백익영(白益瑩) – 백우중 – 백국연 – 백문장 – 백홍립 – 백취망 – 백운주 – 백광적 – 백시로(1740~1827) – ①백사영 – 백경환·백문환(출), ②백사규 – (계)√백문환(1803~1880) – 백기홍 – 청계 백남원(白南元) – 백우기·백채기, ❷백응삼……16백구(白球) – 백문규 – ①백령(白苓) – 백사량(1564~1625), ②√백란(白蘭) – 백립(白岦)……26백성수 – 백락호로 이어진다.

〈선정공파〉 파조 선정(禪亭) 백인관(白仁寬)의 7세손이자 시조의 17세손 백이휘가 명종 때(1545~1567) 대구 달성에서 산내 희곡(희실)으로 이거했다. 『밀주징신록』 〈열부〉조를 보면, 희곡에 살았던 백익영의 아내 손금지(孫金枝)가 12살 때의 효행뿐만 아니라 시부모를 극진히 모셔 정려를 받았다고 했는데, 『신증동국여지승람』 〈효자〉조의 천화리 사람 '금지(今之)'와 동일인이다. 백익영은 백이휘의 아들이고, 금지는 손효범(안동)의 손녀이다. 1656년(효종7) 최초 건립한 뒤 1975년 중수한 정려각과 정려비(1979), 훈련부정 백이휘 사적비가 세거지인 박산(박미)마을 입구에 있다. 승학산 기슭에 학산정(鶴山亭)이 있으나 고속도로 개설로 진입이 불가능하다. 그리고 백문환(白文煥)은 순조 때 희곡리에서 용전리 용암마을 한골(대곡)로

**그림180** 산외면 희곡리 박산 백익영妻 안동손씨 효부각(좌) 백이휘 사적비(우). 앞쪽 도로 끝 학산정. 2021.8.25

**그림181** 초동면 검암리 곡강 영모재. 2018.2.5

이거했고, 후손이 긍모정(肯慕亭) 유허에 쌍첨대(雙瞻臺) 표지석을 세웠다.

그리고 파조의 7세손 백란(白蘭)이 선조(1567~1608) 초기 대구에서 초동 검암리 곡강에 전거했다. 후손들이 곡강 언덕에 1931년 재숙소 영모재(永慕齋)를 건립했다.

【41】 밀양 **변씨**(密陽卞氏)는 초계 변씨 시조인 변정실의 증손자 변고적이 1140년경 초동 구령 대고지(대구말)에 입촌하면서 밀양을 본관으로 삼았다. 세계는 1변정실－〈중파〉변요(卞耀)－변충보－√변고적(卞高迪)－변익성－변화경－변주－변원－변옥란(1322~1395)－❶변옹, ❷변맹량, ❸**춘당**(春堂) **변중량**(1345~1398)－변길상, ❹**춘정**(春亭) **변계량**(1369~1430)－변영수－변달로 이어진다.

변계량은 같은 동네에 거주하던 박언충(1361~1457)의 딸을 네 번째 부인으로 맞이했고, 친형 변중량(卞仲良)의 장인은 이성계의 이복형 이원계이다. 하지만 대다수 후손이 1570년경 경북 청도와 합천으로 분거(分居)해 밀양의 장소성은 희미해졌다. 이에 초동 선비들은 1944년 4월 미리 받아 둔 공산 송준필(1869~1943)의 비문을 돌에 새겨서 신호리 대구말(서호)에 세워 문화적 기억을 되살렸다.[18] 또 2001년 성만리 소구령 저수지 길가 언덕에 춘정 선대의 6위 단소를 설치했다. 변중량(卞仲良)과 변계량(卞季良)의 문집이 있다.

그림182 초동면 신호리 대구말 변계량비각. 2021.8.27

그림183 초동면 성만리 소구령 밀양변씨 선대 단소. 2020.11.20

【42】 초계 **변씨**(草溪卞氏)의 시조는 고려 성종 때 문하시중을 지내고 팔계군에 봉해진 변정실(卞庭實)이다. 세계는 1변정실－❶**〈장파〉**변광(卞光)－변위보－변순미－변용－변치－변경－변빈－변남룡－변타(卞紽)……21√변득권(1853卒), ❷**〈중파〉**변요(卞耀)－변충보－변고적(卞高迪)[초동], ❸**〈계파〉**변휘(卞輝)로 이어진다. 이 중 시조의 20세손이자 〈장파〉 변타의 11세손 변득권(卞得權)이 정조 때인 1790년(정조14) 산내 송백리에 입촌했고, 후손들이 산내 가인리 인곡과 산내 삼양리에 산다.

【43】 청송 **사씨**(青松**史**氏)는 청주(青州) 사씨에서 분파되었다. 시조 사요(史繇)는 중국 산동성 청주인으로 1372년(공민왕21) 장남 사중을 데리고 고려에 귀화했다. 중국에 남은 차남 사직의 7세손 사세용(史世用)이 정유재란 때 원군으로 왔다가 귀화해 청송에 터전을 잡음으로써 청송을 본관으로 칭한다.

세계는 1사요－❶사중(史重), ❷사직(史直)……9사세용……14√사해룡(史海龍)－사진남－사윤상－사봉재－사응백－①사근형－사기직－사영진(1867~1931, 족보명 永煥)－(계)사재민(1905~1944)－사시진(史詩鎭)·사례진(1925~1984)·사규진·사의진, ②사근선－사기준－사현순－사재민(출)으로 이어진다. 이 중 시조의 13세손 사해룡이 창원 동면 남산리에서 산내 삼양리 하양(下陽)에 입촌했다. 입향조의 7세손 사영진(史永眞)이 고종 때 효자로 이름났고, 호박소 바위에 그의 이름이 새겨져 있다.

【44】 달성 **서씨**(達城**徐**氏)는 달성군 서진(徐晋)이 시조이고, 세계는 1서진－서기준－서영－서균형(1340~1391)－구계 서침(徐沈)－❶서문한－**〈현감공파〉**서제(徐濟)－서맹원－서필－창계 서응시(徐應時)－①동암 서치손, ②남애 서호(1562~1648)－√3남 은산 서귀생(徐貴生)－서정립·서호철·서삼주, ❷서문간－**〈감찰공파〉**서근중(徐近中)－서진손－서미수－서우(徐遇)－서덕

겸－서순원－√서만백(1582~1645)－①서의－서응원, ②서은－서수봉·서수남·서수천, ③서각(徐慤)－서수동－서계성－서진후－서태갑으로 이어진다.

〈현감공파〉 파조 서제의 5세손 서귀생은 선조 때 합천 초계에서 초동으로 이거했고, 세거지 덕산리 삼손 본동에 덕산재(德山齋)가 있다. 그리고 단장면 범도리에도 다른 일문의 후손들이 살고 삼화재(三和齋)가 있다.

〈감찰공파〉 파조 서근중의 6세손 서만백(徐萬伯)은 임란 때 청송으로 피난 간 조부와 부친이 순사해 고아가 되어 대구 종택에서 양육되다가 밀양에 정착했다. 세거지가 된 산내 용전리 오치(오태)에 경모재(景慕齋)가, 상동 고정리 고답에 경선재(景先齋)가 있다. 또 파조의 11세손 계암 서경록(徐景祿)이 순조 때 대구 도동에서 전거한 상동 신곡리 오곡(음지마을)에 삼모정(三慕亭)이 있다.

이외 박지열(행산공파)의 처 달성 서씨(서유옥의 딸) 순열비가 단장 미촌

그림184 초동면 덕산리 삼손 덕산재. 2021.4.25

그림185 단장면 범도리 범도 삼화재. 2018.3.3

그림186 산내면 용전리 오치 경모재. 2021.8.22

그림187 상동면 고정리 고답 경선재. 2021.8.26

그림188 상동면 신곡리 오곡(음지) 삼모정. 2021.8.26

리에 있고, 김봉희(경주)가 「청포열부서씨장(請褒烈婦徐氏狀)」(『벽오유집』 권2)을 지었다.

【45】 이천 **서씨**(利川**徐**氏)는 시조 서신일(徐神逸)의 10세손 서진(徐晉)이 〈교리공파〉 파조이다. 파조의 5세손 서예원(徐禮元)의 손자 서찬이 장인 낙주재 이번(전주)을 따라 1612년(광해군4) 함양 수동에서 하남 수산으로 입향했다. 세계는 1서신일(徐神逸)……10서효손-**〈교리공파〉**4남 서진(1377~1432)-2남 서운-일성재 서항-간암 서관-휴휴당 서조(徐調)-서예원(1548~1593)-❶서계성(徐繼聖)-√서찬(徐燦), ❷서계철(徐繼哲)로 이어진다.

사적으로 하남 수산리 동촌동회관 앞에 동호재(東湖齋), 육절각(六節閣), 서예원 충절비가 있다. 육절각은 문미에 걸린 전 공조판서 조인영(趙寅永)

그림189 하남읍 수산리 동촌 육절각(좌) 동호재(우). 2021.7.14

의 기문(1832)과 이조참판 이명적(李明迪)의 기문(1865)에 있듯이 원래는 '5정려'이었다. 곧 현창 인물은 제2차 진주성전투에서 순절한 진주목사 서예원 부부, 장남 서계성 부부, 그리고 서예원의 딸이다.[19] 서예원 부부는 7세손 서유(1789~1843)가 강원도 사민과 함께 관에 줄기차게 상소한 것이 관철되어 1817년(순조17) 10월에, 장남 서계성 부부와 미혼의 딸은 1832년(순조32) 10월에 각각 정표를 받았다. 이에 서유(徐有)가 살고 있던 강원도 횡성에 여각이 건립되었다. 밀양 문중에서는 적장자의 후손 서형(徐瀅)이 성장함에 따라 이건을 도모하다가 1945년 3월 수산에 여각을 따로 지었다. 이때 후손들이 서예원의 차남 서계철의 효를 함께 현양하기 위해 '육절각'으로 개명했다. 서계철은 일본으로 포로로 잡혀갔다가 13년 만에 귀환했다. 참고로 횡성군 공근면 매곡리에도 1983년 재건한 육절려(도유형문화재 제65호)가 있다.

【46】 충주 **석씨**(忠州**石**氏)의 시조는 무신정권 때 발탁되어 문신들을 제압한 석린(石鄰)이다. 시조의 10세손 석성옥이 1506년(연산군12) 이조참의를 내던지고 무안 둔지리(현 고라리)로 남하했다.

세계는 1석린(石鄰)……8석여명－석문현－석정신－**〈참의공파〉**∨석성옥(石成玉)－석광필－❶석뢰명(石雷鳴)－석련－①석윤함－석안도－사충 석방주(石邦柱)[초동 봉황], ②석자언, ③석자헌, ④석자강[청도군], ⑤석자흘[합천], ❷석규(石圭)－석경천－∨운포 석여신(1565~1651)－∨석건축－①석동주－㉠석민첨－석수일, ㉡석만원－소암 석수도(1696~1766)－석중명, ②석남주－석만성·석만채, ③석태주－㉠석만벽, ㉡석만첨－석광천－석재악－월담 석이찬(1774~1831)으로 이어진다.

석광필의 장남 석뢰명 후손은 봉황 와지, 무안 화봉에 주로 산다. 차남 석규의 손자 석여신(石汝信)은 임란 때 고라리에서 마의례(현 마흘리)로, 아들 석건축은 마흘에서 다시 백안동으로 이사해 세거지를 새로 일구었다. 현대 인물로 2011년 아덴만 여명 작전에서 구출된 석해균 선장이 백안동 출신이다.

사적으로 무안 마흘리 백안동의 운포재(雲圃齋)·돈우정(敦友亭)·월담재(月潭齋), 어은동의 소암 석수도(石守道) 효자각, 마흘리 점동의 경우재(景愚齋), 중산리 석가골의 재숙소 청덕재(淸德齋)가 있다.

그림190 무안면 마흘리 백안동 돈우정(좌) 운포재(우). 2021.2.9

그림191 백안동 월담재. 2021.8.27

그림192 무안면 마흘리 어은동 석수도 효자각. 2021.2.9

그림193 무안면 마흘리 점동 경우재. 2021.8.27

그림194 무안면 중산리 석가골 청덕재. 2018.2.18

【47】 순창 **설씨**(淳昌薛氏)의 시조는 설거백(薛居伯)이다. 세계는 1설거백……43설안통(薛安統)－❶〈암곡공파〉설응(薛凝)－설훈－〈옥천군파〉만은 설계조(薛繼祖)－①설주(薛柱)－설초－설맹기－설공－설함－설시량(1583~1642)－설효징－설정창－설동명(1680~1733)－㈠√송재 설형(1718~1787), ㈡√정재 설현(1721~1775), ㈢√항재 설찬(1728~1800)－㉮5남 심재 설광욱(1791~1822)－설재구－설민억－설운규－설진천－(계)설덕윤, ㉯6남 청헌 설광륜(1793~1845)－설재휘, ㈣√명재 설환(1733~1806), ②설추(薛楸)－설기－설응범－설수－설방충－설영길－창파 설삼광(1674~1734)－설수덕－설만구(薛萬龜)－낙조 설경옥－√탄옹 설기식(1791~1875)－학만 설치곤(薛致坤)－죽포 설욱준(1846~1918)－설병순, ❷〈참의공파〉설풍(薛馮)－설성관－설영손－설팔개－설인주－설윤상－설응택－√하산 설대승(1573~1640)－설군신·설거신으로 이어진다.

우선 〈옥천군파〉 파조의 장남계 설동명(薛東明)의 네 아들이 밀양에 입촌했다. 1남 설형(薛珩)과 3남 설찬(薛瓚)이 고조부 설시량(薛時亮) 때부터 살던 함안에서 1762년(영조38) 부북으로 함께 이사한 뒤 동네 이름을 가산(佳山)이라 지었다. 나머지 형제도 차례로 이곳에 입촌해 살다가 2남 설현(薛玹)은 부북 무정(무연)으로, 4남 설환(薛瓛)은 구장(위양)으로 옮겼다.

사적으로 마을에 가산재(佳山齋)와 겨우 10세 나이로 성인처럼 부친상을 치른 설광욱(薛光旭)의 탁효(卓孝)를 선양하기 위해 5세손 설덕윤(薛德潤)이 예전의 공의를 받들어 1981년 건립한 효자 포적비(褒績碑)가 있다. 설광륜(薛光倫)의 둘째 사위는 강만형(진주), 셋째 사위는 안봉원(광주)이다.

다음으로 파조의 차남계 설기식(薛基植)은 철종 때 6대조 설삼광(薛三光)이 1688년 의령에서 전거했던 창녕 부곡 구산리를 떠나 무안 삼태리 당두로 시천했고, 이곳 태산재(台山齋)는 입향조의 고조부 설삼광의 유덕을 기리기 위해 세운 건물이다. 태산재 앞에 죽포 설욱준 유허비가 있다.

한편 〈참의공파〉 파조의 7세손 설대승(薛大承)은 선조 때 진주에서 밀양

그림195 부북면 가산리 가산재. 2021.5.19

그림196 가산리 독산의 설시량 단소에서 본 가산리. 2021.5.19

그림197 가산리 설광욱 효자각. 2021.5.19

그림198 무안면 삼태리 당두 태산재, 설욱준유허비. 2021.5.16

으로 터전을 옮겼는데, 후손들은 삼랑진 청학리에 주로 거주한다.

【48】 창녕 **성씨**(昌寧**成**氏)의 입향조는 중종 때 상남 연금리에 전거한 성언주(成彦周)이고, 단장 안법리에 후손들이 산다.

【49】 밀양 **손씨**(密陽**孫**氏)의 시조는 『삼국유사』의 '손순매아(孫順埋兒)' 효행 설화로 유명한 흥덕왕대(826~836)의 손순이고, 장손 손익감(孫翼減)이 나라에 공을 세워 응천군(凝川君)에 봉해짐으로써 밀양을 본관으로 삼았다. 또 손순의 6세손 손긍훈(孫兢訓)은 밀양손씨의 중흥조이자 밀양에 처음 적을 올린 입향조이다. 그는 『신증동국여지승람』에 있듯이 밀양부 향리로서 고려 태조를 도운 공으로 광리군(廣理君)에 봉해졌고, 추화산 정상의 성황사 사신(祠神)으로 모셔졌으며, 묘소는 시내 교동에 있다. 광리군의

12세손 손빈(孫贇)은 고려 충렬왕 때 급제해 정당문학을 지낸 뒤 밀성군(密城君)에 봉해졌으며, 아들 손광(孫洸)과 손원(孫沅)이 있다. 이후의 서술을 위해 밀양 중심의 세계를 표로 보인다.

> 1손순(孫順)……√7광리군 손긍훈……19밀성군 손빈(孫贇)－손광(孫洸)－❶손탁－손맹견－①손용도－손치호－㊀〈학음공파〉손태좌, ㊁〈현감공파〉손태우, ②손시도－㊀손윤화, ㊁손차화, ㊂손덕화, ❷〈전농시사공파〉손하(孫賀)－손복경－①손유호, ②손유서, ❸〈중서령공파〉손타, ❹손영(孫榮)－①손중견－㊀손약해, ㊁손약수, ②손계견－㊀손약하, ㊁손약회, ㊂손승길(孫承吉)－손이순－손신복－손세번－손응(孫凝)－㉮손홍제, ㉯손경제, ㉰〈교동파〉손영제, ㉱손굉제, ㉲〈죽원파〉손겸제－손기양(孫起陽)

손광(孫洸)의 세계는 ❶손탁－손맹견－①손용도(孫俑道)－손치호－㊀√학음 손태좌(孫台佐)－손세권－손두－√손충보(孫忠輔)－손창조－손극효, ㊁〈현감공파〉손태우, ②손시도(孫偲道)－㊀손윤화－〈거공파〉손거(孫秬)－손수형－㉮손경량－손세현－손희준－√손수(孫洙)－손천석, ㉯4남 일재 손경검(1434生)－손백언－손억정－√일치당 손몽길(1567~1628)－Ⓐ1남 손혜－3남 손수후(출), Ⓑ3남 손위(孫暐)－(계)손수후－√6남 기은 손명일(1680~1759)－손경리, ㊁손차화, ㊂손덕화－손경지－손사현－손효남－손학－손홍서－㉮〈후지당파〉**손인갑**(1544~1592)－손약해, ㉯〈후조당파〉손의갑－손망해(孫望海), ❷〈전농시사공파〉손하(孫賀)－손복경－①손유호(1372~1448)－손목종, ②손유서(孫攸舒)－손홍종, ❸〈중서령공파〉손타－손인수－손유온, ❹손영(孫榮)－①손중견－㊀손약해(孫若海)－손귀린－〈목사공파〉손책－손계경－손의화－손민－손비장(孫比長)－손세기－손숙로－손홍록(1573~1600)[전북 태인], ㊁손약수(孫若水)－손억(孫億)－손수종(1437~1499)[무안 정곡리 나뭇골], ②손계견

(일명 季卿)－㊀손약하－손만·손기, ㊁손약회, ㊂손승길－손이순－㉮손선복, ㉯손신복(孫信復)－손세번－손응으로 분화된다.

다시 손응(孫凝)의 계보는 ❶손홍제(孫弘濟)－손기서, ❷손경제(孫經濟)－손기성, ❸〈교동파〉**손영제**(1521~1588)－①2남 손기륜, ②4남 손기후(1566~1616)－1남 손반(孫盼)－3남 손창조－㊀손석보(1639~1670)－㉮손만종－Ⓐ금헌 손효증, Ⓑ손의증－(계)손극호－손태동－손승완(孫承完)－(계)손정수－ⓐ운고 손진구(孫振九)－혜산 손경현(1856~1916, 초명 永鉉)－손호관, ⓑ손진백(孫振百)－손종현(초명 守鉉)－손영설(출), ⓒ손진우(孫振禹)－손지현(1867~1945, 초명 重鉉)－손영목(1888~1950), Ⓒ손도증－(계)손극유－(계)손탁동－손승원－손현수－손진옥(孫振玉)－정휘 손봉현(1894~1969)☆－손호창·손호달, ㉯손만중(출), ㉰손만옥(孫萬玉)－인묵재 손성증(1700~1756)－손극중－손익동－손승석－손희수－행와 손진호(1824~1877)－Ⓐ담산 손창현(1844~1920)－손영돈(1887~1954)－손면식－손병문－손영배·손중배, Ⓑ문산 손정현(1847~1905, 초명 章鉉)－(계)손영설－손완식, ㊁**손석필**(1641~1707)－**손만래**(1680~1750)－손윤증－손극환－손각동·손탁동(출), ㊂**손석좌**(1642~1705)－(계)손만중－㉮손희증－손극록－Ⓐ행남 손갑동(1743~1815)－소암 손승구, Ⓑ누와 손계동(1750~1814)－ⓐ손승대－손정수(출), ⓑ손승규, ㉯손덕증－손극정·손극유(출)·손극호(출)·손극희, ❹손굉제(孫宏濟)－손기수, ❺〈죽원파〉√손겸제(1536~1603)－**손기양**(1559~1617)－①손돈(1609~1669)－손득여－㊀손석형－√손수국(1702生)－손사만·손사홍(출), ㊁손석권－(봉사손)손사홍－손승로－손종효－손형교－송오 손진수(1850~1917)－경암 손호(1897~1936, 일명 손허)☆－손희현, ②손습(1616~1650)－㊀〈사과공파〉손득원(孫得元)－㉮손석룡(1660~1685)－(계)만향재 손수민－Ⓐ**손사익**(1711~1794)－ⓐ백몽재 손유로(1741~1815)－손종옥－손주교(孫胄教), ⓑ용와 손이로(1747~1819)－손종응·손준규, ⓒ손규로(출), Ⓑ손사석(출), Ⓒ손사준(출), ㉯손석래(孫碩來)－Ⓐ손수민(출), Ⓑ묵재 손수현－(계)죽하 손사준(孫思駿)－ⓐ**손병로**(1747~1812)－손종구－㊊손시교－손휘수(출), ㊋손희교－고금(古琴) 손휘수(1827~1896), ⓑ손명로－**손종태**(1802~1880, 족보명 鍾夾)－손두교·손우교, ⓒ손수전－손사경(1731~1787)－(계)손규로－손종애, ㊁손석관(출), ㊂손석구－손수재, ㊁**〈무산공파〉**손득형(孫得亨)－손석기－손수대(출), ㊂**〈대암공파〉**손득정(孫得貞)－㉮(계)문암 손석관(1670~1743)－손수동·손수방(孫壽邦), ㉯손석겸, ㊃**〈초산공파〉**손득효(孫得孝)－손석규(孫碩揆)－죽파 손수성(1700~1763)－손사복－첨모암 손응로, ㊄**〈한계공파〉**손득태(孫得泰)－손석범으로 이어진다.

통혼 관계를 보면, 손억(孫億)의 장인은 송은 박익(은산군파)이고, 손응(孫凝)의 조부 손신복의 첫째 장인은 손관(안동)이며, 손경제의 장인은 박륜(정국군파)이고 사위는 박양춘(행산공파)이며, 손기양의 사위가 권도(權濤)이다. 손반의 사위는 이창윤(여주), 손돈의 장인은 김수겸(광주), 손습(孫緝)의 장인은 이엄(재령), 손창조(孫昌祖)의 장인은 월촌 노세후(1583~1663)이다. 그리고 손석보(孫碩輔)의 장인은 장문익(아산), 손성증(孫聖曾)의 장인은 손필석(안동), 손석좌(孫碩佐)의 장인은 이이주(벽진·무안), 손석룡(孫碩龍)의 장인은 박영휘(은산군파), 손석래의 장인은 장희적(아산), 손수민의 장인은 이만시(여주), 손수성(孫壽聲)의 사위는 신국빈(평산), 손사준의 장인은 박증엽(은산군파), 손수대의 사위는 박함(은산군파)이다. 또 손종구의 장인은 신국진(평산), 손유로(孫有魯)의 손서이자 손종옥의 사위는 이제영(벽진), 손승규의 사위는 이종극(여주)이다. 또 손유호의 사위가 조경무(창녕)이다.

밀양손씨는 최초 입촌한 시내를 비롯해 손겸제(孫兼濟)가 이거한 산외 다죽리 죽동에 집중적으로 거주한다. 이들은 주로 손광의 4남 손영의 후예이다. 다른 곳에도 집성촌이 있는데, 예컨대 손수국(孫壽國)이 죽원에서 이사한 산내 송백리가 대표적이다. 또 손탁의 후손으로 임란 때 문적 소실로 선대 계통이 미비한 손태좌(孫台佐)가 정주한 부북 위양리에 정주했다.

증손 손충보(孫忠輔)는 임란 때 부북 위양에서 영산 길곡(吉谷)으로 이사했고, 그가 일찍 세상을 떠나자 근거를 잃은 자손들은 외가인 그곳에 머물러 몇 대를 살다가 부북 덕곡(德谷)으로 돌아왔다. 또 손시도의 7세손 손수(孫洙)는 삼랑진 금음물리(현 임천)에 살았다. 손경검(孫敬儉)의 증손자 손몽길(孫夢吉)은 임란 때 출생지 사포리 송악동을 떠나 영산 도천리로 이사했는데, 손경검의 6세손 손명일(孫命一)이 1725년(영조1) 덕곡리로 복귀해 터전을 새로 일구었다.

아울러 무안 가례리 아치실에서 출생한 의병장 후지당 손인갑·후조당 손의갑(孫義甲) 형제는 임란 때 의령 정암진전투에서 순국했다. 손약해(孫若海)도 부친 손인갑의 원수를 갚다가 전사했는바, 1609년 충신·효자 정려를 받아 건립한 쌍절각(雙節閣)이 의령군 지정면 성산리에 곽재우 장군의 보덕각(報德閣)과 나란히 있다. 원래는 후손들의 거주지였던 의령군 봉수면 신현리에 세웠으나 1943년 옛 기강 전적지인 이곳으로 이전했다.

문집이 있는 이는 추천(鄒川) 손영제(孫英濟), 오한(聱漢) 손기양(孫起陽), 죽계(竹谿) 손석필(孫碩佖), 성은당(星隱堂) 손석좌(孫碩佐), 해남(海南) 손만래(孫萬來), 죽포(竹圃) 손사익(孫思翼), 죽리(竹籬) 손병로(孫秉魯), 만파(晩坡) 손종태(孫鐘泰), 후지당(後知堂) 손인갑(孫仁甲) 등이다. 그리고 손기양의 9세손 손녕수(孫寧秀)가 1957년 편술한 『칠탄지』가 있다.

사적으로 시내 교동 춘복의 춘복재(春福齋)·현충사(顯忠祠)·손긍훈 신도

그림199 밀양시 교동 손긍훈신도비(전) 춘복재(좌). 2021.8.26

그림200 춘복재(좌) 현충사(우). 2021.8.26

비[20], 교동 모례의 오연정(鼇淵亭), 밀양초등학교의 손정현 기념비, 산외 다죽리 죽동의 죽원재사(竹院齋舍)·죽포정사(竹圃精舍), 단장 미촌리의 칠탄정(七灘亭)·칠탄서원 유허비[21], 산외 남기리 정문의 창녕장씨(손기후

그림201 교동 모례 오연정. 2021.8.22

그림202 교동 밀양손씨 고가. 2021.4.7

그림203 단장면 미촌리 칠탄정. 2021.7.25

그림204 칠탄서원 유허비에서 본 산외면 다죽리. 2018.2.22

그림205 다죽리 죽동 죽원재사. 2021.5.14

처)[22] 정려각, 산내 송백리 양송정 대촌의 만취재(晩翠齋)·독립의사 손호 사적비, 부북 덕곡리의 상덕재(尙德齋)·덕곡재(德谷齋), 초동 봉황리 황대의 밀성군 손빈(孫贇) 신도비[23]·재숙소 봉림재(鳳林齋)·1419년 대마도 정벌을 단행한 선략장군 손유호(孫攸好)의 묘와 묘비[24]가 있다.

근현대 인물로 문산 손정현(孫貞鉉)은 1900년 밀양 개창학교(밀양초 전신)를 창설하고 국채보상운동을 전개했다. 동서 사이로 독립지사인 산내

그림206 산외면 남기리 정문 창녕장씨 열부각. 2021.5.14

그림207 산내면 송백리 양송정 만취재. 2021.6.27

그림208 부북면 덕곡리 덕곡 상덕재 원경. 2021.5.19

그림209 덕곡리 덕곡 덕곡재. 2021.9.4

그림210 초동면 봉황리 손빈 신도비(좌) 봉림재(우). 2021.5.28

그림211 밀양초등학교 손정현 기념비. 2021.9.5

그림212 상동면 가곡리 내가곡 손봉현 공적안내판. 2021.5.5　　그림213 산내면 송백리 양송정 손호 사적비. 2021.6.27

송백리 출신의 손호와 상동면 가곡리 출신의 손봉현이 있다. 손봉현(孫鳳鉉)은 일찍이 운영하던 한약방을 접고 1923년 북만주로 건너가 신민부에 가입한 뒤 김좌진 장군의 밀명을 받고 군자금을 모으던 중 1928년 체포되어 1931년 서대문형무소에서 형기를 마쳤다. 출옥 후 다시 만주로 갔다가 1941년 귀향해 의술을 베풀다가 타계했고, 정부는 2010년 애족장을 추서했다. 그리고 손호(孫滸)는 산내면 서기로 근무하다가 만주로 건너가 신민부에 가담한 뒤 군자금 모금 활동을 하다가 1928년 일경에 체포되어 10년형을 선고받고 서대문형무소에서 모진 고문을 당한 끝에 옥중 순국했다. 정부는 1990년 애국장을 추서했다.

아울러 19대 부산시장과 통일원 장관을 지낸 손재식(孫在植)과 전 밀양문화원장이자 서예가 손기현(孫琪鉉)이 죽동 출신이고, 현 밀양문화원장 손정태(孫正泰)는 후지당의 후예로 하남 수산리 출신이다.

【50】안동 **손씨**(安東**孫**氏)는 일명 일직 손씨로, 비조는 고려 현종 때 중국에서 귀화한 손응(孫凝)이다. 계대가 전하지 않아 손간(孫幹)을 중시조로, 손세경을 1세조로 한다. 득관조(得貫祖)는 고려 충목왕 때 복주부원군에 봉해진 정평공 손홍량(孫洪亮)이다. 정평공의 증손자로 진성(단성) 현감을 지낸 손관이 1410년(태종10) 외가인 승벌(용평)에 전거함으로써 비로소 밀양 입향조가 되었다. 아들 격재 손조서(孫肇瑞)는 일직현 송리동에서

출생해 3세 때 부친을 따라 밀양에 와서 성장했다. 이후 서술을 위해 밀양 중심의 후손 세계를 우선 표로 보인다.

1손세경(孫世卿)－손연－손방－손홍량(1287~1379)－손득수－2남 손영유－√손관(孫寬)－**손조서**(1412~1473)－손윤하－❶손순무(孫荀茂)－①손세기－손상운－√영모재 손호(1531~1580), ㊀〈금구정파〉손시명, ㊁〈중추공파〉손시눌, ②〈참봉공파〉손세경(孫世經)－㊀손치운－손수－모당 손처눌(1553~1634), ㊁손덕운－문탄 손린(孫遴)[대구], ❷손순욱(孫荀彧)－손연(孫筵)－손춘수－손홍도－손천일－○－손의겸(孫義謙)－①손필원, ②손필항

이 중 손순무의 증손자 손호(孫顥)의 계보는 ❶〈금구정파〉손시명(1564~1639)－손흘(1597~1644)－①손인겸(孫仁謙)－(계)손필상－손치대, ②손의겸(출), ③√구산 손지겸(1624~1693)－㊀모헌 손필형－㉮손임대－손진후－손유룡－손경필－손덕원－손량헌(1822~1882), ㉯손재대－손진복－손덕룡－Ⓐ1남 손경조－손재원－손량진－석금 손성헌－손기훈－**손희수**(1915~2002), Ⓑ3남 손경석－손화원－손량오－(계)손승헌－손기욱(1892~1971, 족보명 基晟)☆, ㊁손필상(출), ㊂손필석－손처대(1684~1740)－손진우, ④손신겸(孫信謙)－손필경, ❷〈중추공파〉손시눌(1565~1638)－①손즙(孫緝)－㊀손상겸(1631~1687)－손필억－손명대(1675~1733)－손진민(1696~1766)－손상룡(1731~1791)－㉮(계)손주영－손수원－Ⓐ손량조(孫亮肇)－손규헌(출), Ⓑ손량석(1807~1870)－ⓐ(계)팔유 손규헌－손기현(1883~1942)☆－손원호·손민호, ⓑ√손용헌(1845~1920)－손기복, ⓒ손량숙－손경헌(孫暻憲)－2남 회당 손일민(1884~1940, 족보명 基鼎)☆－손태호, ㉯손수영－손격원－손량조(孫亮調)·손량모, ㊁손이겸(孫以謙)－(계)손필만, ㊂손호겸(孫好謙)－㉮손필만

(출), ㉯손필천－손원대－손진관－손하룡－손희영－손식원－손량학－손종헌(1889~1930, 족보명 宜憲)☆, ㉰손필영－손득대－손진기－손현룡－손봉영－√손달원(1839~1903)·손한원(1857~1911), ㈣√손제겸(1638~1711)－㈠3남 손필창－손찬대－영구재 손진일(1722~1798), ㈡4남 손필중－손세대－√손진갑(1734~1807)－손정룡, ㈤손충겸(孫忠謙)－손필기, ②죽계 손작(孫綽)－㈠손익겸(1632~1682)－㉮손필진－(계)손창대, ㉯손필우－손창대(출)·손희대(출), ㈡손극겸(1636~1684)－손필승－(계)손희대－㉮1남 손진오(孫鎭五)－Ⓐ손격룡(孫格龍)－손기영－손봉원－손조－**손익헌**(1848~1890)－**손기조**(1872~1950)－ⓐ손한수－손태유·손태걸(출), ⓑ손창수－(계)해심 손태걸(1920~1987), Ⓑ칠산 손응룡(1741~1822)－ⓐ1남 손택영－㈪손상원－죽암 손건(1812~1876), ㈫손태원－손전－손식헌－동오당 손기옥(1877~1930)－손문수－현암 손태곤(1928~2014), ⓑ4남 손재영(1792~1846)－손인원－손량상(1884~1933)－손기헌(1910~1963), ⓒ√5남 취운재 손건영(1795~1868)－손일원·손성원·손사원, ㉯5남 손진구(孫鎭九)－손계룡－손관영－농와 손격원(1822~1884)－Ⓐ**손량대**(1848~1931, 족보명 亮三)－ⓐ손윤헌, ⓑ손갑헌－손기준, ⓒ손린헌(출), Ⓑ손량우－(계)손린헌(孫麟憲, 일명 琪憲)－손기관, ㉰6남 손진무(孫鎭撫)－Ⓐ2남 손옥룡－손희영(孫希永), Ⓑ3남 **손순룡**(1791~1850)－손서영－Ⓐ손극원－(계)소와 손량집(1883~1963)－일심 손철헌(1909~1989)－손기두, Ⓑ손석원－손량집(출)·손량득으로 이어진다.

다음으로 손순욱(孫荀彧)의 고손자 손천일(孫千一)의 봉사손인 손의겸 계보는 ①2남 손필원(孫必遠)－손일대－손진익－손순룡(孫舜龍)－(계)손달영(孫達永)－(계)손봉원－손량하－㈠성하 손경헌(1870~1931)☆－(계)손기동, ㈡손승헌(출), ㈢손기헌(孫紀憲), ②5남 손필항(孫必恒)－손후대－손진극－㈠1남 손견룡－㉮손덕영－(계)손부원－손량희－손종헌(1842~1903), ㉯손효영－Ⓐ손봉원(출), Ⓑ손부원(출), Ⓒ손응종, ㉰손달영(출), ㈡√3남 손서룡(1742~1801)－㉮손한영(孫漢永)－손계원－손량진－손태헌－손기동(출),

㉯손백영(孫百永), ㉰손길영(孫佶永)－Ⓐ손규원－√(계)손량섭－운곡 손주헌(1854~1894)－ⓐ석산 손기종, ⓑ손기석(1893~1925)☆－손병수, Ⓑ손후원－ⓐ손량섭(출), ⓑ서곡 손량렬－√유남 손창헌(1866~1931)－송암 손기정(孫基正)－손창수로 이어진다.

안동손씨는 산외 다죽리에 집중적으로 거주하는데, 손호(孫顥)가 16세기 때 세거지 용성(용평)에서 다원(죽서)으로 이거했기 때문이다. 또 손흘(孫紇)의 3남 손지겸(孫智謙)은 단장 미촌리 구미로, 손즙의 4남 손제겸(孫悌謙)은 산내 송백리 양송정 서당마로, 손진갑은 영조 때 산내 미라리로 이거했다. 손즙의 7세손 손달원(孫達遠)·손한원(孫翰遠) 형제가 구한말 전후에 단장 법흥리 법산으로, 손즙의 9세손 손용헌(孫瑢憲)·손기복 부자가 단장 안법리 안포동으로, 손작의 6세손 손건영(孫建永)이 조선 말에 산내 용전리 용암으로 각각 이사했다. 그리고 손필항의 후손 중 손진극(孫鎭極)의 3남 손서룡(孫瑞龍)은 상동 가곡으로 이사해 거주했고, 손량섭(孫亮燮)과 손창헌(孫昌憲)은 산내 원서리 원당으로 옮겼다.

통혼 관계를 보건대, 손영유의 장인은 고신인(개성)이고, 손관(孫寬)의 사위로는 손신복(밀양)와 하추(사직공파) 등이 있다. 손조서(孫肇瑞)의 장인은 사직공파 후손으로 경재 하연(1376~1453)의 종제 하숙(河潚)이고, 하숙의 장인이자 손조서의 처외조부는 영산신씨 신열(1345~1418)이다. 손조서의 사위가 류수원(진주), 손자 손순무의 두 사위는 신탁(평산)과 김숭년(선산), 손호(孫顥)의 장인은 이원회(여주), 손흘과 손습 종형제의 장인은 박여순(충헌공파〈대제학공파〉)이다. 손극겸의 장인은 박오(행산공파), 손필석(孫必碩)의 사위는 손성증(밀양), 손처대(孫處大)의 장인은 조세주(창녕), 손량대(孫亮大)의 둘째 장인은 하갑규(진양)이고 사위는 안종수와 류지형(진주)이다. 수사(水使) 손명대(孫命大)의 장인은 안응규(사포)이고 사위가 백불암 최흥원(1705~1786)이며, 최흥원의 사위는 칠곡에 거주한 이경록(벽진)이다. 손량현(孫亮賢)의 사위는 신태욱(평산), 손규현의 사위는 안종석(사포),

손희영(孫希永)의 사위는 이조한(고성), 손기옥(孫基玉)의 장인은 하용운(진양)이다. 아울러 백익영에게 출가해 효행 정려를 받은 손금지(孫今之)가 단장 미촌리 구미에서 태어났다.

문집이 있는 이는 격재(格齋) 손조서(孫肇瑞), 양진당(養眞堂) 손순룡(孫舜龍), 회산(晦山) 손량대(孫亮大), 긍헌(肯軒) 손익헌(孫翊憲)·일헌(逸軒) 손기조(孫基祚) 부자, 석주(石洲) 손희수(孫熙銖)이다.

사적으로는 용평동 장선의 문루가 심경루(心鏡樓)인 용호정(龍湖亭), 산외 다죽리 죽서의 격재 손조서 신도비[25]·혜산서원(惠山書院)·다원서당(茶院書堂)·이이정(怡怡亭)·양진당(養眞堂)·동산정(東山亭)·죽계서당, 산내 송백리 양송정 서당마의 영언재(永言齋)와 대촌의 손제겸 유허비, 용전리 용암마을(하촌)의 삼우당(三友堂)·원서리 원당의 혜남정(惠南亭), 산외 엄광리 다촌(죽촌)의 광산재(光山齋), 단장 미촌리 구미의 칠산정(七山亭)·구산정(龜山亭), 삼랑진의 용전리 직전마을 벽소정(碧疎亭)[26]과 우곡리 염동의 사은재(泗隱齋)가 있다.

그림214 밀양시 용평동 심경루(좌) 용호정(우). 2021.7.21

그림215 심경루. 2021.7.21

그림216 용호정. 2021.7.21

그림217 산외면 다죽리 손조서 신도비. 2021.5.14

그림218 다죽리 혜산서원. 2021.5.14

그림219 다죽리 다원서당(좌) 이이정(우). 2021.5.14

그림220 다죽리 죽계서당. 2018.2.22

그림221 다죽리 양진당. 2021.5.14

그림222 다죽리 동산정. 2021.5.14

그림223 산내면 송백리 양송정 서당마 영언재. 2021.6.27

그림224 송백리 양송정 대촌 손제겸 유허비. 2021.6.27

그림225 산내면 원서리 원당 혜남정. 2021.6.27

그림226 산내면 용전리 용암 삼우당. 2021.8.22

그림227 단장면 미촌리 구미 칠산정. 2021.7.25

그림228 구미 칠산정. 2021.7.25

그림229 산외면 엄광리 다촌 광산재. 2021.6.27

그림230 삼랑진읍 용전리 직전 벽소정. 2021.2.21

안동손씨는 다수의 독립운동가를 배출했다. 우선 손순무의 후예 중 손경헌(孫暻憲)의 아들 손일민(孫逸民)은 1912년 만주로 망명해 환인현에 동창학원을 설립했고, 1919년 김원봉 등과 함께 의열단을 창단했으며, 1937년 임시정부 요원으로서 무장투쟁을 벌이다 1940년 중경 기강(綦江)에서 병사했다. 김구는 『백범일지』에서 그의 최후를 기록했고,[27] 정부는 1990년 애국장을 추서했다. 손일민의 6촌형 손기현(孫基賢)은 일찍이 만주로 망명해 환인현 한교공회 외교원으로서 활약하다가 안동현에 일본 경찰에게 체포되어 국내 송환 후 옥고 여독으로 순국했다. 이 두 사람은 다죽리 죽서 출신인데, 정부는 1990년 손일민에게 애국장을, 2016년 손기현에게 대통령표창을 각각 추서했다. 손일민의 족제(族弟) 손기욱(孫基郁)은 3·1운동 당시 태룡리 만세시위를 주도해 구금되었고, 이듬해 손종헌(孫琮憲)은 족질(族姪) 손기욱의 권유로 흥업단에 가입해 군자금을 모집하다가 체포되어 옥고 여독으로 별세했다. 이 두 사람은 단장 안법리 출신인데, 정부는 2019년 손기욱에게 건국포장을, 손종헌에게는 대통령표창을 추서했다. 사적으로 산외면 다죽리 면사무소 앞에 회당 손일민 기념비가 있다.

또 손순욱의 후예로 손필원(孫必遠)의 7세손인 손경헌(孫庚憲)은 안법리 안포동에서 태어나 1907년 대한협회 밀양군 책임자로 민족사상을 고취했고, 1913년 만주 환인현으로 이주해 동지들을 규합하고 군자금을 모아 지원했으며, 정부는 1990년 애족장을 추서했다. 손경헌의 족질이자 손규

그림231 산외면 다죽리 손일민 기념비. 2021.5.14

그림232 다죽리 죽서 입구 손경헌 사적비. 2021.9.22

원(孫奎遠)의 증손자 손기석(孫基錫)은 산내 원서리에서 태어나 3·1운동에 참여해 투옥된 뒤 가혹한 고문으로 33세의 젊은 나이에 숨졌고, 정부는 2011년 대통령표창을 추서했다. 산외면 다죽리 죽서 입구 길가에 성하 손경현 사적비가 있다.

학교법인 밀성학원 전 이사장 손태걸(孫泰杰), 석하 안종덕의 증손서이자 국회의원을 지낸 손태곤(孫泰坤), 연극인 손숙(孫淑)도 죽서 출신이다.

【51】 월성 **손씨(月城孫氏)**는 일명 경주 손씨로, 시조는 밀양 손씨와 마찬가지로 손순(孫順)이다. 고려 말에 판밀직사를 지낸 후손 손경원(孫敬源)을 1세조로 하여 손현검－손등(孫登)－손사성－❶송재 손소(孫昭)－우재(愚齋) 손중돈(1463~1529)－손경－손광서－손시－〈종파〉(서백당)낙천재 손종하(孫宗賀)－손익－손여상－손시해－√정재(靜齋) 손윤걸(1692~1757)－①손수구－손성인·손성국, ②손위구－손성인·손성실, ③손정구－손성권, ④손재구－손성옥, ❷〈생원공파〉손흔(孫昕)－손세돈－√손영(孫映)－①손응복－성암 손인부, ②손응해－손충생으로 이어진다.

이 중 손영이 경주에서 단장 사연리 동화전(桐花田)으로 옮겨왔고, 또 방손 손윤걸(孫胤杰)의 동화전 입촌을 기리는 사양정(泗陽亭)이 이곳 세천 마을에 있다.

그림233 단장면 사연리 동화전 사양정. 2021.7.25

【52】 여산 **송씨**(礪山宋氏)의 경우, 송영전(宋永傳)이 선조 때 삼랑진에 터를 잡았고, 후손들이 송지리와 행촌리에 산다. 현대 인물로 삼랑진 율동리에서 출생한 독립운동가 송채원(1872~1935)이 있다. 1924년 7월 독립운동 자금을 모집하다가 2년 뒤 체포되어 대구형무소에서 옥고를 치렀고, 정부는 1996년 대통령표창을 추서했다. 아울러 중종 때 영의정을 지낸 송일(宋軼)이 풍각현 현남면 흑석리에서 출생했다.

【53】 용성 **송씨**(龍城宋氏)의 경우, 송서봉(宋瑞鳳)이 순조 때인 1803년(순조3) 초동면 검암리 사도실에 입촌했고, 후손은 하남 파서리 은산에 산다.

【54】 영산 **신씨**(靈山辛氏)의 시조는 문하시랑 평장사 신경(辛鏡)이고, 4세손 신주계(辛周繼)가 〈상장군공파〉 파조이다. 세계는 1신경(1107生)……5 **〈상장군파〉**신주계(1196생)－신순현－신극규－신공근－신성렬－신유린－신사천(辛斯蕆)－❶1남 신식(辛息)－신자녕－신진보－①**〈계성파〉**신주－신세경－신희수－㊀5남 신초(출), ㊁7남 사천 신압－(계)신성유(1606~1644)－신한(辛瀚), ②**〈도천파〉**신량－신세정－신완－(계)문암 신초(1549~1618)－신덕유·신성유(출), ❷2남 신제(1353生)－신숙청, ❸**〈병사공파〉**3남 신열(1418卒)－신처강(1453졸)－신성손(辛性孫)-신학(辛鶴)－신국균(1479~1546)－신록(辛騄), ❹5남 신희(辛憘)로 이어진다. 밀양 사족과의 통혼을 보면, 신열(辛悅)의 외손서가 손조서(안동)이고, 신희의 사위는 아당 박조이며, 신학의 사위는 모선재 박수견(은산군파)이다.

이 중 밀양에 입촌한 이는 모두 파조의 14세손 종사랑 신한(辛瀚)의 후예이다. 신한의 6세손 신지경(1800~1869)은 조상 선영을 지키기 위해 창녕 계성에서 산내 가인리로 이거했고, 이곳에서 출생한 고손자 청아 신용옥(1927~2005)은 1974년 밀양서도회를 창립하고 경상남도 문화상을 수상한 명필가이다. 또 신한의 7세손 신진성(1827~1877)이 창녕 영산을 떠나 초동 덕산리 삼손 본동에 시천했고, 고손자인 남천 신진기(辛晉基)는 대한민국 서예대전 초대작가로 고향에서 활동하고 있다.

【55】영해 **신씨**(寧海**申**氏)는 죽계 신성오(1614生)가 현종대(1659~1674) 경북 영덕에서 산외 죽원으로 입촌함으로써 밀양과 첫 인연을 맺었다. 이곳에서 서얼로 태어난 손자 신유한(1681~1752)은 양부 신태시와 생부 신태래, 양모를 잇달아 여의고 난 뒤 1713년(숙종39) 증광시에 장원급제했다. 이듬해 봄에 경북 고령 양전리로 이거해 밀양에는 직계 후손이 없다. 1719년 통신사 제술관으로 일본을 다녀와 『해유록』을 지어 '삼국문장'으로서 명성을 떨쳤다. 그가 30년 남짓 밀양에서 살았으나 밀양 관련 글이 적지만 충신 박유(朴甹)를 입전한 「박절사(朴節士傳)」은 향현(鄕賢)의 선양 측면에서 주목할 만하다. 문인으로 손수현(밀양), 손수성(밀양), 정원시, 최천익, 정란 등이 있다. 『청천집』과 편서 『분충서난록』·『시서정종』 등이 있다.

【56】평산 **신씨**(平山**申**氏)는 시조 고려 개국공신 신숭겸의 14세손 신효창이 〈제정공파〉 파조이고, 파조의 증손자 신승준(申承濬)이 박융(은산군파)의 손자인 박문손(1440~1504)의 사위가 됨에 따라 성종 때 서울에서 처향인 부북 후사포리 중포로 전거했다.

세계는 1신숭겸(申崇謙)……15**〈제정공파〉**신효창(申孝昌)－3남 신자수(申自守)－4남 신윤원(1440~1470)－√낙진당 신승준(申承濬)－3남 신탁(申倬)－**신계성**(1499~1562)－❶신유정(申有定)－신충복, ❷신유안(申有安)－①신충경(申忠敬)－긍재 신영몽(1577~1658)－신여안－신동우－신명화－신광윤(申光潤)－㊀**신국빈**(1724~1799)－양파 신억(1761~1814)－신석린－병계 신영우, ㊁경암 신국춘, ㊂정재 신국진(1736~1788), ㊃신국민－√3남 신학(1780~1826)－신하석, ㊄지암 신국륜(申國倫)－정허정 신종(1769~1819)－(계)신석중－㉮노석 신영민－(계)**신익균**(1873~1947)－신현택, ㉯농수 신영우(申永

愚)－신익균(출), ②신충근(申忠謹), ③신충후(1543~1593)－신홍몽(1574~1618)－신여기－㊀세광 신동수－신명식, ㊁√몽천재 신동석(1636~1702)－신명기(1666~1715), ㊂**신동현**(1641~1706)－**신명윤**(1677~1721)－현재 신응악－㉮4남 신국생(申國生)－3남 신정홍－신진표－2남 **신태룡**(1862~1898)－신효규, ㉯5남 신국형(申國馨)－2남 신정학－신진원－신태욱(1854~1911)－Ⓐ신정규(申楨圭), Ⓑ신문규(출), Ⓒ신홍규(1903~1965)－(계)신현의, Ⓓ**신성규**(1905~1971)－ⓐ신현석－신숭철(申崇澈), ⓑ신현의(출), ④신충임(申忠任)－신순몽－신여직－신동백－신이화－임천재 신담(申潭)－노암 신사면－2남 신중규－삼연 신호인(申顥仁)으로 이어진다.

이 중 신동석·신동현 형제는 상남 조음리에서 생장하다가 효종대(1649~1659) 무안 중산리로 이거해 후손들의 집성촌이 되었고, 신광윤의 손자 신학(申嶨)은 순조 때 예림에서 산내 임고리 작평(鵲坪)으로 이거했다.

통혼 관계를 보면, 신탁의 장인은 손순무(평산), 신유정의 장인은 이원(여주), 동생 신유안의 장인은 류기원(전주)이다. 또 신영몽(申英蒙)의 사위는 노해(광주)·안홍익(사포)·김즙(김해), 신여기(申汝夔)의 사위는 조시창(창녕), 신동석(申東碩)의 장인은 이후(성주), 신광윤의 장인은 이명기(벽진·무안), 이명기의 외손자 신국빈의 장인은 손수성(밀양), 신국진(申國珍)의 사위는 손종구(밀양), 신억(申嶷)의 장인은 이병덕(여주)이다. 또 신영우(申永瑀)의 장인은 안문원(초동), 신응악(申應岳)의 사위가 이홍급(벽진·무안), 신진원(申鎭源)의 장인은 노기연(광주), 신태욱(申泰郁)의 장인은 손량현(안동)이다. 그리고 신문규(申文圭)의 장인은 이영헌(함평), 손암 신성규의 장인은 박영하(정국군파)이고 사위는 이지형(여주)이다.

문집이 있는 이는 송계(松溪) 신계성(申季誠), 매죽당(梅竹堂) 신동현(申東顯), 망모암(望慕庵) 신명윤(申命胤), 태을암(太乙菴) 신국빈(申國賓), 도양(道陽) 신태룡(申泰龍), 혜천(惠泉) 신태현(申泰玄 1869~1948), 동화(東華) 신익균(申翊均), 손암(遜庵) 신성규(申晟圭) 등이다.

사적으로 부북 후사포리 중포의 신계성 여표비(閭表碑)[28]·경정당(景貞堂)·사우정(四友亭), 용평동 장선의 장선재(長善齋), 산내 임고리 금암(錦巖)의 낙선재(樂善齋), 무안 중산리의 낙남재(樂南齋)·중봉재(中峰齋)·지성재(至誠齋), 무안 고라리 장재터의 송암재(松庵齋), 무안 웅동리 관동의 재숙소 영모재(永慕齋), 상남 조음리 명성의 재숙소 명성재(明誠齋) 등이 있다.

현대 인물로는 상남 예림 출신의 신기균(1860~1941, 일명 의균)은 파리장

그림234 부북면 후사포리 중포 신계성 여표비. 2021.8.28

그림235 후사포리 중포 경정당. 2021.8.28

그림236 밀양시 용평동 장선 장선재. 2021.7.21

그림237 산내면 임고리 금암 낙선재. 2021.8.22

그림238 무안면 중산리 낙남재. 2021.8.27

그림239 중산리 중봉재. 2018.2.18

그림240 중산리 지성재. 2021.8.27

그림241 무안면 고라리 장재터 송암재. 2021.8.14

그림242 무안면 웅동리 관동 영모재. 2021.3.28

그림243 상남면 조음리 명성 명성재. 2021.9.6.

그림244 하남읍 수산리 서편마을 신석원 공적안내판. 2021.7.1

서 사건에 연루되어 고초를 당했고, 상해 임시정부에 독립군 자금을 제공함과 아울러 1930년 권총을 밀반입하려다가 체포되어 옥고를 치렀다. 정부는 2008년 대통령표창을 추서했다. 또 하남 수산 출신의 신석원(1891~1959)은 1924년 신기균·김찬규 등과 함께 군자금을 모집하다가 체포되어 옥고를 치렀으며, 정부는 2010년 애족장을 추서했다. 공적안내판이 수산리 서편마을에 세워져 있다.

그리고 『감옥으로부터의 사색』(1988)으로 이름을 널리 알린 신영복(1941~2016)이 밀양초와 밀양중을 졸업했다. 부친 신학상은 세종고 3대 교장과 밀양교육장을 지냈고, 『향토문화』 1집(1953)과 『사명당실기』(1982)를 지었다. 또 신성규의 손자로 베네수엘라 대사를 지낸 신숭철이 후사포 출신이다.

【57】 청송 **심씨**(青松**沈**氏)는 충렬왕 때 위위시승(衛尉寺丞)을 지낸 심홍부(沈洪孚)가 시조이고, 입향조는 시조의 14세손 심약해이다. 세계는 1심홍부－심연－심룡－심덕부(沈德符)－심온(沈溫)－심회(沈澮)……10심강－❶심인겸－(계)심엄(沈俺)－①휴옹 심광세(1577~1624)－심은(沈檼)－㊀√심약해(1611~1660)－심탁, ㊁심약명－심익(沈瀷)－심정현·심중현·심기현(1689~1760), ②심정세(1579~1613, 김제남의 사위), ❷심의겸－심론(沈惀)·심엄(출)으로 이어진다.

심광세(沈光世)가 1613년 사돈 김제남(金悌男)의 옥사 사건에 연루되어 경남 고성에 유배되었다. 모친(구사맹의 딸)이 가족을 데리고 아들을 보러 가서는 삼랑포에 그대로 머물던 중 1620년 10월 세상을 떠났다. 그는 모친상을 치른 뒤 1622년(광해군14) 삼랑진 안태리(安泰里)에 우거했고, 인조반정 뒤 홍문관 부교리로 복귀했다. 이종동생인 인조가 안태리를 사패(賜牌)했고, 심약해(沈若海)는 조부의 자취가 서린 이곳에 복거한 뒤 김구(金球)·이석번(李碩蕃) 두 매부와 함께 삼랑진에 정자를 짓고 노닐다가 생을 마쳤다. 참고로 심광세가 고성 유배지에서 지은 「해동악부」는 국문학사적 가치가 있고, 고손자 심기현(沈箕賢)의 묘가 상남 무량원에 있으며, 매부가 택당 이식(1584~1647)이다.

【58】 광주 **안씨**(廣州**安**氏)는 고려 태조 때 대장군을 역임하고 광주군에 봉해진 안방걸(安邦傑)을 시조로 하고, 시조의 13세손 안수(安綏)가 중시조

이다. 중시조의 차남 안지(安祉)의 후손들이 밀양에 세거하고 있다. 이후의 서술을 위해 간략한 세계를 표로 보인다.

> 1안방걸……14안수(安綏)－❶〈총랑공파〉안정(安禎), ❷안지(安祉)－①안수(安壽)－안해－안기(1324~1408)－㈠〈중랑장공파〉안국주(安國柱)－㉮1남 기우자 안강(安崗)－안숙량－Ⓐ√안보문－안구(安覯)－ⓐ안영, ⓑ안증, ⓒ안순, ⓓ안길, Ⓑ안효문(安孝文)[초동 금포·성만][29], ㉯4남 안제(安齊)[김해 진례], ㈡〈사간공파〉안성(1344~1421)－안종생－안팽로, ㈢〈판사공파〉안몽득(安夢得)－안용지－치암 안주(1500~1569)－안응춘[양산], ②안창(安昌)－안사충－안정(安鼎)－안처선－㈠안여경(安余慶), ㈡둔옹 안엄경(1392~1458)－√휴헌 안억수(1427生)－㉮안여충(安汝忠)－안헌－(계)모렴당 안윤조－Ⓐ안수관(安守寬), Ⓑ안수굉(安守宏)－안극휘(1564生), ㉯안여효(安汝孝)－안인(安忍)－안봉조·안윤조(출)·안승조, ㈢정암 안완경[부북 사포]

우선 세종대의 안숙량(安叔良)이 초동 성만리에 살던 공숭(孔崇)의 사위가 되면서 밀양과 인연이 시작되었다. 곧 아들 안보문(安普文)이 1470년경 함안에서 외가 인근의 금포로 이거해 입향조가 된 것이다.

세계는 √안보문(1427~1514)－태만 안구(1458~1522)－❶불언재 안영(安嶸)－안수연－안광소－①**안신**(1569~1648)－안종한－안시우－안필정－(계)안여인－(계)동아 안경현－㈠(계)1남 안이중－㉮안효선－안복원－안언표(1814~1836)－(계)안상진－손암 안병현－안우환－안재우·안재억, ㉯안효전－안장원(安長遠)－√안언구(1815~1889)－안형진－농아 안병원(1861~1923), ㈢3남 안보중－㉮1남 안효관－안명원(安鳴遠)－Ⓐ소강 안언장(1830~1895)－**안희진**(1882~1968, 족보명 光鎭), Ⓑ안언무(출), ㉯3남 안효근

－안사원－(계)**안언무**(1847~1898)－Ⓐ낙빈 안동진(1867~1914)－수재 안병운, Ⓑ**안하진**(1876~1935)[금포], ②안숙(출), ③안전(출), ❷√완구 안증(1494~1553)－(계)안종경－안대해－(계)안전－안명한－안세영－안후정－안여리－①**안경시**(1712~1794)－㊀안이중(출), ㊁안서중－안효석[영천], ②안경현(출), ❸√사맹공 안순(1496~1557)－안응운－**옥천 안여경**(1538~1592)－(계) **안숙**(1572~1624)－①안성한, ②√**안상한**(1604~1661)－안분당 안시태－(계)안흠－안신형(1692~1759)－㊀**안경점**(1722~1789)－안성중－안효춘－**안인원**(1812~1876)－**안언소**(1846~1895)－안경수－안병권－안직환[성만], ㊁안경진(1725~1782)－안형중－㉮안효서(1775~1832)－안문원(1811~1856), ㉯안효상(1783~1833)－안정원－(계)**안종덕**(1841~1907)－(계)안긍수(1875~1902)－안병규, ㊂안경우－안영중－안효준－√안문원(1795~1860)－㉮초엄 안종철－Ⓐ안구수－**안병희**(1890~1953)－안의환－안재구(1933~2020)[30], Ⓑ안봉수, ㉯안종덕(출) ③안창한, ④안량한, ⑤안진한(安振漢), ⑥안문한, ❹안길로 각각 가계를 이어갔다. 세상에서는 안숙의 아들 여섯을 '안씨6룡'이라 칭했다.

안구(安覯)의 차남 안증(安嶒)은 금포에서 처향인 경북 영천 도동(道東)으로 이사했고, 3남 안순(安峋)은 창녕 옥천으로 이거한 뒤 을사사화 때 초동 성만(星萬)에 다시 입촌했다. 안순의 증손자 안상한은 창녕 출생이나 삼종숙 안신이 물려준 전장이 있던 초동 금포(金浦)로 이거했다. 그리고 안경우의 증손자 안문원(安聞遠)은 19세기 중엽 성만리 통바우(통암)에 입촌했고, 아들 안종철은 1880년대 유림연계소의 읍내 건립을 주도했다. 또 청송군수 재직시 졸한 안종덕(安鍾悳)이 1904년 중추원 의관 때 상신한 시폐 혁파문이 『고종실록』, 『매천야록』, 『밀주징신록』에 고스란히 실려 있다.[31] 그리고 통바우에서 출생한 안종철의 손자 안병희는 일제강점기에 초동공립보학교의 전신인 초등학교를 건립했고, 1929년경 읍내 연계소에 정착해 사라져가는 밀양 문헌을 체계적으로 정리했다. 아울러 안경현의 고손자 안언구(安彦龜)는 철종 때(1849~1863) 금포에서 산내 임고리 임고정으로 옮겨 새 터전을 마련했다.

통혼 관계를 보면, 안숙의 사위는 박문잠(은산군파), 안성한(安盛漢)의 장인은 이후경(벽진·초동), 안진한의 장인은 박수춘(행산공파), 안경점의 장인은 이지수(여주), 안경현의 장인은 이지술(여주), 안서중의 장인은 이태주(여주), 안문원(安文遠)의 사위는 신영우(평산), 식호당의 손자 안병운(安秉運)의 장인은 이승구(여주), 안병규의 사위는 손태곤(안동)이다.

저술이 있는 이는 오휴자(五休子) 안신(安玧), 낙원(樂園) 안숙(安璹)·동만(東巒) 안상한(安翔漢) 부자, 만회(晩悔) 안경시(安景時), 냉와(冷窩) 안경점(安景漸), 금애(錦厓) 안인원(安仁遠)·청사(晴蓑) 안언소(安彦韶) 부자, 석하(石荷) 안종덕(安鍾悳), 식호당(式好堂) 안언무(安彦繆), 농와(農窩) 안하진(安廈鎭), 벽재 안희진(安禧鎭), 우정(于正) 안병희(安秉禧) 등이다.

사적으로 초동 금포리 소캐의 식호당(式好堂), 본동의 임연재(臨淵齋), 시리골의 근사재(謹思齋), 성만리 안성만의 취성재(聚星齋), 산내 임고리 임고정의 건척정(乾惕亭), 금포 오산 조대(모래들 어귀)의 안동진(安東鎭) 각석이 있다. 참고로 금포 앞 노곡산 자락에 있던 오휴당(五休堂)이 주변 개발로 더 이상 유지할 수 없게 되자 2013년 금포 본동에 현대식 건물로 신축했다.

그림245 초동면 금포리 소캐 식호당. 2006.12.24

그림246 금포리 본동 임연재. 2021.8.7

그림247 금포리 본동 오휴정. 2021.8.7

그림248 금포리 시리골 근사재. 2018.8.7

그림249 금포리 모래들 오산 안동진 각자. 2021.1.26

그림250 초동면 성만리 안성만 취성재. 2021.8.7

그림251 산내면 임고리 임고정 건척정. 2021.8.22

그림252 산외면 금곡리 본촌 안종달 공적안내판. 2021.5.14

한편, 안국주의 넷째 아들 안제(安齊) 후손들이 김해 진례면 시례리 상촌 마을에 세거하고 있다. 안제의 8세손 안경지가 17세기 중엽 함안에서 처향인 이곳으로 이거했고, 그의 8세손 안종달(安鍾達)은 독립운동가이다. 세계는 안경지(1624~1666)－❶훈정 안대진－안상삼, ❷지정 안대임－안상원－안인후－안경진(安景珍)－안일중(초명 處重)－괴헌 안효방－예와 안연원(1843~1880)－①안종술(1870~1886)－(계)안명수, ②안종달(1878~1929,

자 學初)☆ – ㊀안명수(출), ㊁(계)안삼수로 이어진다.

학초 안종달은 시례 출신이나 산외 금곡리에 거주했다. 부친 안연원(安演遠)의 장인이 노필연(광주)이다. 외삼촌 노상직(광주)의 자암서당 연장 제자로서 파리장서에 서명해 체포되어 옥고를 당한 후유증으로 병사했다. 정부는 2018년 건국포장을 추서했다.

다음으로 안억수(安億壽)는 계유정난 때 계부(季父) 정암 안완경(安完慶)이 순절하자 벼슬을 버리고는 세거지 함안에서 차남 안여효의 처향인 부북 신포(전사포)로 입촌하면서 밀양에 터를 잡았다.

증손자 모렴당 안윤조(安胤祖)의 세계는 문송 안수관(安守寬) – 안극서(1564生) – ❶안홍익(1602~1650) – ①안응두(초명 曮) – ㊀안한웅(1647~1694) – 안명구 – (계)안인리, ㊁안한걸(1649~1694) – **안명하**(1682~1752) – ㉮안인리(출), ㉯안인복 – 안경형 – 안달중 – 안효주, ②안응벽(초명 曔) – 안한휘 – 안명천 – 안수인 – ㊀안경기(安景器) – 안방중, ㊁안경재(安景載) – 안의중 – 안효달 – √안봉원(1824~1907, 초명 翼遠) – ㉮훈재 안종문(1850~1910) – 안동수 – Ⓐ안병기 – 안영환, Ⓑ안병찬 – 안세환(安世煥), Ⓒ안병모, Ⓓ안병욱, Ⓔ안병준(1925~1974) – 안경환, ㉯호재 안종익, ㊂안경유(安景輶) – 안약중 – 안효원 – 안상원 – 남려 안종철(1865~1941) – 안익수, ③안응정, ④안절(1639~1719), ⑤안응규 – ㊀안한종 – (계)안명익 – Ⓐ√안인신(1731~1786), Ⓑ안인경 – ⓐ√안경목(1769~1836) – 안무중 – √(계)경암 안효천(1849~1924) – 안균원 – 혜암 안종경(1897~1935)·안종식·안종문, ⓑ안경언 – 안희중(安喜重) – 안효천(출), ㊁안한성 – (계)안명언 – **안인일**(1736~1806), ⑥안응덕, ❷안광익(安光翼) – ①안호(安皞) – 안한추 – 안명휴 – 안인점 – 안경빈 – 안계중 – 포와 안효순 – 금고 안규원 – **안종진**(1880~1948) – 금계 안희수(1898~1983) – 안병선, ②안환, ③안응징(安應徵) – 경심재 안한기 – 남고 안명적 – 안인제 – ㊀안경태(1766~1826) – ㉮√성재 안정중(安珵重) – 긍재 안효구(安孝構) – Ⓐ안덕원, Ⓑ안익원(安益遠), ㉯√**만포 안유중**(1802~1868) – Ⓐ치와 안효완(1827~1893) – ⓐ

√**안희원**(1846~1919)－회강 안종설(1869~1918)－(계)안연수, ⓑ안성원(1851~1879)－㊊대백 안종석(1873~1945)－안필수, ㊋안종락, ㊌안종섭(출), ⓒ창전 안장원(安璋遠)－(계)안재 안종섭(1876~1962)－㊊안연수(출), ㊋안형수, ⓓ안홍원(출), Ⓑ소려 안효식(1834~1886)－안휘원, ㉰√괴천 안수중(安琇重)－안효오－(계)안홍원－안종한－안능수, ㊁안경각(1766~1815)－안희중(安熙重)－√안효철(1858~1939)－안태원－안건, ④안응석(安應錫)－안한정－㊀관수재 안명담(1694~1737)－안인갑, ㊁안명익(출)으로 이어진다.

세거지 변화를 보면, 안경태(安景泰)의 세 아들이 1850년(철종1) 사포에서 단장 태룡리 태동으로 이거했고, 안희원(安禧遠)은 태동과 읍내를 거쳐 1909년 사포에 다시 정착했다. 또 의관 안붕원(安鵬遠)은 1840년대 사포에서 청운리 도촌으로 이거해 일파를 이루고 있다. 아울러 안효철(安孝哲)은 통신원 주사를 지낸 뒤 만년에 산외 금곡리 본촌의 금계산에 은거해 독조정사(獨造精舍)를 짓고 은거했다. 또 안인신(安仁信), 안경목(安景穆)이 삼랑진 거족에 입촌했고, 안효천(安孝千)은 상동 금산리 평능에 은거했다.

통혼 관계를 보면, 안처서의 장인은 구홍(능성), 안윤조(安胤祖)의 사위는 권사의(權士毅), 안수굉의 장인은 박원곤(정국군파), 안수굉의 사위는 곽준(郭趍), 안광익의 장인은 박종서(정국군파), 안홍익(安弘翼)의 장인은 신영몽(평산)이고 그의 사위는 이이상과 이명석(벽진·무안)이다. 안절(安晣)의 사위는 도만추(都萬秋), 안응규의 사위는 손명대(안동), 안한걸(安漢杰)의 장인이자 안명하의 외조부는 장희적(아산)이다. 또 안명담(安命聃)의 후취는 도만정(都萬鼎)의 딸(1700~1761)이고, 손서가 황진(장수)이다. 또 안경기(安景器)의 사위는 몽수 박정원(은산군파), 안유중(安瑜重)의 장인은 김정권(광주), 안효완(安孝完)의 장인은 이능선(여주)이고 사위가 허채(許埰)이다. 안효식(安孝寔)의 장인은 손량조(안동), 안효달의 장인은 조하위의 손자 조가일(창녕), 안종석(安鍾奭)의 장인은 손규헌(안동), 안익원의 사위는 노식용(광주), 안붕원의 장인은 설광륜(薛光倫)이고 사위가 박한장(은산군파)이며, 안장원의 사위는 이세형(여주)이다.

문집이 있는 이는 송와(松窩) 안명하(安命夏), 죽북(竹北) 안인일(安仁一), 만포(晩浦) 안유중(安瑜重), 시헌(時軒) 안희원(安禧遠), 유헌(由軒) 안종진(安鍾瑨)이다.

사적으로 부북 전사포리 전포의 모렴당(慕濂堂)·숭효사(崇孝祠)·둔옹정(遁翁亭)·광천서원(廣川書院)·고취정(孤翠亭) 광주안씨 삼세 제단·정암 안완경 제단·안씨의장비(安氏義庄碑), 청운리 도촌의 화남정사(華南精舍)·화운정사(華雲精舍), 삼랑진 율동리 율곡의 이출재(履怵齋), 무안 정곡리 신화의 문송정(聞松亭, 일명 如在亭)이 있다.

현대 인물을 들면, 안병준(安秉駿)은 함양 안의중과 세종고 2대 교장을 지냈고, 밀양초와 밀양중을 졸업한 아들 안경환(安京煥)은 전 법무부 장관 조국의 대학 스승으로 황용주 평전을 지었다. 또 안능수(安能洙)의 딸 안경희(1939~2001)가 인촌 김성수의 장손 김병관의 부인이다.

그림253 부북면 전사포리 전포 숭효사(좌) 모렴당(우). 2021.3.8

그림254 전사포리 둔옹정. 2018.2.7

그림255 전사포리 광천서원. 2021.3.8

그림256 전사포리 삼세 제단(좌) 안완경 제단(우). 2018.2.7

그림257 부북면 청운리 도촌 화남정사(좌) 화운정사(우) 2021.8.28

그림258 삼랑진읍 율동리 율곡 이출재. 2018.2.3

그림259 무안면 정곡리 신화 문송정. 2021.5.14

【59】 순흥 **안씨**(順興**安**氏)는 시조가 고려 신종 때 상호군을 지낸 안자미이고, 3세손이 안향(安珦)이다. 세계는 1안자미(安子美)……4회헌 안향(1243~1306, 초명 裕)－안우기－안목－안원숭－안원－안종약－2남 안경(安璟)－4남 안돈후(1421~1483)－안장(1438~1502)－안처형－2남 안련(安璉)－안윤손－안신(安信)－안득화－안응수-안덕성－안효중-안귀봉－√송암 안기열(1697~1760)－안순행·안순열로 이어진다.

부평부사를 지낸 안장(安璋)의 10세손 안기열(安起說)이 숙종 때 무안 가례리 아치실[阿雉谷]에 시천했고, 이곳 세거지에 재숙소 경모재(景慕齋)가 있다. 참고로 안돈후의 장인은 우당 박융(은산군파)이

그림260 무안면 가례리 아치실 경모재. 2021.3.28

고, 안장의 막내동생 안당(安瑭)은 중종반정의 공신으로 기묘사화 때 좌의정에서 파직된 뒤 신사무옥 때 송사련의 모함으로 피살되었다.

【60】 남원 **양씨**(南原**梁**氏)는 양을나(良乙那)를 시조를 하는 제주 양씨에서 분관되었고, 관조는 경덕왕 때 남원부백으로 봉해진 양우량(梁友諒)이다. 고려 초 양능양을 1세조로 하는 〈병부공파〉의 후손들이 밀양에 세거한다.

세계는 1**〈병부공파〉**양능양(梁能讓)……9양준(梁俊)－❶양동수(梁東秀)－**〈밀직공파〉**양송조－양윤기－√양준(1394生)－양덕부(1433生)－퇴은 양여창(1454~1522)－양담(梁澹)[32]－양종해－양처회, ❷양우(梁祐)－양석륭－양구주－**〈문양공파〉**눌재 양성지(1415~1482)－양수－양윤－**〈평창공파〉**양희증－청풍헌 양사원－양겸(梁謙)－①양조한(梁朝漢)－양홍(梁鴻)－㈠양부하(1580~1672)－양응빈·양우빈, ㈡√양태수(1583~1643)－양성(梁省)－양성택－양애선·양의선, ②양근한－양구, ③양통한(1558~1600)－㈠양의(梁鷁)－양부해·양유길, ㈡양숙(梁鷫)－양유일·양유명으로 세계가 이어진다.

〈밀직공파〉 파조 양송조(梁松操)의 손자 양준(梁濬)이 장인 고신인(개성)의 권유로 세종 때 충청도 옥천에서 처향인 용성(용평)에 처음 터를 잡았다. 증손자 진사 양담(梁澹)은 죽마고우인 월연 이태(1483~1536)와 함께 문장과 필법으로 이름을 날렸다. 예를 들면 신계성(평산) 묘비명, 이철원(여주) 신도비명, 장세린(아산) 묘비명, 어한륜의 묘갈명, 박림장(밀양) 부부의 묘갈명 글씨가 모두 그의 손에서 나왔다. 사적으로 양담이 소요하던 산외 남기리 남가에 운산정(雲山亭)이 있고, 현대 인물로 양승태 전 대법원장이 남기리 출신이다.

〈문양공파〉 파조 양성지(梁誠之)의 고손자 양사원(梁思源)이 서울에서 밀양으로 남하해 부북 적항에 머물던 중 모종의 가화(家禍)를 당해 아들 양겸(梁謙)은 1500년대 중반 동래 부곡으로 옮겨갔다. 임진왜란 때 양조한이 동래성 전투 때 성현의 위패를 지키다가 정원루에서 동래교수 노개방

그림261 산외면 남기리 남가 운산정. 2021.5.4

그림262 무안면 덕암리 상촌 사모재. 2021.6.11

(풍천)과 함께 순국했고, 외아들 양홍도 전사하고 말았다. 당시 열세 살의 양부하(梁敷河)는 부조가 순국할 때 후미에 있다가 일본에 잡혀갔는데, 후일 중국 사신 심유경과 도모해 풍신수길을 독살함으로써 전쟁 종식을 이끌었다고 한다.[33] 또 동래성 함락 당시 살아남은 10세의 양태수(梁泰洙)는 난을 피해 전전하다가 증조부 양겸이 우거한 밀양으로 돌아와 무안 덕암리에 터를 잡음으로써 밀양과의 인연을 부활했다. 그는 평생 밀양인으로서 살다가 뒷산에 안장되었고, 후손들이 사는 덕암 상촌마을에 사모재(思慕齋)가 있다.

한편 이정환(경주)의 처 남원 양씨의 절의를 표창하는 정려각이 단장 국전리 국서마을에 있다. 남편이 모함을 당해 함경도 종성에 귀향 가자 전답을 팔아 경비를 마련한 뒤 일개 부녀의 몸으로 삼천리 떨어진 그곳에 찾아가 동거하다가 남편이 병사함에 가장했다가 3년 뒤 유해를 시댁으로 운구해 선산에 안장했다. 1808년(순조8) 순조가 예조의 요청을 수용해 정려가 내려졌고,[34] 1885년 밀양부사 민종렬은 비문을 지어 열녀비를 건립했다. 성대중(1732~1809)의 『청성잡기』 권5에 의열 내용이 요약되어 있고, 이를 소재로 지은 한글 고소설 『양씨전』이 문중에 전해지고 있다.[35]

【61】 청주 **양씨**(淸州**楊**氏)는 충정왕 때 고려에 정착한 양기(楊起)가 시조이고, 장남 양성주가 〈서원백파〉 파조이다. 파조의 14세손 양진원(楊鎭元)

이 영조 때 산내 용전리 저전동에 입촌했다. 세계는 1양기(楊起)-〈서원백파〉양성주(楊成柱)……13양신욱(楊愼郁)-양창한-양석현-√양진원(1740~1784)-❶양윤성(楊潤成)-①양수목-양종환-양재춘(1830~1888), ②양수돈, ❷양윤흥(楊潤興)-양수근(1797~1844)으로 이어진다.

【62】함종 **어씨**(咸從**魚**氏)의 시조는 고려 명종 때 송나라에서 귀화한 어화인이고, 그의 13세손 성균관 진사 어영하는 중종대 효자로 표창을 받아 처음으로 입촌한 무안 마흘리 어은동에 정려각이 있다.

세계는 1어화인(魚化仁)……10어연(魚淵)-❶1남 어변갑(1381~1435)-어효첨-〈문정공파〉어세겸-어맹렴-어숙권(魚叔權), ❷4남 어변질(魚變質)-어효원-〈훈도공파〉어문손-관포 어득강(1470~1550), ❸5남 어변문(魚變文)-①어효량-〈낭선공파〉어무적(魚無迹)-어석, ②어효선(1405~1459)-㈠〈사직공파〉1남 어한륜(1444~1515)-송정 어영준(1483~1529)-어응진-어몽택, ㈡〈한위공파〉4남 어한위(魚漢緯)-√어영하(魚泳河)[36]-어응벽·어응규·어응익으로 이어진다. 조선 전기 역사나 국문학사에서 이름만 들어도 알만한 이가 여럿이다.

어변문(魚變文)이 반씨와 결혼을 계기로 함안에서 처가인 김해로 옮겨왔다. 증손자 어영준(魚泳濬)의 사위가 김일준의 아들 김극해(김해)이고, 어영하(魚泳河)의 장인은 무안 운정리에 거주한 류중손(진주)이다. 효자각

그림263 무안면 마흘리 어은동 어영하 효자각. 2021.2.9

이 있는 어은동(魚隱洞)은 어영하가 은거하던 마을이라는 뜻인데, 종래의 이름 마의례(劘義禮)를 고친 것이다. 정려기는 학부 편집국장을 지낸 방후손 어윤적(1868~1935)이 1925년 3월에 지었다. 어영하 세 아들의 후손은 전하지 않는다. 참고로 1517년 건립된 김해 삼방동의 어한륜(魚漢倫) 묘갈명은 족질 어득강(魚得江)이 지었고, 글씨는 양담(남원)이 썼다. 주인공 어한륜은 어영하의 백부이다.

【63】 영월 **엄씨**(寧越**嚴**氏)의 시조는 당 현종 때 귀화한 엄림의(嚴林義)이고, 시조의 차남 엄덕인의 후예가 밀양 여러 곳에 정착했다. 세계는 1엄림의－❶〈군기공파〉엄태인……12엄홍도(嚴興道), ❷〈복야공파〉엄덕인……13엄산수－엄훈－엄용순－엄위－엄유윤－엄회극－3남 엄근후－엄수○－√엄득철(嚴得哲)－엄봉기(1703~1775)－엄사겸, ❸〈문과공파〉엄처인으로 이어진다.

이 중 〈복야공파〉 파조 엄덕인(嚴德仁)의 19세손 엄득철이 숙종 때 경산 자인에서 부북 용지리 지동으로 이거해 현재 집성촌을 이루고 있다. 이외 선조 때 밀양에 입촌한 도남(道南) 엄홍서(嚴弘瑞)의 후손들이 청도 요고리와 구기리에 산다. 참고로 〈군기공파〉 파조 엄태인의 10세손 엄홍도가 단종 시신을 수습했다.

【64】 의흥 **예씨**(義興**芮**氏)는 시조 예낙전의 16세손 예수오(芮秀五)가 숙종 때 청도면 구기리 구기(구축골)에 입촌함으로써 밀양과의 인연이 시작되었다. 세계는 1예낙전(芮樂全)……16독지당 예석훈(1631~1702)－√예수오(1670~1719)－❶예덕신(1697~1762)－①예상문－예의렬－예시복－예동순(1844~1904), ②예우문－예국영, ③예태문－예국영, ❷예득신(芮得新)－예의문－예백렬－예시규－예동영(1855~1940), ❸예진신(芮震新)－예기문으로 이어진다.

이필재(二必齋)가 있는 이곳 세거지는 1912년 밀양에 편입되기 전까지

그림264 청도면 구기리 구기 이필재. 2021.5.19

청도군 외서면 구좌리였다.

【65】 고창 **오씨**(高敞**吳**氏)의 경우, 오희상(吳喜相)이 헌종 때인 1843년(헌종9) 무안 양효리에 입촌했다.

【66】 해주 **오씨**(海州**吳**氏)의 경우, 달암 오장(吳達)이 임진왜란 때 가족을 데리고 경기도 양주에서 무안 연상리 고사동에 전거했고 추모재(追慕齋)가 있다. 또 정조 때 만산 오재홍(1775~1829)이 서울 근교에서 무안 동산리로 남하해 세거지 하촌마을에 만산재(晩山齋)가 있다. 오귀봉(吳貴鳳)은 순조 때 무안 덕암리에 이거했고, 후손은 무안 죽월리에 주로 산다. 현대 인물로 삼랑진 용전리 직전마을에서 태어나 삼랑진초등학교를 졸업한 오규원(1941~2007) 시인이 있다. 오녕(吳寧)이 선조 때 무안면 부로리에

그림265 무안면 연상리 고사동 추모재. 2021.8.27

그림266 무안면 동산리 하촌 만산재. 2021.6.11

입촌했고, 운정리에 후손들이 산다.

【67】 단양 **우씨**(丹陽禹氏)의 입향조는 〈문강공파〉 파조 우국진의 12세손 우경(禹璟)으로 영조 때 함양 백전(柏田)에서 초동 성만리 대구령으로 이거했다.

세계는 1우국진(禹國珍)……8우적(禹績)－우문명－우익－우승구－우필세(禹弼世)－√우경(1704~1762)－우홍인－우정명－우성동－❶우홍모－우원하·우남하(출), ❷우득모－(계)우남하(1805~1857)－①구강 우창주(1834~1905, 족보명 宅周)－우주현, ②우택상－우덕현, ③우택설로 이어갔다.

입향조 우경의 6세손 우창주(禹昌柱) 효자각이 마을 길가에 세워져 있다. 그는 봉양하던 편모 김해 김씨가 1868년(고종5) 별세하자 너무나 슬퍼한 나머지 눈물을 뿌린 곳에 풀이 말라 죽고 삼년상을 마치자 묘소 옆의 흐르던 샘물이 말랐을 정도였는데, 고을 유림이 그의 효성을 나라에 알려 1892년 정려를 받았다. 1910년 4월 건립한 정려각을 1992년 5월에 중수했다. 또 우씨 일문이 산외 희곡리 보라와 청도 구기에도 세거한다.

그림267 초동면 성만리 대구령 우창주 효자각. 2021.3.23

【68】 강릉 **유씨**(江陵劉氏)의 도시조는 송나라에서 귀화한 유전이고, 득관조는 8세손 유승비이며, 증손자 유창(劉敞)이 중시조이다. 세계는 1유전(劉荃)……9유승비(劉承備, 초명 瑞)－유송백－유천봉－유창(1352~1420)－유인

통(劉仁統) – ❶〈경력공파〉유지주, ❷〈병사공파〉유신주, ❸〈좌랑공파〉유계주(劉繼周) – 유한량으로 이어진다. 이 중 〈좌랑공파〉의 후손 유중성(劉重聲)이 영조 때 청도 소태리 대곡에 입촌했다. 대곡의 이칭 '유촌'은 유씨 일족이 사는 마을이라는 뜻이다.

【69】 기계 **유씨**(杞溪**兪**氏)의 시조는 신라 아찬을 역임한 유삼재이고, 단성현감을 지낸 시조의 14세손 유호(兪灝)가 〈단성공파〉 파조이다. 세계는 1유삼재(兪三宰) – 2〈동정공파〉유의신……8유승계 – ❶〈전서공파〉유천경, ❷〈군기시사공파〉유성리, ❸〈부정공파〉유성보, ❹유성복 – 유집 – 유해 – 유기창 – 유여림(兪汝霖) – 유관(兪綰) – ①〈단성공파〉유호(1522~1579) – 3남 유대록 – 유로증 – 유항 – 유명삼(1632~1702) – 유억중 – 유언교 – √유한완(1744~1805) – 유찬주·유석주, ②〈충목공파〉송당 유홍(1524~1594) – 유대일 – 유백증으로 이어진다. 파조의 7세손 유한완(兪漢完)이 정조 때 상동면 금산리 유방(酉方)에 입촌했다. 참고로 유홍(兪泓)의 사위가 김장생의 아들 신독재 김집(1574~1656)이다.

【70】 옥천 **육씨**(沃川**陸**氏)의 시조는 경순왕 때 당에서 귀화한 육보(陸普)이고, 1세조는 충렬왕 때 주부를 역임한 육인단이다. 입향조는 연산군 때 제주목사를 지낸 육한(陸閑)의 4세손 육후필이고 무안 가례리에 터를 잡았다.

세계는 1육인단(陸仁端) – 육희고 – 육거원 – ❶〈덕곡공파〉육려(陸麗), ❷〈목사공파〉육항(陸沆) – 육진 – 육저 – 육금손 – 육한(1451~1530)……12√육후필(陸後弼) – 육혜중(1586~1635) – 육지추 – 육신위 – 육승한 – 육동형 – 육대유(1713~1778) – ①육해제 – 육상기 – ㈠육병무(陸炳茂), ㈡육병화, ㈢육병교(陸炳蕎) – ㉮육정균 – 육종백, ㉯육태균 – 육종철·육종석(출), ㈣육병철(1816~1889) – ㉮육희균(1852~1886) – (계)육종석(陸鍾奭), ㉯육시균 – 육종화·

그림268 무안면 가례리 다례동 새터 육해주 효자비(좌)
육희균妻 여주이씨 절효비(우). 2021.9.18

육종기, ②육해주(1762~1815)－1남 육상인－육병관·육병원, ❸〈순찰사공파〉 육비(陸埤), ❹〈낭장공파〉육수(陸綏)로 이어진다. 참고로 육승한(陸承漢)의 사위는 조희주(창녕)이다.

사적으로 입향조의 7세손 육해주(陸海柱)는 효자로 이름나 유허비가 가례리 새터에 있고, 김봉희(경주)가 「청육효자해주포천장(請陸海柱褒闡狀)」(『벽오유집』 권2)을 지었다. 또 육희균(陸熙均)의 처 여주이씨(1854~1928. 이용각의 딸) 절효비가 육해주 효자비 곁에 있다.

【71】 무송 **윤씨**(茂松**尹**氏)는 고려 예종대(1105~1122) 급제한 윤량비(尹良庇)를 시조로 하고, 여말 선초에 벼슬한 윤회종(尹會宗)은 시조의 5세손으로 〈대사성공파〉 파조이다. 파조의 11세손 윤이빙이 영조대(1725~1776)에 조부 윤훤 때부터 살기 시작한 함안 칠원에서 무연리 연포로 이거했다.

세계는 1윤량비(尹良庇)……6〈대사성공파〉윤회종……15윤훤(尹暄)－3남 윤기무－ⅴ윤이빙(尹以聘)－❶윤우징(尹遇徵)－윤동신－윤광효(1743~1782)－①윤량범(尹良範)－윤홍선(尹洪宣)－㊀1남 윤병원(1813~1861)－윤희갑－㉮윤치완(尹致完)－(계)윤방우(1896~1927, 족보명 芳善)☆－Ⓐ윤영수－윤국상(출), Ⓑ윤영순(출), ㉯윤치열(尹致悅)－Ⓐ윤방선(출), Ⓑ(계)윤태선－(계)윤영순－(계)윤국상, ㉰윤치은(尹致殷)－윤수선·윤태선(출), ㊂3남 윤병흡(1826~1886)－㉮윤희규(尹熺奎)－Ⓐ1남 윤치장(尹致璋)－윤태선(1903~1964)

－윤영태, Ⓑ4남 석정 윤세주(1900~1942)☆－윤남선, ㊁윤희재(尹熺在)－윤치득－윤보은(1898~1945)☆－윤영기, ②윤량준(尹良俊)－㈠윤홍조(尹洪祖)－㉮윤병주－윤희연(尹熺演)－윤치형(1877~1904)－윤갑선(1899生)·윤륜선(1903生), ㉯윤병래(출), ㉰윤병득－윤희수, ㈡윤홍백(尹洪栢)－(계)윤병래－윤희진(尹熺震)－㉮백암 윤세용(1868~1940, 족보명 世斗)☆－Ⓐ1남 윤영선(1888~1948)－윤태정, Ⓑ5남 윤창선(1901~1972)☆－윤호정·윤태호, ㉯단애 윤세복(1881~1960)☆－윤홍선(1896~1962)－윤무득, ㈢윤홍태(尹洪泰)－3남 시은 윤병현(1838~1896)－㉮후은 윤희영(1858生)－윤치홍, ㉯소은 윤희관(1881生)－윤치경, ❷윤취징(尹就徵)－윤동채－윤광정－윤량철－윤지영－윤병연－윤희선－3남 유암 윤치형(1893~1968)☆－윤갑선(1913生)·윤무선(1928生), ❸윤성징(尹聖徵)－윤동기로 이어진다.

현대 인물로는 윤이빙의 8세손 중 독립운동가 윤세복과 윤세주가 단연 돋보인다. 부북 무연리 연포마을 출생의 윤세복(尹世復)[37]은 일명 윤세린(尹世麟)으로 경술국치 후 친형 윤세용(尹世茸)과 함께 수천 석의 가산을 정리해 만주로 들어가 대종교 3대 교주를 지내며 구국운동을 펼치다가 1943년 체포되어 무기형을 선고받고 복역하던 중 해방을 맞았다. 그리고 윤세복의 10촌 동생인 윤세주(尹世胄)[38]는 내일동에서 태어나 죽마고우 김원봉(김해)과 평생 동지로서 항일투쟁했다. 동화학교와 밀양공립보통학교(현 밀양초) 4회 졸업생으로 밀양만세의거를 주동했고, 중국으로 망명해 의열단 단원으로서 줄기차게 무력항쟁하던 중 1942년 태항산 전투에서 전사했다. 아울러 윤세복의 족제 윤치형(尹致衡)도 내이동에서 출생했고, 의열단에 가입해 국내외를 오가며 독립운동에 헌신했다. 또 윤창선(尹昌善)은 부친 윤세용을 따라 중국으로 가서 신민부에 가입해 군자금을 모집했고, 해방 후 부산에서 교편을 잡았다. 윤방우(尹芳友)와 8촌 동생 윤보은(尹輔殷)은 밀양만세의거에 참여했다.

정부는 1962년 윤세복에게 건국훈장 독립장과 윤세용에게 국민장(현

그림269 밀양독립운동기념관 '선열의 불꽃' 광장의 윤세복 윤세용 흉상. 2021.1.26

그림270 '선열의 불꽃' 광장의 윤세주 윤치형 흉상. 2021.1.26

독립장)을, 1982년 윤세주에게 독립장을, 1990년 윤치형에게 애국장을, 2002년 윤방우·윤보은에게 대통령표창을, 2010년 윤창선에게 애국장을 각각 추서했다. 그리고 독립운동가 김소지(김해)의 장인 윤희영(尹熺榮)은 1908년 사립 동화학교 초대 학감을, 동생 윤희관은 1908년 밀양 유지들이 설립한 밀흥야학교(密興夜學校) 초대 교감을 지냈다.

【72】 파평 **윤씨**(坡平**尹**氏)는 고려 개국공신 윤신달(尹莘達)이 시조이고, 시조의 10세손 윤보(尹珤)의 후손들이 주로 밀양에 세거한다.

세계는 1윤신달(尹莘達)－윤선지－윤금강－윤집형－윤관(尹瓘)……11윤보(尹珤)－❶**〈양간공파〉**4남 윤안숙(尹安淑)－영평군 윤척(1315~1384)－①**〈전의공파〉**윤승휴, ②**〈충간공파〉**윤승순－**〈소정공파〉**윤곤(尹坤)－㈠**〈상호군공파〉**윤희이(尹希夷)－윤신－윤계무－윤례－윤세준－윤원－윤종충－윤홍순(尹弘峋)－√윤계삼(1631~1664)－윤신교－윤준안－윤접인, ㈡**〈한성공파〉**윤희제(尹希齊)－㉮**〈백천공파〉**윤경－17윤필상……22√윤요(尹淖)……27윤광린－윤경규(尹瓊圭), ㉯**〈9방파=참의공파〉**윤은(尹垠)－Ⓐ1남 윤사로, Ⓑ7남 윤사건－윤연(尹硏)－ⓐ윤진종－윤언충－윤종－윤취벽－윤균－윤이지－윤징래－√덕은 윤심발(1684~1775)－윤경후－윤상삼－윤지일－윤각은－윤주희－절충장군 윤석규(1859生, 족보명 瑚赫), ⓑ윤수종－윤언효－윤탁(尹鐸), ㈢**〈영천부원군파〉**윤삼산(1406~1457)－㉮**〈평정공파〉**3남 윤호(尹壕)－윤은로·윤탕로,

㉯5남 윤탄(尹坦)－윤형로……31윤현득－윤재희(1885~1941, 족보명 熺五)－윤석훈－윤해원, ③〈판도공파〉윤승례－〈정정공파〉4남 윤번(尹璠)－㊀윤사윤－윤보－㉮윤여필(1466~1555)－윤임－윤흥신, ㉯윤여우(尹汝佑)－윤복(尹偪)－√윤필명(1539~1602)－윤청(尹晴)－윤일천－윤시언, ㊁윤사흔－윤계겸－㉮윤욱－윤지임－윤원형, ㉯윤림－윤안인－창주 윤춘년, ❷〈소부공파〉5남 윤암(尹諳)－①윤주보－윤렴－윤유덕－윤췌－윤거(尹擧)－윤산석－㊀2남 윤보은－윤삼빙－윤경－외신재 윤남룡(1590~1665)－윤명철·윤희철·윤래철, ㊂5남 윤지은－윤계－윤여훈－√윤국(1564~1626)－윤경록－윤선치(尹善治)－윤응달－윤우신－윤취복, ②윤해(尹侅)－윤호(尹虎)로 이어진다.

이 중 〈상호군공파〉 파조 윤희이의 8세손 윤계삼(尹啓三)은 현종 때 청도에서 초동 오방리로 전거해 이곳에 오사재(五思齋)와 재숙소 오산재(五山齋)가 있다.

〈한성공파〉 파조 윤희제의 6세손 윤요가 산내 신곡리 절골(사곡)에 입촌했고, 이곳 세거지에 모운재(慕雲齋)가 있다. 또 파조의 11세손 윤심발(尹心發)이 고조 윤취벽 때부터 살던 함안 모곡(현 마산회원구 내서읍 안성리)에서 길지를 찾아 영조 시대에 초동 대곡리 대곡(한실)으로 입촌했고, 이곳 세거지 음달마을에 경모재(景慕齋)가 있다.

〈영천부원군파〉 파조 윤삼산의 16세손으로 초동 범평리에 거주한 윤재

그림271 초동면 오방리 오사재. 2021.8.22

그림272 오방리 오산재. 2018.2.5

그림273 상동면 신곡리 절골 모운재. 2021.8.26

그림274 초동면 대곡리 음달 경모재. 2021.10.13

그림275 산내면 삼양리 상양 영모재. 2021.8.25

그림276 무안면 가례리 서가정 윤대신 효자비. 2021.9.18

희(尹載禧)는 초동면장(1921~1926 재임)을 지냈고, 한문현토소설 『태극옹전』(1935)을 지었다.[39]

〈판도공파〉 파조의 6세손 윤필명(尹必明)이 사헌부 감찰직을 버리고 남하한 산내 삼양리 상양에 영모재(永慕齋)가 있고, 윤여우의 형 윤여필(尹汝弼)은 중종의 장인이다.

〈소부공파〉 파조 윤암의 10세손으로 선무원종공신인 윤국(尹國)이 창녕에서 밀양으로 이거했다. 그의 9세손 윤대신(1845~1919, 초명 載臣)이 효자로 이름났는데, 아들 윤세효(尹世孝)가 부친의 효행을 기리는 사적비를 무안 가례리 서가정 입구에 세웠다. 김봉희(경주)의 「윤동자사(尹童子事)」(『벽오유집』 권4)가 있다. 그리고 윤암의 15세손 만은(晩隱) 윤징찬(尹澄燦)이 정조 때 무안 성덕리 부연에 입촌했다.

【73】 경주 이씨(慶州李氏)는 경주의 옛 이름이 월성(月城)이므로 월성 이씨라고도 한다. 시조는 이알평(李謁平)이고, 신라 말 소판 벼슬을 지낸 이거명(李居明)을 중시조로 한다. 이후의 서술을 위해 세계를 간략한 표로 제시한다.

| 1이거명……15이핵(李翮)-❶〈평리공파〉이인정(李仁挺), ❷이진(李瑱)-①〈이암공파〉이관(李琯), ②〈익제공파〉이제현(李齊賢)-㊀이서종-이원익-이선-2남 죽은 이지대(李之帶), ㊁운와 이달존-㉮1남 이덕림-이신-이계번-이재인-이공준-이찬(李纘), ㉯3남 이학림-이담-〈청호공파〉이희-이계반-이식-이사균(李思鈞), ㊂〈밀직공파〉이창로-이반(李蟠)-이종인-이청(李聽)-이석손-이영림-이중로-이인형-이선-이응-이호남-29이영욱, ③〈호군공파〉이지정, ❸이세기(李世基)-①〈국당공파〉1남 이천(李蒨)-제정 이달충(1309~1385), ②〈상서공파〉3남 이과(李薖)-이원보-이승-이연손-㊀이숭수(李崇壽), ㊁〈월성군파〉이철견(李鐵堅) |
| --- |

우선 익제 이제현(1287~1367)의 장남 이서종(李瑞種)의 증손자로 세종대 한성판윤을 지낸 뒤 단종 손위 때 경주 구량리에 남하한 이지대의 후손들이 밀양에 입촌했다. 세계는 1이거명(李居明)……17이제현……21죽은(竹隱) 이지대(李之帶)-이점(李點)-❶이석림-이세영, ❷이원림-이광증-이간형-√인찬 이몽천(李夢天)-이진선-√이일봉-이영홍(1649生), ❸이형림-이승광-이양근-이숙정(李淑貞)-①이룡갑(1562生)-√종암 이의용-이언상-이태현-이병선, ②이구갑(1565生)-용암 이여장-이상주(1630~1695)-퇴겸 이진걸-㊀√동강 이동석(1698~1767)-이봉채·이인채(李仁彩), ㊁√이동춘(1703~1769)-이인채(李寅彩)·이원채, ③이원갑(1568生)-이여경으로 이어진다.

이 중 이몽천(李夢天)이 임진왜란 때 위험을 피하고자 경주에서 산내 삼양리 중마(시례)로 입촌했고, 손자 이일봉(李逸鳳)은 남명리 내촌으로 옮겨 이곳 세거지에 사인재(思仁齋)가 있다. 임고리 발례에도 후손들이 거주한다. 또 이숙정(李淑貞)의 세 아들은 임란 때 창의해 곽재우 휘하에서 무공을 떨쳐 곽원갑의 『(망우당)창의록』과 곽진곤의 『용사세강록』에 이름이 나란히 실렸는데, 장남 이룡갑의 아들 이의용(李毅容)이 임란 때 무안 웅동리 어룡동으로 이사했고 야촌(들마) 세거지에 용연재(龍淵齋)가 있다. 또 그의 삼종손 이동석(李東碩)·이동춘(李東春) 형제는 영조 때 안강 양월리에서 무안 마흘리 가복동으로 이거했고 복강재(福崗齋)가 있다. 셋째 아들의 후손은 초동 덕산리 외송에 산다.

익제의 차남 이달존(李達尊)의 6세손이자 〈청호공파〉 파조의 증손자로 기묘사화 때 화를 당한 눌헌 이사균(1471~1536)이 있는데, 그의 6세손 이산수(李山壽)가 광해군 혼정을 피해 청도를 거쳐 상남 기산리 우곡(푹실)에

그림277 산내면 남명리 내촌 사인재. 2021.8.25

그림278 무안면 웅동리 야촌 용연재. 2021.8.27

그림279 무안면 마흘리 가복동 복강재. 2021.4.18

전거했다. 마을에 용운재(龍雲齋)가 있다.

익제의 3남 이창로(李彰路)의 12세손 이홍인(李弘仁)은 당쟁이 격심하던 1679년(숙종5) 겨울 무안 화봉리 영안동 골짜기에 은둔처를 마련했다.[40] 세계는 1이거명……17이제현－이창로……29석강 이영욱(1606生)－❶해고 이홍원(李弘原)－이명연(1696~1755)－이경춘, ❷√**월호당**(月湖堂) **이홍인**(1630~1696)－①이준발(1691~1720)－√이만걸(李萬傑)－이선귀, ②이준달(1694~1736)－㊀√이후창(1721~1761)－이선옥(李善玉)－이봉서－고헌(觚軒) 이동운(李東運)－2남 이기근(1830~1912)－3남 **회천 이종일**(1874~1938)－Ⓐ√**용문 이온우**(1904~1972)－이상홍, Ⓑ이연우－이상찰, ㊁이휘(李輝)－이태봉으로 이어진다. 이 중 이홍인(李弘仁), 이종일(李鍾鎰), 이온우(李溫雨)의 문집이 있다.

월호당의 손자 이만걸·이후창 종형제가 산 너머 청도면 조천으로 이사했고, 이곳 본동에 소호재(溯湖齋)와 염수정(念修亭)이 있다. 한편 이온우는 조긍섭에게 배우다가 스승 허채(許埰)가 거주하던 단장 단정리로 이사했

그림280 청도면 조천리 소호재. 2021.5.19

그림281 조천리 염수정. 2021.2.21

그림282 산내면 신곡리 새마 추모재. 2021.8.26

고, 『용문집』에 최수봉 의사의 묘갈명이 들어 있다.

그리고 숙종 때 율은 이성림(李成林)이 상동 신곡리 신지(새마)에 입촌했고, 이곳에 추모재(追慕齋)가 있다.

아울러 〈상서공파〉의 후손들이 밀양에 입촌했다. 세계를 보면, 이연손(1404~1463)－❶이숭수－이성무－3남 이례신－2남 이몽량(李夢亮)－4남 백사 이항복(1556~1618)－이운복, ❷이철견(1435~1496)－이성정－①이류(李瑠), ②이경(李瓊)－이안인－이혼－이산배－이화영－이장수－이연민－∨이후종(1640~1710)－이한웅, ③이구(李球), ④이박(李珀), ⑤∨이련(李璉)－㊀이오륜(李五倫)－이인소(李仁傃), ㊁이래륜(李來倫)－이민으로 이어진다.

이철견의 손자 이련(李璉)은 족손 이항복(李恒福)이 1617년(광해군9) 함경도 북청에 유배되자 두 아들을 데리고 천리타향인 단장 국전리 갓골에 남하했다. 이후 이인소의 고손자 이광로(李光魯)는 다시 이중창·이극창·이영창·이효창 네 아들과 손자들을 이끌고 상남 외산리 어은동으로 이사했고, 이곳에 춘언재(春彦齋)가 있다. 또 이철견의 9세손 이후종(李厚種)이 숙종 때 단장 국전에 입촌했고 국전 양지마을에 추원재(追遠齋)가 있다.

아울러 이정환(李廷煥)의 처 남원양씨 열부비가 단장 국전리 국서마을에, 이종인(李鍾仁)의 처 동래정씨 열효부비가 초동 와지리 방동 꽃새미마을 입구에 있다. 그리고 이기진(李起震)이 영조 때인 1750년 무안 마흘리에, 이규창(李圭昶)이 고종 때 부북 월산에 입거했다.

그림283 상남면 외산리 어은동 춘언재. 2021.6.6

그림284 단장면 국전리 국전 추원재. 2021.7.25

【74】고성 **이씨**(固城**李**氏)의 시조는 거란군 침입 때 공을 세운 이황이다. 시조의 10세손이 이원(李原)이고, 그의 11세손으로 숙종대(1675~1720) 도사(都事)를 지낸 이시룡이 밀양 입향조이다.

세계는 1이황(李璜)……9행촌 이암(李嵒)－평재 이강(李岡)－용헌 이원(1368~1429)－❶〈둔재공파〉이대(1394~1443), ❷〈호군공파〉이곡, ❸〈좌윤공파〉이질, ❹〈동추공파〉이비, ❺〈병사공파〉이장, ❻〈참판공파〉이증(李增)－이평(李泙)－모헌 이육(李育)－2남 이교－이반－옥계 이담(李潭)－이장－이광민－이진발－이태삼－√이시룡(李時龍)－√최락당(最樂堂) 이종록－이주필－영사 이기선(1802~1871)－①이정휘(1862卒)－㊀**이조한**(1842~1906)－㉮이종갑－이승호·이승철·이승훈, ㉯이종대－이승돈·이승배·이승덕, ㊁이규한, ㊂이영한, ㊃이장한, ②이정련(출), ③이정붕(李庭鵬)－이성한, ❼〈사암공파〉이지(李墀)로 이어진다.

이 중 〈참판공파〉 이증의 손자 이육(李育)은 무오·갑자사화로 두 형이 화를 입자 관직을 던지고 안동에서 청도군 화양읍 유등리에 이거했다. 각북면 명대리에서 출생한 그의 8세손 이시룡(李時龍)은 하남 대사동에 처음 터를 마련했는데, 아들 이종록(李宗祿)이 다시 봉황리 봉대(내대)에 정착했다. 이곳 세거지에 영사정(永思亭, 일명 陽鳳齋)이 있다. 이곳에서 태어난 이기선(李基善)의 손자 이조한(李朝漢)은 『황남집(潢南集)』을 남겼고, 첫째 장인은 손희영(안동)이다.

그림285 초동면 봉황리 내대 영사정(일명 양봉재). 2021.5.28

【75】 벽진 **이씨**(碧進李氏)의 시조는 신라 말 벽진장군 이총언(李忩言)이고, 9세손 이옹의 먼 후손이 밀양에 입촌했다. 이후의 서술을 위해 간단한 세계를 표로 보인다.

> 1이총언(李忩言)……10이옹(李雍)－❶산화 이견간(1259~1330)－이대(李玳)－이군상－①이희경(1343~1377)－㊀3남 이수지(李粹之)－이권－이유강－이인손[칠곡], ㊁5남 이사지(李思之)－이중림－이철원(李哲元)－㉮√성산군 이식(李軾)－이덕창, ㉯이륜－이덕문·이덕창(출), ②이희목(출), ❷이성간(李成幹)－이성－이환－(계)이희목－이존실－이덕손－평정공 노촌 이약동(1416~1493)－이승원－우우정 이유온(李有溫)－이엄(1510~1597)－①덕암 이석경, ②이숭경, ③외재 이후경－㊀이도보, ㊁이도형, ㊂√호유당 이도희(李道熙)

우선 시조의 17세손이자 이견간(李堅幹)의 7세손인 성산군 이식이다. 그는 중종반정의 정국공신으로 성산군에 책봉되었으나 왕비 신씨 축출을 반대하며 부북 수동(현 대항)으로 용퇴했다. 아들 이덕창이 무안 내진(來進)에 처음 복거한 이후 번창한 가문을 일구었다.

세계는 √**이식**(李軾)－(계)√이덕창(1503~1575)－이엽－이만생(1561生)－사빈 이계윤(1583~1659)－❶**이이장**(1609~1653)－①**이명징**(1625~1678)－이경삼, ②이명린(출), ③이명석－이도삼－이중련, ❷이이주(1618~1692)－(계)**이명기**(1653~1716)－①이의룡, ②이의명－이행운, ③**이의한**(1692~1767)－이굉운(李紘運), ❸**이이정**(1619~1679)－희정당 이명래(1653~1720)－이의제－①이두운－**이홍의**(1721~1781)－**이만견**(1743~1814)－㊀이석진－이조윤, ㊁이석린(李錫麟)－(계)이원택－이두형, ㊂이석주(1778~1830)－이원택(출), ②이익운－㊀**이홍급**(1740~1800)－이수견, ㊁이홍근－금파 이우견－

계남 이석필－**이호윤**(1827~1886)－**이후성**(1857~1922), ❹자암 이이상(1622~1652)－(계)이명린－이정삼, **❺이이두**(1625~1703)－①이명전(李命全)－이의강－이명운－이홍정－**이숭견**(1739~1799), ②이명재, ③이명기(출)로 이어진다.

통혼 관계를 보면, 이중림(李仲林)의 장인은 류종귀(진주)이고, 이륜(李輪)의 장인은 박효순(은산군파)·사위는 박세분(정국군파)이다. 이덕창(李德昌)은 이원(여주)의 맏사위이고, 이만생(李晩生)의 장인은 박희익(정군군파)이다. 그리고 이계윤(李繼胤)의 다섯 아들은 조경암 장문익의 제자로서 '이씨오학(李氏五鶴)'이라 불렸는데, 이 중 이이상과 이명석의 장인이 안홍익(사포)이다. 또 이이주의 두 사위가 박진공(행산공파)과 손석좌(밀양)이고, 이이정의 장인이 박수춘(행산공파)이며, 그의 사위는 권학(權壆)이다. 이명전의 사위는 박수민(정국군파), 이명기의 사위는 신광윤(평산), 이의명의 장인은 이만시(여주), 이의한의 첫째 장인은 도만추(성주)이다. 그리고 이명재의 사위는 이지운(여주), 이홍급의 장인은 신응악(평산), 이만견의 사위는 이장련(여주), 이후성의 사위는 전재한(옥산)이다.

한편 이희경의 3남 이수지(李粹之)의 증손자 이인손은 팔거현(현 칠곡)에 정착했다. 이후의 세계는 이운－공암 이등림－**완정 이언영**(1568~1639)－창주 이창진(1619~1684)－덕봉 이해발－❶이주천－이희춘－(계)파강 이경록(1736~1804)－적암 이도(1760~1821)－√**이제영**(1799~1871)－(계)이순모, ❷이주한－이희조－①이정록－㊀금고 이화(1769~1841)－√도린 이휘영(1796~1866)－이순모(출), ㊁만취 이현(1769~1841), ②이경록(출)으로 이어진다.

이 중 이언영(李彦英)이 1629~1630년에 밀양부사를 지냈다. 이화(李鏵)는 동생 이현(李鉉)과 함께 밀양에 우거했고, 1836년 향약의 최고책임자인 도약정을 지냈다. 아들 이휘영(李徽永)도 부친을 여읜 뒤 칠곡에서 단장 국전으로 이사했다. 이휘영의 재종동생 이제영은 본가가 칠곡 석전에 있었으나 부친 사후 과거를 포기하고 가업을 계승하다가 두 종숙부를 좇아서 처조부 손유로(밀양)의 고향인 산외 죽동으로 이사했다. 그곳에서 졸할 때까지 줄곧 30여 년간을 지내며 밀양 지역의 문화 창달에 기여했다.

문집이 있는 이는 성산군(星山君) 이식(李軾), 동암(東巖) 이이장(李而樟)·송강(松岡) 이명징(李明徵), 죽파(竹坡) 이이정(李而楨), 남회당(覽懷堂) 이이두(李而杜), 청옹(聽翁) 이명기(李命夔), 자운(紫雲) 이의한(李宜翰), 둔와(遯窩) 이홍급(李弘伋), 내산(萊山) 이만견(李萬堅), 죽암(竹庵) 이숭견(李崇堅), 진천(進川) 이호윤(李顥潤), 남호(藍湖) 이홍의(李弘毅), 우와((迂窩) 이후성(李厚性), 동아(東阿) 이제영(李濟永) 등이다.

사적으로 내진리의 용안서원(龍安書院)·남회당(覽懷堂)·청옹정(聽翁亭)·이석린 처 열부각(밀양박씨 박윤덕의 딸), 양효리 효우촌의 죽파정(竹坡亭), 무안 성덕리 부연의 용연재(龍淵齋), 초동 검암리 곡강의 성산군 사패지(賜牌地) 표지석·곡강정(曲江亭)·팔문각(八門閣), 하남 귀명리 귀서의 영모재(永慕齋), 청도 구기리 근기(내촌)의 추보재(追報齋)가 있다.

한편 청도면 조천리에서 출생한 독립운동가 이언권(1924~2008)이 있다. 일본군 용산부대에서 탈출해 1944년 중국 대공부대 유격대와 함께 참전

그림286 무안면 내진리 전경. 남회당(좌) 청옹정(중) 용안서원(右後). 2021.5.19

그림287 남회당(좌), 청옹정(우) 2021.9.18

그림288 용안서원. 2021.4.11

그림289 내진리 밀양박씨 열부각. 2021.5.19

그림290 무안면 양효리 효우촌 죽파정. 2021.5.19

그림291 무안면 성덕리 강동(부연) 용연재. 2021.2.21

그림292 초동면 검암리 곡강 성산군 사패지 표지석(좌) 곡강정. 2018.2.5

해 일본군에 막대한 타격을 입혔고, 광복군 경위대에서 복무하다가 광복 후 귀국했다. 정부는 1990년 애족장을 수여했다.

다음으로 17세기 중반 초동에 터를 마련한 이성간(李成幹)의 11세손 이도희(李道熙)이다. 선후 세계는 이엄(李儼)－❶덕암 이석경(1543~1628)－㊀**이도자**(1559~1642)－이흡－이시영, ㊁소우헌 이도일－이정(李渟)－이시추(1637~1697), ❷이숭경(요절), ❸**이후경**(1558~1630)－①**이도보**(1587~1651)－

그림293 곡강정(좌) 팔문각 원경. 2018.2.5

그림295 하남 귀명리 귀서 영모재. 2021.4.25

그림294 곡강정 팔문각에서 선친과. 2002.9.21

그림296 청도면 구기리 근기 추보재. 2021.5.19

그림297 청도면 조천리 이언권 공적안내판. 2021.2.21

이수(李洙)－낙빈 이시장(1628~1663), ②이도형－이면－이시권, ③√이도희(1615~1670)－㊀이식(李湜)－이시환·이시걸, ㊁이익(李瀷)－이시욱·이시근, ㊂이명(1669~1710)으로 이어진다.

원래 이도희의 고조부 이승원 때부터 합천 삼가에 살았으나 조부 이엄(李儼)이 초동의 거부였던 승의부위(承義副尉) 박광미의 딸(1514~1566)과 결혼함으로써 창녕 영산현 온정리(부곡리 원당마을)로 전거했다. 이를 계기로 밀양의 유력 가문이 통혼권 안으로 들어왔다. 예컨대 아들 이후경은 오휴자 안신(安玭)의 장조카 안성한(초동)을 사위로 삼았고, 전집중(옥산)의 장인인 손자 이도자는 이경함(여주)의 사위가 되었으며, 뒷날 고손자 이시장(李是樟)은 이만백(여주)을 사위로 들이게 된다. 특히 영산에 살던 이도희는 초동 신호의 밀양박씨 주손 박범(朴範)의 인정을 받아 사위가 되었고, 효종 때 장인이 제공한 명성리 성암 별장으로 거주지를 옮겼으며, 마을 뒤 벽력산에 묘(제3부 그림5)가 있다.

문집이 있는 이는 복재(復齋) 이도자(李道孜), 외재(畏齋) 이후경(李厚慶)·익암(益庵) 이도보(李道輔), 호유당(好猶堂) 이도희(李道熙)이다.

사적으로 세거지 명성리 성암에 성암재(星巖齋)가, 이명(李洺)의 후손이 사는 하남 남전리 보담에 호유당공원이 있다.

그림298 부곡면 부곡리 원당 덕봉서당. 2021.6.10

그림299 초동면 명성리 성암 성암재. 2021.5.5

그림300 하남읍 남전리 보담 호유당공원. 2021.7.1.

【76】 성주 이씨(星州李氏)는 이알평(李謁平)의 후손으로 경순왕 때 재상을 지낸 이순유(李純由)를 시조로 한다. 시조의 17세손 이순년(李舜年)이 세조 때 상남 무량원에 시거한 이래 상남 조음리 관동에 후손들이 세거한다. 세계는 1이순유……12이장경－이조년(李兆年)－이포－이인복－이향－2남 이승복(1391~1464)－√경운 이순년(1419~1469)－이대곤－도암 이경운(李慶雲)－이광섬(李光暹)－해산 이후(1609~1650)－이상호－이만춘으로 이어진다. 이후(李珝)의 사위가 신동석(평산)이다.

【77】 안악 이씨(安岳李氏)의 시조는 공민왕 때 상장군을 지낸 이견(李堅)이다. 손자 이의만(李義萬)이 고려 말 문하찬성사에 임명되었으나 화를 입고 창원으로 유배되어 후손들이 의령군에 세거하게 되었다. 후손 중 이응남(李應南)이 숙종 때 부북 청운리에, 이명현(李命顯)이 1802년(순조2) 상동 신곡리에 각각 입촌했다.

【78】 양성 이씨(陽城李氏)는 송나라에서 귀화해 고려 문종 때 삼중대광보국에 이른 양성공 이수광(李秀匡)을 시조로 한다. 19세손 추담 이계택(1722~1807)이 1753년 경북 청도에서 산외 금곡리 본촌에 터를 잡아 은거하면서 세거지가 되었고 내복재(來復齋)가 있다. 후손 중에 전 밀양시장 이상조(李相兆)가 이곳 출신이다.

그림301 산외면 금곡리 본촌 내복재. 2021.5.14

【79】 여주 **이씨**(驪州**李**氏)는 고려 중기 때 인용교위를 지낸 이인덕(李仁德)을 시조로 하는 〈교위공파〉가 있는데, 시조의 12세손 이사필(1460生)이 1500년 전후에 연산군의 난정을 피해 서울에서 장인 류자공(진주)의 세거지인 사인당리(용평) 처가로 이거함으로써 밀양 입향조가 되었다. 이후 서술을 위해 세계를 간단한 표로 먼저 보인다.

> 1〈교위공파〉이인덕(李仁德)……13〈밀양파〉√이사필(李師弼)－❶〈용성종파〉진사공 이원(1479~1525)－①이광로(1510~1539)－이경승－이래－이장윤－㊀이만용, ㊁이만성, ㊂이만최, ㊃이만시, ㊄이만백, ②**금시당 이광진**(1513~1566)－**이경홍**, ❷〈월연공파〉**이태**(1483~1536)－①제헌 이원량－㊀이경함, ㊁이경옥, ②이원충－이윤수, ③이원회

우선, 진사 이원(李遠)[41]의 장남 세계는 이광로(李光輅)－(계)이경승(1553生)－❶이래－(계)이장윤(1616~1665)－①이만용(1643~1711)－이지술(李之述)－㊀이기주－이복－이휘근－(계)이장봉－√**이종곤**(1826~1890)－㉮1남 이원구－이병래－이소형, ㉯2남 이완구－이병렬－이경형－석농 이운성(1929~2021), ㉰5남 이인구－혁재 이병호(1906~1985)－이지형, ㊁이태주－√죽엄 이국(1744~1831)－이방섭·각산 이정섭(1781~1844), ②이만성(1645~1689)－(계)이지적(李之迪)－**이숙**(1720~1807, 자 幼淸)－㊀이후, ㊁이구－이휘필·이휘오(출), ㊂이무－이휘익－이장용－이종복－만회당 이소구(1840~1910)－죽림재 이병숙(1864~1927)－교옹 이진형－청탄 이성목, ㊃이유, ③이만최(李萬最)－이지적(출), ④이만시(李萬蒔)－(계)이지수(1689~1723)－이철－이희－(계)만취정 이휘오－**이장한**(1800~1850)－이종진－이현구－도연 이병관, ⑤**이만백**(1656~1716)－이지유－(계)이섭(1709~1761)－이교(李橋)－이휘춘－지지헌 이장박(1779~1833)－√**이종극**(1811~1859)－㊀√**이익구**

(1838~1912) - ㉮**이병희**(1859~1938) - Ⓐ**이세형** - (계) **이익성**(1917~1986) - 이희규(李熙奎), Ⓑ후강 이재형(1891~1971) - ⓐ이익성(출), ⓑ**이우성**(1925~2017) - 이희발, ⓒ퇴산 이신성(1946~2009) - 이희교, ㉯**이병수**(1861~1930) - 벽암 이기형(1881~1944) - 이추성, ㊁√**이능구**(1846~1896) - ㉮도하 이병규(1868~1951) - Ⓐ소은 이태형, Ⓑ이재 이만형 - 이양성, Ⓒ시곡 이주형 - 이보성, ㉯율봉 이병원(1876~1951), ㊂√용재 이명구(1852~1925) - **이병곤**(1882~1948) - 도산 이상형(1911~1992)·이국형, ❷이옹(출)으로 이어진다.

그리고 이원(李遠)의 차남 세계는 **이광진**(李光軫) - ❶**이경홍**(1540~1595) - (계) 이옹(李甕) - 이창윤(1615~1652) - 이만종(1648~1688) - **이지운**(1681~1763) - ①이수(李洙) - ㊀이혁(李爀) - ㉮이휘악 - 죽관 이장련 - 이상규 - **이용구**(1812~1867) - 이필상·이필한(출), ㉯이휘연(출), ㉰이휘집 - 이장황·이장봉(출), ㊁이거(1724~1751) - (계) 이휘연 - ㉮√이유정(1773~1838) - 이종원, ㉯죽와 이유수(1784~1840) - 이종달, ②이섭(출), ③이서 - 이비, ④이침(李沈) - 이찬·이윤, ❷이경승(출)으로 이어진다.

통혼 관계를 보면, 이사필의 장인은 밀양의 거부 류자공(진주)이고, 이원(李遠)의 사위가 이덕창(벽진·무안)과 신계성의 장남 신유정(평산), 이광로의 장인은 하수천(진양)이다. 이광진의 장인은 박영미(밀양)이고, 사위는 대암 박성(1549~1605)이다. 또 이경홍(李慶弘)의 사위는 권응생(안동), 이경승의 둘째 사위는 김수겸(광주), 그리고 밀양으로 입촌한 이장윤의 장인은 박수춘(행산공파)이고, 이창윤(李昌胤)의 장인은 손반(밀양)이다. 이만용(李萬容)의 사위는 박상현(졸당공파), 이만백의 장인은 이시장(벽진·초동)과 이지(덕산이씨), 이만성(李萬宬)의 장인은 이이상(벽진·무안), 이만시(李萬蒔)의 사위는 이의명(벽진·무안), 이지술의 사위는 안경현(광주·금포), 이지수(李之遂)의 사위는 안경점(금포), 이태주(李泰周)의 사위는 안서중(광주·금포), 이장련(李長璉)의 장인은 이만견(벽진·무안)이다. 또 이종극의 장인은 손승규(밀양), 이병희의 사위는 허연(김해), 이병원(李炳瑗)의 사위는 초대 문교부장관 한뫼 안호상(1902~1999), 이병곤의 장인은 노상익(광주), 이세형의 장인은 사포의 안장원(安璋遠)이다.

다음으로 월연 이태(李迨)의 세계는 ❶제헌 이원량(1504~1567)－①이경함(李慶涵), ②이경옥(1541~1593)－이유(1583~1648)－㈠번수 이장화(李長華)－㉮이만형(1650~1722)－**이지복**(1672~1759)－Ⓐ이한(李澣)－(계)이병태(1739~1809)－ⓐ이경섭－이시룡－(계)이종증(1828~1899), ⓑ이민섭(출), Ⓑ이종(李淙)－ⓐ이병한－(계)이민섭－이시하－이종증(출), ⓑ이병태(출), ㉯첨헌 이만전(1650~1722)－Ⓐ1남 초려 이지관(1682~1740)－유유헌 이홍(1707~1786)－모포 이병덕(1743~1808)－이윤섭(초명 良燮)－병와 이장원－수당 이종술(1837~1925, 족보명 鍾庠)－만천 이정구, Ⓑ2남 이지갑－이숙(李淑)－이병춘－이운섭－이장만－이종언－호산 이중구(1889~1960), ㈡이장신(李長新)－**이만재**(1671~1720)－이지표(1698~1763)－자락정 이례(李澧)－이병우－이두섭－일성 이장운(1820~1886, 족보명 章五)－**이종각**(1839~1900)－(계)제천 이승구(1859~1910)－이병영, ❷√이원충(李元忠)－창암 이윤수(1545~1594)－물헌 이형(1577~1656)－1남 이장길·4남 이장윤(출), ❸이원회(李元晦)로 각각 가계를 이었다.

통혼 관계를 보면, 이원량(李元亮)의 사위가 김천수(광산)이며, 이원충의 사위는 박사립(정국군파)이며, 이원회의 사위가 손호(안동)이다. 또 이경함의 장인은 박세분(정국군파)·사위는 이도자(벽진·초동)이고, 이경옥(李慶沃)의 사위는 노개방(풍천)이다. 이지복의 장인은 김시호(서흥), 이승구(李承九)의 사위는 안병운(광주·금포), 이병덕의 사위는 신억(평산)이다.

여주이씨는 사인당리(舍人堂里)에 입촌한 이후 점차 정주 권역을 외부로 넓혀갔다. 이지술(李之述)의 손자이자 이태주의 아들 이국이 용성에서 처음 단장 사연리로, 금시당 이광진의 후손인 이거(李秬)의 손자 이유정(李攸珵)은 단장 무릉리에 복거했다. 또 단장 평리 출생의 이종극(李鍾極)이 무릉리로 이거했고, 세 아들은 역으로 1890년 무릉에서 부북 퇴로리로 복거했다. 이 무렵 이종곤(李鍾崑)은 시내 용평동(평리)에서 단장리 단정으로 이사해 단구정사(丹邱精舍)를 짓고 강학했다. 또 이만전(李萬全)의 7세손이자 이지갑의 6세손 이중구는 만년에 상동 금산리 유산에 호산정사(湖山精舍)를 지어 여생을 휴양했다. 한편 월연의 차남 이원충은 대구 파동(巴洞)으로 이거해 밀양과 거리가 한동안 멀어졌으나 증손자 이장윤(李長胤)이 이광로의 증손자로 대를 이어 대종손이 됨으로써 다시 밀양 연고를 긴밀히 유지함과 동시에 다섯 아들을 두어 가세를 크게 확장했다.

문집이 있는 이는 월연(月淵) 이태(李迨), 금시당(今是堂) 이광진(李光軫), 근재(謹齋) 이경홍(李慶弘), 자유헌(自濡軒) 이만백(李萬白), 묵헌(默軒) 이만재(李萬材), 월암(月菴) 이지복(李之復), 백곡(栢谷) 이지운(李之運), 반계(盤溪) 이숙(李潚), 추남(推南) 이장한(李章漢), 농은(農隱) 이종곤(李鍾崑), 도원(桃源) 이종극(李鍾極), 항재(恒齋) 이익구(李翊九), 정존헌(靜存軒) 이능구(李能九), 만성(晩醒) 이용구(李龍九), 성헌(省軒) 이병희(李炳憙), 화하(華下) 이병수(李炳壽), 퇴수재(退修齋) 이병곤(李炳鯤), 만한당(晩恨堂) 이종각(李鍾珏), 일정(一亭) 이세형(李世衡), 소정(素丁) 이익성(李翼成), 벽사 이우성(李佑成)이다.[42]

사적으로 용평동 선불의 춘우정(春雨亭)·송월당(松月堂)·영사재(永思齋)·

그림302 밀양시 용평동 선불 여주이씨 시거지. 2021.7.21

풍수암(風樹庵), 용평동의 월연대(月淵臺)·쌍경당(雙鏡堂)·제헌(霽軒), 활성동의 금시당(今是堂)·백곡재(柏谷齋)·전천서당(箭川書堂), 부북 퇴로리의 이씨고가·서고정사(西皐精舍)·한서암(寒棲庵)·천연정(天淵亭)·삼은정(三隱亭)·용현정사·정진의숙 창학기념비(옛 부북초등학교 정진분교, 현 밀양치즈스쿨 내), 단장 범도리의 반계정(盤溪亭)과 고례리의 도원정(桃源亭), 단장리의 단구정사(丹邱精舍), 상동 금산리 유산의 호산정사(湖山精舍) 등이 있다.

그림303 선불 송월당(좌) 춘우정(중) 영사재(우). 2021.7.21

그림304 선불 풍수암. 2021.7.21

그림305 용평동 월연대. 2021.7.21

그림306 월연대 편액. 2019.8.2

그림307 '한림이공대' 각자. 2021.7.21

그림308 쌍경당에서 제헌 방면. 2021.7.21

그림309 활성동 금시당(우), 백곡재(좌). 2021.7.21

그림310 단장면 범도리 아불 반계정. 2018.1.11

그림311 단장면 고례리 고례 도원정. 2018.3.3

그림312 활성동 살내 전천서당. 2021.9.25

그림313 부북면 퇴로리 여주이씨 고가. 2021.9.5

그림314 퇴로리 서고정사. 2021.9.5

그림315 퇴로리 용현정사. 2021.8.28

그림316 단장면 단장리 단정 단구정사. 2021.6.27

그림317 상동면 금산리 유산 호산정사. 2021.5.5

현대 인물로 이익구는 1890년 정진의숙(正進義塾)의 전신 화산의숙을 창설했고, 이종곤의 손자 이병호(李炳虎)는 밀성고 교장을 지냈으며, 이능구의 손자 이주형(李周衡)은 초대 밀양중 교장이자 제헌 국회의원이었다. 이우성(李佑成)은 한국학 거목이었고, 이운성(李雲成)은 시인이자 한문 번역가로 저명했다.

【80】 재령 **이씨**(載寧**李**氏)의 시조는 이알평(李謁平)이고, 중시조 이소봉은 공민왕의 사위로 시조의 11세손이다. 중시조의 차남 사재령 이일선이 우왕대(1375~1389)의 국운 쇠퇴를 보고 아들 6형제를 인솔해 개성에서 상남 조음(召音)[43]으로 남하했다.

세계는 1이알평……12이소봉(李小鳳)—√2남 이일선(李日善)—❶〈밀양파〉계은 이신(李申)[44]—이의동—이강(李絳)—이운핵—이희백, ❷〈청도파〉이술(李戌)—이영중—이장손—이담, ❸〈밀양파〉√이축(李丑)—①이영숙(李永叔)—이치—이순조—이련—이인화—이증춘—이지양—이해—정양공 이동영—이태빈—**이상즙**(1701~1768)—이석록, ②이영림(李永林)—이성장—이은—이린서(李麟瑞)—이원복—이희(李曦), ❹모은 이오(李午)—이개지(1415~1487)—①이맹현—〈은진공파〉이래, ②율간 이중현—㈠〈김해파〉이포—이경유—관천 이대형(1543~1592)·이대영, ㈡〈함안파〉이무(李珷)—이경성—〈미촌공파〉이면(李沔)—이이백—이형—이몽종—이재종—㉮모계 이명배(1672~1736), ㉯

광심재 이영배－이익망－이양징－이원신－청청헌 이유경－이승모－√이지흠(1822~1861)－이수호, ❺이유(李酉), ❻이인(李寅)으로 이어진다.

입향조 장남인 이신(李申)의 후손들이 조음에 세거하고, 오휴자 안신은 밀양 5현의 한 사람으로 이신을 높이 기렸다. 3남 이축(李丑)은 부북 구장동(현 위량)에 터를 잡았고, 차남 이술(李戌)과 태종대 전라감사를 지낸 아들 이영중의 자손은 당대에 이미 김해와 청도로 나뉘어 살았다. 또 4남 모은 이오(李午)는 남의(南毅)의 사위가 된 후 함안 산인리 모곡(茅谷)으로 옮겨 은거했다. 모은의 15세손 이유경은 함안에서 청도면 고법리로 이주했고, 손자 이지흠(李之欽)은 고법에서 태어난 뒤 산내면 임고리 임고정으로 이거했다.

입향조 이일선의 사위는 진양하씨 밀양 입향조 하비(河備)의 부친 하지명이고, 이희백(李希伯)의 사위가 김종직의 손자 김뉴(선산)이며, 임란 때 형을 따라 김해에서 순절한 이대영(李大榮)의 사위가 낙주재 이번(전주)이다.

문집이 있는 이는 이축의 11세손으로 부북 위양에서 출생한 농은(聾隱) 이상즙(李相楫)과 이희(李曦)의 9세손으로 초동 검암리 출신의 농와(農窩) 이수민(1883~1943)이다.

사적으로 하남 남전리 효자문의 이신 효자각, 부북 대항리 하항의 추감재(追感齋), 상남 마산리 무량원의 재숙소 영사재(永思齋), 2017년 새로 조성한 조음리 명성의 추원재(追遠齋), 초동 명성리 성암의 재숙소 감모재(感

그림318 하남읍 남전리 효자문 이신 효자각. 2021.8.7

그림319 부북면 대항리 하항 추감재. 2021.8.15

그림320 상남면 마산리 무량원 영사재. 2018.2.5

그림321 상남면 조음리 명성 추원재. 2018.2.5

그림322 초동면 명성리 성암 감모재. 2021.5.5

그림323 산내면 임고리 임고정 건모재. 2021.8.22

慕齋), 산내 임고리 임고정의 건모재(乾慕齋)가 있다.

【81】 전주 **이씨**(全州**李**氏)의 경우, 태종의 제10자(서6자) 희령군의 증손 덕은감(德恩監) 이종(李種)이 입향조이다. 선후 가계는 희령군 이타(1412~1465)－이배－이흠－√**이종**(1460卒)－❶이례(李禮)－√이신성(李信成)·이효성, ❷이지(李智)－이후영으로 이어진다.

덕은감 이종은 단종이 왕위를 내놓고 1457년(세조3) 영월로 유배 가게 되자 가족을 데리고 궁전(宮田)이 있던 상동 고정리 고답으로 이거했다. 그해 10월 홀연 단종과 생사를 함께 하기로 결심하고 영월로 올라간 뒤 단종이 죽임을 당함에 호장 엄홍도와 함께 시신을 염습해 동을지산(현 장릉)에 묻은 뒤 밀양으로 돌아와 초옥을 지어 편액 이제재(夷齊齋)를 달고 두문불출했다. 1460년 9월 곡기를 끊은 지 5일 만에 피를 토하고 생을

그림324 부북면 청운리 중촌 이제재. 2021.8.28

마쳤으며, 『덕은감실기』가 전한다. 손자 이신성이 이거한 부북 청운리 중촌에 유덕을 기리는 이제재가 있고, 상남 평촌에도 후손이 산다.

한편 태종의 제2자 효령대군 7세손 중 이번(李藩)도 인조 때 밀양에 전거했다. 선후 세계는 효령대군 이보(李補)-1남 이채-2남 이돈-〈송산도정파〉4남 이건(李健)-이지혜-3남 이축(李軸)-이사제-√**낙주재 이번**(1575~1633)-❶추계 이정식(1600~1669)-①이형(1618~1683)-2남 이도성(李道成)-√이감(1700~1756)-이리복(李利復)-영모재 이하삼(李夏三)-이방원, ②이필(李苾)-이도정-이숙-이의복-2남 이도(李棹)-이방윤-이천우-우죽 이영의-제천 이기형(李起馨)-모련 이강래(1869~1932)☆-이범재(1909~1942)-이정호, ③이보(1627~1671)-이도겸(출)·이도명, ❷이정환-이욱, ❸이정기-이훤-(계)이도겸, ❹이정해-이협으로 이어진다.

입향조 이번은 인조반정 이듬해 안동에 은거하다가 계배(繼配) 재령이

그림325 하남읍 명례리 상촌동 낙주재(좌) 관란정(우). 2021.9.8

그림326 관란정 후경. 2021.1.30

그림327 낙주재 이강래 공적안내판. 2021.1.30

그림328 청도면 인산리 평지 원모재. 2021.6.22

씨(1588~1648)의 연고가 있던 부북 운전을 거쳐 하남 명례리 상촌동에 정착했고, 후손들이 낙주재(洛洲齋)·경덕사(景德祠)와 관란정(觀瀾亭)을 중건했다. 고손자 이감(李堪)은 영조 때 아들을 데리고 명례에서 청도면 인산리 평지(인목)로 이사했고, 이곳 집성촌에 원모재(遠慕齋)가 있다.

통혼 관계를 보면, 이번의 장인이 이대영(재령), 그의 사위가 서찬(이천)이다. 손자 이형(李衡)의 사위는 손익겸(안동)이고, 이보(李保)의 장인은 이호(함평)이다.

현대 인물로 효령대군 18세손이자 낙주재 11세손인 독립운동가 모련 이강래(李康來)가 있다. 중추원 의관으로서 을사늑약을 반대해 파직되자 명례로 낙향한 뒤 조약의 부당성을 알렸고, 경술국치 이후 서간도의 독립기지 건설 자금을 확보하기 위해 다방면으로 활동하다가 1916년 체포되어 옥고를 치렀다. 정부는 2009년 건국포장을 추서했다.

【82】 하빈 **이씨**(河濱**李**氏)의 시조는 고려 명종 때 인물인 이거(李琚)이고, 달성군 하빈면을 본관으로 한다. 세계는 1이거(李琚)－이정기－이우당(二憂堂) 이경(李璟)……7❶이예(李芮)－이호신(李好信), ❷이침(李沈)……15〈용계공파〉이정서(1587~1627)－이하영－덕음 이채(李茝)－이만봉－이종하－①이곤협－이상성－√이수권(1767~1847)－이시일－이희진, ②이동협－이상욱－창설(昌卨) 이영권(1796~1849)－㊀이시학－이경의, ㊁이시병－이희의(李

禧義)로 이어진다.

시조의 7세손 이호신(李好信)의 사위가 김종직의 장인 조계문이고, 14세손 이정서(李挺序)는 〈용계공파〉 파조이다. 파조의 7세손 이수권(李壽權)이 영조 때 거창에서 초동 검암리 성북에 시거했다. 또 이수권의 재종제 이영권(李永權)이 순조 때 무안 웅동리에 시천했다.

【83】 함평 **이씨**(咸平**李**氏)의 비조는 고려 초 대장군에 오른 이언(李彦)이고, 10세손 이종수(李從遂)는 〈참판공파〉 파조이다. 밀양 입향조는 파조의 고손자 이지경(李止敬)의 외아들 이선지(李先智)이다. 모친 아산장씨(부 장경신)는 남편 이지경이 1576년(선조9) 요절하자 이듬해 두 살배기를 품에 안고 세거지 전라도 나주면 다시면 죽산리에서 친정인 제대리 지동으로 이주했다. 세계를 간단한 표로 우선 요약한다.

| 1이언(李彦)……11**〈참판공파〉**이종수(1424~1483)－이종인－이시(李偲)－죽담 이유근(1523~1561)－❶이지효(1551~1614), ❷이지경(1554~1576)－√이선지(1576~1624)－①이박(李珀), ②√이호(李琥)－㊀이수근－이송년·이익년, ㊁이하상(출), ㊂이동상－이봉년·이학년, ③√이기(李琦), ④이근(李瑾) |
|---|

입향조의 세계는 √이선지(李先智)－❶이박(1598生)－(계)이하상(1623~1696)－이담년－이희렴－이안인·이택인, ❷√이호(1600生)－①이수근(李秀根)－2남 이익년(李益年)－㊀이희창(李希昌)－㉮이유인(李有仁)－이찬운·이련운(출), ㉯이우인－이환운－이유필(출), ㊁이희설(李希卨)－(계)이홍인－이한운－(계)이유홍－(계)이직서－이민겸(1836~1884)－종모당 이영헌(1878~1956)－겸헌 이계철(1901~1972)－이승범, ㊂이희기(李希夔), ㊃이희석(李

希奭) - 이정인 - 이억운 - 이유홍(출), ㊄이희복(李希復) - ㉮이의인(李宜仁) - (계)일옹 이능운(李能運) - Ⓐ이유봉(1794~1849) - (계)지수 이택서(1836~1903) - ⓐ이민우 - (계)이상관(1890~1936, 족보명 禎憲)☆ - 이계옥, ⓑ이민주 - 이상관(출)·이경헌, ⓒ이민종 - 이관헌, Ⓑ이유기(출), ㉯이홍인(출), ㉰이중인(李重仁) - Ⓐ이능운(출), Ⓑ근선 이승운(李乘運) - ⓐ유와 이유붕(1786~1836) - ㊊이희서 - 이민원(출), ㊋이형서(출), ㊌이수서 - (계)√이민원(1847~1917) - 이근헌(1865~1926), ⓑ이유룡(1789~1856) - (계)이형서, Ⓒ이동운(李東運) - (계)이유기 - 이방서·이택서(출), ㉱이경인(李慶仁) - 이일운 - 이유량 - 이직서(출), ②이하상(출), ③이동상(1635~1715) - 1남 이봉년 - 이원초 - 이취인 - (계)이련운 - ㊀(계)이유필 - 이규서 - 이민희(1820~1900) - **이지헌**(1840~1898) - **이계동**(1874~1950) - 초인 이대기(1894~1978), ㊁이유신, ❸√이기(李琦) - 이문상, ❹이근(李瑾) - 이정상으로 이어진다.

입향조 이선지는 서울에서 벼슬하던 중 백부 이지효(李止孝)가 계축옥사 때 희생되는 것을 보고 낙향해 1618년(광해군10) 오례리에 복거했고, 봉양하던 모친이 별세하자 오례 조롱산에 안장했다. 이후 장남 이박(李珀)은 오례에 머물러 살고, 차남 이호(李琥)는 위양리 도방동에 거주하던 권치(權錙)의 사위가 되면서 1620년 퇴로리로, 3남 이기(李琦)는 월산리로 각기 분가했다. 한편 이호의 8세손 이민원은 퇴로에서 조부 이유붕(李儒鵬)의 묘가 있던 청운으로 옮겨갔다.

통혼 관계를 보면, 이선지의 사위는 박오(행산공파), 이지효의 장인은 신여량(평산), 이지경의 장인은 장경신(아산), 이호의 장인은 권치(權錙), 그의 사위는 이보(전주), 이수근의 장인은 김지익(광주)이다. 또 아들 이계철(李啓哲)과 함께 효자로 이름난 이영헌(李令憲)의 사위가 신문규(평산)이다.

문집을 남긴 이는 송애(松厓) 이지헌(李志憲), 운계(雲溪) 이계동(李啓東)이다.

사적으로는 부북 오례의 의첨재(依瞻齋)·성목재(誠睦齋), 퇴로리의 원모재(遠慕齋)·사우정사(四友精舍)·퇴로서당 기적비와 사우정 유지비, 월산리 안마을의 성모재(省慕齋)와 가산저수지 위 용호정(龍湖亭)·화수재(花樹齋), 청운리 도촌의 망원재(望源齋), 춘화리 봉계 입구(춘화삼거리)의 연효각(聯孝閣), 청도 고법리 덕산(내곡)의 전모재(展慕齋)·구천 이계목 공적비가 있다. 참고로 연효각(聯孝閣) 포창비 비문은 저자의 은사인 탕민 류탁일(1934~2006) 부산대 명예교수가 지었다.

현대 인물로는 이유봉(李儒鳳)의 증손자인 독립운동가 이상관(李相寬)이 있다. 1890년 퇴로리에서 출생한 그는 조선혁명군 재정부장을 지내다가

그림329 부북면 오례리 의첨재. 2021.5.19

그림330 오례리 성목재. 2021.5.19

그림331 부북면 퇴로리
퇴로서당 기적비(좌) 원모재(중) 사우정사(우). 2021.9.5

그림332 퇴로리 사우정 유지비(중) 이상관 공적안내판(우). 2021.8.28

그림333 부북면 청운리 도촌 망원재. 2021.9.4

그림334 부북면 춘화리 봉계 입구 연효각. 2021.9.4

그림335 부북면 월산리 안마을 성모재. 2021.9.5

그림336 월산리 가산저수지 용호정. 2021.8.15

그림337 월산리 가산저수지 화수재. 2021.8.15

그림338 청도면 고법리 덕산 전모재. 2021.4.11

일제에게 피살되어 2008년 건국훈장 애국장을 받았다. 또 이선지의 손자 이하상(李夏相)의 11세손 이재금(1941~1997) 시인은 오례리에서 태어나 한평생 밀양문학을 일구는 데 진력했다.

【84】 합천 **이씨**(陜川**李**氏)의 시조는 이알평(李謁平)이고, 신라 말 합천호장을 지낸 강양군 이개(李開)가 중시조이다. 이후 서술을 위해 세계를 먼저 간단한 표로 보인다.

| **〈중시조〉**이개(李開)－이인영－이위－이안열－4남 이문통－❶이중보－이개(李蓋)－이자광－이면(李綿)－**〈전서공파〉**이수전(李守全), ❷이중비－이익－이유연－①이저(李著)－**〈목사공파〉**이공주－이형－이계령－이현우(李賢祐), ②이약(李若)－**〈첨사공파〉**이공실(李公實)－이주간·이종간 |
|---|

먼저 중시조의 9세손으로 〈전서공파〉 파조인 이수전의 직계는 이경분－이길－이장－이운호－이사방－이권로(李權老)－이양근－2남 이양재－이능산－이충(李忠)－2남 이수양(李守讓)－√이효남(1568~1631)－이사정－이현문－√이시배(1642~1691)－이원백－❶이경중(李景中)－이양술·이양계(출), ❷√청사당 이경윤(1703~1791)－(계)이양계－이현간(李賢幹)－①4남 이수경(李需慶)－이상곤(1819~1884), ②5남 이두경(李斗慶)－이상적(1817~1853)－√이덕용(1843~1912)－화강 이재범(李在範)－이찬호－이순선·화원 이순동·이순길·이순공(李淳恭)으로 이어진다.

이 중 파조의 13세손 이효남(李孝男)이 합천 율곡에서 풍각현 흑석동으로 이거해 밀양 입향조가 되었다. 이효남의 증손자 이시배(李時培)는 조응원(창녕)의 사위가 되면서 풍각에서 상남 연금리 이연에 복거했고, 만년에는 손자 청사당 이경윤(李景尹)을 데리고 산외 금천(琴川)으로 거처를 옮겼다. 청사당은 조하위(창녕)·손사익(밀양)·안인일(사포) 등과 교분이 두터웠다. 백여 년 뒤 청사당의 5세손 이덕용(李德容)이 금천에서 다시 무안 화봉리 초전으로 이사했으니, 이곳 세거지에 청사당(淸斯堂)이 있다. 이수경의 사위가 조병규(창녕), 아들 이상곤(李祥坤)의 사위가 시남 조세환(曺世煥)이다. 현대 인물로 이순동은 관선 제10대 울산시장을 역임했다.

다음으로 〈목사공파〉 파조 이공주(李公柱)의 증손이자 중시조의 12세손인 이현우 직계는 이원숙(李元淑)－이옹(李蓊)－이사진－이훈－이세정－

그림339 무안면 화봉리 초전 청사당. 2021.5.16

그림340 부북면 무연리 연포 이원보 효자각. 2021.8.28

이각－이홍원－이공제－이팽세(李彭世)－이홍로－이효립－이천주－이광일(1670~1754)－√영모당 이원보(1697~1777)－이태윤(李泰胤)·이태권·이태환으로 이어진다.

이 중 영산면 도산 북리에서 출생해 부북 저대리(현 춘화)에서 별세한 이원보(李元輔)는 현감 이팽세의 5세손으로 효행이 탁절했는데, 1775년 밀양부사를 지낸 경상도 관찰사 정존중이 1793년(정조17) 장계를 올림에 따라 이듬해 효자 정려가 내려졌다. 효자각은 부북 무연리 연포에 있고, 정려기를 대신하고 있는 묘갈명은 노상직(광주)이 1918년에 지은 것이다. 이원보의 선세가 밀양에 입촌한 시기는 명확하지 않으나 〈첨사공파〉 파조 이공실(李公實)의 사위가 박총(졸당공파 파조)이다.

【85】 풍천 **임씨**(豊川**任**氏)의 시조는 임온(任溫)이고, 5세손 임주가 충렬왕 때 귀화했다. 세계는 1임온……6임주(任澍)－❶**〈백파=부원군파〉**임자송－임경유－임군보－임거경－임견－임원준－임사홍(1445~1506), ❷**〈중파=전서공파〉**임자순－임상－√임효곤－임종원－임수성(任守成)－임응규(1544~1610)로 이어진다.[45] 이 중 밀양 입향조는 읍지에 성종대 인물로 실려 있는 시조의 8세손 임효곤(任孝昆)이고, 그의 증손자로 민족사에 우뚝한 사명대사 임응규(任應奎)가 무안 고라리 괴진(현 중촌)에서 출생했다. 법명은 유정

그림341 무안면 무안리 동부 표충비 홍제사 원경. 2021.2.9

그림342 표충비문을 읽다. 2001.4.29

그림343 무안면 고라리 중촌 사명대사 기념관. 2021.8.14

그림344 중촌 사명대사 생가지. 2021.8.14

그림345 영남루 아동산 사명대사 동상. 2021.9.25

(惟政), 법호는 사명당(四溟堂) 혹은 송운(松雲)이다. 1558년 모친 달성서씨가, 이듬해 부친 이수성(李守成)까지 별세하자 김천 직지사로 출가했다. 임진왜란 때 승병장으로서 맹활약했고, 1604년(선조37) 일본으로 가서 학산 권삼변(權三變) 등 동포 3천여 명을 데리고 이듬해 귀국했다. 그 뒤 해인사에 머물다가 입적했다.

문집 『사명대사집』, 신유한이 편찬한 『분충서난록』이 있다. 사적으로 무안리 동부에 표충비·홍제사, 무안 고라리 중촌의 생가지와 기념관, 영남루 경내의 사명대사 동상 등이 있다.

【86】 나주 **임씨**(羅州**林**氏)의 경우, 숙종 때 임택진(林澤鎭)이 청도면 근기리에 입촌했고, 후손들이 삼랑진 임천에 산다. 현대 인물로 삼랑진 송지리에서 출생한 독립운동가 임굉(1922~1950, 일명 炳贊)이 있다. 1941년 대구

사범학교에 재학하면서 김영복(광주) 등과 함께 비밀결사 '연구회'를 조직한 일로 체포되어 옥고를 치르던 중 광복을 맞이했고, 정부는 2003년 애국장을 추서했다.

【87】 아산 **장씨(牙山蔣氏)**는 시조 장서(蔣壻)의 11세손 장림(蔣霖)이 세종 때 경북 의성에서 부북 제대리 제대(지동)로 이거해 밀양과 첫 인연을 맺었다. 우선 이후의 서술을 위해 간략한 세계를 표로 보인다.

1장서(蔣壻)……7장자방－❶효효재 장성발－장을유－장흥부－장방도－√2남 장림(蔣霖)－장자건－①장세침－㊀장희윤, ㊁장희안, ②장세린－㊀장충범, ㊁장효범－㉮장영－Ⓐ장문진, Ⓑ장문익, ㉯장완, ㉰장형, ③장세함, ❷장성휘－장영실(蔣英實)

입향조의 세계는 √장림(1407~1476)－성암 장자건(蔣子騫)－❶장세침(蔣世琛)－①장희윤－장대신[청도 풍각]－장사효－㊀이요재 장방익(1597~1656)－장희국－장원인－장한필－장세환－장조완－장주정－장룡원－장회수－장호식－장병천(蔣炳天), ㊁장방한－장희재, ②장희안－㊀장수원, ㊁장수정－장섬(蔣暹), ❷장세린(1477~1537)－①농은 장충범(蔣忠範)－√장춘수(1523~1590)－장언기－장득룡－장준－장원일－㊀장덕함－영사정 장석후－장영모－경헌 장석(1759~1817)－장대방[대항], ㊁장덕윤－장석헌－장영국－장형로－장계방－√장한상(1863~1932)－장돈식, ②장효범(蔣孝範)－장경신(1533~1598)－㊀장영(1566~1611)－㉮장문진(蔣文晉)－(계)√**회옹 장희적**(1627~1705)－장원기(1649~1716)－(계)장선징－장경석－장옥(蔣沃), ㉯√**장문익**(1596~1652)－Ⓐ장희조－장원규－장선연·장선징(출), Ⓑ장희적(출), Ⓒ장희업, Ⓓ장희방－장원후, Ⓔ퇴장헌 장희백－괴암 장원봉(1671~

1708), ㉰장문제－장희시, ㉱장문정－장성남[금호], ㊁장완(蔣琬), ㊂**장형**(1577~1617)－장문승－㉮장희서(蔣熙緖)－(계)장원성－장선경－장규석, ㉯√장희주(蔣熙周)－Ⓐ장원길－장선익－장경만－장섭－√장이주(1770~1815)－ⓐ장준모－㊊장치곤, ㊋장진곤－장홍렬－장배근－덕암 장병순(1899~1966), ⓑ장준욱[고법], Ⓑ장원성(출), ❸장세함－장희민으로 이어나갔다.

이 중 장춘수(蔣椿壽)는 임란 전 지동 중땀에서 부북 대항리 하항(下項)으로 이거했다. 이보다 앞서 성현찰방 장경신(蔣敬臣)은 신홍미(申弘美)의 사위가 되어 가족을 데리고 한양 반송방으로 이주했다. 장문익(蔣文益)은 부친 장영(蔣瑛)이 서울에서 별세하자 형과 함께 치상한 뒤 1613년(광해군 5) 모친 밀양박씨를 모시고 삼랑진 숭진리 금호(琴湖)에 터를 잡았다. 그는 이곳에 서실을 개설해 손기양(밀양)의 아들 손습(孫縚)을 가르치는 한편 초동 반월에도 서당을 개설해 후학을 양성했다.

한편 반송방 자암(紫巖)에서 출생한 연일현감 장형(蔣珩)이 세상을 떠남에 선영이 있던 지동 선영으로 운구했다. 장희주는 금호에서 무안 운정으로 이거했고, 5세손 장이주(蔣以周)는 운정에서 청도면 고법리 덕법마을로 이사했으며, 장춘수의 10세손 장한상(蔣漢相)은 산내 송백리로 터전을 옮겼다.

통혼 관계를 보면, 장효범의 처외조부가 하구천(진양)이고, 장경신의 사위가 이지경(함평)이며, 장영의 장인은 박충헌(정국군파), 장형의 장인은 민삼(閔參)이다. 장희적은 둘째 장인이 권도(權燾)이고, 사위로 안한걸(사포)과 손석래(밀양)가 있다. 또 장문제의 장인은 김극유(청도), 장문승(蔣文升)의 장인은 류여주(진주)이다.

문집이 있는 이는 시암(柴巖) 장형(蔣珩), 조경암(釣耕庵) 장문익(蔣文益), 세심정(洗心亭) 장희적(蔣熙績)이다.

사적으로는 부북 제대리 지동(못골)의 추모재(追慕齋), 부북 대항리 하항의 내독재(來讀齋), 삼랑진 숭진리 금호의 세심정(洗心亭)과 청학리 학동의

그림346 부북면 제대리 지동 추모재. 2021.5.14

그림347 부북면 대항리 하항 내독재. 2021.8.15

그림348 삼랑진읍 숭진리 금호 세심정. 2021.2.12

그림349 삼랑진읍 청학리 학동 장문익 묘. 2021.2.14

그림350 청도면 고법리 덕법 자암재. 2021.4.11

그림351 자암재 뒤쪽에서 본 팔방 원경과 덕법마을(우). 2021.4.11

장문익 묘, 청도 고법리 덕법(덕늘)의 자암재(紫巖齋)와 화촌의 장병순(蔣炳錞) 순직 기공비가 있다.

현대 인물로 단장 구천 출신의 장만식(1874~1944)이 단장만세의거에 참여해 태형을 당했는데, 정부는 2009년 대통령표창을 추서했다. 그리고 1992년 밀양 파리장서비 건립을 주도한 밀양청년회의소 추진위원장 장익균(蔣益均)이 금호 출신이다.

【88】 인동 **장씨**(仁同張氏)의 도시조는 신라 말 귀화한 장정필(張貞弼)이고, 고려 초에 인동현에 복거한 신호위상장군 장금용(張金用)을 1세조로 하는 계파가 있다. 그의 16세손 장적손의 후손이 단장면에 거주한다.

세계는 1장금용……17장적손(張嫡孫)－①**〈종파〉**1남 장혼(張渾)－장헌－장사현(1542~1613)－√장내강(1556~1617)[46]－장무인－장국선－장시채－장종한－장취신(1760~1839)－만성당 장창익(張昌翼)－묵와 장응구(1826~1895)－장현섭·장경현, ②**〈황상파〉**2남 죽정 장잠(張潛)－장곤－장광한－장내적－남취헌 장경최(1629~1704)－√**낙주 장선흥**(1662~1736)－장운봉－장립－장시발－장동석－장진태－장성룡－장광익－㊀장학수－장영대－장우식(1862~1933), ㊁장학린－농산 장영석(1858~1943)－(계)장민식(1882~1954)으로 이어진다.

〈종파〉의 장내강(張乃絳)이 임진왜란 때 부친의 명으로 인동에서 고야리(고례) 양지마로 피란 와서 양친을 모시고 살았다. 사적으로 옥봉산 아래에 옥봉정(玉峯亭)이 있고, 장내강의 7세손으로 효심이 특출해 1891년 생전에 표창을 받은 장응구(張膺九)의 효자 정려 삼성각(三省閣)이 옛 고례초등학교 옆에 있다.

**그림352** 밀양댐에서 본 고례리. 저 멀리 **낙주정**(고례교 후면)과 **옥봉정**(양지교 우측)이 보인다. 2021.9.19

그림353 단장면 고례리 옥봉정. 2018.3.3

그림354 고례리 고례사(좌) 낙주정(우). 2018.3.3

그림355 낙주정에서 본 밀양댐. 2018.3.3

그림356 고례리 장응구 효자각 삼성각. 2021.9.19

〈황상파〉의 장선흥(張善興)은 숙종 때 경북 인동에서 고야 구석마(구석촌)로 옮겨와 평생 학문에만 전념하며 이명기(벽진·무안) 등과 교유했다. 문집 『낙주일고(洛洲逸稿)』가 있다. 9세손 장영석(張永錫)이 오위부 사과를 지낸 뒤 김종직의 자취가 남아 있는 이곳에서 사숙하며 세월을 보냈고, 10세손 장우식과 장원식은 선대를 추모하며 고야구곡 제6곡인 증소(甑沼) 절벽에 낙주정(洛洲亭)과 농산헌(聾山軒)을 지었다. 그리고 낙주정 서쪽 곁에 낙주공과 정헌공을 함께 배향하는 고례사(古禮祠)가 있다.

현대 인물로 고례 출신 장인식(1879~1954)이 단장만세의거에 참여해 징역 4월을 받았는데, 정부는 2010년 대통령표창을 추서했다. 장충기 전 삼성그룹 미래전략실 사장도 이곳 출신이다.

【89】 옥산 **전씨**(玉山**全**氏)는 정선 전씨에서 분관된 성씨이고, 관조(貫祖)

는 고려 신종 때 공을 세워 옥산군에 봉해진 시조의 26세손 대장군 전영령(全永齡)이다. 관조의 5세손 전의룡의 후손이 밀양에 세거하는데, 두 아들은 파조가 되었고, 사위는 박해(밀직부원군파·대사헌공파)이다.

세계는 1전섭(全聶)……27**〈옥산군파〉**전영령(1197~1204)－전공량－전윤재－전효량－전문주－전의룡(全義龍)－❶**〈문평공파〉**전백영(全伯英)－전유성－전순손－전복견－전순(全珣)－①**〈도사공파〉**세심정 전응창(1529~1586)－전윤룡－전기영－전성호－전우림－전린채－전성광－전순신－✓전치필(1804~1866)－전영현－전기홍－노강 전병근(1909~1970)－전수렬, ②계동 전경창(1532~1585), ❷**〈감무공파〉**전백종(全伯宗)－전사도－전방－전연수－✓전세경(1425~1490)－전중권－2남 전우인－추파 전억기(1561~1639)－①전의(全毅)－전집중(1629~1687), ②전준(全浚)－(계)전윤중－전성원－전명임－경은 전창덕(1736~1804)－전필이(全必彝)－㊀전인탁(1801~1843)－전지수－전석규, ㊁전인목(1808~1847)－전경수－침천 전석윤－의당 전계호(全啓浩), ㊂우재 전인옥(全仁玉)－전홍수－덕봉 전석진(1866~1932)－㉮전재한－전병목·전병덕, ㉯전진한(全振澣)－전병철(1926~2010)☆－전규환, ③전흡(全潝)－전득중, ④전해(全海)－㊀전윤중(출), ㊁전이중－전성일로 이어진다.

〈감무공파〉 파조 전백종의 고손자 전세경(全世卿)이 단종 손위 때 대구에서 하남 남전리 서전으로 남하했다. 전세경의 사위가 삼우정 민구연(閔九淵)이고, 전억기(全抑己)는 오한 손기양(밀양)·오휴자 안신(초동)과 도의로 사귀면서 일문을 이루었다. 전해의 사위가 조백창(창녕), 전집중(全執中)의 장인이 이도자(벽진·초동), 전석진(全錫鎭)의 장인은 안진원(광주·함안), 전재한(全在澣)의 장인은 이후성(벽진·무안)이다.

현대 인물로 남전에서 출생한 전병철(全秉哲)은 대사초등학교를 졸업한 뒤 부산상고 재학 때 '노다이사건'에 참여했고, 일제의 부당한 강제 동원과 학병 지원을 반대함으로써 7개월의 옥고를 치렀다. 정부는 2004년 대통령표창을 수여했다. 또 그의 4촌형 전병덕(全秉悳)은 서울고등법원장을 지냈다.

그림357 하남읍 남전리 서전 추파정. 2021.4.25

그림358 서전 덕산재. 2021.4.25

그림359 서전 일경재. 2021.4.25

그림360 서전 반전재. 2021.4.25

그림361 청도면 고법리 팔방 전병근 유적비. 2021.5.23

사적으로 추파정(秋坡亭), 덕산재(德山齋), 일경재(一經齋), 반전재(反展齋), 덕봉정사(德峯精舍)가 남전리 서전 세거지에 있다.

〈문평공파〉 파조 전백영의 13세손이자 임진왜란 때 큰 공을 세운 전윤룡(全潤龍)의 10세손인 전치필(全致必)이 순조 때 청도군 풍각면 흑석리에서 고법리 팔방으로 이거했고, 그의 증손자로 류창목(진주)의 장인인 전병근(全柄根)의 유적비가 이곳 세거지에 있다.

그림362 무안면 운정리 운정 백운재. 2021.4.18

【90】 완산 **전씨**(完山**全**氏)는 정선 전씨에서 분관된 성씨이다. 시조의 29세손으로 공민왕 때 완산군에 수봉된 전집(全潗)이 관조이다. 관조의 11세손 전대성이 숙종 때 서울에서 청도면 안곡에 입촌했다. 선후 세계는 1전섭……30전집……37전룡(全龍)－전운(1550~1632)－전해인－전천기－전두홍－√태천 전대성(全大星)－전명좌(1702~1769)－전인찬－하곡 전덕부(全德富)－전봉규－운강 전문준으로 이어진다. 무안 운정리 본동에 후손들이 살며 백운재(白雲齋)가 있다.

【91】 정선 **전씨**(旌善**全**氏)의 도시조는 백제 개국공신 전섭(全聶)이다. 밀양의 입향 내력은 잘 드러나지 않으나 부내면 노상리(현 내이동)에서 전계진(全桂軫)과 연일 정씨의 차남으로 태어난 을강(乙江) 전홍표(1869~1929)가 밀양 독립운동사에서 차지하는 위상이 지대하다.

그는 일찍이 한학을 배워 연계소를 중심으로 밀양 유림으로서 활동했고, 구한말 애국계몽운동의 선봉에 섰다. 특히 광무 연간에 황상규(창원) 등과 옛 군관청 자리에 사립 동화학교(同化學校)를 설립해 3대 교장을 지내면서 김대지, 김상윤, 김소지, 김원봉, 박소종, 윤세주, 윤치형, 정동찬, 최수봉, 한봉근 등 투철한 항일지사를 다수 배출했다. 밀양만세의거를 지도했고, 그와 함께 간도로 건너간 윤세주(무송)는 길림성에서 김원봉(김해)을 만나 의열단을 결성했다. 1921년 순국한 제자 최수봉의 장례를 주도

그림363 전홍표(좌) 조우식(우) 흉상. 2021.9.25

해 옥고를 치렀고, 심한 여독으로 별세했다. 정부는 2018년 건국포장을 추서했다. 밀양독립운동기념관 '선열의 불꽃' 광장에 흉상이 있고, 교동 구대곡(밀양농협장례식장 뒷산)에 묘소가 있다.

【92】 동래 **정씨**(東萊鄭氏)의 시조는 정회문(鄭繪文)이고, 1세조는 정지원(鄭之遠)이다. 세계는 1정지원－정문도－정목－❶정택－정자가－정보－정승종－정균－정유의－정호(鄭瑚)－①정량생－설학재 정구(鄭矩)－정선경－정종－15㊀〈봉천군파〉정인운(1435~1506)－정감(鄭堿)－정홍업－㉮정사(鄭思)－정승훈－정이(鄭怡)－정만생·정만립, ㉯정서(鄭恕)－정승길－√정비(鄭枇)－정응부, 15㊁〈군수공파〉정의운……26정동서－√정내정(鄭乃正)－정시양－정수룡(족보명 漢鎬)－정원준·정원기(鄭源琪)·정원기(鄭源璣)·정원영, ②정안생－〈직장공파〉정인보(鄭仁保)……22정사선(鄭士先)－√정철(鄭喆)－정명회·정명신·정명재, ❷정항－정서(鄭敍)로 이어진다.

우선 1세조의 14세손이자 〈봉천군파〉 파조 정인운(鄭仁耘)의 5세손 정비가 약 350년 전 고령 덕곡에서 초동 반월리로 옮겨와 터를 잡았다. 세거지 반월 분두골(골안)에 대원정(待圓亭)이 있다.

또 1세조의 26세손이자 〈군수공파〉 파조 정의운(鄭義耘)의 12세손 정내정이 정조 때 경산 대정동에서 초동 덕산리 내송(솔안)으로 전거했다. 손자 정수룡(鄭守龍)의 효자각이 세거지 봉황초등학교 정문 앞에 있다. 비문

그림364 초동면 반월리 분두골 대원정 2021.5.5

그림365 초동면 덕산리 내송 정수룡 효자각. 2021.4.18

그림366 초동면 봉황리 꽃새미마을 동래정씨 열효부각. 2018.2.18

그림367 부북면 무연리 무연 직장공파 무연회관. 2021.8.28

은 담산인 손창현(밀양)이 1918년에 지었는데, 별호 몽맹헌(夢孟軒)을 비석에 새겼다. 후손들이 신월리 듬밑에 주로 산다. 이외 초동 와지리 방동 꽃새미마을 입구에 동래정씨(이규환 처) 열효부각이 있다.

그리고 1세조의 22세손이자 〈직장공파〉 파조 정인보(鄭仁保)의 11세손 정철(鄭喆)이 부북 무연에 입촌했고, 이곳 세거지에 문중 회관이 있다.

【93】 연일 **정씨(延日鄭氏)**의 경우, 숙종대 정지룡(1660~1720)이 경북 영양에서 산내 임고리로 이거해 후손들의 터전을 마련했고, 작평마을에 영모재(永慕齋)가 있다.

이외 선조 때 정기남(鄭奇男)이 무안 화봉에 입촌해 후손이 무안 죽월리에 살고, 정동현(鄭東賢)이 순조 때인 1826년에 하남 백산에 입거했으며, 정위화(鄭渭和)가 고종 때 삼랑진 청학리에 입촌했다.

그림368 산내면 임고리 작평 영모재. 2021.8.22

【94】 초계 **정씨**(草溪**鄭**氏)의 시조는 고려 문종 때 예부상서를 지낸 정배걸(鄭倍傑)이다. 세계는 1정배걸－정문－❶정복공－①〈내급사공파〉정영, ②〈천호장공파〉정행부, ❷정복경－〈대제학공파〉정윤기, ❷정복유……6〈대사성공파〉정태화……7〈박사공파〉정승(鄭丞)으로 이어진다.

후손 중 정식(鄭寔, ?~1653)은 자가 성보(誠甫)이고, 합천 삼가에서 초동 반월리 내촌에 우거해 '반월처사'라 불렸다. 오휴자 안신, 간송 조임도 등과 교유했다.[47] 그는 조경암 장문익(1596~1652)이 이곳에 개설한 반월서당의 강장으로서 손습(밀양)과 죽파 이이정(벽진·무안)을 가르쳤고, 자식과 부인을 잃고는 김해로 이사했다. 1633년 반월서당을 출입한 이이정은 만시에서 스승의 일생을 애틋하게 적었다. 사위가 류정(문화)이다.

【95】 나주 **정씨**(羅州**丁**氏)의 시조는 고려 중엽 검교대장군을 지낸 정윤종(丁允宗)이다. 세계는 1정윤종……11정자급－❶정수곤(丁壽崑), ❷〈월헌공파〉정수강(丁壽崗)－정옥형－정응두(1508~1572)－①정윤조(丁胤祚), ②〈고암공파〉정윤희(1531~1589)……21√정지원(丁志源)－정재형－정의익－정현교, ③정윤우(丁胤祐), ④〈도헌공파〉정윤복(丁胤福)－㈠2남 정호공(丁好恭)……21 정지협(1702~1756)－√정재찬(丁載贊)－정약우－㉮정진교－전대순, ㉯정천교－정대중, ㉰정순교－정대윤, ㈡4남 정호선(丁好善)－정언벽－정시윤－정도태(丁道泰)－정항신－정지해－정재원－23다산 정약용(1762~1836)으

그림369 삼랑진읍 청학리 학동 고원재. 2021.7.21

그림370 단장면 무릉리 노곡 노곡재. 2021.7.25

그림371 삼랑진읍 행곡리 안촌 나주정씨 문중회관. 2021.9.9

로 이어진다.

이 중 시조의 20세손이자 〈고암공파〉 파조 정윤희(丁胤禧)의 6세손 정지원이 삼랑진 청학리로 이거했고, 세거지 학동에 고원재(顧源齋)가 있다. 또 시조의 21세손이자 〈도헌공파〉 파조 정윤복의 7세손 정재찬이 정조 년간에 밀양 단장으로 이거했으며, 무릉리 노곡 세거지에 노곡재(蘆谷齋)가 있다. 이외 삼랑진 행곡리 안촌에 나주정씨 일파의 문중회관이 있다.

현대 인물로 내이동에서 출생한 독립운동가 정동찬(1896~1949)이 있다.

【96】 창녕 **조씨**(昌寧**曺**氏)는 시조 조겸의 12세손 조송무(曺松茂) 후예가 상남면, 초동면, 무안면 등지에 두루 분포하고 있다. 우선 이후의 서술을 위해 세계를 요약한다.

1조겸(曺謙)……13조송무(曺松茂)－조준－❶조인취(曺仁取)－조대장－①조천서－조방보－〈진사공파〉조득시－조성극－조윤적－조일숙－√조욱선(曺昱先)－조치중－낙사정 조말손(1498~1577)－조윤전(일명 荃)－조계상(1554~1637)－조응원－조정민, ②조천길－조은－조안습－조영－조언형－남명 조식(1501~1572), ❷조인탁(曺仁鐸)－2남 조수－조익청－조신충－〈승지공파〉5남 조상명－조경무(曺敬武)－2남 조말손(曺末孫)－2남 정우당 조치우(1459~1529)－위재 조효연(1486~1530)－노재 조윤신(1511~1571)－①조계익－조이환－조철·조은(출), ②√**조광익**(1537~1578), ③조희익－조이함·조이수(출), ④지산 조호익(1545~1609)－(계)조이수

먼저 조인취의 8세손이자 변계량의 외계인 조욱선(曺昱先)이 밀양 입향조이고, 후손들이 상남 연금리 이연에 대대로 살고 있다. 조욱선의 손자 조말손(曺末孫)은 명종 때 거금을 출연해 나라의 큰 기근을 구제한 공로로 무안현감을 임명받았으나 사양했고, 사패지로 받은 가연(柯淵)과 석제진(石蹄津)의 고기잡이를 허용해 민생고를 풀어주었다고 한다. 조말손의 손자 조계상(曺繼祥)은 곽재우 휘하에서 전공을 세워 선무공신 2등에 녹훈되었고, 아들 조응원(曺凝遠) 또한 의리로 고을에서 칭송되었다. 조응원의 사위가 합천이씨 밀양 입향조 이시배(李時培)이며, 조세환의 장인이 이시배의 후손 이상곤(합천)이다.

사적으로 연금리 이연의 낙사정 조말손 유허비, 정관당(靜觀堂), 이척재(履惕齋), 상남면 마산리 갓골의 관곡재(冠谷齋)가 있다. 현대 인물로 이연 출신의 무산 스님(1932~2018)이 있다. 속명이자 필명은 조오현이고, 시조시인으로서 국내 유수의 문학상을 다수 수상했다. 인제군에 만해마을을 만들고, '불교평론'을 창간했으며, 춘천불교방송국을 개국했다.

그림372 상남면 연금리 이연 조말손 유허비. 2018.2.5

그림373 이연 정관당. 2021.10.18

그림374 이연 이척재. 2021.10.18

다음으로 조인탁의 10세손 취원당 조광익(曺光益)은 1559년(명종14) 창원 지개동에서 장인 박홍미(朴弘美)가 살던 초동 오방리로 이거해 밀양의 큰 사족이 되었다. 자세한 계보는 √**조광익**(1537~1578)－모성재 조이복(1563~1602)－(계)조은－❶조경창(1623~1682)－①조세주(1648生)－㊀조하림－조치운(1703~1789)－조가종·조가원, ㊁조하숙－조이운(1696~1789)－√조가순·조가원, ㊂조하형(출), ②조명주(曺命周)－㊀눌암 조하진(1675~1720)－조서운, ㊁조하곤－조익운－조가택(1745~1791), ㊂조하장(1687~1733)－조처운, ③조한주(曺翰周)－조하용, ❷조기창(1630~1689)－①양옹 조면주(1649~1718)－㊀**조하위**(1678~1752)－㉮**조득운**(1698~1766)－Ⓐ조가성－조거문－ⓐ조희원(曺希遠)－조택규·조인규(출)·조양규(1831生), ⓑ조희술－(계)조인규(1822~1910, 족보명 義奎)－**조세환**(1854~1941)－조희렬, Ⓑ노촌 조가항－조익문－농와 조희원(曺希元)－조명규－괴와 조용환－송애 조희석－**조기종**(1880~1919)－조영발, ㉯조오운－조가일·조가언, ㉰조태운(曺泰雲), ㊁조하종(1682~1735)－조경운－조가협, ㊂조하각(출), ②조찬주(曺纘周)－(계)조하각, ❸조영창－조망주(曺望周)－조하서－조채운, ❹조시창－조임주－(계)조하형, ❺조백창, ❻조후창－①4남 조중주(曺重周)－조하순－조구운－조가홍－√조양문(1802~1858), ②7남 조희주(曺希周)－조하구－조수운－조가룡－√조약문(1826~1900)으로 이어진다.

이후 세거지 변동이 있었으니 취원당의 5세손, 곧 조이운(曺以雲)의 두 아들이 1788년 오방동에서 봉황리 외대로 이사해 일문을 이루었다. 또 취원당의 8세손 조양문(曺養文)은 만년에 무안 모로리로 이거했고, 10촌 동생 조약문(曺若文)은 무안 웅동리 자양동으로 옮겨 살았다. 그리고 조하위의 5세손 조양규(曺養奎)를 기리는 재숙소가 있는 무안 성덕리 개미마을과 1935년 도산서원 원장으로 추대된 조카 조세환(曺世煥)의 은거 강학소가 있는 연상리 중리에 후손이 세거한다.

통혼 관계를 보면, 우선 조경무의 장인이 손유호(밀양)이다. 취원당은 박홍미(朴弘美)의 딸에게 장가들어 이광진(여주) 및 이엄(벽진·초동)과는 종동서 사이이고, 이런 배경으로 이엄의 차남 이후경이 취원당 행장을 지었다. 취원당의 둘째 사위는 회재 이언적의 손자 무첨당 이의윤(李宜潤), 셋째 사위가 한강 정구(鄭逑)의 아들 만오 정장(1569~1614)이다. 또 조시창(曺始昌)의 장인은 신여기(평산), 조백창의 장인은 전해(옥산), 조세주(曺世周)의 장인은 박종장(정국군파)·사위는 손처대(안동), 조희주(曺希周)의 장인은 육승한(옥천)이다. 조하위의 장인은 박진익(행산공파), 조하각(曺夏珏)의 사위는 박재춘(정국군파), 조가택(曺可澤)의 사위는 박기성(정국군파)이다.

문집이 있는 이는 취원당(聚遠堂) 조광익(曺光益), 소암(笑菴) 조하위(曺夏瑋)·독성재(獨醒齋) 조득운(曺得雲) 부자, 시남(柿南) 조세환(曺世煥), 여암(餘庵) 조기종(曺夔鍾)이다.

사적으로 시천한 오방리에 오봉서원(五峯書院)·청효사(淸孝祠)·독지재(篤志齋), 조광익·조호익(曺好益) 형제의 우애를 기리는 강동구(江東邱)와 강동구 사적비각, 조광익 효자각, 경모재(敬慕齋)가 있다. 아울러 초동 명성리 신포의 원모재(遠慕齋), 봉황리 봉대(외대)의 귀후재(歸厚齋), 무안 성덕리 개미마을의 포산재(浦山齋), 모로리 모로의 삼은재(三恩齋), 웅동리 자양동의 원천재(源泉齋)·추모재(追慕齋), 상남 동산리 중세천(중마)의 재숙소 삼세정(三洗亭)이 있다.

현대 인물로 조하위의 7세손 온계 조희봉(1922~2008)은 밀양문화원장을 지냈고 경상남도 문화상을 수상했다. 무안 가례리 다례동에서 출생한 독립

그림375 초동면 오방리 오봉서원 청효사 독지재. 조광익 묘(서원 뒤쪽). 2021.1.30

그림376 오방리 강동구. 2021.1.30

그림377 오방리 강동구 사적비각. 2018.2.5

그림378 오방리 조광익 효자각. 2021.8.22

그림379 오방리 경모재. 2021.8.22

그림380 초동면 명성리 신포 원모재. 2021.4.21

그림381 초동면 봉황리 봉대 귀후재. 2021.5.28

그림382 무안면 성덕리 개미마을 포산재. 2021.4.22

그림383 무안면 모로리 모로 삼은재. 2018.2.18

그림384 무안면 웅동리 자양동 원천재. 2021.3.28

그림385 웅동리 자양동 추모재. 2021.3.28

그림386 상남면 동산리 중세천 삼세정. 2021.6.6

그림387 무안면 가례리 다례동 못안마을 조우식 공적안내판. 2021.8.14

지사 조우식(1927~2006)은 1943년 경남학생건국위원회를 조직해 항일운동을 전개하다가 이듬해 체포되어 옥고 중에 광복을 맞았다. 정부는 1990년 건국훈장 애족장을 수여했다. 친형이 전 부산시 교육감 조민식, 동생이 전 농림수산부장관 조경식이다.

【97】 함안 **조씨**(咸安**趙**氏)는 고려 때 대장군 원윤을 지낸 조정(趙鼎)이 시조이다. 세계는 1조정……9조천계－조열(趙悅)－❶2남 조녕－죽포 조욱(趙昱)－조무동, ❷4남 조안－어계 조려(1420~1489)－①조동호(趙銅虎)－㊀**〈참판공파〉**1남 조순(1465~1527)－(계)조정견－조감－조의도(趙毅道)－4남 자오당 조익(1584~1635)－조순원－√5남 남파 조수(1659生)－조영성, ㊁3남 조삼(趙參)－조정균, ㊂4남 조적(趙績)－조정지, ㊃6남 조건(趙騫)－㉮조정수, ㉯조정견(출), ㉰조정화－㊊조곤－조응도·조정도, ㊋조숙(趙鷫)－**〈참의공파〉**조익도, ㉱조정언(출), ㊄7남 조연(趙淵)－(계)조정언－㉮1남 조우(趙堣)－**〈동계공파〉**조형도, ㉯2남 조지(趙址)－조수도·조형도(출), ㉰4남 조식(趙埴)－간송 조임도(1585~1664), ㉱6남 두암 조방(趙埅), ②조금호(趙金虎)－조수만－조응경－조언(趙堰)－**〈충의공파〉**대소헌 조종도(1537~1597)로 이어진다.

〈참판공파〉 파조 조순(趙舜)의 6세손으로 조익(趙釴)의 손자이자 송강

그림388 부북면 용지리 용포 용화재. 2021.4.7

그림389 산내면 남명리 추곡 모운재. 2021.8.25

정철의 손서인 조수(趙樹)가 숙종 때 부북 용지리 용포에 이거했고 용화재(龍華齋)가 있다.

〈참의공파〉 파조 조익도(趙益道)의 5세손 조원록(1743~1799)이 영조 때 울주에서 산내 남명리 추곡(가래밭골)으로 전거했고 모운재(慕雲齋)가 있다.

이외 조련(趙連)이 삼랑진 용성리 청룡에 입촌했고, 외손자가 류창무(문화)이다. 또 숙종 때 산내 봉의리에 입촌한 조일(趙溢)의 후손이 상동 신곡에 산다.

【98】 상주 **주씨**(尙州**周**氏)는 신라 원성왕 때 당나라에서 귀화해 상주총관을 지낸 주이(周頤)가 시조이다. 세계는 1주이－주황……18주겸(周謙)－주신명－❶**〈도은공파〉**주유(周瑜)－주상빈(1385~1453)－주장손－동호 주문보－①주세곤－주조·주박(출), ②신재 주세붕(1495~1554)[48]－주박(周博), ❷**〈박사공파〉**주선(周璿)……26주공망－①주희세－주응남－주의길(周義吉), ②주희문－주언침－주지창(周智昌)으로 이어진다. 이 중 〈박사공파〉 주의길의 후손 주찬성(周贊成)이 1751년(영조27) 산외 금곡리 본촌에 입촌했고, 주지창의 후손은 청도면에 거주한다.

【99】 충주 **지씨**(忠州**池**氏)의 시조는 960년 송나라에서 귀화해 태보평장사를 지낸 지경(池鏡)이고, 관조는 5세손 지종해이다. 세계는 1지경……6

그림390 삼랑진읍 율동리 무실 무산재. 2021.7.21

지종해(池宗海)……18지유용－❶지개(池開)－지계해－**〈참의공파〉**지윤원(池允源)－①지한조－지세분－㊀지경춘……35지춘만·지창만, ㊁지성기……35지용윤－지일관, ②지한종, ③지한생－지세련－지영심－지어약－지세륜－**〈충성군파〉**표곡 지계최(1593~1636)……35지광룡(池光龍)－㊀지근해(1821~1877), ㊁지근하(池根河)－지익일(1869~1907, 자 昌奎)－지원홍(1919~1974)－지문환, ㊂지근연(1839~1905)－지수일－지이진(1887~1952)－지기룡, ❷지호(池浩)－지계한－**〈덕산공파=현감공파〉**지준(1442~1489)－2남 지영수(池永洙)로 이어진다.

입향 시기는 정확히 알 수 없으나 〈참의공파〉 중 장남 지한조(池漢祖)의 후예는 삼랑진 송지리 내송에, 삼남 지한생(池漢生)의 후예는 삼랑진 율동리 무실(무곡)에 산다. 사적으로 무실에 무산재(茂山齋), 죽강(竹岡) 지공유청비(遺淸碑)와 지창규(池昌奎) 기적비가 있다. 또 무안 연상리에는 윤필상(파평)의 사위로 〈덕산공파〉 파조인 지준(池浚)의 후예가 산다.

【100】여양 **진씨**(驪陽**陳**氏)의 시조는 1126년 이자겸 난을 진압해 여양군에 봉해진 진총후이다. 세계는 1진총후(陳寵厚)－진준(陳俊)－❶진광순－**〈시중공파〉**진담(陳湛)……18진한준－√진의(1564~1624)－진정기－진찬－①계은 진필선(1712~1765)－(계)농와 진세경－진응관－㊀진경항－(계)진태혁－진상의－진취규－진량봉, ㊁진경창－㉮진지혁－진상구－(계)진수규

그림391 부북면 위양리 위양 학강사. 2021.2.9

(陳壽奎), ㈏진화혁(1850~1903)-진수규(출)·진재규(출)·진인규, ㊂농수 진경원(1825~1904)-진주혁, ②진필달-진세경(출)·진세유, ③진필번, ④진필성, ❷진광수-①〈어사공파〉진식(陳湜), ②〈예빈경파〉진온(陳溫), ③〈매호공파〉진화(陳澕)-진영헌-〈전서공파〉진번(陳蕃)……14〈여평군파〉진극일(陳克一), ④〈전농공파〉진택으로 이어진다.

시조의 18세손 진의(陳誼)가 임란 때 청주에서 창의한 부친 진한준(陳漢遵)을 수행해 남하하던 중 부친이 합천 초계에서 순국하자 부북 위양리 내양(지싯골)로 피난 와서 정착했다. 사적지로 위양리 위양에 학강사(鶴岡祠, 내부현판: 경모당, 모선재)가 있다.

그리고 〈여평군파〉 파조 진극일의 후손 진기순(陳基順)이 영조 때 초동 명성리 명포(벌미)에 입촌했다. 이외 영조 때 오괴 진대곤(陳大坤)이 상남 평촌에 시거했다.

【101】 영양 **천씨**(潁陽千氏)의 중시조는 명나라 총독장으로서 조선에 귀화한 천만리(千萬里)이고, 손자 천자주(千耔疇)는 〈현감공파〉 파조이다. 파조의 8세손 천재부(千裁富)가 1906년 부북 무연(舞鳶)에 시거했고, 상동 고정리에도 후손이 산다.

【102】 경주 **최씨**(慶州**崔**氏)는 소벌도리(蘇伐都利)의 후손 고운(孤雲) 최치원을 시조로 한다. 우선 세계를 표로 나타내면 다음과 같다.

1**최치원**(崔致遠)－❶최은함－최승로……9최유경(崔有慶)－①1남 최자운－**〈관가정공파〉**최청(1351~1414)－**〈전서공파〉**최검지－최덕성……25최용천－∨최광적, ②**〈좌윤공파〉**3남 최해운……20최한옥－∨최천련, ❷최윤순……9**〈문숙공파〉**최선－최함일－최홍재－**〈사성공파〉**최예(1373~1434)－최상정－최우강－㊀최득하(崔得河)……20최국하－∨최대기, ㊁최득정(崔得汀)－최삼빙－최신보－**〈정무공파〉**잠와 최진립(1568~1636)－2남 최동열－최국정－최하기－최경담－최종한－삼락당 최찬－**도와 최남복**(1759~1814)－최세병

최치원의 25세손이자 〈관가정공파〉 파조 최청(崔淸)의 15세손 최광적이 순조 때 창녕 영산면 길곡리에서 부북 대항리 화남(굴머리)에 전거했다. 선후 세계는 우은 최덕성(崔德成)－소은 최숙－최응정(1462~1524, 초명 定世)－최석－최경화－최만순－최인수－최필인－최윤규－최석문－최원화－최혁언－최용천(1738生)－∨송재 최광적(崔光迪)－최성태·최기태·최종태로 이어진다. 세거지 화남에 최광적의 현손 최상해(崔尙海)가 선대 유덕을 기리기 위해 지은 추모재(追慕齋)와 관가정 최청 영모비가 있다.

최치원의 20세손이자 〈좌윤공파〉 파조 최해운(崔海雲)의 11세손 최천련이 1667년(현종8)경 부북 운전으로 이거했다. 선대 세계를 살펴보면, 최해운－최흘－최상경－최제－최종애－최충－최진원－최성희－최순－최호－최한옥－∨최천련(崔天連)으로 이어진다.

최치원의 20세손이자 〈사성공파〉 파조 최예(崔汭)의 9세손 최대기가 영조 때 부북 청운으로 이주했다. 선후 세계는 최득하－최삼준－최응천－

최계영-최동진-최국하-√최대기(崔大基)-최경운으로 이어지고, 후손이 산내 송백리 양송정에 살고 있다.

아울러 〈정무공파〉 파조 최진립의 후예 성암 최제덕(崔濟德)이 1829년 무안 죽월리에 이거했고, 이곳 세거지에 동광재(東光齋)가 있다. 중종 때 최주중(崔柱重)과 인조 때 최준천(崔俊天)이 하남 명례로 이거했고, 최경원(崔慶元) 현종 때 부북 제대리로 각각 이거했다. 숙종 때 최경화(崔慶華)가 무안 웅동으로 이거했고, 철종(임자) 때 최영찬이 가례리 다례동에 이거했고 후손들이 판곡리에 산다.

현대 인물로 상남 마산리 출신의 독립운동가 최수봉(1894~1921)이 단연 주목된다. 〈사성공파〉 후손으로 호적명은 경학(敬鶴)이고, 일명 해경(海經)이다. 부친은 최현원(崔鉉遠)이고, 모친은 여산 송씨 송우신(宋禹信)의 딸이며, 장인은 김종일(金鍾日)이다. 일찍이 전홍표(정선)가 설립한 동화학교에서 수학했고, 외지로 나가 안목을 넓혔다. 1920년 11월 기산리에서 김상윤

그림392 부북면 대항리 화남 최청 영모비(좌) 추모재(우). 2021.5.1

그림393 무안면 죽월리 동광재. 2021.5.28

그림394 상남면 마산리 최수봉의사 순국 100주년 기념식. 2021.7.8

(광주)을 만나 의열단에 가입한 뒤 함께 밀양경찰서에 폭탄을 투척했고, 이듬해 7월 대구형무소에서 교수형을 받아 젊은 나이에 순국했다. 정부는 1963년 건국훈장 독립장을 추서했고, 성균관 유도회 상남면지회에서 2001년 추모기적비를 출생지에 세웠다. 용문 이온우(경주)가 최의사 묘갈명을 지었다.

【103】 월성 **최씨**(月城**崔**氏)는 경주최씨에서 분관했고, 잠와 최진립(1568~1637) 장군을 중시조로 한다. 후손 최제남(崔齊南)이 1744년(영조20) 부북 월산으로, 최종후(崔宗厚)가 1750년(영조26) 부북 운전리 대전으로 각각 이거했다.

【104】 흥해 **최씨**(興海**崔**氏)의 시조는 고려 의종·명종 연간에 문하시중과 상장군을 지낸 최호이다. 세계는 1최호(崔湖)……11최홍－최여림－최방우－〈**참판공파**〉최지영(崔沚塋)－최계동－최숙강－√최환(1555卒)－최여기(1528~1586)－❶최리립(崔利立)－최귀수－최대해, ❷최인립(崔仁立)－최귀남－①최홍망, ②최의망으로 이어진다. 참판공파 파조의 아들 최계동은 밀양에서 거창으로 이사했고, 손자 최환(崔渙)이 다시 밀양 무안 모로리로 돌아왔다. 후손들은 주로 초동 명성리 명포(벌미)에 거주한다. 한편 최귀수(崔貴壽)는 밀양에서 김해로 이사했다.

【105】 신창 **표씨**(新昌**表**氏)는 충숙왕 때 온창백(溫昌伯)에 봉해진 표인려(表仁呂)를 중시조로 한다. 5세손 표연말(1449~1498)의 9세손 표자평(表自平) 이후 밀양에 세거한 것으로 알려져 있다. 그의 세계는 1표인려……15표자평(1725~1784)－표창벽－표태규－표기일－표세욱(表世旭)－표동숙(1884~1953, 일명 正坤)－표문태(1914~2007, 족보명 福烈)－표진이·표진여로 이어진다. 현대 인물로 민족문학가이자 반핵운동가 표문태(表文台)가 내

이동 914번지에서 표정숙(족보명 東淑)과 진효인의 5남 중 넷째 아들로 태어나 외가에서 성장했다.[49]

【106】 진양 **하씨**(晉陽**河**氏)는 〈시랑공파〉와 〈사직공파〉 두 파가 있다. 〈시랑공파〉의 시조는 1011년 거란의 제2차 침입 때 요나라에서 순국한 하공진(河拱辰) 장군이다. 우선 세계를 간단한 표로 보인다.

> 1〈시랑공파〉하공진(河拱辰)……8하식(河湜)－❶하시원－①하윤린－〈문충공파〉호정 하륜(1347~1416), ②하윤구(河允丘)－〈판윤공파〉하유(河游)－3남 하지명(河之溟)－㊀하현(河現)－하응천－하형－㉮하희서－하면－송정 하수일(1553~1612), ㉯하린서－각재 하항(1538~1590)－하경소, ㊁〈호군공파〉√하비(河備)－㉮하구천(河遘千)－Ⓐ하주(河澍), Ⓑ하충(河冲), ㉯하치천(河値千), ㉰하수천(河受千), ㊂하저(河著)－하서천(河瑞千)－하백(河伯), ❷하거원－하을숙－하렴－하순경－하기룡－하유(河鮪)－하우치－하숙(1493~1552)－하위보·하진보(1530~1585)·하국보

이 중 시조의 12세손 하비(河備)는 〈호군공파〉 파조로 단종 손위 때 벼슬을 사직하고 진양 수곡에서 은거하다가 1455년(세조1) 외향인 부북 수동(壽洞, 현 대항)으로 전거했다. 참고로 1579~1583년 밀양부사를 지낸 하진보(河晉寶)의 외조부가 밀양부사를 지낸 관포 어득강(1470~1550)이고, 사위가 내암 정인홍(1535~1623)의 아들 정연(鄭沇)이다. 밀양 관아 앞 비석군(우측2)에 하진보 인정비(仁政碑)가 있다.

입향조 세계는 √호군공 하비(河備)－하구천－**하충**(1466~1525)－❶하종영(河宗嶸), ❷**하종억**(1493~1559)－①하곤(河鯤)－하재원, ②하유(河鮪)－**하재정**(1575生)－㊀하윤구(河潤九), ㊁하윤경(河潤京)－모현재 하한명(1627~

1706)－㉮벽촌 하진창(河晉昌)－Ⓐ2남 하중일－(계)하경룡－하수도－하복정－하탁규－**하태운**(1852~1930, 초명 斗運)－(계)하재식, Ⓑ3남 하징일－하경룡(출)·하우룡, ㉯경은 하수창(河壽昌)－Ⓐ송죽당 하희일－하홍룡, Ⓑ하치일－하기룡－하석도－하희정－하문규(1825~1890), ㉰성암 하만창(1678~1721)－Ⓐ하호일－하대룡－하출도－하치정－하명규－하동운－하재두, Ⓑ하유일(1711~1763)－하발룡(1742~1823)－하환도－하신정(河信禎)－ⓐ하칠규(1831~1857)－(계)하정운－㊊하재연, ㊋하재천(출), ⓑ하정규(1845~1900)－㊊하정운(출), ㊋하계운－(계)하재천, ㊌하선운(1889生)－하재석(河載石), ㊍하락운, Ⓒ하우일－하태룡(1752~1829)－하치도－하우정－ⓐ두곡 하용규(1853~1916)－모암 하승운－하재성(1890~1945), ⓑ와생 하인규(1860~1930)－㊊하익운－(계)하재범, ㊋하상운－하재범(출)·하재민, ⓒ하구규(河龜奎), Ⓓ하취일－하수룡－하극도－하숙정－하진규－우은 하용운(1846~1910), ㉱하두창(河斗昌), ㊂√하윤성(1603~1622)－하한원·하한종, ③하전(河鱣)으로 이어진다.

통혼 관계를 보면, 하지명(河之溟)의 장인이 이일선(재령)·사위가 남치화(의령)이고, 입향조 하비(河備)의 사위가 남곤의 부친 남치신(의령)이다. 또 하구천의 외손서가 장효범(아산), 하수천의 사위가 이광로(여주), 하주의 사위는 김종직의 손자 김륜(선산), 하종영의 사위는 류창무(문화), 하종억(河宗嶷)의 장인은 손억령(밀양), 하곤(河鯤)의 장인은 박륜(정국군파), 하유(河鮪)의 장인은 류포(진주), 하수창의 사위는 강세형(진양), 하우일(河遇一)의 사위는 박명계(정국군파), 하태룡(河泰龍)의 장인은 김희문(청도), 하문규(河文奎)의 사위는 김태린(청도), 하갑규(河甲奎)의 사위는 손량대(안동), 하용규(河龍奎)의 장인은 박경수(정국군파), 하용운(河龍運)의 사위는 손기옥(안동)이다. 참고로 사천에 세거하는 하저(河著)의 손자 하서천의 사위는 황학(장수)이다.

문집이 있는 이는 돈재(遯齋) 하충(河沖)[50], 낙포(樂圃) 하종억(河宗嶷), 영모재(永慕齋) 하재정(河再淨), 만회재(晩悔齋) 하태운(河台運), 관인(灌人) 하영구(河永久)이다. 현대 인물로 하만창의 8세손 일탄(一灘) 하한식(1920~2010)은 무안 고라리의 사명대사 생가지 유허비, 부북 위양지의 학산 권삼변 유허비 등의 글씨를 남긴 밀양의 대표적 명필이었다.

사적으로 하충의 「해불시(解紱詩)」가 걸려 있는 영모재(永慕齋)를 비롯해 동강재(東岡齋)·추모재(追慕齋)·두곡정(杜谷亭)·보본재(報本齋)·만회재(晩悔齋)가 대항리 상항에 있다. 그리고 하윤성(河潤城)이 이거한 무안 동산리 하촌에 원모재(遠慕齋)가 있다. 입향조의 묘는 교동 구대곡(밀양농협장례식장 뒷산)에 있다.

그림395 부북면 대항리 상항 진양하씨 세거지. 중앙의 산 아래는 영모재. 2021.9.18

그림396 상항 영모재. 2014.12.22

그림397 대항리 상항 동강재. 2021.8.15

그림398 상항 추모재. 2021.8.15

그림399 상항 두곡정. 2021.8.15

그림400 대항리 상항 보본재. 2021.8.15

그림401 무안면 동산리 하촌 원모재. 2021.6.11

그리고 〈사직공파〉의 시조는 고려 정종과 문종 때 사직을 지낸 하진(河珍)이다. 세계를 우선 표로 나타낸다.

**〈사직공파〉**1하진－하영상－하맹공－하원경－하백부－❶하의(河義)－하보－하직의－원정공 하즙(1303~1380)－하윤원－①하유종－하윤, ②하자종－㊀하왕(河瀇)－하정발－하형산－하옥(河沃)－하서린, ㊁하형, ㊂경재 하연(1376~1453)－하효명－하복산－하징－3남 하충로……22하광룡(河光龍)－하선백－√괴헌 하기청(1725~1786)－하경윤·하득윤·하대윤, ㊃하결(河潔)－㉮하금(河襟)……20하광국－겸재 하홍도(1593~1666), ㉯하추(河樞)……17하공효－태계 하진(1597~1658), ③하계종－㊀하숙(河潚)－하만지, ㊁하척(河滌)－하맹질, ❷하성(河成)……12하담(河澹)－**〈단계공파〉**하위지(河緯地)

그림402 무안면 고라리 중촌 괴산재. 2021.8.14

이 중 하연의 12세손 하기청(河起淸)이 영조 때 창녕에서 사명대사 생가지가 있는 무안 고라리 괴진촌(현 중촌)으로 이거했다. 이곳 세거지에 괴산재(槐山齋)가 있다. 참고로 하옥(河沃)의 사위가 신재 주세붕(周世鵬), 하결의 장인은 박응(대제학공파), 하숙의 장인은 신열(영산)·사위는 손조서(안동), 하추의 장인은 손관(안동), 하척의 장인은 목은 이색(李穡)이다.

【107】 달성 **하씨**(達城**夏**氏)의 시조는 고려 인종 때 귀화한 하흠이다. 밀양 입향조는 충효를 겸전했던 하림우(夏霖雨)의 증손으로 시조의 21세손 하창징(夏昌徵)이고, 영조 때인 1776년 대구에서 상동 안인리 포평동(깻들)으로 이거했다. 세계는 1하흠(夏欽)……18하운서–〈아오지 만호공파〉2남 하림우(1628~1682)–하치민–하상직–√하창징(1725~1786)–하시택으로 이어진다. 사적으로 옥산리 바깥여수(상동터널 천일암 옆)에 여수정(麗水亭)이 있다.

그림403 상동면 옥산리 바깥여수 여수정. 2021.8.26

【108】 청주 **한씨**(淸州**韓**氏)는 고려 개국공신 한란(韓蘭)이 시조이고, 시조의 8세손이 한악이다. 세계는 1한란……9한악(韓渥)－❶한공의－한수－① 한상질－한기－〈충성공파〉한명회(韓明澮), ②한상경－한혜－〈문정공파〉한계희(韓繼禧)－한사개－한윤창－한극공－한천뢰－한효중－한필후－회헌 한여해(1607~1693)－4남 한진기(1632~1713)－√한우조(1664生)－한명복－한재유, ❷한방신－한녕－한영정－〈양절공파〉한확(韓確)－〈공안공파〉한치인(1421~1477)－한한(韓僩)－①한세보, ②한세우, ③한세임, ④한세준－한희－한경상(韓景祥)－남은(南隱) 한일순(1615~1677)－지재 한영신－정헌 한선방－한봉장(1703~1748)－한귀만－한성련－한광의－√한홍유(1835~1909)－한용철, ⑤한계금－한승권－〈청원위파〉한경록(1520~1589), ⑥한세질로 이어진다.

이 중 〈문정공파〉의 9세손 한우조(韓羽朝)가 숙종 때 청주에서 부북 무연리로 이거했다. 또 〈공안공파〉의 후손 한홍유(韓洪裕)가 7대조 한일순(韓日順) 때부터 경기도 고양을 떠나 옮겨 살던 창녕 영산(현 부곡면 수다리)에서 밀양 상동면 금산리 금곡으로 구한말 입촌했다. 참고로 한일순 묘가 수다리 만우산 하사곡(下寺谷)에 있다. 그리고 〈청원위파〉 파조 한경록(韓景祿)의 후손이 삼랑진 행곡리에 살고 이곳 안촌에 문중회관이 있다.

한편 선대 미상이나 후손 중 한춘서(韓春瑞)의 아들로 가곡동에서 태어난 독립운동가 한봉근(1894~1958)·한봉인(1898~1968)·한봉삼(1907~1933)

그림404 창녕 부곡면 수다리 청주한씨 묘원. 좌측 위는 남은 한일순 묘. 2021.6.10

그림405 삼랑진읍 행곡리 안촌 청주한씨 청원위파 문중회관. 2021.9.9

그림406 밀양독립운동기념관 '선열의 불꽃' 광장의 한봉인(좌), 한봉삼(중), 한봉근(우) 흉상. 2021.8.22

세 형제의 존재가 각별하다. 한봉근(韓鳳根)과 한봉인(韓鳳仁)은 밀양공립보통학교를 졸업하고 만주로 망명해 의열단 창단에 적극적으로 간여했다. 국내를 오가며 무력 투쟁을 전개하다가 형은 상해에서 병사했고, 동생은 해방 후 귀향해 초대 민선 밀양읍장을 지냈다. 그리고 한봉삼(韓鳳三)은 불과 13세 때 밀양만세의거에 가담했다가 밀양공립학교에서 퇴학당했고, 고향에서 청년동맹 활동과 반제국주의 운동을 하다가 검거되어 옥중 투쟁 끝에 젊은 나이로 순국했다. 정부는 1980년 한봉근에게 국민장(현 독립장)을, 1990년 한봉인에게 애국장을, 2002년 한봉삼에게 애족장을 추서했다.

【109】 김해 **허씨**(金海**許**氏)가 밀양에 입촌한 시기는 근대이다. 죽암 허경윤(1573~1646)의 9세손이자 허욱(許燠)의 두 아들 허채(許埰)·허대(許垈)가 1890년경 김해에서 단장리 단정(丹亭)으로 옮긴 것이다. 이들은 노상익(광주) 형제와 교유하면서 1915년 마을 앞 경주산에 경상남도 문화재자료 670호인 주산서당(珠山書堂)을 건립해 강학했다.

선후 세계는 삼외당 허충(許衷)－❶1남 허용(許瑢)－(계)허동구(1739~

그림407 단장면 단장리 단정 허씨고가. 2021.7.25

그림408 단장리 경주산 주산서당. 2018.2.3

1800)－허선(許僐)－허담(1819~1934)－(계)사이당 허욱(1841~1870)－①√허채(1859~1935)－㊀중와 허석(許鉐)－호석 허섭(許涉)－허우식(許宇植), ㊁허연(출), ②허대(출), ❷3남 허황(許璜)－①허동구(출), ②허동석－허병－허영(1805~1864)－㊀허욱(출), ㊁허훈(許勳)－(계)포헌 허대(1862~1920)－(계)허연(許鉛)－허준(許準)으로 이어진다. 이 중 허채의 장인이 안효완(사포)이고, 허대의 사위가 노상직의 차남 노가용(광주)이며, 허연의 장인이 이병희(여주)이다.

금주(錦洲) 허채(許埰)의 문집이 있고, 단정마을의 허씨고가(許氏古家)는 경상남도 문화재자료 110호이다. 참고로 허석은 수파 안효제의 둘째 사위이다.

【110】 양천 **허씨**(陽川**許**氏)의 경우, 허신(許伸)이 인조 때 부북 청운리에 입촌해 후손들의 세거지가 되었다. 안병희의 『밀주징신록』에 「등통군정(登統軍亭)」 시가 실려 있다. 또 청도 소태리 금서마을에 양천 허씨가 살다가 한국전쟁 때 소태 본동으로 집단 이사했고, 마을회관에 허희(許禧) 창관(創館) 기념비가 있다.

그림409 소태리 허희 창관 기념비

그림410 무안면 양효리 곡량 청단재. 2021.2.9

그림411 양효리 곡량 현정건 묘. 2021.2.9

【111】 연주 **현씨**(延州**玄**氏)의 입향조는 부북 황산리(현 하항)에 살았던 효령대군의 손서 청단 현석규(1430~1480)이다. 성종의 총애를 받아 주요한 관직에 있었는데, 류자광이 임사홍·박효원과 더불어 그를 내치려다 오히려 1478년(성종9) 동래로 유배되기도 했다. 묘소는 무안 양효리 곡량에 있고, 1906년(광무10) 건립한 묘비가 있다. 묘가 수백 년간 실전 상태였다가 칠원군수를 지낸 15세손 현영운이 1902년 읍지를 보고 찾아내어 개축했다고 한다. 이곳 현씨 묘역 아래에 1983년 건립한 청단재(淸湍齋)가 있다.

현대 인물로 상해 임시정부 재무차장 윤현진(1892~1921)의 자형이기도 한 독립운동가 현정건(1887~1932)의 묘가 최근 이곳 뒷산 선영에서 발견되어 밀양시는 2009년 무덤 앞에 안내판을 세웠다. 친동생이 소설가 현진건(1900~1943)이고, 부친 현경운(玄擎運)은 현영운의 백형이다.

또 가곡동 출신으로 밀양초등학교를 졸업한 전 국회의원 현영희가 있고, 단장 태룡리 태동의 세거지에 현덕술(玄德述) 송덕비가 있다.

【112】 남양 **홍씨**(南陽**洪**氏)의 당홍계(唐洪系)는 고려개국 공신 홍은열(洪殷悅)을 시조로 한다. 세계는 1홍은열……13홍주(洪澍)－홍징(洪徵)－홍상부－〈지평공문중〉홍령(洪齡)－홍원숙·홍여해(洪汝諧)로 이어진다. 이 중 시조의 15세손 홍령과 홍원숙 부자는 단종 유배지 영월에서 순절했고, 차남 홍여해의 후손들이 무안면 모로리 모로에 살고 있다.

【113】 장수 **황씨**(長水**黃**氏)의 시조는 경순왕의 사위로 시중을 지낸 황경(黃瓊)이다. 중시조 황석부의 증손자가 황희(黃喜) 정승이다. 세계는 1황석부(黃石富)－황균비－황군서－방촌 황희(1363~1452)－〈호안공파〉황치신－〈녹사공파〉3남 황사현(黃事賢)－√호군공 황학(黃鶴)－황신효(黃藎孝)－황사종－황근－황준형－황윤－황처중－첨모 황종구(1659~1746)－❶황연(黃演)－황효민－황진(1773~1847)－**황기원**(1794~1862)－황계(黃棨)－(계)황정현－국사 황문익(1879~1953, 족보명 永周)☆－황의철－해강 황재연, ❷금계 황흡(黃洽)－황효삼－①3남 황극기－황우원－√겸와 황도(1846~1917)－황익현－황홍주(1897~1956)－㊀모남 황의종－황계연, ㊁석당 황의형－황문연, ㊂동강 황의중(黃義重)－황진연, ②4남 황면기－황발원－화남 황임(黃稔)－황정현(출)으로 이어진다. 황학은 하서천(진양)의 사위이고, 황진은 안인갑(사포)의 사위이며, 황계의 사위가 노상직(광주)이다.

황희(黃喜)의 증손자 황학이 중종대(1506~1544) 경기도 파주에서 처가인 부북 대항리에 처음 전거했고, 그의 12세손 황도(黃稌)가 대항에서 산내 가인리 땅뫼마을로 이거했다. 그리고 황도의 증손자 황의중이 산내 동강중 설립자이다.

귀원(歸園) 황기원(黃起源) 문집이 있다. 사적으로 대항리 중항의 첨모재(瞻慕齋)와 귀원정(歸園亭), 산내 가인리 땅뫼마을에 지산재(地山齋)가 있다.

현대 인물로 중항에서 출생한 황문익(黃文益)은 1907년 손경헌(일직)이

그림412 부북면 대항리 중항 첨모재. 2021.8.15

그림413 대항리 중항 귀원정. 2021.5.1

그림414 대항리 중항 황문익 공적안내판. 2021.8.15

그림415 산내면 가인리 땅뫼마을 지산재. 2021.6.27

조직한 대한협회에 가입했고, 1913년 만주 봉천성 봉성현으로 망명해 독립활동을 하다가 국내 잠입해 군자금 모집을 하던 중 일경에 체포되어 옥고를 치렀다. 정부는 1990년 애족장을 추서했다.

【114】 창원 **황씨**(昌原黃氏)의 경우, 독립운동가 백민 황상규(1891~1931)가 뚜렷한 자취를 남겼다. 황문옥(1853~1927)과 허경순의 장남으로 내이동에서 출생한 그는 1919년 중국 길림에서 생질인 약산 김원봉(김해)과 함께 의열단을 주도적으로 조직한 뒤 밀양경찰서 투탄의거로 7년간 감옥살이했다. 출옥 후에도 광복 투쟁에 매진하다가 1931년 타계함에 사회단체연합장으로 장례를 치렀다. 묘는 부북 용지리 지동의 선영에 있다. 정부는 1963년 독립장을 추서했다.

그리고 직계 조상이 단장면 감물리에 거주한 황용주(1919~2001)는 해방

그림416 부북면 용지리 지동 뒷산 황상규 묘. 2021.4.7

그림417 밀양독립운동기념관 '선열의 불꽃' 광장 황상규 흉상. 2021.1.26

이후 상해에서 김원봉 비서를 지냈고, 밀양 세종고 설립자이자 초대 교장이다. 60년대 군사정부가 들어서는 데 일조했으나 이후 순탄치 않은 삶을 살았다.[51]

이상에서 살펴보았듯이 성씨별로 입향조의 입촌 동기가 다양하고, 이거 시점은 조선 전기보다 후기에 집중되어 있다. 격심한 국내 정변과 혼돈의 외부 전란이 지역 이동을 촉진한 결과이다. 세조의 왕권 무력화와 단종의 왕위 이양, 연산군의 폭정과 사화 발생, 중종반정, 광해군의 폐모살제, 인조반정, 효종과 현종대의 예송 논쟁, 숙종대의 환국 정치 등 격랑의 정국 속에서 정치적 신념이 맞지 않거나 생존 위기를 느낀 관리들은 벼슬을 내던지고 밀양 본가로 내려왔다. 혹은 처가나 외가, 주변 인물의 고향이든지 간에 밀양을 연고지로 삼아 삶의 터전을 개척했다.[52] 그리고 임진왜란은 밀양 지역을 요동시켜 있던 사람이 떠나고 새로운 사람이 들어왔다. 신분과는 무관하게 밀양이 기회의 땅이었던 셈이다. 외부에서 유입된 사족은 토착의 재지 가문과 상호 통혼을 통해 지역에서의 위상을 높여갔다.

이 책의 성격상 입거 시기가 오래되고 지식인 계층을 초점에 두다 보니 특정 가문이 상대적으로 많은 분량을 차지했다. 하지만 예나 지금이나 밀양의 유구한 역사를 묵묵히 이끌어 온 존재는 대다수 서민이라는 사실이다.

# 미주

1 재지양반층은 읍 단위의 향안 조직, 사적으로는 혼인관계나 학문 관계를 통해서도 계층적 결합을 강화했는데, 혼인을 통한 결합 양상의 구체적인 예는 권벌 일가의 혼인 관계망이다. 미야지마 히로시 저/노영구 옮김, 『양반』, 강, 1996, 184~189쪽.

2 참고한 자료는 손정태 엮음, 『밀양의 항일독립운동가』, 밀양독립운동사연구소, 2014; 최필숙, 『끝나지 않은 그들의 노래』, 지앤유, 2019; 손정태, 「밀양의 독립운동 그 빛나는 역사」·「독립운동 서훈자 명단 및 공적 요약」, 『밀양문화원 70년사』, 밀양문화원, 2020, 557~617쪽; https://www.miryang.go.kr 등이다.

3 이능구, 「효자 김상일(金相鎰)전」, 『정존헌집』 권2.

4 1830년 건립한 신도비 비문은 전 예조참판 류태좌(柳台佐)가 지었고, 글씨는 13세손 김상철(金相哲)이 썼다.

5 『단종실록』·『신증동국여지승람』·『현종실록』에 소개된 김극일의 효행은 이덕무의 『청장관전서』 권69 「한죽당섭필」하에 더욱 자세히 적혀 있다.

6 김인서의 계보는 족보에 따라 차이가 있다. 『김해김씨 도총관공파 대동보』 권1(동 파보소, 1998, 9쪽)을 보면 김인서가 김극량(金克良)의 아들로 나온다. 하지만 『김해김씨 선원대동세보』 정1편(동 보소, 1947, 5~7쪽)에는 김강의의 3남 김극양(金克讓)의 후손이 전혀 다르고, 『김해김씨 참봉공파세보』(한국보학연구소, 1987, 109쪽)와 『김해김씨 선원대동세보』 총편 권2(동 세보소, 2001, 789쪽)에는 '김택주–김천여–김기유–김인서–김헌'으로 되어 있다.

7 박태원, 『약산과 의열단』(1947), 깊은샘, 2000; 손정태, 『항일독립운동의 선구자 약산 김원봉 장군』, 밀양문화원, 2005; 김삼웅, 『약산 김원봉 평전』, 시대의창, 2013.

8 독립의열사 숭모비 건립위원회에서 1965년 이은상이 지은 취지문을 류민목(진주)의 글씨로 빗돌에 새겨 영남루 경내 세웠다가 2010년 밀양독립운동기념관 앞으로 이전했다. 파리장서비와 나란히 있다(그림90).

9 줄리아 리(김주영), 『줄리아의 가족순례기』, 레드우드, 2014.

10 김종직은 초배 사이에서 4남(목아, 김억, 김곤, 김담) 2녀, 계배에서 1남(김숭년) 1녀를 얻어 모두 5남 3녀를 두었다.

11 신도비는 1635년에 세웠다. 비문은 대제학 홍귀달(1438~1504)이 짓고, 글씨는 창원부사 오여벌(1579~1635)이 썼으며, 전액의 사간 김세렴(1593~1646) 작이다.

12 파리장서에 전국 유림을 대표해 137명이 서명했다. 밀양 출신은 8명으로 노상직(광주), 강신혁(부북), 김태린(청도), 박상윤(부북), 안종달(산외), 손상현(산외), 이학규(삼랑진), 허평(단장)이다. 이 중 소눌 제자는 강신혁, 김태린, 안종달이다. 밀양 시민들이 파리장서비를 1992년 영남루 경내 세웠다가 2010년 밀양독립운동기념관 앞으로 이전했다.

13 경상도 도사 황사우(1486~1536)가 1519년 2월 6일 영남루 망호당에서 류세미·양담·이원 등을 만났다. 당시 밀양현감은 황효헌(黃孝獻)이었다. 황사우 원저/황위주 역주, 『재영남일기』, 영남문화연구원, 2006, 35~36쪽.

14 정려비는 1710년에 박주의 조부 때부터 거주한 창녕 부곡에 세웠으나 도중에 소실됨에 따라 뒷날 고법리로 환고(還故)한 후손들이 1910년 이곳에 복설했다. 옛 비석 곁에 2008년 중수한 비석이 나란히 세워져 있다.

15 비명은 전 의금부 도사 척암 김도화(1825~1912)가 짓고, 글씨는 진사 안종석(사포)이 썼다.

16 비석은 1674년 건립되었고, 차산리의 폐교된 남부초등학교 뒤쪽에 있다. 비문은 1652년 밀양군수를 지낸 대사간 김응조(1587~1667)가 1662년에 지었고, 글씨는 경상감사 겸 대구부사 이관징(1618~1695)이 썼으며, 전액은 밀양부사 이희년(1672~1675 재임)이 썼다. 비석은 박류(박수춘의 장남)와 이이주(박류 여동생의 시숙) 등이 마련했다.

17 박곤 장군의 자세한 생애는 이 책 제3부 제2장 참조.

18 비석 명칭은 '밀양변씨 삼현 유허비'이고, 문화재 명칭은 '변계량비각'이다. 비석 건립을 주관한 이는 향도청 박형목, 감역 안병희(초동)와 박희경이다. 전액은 성기덕, 비문은 서주현의 글씨이다.

19 조열태의 장편소설 『진주성 悲歌』(이북이십사, 2012)는 서예원의 활약상과 일가의 비극적 최후를 역사소설로 복원했다.

20 신도비는 후손들이 1875년 8월에 세웠다. 비문은 박래만(朴來萬)이 짓고, 글씨는 심의현(沈宜絢)이 썼으며, 전액은 성재 허전(1797~1886)의 글씨이다.

21 유허비는 청절사가 있던 자리에 1914년 세웠다. 류필영(柳必永)이 비문을 짓고, 안희원(安禧遠)이 썼으며, 전액은 허채(許埰)의 글씨이다.

22 부친 장중성(張仲誠)은 전한공파 파조로, 시조 장민(1207~1276)의 15세손이다.

23 신도비는 1953년 10월에 건립했다. 비명은 변영만 작이고(1934.10), 두전은 오세창 작이며, 류민목(진주)의 글씨로 새겼다.

24 묘는 초동면 봉황리 황대 뒷산에 있다. 묘비는 1450년 3월 세웠고, 비문은 성균관 사예 박욱(朴彧)이 지었다. 『세종실록』(1448.3.14)에 박욱의 사예 기록이 있고, 1450년 10월 성균관 사성이 되었다. 박욱의 부친은 박계생(朴桂生), 아들은 박겸손이다.

25 신도비는 1908년 4월 건립되었다. 의금부 도사 척암 김도화(1825~1912)가 지은 비문을 초동 출신의 소재 박승목(1846~1926)이 썼고, 전액은 장기현감 소암 이매구(1841~1927)의 글씨이다. 김도화와 이매구의 관력으로 보아 비문 제작 시기는 1894~1895년이다.

26 벽소정은 직전의 격재 손조서 묘를 수호하고자 지은 분암(墳庵)이다. 향산 이만도의 「벽소재기」에 따르면 1904년에 건립되었고, 2020년 개보수해 양성화할 때 그동안 편액으로 내걸었던 직산재(稷山齋)를 내벽에 달아 위치를 서로 바꾸었다.

27 도진순 주해, 『백범일지』하권, 돌베개, 1997, 390쪽, "그 다음으로 손일민 동지의 사망이다. 나이 60세에 항상 병을 안고 지내다 끝내 기강에서 한 줌 흙이 되었다. 그는 청년 시절부터 나라를 되찾겠다는 큰 뜻을 품고 만주 방면에서 다년간 활동하였고, 북경·남경·장사·광주·유주로 다니다가 결국 기강까지 와서 대가족에 편입되었다. 그는 자녀가 없고 근 60세 된 미망인이 있을 뿐이다."

28 비문은 밀양부사 김극일(1522~1585)이 1576년에 지은 비문과 여헌 장현광이 1634년 지은 발문을 합친 형태이고, 예조판서 윤급(1697~1770)의 글씨와 유척기의 전액을 받아 1765년 빗돌에 새겨 건립했다.

29 참고로 안효문의 사위가 오졸재 박한주(朴漢柱)이고, 안효문의 6촌 동생 안여거의 사위가 주세붕(周世鵬)이며, 안구(安覯)의 둘째 사위는 주세붕의 사촌 동생 주세란(周世鸞)이다.

30 안재구(安在求)는 대한민국 수학자이자 통일운동가이다. 조부 안병희 슬하에서 성장했고, 1947년 5월 노동절 집회 참가로 밀양중 1학년 때 퇴학당했다. 1952년 경북대 수학과 입학했고, 통일운동으로 1976년 모교 교수직에서 해임되었다. 1979~1988년과 1994~1999년 감옥 생활을 했다. 그의 『할배, 왜놈소는 조선소랑 우는 것도 다른강?』은 근현대 민족사의 격랑과 밀양의 풍속 인물사를 정밀하게 복원해놓았다.

31 자세한 것은 이 책 제4부 제7장 참조.

32 경상도 도사 황사우(1486~1536)가 1519년 2월 5일 진사 양담·이원(李遠)을, 다음날 영남루 망호당에서 양담·이원·류세미 등을 만났다. 7월 9일 영남루에서 양담·어영하를, 1520년 1월 13일 양담·어영하·하수천을 만났다. 당시 밀양현감은 황효헌(黃孝獻)이었다. 황사우 원저/황위주 역주, 『재영남일기』, 영남문화연구원, 2006, 34~36쪽, 149쪽, 285~286쪽.

33 임상원의 「동래양부하전」(『염헌집』 권30)과 이익의 「양부하」(『성호사설』 권14). 부산 반송의 삼절사(三節祠)는 순국한 양씨 일문의 위패를 모신 사당이고, 이양훈의 장편소설 『양부하』(좋은땅, 2016)가 있다.

34 『순조실록』(1808.6.30)

35 비문에 없는 『양씨전』의 정보는 다음과 같다. 부인은 양주운(용성군파 파조)의 11세손 양윤해의 딸로 1755년 남가실에 살던 좌리공신 월성군(이철견)의 6세손 이정환과 결혼했으며, 일남일녀를 병으로 잃은 뒤 남편이 1784년 사기와 모함을 당해 이듬해 유배 간 사건을 일을 자세히 서술했다.

36 경상도 도사 황사우(1486~1536)가 1519년 7월 9일 영남루에서 어영하와 양담을 만났고, 1520년 1월 13일에는 어영하·훈도 하수천·양담을 만났다. 위의 미주 32 참조.

37 박환, 『나철, 김교헌, 윤세복』, 동아일보사, 1992.

38 김승일, 『조선의용군 석정 윤세주 열사』, 고구려, 2001; 김영범, 『윤세주: 의열단 민족혁명당 조선의용대의 영혼』, 역사공간, 2013.

39 윤재희는 초동 범평 출신이고, 이곳에 현재 직계 후손은 살지 않는다. 『태극옹전』에 대해서는 참고문헌의 김병권, 조상우, 한의숭 논문 참조.

40 자세한 입촌 내력은 이 책 제3부 제3장 참조.

41 경상도 도사 황사우(1486~1536)가 1519년 2월 5일 이원(李遠)·진사 양담을, 다음날 영남루 망호당에서 이원·양담·류세미 등을 만났다. 황사우 원저/황위주 역주, 『재영남일기』, 영남문화연구원, 2006, 34~36쪽.

42 이외 이지운 편의 『철감록(掇感錄)』과 이종극·이익구 공편의 『우모록(寓慕錄)』에도 기우자 이행(1352~1432) 이하 선대의 시문이 다수 실려 있다.

43 조음(召音): 소(召)는 지명일 때에는 본음인 '조'로 읽음. 삼한시대 부족국가였던 경북 의성

군 금성면의 조문국(召文國)이 같은 예이다.

44 하강진, 「오휴자 안신의 禮說書 특징과 작품 세계」, 『동양한문학연구』 제56집, 동양한문학회, 2020, 143~148쪽. 이 책 제5부 제4장에 재수록함.

45 풍천임씨족보와 신학상의 『사명당의 생애와 사상』(너른마당, 1994, 383쪽)을 참조함.

46 신익균, 「학생인동장공묘표」, 『동화집』 권10, 1~2장.

47 참고로 손병현의 『밀주승람』에는 관향이 연일로 되어 있다.

48 주세붕의 첫째 장인은 하옥(사직공파), 둘째 장인은 안여거(광주)로 모두 슬하에 자식이 없었다.

49 김영희, 「표문태의 삶과 소설」, 『밀양문학』 제20집, 밀양문학회, 2007, 184~227쪽.

50 『국역본 돈재집』(하우봉 역, 마이콤, 2006) 부록에 『낙포유고』와 『영모재유고』가 합편되어 있다.

51 안경환, 『황용주, 그와 박정희의 시대』, 까치, 2013.

52 정치적인 이유로 다른 지역에 이주지를 정한 것은 자신의 출신지에 이주하면 그 지역에 사는 이족 집단에 흡수되어 양반으로서의 사회적 지위를 위협받았기 때문이고, 지방 측에서 보면 그때까지의 지배층이던 이족에 더하여 양반 집단이 존재하게 된 것을 의미한다. 미야지마 히로시 저/박은영 옮김, 『한중일 비교 통사』, 너머북스, 2020, 220~221쪽.

# 제3부
## 밀양 인물의 이모저모 숨은 이야기

하남읍 수산리 하남체육공원의 봄 풍경

삼랑진읍 삼랑리 후포산에서 본 낙동강

# 제1장 향촌사회 형성에 비중이 컸던 박림장(朴林長)의 사라진 행적

초동 오방동에 거주한 조하위(1678~1752)의 『소암집(笑庵集)』을 보다가 한동안 시선을 떼지 못했다. 다름 아닌 박림장(朴林長)의 묘를 참배하고 지은 아래의 병서와 시 때문이다.

> 공은 나의 5세조 비의 조부이다. 묘는 성암마을 뒷산에 있는데, 부인 신씨 묘와 쌍분으로 다 묘갈이 있다. 공의 묘갈은 학유 남추가 지었고, 신씨 묘갈은 신재 주선생이 지었는데, 모두 진사 양담이 썼다. (公, 我五世祖妣之祖考也. 墓, 在星巖村後山, 夫人辛氏墓雙墳, 俱有碣. 公之碣, 學諭南趎所撰; 辛氏碣, 愼齋周先生所撰, 而皆進士梁澹所書也.)

| | |
|---|---|
| 계단 앞에 백양나무 가지가 시들지 않았는데 | 階前不老白楊枝<br>계 전 불 로 백 양 지 |
| 와서 묘소에 절을 올리니 갑절이나 슬퍼지네 | 來拜封塋倍感悲<br>내 배 봉 영 배 감 비 |
| 백 년 묵은 작은 비석에 여전히 옛일 적혔나니 | 百歲短碑猶記昔<br>백 세 단 비 유 기 석 |
| 온종일 어루만져보건대 말로 감당할 수 없구려 | 摩挲終日未堪辭[1]<br>마 사 종 일 미 감 사 |

조하위의 5대조는 취원당 조광익(曺光益)이다. 지극한 효성과 형제간의 우애로 고을에 이름이 난 인물이다. 그가 1559년 입촌한 초동 오방동에 정려각과 강동구 사적지가 있다. 병서에 따르면, 5대조의 처조부가 박림장(朴林長)이고, 아내의 성이 신씨(辛氏)라는 사실이다. 박림장은 초동의 유력한 사족으로 박홍미, 박영미, 박광미 세 아들을 두었다. 그리고 세 손서가 조광익(창녕), 이광진(여주), 이엄(벽진)이다. 이 세 집안이 16세기 초에 밀양이나 창녕에 정착하는 데 혼맥이 비중 있게 작용했겠다 생각하고 있던 터였다.

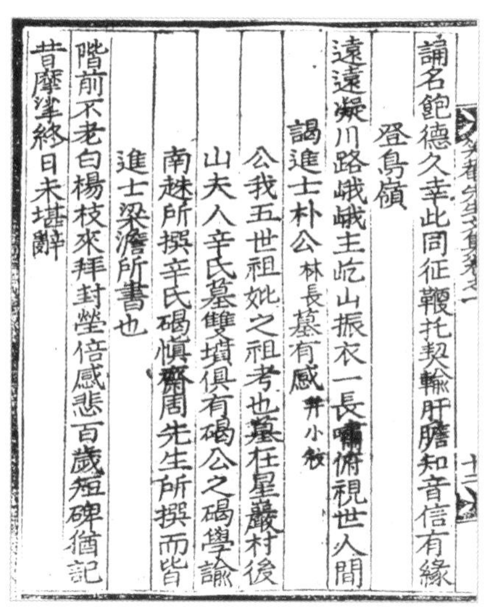
誦名飽德久幸此同征鞭托契輸肝膽知音信有緣
登鳥嶺
遠遠凝川路峨峨主屹山振衣一長嘯俯視世人間
謁進士朴公林長墓有感 并小敍
公我五世祖妣之祖考也墓在星巖村後山夫人辛氏墓雙墳俱有碣公之碣學諭南趎所撰辛氏碣愼齋周先生所撰而皆進士梁澮所書也
階前不老白楊枝來拜封塋倍感悲百歲短碑猶記昔摩挲終日未堪辭

그림1 조하위의 시.

좀 더 풀어보면, 창녕조씨 초동 입향조 조광익(1537~1578)은 원래 창원 지개동에 살았으나 박홍미의 사위가 되면서 오방으로 이사했고, 여주이씨 밀양 입향조 이사필의 손자인 금시당 이광진(1513~1566)은 박영미[2]의 사위이다. 또 이엄(1510~1597)은 승의부위(承義副尉) 박광미의 사위가 됨으로써 합천 삼가에서 창녕 부곡으로 이거했고, 손자 이도희(1615~1670)가 초동 새터의 입향조 박범(朴範)의 사위가 되면서 부곡에서 초동 성암으로 터전을 옮겼다. 이처럼 세 집안이 밀양에 뿌리를 든든히 내리는 과정에 혼맥이 닿은 박림장의 역할이 있음에도 이상하리만큼 밀양의 문헌이나 문중 족보에서 그의 흔적이 잘 나타나지 않는다는 점이다. 물론 생몰년조차 알 수 없다.

그런데도 비문의 찬자나 글쓴이를 보면 모두가 예사롭지 않다. 남추(南趎)는 본관이 고성이고, 자는 계응(季應), 호는 서계(西溪) 또는 선은(仙隱)이다. 남계신의 아들로 1493년 전라도 곡성에서 출생했고, 1507년 진사시

합격했으며, 1514년 별시 문과 급제했다. 1516년 10월 성균관 학예로 있을 때 곡성현감 나안세의 불법행위를 관찰사에게 고발했다가 오히려 무고죄로 이듬해 의주에 유배되었고, 같은 해 9월에 올린 상소가 받아들여져 풀려났다. 기묘사화 때에는 조광조 일파로 몰려 영광 삼계(森溪)로 유배되었고, 이후 1522년 동복현감을 지냈고, 1525년 해운판관을 지내다가 세상을 떠났다.[3] 『연려실기술』과 『열하일기』 「피서록」에서 남추의 기이한 일화를 기록했다.[4] 또 신재 주세붕(1495~1554)은 두말할 나위 없이 저명한 학자이고, 부부 묘갈의 글씨를 쓴 진사 양담(梁澹)은 읍지에 빠짐없이 등장하는 16세기 밀양의 최고 명필이다. 이들이 당대의 알아주던 인물임을 볼 때, 박림장의 위상은 한 고을 내의 범위를 훨씬 벗어나 있다.

양담(梁澹)은 동향인이라 박림장의 아들이 그에게 비문 글씨를 두 번이나 부탁해 받았다고 생각하면 어느 정도 수긍이 간다. 그러면 박림장의 묘갈명을 성균관 학유 남추(南趎)가 지은 배경은 무엇인가. 그가 워낙 기이한 행적을 보인 데다가 정치 격동기에 일찍 죽어 남은 자료가 없어 상고할 방법이 마땅치 않다. 여하튼 박림장의 세 아들 중 한 사람이 그와 특별한 인연이 있었으리라. 특히 신재 주세붕(周世鵬)이 어떤 계기로 부인 신씨

그림2 초동면 명성리 성암 박림장 부부 묘. 2021.5.5

묘갈명을 썼는가 하는 점이다. 그의 문집 『무릉잡고』에 관련 자료가 없는 마당에 위의 짤막한 병서만으로 답을 찾기란 불가능하다.

그렇다. 지름길은 조하위가 한없는 감회에 젖었던 비석을 찾아가 보는 것이다. 비석이 창녕조씨 집성촌인 오방동과 가까운 성암마을 뒷산에 있다고 했으니 손쉽게 해결할 수 있겠다는 생각이 들었다. 40년이 훨씬 넘어 가물가물하지만, 성암마을은 내가 어릴 때 한 번 가본 곳이기도 하다. 그러나 희망 섞인 상상의 기쁨도 잠시, 비석을 현실적으로 어떻게 찾는단 말인가. 마을 지리를 대충 안다고 해도 이 산 저 산을 다 헤맬 수 없는 노릇이다. 난감하던 차에 중학교 때 짝지가 바로 이 동네 출신이라는 생각이 번쩍 떠올랐다. 친구는 박림장을 처음 들어보지만 어릴 때부터 보았던 옛 무덤이 있다고 했다. 문제의 절반은 벌써 해결한 느낌이 들었다.

친구가 카톡으로 보내준 약도를 들고 성암 뒷산으로 올라갔다. 과연 양지바른 곳에 쌍분이 조성되어 있었다. 동쪽은 박림장, 서쪽은 부인 신씨 무덤이었다. 그리고 조하위가 온종일 어루만졌던 단비(短碑)가 두 무덤 앞을 지키고 있었다. 비석을 살펴보니, 비문의 지은이와 글쓴이가 조하위 문집과 똑같았다.

약간의 흥분된 마음을 가라앉히고 네 면에 적힌 비문을 조사해서 일일이 옮겨 적었다. 수백 년간 비바람에 노출되어 판독이 어려운 글자가 여러 군데 있었다. 분량이 많기는 하나 밀양 고전 자료로서 가치가 있으므로 전문을 소개한다.

**○ 성균관 생원 박공지묘(成均館生員朴公之墓)**

휘 림장(林長)은 자가 직간(直幹)이고 밀성의 큰 집안이다. 홍치 기유년(1489)에 생원시 합격했고, 밀성에 세거한다. 부친 정지(楨之)는 전생서 령이고, 조부 총(叢)은 삼기현령이며, 증조 인덕(仁德)은 군기시 소윤이다. 공은 첨절제사 신성손(辛性孫)의 딸에게 장가들어 아들 셋을 낳았다. 장남 홍미(弘

美)는 업유, 차남 광미(光美)는 내금위, 막내 영미(英美) 또한 업유로, 모두 명성이 있고 모두 자녀가 있다. 또 공의 사람됨이 풍모가 단아하여 사람들 모두 존경하였다. 정덕 정축(1517) 1월 계묘일에 병으로 집에서 숨을 거두니 향년 68세인데, 고을 사람들이 애통해하지 않음이 없었다. 그해 11월 경진일에 벽력산에 장사를 지냈으니, 돌아가신 조모 무덤의 북쪽이다. 오호라. 이곳은 덕이 있는 사람이 묻힌 곳이다. 솔은 살고 산초는 죽었나니, 모름지기 못에 까닭이 있음이라, 가지마다 비로소 번성하니, 이 영광 무엇이 이와 같으리.

그림3 생원 박림장 묘비

황명 정덕 정축(1517) 겨울 세우다. 성균관 학유 남추(南趎)가 짓고, 진사 양담(梁澹)이 쓰다.[5]

### ○ 의인 신씨지묘(宜人辛氏之墓)

신씨는 영산에서 대성이다. 병조참판 휘 처강(處康)은 우부장 휘 혁지(革之)를 낳았고, 부장은 첨절제사 휘 성손(性孫)을 낳았으니, 신씨는 곧 그의 딸이다. 밀성박씨 생원 휘 림장(林長)에게 시집을 가서 세 아들 참봉 홍미(弘美), 내금위 광미(光美), 참봉 영미(英美)를 낳았다. 맏이가 먼저 세상을 떠났고, 모두 자녀가 있다. 가정 갑오년(1534) 춘삼월 무진일에 졸하니 향년 76세이다. 겨울 12월 임인일에 장사를 지냈으니, 산 이름은 벽력이다. 주세붕(周世鵬)은 젊었을 적에 함께 한 대접의 국을 먹고 산방에서 글을 읽으며 사람됨이 성실함을 잘 알았다. 그 막내를 통해 또 맏이가 참으로 장자임을 알고 둘째 아들을 알았으니, 그 어머니의 현명함을 알 수 있었다. 하루는 영미(英美)가

그림4 의인 신씨 묘비

상복을 입고 집에 와서 울며 간청하기를, "어찌 제 모친 묘에 명이 없어서야 하겠습니까? 아, 제 모친은 …… 해가 되니 …… 한이 됩니다."라 하니, 명(銘) 한 마디를 사양하지 못하겠다. 명은 다음과 같다. "이 자식이 있어, ……을 알았네, 이 모친의 명은, 누구의 아름다움인가."

황명 가정 을미(1535) 겨울에 세우다. 헌납 주세붕(周世鵬)이 짓고, 진사 양담(梁澹)이 쓰다.[6]

그동안 가졌던 의문들을 해결할 만한 답이 비문에 있었다. 먼저 박림장 부부의 생애이다. 박림장은 1450년에 태어나 1517년에 졸했고, 부인 신씨는 1459년에 태어나 1534년에 졸한 사실이 비로소 밝혀졌다. 부부의 나이 차이는 9살이고, 아내가 남편보다 17년 뒤에 졸했다. 그리고 박림장의 증조부는 군기시 소윤 박인덕(朴仁德), 조부는 삼기현령 박총(朴叢), 부친은 전생서 령 박정지(朴楨之)라는 가계는 처음 접하는 정보이다. 종5품 이하의 하급관료로 벼슬로 크게 현달한 집안은 아니다. 이뿐만 아니라 아내의 부친은 신혁지(辛革之)의 아들 첨절제사 신성손(辛性孫)이다.[7] 부부 사이의 아들 셋은 이미 알려진 그대로이다. 다만 두 비문의 건립 시차를 반영해 1535년에는 장남 박홍미가 세상을 이미 떠난 상태였고,[8] 박영미는 공부만 하던 업유(業儒)가 아닌 참봉직에 있었다.

남추(南趎)와 주세붕이 비문을 지은 배경도 알 수 있다. 남추는 1517년 박광미와 서울의 한 공간에 있었다는 사실이다. 박광미는 왕을 호위하는 내금위 소속의 군인이었고, 남추는 성균관 학유로 있었기 때문이다. 둘이서 친분을 쌓을 개연성이 충분히 있었던 셈이다. 또 주세붕이 부인 신씨 묘갈명을 짓는 데에는 박영미와 친분이 작용했다. 두 사람은 어릴 때 산방에서 숙식을 함께 한 사이였다. 주세붕이 14살 때인 1508년 안국사(安國寺)에서 독서를 했으니 그와 막역한 사이가 된 지 30년이나 되었다. 그렇기에 박영미를 통해 그의 가족도 잘 알고 있었다. 이것이 사간원 헌납 주세붕이

신씨 부인의 묘갈명을 지은 이유이다.

한편 성균관 학유 남추(南趎)는 묘갈명에서 박림장의 성품이 단아하여 사람들이 진심으로 그를 존경했고, 그가 죽자 모두가 비통함에 잠겼다고 했다. 묘갈명 격식에 어울리게 구사한 관용적 수사라 하더라도 여러 정황상 그렇게까지 과장한 것으로는 볼 수 없다. 그리고 막내아들의 지인이 당대의 대표 학자 주세붕이고, 세 손서 집안 모두 뒷날 밀양 향촌사회의 유력한 가문으로 자리를 잡았다. 지역사회에서 차지한 위상을 충분히 가늠할 수 있다. 그의 특히 오방동의 명칭이 박림장의 아들에서 유래한다는 설화가 현재까지 구전되고 있기까지 하다.[9]

하지만 15세기 초동의 대표적인 부호로서 혼인 관계를 매개로 16세기 여주이씨, 창녕조씨, 벽진이씨의 밀양 정착에 인연이 깊은 박림장 가문이 4백여 년 전에 그렇게 흔적 없이 사라진 이유를 여전히 알 수가 없다.[10] 그러함에도 1930년대 편찬된 밀양 읍지에 이름이 빠지지 않고 기록되었다.

박림장 부부 묘갈명을 통해 두 사람의 생애와 가족 관계에 대해 이전보다 훨씬 많은 정보를 얻은 것은 의외의 소득이다. 소소하게는 성암 뒷산

그림5 호유당 이도희 묘. 2021.2.14

이름이 벽력산(霹靂山)이라는 사실도 알았다. 애초부터 비문에서 완전한 해답을 구할 생각은 하지 않았다. 박림장 비석을 통해 밀양 지역사의 한 틈새를 메워볼까 해서 나섰던 것이다.

박림장 묘소 아래에는 벽진이씨 성암 입향조인 호유당(好猶堂) 이도희(李道熙)의 묘소도 있다. 호유당의 진외고조부가 박림장이다. 필자에게 박림장 묘소 약도를 그려준 친구는 호유당의 후손이다.

## 미주

1 조하위, 「알진사박공림장묘 유감병소서(謁進士朴公林長墓有感幷小敍)」, 『소암집』 권1.

2 박영미의 장인은 모선재 박수견의 부친 박효순(은산군파)이다. 본관이 같은 '밀성'이지만 원계가 매우 달라 혼인한 것으로 짐작된다. 이 책 115쪽 참조.

3 『조선왕조실록』과 박순문 변호사 제공의 『국역 덕계사지(德溪祠誌)』(곡성문화원, 1997) 참조. 곡성군 오지면 오지리 덕계사에 기묘명현 덕암 이경(李璥)과 함께 배향되고 있다. 남추의 장인은 경주이씨 이찬(李纘)이고, 아들 남류운(南綸雲)이 있었다. 참고로 이찬의 세계는 이 책 185쪽 참조.

4 남추(일명 남주)의 기이한 행적과 생몰년이 기록마다 조금씩 다르다.

5 (좌측)諱林長, 字直幹, 密城大族, 中弘治己酉生員, 世居于密. 考楨之, 典牲署令. 祖叢, 三岐縣令, 曾祖仁德, 軍器寺少尹. 公娶僉節制 (후면)使辛性孫之女, 生三子. 長弘美, 業儒, 次光美, 內禁衛, 季英美, 亦業儒, 皆有名稱, 俱有子女. 且公爲人, 風儀端雅, 人皆敬服. 正德丁丑正月癸卯, 以疾終于第, 享年六十八, 鄕隣莫不痛惜之. 以其年十一月庚辰, 葬于霹靂山, 先祖母丘壠之北. 嗚呼. 此, 德人之所葬也. (우측)銘曰 松生椒死, 須有澤在, 枝枝繁肇, 此榮孰玆. 皇明正德丁丑冬建. 成均館 學諭 南趎 撰, 進士 梁澹 書.

6 (좌측)辛於靈山, 爲大姓. 兵曹參判諱處康, 生右部將諱革之, 部將生僉節制使諱性孫, 辛氏卽其女也. 適密城朴生員諱林長, 生三子, (후면)曰弘美 參奉, 曰光美 內禁衛, 曰英美 參奉. 伯先逝也, 皆有子女. 嘉靖甲午春三月戊辰卒, 享年七十六. 葬以冬十二月壬寅, 山曰霹靂. 周世鵬, 少時, 與豆羹, 讀書山房, 極知爲人醇慤. 因其季又知其伯眞長者也, 知其二子, 足以知其母之賢也. 一日, 英美服衰絰來踵門, 泣且請曰 盍銘吾母墓乎. 嗚呼, 吾母 (우측)以○○及年○爲恨, 銘一言不辭. 銘曰 有是子, 知○○, 是母銘者, 誰子之美. 皇明嘉靖乙未(1535)冬 建. 獻納 周世鵬 撰, 進士 梁澹 書.

7 그런데 『영산·영월신씨대동보』(권13, 14쪽)의 세계는 '신사천(1345~1418)－신열－신처강(1453卒)－신성손－신학－신국균(1479~1546)－신일'로 되어 있어 신처강의 아들 '신혁지'는 없다. 『영산신씨 상장군공파 세덕지』(2011, 263쪽과 605쪽)도 마찬가지다. 참고로 신학의 사위가 박범(이도희의 장인)의 증조부 모선재 박수견(은산군파)이다. 이 책 159쪽 참조.

8 대개 읍지에서 박홍미의 해양원(海陽院, 현 명례) 8영시를 수록하고 있는데, 손병현은 『밀주승람』에서 그가 문장에 소질이 있다고 했다.

9 초동 오방동의 지명이 취원당의 장인 박림장(채록본에는 '인자 박장자')에 연원을 두고 있다는 설화가 20세기 초에도 구전되고 있다. 밀양문학회 엮음, 『밀양설화집』 1(전설), 밀양시, 2008, 365~366쪽 참조. 이보다 앞서 1994년 발간된 『밀양지명고』(639쪽)에도 내용이 유사한데 둘 다 박림장이 아들 오형제를 두었다고 했다.

10 17세기 말에 작성된 『구령동안』에 박림장의 세 아들, 박영미의 아들 박삼(朴參)과 사위 문희복(文希福)만이 동원(洞員)으로 등재되어 있을 뿐이다.

# 제2장 적룡의 단단한 비늘이 지켜낸 16세기 비룡장군 박곤(朴坤)

초동면과 동쪽으로 경계를 이루는 무안면 연상리 상당동에는 당호가 특이한 어변당(魚變堂)이 있다. 그도 그럴 것이 밀양 누정의 재명이나 당호에 유일하게 동물이 들어 있기 때문이다. 왜 이런 명칭을 붙였는가.

당호의 주인공은 박곤(朴坤) 장군이다. 신익전(1605~1660)은 밀양의 최초 읍지로 평가받는 『밀양지』(1652)에서, "박곤은 무용(武勇)으로 알려졌으니 역시 잊힐 수 없는 인물이다(朴坤之以武勇聞, 亦不可泯然者也)."라고 했다. 고을 현인에 대한 문화적 기억과 선양 방식은 밀양의 정체성 강화에

그림1 무안면 연상리 상당동 어변당. 2021.5.28

매우 중요하다.

박곤은 박언부(朴彦孚)를 중조로 하는 태사공파 후예이고, 고려 때 대장군을 지낸 박공필(朴公弼)은 중조의 손자이다. 이 박공필의 8세손 박의번(朴義蕃)이 상당동에 처음 들어와 살면서 후손들의 세거지가 되었다. 입향조의 아들이 어변당공파 파조가 된 박곤이다. 어변당은 박곤이 모친을 모시기 위해 지은 집의 이름이자 그의 호이다. 어변당 마루 앞에는 정방형의 연못 적룡지(赤龍池)가 있다. 어변은 글자 그대로 풀하면 물고기가 무엇으로 변함을 말한다. 적룡은 고대 신화에 등장하는 용의 일종으로, 전신이 새빨간 비늘로 덮인 모습으로 현화(現化)되었다. 박곤의 지당(池堂) 명칭은 연못에서 기르던 물고기가 붉은 비늘 달린 용으로 변해 승천함이라는 뜻을 아우르고 있다. 중국에 사자성어 어변성룡(魚變成龍)이 있다면, 조선에는 '어변적룡(魚變赤龍)'이 있는 셈이다.

상상이기는 하나 물고기가 용으로 변신하려면 특별한 계기가 있어야 한다. 바로 박곤의 지극한 효심이다. 그는 어버이를 섬기기 위해 대청 아래 조그마한 연못을 파고 물고기를 길러 반찬을 해 드렸다. 양친이 별세하자 연못의 고기 한 마리가 용으로 변해 하늘로 올라가면서 박곤의 효심에 감응해 붉은 비늘을 남겨놓았다. 때마침 전쟁이 일어나자 박곤은 그 비늘로 갑옷을 만들어 전장에 나가 승리했다는 것이다. 박곤의 특출한 충효는 전설로 밀양 지역에 널리 퍼졌다.[1] 구연 과정에서 화소가 다양하게 변이되면서 강하게 각인되었으니, 역사적 증거물인 어변당과 적룡지가 그 진실성을 뒷받침하고 있다.

박곤은 세종대 활약한 인물로 널리 알려져 있다. 관광명소 어변당 입구에 나란히 설치된 어변당과 적룡지 안내판에는 박곤이 1370년(공민왕19)에 태어나 무신으로서 여러 벼슬을 거치다가 40대 중반에 고향으로 돌아와 1454년에 별세한 것으로 적혀 있다. 아울러 문화재청 홈페이지의 어변당 항목을 보면, 1436년(세종18) 명나라 영종 즉위에 하례사로 참여했다고

그림2 어변당 적룡지 안내판. 2021.5.28

기술했다. 그런데 족보에는 생년이 1397년(태조6)이고 졸년은 없다.[2]

어느 것을 선택할 것인가. 제시된 정보를 그냥 따르기보다는 박곤의 일생이 최초로 기록된 『어변당실기』의 작품을 먼저 검토하는 것이 바람직한 순서라 하겠다. 이 책은 어변당의 12세손으로 부산포진 첨사를 지낸 아들 박기우(1856~1902)가 부친 박태욱(1833~1883)이 집안에 대대로 전해져오던 자료를 수습한 것에다가 어변당의 손자 박몽룡(朴夢龍)의 유묵(시문 2편과 부록)을 합쳐 1890년대 목판본으로 출간한 것이다.[3] 어변당의 생애와 구비전승되던 이야기가 처음 활자화되어 세상에 나온 것이라는 점에서 공식적인 의미가 있다.

실기에 수록된 박곤의 작품은 시 8수, 장계 1편, 서문 2편, 제문 1편이다. 수량이 적은 것은 집안의 화재와 여러 번의 병란을 겪어 유문을 미처 수습하지 못했기 때문이다. 실기 전체를 살펴보아도 박곤의 생애가 명시적으로 드러난 곳은 없지만, 다행히도 단서로 삼을 만한 글이 부록에 실려 전한다.

○ 부군은 홍치 연월일에 태어났다(府君弘治年月日生).

—5세손 박세로, 「묘갈명병서」(1674)

○ 이 당은 그 유래가 아득히 먼데 정덕 때 창건되었다(此堂其來久遠, 創於正德).

—11세손 박태욱, 「상량 고유문」

○ 우리 인종·명종 시절에 효도로써 정사를 다스림에 새·짐승·물고기·곤충까지 미쳤다(我仁宗明宗之時, 以孝爲治政, 曁鳥獸魚鼈).

—이제영, 「세설 후서」(1861)

윗글에서 박세로(1641~1708)는 5대조 박곤이 홍치 연간에 태어났다고 했다. 홍치(弘治)는 1488년부터 1505년까지 쓴 명나라 연호이고, 조선은 성종~연산군 시절이다. 그리고 11세손 박태욱은 어변당 건물이 정덕 연간에 창건되었다고 했는데, 정덕(正德)은 1506년~1544년 명나라 연호로 조선의 중종대와 일치한다. 그리고 밀양 다원에 살았던 이제영은 박곤이 인종·명종대(1544~1567)에 벌써 효도 정신을 바탕으로 일을 진심으로 처리해 관료로서 신망을 얻었다고 했다. 이를 종합하면, 박곤은 1488년 이후에 출생했고, 16세기에 들어 관직에 진출해 주위로부터 좋은 평판을 얻었으며, 어변당 건물은 16세기 초반에 지어졌다는 정보를 얻게 된다.[4]

박곤의 출생 시기는 그가 창작한 작품의 내용과 결부해 차례로 고찰하면 보다 명확해질 것이다. 우선 시 8수는 연못에서 고기를 길러 조석으로 극진히 봉양하면서도 소·양·돼지 삼생(三牲)의 풍부한 요리를 드리지 못하는 가정 형편에 안타까운 마음을 담은 시 3수, 부모가 별세하자 후회스러운 심정을 표현한 시 1수, 지당(池堂)에서 꿈을 꾸다가 연못의 신령이 나타나 천둥과 번개 속에 용으로 변해 승천하면서 남겨놓은 붉은 비늘 한 쌍을 보고 상서로운 선물로 해몽한 시 1수, 중국에서 지은 시 3수 등이다.

과연 그는 뒷날 해몽대로 무과에 급제했는데, 문무를 겸비한 장수의 풍모가 있다는 평을 들었다. 을묘년 때 왜구가 전라도 영암을 침입해 분탕질한다는 소식을 집에서 듣고는 격분한 충성심으로 「제적룡문(祭赤龍文)」

을 지어 "이번 싸움에 있어서 저 더러운 족속을 물리칠 것이니 신령의 도움을 입고 하늘의 공을 얻기를 바라나이다."라고 간절히 기도했다. 전투에 승리로 이끌어 왜적을 평정했다.

이런 공로를 인정받아 함경도 삼수부사에 제수되었다. 그곳에 부임하자마자 사족의 향약(鄉約)처럼 이약(吏約)을 시행해 아전들이 삼정(三政)의 농간을 부리지 못하도록 조치했고, 향교 유생들에게는 선현의 학문을 잘 이어받기를 권장했다. 문집에 수록된 두 편의 서문에서 목민관의 진정한 모습을 읽을 수 있다. 이에 후손들은 삼수부사를 어변당의 대표 관직으로 내세웠고, 지역 선비들은 그의 선정을 기려 '삼수공(三水公)'이라 칭했다.

이후 박곤은 명나라에 사신으로 가서 3년간이나 체류했는데, 이는 중국 임금이 박곤의 무용(武勇)을 흠모한 나머지 귀국을 계속 만류했기 때문이다. 특별히 임금은 세 희첩(姬妾)을 내려주어 박곤의 마음을 붙들었다. 희첩은 본처 외에 데리고 사는 여자를 말한다. 한편으로는 박곤은 실기의 「양학사거정 신여어변지이 이시견증 봉화기운(楊學士居正訊余魚變之異以詩見贈奉和其韻)」 시에서 보듯이 중국 관리들과 교유하면서 적룡의 도움을 받아 조선 사신으로서 중국 조정에 와 있는 것을 자랑스러워했다.

그렇게 지내다가 조선에서 사화동(沙火同)이 변란을 일으켰다는 소식을 듣고는 이국땅에서 그저 지켜볼 수 없다며 서둘러 귀국하기로 결심한다. 임금의 허락을 받기 위해 화씨와 서씨의 두 재상에게 올린 장계가 바로 「상화서양승상계(上華徐兩丞相啓)」인데, 어변당 현판에 새겨져 있는 글이기도 하다.

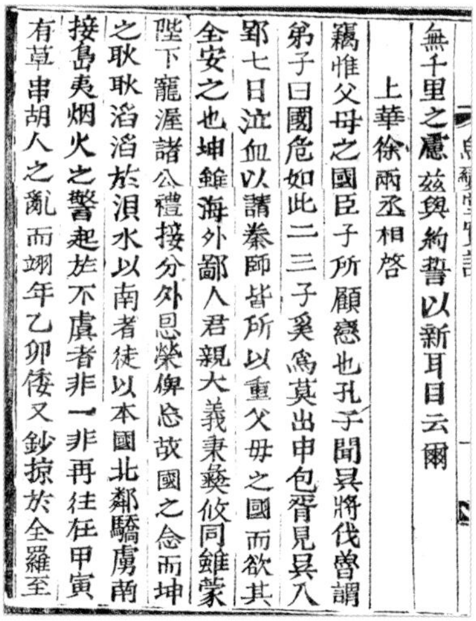
無千里之慮茲與約誓以新耳目云爾
上華徐兩丞相啓
竊惟父母之國臣子所顧戀也孔子聞吳將伐曾謂
弟子曰國危如此二三子奚爲莫出申包胥見吳入
郢七日泣血以請秦師皆所以重父母之國而欲其
全安之也坤雖海外鄙人君親大義秉彝攸同雖蒙
陛下寵渥諸公禮接分外恩榮俾忘故國之念而坤
之耿耿滔滔於浿水以南者徒以本國北鄰驕虜南
接島夷烟火之警起於不虞者非一非再往在甲寅
有草串胡人之亂而翊年乙卯倭又鈔掠於全羅至

그림3 「상화서양승상계」 마지막 행에 갑인(甲寅)에 이어 '을묘(乙卯)'가 보인다.

박곤은 이 글에서 ① 갑인년의 북쪽

오랑캐 침입, ② 그 이듬해 을묘년에 왜적의 전라도 침탈, ③ 임술년 임꺽정(林居正)의 난, ④ 여진족 니탕개의 난, ⑤ 정해년 왜구의 호남 침략과 피로인 사화동의 반역 침입 등을 조목조목 언급했다.

이를 왕조실록에 근거해보면, ①은 북방 지역의 초곶(草串)에 들어와 살던 호인(胡人)이 변경을 노략질하자 1554년 1월 토벌한 일을, ②는 박곤이 공적을 세운 을묘년(1555)의 영암 전투를 말한 것이며 실기에 두루 나타나는 바이다.[5] 그리고 ③의 임꺽정은 주지하다시피 명종대 의적으로 활동한 인물이며, ④의 니탕개 난은 계미년(1583)에 일어났다. 또 ⑤의 사화동은 『선조수정실록』의 정해년(1587년) 12월 1일 기사에 처음 등장한다. 이해 봄에 왜적이 전라도 손죽도를 침입했을 때 사화동이 포로로 잡혀가 나가사키 오도(五島)에 머물다가 이후 수차례 왜구 앞잡이 노릇을 한 반역자로 적고 있다.

발생순으로 제시된 위 사건들은 박곤이 직간접으로 경험한 국가 변란을 언급한 것으로 모두 역사적 사실과 합치한다. 따라서 박곤의 귀국을 앞당긴 국가 변고는 사화동의 반역 행위와 관련될 수밖에 없다는 결론에 도달한다. 당시 아래의 7언절구 세 수를 지어 심경을 밝혔다.

| | |
|---|---|
| 동해의 새벽해 마음을 붉게 비추는데 | 扶桑曉日照心紅<br>부 상 효 일 조 심 홍 |
| 고국의 풍진이 눈앞에 있도다 | 故國風塵在眼中<br>고 국 풍 진 재 안 중 |
| 어찌하면 이 몸이 송골매처럼 날아가 | 安得身如飛鶻去<br>안 득 신 여 비 골 거 |
| 한 쌍의 굳센 깃털로 사화동을 부숴 버릴꼬 | 一雙勁翮碎沙同<br>일 쌍 경 핵 쇄 사 동 |
| | |
| 한 해 두 해 돌아가지 못하는 몸이나 | 經歲經年未歸身<br>경 세 경 년 미 귀 신 |
| 꿈속에서도 옛적의 단단한 비늘 입었지 | 夢中猶着舊甲鱗<br>몽 중 유 착 구 갑 린 |
| 누구 의지해 왜놈 소굴을 소탕할까마는 | 倚誰掃蕩倭奴窟<br>의 수 소 탕 왜 노 굴 |
| 조정에는 믿을 만한 무신이 없도다 | 無賴朝廷足武臣<br>무 뢰 조 정 족 무 신 |

빈틈없는 황제 은총은 간성에 비견되고 　皇恩稠疊擬干城
황 은 조 첩 의 간 성

꽃 같은 미녀가 베갯머리를 둘렀으니 　美女如花繞枕屛
미 녀 여 화 요 침 병

상국은 넉넉히 마음 드는 바가 없지 않으나 　上國非無優好地
상 국 비 무 우 호 지

먼지 이는 동쪽 변방 볼 제 은총 영광 가벼울 뿐 　邊塵東望寵榮輕
변 진 동 망 총 영 경

—「을축재상국 문전라인사화동유왜입구 분감음삼절구(乙丑在上國聞全羅人沙火同誘倭入寇憤感音三絶句)」, 『어변당실기』 권상

영암 지리를 잘 아는 사화동(沙火同)이 길을 안내해 왜구 약탈을 도와주는 반민족 이적 행위를 분개하고 있다. 마지막 두 행에서 중국에서 일신의 영달을 누리기보다는 조선으로 귀국해 나라의 위기를 먼저 구해야겠다는 충심을 드러내고 있다. 시제의 '을축(乙丑)'은 1565년으로 사화동 사건과 무관하므로 오기이다. 중국 승상에게 올린 장계에도 분명히 '을묘(乙卯)'라 되어 있다는 사실이다.

명나라 임금은 두 승상의 주달(奏達)을 듣고 박곤의 환국을 허락했고, 이에 그는 몇 년을 동거하며 자식을 한 명씩 낳았던 중국의 세 여인에게 「몽은귀본국 증별삼희(蒙恩歸本國贈別三姬)」라는 시를 지어 기약 없는 작별의 아쉬움을 표했다. 현재 어변당 충효공원에 이 시비가 있다.

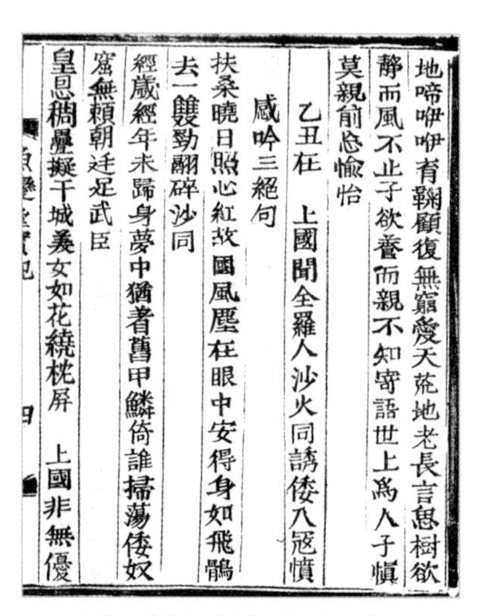
地啼咿咿有鞠顧復無窮㤙天荒地老長言思樹欲
静而風不止子欲養而親不知寄語世上爲人子愼
莫親前怠愉怡
乙丑在 上國聞全羅人沙火同誘倭入冦憤
感吟三絶句
扶桑曉日照心紅故國風塵在眼中安得身如飛鶻
去一雙勁翮碎沙同
經歲經年未歸身夢中猶着舊甲鱗倚誰掃蕩倭奴
窟無賴朝廷足武臣
皇恩稠疊擬干城美女如花繞枕屛 上國非無優

그림4 사화동 반역을 제재로 지은 시

박곤의 환국 시기는 대략 임진왜란이 일어나기 4년 전이다. 그가 국내로 돌아와서 어떤 활약을 펼쳤는지는 더 이상 문집에 보이지 않는다. 조일 외교에 골칫거리가 된 사화동은 결국 포로 교환 형식으로 우리나라에 소환되어 곧바로 참수되었다. 이후 박곤은 고향 집에 어

변당(魚變堂)이라는 현판을 내걸고 여생을 보냈다.[6]

초간본 『어변당실기』에 수록된 박곤의 작품을 문체별로 살펴본 결과, 주요 사건들은 명종~선조 때에 집중되어 있다. 따라서 박곤이 중국에서 사화동의 반역질 소식을 들은 시점과 평안도 희천군수를 지낸 그의 아들 박옥형(朴玉衡)의 생졸년을 보건대,[7] 박곤의 출생 시점은 1520년 전후가 된다. 어변당 앞의 안내판에 기록된 것처럼 세종대 인물로 알려진 박곤과 상당한 차이가 있다. 사실관계가 이렇다면 앞에서 문제로 제기한 출생 시기에 대해서는 별다른 선택지가 필요 없음을 알 수 있다.

사실 착오가 생긴 배경은 박곤의 출생 시기를 찾는 과정에서 세종대에 활약한 동명이인의 박곤(朴坤)이 있었기 때문이다. 이름의 한자까지 같다. 『세종실록』에는 1422년 8월 13일부터 그의 이름이 보이는데, 대마도를 정벌한 최윤덕 장군(1376~1445)의 부관으로서 활동함은 물론 강원도 순무사·평안도 순무사·한성부윤 등을 지냈다.[8] 명종 때 영암전투를 발판으로 삼수부사가 되고 선조 때 중국에 사신을 다녀온 어변당 박곤보다 백여 년 앞서 존재했던 별개 인물 박곤이다. 물론 『어변당실기』에는 박곤의 영암 전투와 삼수부사를 대표 업적으로 내세웠을 뿐이고 대마도 정벌이나 한성부윤과 같은 이력은 없다.

한편 박곤의 출중한 효성과 탁월한 충심은 지역사회에 귀감이 되어 꾸준히 회자되었다. 고기가 적룡으로 변해 박곤을 도왔듯이, 박곤은 효를 충으로 바꾼 것이다. 어변적룡(魚變赤龍)은 이효위충(以孝爲忠)과 불가분의 관계가 있다. 평소의 다짐대로 어버이를 섬기는 마음으로 국가의 환란에 몸을 바친 그였다.

적룡지 곁에 있던 초당(草堂)은 임진왜란의 병화에도 거뜬히 살아남았다. 건물을 중수한 박세용(朴世墉)의 부탁을 받고 1651년 이곳을 방문한 밀양부사 학사 김응조(1587~1667)는 「어변당기」를 지었는데, 사학계에서 흔히 '을묘왜변'이라 부르는 영암 전투에서 박곤 장군이 활약한 장면을

그림5 적룡지와 어변당(우). 2021.7.28

회고한 대목을 인용한다.

> 을묘년에 영암(靈巖) 전투에서 충의로 갑옷과 투구로 삼고 상서로운 비늘 두 조각으로 적의 공격을 막아내고 용기 있게 싸웠다. 깊은 못과 큰 골짜기는 평지같이 건너고 굳센 쇠뇌와 긴 창으로 금방 와서 재빨리 물리치니, 오랑캐가 문득 비룡(飛龍)이라 불렀다.[9]

충성과 의분으로 단단히 무장한 박곤이 적룡의 비늘 도움으로 얼마나 용감무쌍하게 잘 싸웠던지 적들이 '비룡(飛龍)'이라 부른 사실을 강조하고 있다. 계속해서 어변당이 전란 속에 무탈한 것도 신령한 적룡의 수호가 있었기에 가능한 일이라 연상했다. 여기서 비룡은 적룡의 화신(化身)과 다름없다.

김응조가 목격했듯이 전란에도 끄떡없던 어변당 건물은 세월이 흘러 1708년 박곤의 7세손 죽림재 박세용(1625~1713)이 중수했다. 그 경과는 위의 김응조(金應祖)를 비롯해 이원명(李源命)과 이명기(李命夔)가 지은 「어변당기」에 소상히 적혀 있다. 그리고 백 년이 지난 1814년에 중수한 사실은 이호윤(1777~1830)의 「어변당중수상량문」으로 확인되고, 1857년 박태욱이 중수한 것을 보고 밀양부사 이휘녕(1788~1861)은 「어변당중수기」를 지었다. 근대에도 숭조 정신은 변함없이 계승되었는데, 시남 조세환이 어변당 중수를 제재로 지은 시가 있다. 현재 아담한 어변당 내벽에 빼곡히 걸린 이 기문들은 지역사회에서 어변당의 충효 정신을 현양하는 데 다양하게 활용되고 있다.

한편 어변당이 쌍전(雙全)한 충의와 효심은 손자 모우당 박몽룡(1554~1622)에게 그대로 이어졌다. 그가 왜적이 바다를 건너왔다는 소식을 듣고 칼을 두드리며 지은 시를 소개한다.

| | |
|---|---|
| 하늘이 낳은 남아는 소 잡아먹을 듯한 기상일진대 | 天挺男兒氣食牛 (천정남아기식우) |
| 청년은 게다가 나라 은혜를 넉넉히 입고 있으니 | 靑年況被國恩優 (청년황피국은우) |
| 시국이 어지럽거늘 어찌 처자 생각에 연연하며 | 時艱何必戀妻子 (시간하필련처자) |
| 힘껏 분발해 적 우두머리 부수기는 어렵지 않다 | 力奮無難碎賊酋 (역분무난쇄적추) |
| 묵직한 양석궁은 연약함을 꺼렸고 | 兩石强弓嫌軟弱[10] (양석강궁혐연약) |
| 천금준마는 달리는 데 익숙하거니 | 千金駿馬慣馳驅 (천금준마관치구) |
| 백사장을 무인지경처럼 여기다가 | 沙場視若無人地 (사장시약무인지) |
| 지금 같은 충분으로 죽으면 그만일 터 | 忠憤如今死則休 (충분여금사칙휴) |

—「문왜노도해 명검부시(聞倭奴渡海鳴劍賦詩)」, 『첨정공유묵』 권1(『어변당실기』 권하)

선전관(宣傳官)을 지낸 박몽룡은 당시 벼슬을 그만두고 집에 있었다. 곧 '충분(忠憤)'으로 분연히 떨쳐 일어나 의병을 모집해 적병을 닥치는 대로 잡아 죽였다. 이 공로로 훈련원정에 임명되고, 원종공신 2등에 책록되었다. 어변당 충효공원에 그의 시비가 있고, 증손자가 어변당을 중수한 죽림재 박세용이다.

그림6 충효공원 시비. 「몽은귀본국증별삼희」(좌) 「문왜노도해명검부시」(우). 2021.10.4

16세기 박곤 장군이 용으로 변한 물고기의 기이한 도움으로 왜적을 격퇴하고, 중국 황제의 총애를 받아 수년간 머물며 세 희첩의 아들을 얻고 '걸(傑)'자 돌림의 이름을 지어준 채 귀국했다는 점은 비범한 일화이다. 역사적 사실에 전승자의 상상력이 보태진 박곤 설화는 전설을 넘어 조선 후기 읍지에 수록됨으로써 밀양 지역에 깊이 뿌리를 내렸다.[11] 이는 국난을 겪을 때마다 영웅 출현을 고대하던 민중의 열망이 박곤 장군을 호출한 결과라 하겠다.

그 중심에는 한 인물의 효심과 우국충정이 있다. 박곤 장군이 실천한 견위수명(見危授命)의 위국 정신은 밀양의 소중한 문화자산이고 오늘날에도 충분한 교육적 가치가 있다. 박곤 장군의 시문을 심도 있게 감상하고 충의 정신을 제대로 현양하려면, 그가 명실상부하게 활약한 시대에 대한 이해가 선행되어야 한다. 그래서 『어변당실기』의 초간본에 초점을 두고 정밀한 읽기를 시도해보았다.

# 미주

1 밀양문학회 엮음, 『밀양설화집』 1(전설), 밀양시, 2008, 107~133쪽에 '어변당 박곤' 전설이 8편 수록되어 있다.

2 『밀성박씨 충효공 어변당파 세보』(1993) 권1을 보면, '박의번(1372生)－박곤(1397生)－용당 박유원(1435~1481)－서암 박숭종(1475~1530)－삼락재 박옥형(1513~1570)－박몽룡(1554~1622)－박사수－박종장－박세용'의 계보로 되어 있다. 『어변당실기』(목판본)와는 차이가 있고, 이와 관련해서는 이 책 120~121쪽 참조.

3 2007년 『국역 어변당선생실기』(권오근 역)를 재출간할 때 기존의 죽림재 박세용 문집과 1980년대 이후에 지은 글을 덧붙이면서 원문의 문자를 여러 군데 고쳤다. 국역 초간본은 1998년에 나왔다.

4 김승찬 교수의 「박곤장군 전설연구」(『한국문화연구』 창간호, 부산대 한국민족문화연구소, 1988, 3쪽)에서 이미 언급한 바 있다.

5 예컨대 『죽림재집』의 박세용 행장에 "諱坤, 以效感得龍鱗爲馬障, 明宗乙卯, 禦倭於靈巖, 鱗效靈, 以至立功, 官至府使, 事載『密陽邑誌』"라 되어 있다.

6 참고로 『밀주지』, 『밀양도호부지』 등에는 군수 박곤과 만호 박옥형이 상남 백족리에 살았다고 기록했다.

7 『죽림재집』의 박옥형 묘갈명에서, 박세용은 고조부 박옥형이 가정 기해년(1539)에 상당리 집에서 태어나 융경 경오(1570)에 별세했다고 했다.

8 『조선왕조실록』에 나오는 박곤(朴坤)의 활동 시기나 벼슬 이력으로 볼 때 『죽산박씨족보』(1960) 권2에 등재된 박곤과 같은 인물로 보인다. 한충희, 『조선초기 관인 이력, 태조~성종대』, 혜안, 2020, 190쪽 참조. 박곤은 죽산박씨 중조인 신라 경명왕의 제4왕자 박언립(朴彦立)의 16세손이고, 〈총제공파〉 파조 박덕공(朴德公)의 장남이다.

9 김응조, 「어변당기」(『어변당실기』 권하), "歲乙卯, 靈巖之戰, 不特忠義爲甲胄, 乃以祥鱗二片, 捍禦勇鬪, 則深淵巨壑, 涉如平地, 勁弩長戟, 纔來旋退, 虜輒號之以飛龍."

10 양석강궁(兩石强弓): 두 섬[石]의 무게가 나가는 강한 활. 시위를 당기는 힘이 세야 쓸 수 있음.

11 박곤이 중국에서 낳은 아들이 임진왜란 때 도독 유정(劉綎)을 종군해 조선에 와서는 친족을 찾았다는 기록이 밀양 읍지에 반복적으로 나타난다. 삼걸의 출생 시기로 볼 때 액면 그대로 신뢰하기는 어렵다. 그리고 송래희(1791~1867)의 『계산담수(鷄山談藪)』에는 박곤의 손자 박몽룡이 수십 년간 연못에 고기를 길렀고, 벼락이 치던 날 적룡이 승천한 이야기도 적었다.

# 제3장 당쟁을 피해 혈혈단신으로 무안 영안동에 입촌한 이홍인(李弘仁)

밀양시 서북단의 청도면 조천리에 경주이씨 집성촌이 있다. 화왕산을 경계로 그 서쪽은 창녕읍이다. 이곳 소호재(溯湖齋)는 입향조 월호당(月湖堂) 이홍인(1630~1696)의 학덕과 인품을 기리기 위해 후손들이 1954년에 창건한 건물이다. 원래 월호당이 전거(奠居)한 곳은 남쪽 높은 고개 너머의 무안면 화봉리 영안동(永安洞)이다.

월호당은 누구인가? 성씨별 밀양 입향조 중의 한 명으로 생각할 수 있지만, '월호'와 '소호'에 담긴 뜻은 가볍지 않다. 숙종 초의 극심한 당쟁 속에서 어렵게 결행된 낙남(落南)이고, 낯설고 물선 무안 땅에 정착하기까지 가슴 저미는 사연이 있기 때문이다. 1972년 석판본으로 간행된 『월호당실기』에 저간의 사정이 잘 나타나 있다. 특히 장문의 「자서(自序)」[1]가 주목되는데, 어떤 시나 문

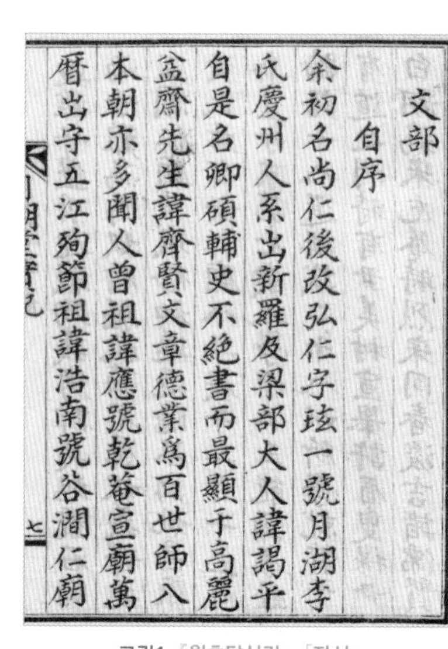
文部
自序
余初名尚仁後改弘仁字玆一號月湖李
氏慶州人系出新羅及梁部大人諱謁平
自是名卿碩輔史不絕書而最顯于高麗
益齋先生諱齊賢文章德業爲百世師入
本朝亦多聞人曾祖諱應號乾菴宣廟萬
曆出守五江殉節祖諱浩南號谷澗仁廟

그림1 『월호당실기』 「자서」

장의 서문이 아니라 월호당이 직접 쓴 자신의 일생 이야기다. 한평생 지나온 삶의 궤적을 담담하게 서술한 이 자서전(自敍傳)은 한 마을의 형성 과정에 대한 정보를 구체적으로 담고 있어 밀양 향촌 사회의 전개를 이해하는 데에 귀한 자료가 된다.

월호당이 어떤 계기로 밀양에 입촌하게 되었는가? 자가 현일(玹一)인 월호당은 익제 이제현(李齊賢)의 후손으로 밀직공파 파조 이창로(李彰路)의 12세손이다. 세계는 이창로－이반－이조인－이청－이석손－이영림－이중로－이인형(李仁亨)－직헌 이선(李善)－건암 이응(李應)－곡간 이호남(李浩南)－석강 이영욱(李英旭)－이홍원·이홍인으로 이어진다.

이 중 5대조 이인형(1509~1567)은 명종 때 사간원 부교리를 지냈고, 고조 이선(1527~1577)은 선무랑으로 지낼 때 조정에 상호 비방하는 분위기가 있자 퇴계 이황의 뜻을 좇아 벼슬을 내던졌으며, 이조참의를 지낸 증조 이응(1554~1597)은 외직으로 나가 오강(五江)을 맡아 있던 중에 정유재란으로 파천하는 어가를 호위하다가 순의(殉義)했다. 그리고 조부 이호남(1579~1624)은 풍천부사 재직 때 이괄의 난이 일어나자 의리로 맞서 싸우다가 순직했다. 부친 이영욱(1606~?)은 경연 참찬관을 지냈고, 병자호란 때 인조가 화의를 맺고 남한산성에서 내려오자 그 뒤로 출사하지 않았다. 이처럼 직계 선대는 고위직에 오르지 못했으나 의리를 따라 순국했거나 관직을 버리고 은거했음을 알 수 있다.

월호당은 경기도 양주 도감리(都監里) 집에서 태어나 의리를 중시한 가문의 분위기를 체득했고, 18세 때 향시에 합격했다. 1657년 비교적 늦은 나이인 28세 때 여주 금사리 백호(白湖)에서 강학하던 백호 윤휴(1617~1680)를 찾아가 학문의 요체를 전수받았다.[2] 1662년(현종3) 통사랑에 천거되었으나 나아가지 않았다. 그러다가 1673년(현종14) 승문원 정자 겸 춘추관 판의(判儀)가 되었고, 1676년(숙종2)에는 사헌부 집의(執義)에 올랐다.

당시 스승은 세도(世道) 부흥을 자기 소임으로 생각하고 복제 문제를 둘러싸고 벌인 예송논쟁의 대표 논객이었다. 1659년(효종10) 제1차 예송논쟁에서 패해 사문난적으로 몰리며 서인의 거두 송시열과 원수가 되었고, 1674년(현종15) 현종 승하로 벌어진 제2차 논쟁 때 남인이 승리하면서 요직에 발탁되었다. 이후 남인은 송시열의 처리 문제를 놓고 청남과 탁남으로 내부 분열되어 당쟁은 날로 격화되었다. 그리고 서인은 반격의 기회만을 엿보고 있었다.

월호당은 장차 닥칠 예측할 수 없는 사태를 깊이 우려하며 백세의 사표라 흠모한 스승이 화를 당하지 않을까 하며 가슴 속으로 아파했다. 그때마다 의리를 좇아 목숨을 바친 선대의 가르침을 떠올리며 퇴은(退隱)을 생각했다. 한편으로는 스승에게 편지를 두 차례 보내 당쟁에서 한 발짝 물러서기를 은미(隱微)하게 권하면서 자신은 산수 간에 은거하겠다는 뜻을 전달했다. 그러자 스승은 제자가 위태로움을 보고서 용감하게 물러남은 명철(明哲)한 일이라 하면서도, 만일 제자의 말대로 책임 있는 벼슬아치가 용퇴(勇退)하면 혼란한 정치 질서를 바로잡을 수 있는 사람이 없다는 취지의 답신을 보내왔다. 스승의 강경일변도 노선을 어떻게 해볼 수도 없었다. 한편으로는 월호당 자신은 직위가 낮고 책임이 가벼운 자리에 있으므로 용퇴(勇退)를 하지만, 스승은 국가의 중책을 맡고 있기에 섣불리 처신할 수도 없을 것이라 이해했다. 결국에는 자리에 머물러 있다가 혹 당화(黨禍)가 자신에게 미치게 되면 그 벼슬살이는 명분이 없다고 판단했다.

「자서」에서 "결국 당일로 짐을 꾸렸다."라고 한 것을 보면, 용퇴는 오랫동안 고민하고 준비한 결단임을 알 수 있다. 승훈랑(承訓郞)이던 형 이홍원(李弘原)은 동생의 과단성 있는 결정을 지지하고 고독한 남행에 기꺼이 동참해 주었다. 이홍원의 자는 현칠(玹七)이고, 호는 해고(海皐)이다. 족보에는 생졸년을 기재하지 않았다.

은둔 적합지는 세상의 시비 소리가 들리지 않는 곳이어야 한다. 일단은 조정과의 거리가 멀어지길 바랐다. 형제가 남하해 두루 다니다가 전라도 진도만(珍島灣)에 이르렀을 때, 월호당은 만감이 교차하는 시를 지었다.

| | |
|---|---|
| 남으로 표박하며 만 리 해안에 떠 있거니 | 飄泊南浮萬里灣[3]<br>표 박 남 부 만 리 만 |
| 이 몸은 어디에 돌아가 편안히 지내보나 | 是身何處可歸安<br>시 신 하 처 가 귀 안 |
| 하늘가 밝은 태양은 여전히 홀로 비추고 | 天邊白日猶孤照<br>천 변 백 일 유 고 조 |
| 바다 끝에 신산이 들어가 아득히 한가한데 | 海角神山入杳閑[4]<br>해 각 신 산 입 묘 한 |
| 지난 일은 고개 돌려 이미 묻기도 어렵고 | 往事已難回首問<br>왕 사 이 난 회 수 문 |
| 성난 파도는 어찌 배 띄우기를 둔하게 하나 | 狂波其奈使舟頑<br>광 파 기 내 사 주 완 |
| 이곳을 떠나가서 마칠 곳이 없다면 | 若令此去無終了<br>약 령 차 거 무 종 료 |
| 고기 뱃속에 넋을 묻더라도 기쁘리라 | 魚腹藏魂是所歡<br>어 복 장 혼 시 소 환 |

—이홍인, 「도진만 승주(到珍灣乘舟)」, 『월호당실기』

해안가에 높은 산이 있고 인적이 드문 진도만이다. 사헌부 집의 시절을 잠시 회상하다가 다시 은거할 곳을 찾아 나선다. 만일 끝내 종착지를 얻지 못하다가 만경창파의 고기 뱃속에 외로운 혼이 묻혀도 오히려 기쁘다고 했다. 비장한 각오이다. 성난 파도가 눈앞에서 출렁인다고 지체할 수만 없었다.

그런데 뜻밖의 일이 벌어졌다. 사공을 재촉해 배에 올라 바다 한가운데 이르렀을 때다. 대풍이 불어 고래등 같은 파도가 배를 까부는 바람에 형이 어찔하다가 중심을 잃고 그만 물속으로 떨어진 것이다. 너무나 급작스럽게 눈앞에 벌어진 일이라 도저히 손을 쓸 수 없었다. 위 시의 마지막 행이 엉뚱한 시참(詩讖)이 될 줄이야. 진실로 우애롭던 형을 잃은 원인을 자기 탓으로 돌리고는 하늘에다 통곡하며 울고 또 울었다.

다시 기운을 차린 월호당은 자신을 유일하게 따르는 그림자를 위로하며 수년간 호남과 영남을 전전하다가 비로소 밀양 무안의 고사동을 거쳐 탄막곡(炭幕谷)에 당도했다. 때는 1679년(숙종5) 겨울이다. 거주하는 사람이 드문 심심유곡(深深幽谷)이라 은자가 기거할 만한 곳이었다. 혈혈단신으로 어떻게 살 것인가. 우선은 마을 아이를 가르치는 일로 보람을 찾았다. 궁벽한 산골 아이들 처지에서 보면, 전혀 생각지도 않게 사헌부 집의를 지낸 대단한 학자를 훈장으로 모신 셈이다.

그가 심려했던 대로 이듬해 경신환국으로 서인이 집권해 남인을 대출척하는 당화가 휘몰아쳤다. 스승은 함경도 갑산에 유배된 뒤 사사되었다. 그리고 1689년 장희빈이 출산한 경종을 숙종이 세자로 책봉하려 하자 송시열은 격렬히 반대했고, 이 과정에 남인이 재집권해 서인을 정계에서 몰아냈다. 소위 기사환국이다.

숨 가쁘게 전개된 환국 정치 속에 월호당은 어떻게 생활했는가. 스승을 잃은 이후 10년간 철저한 은둔자의 길을 걸었다. 계곡 물가 반석 위에 몇 칸 억새집을 짓고 복숭아·국화·솔·대나무를 기르며 사계절의 순환을 징험했다. 이때 지은 「화엽실음(花葉室吟)」 2수에는 그토록 갈망하던 은자 생활의 평온한 정서가 담담히 녹아 있다. 집안에 화초를 가꾸는 동안 억압된 심리에서 서서히 벗어나고 있었다. 그리고 생계를 위해서는 손수 농사를 지어야 했으니, 월호당의 육성을 들어보자.

> 아아! 그윽하도다, 깊도다. 비록 이곳이 외진 데다가 누추한 변두리이고 그 토양이 볕을 등져 있지만, 고지대 돌밭은 심하게는 척박하지 않아 기장과 콩에 적합하다. 진실로 부지런히 힘을 쓰면 생계를 지탱할 만하니, 그렇다면 혹 여기에서 내 자손을 길이 편안하게 할 수 있을 것이다. 이것이 나의 소망(所望)이요, 이것이 나의 소망(所望)인저![5]

볕을 등진 석전을 마련해 일상의 농부가 갖는 바람을 나타내고 있다. 특별히 마지막 문장은 음미해 볼 대목이다. 서울의 한 선비가 궁벽한 산골에 완전히 뿌리를 내리고 싶다는 거다. 그러려면 자식을 두어야 가능할

그림2 무안면 화봉리 영안동. 2021.2.21

터이다. 정착 의지가 얼마나 간절했으면 '소망'을 두 번이나 되풀이하고 있다. 글을 읽노라면 가슴이 먹먹해진다. 그리고 앞으로 태어날 자식이 있다면 길이 편안하게 지내도록 생계를 부지런히 꾸려나가겠다고 다짐한다. 의지할 곳 없는 홀몸으로 일생의 마지막 희망을 자식에게서 찾은 것이다. 또 발복을 위해 마을 이름을 '탄막곡'에서 '영안(永安)'으로 바꿨다.

그의 절실한 '소망'이 통했는지 하루는 주변 사람들이 홀아비로 거처하는 모습을 불쌍히 여겨 중매를 자처하고 나섰다. 근력이 부침을 느끼던 월호당은 중매쟁이의 권유대로 좋은 날을 받아 혼례를 올렸다. 결혼한 지 몇 해 만에 두 아들을 얻었다고 했으니, 부부 연을 맺은 해는 영안동에 우거한 지 약 10년이 지난 1690년쯤 되겠다.

이즈음 월호당이 서울 가족은 어쩌고 가정을 다시 이루었냐고 반문할지도 모른다. 실은 낙향 당시는 아내 진양 강씨 진(璡)의 딸을 병으로 이미 사별한 상태였고, 슬하에 자식은 없었다. 그렇기에 형을 의지해 만경창파에 몸을 가볍게 실을 수 있었다. 새 아내는 밀성박씨 상천(相天)의 딸로 편묘(偏眇)에다 편폐(偏髀)였다. 「경유사시내군(警幼事示內君)」(목차에는 경유훈)에서 아내 나이를 마흔 살에 가깝다고 했으므로, 부부의 나이 차이는 25세 정도이다. 월호당은 몸이 불편한 아내지만 성품이 온화하고 도타우며 자식을 잘 가르치는 자질이 있다고 칭찬했다. 「거인(居人)」과 「연실인

(憐室人)」 시에 있듯이, 신체가 온전한 사람과 동등하게 일하며 부덕(婦德)을 갖춘 아내를 진정으로 동정했다.

만년에 결혼한 월호당은 예순이 넘은 나이에 아들을 잇달아 얻었다. 장남 준발(俊發)은 1691년에, 차남 준달(俊達)은 1694년에 태어났다. 이름은 '영준발달(英俊發達)'의 뜻에서 각각 취했다고 했다. 두 아들은 월호당에게 더없이 소중한 존재였다. 무릎 앞에 앉히고 각별한 정을 쏟으며 이들이 커가는 모습을 보면서 심산궁곡의 우울한 심회를 달래곤 했다. 하지만 17세기 끝자락인 1696년(숙종22)에 사랑하는 가족을 남겨둔 채 생전에 자신이 점지해둔 뒷산의 양지바른 곳에 영면했다. 홀로 된 아내 박씨도 수년 뒤에 세상을 떠나 남편 유택 곁에 묻혔다.

월호당은 당쟁의 화를 피해 천 리 먼 땅을 찾아 은일의 진미를 초연히 추구했다. 그러던 중 1694년 조정에서 인현왕후 복위로 소위 갑술환국의 정국변동이 일어났다. 이때 남인이 거의 궤멸당한 소식을 듣고는, 세상일에 분개하고 나라를 걱정하는 마음을 「서사록(捿斯錄)」과 「경유훈(警幼訓)」에 담았다. 중앙 정치에 긴장의 끈을 놓지 않았다는 증거이다. 이는 현실과 이상의 경계에 서서 깊이 고뇌한 지식인의 자취이다.

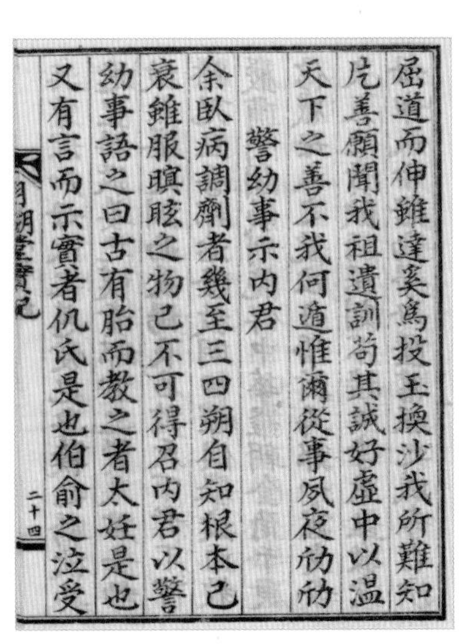
屈道而伸雖達奚爲投玉換沙我所難知
片善願聞我祖遺訓苟其誠好虛中以溫
天下之善不我何適惟爾從事夙夜劢劢
警幼事示內君
余臥病調劑者幾至三四朔自知根本已
衰雖服瞑眩之物已不可得召內君以警
幼事語之曰古有胎而教之者太妊是也
又有言而示實者仉氏是也伯俞之泣受
月湖堂實記　二十四

그림3 『월호당실기』 「경유훈」

특히 「경유훈」에서는 자상한 어버이와 듬직한 가장의 모습을 여러 대목에서 읽을 수 있다. 예컨대 이웃 자녀들과 잡다한 놀이를 하지 말 것, 웃으며 말하고 신중하게 행동할 것, 땅을 경작해서 먹고 우물을 파서 마시며 분수를 지킬 것, 음식과 의복은 근검절약할 것, 친인척들 간에 이해관계로 다투지 말 것 등등이다. 또 벼슬로 현달하는 것이 학문의 최종 목적이 아니고 바람직한 인격을 수양해 지역사회의 일원으로서 직분을 다하도록 어린 아들에게 신신당부하고 있다. 천리타향에서 단란한 가정을 꿈꾸던 그는 자신의 희망이던 아들에게 '외신자수(畏愼自守)'를 가훈으로 내려줬다. 모든 일에 신중히 하면서 스스로를 지켜야 한다는 뜻이다. 이는 의리를 앞세운 선대의 유훈을 이어받고 자신이 경험한 정치 현실에서 나온 지혜로운 경구였다.

월호당의 두 아들은 성장해 결혼했다. 세계는 이홍인－❶이준발－이만걸－이선귀·이선관·이선엽, ❷이준달－①이후창－이선옥·이동옥, ②이휘－이태봉으로 이어진다.[6] 이 중 월호당의 손자 이만걸·이후창 종형제가 청도면 조천(槽川)으로 이사해 이곳이 세거지가 되었다. 이홍인은 비록 스승과 정치적 행보를 달리했으나 학문의 연원이 스승에게 있음을 늘 잊지 않았다. 자호 월호의 '湖'가 스승 호인 '백호(白湖)'에서 따온 것임을 어렵지 않게 짐작할 수 있으며, 후손들은 조천의 재실 이름을 밀양 입향조의 호에서 취해 소호(溯湖)라 지어 조상 숭모의 뜻을 담았다.[7]

월호당의 학문 정신은 후대에 이어져 이준달의 6세손 회천 이종일(1874~1938)과 아들 용문 이온우(1904~1972)로 꽃을 피웠다. 특히 단장면으로

그림4 청도면 조천리 소호재. 2021.2.21

이사해 금주 허채의 제자가 된 이온우(李溫雨)는 「최의사묘갈명」을 지어 상남면 마산리 출신의 독립운동가 최수봉(崔壽鳳) 의사의 애국정신을 기렸는데, 밀양독립운동사에서 귀중한 자료가 아닐 수 없다.

월호당의 밀양 입촌에는 17세기 격렬한 당쟁 속에서 결심한 남하, 표류 중에 바다에서 당한 형의 비통한 죽음, 돌밭을 일구며 몸이 불편한 여성을 아내로 맞이한 일, 자식의 영원한 발복을 기원하며 바꾼 동네 이름, 은둔을 지향하면서도 정치 현실을 잊을 수 없었던 한 지식인의 고뇌 등 많은 이야기가 숨어 있다.

무안 화봉리 영안동(永安洞)은 경주이씨 일문의 300여 년 역사를 간직하고 있을 뿐만 아니라 밀양 고을이 지역별로 어떤 과정을 거쳐 발전했는가를 보여주는 한 사례이다. 월호당이 유언 형태로 남긴 『월호당실기』의 「경유훈(警幼訓)」은 현대 가정교육과 인성교육의 자료로 활용해도 전혀 손색이 없다. 이참에 널리 알려지길 기대한다.

## 미주

1 이 글은 심경호의 『나는 어떤 사람인가』(이가서, 2010, 208~223쪽)에 소개된 바 있다.

2 『백호전서』 권1 〈부〉에 「기이현일홍인사(寄李玹一弘仁辭)」 1편, 권2 〈시〉에 「여이현일논학(與李玹一論學)」이 실려 있다.

3 漂迫(표박): 정처 없이 떠돌아다님.

4 海角(해각): 바닷가 구석, 곧 외딴 바닷가 마을.

5 이홍인, 「자서」, 『월호당실기』, "嗚呼, 窈乎, 深哉. 雖此僻陋, 厥土負陽, 甌窶石田, 不甚磽薄, 以宜禾豆. 苟用勤力, 亦足以支生事. 則或於此, 可以永安吾子孫也耶. 是, 余所望也; 夫是, 余所望也夫."

6 상세한 세계는 이 책 187쪽 참조.

7 손병현의 『밀주승람』(1932)과 박수헌의 『밀주지』(1932)에서도 이홍인이 윤휴의 제자임을 부각했다.

# 제4장 검무로 18세기 공연예술계를 휘어잡은 밀양 기생 운심(雲心)

18세기 조선의 문화 아이콘은 검무(劍舞)였다. 칼춤은 음악, 무용이 곁들어진 종합예술로 공연예술의 레퍼토리에서 정점을 차지했다. 칼을 곡조에 맞춰 절제된 형태로 휘두르는 춤사위가 빚어내는 긴장감과 박진감은 그야말로 매력 포인트이다.

칼춤은 연암 박지원(1737~1805)의 한문 단편에 주요 사건의 하나로 채택되었다. 연암이 약관 시절이던 1754년경에 지은 「광문자전」 서사의 마지막 대목이다.

운심(雲心)은 유명한 기생이었다. 대청에서 술자리를 벌이고 가야금을 타면서 운심더러 춤을 추라고 재촉해도, 운심은 일부로 느리대며 선뜻 추지를 않았다. 광문(廣文)이 밤에 그 집으로 가서 대청 아래에서 어슬렁거리다가, 마침내 자리에 들어가 스스로 상좌(上坐)에 앉았다. 광문이 비록 해진 옷을 입었으나 행동에는 조금의 거리낌도 없이 의기가 양양하였다. 눈가는 짓무르고 눈곱이 끼었으며 취한 척 게욱질을 해 대고, 헝클어진 머리로 북상투를 튼 채였다. 온 좌상이 실색하여 광문에게 눈짓을 하며 쫓아내려고 하였다. 광문이 더욱 앞으로 나아가 무릎을 치며 곡조를 맞춰 높으락나지락 긋노래를 부르자, 운심이 곧바로 일어나 옷을 바꿔 입고 광문을 위하여 칼춤을 한바탕 추었다.[1]

불면증을 잊으려고 지은 이 작품으로 집안 어른들로부터 하루아침에 옛날의 문장을 잘 짓는다는 칭찬을 들은 그였다. 광문(廣文)은 거지 왕초이지만 소탈한 인간미로 세상에 주목을 받고 있었다. 단적인 예로 얼굴이 못생긴 사람을 여자도 싫어한다며 마흔이 넘도록 결혼도 하지 않은 그였다. 인형극을 잘하고 다리를 절뚝이는 춤을 잘 추는 전문 예능인이었다. 게다가 서울의 이름난 기생이라도 그가 성원해주지 않으면 한 푼의 값어치도 못 나갈 정도로 문화계의 중심에 있었다.

연암이 광문의 렌즈로 포착한 이가 바로 운심(雲心)이었다. 이날 춤판은 궁중의 청지기인 하급군인들이 운심의 집을 방문해 칼춤을 요청함으로써 벌어졌다. 이들은 당대 공연예술계를 후원하던 문화권력자였다. 그런데도 운심은 능청대며 그들의 요구에 응하지 않다가 광문이 등장하자 곧바로 칼춤을 한바탕 추었다. 「광문자전」은 광문의 기이한 행적에 서사 초점을 두고 있지만, 한편으로는 당시 문화판을 이끌고 있던 운심의 존재를 알게 한다.

광문의 눈에 포착이 되어 연암의 소설 속에 들어앉은 운심은 누구인가. 어떠한 인물이기에 쟁쟁한 권력과 지위에 휘둘리지 않고 예술가의 자존심을 줏대 있게 지켰는가. 당대 북학파 일원으로 박지원과 절친히 지낸 청성 성대중(1732~1809)은 흥미로운 운심 이야기를 『청성잡기』에서 전하고 있는데, 아래의 문장으로 시작한다.

운심은 밀양 기생이다. 뽑혀서 서울로 왔는데, 검무가 온 세상에 이름났다(雲心, 密陽妓也. 選至都下, 劍舞名於一世).

—성대중, 『청성잡기』 권3 「성언」

검무로 세상에 이름을 날린 운심은 밀양 출신이고, 서울로 뽑혀간 기생이라고 했다. 말하자면 밀양 관아에 소속된 관기(官妓)로 지내다가 국가에 차출된 선상기(選上妓)이다. 서울은 예나 지금이나 정치 예술문화의 중심이다. 외국 사신의 내왕이 잦고 경화 사족이 번성하다 보니 가무에 능한 기생을 대거 필요로 한다. 한양 기생만으로 폭발적인 수요를 감당할 수 없어 전국 각지에서 기생들을 뽑아 각종 공연에 충당했다. 지방 고을은 예능에 출중한 관청 기생을 선발해서 상부의 요구에 부응했다. 선상기는 긍정적으로 보면 출셋길을 얻는 통로가 되지만 한편으로는 사랑하는 가족과 강제로 이별하는 슬픔을 홀로 감당해야 했다. 지방관은 책임을 다함과 동시에 그것에 상응하는 보상을 기대했을 법하다.

운심의 선상기 외의 정보가 없어 조금 허전하다. 운심의 밀양 관기 흔적은 동향의 태을암 신국빈(1724~1799)의 글로 보완할 수 있다. 그는 송계 신계성(申季誠)의 8세손으로 특이한 행적과 일화를 남긴 인물이다. 불과 12세 때 향중 선비들을 상대로 시행한 책시(策試)에서 장원을 차지해 온

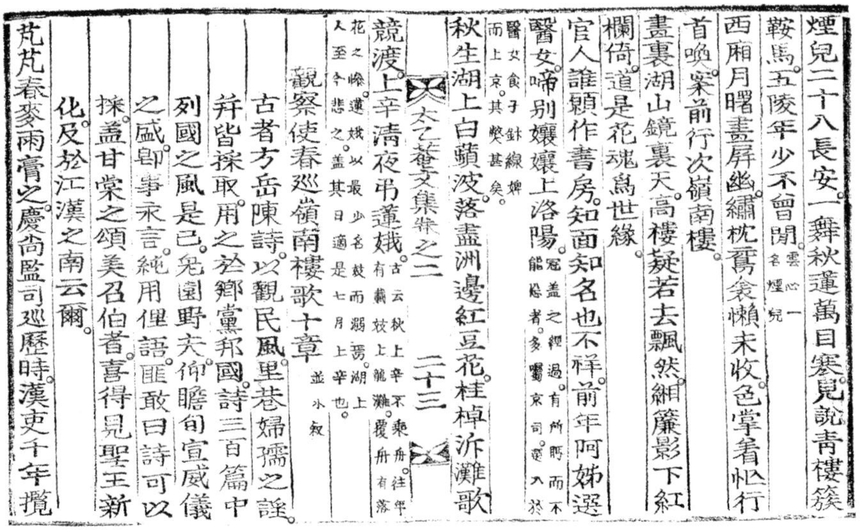

煙兒二十八長安一舞秋蓮萬目寒見說靑樓簇
鞍馬五陵年少不曾閒 雲心一名煙兒
西廂月曙畫屛幽繡枕舊衾懶未收色掌着怗行
首喚案前行次嶺南樓
畫裏湖山鏡裏天高樓疑若去飄然緗簾影下紅
欄倚道是花魂爲世緣
官人誰顧作書房知面知名也不祥前年阿姊選
醫女啼別孃孃上洛陽 冠蓋之經過有所眄而不能隱者多囑京司選入於
醫女食子針線婢而上京其弊甚矣
秋生湖上白蘋波落盡洲邊紅豆花桂棹泝灘歌
太乙菴文集卷之二 二十三
競渡上辛淸夜弔蓮娥 古云秋上辛不乘舟往年有義妓上龍灘覆舟有落花之嘆蓮娥以最少名妓而溺焉湖上人至今悲之蓋其日適是七月上辛也
觀察使春巡嶺南樓歌十章 並小叙
古者方岳陳詩以觀民風里巷婦孺之謠
幷皆採取用之於鄕黨邦國詩三百篇中
列國之風是已兎罝野夫仰瞻旬宣威儀
之盛卽事永言純用俚語匪敢曰詩可以
採蓋甘棠之頌美召伯者喜得見聖王新
化及於江漢之南云爾
芃芃春麥雨膏之慶尙監司巡歷時漢吏千年攬

그림1 『태을암집』 권2 「응천교방죽지사」 일부(4~8장)

고을을 떠들썩하게 했고, 과거를 포기하고 있다가 72세 때 집안일로 상경해 사마시에 합격한 후 고향에 내려와 벌인 자축연에 채제공·정약용 등 당대의 명사들이 시문을 보내 축하를 해주었다. 특색 있는 작품을 다수 남겼는데, 그중 남녀의 솔직한 인정과 향토의 짙은 서정을 노래한 응천교방 죽지사(竹枝詞)가 있다. 응천은 밀양의 옛 이름이다. 1784년 봄, 그의 나이 61세 때의 작품이다.[2]

| | |
|---|---|
| ① 호서상인의 모시 베는 눈처럼 희고 | 湖商苧布白如雪<br>호상저포백여설 |
| 송도객주의 고운 비단 값어치가 얼마던가 | 松客雲羅直幾金<br>송객운라직기금 |
| 취하면 화대쯤이야 아까워하지 않았거니 | 醉與纏頭也不惜[3]<br>취여전두야불석 |
| 운심이 추는 칼춤, 옥낭이 타는 거문고여! | 雲心劍舞玉娘琴<br>운심검무옥낭금 |

| | |
|---|---|
| ② 연아가 스무 살에 장안으로 들어가 | 煙兒二十入長安<br>연아이십입장안 |
| 보검을 들고 한번 추면 모든 사람 오싹했지 | 一舞秋蓮萬目寒[4]<br>일무추련만목한 |
| 청루에 안장 얹은 말이 모였다 들었거니 | 見說靑樓簇鞍馬<br>견설청루족안마 |
| 한양의 젊은이들이 한가하지 않았겠으리 | 五陵年少不曾閒[5]<br>오릉년소불증한 |

—신국빈, 『태을암집』 권2 「응천교방죽지사 8장」 중

①은 제3장이다. 호서 상인은 눈과 같은 모시 베를, 송도 객주는 값나가는 고운 비단을 화대로 아깝지 않게 줄 정도로 운심의 칼춤과 옥낭의 거문고 노래를 사랑했다. 원주에서 이들이 한 시대에 이름이 났다고 했다. 제2장에서 이들은 예로부터 전해 내려오는 진사 양담(梁擔)의 '성동별곡'을 익혔고, 응천 교방의 전문강사인 이명신(李明臣)에게 거문고를 배워 명인이 되었다고 했다. ②는 제4장이다. 운심의 일생을 구성하는 데 결정적인 정보가 들어 있다. 스무 살에 한양으로 올라간 선상기는 연아(煙兒)이고, 이 연아는 원주에 있듯이 운심(雲心)의 다른 이름이다. 청루(靑樓), 곧

그림2 신안마을 벽화에서 백하 윤순(尹淳)을 따라해보다. 2017.7.1

연아의 집에서 추는 칼춤은 한양의 귀족 자제들을 한껏 매료시켰다.

운심이 상경한 이후의 행적에 대해 성대중은 같은 글에서 인상적인 이야기를 남겼다. 조선 후기 글씨의 대가로 원교 이광사(李匡師)의 스승인 백하 윤순(尹淳, 1680~1741)은 운심에게 장난삼아 칼춤으로 초서의 원리를 깨닫게 할 수 있느냐고 물었고, 운심은 그를 흠모해 글씨를 간절히 받기를 원했다. 멋들어지게 칼춤을 선사한 듯하다. 가을비가 촉촉이 내리던 어느 날, 윤순은 운심이 권하는 술을 마시고 전날 약속대로 운심의 비단 치마에 도연명의 「귀거래사」를 단숨에 일필휘지했다. 이날 일을 비밀로 간직하자던 윤순이 취중에 이인좌 난으로 풍원군에 봉해진 조현명(1690~ 1752)에게 발설한 탓에 운심이 가보로 삼으려던 윤순 글씨를 끝내 그에게 넘겨줄 수밖에 없었던 일을 평생 한으로 여겼다는 것이다.

그러면 조선의 춤꾼 운심의 만년(晩年)이 궁금하지 않을 수 없다. 성대중은 같은 글에서 운심이 늙어서 명승지를 두루 유람했고, 관서 지방의 칼춤을 추는 기생들은 대부분 그의 제자였다고 했다.

관서 지방의 기생들이 운심의 제자라면, 운심은 서울에서 평양으로 거주 공간을 이동했다는 뜻이다. 소위 잘 나가던 한양을 대신해 관서를 택한 데에는 나이가 들어감에 따라 경쟁에서 점차 밀려나던 배경이 작용하지 않았나 싶다. 김홍도의 작이라 추정되는 〈평양감사향연도〉는 평양감사 부임을 축하하는 행사를 담은 세 편의 연작으로 되어 있다. 이 중 부벽루와 연광정의 연회도를 보면 당일 하이라이트로 쌍검대무(雙劍對舞)의 칼춤 추는 장면을 중앙에 배치했다. 이들이 운심의 제자였는지는 알 수 없으나, 평양에서 이들에게 검기(劍妓)를 교육하면서 생의 마지막을 보냈을 것으로 유추해봄직도 가능하겠다.

운심이 가르쳤다는 제자를 직접 만난 이는 북학파 연암의 동지 박제가(1750~1805)이다. 그가 결혼하고 삼 년째 되던 1769년에 장인 이관상(李觀祥)이 평안도 영변부사로 부임하자 그곳을 따라가 처남 이몽직과 함께 묘향산을 유람하고 「묘향산 소기(妙香山小記)」를 남겼다. 그해 9월 18일 묘향산 줄기인 용문산의 용문사에서 묵으며 기생에게 칼춤을 추게 했다. 그런데 별도로 지은 「검무기」의 말미에, "근세의 검무는 밀양의 운심을 일컫는다. 이들은 그의 제자이다(近世舞劍, 稱密陽姬雲心, 此, 蓋弟子)."[6]라는 주석을 붙였다. 두 명의 기생은 필시 운심이 평양에서 가르친 제자이고, 이들은 수요가 있는 관서 지방의 명소를 찾아다니며 칼춤을 공연하던 중에 박제가를 용문사에서 만난 것이다.[7] 박제가가 본 검무는 운심의 춤이 아니라 그 제자의 춤이었다. 사실 직전(直傳) 제자의 춤이기는 하나 운심의 춤이라 해도 전혀 상관이 없다. 「검무기」에서 칼춤의 연행 순서에 따라 역동적인 동작을 유려한 필치로 묘사하고 있다. 이들이 춘 칼춤은 〈평양감사향연도〉에 그려진 것과 같은 쌍검대무(雙劍對舞)였고, 무예에 가까운 춤사위를 마치 현장에서 보는 듯한 느낌을 들게 하는 미문에 잘 묘사되어 있다.

관서 지방에서 명예를 지키며 살던 운심의 최후는 어떻게 되었을까. 연암의 소설에서 보았듯이 예술가의 오기로 여러 장안 기생의 막강한 후원자들마저도 들었다 놓았다 했고, 당대 최고의 명필 윤순의 마음까지도 칼춤으로 사로잡았던 운심의 도도한 면모를 볼 때 평범한 죽음과는 거리가 있을 것으로 예상해볼 수 있다. 성대중의 글을 살펴보자.

> 약산은 천하의 명승지요, 운심은 천하의 명기이다. 인생은 한 번은 죽기 마련이니 여기서 죽으면 족할 뿐이다. 이내 절벽 아래로 몸을 던져 거꾸러지자 곁에 있던 사람이 붙잡아서 겨우 면하였다(藥山, 天下名區; 雲心, 天下名妓. 人生會當一死, 得死於此, 足矣. 仍投崖而顚, 旁人持之僅免).
>
> —성대중, 『청성잡기』 권3 「성언」

운심이 어느 날 평안도 영변의 약산 동대(東臺)에 올라 취기가 있던 상태에서 하늘을 우러러보며 탄식하며 세상과 영원히 결별하려고 했다. 천하의 '명기(名妓)'는 죽을 만한 땅에서 죽는 것이며, 그곳이 바로 천하의 명승지 약산이라 여겼다. 운심의 호방한 기개와 풍류는 줏대 있는 예술가의 기품을 유감없이 보여준다. 지령(地靈)과 인걸(人傑)은 상응한다. 비슷한 시기에 애꾸눈 화가 최북(1712~1786) 역시 금강산 구룡연에서 "천하의 명인 최북은 마땅히 천하의 명산에서 죽어야 하리라" 하고, 몸을 날려 못으로 뛰어들었다. 곁에 있던 사람이 붙들어 살았다. 하마터면 조선의 반 고흐(Vincent van Gogh)를 잃을 뻔한 일도 있었다.

운심의 투신 사건은 영변에 꽤 널리 퍼졌던 모양이다. 청장관 이덕무(1741~1793)가 1778년 3월 30일 북경에 사신으로 가다가 영변의 철옹성에 유숙하며 약산 동대에 올랐다. 이때 절도사 이은춘(李殷春)이 영변의 수재로 있을 때 자기 아버지 이수량(1673~1735)이 사랑하던 기생이라며 데리고 왔는데 바로 밀양의 운심이었다. 성대중의 글처럼 운심의 투신 일화를 언급하면서 "이때 이미 늙어 머리가 허옇게 세었다(時, 心已老白首矣)."라 묘사했다.

여기에 운심의 나이를 추정할 만한 단서가 있다. 운심이 20세 때 선상기가 되어 상경한 뒤 1732년 평안병사가 된 이수량의 사랑을 받았다면 어림잡아 헤아려보면 1710년 전후에 출생한 셈이다. 관기로서 명성을 얻어 윤순의 정인(情人)도 되고 천하의 걸인 광문과도 스스럼없이 소통하던 운심은 나이가 들면서 젊을 때 추억이 있던 관서 지방에 명승지를 유람하며 제자 육성에 낙을 붙였던 것으로 짐작된다. 운심은 이 무렵 부친에 이어 평안병사로 부임한 이은춘과 재회했을 터이니 대략 60대 후반의 나이가 된다. 천하의 명기가 흰머리 심한 노인네 모습으로 등장한 것이다.

이상이 문헌에 전하는 에피소드 위주로 구성한 운심의 소략한 일대기이다. 운심을 맨 먼저 기록한 박지원, 그로부터 15년 뒤에 운심의 제자를 만난 박제가, 운심의 선상기 생활을 밀양에 전한 동향의 신국빈, 운심의 말년 일화를 남긴 성대중과 이덕무, 그 누구도 운심의 최후는 적지 않았다. 운심이 적어도 1784년까지는 살고 있었는데, 혹시 이들 사후에 죽었단 말인가. 게다가 이상하리만치 밀양 읍지에서는 운심에 관한 이야기를 다루지 않았다.

운심의 죽음 기록이 없기에 언제 죽었는지는 모른다. 그렇다고 무덤이 실재하지 않는다는 말인가. 그렇지 않다. 밀양시 상동면 안인리 신안마을 뒷산에는 운심의 묘소라 구전되는 조그만 봉분이 있다. 18세기 조선을 뒤흔든 최고 춤꾼의 무덤이라기에는 매우 초라하다. 기생이라 그랬던지 석물 하나 없이 이백 년 이상 실낱은 기억으로 겨우 명맥이 유지할 뿐이었다. 고향 밀양으로 돌아와 땅속에 외로이 묻힌 운심은 언젠가 후대에 알아주기를 기다리고 있었으리라.

1970년대 농촌문학의 한 전형을 개척한 소설가 김춘복(金春福)은 일찍이 운심의 묘소를 발견하고는 주위에 적극적으로 알리는 한편, 작품으로 구상한 지 십 년 만인 2016년에 장편소설 『칼춤』을 출간했다. 좌우 갈등이 극심한 현대사회를 대통합하는 화두로 밀양 검무를 조명했다. 이보다 한 해 전에는 박학진이 장편소설 『칼의 춤』을 세상에 내놓았다. 밀양 교방에서 최고의 검무인이 되기까지의 과정, 선상기가 되어 장안을 휘어잡은 운심 검무의 배경을 1728년 이인좌 난과 결부시켜 해석했다. 운심을 다룬 조선시대의 문헌을 병치해서 읽는 소설적 재미가 있다. 또 밀양검무보존회(회장 김은희)에서 수십 년 전 검무를 복원해 정기적으로 공연함과 동시에 2005년부터는 운심 묘소를 찾아 매년 음력 9월 9일 제향을 올린다. 안타깝게도 이듬해 연속된 태풍으로 봉분이 유실되었지만, 진주검무와 함께 한국의 대표 검무로 자리매김하기 위해 혼신을 힘을 쏟고 있다.

그림3 『칼춤』 출판기념회에서 운심 검무를 약식으로 추고 있다. 2016.1.20

운심의 검무와 예술 정신은 운심 묘소의 존재 여부와 관계없이 조명할 수 있다. 그렇지만 묘소가 실재할 경우 그 상징성이 차지하는 비중이 더욱 높아진다. 당연히 지역의 문화콘텐츠를 개발하는 데 유리한 지점을 확보한다. 문화산업이 지역 고유의 장소성과 밀접한 관계가 있기 때문이다. 필자 또한 운심의 무덤이 신안마을에 있다는 사실을 접하고 한층 관심이 고조된 적이 있다. 그러다가 십여 년 전 뜻하지 않게 관련 정보를 발견해 관련 논문의 일부로 쓴 적이 있다.[8] 당시 함안군수를 지내면서 1890년 4월부터 밀양부사를 겸직한 오횡묵(吳宖默)의 『함안군총쇄록』을 보다가 눈길이 멈추고 말았다. 다름 아닌 그해 4월

그림4 2006년 태풍으로 봉분이 유실된 운심 묘. 2017.7.1

그림5 운심 묘소는 창고 뒤쪽으로 200여 미터 올라가면 만난다. 2021.5.5

15일 신구 관리가 교대하던 곳인 냉천점(冷川店)에 이르렀을 때의 대목이다. 이 유숙소는 유천고개에서 6리 떨어진 곳으로, 현재 상동면 안인리 신안마을에 있었다.

> 뒷산에 명기 운심의 묘가 있다. 산이 아름답고 물이 깨끗해 이곳에 묻히기를 원했던 것이다. 비록 저승에 있지만 꽃다운 마음은 진실로 죽지 않았으니 참으로 명기라 하겠다(後山有名妓雲心之墓, 就其佳山麗水, 願埋于此. 雖在泉臺, 芳心不死, 信乎名妓也).
>
> ―오횡묵, 『경상도함안군총쇄록』 상

신안마을 뒷산에 운심의 묘가 있다니, 그렇게 반가울 수가 없었다. 게다가 운심이 생전에 고향 땅 밀양의 이곳에 묻히기를 바랐던 사실까지 알게 되었다. 성대중의 글에 언급된 약산 동대와 바꿀 수 있는 곳이라 여겨 묘소로 점지했을 것이라 단정했다. 지금은 1905년 경부선 개설로 주변 지형이 바뀌어 오횡묵이 관찰하던 때와 풍경이 다르지만, 빈지소에서 내려오는 밀양강의 맑은 물을 굽어보는 옥교산 기슭이 절경임은 가늠하기 어렵지 않다.

오횡묵은 이곳의 운심 묘를 발견하고 확신에 차서 곧바로 명기 운심을 회고하는 5언 배율시를 지었다.

| | |
|---|---|
| 강남의 제일가는 기녀 | 江南第一妓<br>강 남 제 일 기 |
| 선녀가 무산 구름 따라 내려와 | 仙降巫山雲<br>선 강 무 산 운 |
| 높은 하늘가에 남긴 자취는 | 咳唾九宵上<br>해 타 구 소 상 |
| 자줏빛 불꽃처럼 찬란했었지 | 紫焰生光文<br>자 염 생 광 문 |
| 앵무새처럼 본디 지혜로우니 | 鸚鵡本能慧<br>앵 무 본 능 혜 |
| 아름다운 자질 어찌 없어지랴 | 蘭蕙豈終焚[9]<br>난 혜 기 종 분 |
| 덧없는 세월에 푸른 눈썹은 늙어 | 荏苒靑蛾老[10]<br>임 염 청 아 로 |
| 뭇사람과 애끊게 이별할 제 | 腸斷別離群<br>장 단 별 리 군 |
| 평소 아름다운 곳 소원했나니 | 平生佳麗願<br>평 생 가 려 원 |
| 황진이 무덤가에 의탁함일세 | 寄在眞娘墳<br>기 재 진 낭 분 |
| 새들이 고요한 꽃밭에서 지저귐은 | 鳥啼花寂寂<br>조 제 화 적 적 |
| 청춘의 넋이 응당 변한 것이라네 | 春魂應化云<br>춘 혼 응 화 운 |

—오횡묵, 「제기운심묘(題妓雲心墓)」, 『경상도함안군총쇄록』 상

강남 제일가는 무산의 선녀가 현신(現身)이 운심이고, 이 세상에서 빛나는 자취를 남긴 뒤 산수 가려(佳麗)한 곳에 묻히게 됨으로써 평생의 소원을 풀었다는 것이다. 명기(名妓)에 어울리는 찬사를 보내고 있다. 오횡묵의 헌시는 운심의 무덤 실재를 증언하는 귀중한 자료이다. 전설로 전해지던 운심의 무덤 존재는 이로써 부동의 사실로 각인되었다.

밀양 문화인들은 운심 검무를 다양한 방식으로 계승하고, 선행 연구자는 날카로운 안목으로 조선 후기 무용가 운심의 공연예술사적 위상을 조명했으며, 그리고 필자는 운심 묘를 실증하는 자료를 발굴해 지역 연고

성을 강화했다. 이러한 성과에 힘입어 장소성을 확실히 갖게 된 신안마을은 창조적 마을로 탄생하고 있다. 지자체가 중심이 되어 운심을 기억하는 방법을 다채롭게 고안해 문화마케팅에 적용하고 있다. 고무적인 일이다.

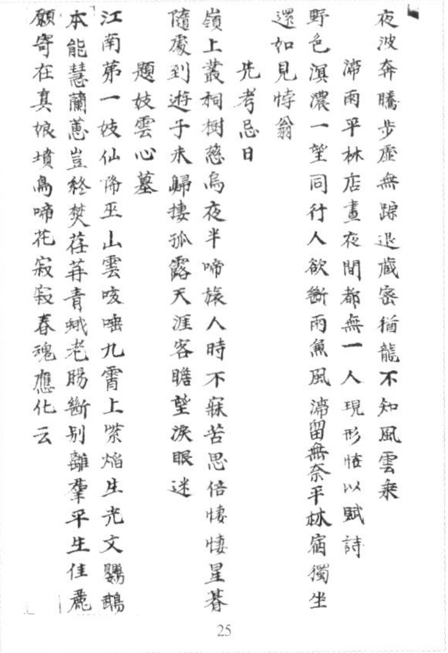

오횡묵이 운심의 실묘(實墓)를 발견한 때는 밀양부사 정병하가 영남루 중수를 막 끝낸 시점이었다. 그가 4월 16일 영남루 현판 '현창관(顯敞觀)'을 제재로 시를 지어 정병하의 치적을 남달리 칭찬했는데,[11] 정작 밀양 관아 앞의 정병하 비석은 깨져 있다. 왜일까. 다음 장에서 이어가도록 하겠다.

夜波奔騰步靡無蹤退藏容猶龍不知風雲來
滯雨平林店晝夜間都無一人現形悵以賦詩
野色溟濛一望同行人欲斷雨氣風滯留無奈平林宿獨坐
還如見悖翁
先考忌日
嶺上叢祠樹慈烏夜半啼旅人時不寐苦思倍悽悽星暮
隨處到遊子未歸棲孤露天涯客瞻望淚眼迷
題妓雲心墓
江南第一妓仙佛巫山雲咳唾九霄上紫焰生光文鸚鵡
本能慧蘭蕙豈終焚荏苒青蛾老腸斷別離輩平生佳麗
願寄在真娘墳鳥啼花寂寂春魂應化云

25

그림6 오횡묵, 「제기운심묘」, 『경상도함안군총쇄록시선』 상

그림7 영남루 편액 용금루(좌) 현창관(중) 영남루(우). 2021.10.18.

# 미주

1 박지원 저/신호열·김명호 옮김, 『연암집』 하, 돌베개, 2007, 180쪽.

2 이운성, 「신국빈과 '응천교방죽시사' 8장」, 『밀양문화』 7, 밀양문화원, 2006.

3 전두(纏頭): 옛날 기녀가 가무를 끝내고 나면 손님들이 그 대가로 주던 비단.

4 추련(秋蓮): 칼집에 연꽃이 아로새겨진 보검 이름.

5 오릉(五陵): 번화한 도읍의 호협한 자제들을 가리킴. 『한서』 권92 「원섭전(原涉傳)」.

6 박제가, 「검무기」(정민 외 역, 「검무기」, 『정유각집』 하, 돌베개, 2010, 179쪽).

7 안대회는 밀양기생 운심의 존재를 처음 발견하고 『신동아』 541호(2004.10)에 "조선의 기인 명인 ④춤꾼 운심"을 발표했고, 『조선의 프로페셔널』(휴머니스트, 2007)에서 논의를 확장해 "검무로 18세기를 빛낸 최고의 춤꾼, 무용가 운심"이라는 제목으로 실었다. 이 글을 쓰는 데 많은 도움이 되었다.

8 하강진, 「19세기 말 오횡묵이 저술한 밀양 관련 시문과 그 의미」, 『밀양문학』 22, 밀양문학회, 2009.12. 이 책 제5부 제3장에 재수록함.

9 蘭蕙(난혜): 꽃이 향기로운 난초(蘭草)와 혜초(蕙草). 흔히 부인의 아름다운 자질을 비유함.

10 荏苒(임염): 세월이 덧없이 지나감.

11 해당 시는 이 책 534쪽 참조.

# 제5장 개화기 밀양부사 정병하(鄭秉夏) 비석의 몸돌이 잘리고 깨진 사연

밀양 내일동 관아 앞에는 밀양부사나 경상도관찰사의 공덕비 19기가 동서로 길게 늘어서 있다. 비석 저마다 형태가 다양하고, 음각된 글씨 상태도 다르다. 부사가 16명, 관찰사가 2명, 해독 불능 1명이다. 배치 순서는 동쪽부터 밀양부사 임명순으로 배열되어 있고, 임진왜란 이전 것으로는 하진보(河晉寶) 인정비(仁政碑)가 유일하다.[1]

그림1 2010년 4월 복원한 밀양 관아 앞의 비석군. 2021.6.28

이 중 유달리 눈길을 붙드는 것은 서쪽의 제1기 비석이다. 얼핏 봐도 보존 상태가 상대적으로 양호하고, 선정비 치고는 비교적 장문에 속하는 비문이 10행으로 새겨져 있기 때문이다. 분량이 상당한 것만이 아니다. 중요한 것은 몸돌을 좌우로 이어붙인 흔적이 있을 뿐만 아니라 우측 상단 부분이 네모로 예리하게 잘려나갔다는 사실이다. 기실 예사롭지 않은 사연이 있음을 짐작하게 한다.

비석 주인공은 온양인(溫陽人) 남고(南皐) 정병하(1849~1896)이다. 그는 중인 출신으로 1882년 김옥균의 일본 시찰을 수행한 뒤로 외교 전문가로서 두각을 나타내며 철저한 개화파 추종자가 되었다. 이에 시찰 4년 뒤 근대 국가 수립의 기초로 삼고자 농업진흥 정책을 담은 『농정촬요』를 국한문 혼용체로 저술했다.

이후 경기도 부평부사를 지내고 1888년 7월 교통리교섭통상사무아문(현 외교통상부)의 주사로 있던 중 다시 외직인 밀양부사에 임명되었다. 1년이 지난 1889년 9월 조정에서 그를 외무 참의에 제수하자 경상도관찰사 김명진(金明鎭)은 상부 관청인 이조에 정병하 밀양부사 유임을 요청하는 장계를 올리면서 그의 업적을 다음과 같이 열거했다.[2]

첫째, 청렴과 공명을 근본으로 하여 위엄과 은혜로 백성을 구제했다. 둘째, 흉년 든 봄에 진휼하는 정사를 하면서 성실한 마음으로 구제했다. 셋째, 여러 해 동안 밀린 세금을 다 상납했다. 다섯째, 네다섯 곳의 못 쓰게 된 제방을 수축함으로써 척박한 땅을 일구어 이익을 보게 했다. 여섯째, 볍씨를 넉넉하게 나누어주어 가난한 집이 마침내 풍요롭게 되었다.

이러한 공적 내용과 함께 밀양 고을 전체가 정병하의 유임을 바라는 청원서가 꼬리를 물고 있다고 했다. 11월 2일 이조의 유임 의견에 대해 임금은 윤허했다. 그는 지방관으로서의 탁월한 능력을 인정받아 1890년 10월부터 경상도 전운(轉運)을 총괄하는 직책인 영남총무관을 줄곧 겸임했다. 그러다가 1894년 7월 갑오개혁의 하나로 설치된 내무부 농상아문

협판(현 차관격)이 되어 서울로 올라갔다. 이후 내장원장, 농상공부 협판을 거쳐 1895년 11월에는 농상공부 대신에 임용되는 등 출세 가도를 거침없이 내달렸다.

정병하의 애민송덕비는 1892년 7월에 건립했다. 비문의 서두는 매우 인상적인데, "밀주의 적폐는 교남에서 으뜸이다(密州之積弊, 嶠南最)."라 시작한다. 향청과 아전이 주동이 되어 밀양 고을 사람의 평판을 새긴 것이지만[3] 실제로는 자신의 목소리를 대리로 표현했다. 그의 재임 중에 세웠으니 지방관을 그만두고 떠날 때 으레 선정비를 세우는 것에 견주면 성격이 조금 다르다. 비문의 전체 내용은 김명진의 장계와 일맥상통한다. 아울러 1890년 윤이월 영남루를 중수하고 난 뒤 자신이 지은 「남루기(南樓記)」에도 유사한 문구가 들어 있다.[4] 그가 지향한 치세 방향을 한마디로 요약하면 적폐(積弊) 청산이다. 그 이후로 2년을 더 유임해 무려 6년간이나 밀양부사를 지냈다.[5] 이는 나라에서 인정할 만한 치적, 엄격한 자기 처신, 그리고 지역민의 우호적 시선이 있어야 가능했다.[6]

그런데도 비석 귀퉁이가 표나게 손상되어 있다니, 혹 2010년 4월 밀양 관아를 내일동 사무소 자리에 복원하면서 영남루 침류각(枕流閣) 곁에 있던 비석들을 이곳으로 옮기길 때 부주의로 훼손된 것인가.

그렇지 않다. 영남루에 있을 당시에도 분명 지금과 같은 모양이었다. 비석이 깨진 시점은 정확히 알 수 없으나 인위적인 파손에 방점을 찍고서 역사적 상상력으로 그 원인을 멀리 거슬러 추적해보았다. 단서는 황현의 『매천야록』에서 찾았다. 김홍집 내각이 1895년 11월 15일(양력 12월 30일)에 공포한 "단발령" 항목에서 서술한 관

그림2 침류각 서쪽의 정병하 비석(우). 2009.11.26

런 부분을 인용한다.

> 임금이 먼저 두발을 깎고 중앙과 지방의 신민에게 명하여 일체 단발하도록 하였다. 두루마기 착용을 선포한 이후 단발하도록 한다는 말이 점차 퍼졌는데, 이해 10월에 와서 일본 공사가 임금에게 빨리 단발하도록 위협하였으나 임금은 인산(因山) 뒤로 미루었던 것이다. 이때에 이르러 유길준과 조희연 등이 왜인들을 인도하여 궁성 주위에 대포를 설치하고 단발을 하지 않는 사람은 모두 죽이겠다고 선언했다. 임금이 탄식하며 정병하(鄭秉夏)를 돌아보고 "네가 내 머리를 깎아라." 하니, 정병하는 가위를 들고 임금의 두발을 깎았으며 유길준은 태자의 머리를 깎았다.[7]

겉으로 보면 임금의 요청으로 어쩔 수 없이 가위를 든 것처럼 보이나 실은 단발령 선포 직후 고종이 시범을 보여야 한다고 수시로 압박을 가한 사람이 바로 농상공부 대신 정병하였다. 그는 사건 당일 군대를 임금이 있는 가까운 데에 치밀하게 배치하고, 또 병기를 성문에서 멋대로 휘둘러 백방으로 위협하고는 즉시 임금의 침소에 들어가 가위를 든 것이다. 결코 솔선수범이 아니었다. 생사의 갈림길을 오가는 공포감 속에서 발밑으로 떨어지는 머리카락을 보면서 고종은 억장이 무너지는 자괴감을 꾹꾹 눌렀을 터이다.

왕후의 장례를 치르고 난 이후 단발령을 시행하겠다는 고종의 막다른 타협안도 전혀 먹혀들지 않았다. 이 지난한 형국 속에 뒷날 순종이 된 태자도 유길준(1856~1914)의 가위질을 피하지 못했다. 부모에게서 물려받은 머리카락과 피부 하나라도 손상하면 불효의 시작이라는 『효경』의 가르침을 국가 윤리로 삼던 시대에 정병하와 유길준은 식견 있는 개화파가 아니라 천인공노할 역적이었다. 임금과 태자의 강요된 개화는 거국적으로 매서운 분노를 자아냈다. 전국 각지에서 올라오는 유림의 상소가 폭주하고 의병들이 떨쳐 일어나 목숨을 걸고 저항했다.

왕실의 극단적인 무력함은 이보다 석 달 전인 8월 20일에 벌어진 을미사변으로 외부에 완전히 노출된 상태였다. 당시 정병하는 내장원장(內藏院長)으로서 궁궐 당직을 맡고 있었다. 내장원은 왕실의 재산과 국내 중요 재원을 관장하기 위해 탁지아문과 별개로 설치한 관청이었다. 임금의 절대적인 신뢰가 있어야 내장원의 최고책임자가 될 수 있었다.

하지만 정병하는 고종의 믿음과는 전혀 다른 길을 선택했다. 단발령과 마찬가지로 내각 총리대신 김홍집(1842~1896)이 기획하고 정병하는 유길준·조희연 등과 함께 그의 핵심 참모로서 지시를 받고 앞장서 실행에 옮겼다. 사건 하루 전 위험을 감지한 왕후가 숙직하던 정병하에게 일본군의 이상한 조짐을 묻자 오히려 옥체를 보호하기 위한 것이라 거짓으로 둘러댔다. 왕후는 그를 깊이 믿다가 오히려 화를 당하고 말았다. 정병하는 한발 더 나아가 사변 후 이틀 만에 왕후를 폐하는 조칙을 스스로 작성하고, 이내 궁내부에 글을 올려 고종이 윤허하도록 강요했다. 당시 궁궐 주위에 일본군이 배치되어 고종을 위협하고 있었다.

이들의 운명은 한 달여 뒤인 12월 28일(1896년 2월 11일) 아관파천으로 국면이 바뀌었다. 경복궁에 감금되어 있던 고종이 러시아 공사관으로 탈출했다. 김홍집 일파를 제거하기 위해 새벽에 교자를 타고 세자와 함께 비밀리에 거처를 옮긴 것이다. 힘의 균형추가 일본에서 러시아로 기울어지는 순간이었다. 외국 세력을 새로 등에 업은 고종은 경무관을 시켜 단발령과 민비 시해를 주도한 친일 관리를 체포하도록 명령했다. 유길준·조희연·우범선 등은 일본 공관으로 달아나 숨은 탓에 우리 군인들이 붙잡지 못했다. 정병하는 김홍집과 함께 붙잡혀 파천 이튿날 경무청 앞에서 순검들에게 복주(伏誅)되었는데, 두 사람의 최후에 대해 『매천야록』에서는 이렇게 적고 있다.

정병하는 곧 죽임을 당할 줄 알고 절규하기를, "나는 대신인데 어찌 함부로 죽인단 말이냐? 재판의 절차를 거친 후 죽겠다."고 하자, 김홍집은 돌아보며 "어찌 말이 많은가? 나는 굳게 죽음을 맞이하겠다."라고 하였다. 이 두 사람은 죽임을 당한 후 그 시신이 큰 거리에 전시되었다. 서울 사람들이 김홍집이 단발령을 주도한 것을 원망하여 다투어 기왓조각과 돌멩이를 내던져 사지가 갈기갈기 찢겨졌으며, 그 살을 베어 날로 씹어 먹는 이도 있었다.[8]

김홍집의 사지를 찢고 그 살을 씹어 먹을 정도로 친일 내각에 대한 백성들의 원성이 얼마나 심각했는지를 생생하게 전해주는 대목이다.[9] 무너진 김홍집 내각을 대신해 등장한 이완용 중심의 친러 내각은 악화된 민심을 수습하기 위해 결국 단발령을 철회했다.

이렇게 사라졌던 정병하는 대한제국의 외교권을 박탈하는 1905년 을사늑약 체결로 부활했다. 이 땅에는 일본의 독무대가 되었고, 이듬해 친일 정권에 의해 김홍집과 정병하는 관직을 사후 회복했다. 유길준·조희연 등은 중용되어 고인이 된 두 사람을 위해 추도회를 열었고, 여기저기 친일 세력을 환영하는 행사가 열려 하나의 풍속이 되었다고 매천은 전한다. 역사는 10년 전과 정반대 방향으로 흘러가고 있었다. 그리고 경술국치 직전인 1910년 6월 정병하에게 규장각 제학을 추증한 데 이어 '충희(忠僖)'라는 시호를 내렸다. 나라를 염려하여 가정을 잊는 것이 '忠'이고, 소심하게 공손하고 삼가는 것이 '僖'라는 뜻을 부여했다.

저주와 분노 속에 정병하 비석의 향방은 어떻게 되었을까. 단발령은 전국적인 저항을 가져왔고, 당시 밀양 사람들도 민비 시해와 단발령을 주도한 정병하에 대한 증오심이 당연히 컸을 것이다. 예를 들면 부북 퇴로에 살던 송애 이지헌(1840~1898)은 1895년 친구 박한숙에게 보낸 편지에서,

선비가 이 세상에 태어나 가난한 고을이라도 달게 살고, 견문이 없는 사람도 분수에 따라 먹고 마신다. 오직 부모가 물려준 머리카락을 훼손할 수 없는 것은 죽어서 옛 성현에게 죄인이 되지 않기 위함이다. 이것이 지극한 소원이나, 어찌 인류가 생긴 이래로 한 번도 있지도 않은 급박한 사태가 조석으로 내 모습을 다른 무리로 변하게 하고 또 무늬를 오랑캐 복장으로 변하도록 하는가?[10]

라며 분노했다. 머리카락을 훼손하는 행위는 성현에게 죄를 짓는 것이라며 극단의 심리적 고통을 호소하는 한편, 일본의 조선 국체 위협을 성토하고 있다.

정병하의 밀양부사 시절 선정과 상경 이후 국헌 문란 행위는 이율배반적인 모순이다. 누군가 울분을 해소하기 위해 비석을 공격 표적으로 삼았을 것이다. 비석에서 애민(愛民)과 송덕(頌德)의 이미지를 걷어내고자 힘껏 바닥에 내동댕이쳤고, 몸돌이 좌우로 잘리고 상단이 깨진 부분은 바로 그 흔적이라 추정해본다.

그림3 정병하 애민송덕비(愛民頌德碑). 2017.11.9

정병하는 1890년 봄에 영남루를 중수한 업적이 있다. 하지만 부사 이인재(李寅在)[11]가 1844년 전소되어 있던 터에 건물을 중창하고 난 뒤 중수 기록이 곧바로 1930년으로 이어진다. 밀양 읍지를 비롯해 어느 문헌에서도 이인재가 중건한 이후 47년 만에 중수한 정병하의 업적을 언급하지 않았다. 이보다 한 해 전에는 아동산의 무봉암(舞鳳

庵)도 중수한 그였다. 필자가 오횡묵의 『경상도함안군총쇄록』에서 해당 기사를 찾아내어 영남루 중수 연혁에서 미처 살피지 못한 약 90년의 공극을 처음으로 메꾼 바가 있다.[12] 정병하 기록의 배제는 비석 훼손과 같은 맥락으로 이해할 수 있겠다.

비석 자체는 말이 없다. 우리가 말을 걸어야 비로소 답을 한다. 문화적 기억은 조그만 흔적을 걸목으로 삼아 다양한 해석을 시도할 때 보완된다는 사실이다. 정병하의 정치 행로와는 별개로 비석을 매개로 밀양부사 시절에 남긴 자취를 기억해 본다.

비석은 단지 관아 경관의 장식품이 아니다. 안내판에는 밀양부사 재임 기간, 재임 시 주요 실적이나 흠결 등을 보충해야 한다. 아니면 별도 책자를 제작해서 관아에 비치하는 것도 한 방법이다. 그리고 받침대를 설치해서 비석 모양새를 제대로 갖추면 좋겠는데, 그렇게 되면 땅속에 박혀 제대로 볼 수 없는 비문의 실체도 밖으로 드러난다.

정병하는 부임한 지 반년 만인 1889년 1월 『밀주장정(密州章程)』을 목활자로 찍어 관내에 각 면리(面里)에 보급했다. 점필재 김종직이 향약을 제정해 향촌사회에 수신제가를 권면한 일을 본받은 것이다. 또 박수헌 편의 『밀주지』(1932)에서는 근본이 한미한 가문의 사람으로 산내 용전리에서 태어났다고 했고, 밀양문화원에서 발간한 『밀양지명고』에서는 지역을 더 좁혀 용전리 용암마을 앞의 한골(大谷)에서 출생했다고 했다. 또 안병희는 『밀주징신록』에서 정병하가 산내 용전리에 우거했다고 기록했다. 본관과 세계를 세밀히 확인할 필요가 있겠으나, 여하튼 밀양에 각별한 애정을 쏟은 정병하는 여타 부사와는 결이 다른 느낌을 준다.

## 미주

1 동쪽부터 차례로 성명과 재임기간을 들면 다음과 같다. 성명 미상, 부사 하진보(1579~1583), 부사 이지선(1643~1645), 부사 류이정(1689~1693), 부사 홍득우(1694~1696), 부사 심징(1697~1701), 부사 김창석(1712~1716), 부사 조집명(1752~1754), 부사 조재선(1759~1761), 부사 정존중(1773~1776), 부사 이현시(1818~1821), 부사 조운표(1839~1842), 부사 이인재(1842~1846), 부사 이경(1862~1864), 부사 원세철(1876~1877), 부사 조준구(1887~1888), 관찰사 서헌순(1863), 관찰사 홍재철(1840~1842), 부사 정병하(鄭秉夏). 이 중 조재선(趙載選)의 마애(磨崖) 애민선정비가 2016년 6월 심충성에 의해 발견되었다. 산외 다죽리 죽남에서 금곡리 본촌으로 가는 왼쪽 길가 바위에 새겨져 있다.

2 『승정원일기』 중 고종26년(1889) 11월 2일 기사.

3 건립 주관자는 향유사(鄕有司) 이철윤(李澈潤), 호장(戶長) 이의승(李宜昇), 이방(吏房) 윤희찬(尹熺璨)이다.

4 1890년 4월 밀양부사를 겸직한 함안군수 오횡묵은 『경상도함안군총쇄록』 상 '4월 16일과 17일자'에서 정병하의 공적과 더불어 영남루 기문을 소개했다. 이 책 526~527쪽 참조.

5 함안군수 오횡묵이 1890년 4월부터 1893년 3월까지 두 차례 밀양부사를 겸직한 것을 감안하면 실질적인 재임 기간은 약간 줄어든다.

6 안병희의 『밀주징신록』에는 갑오농민전쟁 때 조동환·손진민이 온 고을 장정들을 데리고 전운사 정병하와 간사한 아전들을 죽이려고 삼문동 남림(南林: 율림)에서 남천강을 건너다가 영남루에 진주한 일본군의 발포로 사상자가 많았다고 기록했다. 관의 시선에서 보면 치안 유지를 위한 공권력 행사라 하겠으나 여느 지역과 마찬가지로 민중의 고통이 심각했음을 보여주는 사례이다. 공덕비의 '애민' 혹은 '선정' 표현에 중층적 성격이 들어 있음을 간과할 수 없다.

7 황현 저/임형택 외 옮김, 『역주 매천야록』 상, 문학과지성사, 2005, 474쪽.

8 『역주 매천야록』 상, 481쪽.

9 소위 역적을 체포한 순검은 소흥문(蘇興文)이고, 김홍집의 주검을 보고 음낭을 베었다고 한다. 『역주 매천야록』 하, 430쪽.

10 이지헌, 「여박한여한숙(與朴漢汝漢淑)」, 『송애집』 권1, "士生斯世, 甘作窮鄕, 無聞之人. 隨分飮啄. 而惟父母之髮勿毁, 以歸不爲古聖賢罪人. 是所至願, 而夫何自生民未有一劫迫在朝夕, 使吾儀形而變異類·文章而變卉服乎?"

11 밀양 관아 앞 비석군(좌측7)에 이인재 영세불망비가 있다.

12 하강진, 「19세기 말 오횡묵이 저술한 밀양 관련 시문과 그 의미」, 『밀양문학』 22집, 밀양문학회, 2009. 이 책 제5부 제3장에 재수록함.

# 제6장 알고 나면 한층 정감이 가는 밀양 지명(地名) 이야기

오졸재 박한주(1459~1504)의 문집을 읽다가 매우 인상적인 한 대목이 있었다. 1484년 문과 급제해 여러 벼슬을 하다가 1491년 2월에 사간원 정언(正言)에 제수되었다. 대궐에서 매번 입대할 적마다 마음과 생각을 가다듬고 엄숙히 하여 마치 신명을 대하듯이 성종(成宗)에게 예를 다했다. 일찍이 경연에 들어가 자신이 아는 것을 말하지 않은 것이 없었고, 말은 또 극진히 했다.

이에 임금이 말하기를,

> "辭吐俚正言, 至矣"
> 사 토 리 정 언 지 의

이라 했다. 『오졸재집』 「연보」에 나오는 말이다. 풀이하면 "사투리 쓰는 정언이 왔구려"라는 뜻이다. 박한주는 조부 때부터 살던 밀양부 풍각현 흑석리 차산마을에서 출생했다.[1] 『오졸재집』의 다른 글에서는 사토리(辭吐俚) 대신 향언(鄕言) 혹은 이어(俚語)로 적었다. 곧 시골말의 다른 이름이다.

풍각현은 1685년까지는 밀양부 소속이었다. 박한주는 밀양인이고, 그가 쓴 시골말은 밀양 사투리다. 풍각이든 밀양이든 크게 다르지 않은 경상도 사투리였다. 서른세 살의 창창한 관리가 서울에 올라가 사투리 쓴다는 소리를 듣지 않으려고 무던 애를 썼을 법하다. 성종은 유쾌하게 '사투리 쓰는 정언'이라고 놀렸지만, 말 속에 조금도 얕보는 뉘앙스는 없다.

주세붕(周世鵬)의 아들 주박(周博)은 박한주 행장에서 공이 성의로 임금을 감동시켜 사투리도 피하지 않고 강직한 말을 많이 했기 때문이라 했지만, 김응조(金應祖)가 여표비명에서 공이 조정에 들어온 지 오래되었으나 사투리를 고치지 않았기 때문이라고 한 표현이 맞을성싶다. 여하튼 다소 난처한 상황에 놓일 법한 신하를 너그럽게 품어준 임금의 인간미가 돋보인다.

성종이 승하하고 4년 뒤 갑자사화가 일어났다. 연산군은 예천군수 박한주를 점필재 김종직의 제자라 하여 곤장 80대를 때리게 하고 평안도 벽동으로 귀양보내 천역을 맡게 했다. 또 오졸재는 벽동에서 전라도 낙안으로 이배되었다. 그러다가 1504년 갑자사화 때 죄가 가중되어 사형당했다. 중종 때 복권되고, 선조 때 예림서원에 위판을 봉안했으며, 1674년(현종15) 1월 차산의 옛 마을에 여표비를 세웠다. 풍각현이 밀양부에서 대구부로 이관되기 11년 전이다.[2]

박한주의 사투리는 곧 어릴 때부터 어머니 혀를 통해 배운 말인 모설어(母舌語)이다. 어머니는 서울 사람이 아닌 함안 시골 사람이었다. 오졸재는 자라면서 표준어를 공부한 적도 없고, 표준어를 잘 구사해서 과거 급제한 것도 아니다. 알다시피 표준어는 서울의 한 지역에 쓰이는 말일 뿐이다. 어림잡아 그렇다는 것이지 정확한 통계를 기반으로 정한 것은 아니다. 지역어 사이에는 말의 계급이 애당초에 존재하지 않는다. 경주말, 개성말, 서울말 등에서 보듯이 표준어 기준이 언제든지 바뀔 수 있다. 말하자면 권력 이동과 관계있다. 우리는 태어나면서부터 대개 어머니에게 귀동냥으로 말을 배운다. 여기에 권력이 작동할 이유가 없을뿐더러 표준어 개념도 없다. 오직 어머니 혀가 언어 학습의 통로이고, 그 말은 세상의 이치를 담는 그릇이다.

지리로 좁혀 말하면 마을마다 고유한 이름이 있다. 공동체가 대대로 사용한 지명이 모설어의 하나가 된다. 지명은 흔히 마을의 특색을 살리고 다른 마을과 구분하기 위해 주변 지형이나 인물 전설을 창의적으로 활용해 만들어진다. 때로는 인간의 이상향을 담는다. 공동체의 정체성을 담고 소통 기능을 언중에게 효과적으로 발휘하면 그만이다. 이 지명을 다음 세대에 전하고 후속세대는 그것을 사회적으로 학습하기 때문에 특별한 계기가 없으면 쉽게 변하지 않는다. 다만 지명이 통용 범위를 벗어나면 소통상의 문제가 발생한다. 그것이 한자어가 아닌 한글일 때는 이해하기가 간단하지 않다는 점이다.

요산 김정한(1908~1996)이 1969년 12월에 발표한 「뒷기미 나루」 소설의 한 장면이다. 이 나루는 삼랑진읍 상부마을 서쪽 강가에 있었다. 관광명소 오우정(五友亭)과 매우 가까운 곳이다.

**그림1** 삼랑진읍 상랑리 상부마을 뒷기미 나루(1965). 철교 왼쪽 끝 지점

출처: 밀양시, 『사진으로 보는 밀양변천사』(2005), 61쪽

사실 며느리 땅꼴댁은 인물이 무던한 데다, 솜씨가 칠칠하고, 부지런하기가 거의 쉴 틈이 없을 정도였다. 모래톱 밭뙈기를 되사들이고부터 춘식이 내외는 더욱 일손이 바빠졌다. 게다가 산중보다 봄이 빨랐다.

뒷기미 나루는 삼랑진을 더 거슬러 올라간 낙동강 상류께, 지류인 밀양강이 본류에 굽어드는 짬이라, 다른 곳보다 물이 한결 맑았다. 물이 맑아 초가을부터 기러기 떼며 오리 떼가 많이 모여들었다. 그렇게 많이 모이던 기러기며 오리 등이 간다 온다 말도 없이 훨훨 날아가기 시작하면, 뒷기미의 하늘에는 별안간 아지랑이가 짙어 오고, 모래톱 밭들에는 보리 빛이 한결 파릇파릇 놀랄 만큼 싱싱해진다.[3]

밀양강과 낙동강이 합류하는 뒷기미 나루가 위치한 지리적 특성과 결부해 계절의 변화를 속도감 있게 묘사했다. 해방 후 이곳 뒷기미 나루를 터전으로 삼아 소박하게 살아가던 춘식이네 일가족이 심야 우중의 느닷없는 사건에 휘말려 가정이 송두리째 파괴되는 모습을 그리고 있다. 민족 분단에서 벌어진 좌우 갈등이 순박했던 한 가정을 비극적인 파국으로 내몬 이념의 폭력성을 고발하고 있는 작품이다. 「사하촌」, 「모래톱 이야기」 등과 함께 요산의 대표적 소설로 읽히고 있다. 작품성이나 작가의식도 그렇지만 배경이 밀양 삼랑진이라는 데 한층 친근감이 있다.

소설 제목과 나루터 이름이 똑같다. 나루는 흔히 아는 말인데, 그렇다면 '뒷기미'는 무슨 뜻인가? 이리저리 궁리해도 해답이 좀처럼 떠오르지 않는다. 한자로 바꾸면 쉽게 이해된다. 뒷기미는 후포산(後浦山)의 한글식 표현이다. 곧 '뒷－후(後), 기－포(浦), 산－미(山)'가 결합한 합성어이다. 나루가 있는 갯가 뒤쪽의 산을 말한다. 곧 매봉산 줄기인 후포산이다. 개가 '기'로, 뫼가 '미'로 바뀐 것이다.

밀양이 강과 산으로 둘러싸인 만큼 포(浦) 자가 들어가는 지명이 여럿이다. 그 중의 하나가 무안면의 개미마을이다. 인교를 지나 무안리로 가다

보면 성덕리가 나온다. 행정적으로는 강동과 강서로 나누고, 강서에는 인교·성덕원·개미 세 자연마을이 귀속되어 있다. 동네 어귀의 버스정류소와 마을 표지석의 개미마을이란 이름이 정답다. 이내 부지런한 개미를 닮은 사람들이 사는 동네인가, 아니면 개미굴처럼 옹기종기 모여 사는 동네라는 뜻인가 등등의 생각이 스쳐 지나갔다. 산자락 아래에 포근하게 자리를 잡은 마을을 들어서자 건물이 보인다. 진양 하씨와 더불어 사는 창녕조씨의 재실인 포산재(浦山齋)이다. 개미의 뜻을 바로 직감했다. '개'는 포(浦)요, '미'는 산(山)이다. 마을 이름 개미는 동물과 무관했다.

지명이 모설어로 구전된 만큼 자전(字典)에 구애받지 않았다. 따지고 보면 한자의 한글 뜻이 1805년 편찬된 『전운옥편』에 처음 기입되었고,[4] 어디까지나 참고용일 뿐 사용상 준수할 의무나 규정은 없었다. 또 일제강점기의 베스트셀러였던 자전도 출판사나 편찬자에 따라 자의의 표기 방식이 약간씩 달랐다. 지금도 그렇지만 국가 차원에서 한자의 뜻풀이를 통일해 시행한 적은 없었다는 뜻이다.

사투리는 대개 언중들의 오랜 언어 관습이 켜켜이 쌓여 만들어진 어휘이다. 그래서 이 지역에서는 포(浦)를 '개'로, 저 지역에서는 '기'로 소리를 내는 것이다. 또 산(山)을 한 곳에서는 '미'로, 다른 곳에서는 '메'나 '뫼'로 읽을 수도 있다. 예컨대 상남면 마산리의 마산(馬山)을 '말미'로, 만산(晩山)

**그림2** 무안면 성덕리 강서(개미) 표지판. 저 멀리 포산재가 보인다. 2021.5.23

을 '느리미'라 부른다. 또 산외면 박산(博山)은 '박미', 산내면 가인리 곤산(坤山)은 '땅뫼', 초동면 신호리 독산(獨山)은 '똑메'의 이칭이 있다.

경상도 사투리는 '으'와 '어'의 구분이 힘들다. 적어도 내가 배운 모설어는 그렇다. 초동면 신월리 듬밀마을이 있는데, 새월마을 건너편이다. 동래정씨 〈군수공파〉 후손들이 집성촌을 이루고 있다. 듬밀의 '듬'은 무슨 뜻인가. 그러고 보니 상동면 가곡리에 낙화듬이 있고, 무안면 성덕리 강동에 서근덤이 있으며, 청도면 조천리의 무시덤과 요고리의 수리듬이 있다. 단장면 무릉리 노곡 뒷산 이름 또한 수리덤산이다.

이처럼 표기 형태가 다르긴 해도 '덤'과 '듬'은 같은 뜻이다. 한국어사전에서는 덤을 '바위'의 방언, '듬'은 '벼랑' 혹은 '덤'의 방언이라 풀이해 놓았다. 곧 '덤'이나 '듬'은 벼랑 혹은 바위의 사투리인 셈이다. 이 글자를 동네 이름으로 썼다면 분명 뒷산에 큰 바위나 절벽이 있다는 뜻이다. 박수

그림3 초동면 신월리 듬밀마을. 2021.7.28

그림4 상동면 가곡리 낙하산 낙화듬. 2021.5.14

그림5 무안면 성덕리 인교의 서근덤 표지판. 2021.8.27

헌의 『밀주지』에서 '듬밑'을 암저(巖底)라 표기한 이유가 여기에 있다. '듬' 이나 '덤'이든 표기는 한가지로 적을 필요가 있다. 특히 노출 효과가 큰 도로 표지판의 영향을 생각해서라도 말이다.

밀양 사투리는 단모음화 현상이 일반적이다. 면(面)은 '민'으로 발음했다. 민장, 민사무소, 민상, 민도칼 등등 셀 수 없이 많다. 반면에 서부 경남에서는 '멘'으로 발음한다. 멘장, 멘사무소처럼. 필자는 대학 다닐 때 별명이 '미시고'였다. 모임에서 만나고 헤어질 때 친구에게 '몇 시'인가를 물으면서 '미시'라고 종종 발음한 까닭이다. 여기서 우스갯소리를 하나 해보자.

문) 국수와 국시의 차이는 무엇인가?

답) 국수는 밀가루로 만들고, 국시는 밀가리로 맹근다.

문) 국수와 국시는 어디에 들어 있는가?

답) 국수는 봉투에 들어 있고, 국시는 봉다리에 들어 있다.

문) 그러면 국수와 국시는 어떻게 먹는가?

답) 국수는 젓가락으로 먹고, 국시는 저까치로 묵는다.

밀가루와 봉투를 말한 아이는 학교를 다녔고, 밀가리와 봉다리를 말한 아이는 핵교를 댕겼단다.

사실 관청에서 지명을 한글 대신에 한자로 표기해도 언중들은 익숙한 한글 지명을 쉽사리 버리지 않는다. 언어 환경이 바뀌었더라도 몸에 밴 모설어가 여전히 강하게 작동하기 때문이다. 가령 '곡(谷)' 혹은 '동(洞)'의 경우, 지역민은 대개 '골'이나 '실'로 부른다. 지동－못골(부북), 대동－한골(부북), 정동－사랑골(부북), 사곡－절골(상동), 상도곡－윗뒤실(상동), 희곡－희실(산외), 추곡－가래밭골(산내), 석동－석골(산내), 빙곡－얼음골(산내), 노곡－가실(단장), 무곡－무실(삼랑진), 우곡－웁실(삼랑진), 우곡－푹실(상남), 노곡－갓골(상남), 관동－갓골(상남), 당곡－땅골(상남), 대곡－한실(초동), 연곡－제비골(초동), 조곡－새실(초동), 웅동－곰골(무안), 장곡－노루실(무안), 기곡－텃골(청도), 두곡－듬실(청도) 등이다.

'촌(村)'은 마을을 줄인 '마'로 불리는 예가 많다. 야촌－들마(산내/무안), 숲촌－숲마(산외), 상촌－웃마(청도), 곡촌－골마(단장), 구석촌－구석마(단장), 송촌－송마(하남), 내촌－안마(초동) 등이다.

이참에 한자 발음 문제를 덧붙인다. 상남면에는 고려 말에 이주한 재령 이씨들이 집성촌을 이루고 있는 조음리가 있다. 조음은 한자로 표기하면 '召音'이다. 소(召)가 부르다 뜻일 때는 '소'이지만 지명으로 쓰이면 본음인 '조'로 발음한다는 사실이다. 경북 의성군 금성면에 존재했던 고대국가 조문국(召文國)도 같은 이치다.

어머니 뱃속에서부터 습득한 모설어는 제도 교육과 별개로 내 몸에서 쉽사리 떠나지 않는다. 사투리에 바탕을 둔 모설어는 나와 어머니, 나와 공동체를 이어주는 사회언어였다. 사투리가 저급하다거나 사용하면 부끄럽다는 발상은 상상으로 구성된 표준어 교육이 빚어낸 왜곡 현상과 다름없다. 사람 사는 데 표준 지역이 없듯이, 표준어는 공공 문화 형식의 하나다. 같은 말을 하는 이를 만나면 그렇게 반가울 수가 없다.

마을 지명은 다 유래가 있는 법이다. 밀양의 땅이름을 일일이 다 설명할 수 없지만, 따지고 보면 수백 년 혹은 수천 년 동안 면면히 내려온 이름이다. 땅을 삶을 토대로 자손을 낳아 세대를 이어 가고, 여러 성씨가 어울려 공동체를 가꾸었다. 마을의 지세 특징, 문화토양인 설화나 입촌 배경과 관련해서 이름을 채택했으리라 추정하기 어렵지 않다. 부모가 부르던 지명은 늘 따뜻한 느낌이 들고, 지명이 친숙한 고향은 가슴속 그리움의 대상이 된다, 내가 익히 부르던 지명이 사라진다면 소중한 기억도 함께 저 멀리 떠나가기 마련이다. 어릴 때 자주 부르고 듣던 지명이 그곳에 그대로 있더라도 자신이 망각하고 있다면 이미 많은 추억을 상실한 것과 진배없다.

지명의 다양한 표기는 그 땅에서 대대로 생활한 사람들의 무늬가 깊이 새겨져 있다. 월호당 이홍인(李弘仁)이 무안에 정착하고 탄막곡에서 개명한 영안동은 쉽게 잊히지 않는다. 우선 자기 가문의 영안(永安)을 소망함과 동시에 더불어 사는 마을 사람들까지 모두 영안하기를 바랐을 테니까.

오졸재 박한주가 경연에 참석해 성종에게 진언하면서, 가령 포산(浦山)을 시골말로 '기미'라 했을까 아니면 '개미'라고 했을까 그것이 궁금하다.

# 미주

1 박한주의 자세한 세계와 생애 정보는 이 책의 116~119쪽 참조.

2 여표비 정보는 이 책의 118쪽, 344쪽 참조.

3 조갑상·황국명·이순욱 엮음, 『김정한전집』 소설3, 작가마을, 2008, 250~251쪽.

4 하강진, 「중국 자전의 수용 양상과 그 의미」, 『동방한문학』 66집, 동방한문학회, 2016, 72~78쪽.

제4부

# 시대성과 장소성으로 읽는 밀양고전문학사

교동 밀양향교 대성전(좌) 명륜당(중) 풍화루(우)

부북면 후사포리 예림서원 육덕사(후) 구영당(중) 독서루(전)

## 제1장 밀양고전문학사 서술의 전제

밀양고전문학사는 밀양의 지역성을 제재로 삼아 생산되고 유통된 근대 이전의 문학작품에 대해 통시적 흐름을 다룬다. 지역성, 고전문학, 문학사 세 개념의 유기적 관계를 우선 이해할 필요가 있다. 지역성은 인문현상, 역사문화, 자연경관을 포괄하는 개념이다. 이 구도 속에서 핵심 요소는 문학의 유통 회로(回路)를 담당한 주체이다. 문학 주체의 성격을 지역 연고의 관점에서 설정하고, 이들이 창작한 문학작품을 시기별로 구분한 뒤 대표적인 작품을 살펴보는 순서로 나아가는 일이다.

밀양문학은 밀양인(密陽人)이 지은 작품이다. 지역문학의 담당 주체를 토착인, 출향인, 귀향인, 외래인으로 대별할 수 있다. 토착인(土着人)은 토박이를 말한다. 대대로 살아온 세거지에서 입지를 다지고 창작활동을 전개했다. 전체 문학사에서 의미 있는 인물도 있지만, 대개는 행보가 지역을 크게 벗어나지 않았다. 학문 중심에서 보면 주목도가 떨어질지라도 지역에서 차지하는 비중은 과소평가할 수 없다. 향촌사회에 소소하게 전승되는 문화적 기억이 이들을 통해 장기적으로 보존되었다는 사실이다. 지역의 정체성이나 문학성과 깊은 관계가 있다는 뜻이다.

출향인(出鄕人)은 태어나서 자란 고향을 떠난 사람이다. 출향의 계기와 목적은 예나 지금이나 각양각색이다. 교육, 직업, 건강, 결혼 등의 요인이 크게 작용한다. 거주지 변동은 분명 인생 전환점에 위치하는 변수이다. 그렇다고 해도 생장하면서 체득한 공동체 문화 의식과 다양하게 맺은 사회적 관계는 쉽게 소멸하지 않는다. 가족이나 일가가 그대로 남아 있다면 지역 유대감은 꾸준히 작동할 것이다. 이들의 문학에 지역 정서가 여러모로 스며들기 마련이다. 그리고 출향한 뒤 귀향한 경우에는 토착인 범주로 분류해야 할 것이다.

외래인(外來人)은 다른 지역에서 이주해온 사람이다. 역으로 그쪽에서 보면 출향인이 된다. 과거에는 입촌해서 정주함을 시천(始遷), 시거(始居), 시전(始奠), 전거(奠居), 전복(奠卜), 천복(遷卜), 복거(卜居), 이거(移居) 등의 용어로 표현했다. 타향살이하다가 그곳에 뿌리를 내리면 먼 훗날에는 토착인으로 분류된다. 정주(定住)가 아니라 일시적으로 머물러 살 때는 교거(僑居), 우거(寓居), 추거(僦居)라 불렀다. 요즘 말로 하면 셋방살이, 더부살이 정도라 하겠다. 유람이나 교유, 인사차 일시 방문한 자도 외래인 부류에 포함된다.

외래인은 토착인 못지않게 지역문학 발전에 이바지한다는 점이다. 예컨대 근대 이전의 밀양은 도호부(都護府)라는 지방행정기구가 설치되었고, 영남대로의 요로라는 지리적 특징이 있다. 여기에다 명승고적 영남루가 있어 나그네 발걸음을 자주 붙들었다. 공적이든 사적이든 밀양을 찾은 이들은 지역 인사들과 교유하며 많은 시문을 남겼다. 작품 총량의 확대는 물론 그들이 가진 작가 권위와 작품 내의 정보는 지역문화의 존재감을 한층 높이고 있다는 점에서 매우 소중하다. 그리고 타자의 시선에서 담지한 실상은 밀양문학의 특징을 다면적으로 이해하는 데 각별하다.

지역고전문학의 성립은 전통사회의 연고주의(緣故主義) 문화에 기반을 둔다. 혈연(血緣)은 일반적으로 단순한 가족관계를 넘어 본관이 같은 사람까지 두루 포함했다. 혈연은 향촌사회에서 동일 집단의 영향력을 구축해 나가는 데 한층 중시된 요소이다. 이를 통해 가문의 학적 전통이 대대로 전승되었다. 이와 더불어 학연(學緣)은 한 스승 밑에서 동문수학하며 인격을 수양하고 입신을 도모하며 쌓은 친분을 말한다. 사승(師承) 범위는 넓게는 제자의 제자, 즉 재전(再傳) 제자 이상까지도 포함하는 확장성을 지니고 있었다. 사승은 가학을 계승하는 소양을 갖춤과 동시에 지역문화 향상에 주도적으로 참여하는 사회관계망을 구축하는 기반이 된다.[1]

지역고전문학사는 지역 연고가 있는 문인이나 외래인이 당시 주요한 사회현상에 대해 어떤 반응을 보였고, 고을의 문화자산에 대한 미시적 특징을 문학의 주요 갈래에 어떻게 반영했는가에 주목해야 한다. 문학 현상의 보편성이라는 큰 틀 속에서 지역문학이 갖는 특수한 의미는 더욱 깊어진다. 다시 말하면 지역문학은 전체 문학사를 깁고 더하는 토대가 된다는 사실이다. 지역마다 작품들을 시대별로 고찰하고 그 고유한 특성을 찾아 통합적 맥락에서 문학 지형도를 기술할 때 균형 잡힌 한국문학사를 얻는다.

한국문학의 전체 흐름을 염두에 두면서 밀양고전문학사를 살피려면, 문학 향유계층의 성격이나 전승 방식에 따라 존재하는 문학 자산의 여러 실상을 객관적으로 파악해야 한다. 작가 연구이든 작품 연구이든 체계적인 자료 정리가 필요한데, 그간의 성과를 보면 영남루 시문이나 설화나 민요가 주종을 이루고 있음을 알 수 있다.

문학의 총체성은 연구자들이 긴 시간을 두고 진행해야 할 과제임은 분명하다. 전부를 아우를 수 없다면 현실적으로 하나씩 접근하는 일이다. 이에 문화적 기억의 터전인 밀양 출신의 개인 문집이나 읍지 등에서 주목할 만한 작품을 선정하고 문학사적 의미를 모색해보려고 한다. 문제는 문집의 현황 파악이다. 최근 밀양시립박물관에 소장된 고서적의 중심으로 밀양 인물이 편집 저술한 문헌이나 밀양에서 간행된 서적의 대체적인 규모를 알 수 있는 책자가 나왔다.[2] 문중에서 소유하고 있는 문집을 다 포괄하지는 않지만 밀양 문헌을 이해하는 데 긴요한 정보가 들어 있다. 장차 문중별로 고문헌의 전수 조사가 이루어져야 할 것이다.

그림1 밀양시립박물관 소장 책판. 2018.10.27

문집은 지역문화를 읽는 결목이다. 저자의 독특한 시각에 따라 저장된 밀양의 풍경과 정서는 문집만이 갖는 특징이다. 역사서나 읍지에도 없는 내용이 다수 들어 있다. 사금을 캐듯이 이를 꼼꼼히 읽고 분석하다 보면 밀양의 지역사를 보완하고 창조적인 문화콘텐츠를 발굴하는 데에 결정적 아이디어를 얻을 수 있다. 무엇보다 중요한 것은 밀양 고전문학의 흐름을 고찰하려면 이들 문집의 수록 작품을 자세히 살펴야 한다는 점이다. 문집의 작품을 두루 섭렵해 비중 있는 작품들을 가려 밀양의 고전문학사 서술에 활용할 것이다.

문집은 원전이 한문이라 일반인이 활용하기는 사실상 어렵다. 최근 밀양문화원이나 문중에서 번역본을 속속 세상에 내놓고 있어 반가운 일이 아닐 수 없다. 독자의 지적 갈증 해소에 크게 기여하고 있는바, 미주에 해당 번역본의 출간 사항을 적시했다.

## 제2장 현존하는 밀양 관련 저술 현황

밀양 고전학과 인문 정신을 탐색하는 데 옛 문헌은 원천 자료로서 소중하다. 서적은 개별 가문의 위상을 드러냄과 동시에 고을의 문화 역량을 외부에 직접 알릴 수 있다는 점에서 각별한 의미를 지닌다. 일제강점기 이전에 정착해 집성촌을 이룬 문중의 인사가 저작한 문집 현황을 제시하면 아래와 같다.

| | 문 집(저자) |
|---|---|
| 진양 강씨 | 『퇴산집』(강신철), 『우산유고』(강신혁) |
| 창원 구씨 | 『구포집』(구형주) |
| 안동 권씨 | 『노헌유고』(권응생), 『강동일고』(권경명)[3], 『학산실기』(권삼변)[4], 『오곡유고』(권수), 『죽와집』(권상규), 『평재집』(권태직) |
| 경주 김씨 | 『벽오유집』(김봉희) |
| 광주 김씨 | 『양무공실기』(김태허), 『구옹집』(김태을), 『구봉집』(김수인),[5] 『농산유고』(김무영) |

| | | 문 집(저자) |
|---|---|---|
| 김녕 김씨 | | 『어초와양세삼강록』(김유부, 김기남·김난생)[6] |
| 선산 김씨 | | 『강호실기』(김숙자), 『점필재집』(김종직)[7], 『박재집』(김뉴) |
| 청도 김씨 | | 『영헌공실기』(김지대)[8], 『소강집』(김태린), 『당림파 모선실록』(김태린 편), 『순재집』(김재화), 『유정집』(김필호) |
| 광주 노씨 | | 『대눌수권』(노상익), 『소눌집』·『자암일록』(노상직)[9], 『동국씨족고』(노상직) |
| 진주 류씨 | | 『고당집』(류민목), 『우당집』(류창목)[10] |
| 여흥 민씨 | | 『오우실기』(민구령 외)[11] |
| 밀성(밀양) 박씨 | 은산군파 | 『송은집』(박익)[12], 『우당집』(박융)[13], 『인당집』(박소)[14], 『연방실기』(박조·박총), 『모선재실기』(박수견), 『덕계일고』(박증엽), 『몽수집』(박정원), 『소재집』(박숭목) |
| | 행산공파 | 『채지당유고』(박구원)[15], 『오졸재실기』(박한주)[16], 『국담집』(박수춘), 『천택재실기』(박맹징) |
| | 어변당공파 | 『어변당실기』(박곤), 『죽림재집』(박세용), 『사죽당집』(박근욱), 『덕암일고·구계일고·소봉일고』 합편(박태욱·박기우·박태한)[17] |
| | 충헌공파 | 『절사박공실기』(박유) |
| | 정국군파 | 『지선당집』(박진무)[18], 『창번집』(박해철), 『화석시고』(박문정), 『남헌유고』(박경표) |
| 밀양 변씨 | | 『춘당유고』(변중량), 『춘정집』(변계량)[19] |
| 밀양 손씨 | | 『추천집』(손영제)[20], 『오한집』(손기양)[21], 『죽계집』(손석필), 『성은당집』(손석좌), 『해남집』(손만래), 『죽포집』(손사익)[22], 『죽리유고』(손병로), 『만파집』(손종태), 『칠탄지』(손녕수 편)[23], 『후지당실기』(손인갑)[24] |
| 안동 손씨 | | 『격재집』(손조서), 『양진당유고』(손순룡), 『회산집』(손량대), 『긍헌일헌 양세유고』(손익헌·손기조), 『석주집』(손희수)[25] |
| 영해 신씨 | | 『청천집』(신유한), 『분충서난록』(신유한 편)[26], 『시서정종』(신유한 편)[27] |
| 평산 신씨 | | 『송계실기』(신계성)[28], 『매죽당일고』(신동현), 『망모암실기』(신명윤)[29], 『태을암집』(신국빈), 『도양집』(신태룡), 『혜천시문고』(신태현), 『동화집』(신익균), 『손암집』(신성규)[30] |
| 광주 안씨 | 사포 | 『송와집』(안명하), 『죽북집』(안인일), 『만포집』(안유중), 『시헌집』(안희원), 『유헌집』(안종진) |
| | 금포 | 『오휴당집』[31]·『가례부췌』(안신), 『낙원동만합고』(안숙·안상한), 『냉와집』(안경점〈성만〉)[32], 『금애집』(안인원), 『청사집』(안언소), 『석하집』(안종덕), 『식호당유고』(안언무)[33], 『농서유고』(안하진), 『한산세고』(안희진 편), 『한산양세실록』(안종철 편), 『밀주징신록』[34]·『밀주시선』(안병희) |

| | | 문 집(저자) |
|---|---|---|
| 경주 이씨 | | 『월호당실기』(이홍인), 『회천유고』(이종일), 『용문집』(이온우) |
| 고성 이씨 | | 『황남집』(이조한) |
| 벽진 이씨 | 무안 | 『성산군실기』(이식), 『동암집』(이이장),<br>『동암송강양세유고』(이이장·이명징)[35], 『죽파집』(이이정)[36],<br>『남회당집』(이이두)[37], 『청옹집』(이명기)[38], 『자운집』(이의한),<br>『남호집』(이홍의), 『돈와은거집』(이홍급), 『내산집』(이만견)[39],<br>『죽암집』(이숭견), 『진천집』(이호윤), 『우와집』(이후성),<br>『동아집』(이제영〈칠곡 → 산외〉) |
| | 초동 | 『외재집』(이후경), 『익암유고』(이도보)[40], 『호유당집』(이도희) |
| 여주 이씨 | | 『월연집』(이태)[41], 『금시당유고』(이광진)[42], 『근재실기』(이경홍)[43],<br>『자유헌집』(이만백)[44], 『묵헌집』(이만재), 『월암시문집』(이지복),<br>『백곡집』(이지운), 『철감록』(이지운 편), 『반계유고』(이숙),<br>『추남유고』(이장한)[45], 『농은유고』(이종곤), 『만한당유고』(이종각),<br>『우모록』(이종극·이익구 편), 『항재집』(이익구), 『정존헌집』(이능구),<br>『만성집』(이용구), 『성헌집』·『조선사강목』(이병희), 『화하시집』(이병수),<br>『퇴수재집』·『퇴수재일기』(이병곤)[46], 『일정집』(이세형),<br>『소정문고』(이익성), 『벽사관문존』(이우성) |
| 재령 이씨 | | 『농은집』(이상즙), 『농와유고』(이수민) |
| 전주 이씨 | | 『덕은감실기』(이종), 『낙주재실기』(이번)[47] |
| 함평 이씨 | | 『송애집』(이지헌), 『운계유고』(이계동), 『함평이씨문헌록』(이계동 편) |
| 풍천 임씨 | | 『사명대사집』(사명당 임유정)[48] |
| 아산 장씨 | | 『시암실기』(장형), 『조경암집』(장문익), 『세심정집』(장희적) |
| 인동 장씨 | | 『낙주일고』(장선홍) |
| 창녕 조씨 | | 『취원당집』(조광익)[49], 『소암집』(조하위)[50], 『독성재일고』(조득운),<br>『시남집』(조세환), 『여암집』(조기종) |
| 진양 하씨 | | 『돈재집』(하충)[51], 『낙포유고』(하종억), 『영모재유고』(하재정),<br>『만회재집』(하태운), 『관인집』(하영구) |
| 김해 허씨 | | 『금주집』(허채) |
| 장수 황씨 | | 『귀원유집』(황기원)[52] |

위 표는 필자가 여러 경로로 존재를 확인했거나 보유하고 있는 문집을 성씨별 저자의 연대순으로 배열한 것이다. 140여 종을 분석한 결과, 저자는 대부분 조선 후기의 인물이고, 근자에 출판된 문집도 적지 않다. 출간이나 필사 시기가 어떠하든 간에 서적은 해당 가문의 내력과 당대 밀양

지역의 정보가 담긴 기록물이라는 점에서 소중한 가치가 있다.

이 문집들은 밀양에서 생산된 저작물의 총량은 아니다. 『연방실기』(박조·박총), 『덕계일고』(박증엽), 『월호당실기』(이홍인), 『황남집』(이조한), 『농와유고』(이수민) 등은 기존 목록에 없는 것들이다. 이외에도 더 있을 터인데, 향후 지속적인 발굴과 정리를 통해 밀양의 축적된 문화 수준을 한층 끌어올려야 할 것이다.

이상의 문헌을 토대로 밀양의 고전문학사를 서술하고자 한다. 키워드는 밀양 연고가 있는 문인들이 주목한 시대성과 장소성[53]이다. 중앙 정치에 참여할 기회를 얻은 관리나 향촌 거주 지식인들이 시대별로 개인의 사상과 정서를 잘 드러낸 작품을 선정해서 그 의미를 분석할 것이다. 중대한 사회현상에 대한 고뇌는 주요한 창작 동인으로 작용하기 마련인데, 작품에 여러 층위로 구현된 시대의식이 문학사에서 갖는 의미가 깊다고 보기 때문이다. 그리고 고을의 명승고적이나 자연경관 등에 대해 장소의식이 강하게 표출된 작품을 주요 검토 대상으로 삼는다. 이는 밀양의 지역 정체성과 관련되는 부분으로 밀양 고전문학의 독자성을 담보할 수 있는 영역이다.

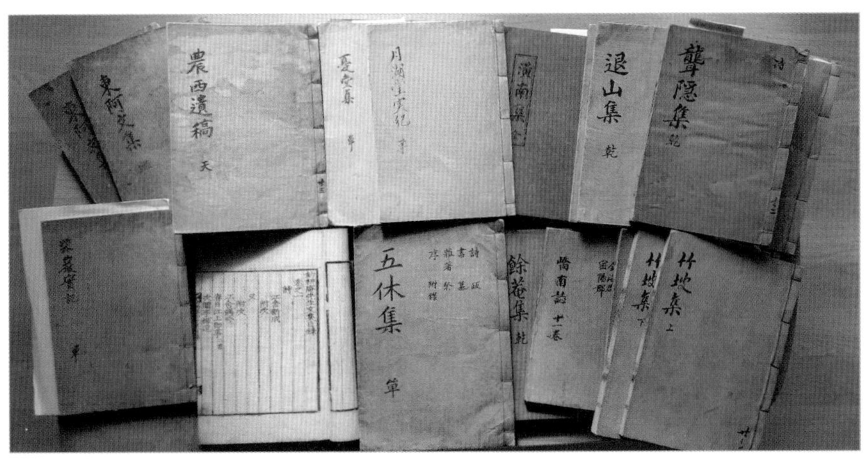


**그림2** 이 책의 집필에 활용한 필자 보유의 밀양 고문헌

## 제3장 원시~신라시대의 밀양문학

한국문학의 기원은 구석기시대의 원시종합예술까지 거슬러 올라간다. 밀양지역에서도 무용·음악·문학이 함께 어우러진 예술형태가 존재했을 것으로 짐작되지만 온전한 자취를 찾아보기 어렵다. 다만 농경문화를 기반으로 형성된 밀양 백중놀이, 무안 용호놀이, 부북 감내 게줄당기기, 단장 법흥 상원놀이, 초동 새터 가을굿놀이의 민속 연희(演戲)나 아리랑 등의 민요(民謠)를 통해 밀양문학의 소박한 원류를 찾아볼 수 있다.

삼국시대의 밀양문학은 『삼국유사』 탑상편의 어산불영(魚山佛影)조에 나오는 설화를 들지 않을 수 없다. 삼랑진 만어산 중턱에는 절이 있는데, 공식적인 첫 중창 기록은 1180년이나 가락국 수로왕이 46년에 창건했다고도 한다. 일연선사가 만어사를 직접 찾아와보고는 옛 기록대로 바윗돌 3분의 2가 금과 옥의 소리를 내고, 골짜기 속의 부처 영상이 관찰 지점의

그림3 만어산 경석. 삼랑진읍 용전리. 2015.4.22

원근에 따라 보였다 사라졌다 하는 신비한 현상을 신뢰할 만한 사실로 서술했다.

일연선사가 기록한 설화의 줄거리는 대략 다음과 같다. 양산 옥지(玉池)의 악독한 용과 만어산의 악귀인 다섯 나찰녀(羅刹女)가 서로 오가며 사귀면서 때때로 번개와 비를 내려 4년 동안 오곡이 좀체 영글지를 못했다. 이에 수로왕이 부처를 청해 설법했더니 그 뒤 나찰녀들이 다섯 가지 금계(禁戒)를 받아 재해가 없어지자 동해의 물고기와 용들이 감동해 마침내 골짜기 속의 돌로 가득 변해 두드리면 쇠북과 경쇠의 소리가 울린다는 것이다.

수로왕이 부처의 신통력을 활용해 가락국 통치권 내의 지역을 불국의 영토로 만들고 불심에 힘입어 민심을 다스리고자 한 의도가 이 설화에 반영된 것이라 하겠다.

신라는 세력을 점차 확대해 가야연맹체와 대결했고, 그와 관련된 지명이 더러 남아 있다. 청도와 경계 지점에 있는 상동의 마전암(馬轉巖)은 이서국의 병마가 신라에 대패해 모두 바위 아래로 굴러떨어진 장소이고, 하남의 파서막(破西幕)·정남정(定南亭)은 가야 정벌과 깊은 관련이 있는 지명이다. 이외 삼랑진의 왕정평(王亭坪), 하남의 세루정(洗陋亭)·풍류현(風流峴)·어정(御井), 초동의 이궁대(離宮臺) 등은 신라의 오랜 자취를 전하고 있다.

만어산의 경석(磬石), 신라 시대의 여러 고적은 밀양의 정체성을 담은 문화적 기억으로 면면히 내려오면서 뒷날 문학의 주요한 소재로 선택되었다.

## 제4장 고려시대의 밀양문학

고려시대에 밀양을 노래한 문학은 최자(1188~1260)의 『보한집』에 수록된 「영남사루」에 그 편린이 보이고, 임춘(林椿, 1148~1186)에서부터 본격적으로 시작된다. 무신정권은 무능과 부패에 빠진 지배계층의 변화를 가져왔다. 기존 문신들은 무신의 권력 구축 과정에 배제되거나 노선 동조를 강요받았다. 새로운 권력 지형에 편승한 그룹도 있지만, 임춘은 무인정권에 밀려나 전국을 방랑하게 된다.

이 무렵 외부인으로서 밀양을 방문하고 여러 시문을 지었는데, 아래는 임춘이 밀양의 경관과 풍속에 대한 지배적 심상을 묘사한 시이다.

산 많은 고을에 아름다운 곳 많거니와　山郡多佳麗(산군다가려)
명성이 높기로는 한 지방에 으뜸이라　名高冠一方(명고관일방)
땅이 신령하여 인재는 절로 걸출하고　地靈人自傑(지령인자걸)
들은 비옥하여 해마다 풍년이 드네　野沃歲頻穰(야옥세빈양)
행로에 배 수레가 몰려드는 도회지요　路控舟車會(로공주거회)
풍속에 예의가 남아 있는 고장이로다　風存禮義鄕(풍존예의향)
선비는 많아 촉군과 같고　多儒如蜀郡(다유여촉군)
경치가 빼어나 여항을 능가하네　絶景甲餘杭(절경갑여항)
솔과 국화 황폐한 건 팽택이요　松菊荒彭澤(송국황팽택)
안개 물결 일렁이는 건 악양인데　烟波動岳陽(연파동악양)
산이 깊어 새가 지저귀고　山深禽格磔[54](산심금격책)
하늘은 물과 더불어 아득하네　天與水蒼茫(천여수창망)
산봉우리 푸르러 새 병풍 펼친 듯　岫碧開新障(수벽개신장)
호수는 맑아 옅게 화장한 듯하네　湖晴倚淡粧(호청의담장)
하늘 끝에는 나무 장막 둘러쳐져 있고　際天排樹幄(제천배수악)

날리는 눈은 차나무 가지에 아롱거린다　拂雪裊茶槍(불설요다창)
사철 내내 대나무가 푸르고　四序叢筠綠(사서총균록)
집집이 가는 버들이 노랗네　千門細柳黃(천문세류황)
술자리는 산해진미로 넉넉하고　盃盤饒海陸(배반요해륙)
관현악은 궁상의 곡조가 절묘하다　絃管妙宮商(현관묘궁상)
좋은 경치 만나니 시흥이 더해지고　遇勝添詩興(우승첨시흥)
한가함이 넉넉해 술잔에 취할진대　餘閑泥酒觴(여한니주상)
봄이라 물오리 노니는 물가 따뜻하고　春行鳬渚暖(춘행부저난)
저녁에 잔치 열리는 누대가 서늘하네　暮燕鳳樓凉(모연봉루량)
꿈 깨니 서쪽 창가에 달이 떴고　夢覺書窓月(몽각서창월)
옷에는 편한 처소의 향기가 어렸는데　衣凝宴寢香[55](의응연침향)
완상하는 마음에 즐거운 일 함께 하니　賞心幷樂事[56](상심병낙사)
흥겨운 분위기에 미친 듯이 젖어보네　乘興放淸狂(승흥방청광)
오래도록 산천에 잡혀 머무는데　久被山川住(구피산천주)
돌아보니 갈 길 먼 것이 슬프다　飜嗟道路長(번차도로장)
지는 노을에 등왕각 바라보고　殘霞望滕閣(잔하망등각)
밤비 속 소상강 소리를 듣고는　夜雨聽瀟湘(야우청소상)
채찍질하여 길을 서둘러 떠나려니　鞭促征鞍發(편촉정안발)
마음은 기러기 따라 바쁘구나　心隨去鴈忙(심수거안망)
한스러워라, 왕발(王勃) 같은 필력으로　嫌無王勃筆(혐무왕발필)
남창 풍경을 노을과 따오기로 적지 못함이　霞鶩記南昌[57](하목기남창)

—임춘, 「유밀주서사(遊密州書事)」, 『서하집』 권2

외부인으로서 견문한 밀양은 산수가 수려하고 토지가 비옥하며, 물산이 풍부하고 예의가 바른 고장으로 묘사되고 있다. 좋은 경치를 감상하고 술을 따르면서 시를 짓고 싶은 충동이 절로 생긴다고 했다. 중앙의 혼란스러운 정치와 전혀 무관한 모습이다. 밀양은 한마디로 꿈에서 그리던 이상적 공간으로 그려지고 있다. 무신정변 직후의 1178년경 작품으로 『신증동국여지승람』에도 전편이 수록되어 있다.

그는 또 밀양의 명승지인 영남사(嶺南寺)의 부속누각 죽루(竹樓)를 제재로 시를 지었다.

| | |
|---|---|
| 영남의 산수는 남방에서 으뜸 | 嶺南山水甲吳興[58]<br>영 남 산 수 갑 오 흥 |
| 누각 위 봄이 찾아와 우연히 한 번 올랐네 | 樓上春來偶一登<br>누 상 춘 래 우 일 등 |
| 멀리 외로운 산은 근심스레 찌푸린 눈썹이요 | 橫皺愁眉孤岫遠<br>횡 추 수 미 고 수 원 |
| 맑고 푸른 물결은 마전하여 고루 편 베로다 | 平鋪淨練碧波澄<br>평 포 정 련 벽 파 징 |
| 구름은 건물 위로 날아 상포로 돌아가고 | 雲飛畵棟歸湘浦<br>운 비 화 동 귀 상 포 |
| 바람은 고깃배에 불어 무릉으로 들어가네 | 風送漁舟入武陵<br>풍 송 어 주 입 무 릉 |
| 시 읊고 붓을 휘둘러 분벽에 남기는 건 | 吟罷揮毫留粉壁<br>음 파 휘 호 류 분 벽 |
| 다시 오면 내가 옛일을 기억하려고 | 重遊聊欲記吾曾<br>중 유 료 욕 기 오 증 |

—임춘, 「영남사 죽루(嶺南寺竹樓)」, 『서하집』 권3

임춘이 노래한 영남사 죽루는 약 150년 뒤 성원도(成元度)의 시에 다시 등장한다. 『신증동국여지승람』의 제영조에 서문과 함께 시가 전한다.

| | |
|---|---|
| 붉은 난간 우뚝 솟아 구름 하늘에 닿았고 | 朱欄突元襯雲天<br>주 란 돌 원 친 운 천 |
| 줄지은 산봉우리는 눈앞에 모여드는구나 | 列岫連峰湊眼前<br>열 수 련 봉 주 안 전 |
| 아래로 긴 강이 끊임없이 흐르고 | 下有長江流不盡<br>하 유 장 강 류 불 진 |
| 남쪽에는 큰 들판이 끝이 없는데 | 南臨大野闊無邊<br>남 림 대 야 활 무 변 |
| 마을 다리의 버들은 빗속에 은은하고 | 村橋柳暗千林雨<br>촌 교 류 암 천 림 우 |
| 길 가 꽃은 십 리 안개 속에 붉구나 | 官路花明十里煙<br>관 로 화 명 십 리 연 |
| 올라가 풍경을 감상하고 싶지 않은 건 | 不欲登臨賞風景<br>불 욕 등 림 상 풍 경 |

사람이 이 때문에 환영 자리를 베풀까 봐　　　恐人因此設歡筵
공인인차설환연

—성원도, 「영남루」(『신증동국여지승람』 권26 「밀양도호부」 〈누정조〉)

제재가 죽루이기는 하나 후대 영남루를 노래한 차운시의 대상 중 가장 빠른 시라는 점에서 문학사적 의의가 있다. 성원도는 1344년 찰방 직책으로 경상도를 순시하던 중 밀양을 지나게 되었고, 이때 밀양군수의 부탁으로 죽루에 등람한 뒤 이 시를 지었다. 전반적으로 누각이 위치한 자연환경의 승경을 표현하고 있지만, 시인의 진정한 의도는 마지막 두 행에 나타난다. 외부 관리의 행차는 자칫 지역민들에게 많은 고통을 줄 수 있다. 이를 우려한 시인은 애써 영남루 풍경을 감상하고 싶지 않다고 고백한다. 백성을 사랑하는 공직자의 엄격한 자세를 절제된 풍류로 형상화한 까닭에 후대 시인들이 많은 차운시를 지었다.

실제 영남루 제영시는 이로부터 20년 뒤인 1365년 밀양군수 김주(?~1404)가 누각을 개창함으로써 비롯된다. 그는 소루(小樓)가 명성과 어울리지 않게 비바람을 제대로 막을 수 없는 것을 안타깝게 여겨 소루를 허물고 그 자리에 예전의 건물 배치 형식을 따르되 진주 촉석루(矗石樓)의 제도를 참고해 건물을 세웠다. 이때 개창 전의 소루와 비교해 면모를 일신한 누각 성격을 함의하면서 폐사 자취를 아울러 기억할 수 있는 '영남'을 취해 새 누각의 명칭으로 정했다는 것이다.

개창된 영남루를 제재로 지은 문익점(1329~1398)의 「영남루」 시가 있다. 그의 문집에는 수록되지 않았는데, 후손 문병렬(文秉烈)이 1846년 누각에 올라 선조의 시판이 없는 것을 슬프게 여겨 시판으로 새겨 다시 내걺으로써 현재까지 전해지고 있다.

그림4 삼우당 문익점의 영남루 시판. 2006.1.22

듣자하니 신선이 사는 곳에 있던 명산을 聞說神仙有洞天
문 설 신 선 유 동 천

여섯 자라가 머리에 이고 이 앞에 옮겼다지 六鰲頭戴忽移前
육 오 두 대 홀 이 전

맑은 내의 방초가 좋은 바람 속에 이들거리고 晴川芳草好風裡
청 천 방 초 호 풍 리

외로운 따오기와 지는 노을이 석양 가에 있다 孤鶩落霞斜日邊
고 목 락 하 사 일 변

말과 소 있는 넓은 들판에 나그네 길 나눠지고 曠野馬牛分客路
광 야 마 우 분 객 로

닭과 개 우는 먼 마을에 인가들이 늘어서 있네 遠村鷄犬接人煙
원 촌 계 견 접 인 연

특별한 구역의 풍경을 말로 다하기 어려워 別區光景言難竟
별 구 광 경 언 난 경

그림으로 그려서 내 장차 어전에 바치리라 畫取吾將獻御筵
화 취 오 장 헌 어 연

—문익점, 「영남루」(이병연, 『조선환여승람』)

그가 1376년 청도군수로 재직할 때 영남루에 오른 뒤 회포를 읊은 것이다. 누각이 개창된 지 11년이 흐른 시점이다. 밀양을 신선이 사는 '동천(洞天)'에 비유한 뒤 영남루에서 조망되는 경물을 세부 요소들로 구체화시키고 있다. 곧 갠 강, 향기로운 풀, 외로운 따오기, 지는 놀, 석양, 넓은 들판, 말과 소, 빽빽한 인가 등의 세부 이미지를 '별구(別區)'라는 시어로 통합했다. 어전에서 임금이 밀양의 경치를 묻게 되면 말로 온전히 설명하기 어려우니만큼 그림으로 대신하겠다는 생각은 영남루 절경의 극치를 에둘러 표현한 것이다.

## 제5장 조선 전기의 밀양문학

### 1) 조선 건국과 변계량의 관인문학

1392년 고려가 망하고 조선이 건국되었다. 불교를 통치 이념으로 삼은 권문세족을 대신해 유학을 내세운 신진 사대부가 새로운 집권층으로 등장했다. 지방중소지주 출신인 이들은 유교적 이상사회를 건설하고자 사회체재 개편을 시도했다. 이때 지식인들은 갈림길에 부닥쳤다. 하나는 조선조의 건국 사업에 적극적으로 참여한 쪽이고, 다른 하나는 고려를 위해서 충절을 지키려는 쪽으로 나뉘었다.

밀양 초동에서 자고 나란 춘정 변계량(1369~1430)은 이색과 권근의 제자로서 1385년 문과 급제해 관직에 나아간 뒤 선택의 기로에서 전자의 노선을 분명히 취했다. 젊은 변계량은 조선이 출범하자 정도전, 권근과 더불어 왕조의 이념, 제도, 문화를 설계하는 데 앞장서 나갔다. 집현전 대제학 자리에 20년 동안 있으면서 국가 문화정책을 총괄하고, 당대의 문학을 주도했다. 1419년에는 대부분의 관료들이 반대하는 왜구 토벌을 강력히 주장해 정벌을 성공적으로 이끄는 데 공헌했다. 문무 두 측면에서 국내의 절대적인 영향력을 확보했고, 중국 외교문서를 도맡아 작성함으로써 국제적인 감각도 탄탄하게 갖출 수 있었다.

변계량의 문학은 오로지 왕정을 안정시키고 중국과의 외교를 순탄하게 성취하는 데 소용되는 것이었다. 그는 관인문학의 선도자로서 역할을 충실히 수행했다. 예컨대 「태행태상왕시책문(太行太上王諡冊文)」에서 이성계를 칭송하면서 조선건국을 찬양했고, 경기체가 「화산별곡(華山別曲)」은 악부에 실리고 연향에서도 쓰였는데 도읍지 한양과 왕업을 칭송했다.[59]

변계량의 문학은 조선 왕조를 찬양하고 화려하게 수식하는 데로 치우쳤다. 시대요구인 문학의 효용적 기능을 줄곧 추구함으로써 앞 시대의 이색과 권근에 비해 격이 낮고 내용도 허약해졌다는 평을 받았다. 그리고 국가 차원의 학문 정립에 책무의식이 강했던 까닭에 그의 문학에는 밀양의 모습이

그림5 초동면 신호리 대구말 변계량 비각. 2002.2.3

제대로 들어앉을 여유가 없었다. 관각의 수장으로서 수성(守成)의 시대에 맞는 문학을 택한 결과이다.[60] 이는 뒷날 사림문학을 주도한 김종직과 확연히 차별되는 지점이다.

### 2) 사림문학 형성과 김종직의 국토사랑

사림파 문학은 지방 중소지주를 기반으로 하고 있다. 정몽주, 길재, 김숙자, 김종직으로 학통이 이어지면서 중앙의 훈구파에 맞설 수 있는 정신사적 우위를 확보한 곳은 경북 선산이었다. 김숙자가 1420년 처향인 밀양 제대리로 이거하면서 학문의 새로운 중심지가 생겨나는 계기가 되었다. 아들 점필재 김종직(1431~1492)이 부친 초상을 치르고 나서 1459년 봄에 문과 급제했는데, 이후 조정에서 자신의 정치적 입지를 점차 다져나갔다.

정몽주를 사숙한 김종직은 도학과 문학이 일체를 이루는 사림문학의 논리를 확보했다. 그 문학적 실천이 『청구풍아(靑丘風雅)』(1474)와 『동문수(東文粹)』의 시문집 편찬으로 나타났다. 화려한 수식을 위주로 한 작품보다는 도학 공부에 전범이 될 만한 작품들을 선집한 것이다. 왕도정치의 이상을 실현하기 위한 학문은 경향 각처에서 배출된 제자들과 함께 추진되었다. 제자로는 유호인, 홍유손, 정여창, 남효온, 조위, 김굉필, 김일손, 강혼, 권오복, 강백진, 권경유, 이주, 표연말 등이 있다. 아울러 밀양 출신으로는 박한주, 박수견, 민경의 다섯 아들, 안구, 손효조, 박형달, 하충, 남오 등이 있다.

이들은 1470년대 이후 중앙 정계에 진출해 스승이 지향한 문학정신의 사회적 실천을 본격적으로 도왔다. 또 김굉필의 제자인 조광조, 김안국·김정국 형제는 16세기 도학 중심의 문풍을 계속 이어나갔다. 김종직과 그의 제자들이 추진한 개혁적 학문 노선은 기득권을 누리던 훈구파와의 충돌이 불가피한 추세로 흘러가고 있었다.

김종직 문학세계의 특징은 풍교 지향의 애민의식을 표현하는 한편, 영남의 문화전통에 대해 깊은 자부심을 표출한 점이다. 대표적으로 연작시 「동도악부」(1467)에서 신라의 역사적 사실을 시로 소재로 채택해 잊힌 역사를 기억으로 되살려냈고, 「낙동요」(1469)에서는 관리들의 가렴주구로 낙동강 유역의 남도 백성들이 겪는 지독한 가난을 연민어린 시선으로 부각했다. 또 읍치 내의 향토문화에 대한 관심이 매우 높아 선산부사 시절에는 『선산지도지(善山地圖誌)』(1477)를 편술했다.

이뿐만 아니라 김종직은 나고 자란 밀양 고을의 장소성에 대해 1467년 이후부터 다수의 시를 지었다. 곧 응천(凝川), 영남루(嶺南樓), 대동(大洞), 병구(兵區), 영현(鈴峴), 이창원(耳倉院), 마암(馬巖)의 낚시터, 천화(穿火), 구연(臼淵), 해양강(海洋江), 수산진(守山津), 인교(茵橋) 등을 소재로 삼은 시는 밀양의 자연경관, 세상 사람들의 민심과 세사의 물정을 다각도에서 관찰한 것으로 인문지리학적 박물지 성격을 갖고 있다.

### 3) 정국 변동과 향촌사회의 동향

조선의 정치지형도가 변곡점을 이룬 사건은 1453년 세조가 단종을 몰아낸 계유정난이다. 이를 계기로 박효생, 덕은감 이종, 하비가 밀양으로 입촌했고, 또 효력교위를 지낸 이사필은 연산군의 혼정을 피해 서울에서 밀양으로 이거했다.

이뿐만 아니라 중앙에서 벼슬하던 밀양 선비들의 진퇴에 심대한 영향을 주었으니, 대표적인 예로 하충(1466~1525)이 「사집의 환향(辭執義還鄕)」 시를 지었다. 일명 해불시(解紱詩)로 불린다.

| | |
|---|---|
| 시절 혼란해 어진 이는 나아가지 않고 | 時昏賢不進<br>시 혼 현 부 진 |
| 정치 어지러워 도는 밝혀지기 어렵네 | 政亂道難明<br>정 란 도 난 명 |

| | |
|---|---|
| 집의는 대체 어떤 벼슬이었기에 | 執義何官號<br>집 의 하 관 호 |
| 이익과 명예에 얽매인 내가 부끄러이 | 怪余役利名<br>괴 여 역 이 명 |

—하충, 「해불(解紱)」, 『돈재집』

김종직 제자 하충(河冲)은 밀양 대항 입향조 하비(河備)의 손자로 연산군이 집권한 이듬해인 1495년 사헌부 집의(종3품)를 그만두는 사직소를 올린 뒤 귀향했다. 강혼(1464~1519)은 그 소식을 듣고 탄식하며 칭찬하기를, “공은 급류에 휩쓸리지 않고 용감하게 물러난 사람이로다.” 하였다. 작품에서 혼란한 국정에 휩쓸리지 않고 문명 치세를 갈망한 한 선비의 올곧은 우환의식을 엿볼 수 있다. 그의 덕망과 절의는 지역 선비들에게 지대한 감동을 주어 동향의 남포(南褒), 민여익, 민구서, 현석규, 박증영 등이 차운시를 남겼다.

이 중 삼매당 민구서가 약관 시절에 수동(현 대항)의 하충을 방문해 해불

**그림6** 돈재공 하충의 「해불」 시가 걸려 있는 부북 대항의 영모재. 2014.12.22

시를 보고 감탄하며 지은 차운시 두 편 중 첫째 수는 다음과 같다.

| | |
|---|---|
| 밝은 시대에는 계책을 세우고 | 晟際圖籌策<br>성 제 도 주 책 |
| 혼란한 조정에는 명철히 몸 보존했네 | 昏朝保哲明<br>혼 조 보 철 명 |
| 그만둠을 알고 욕되지 않음을 아노니 | 知止知不辱<br>지 지 지 불 욕 |
| 청사에 이름을 남길 만하도다 | 靑史可留名<br>청 사 가 류 명 |

—민구서, 「차돈재하충운(次遯齋河冲韻)」(『오우정실기』 권1)

하충이 정국의 향방을 예감한대로 1498년 7월 조선조 최초의 유림 정풍 운동인 무오사화가 일어났다. 김일손(1464~1498)이 1490년 승정원 주서로 있을 때 스승 김종직의 「조의제문(弔義帝文)」을 사초에 삽입한 것이 한참 뒤에 느닷없이 문제로 불거졌다. 해당 글은 김종직이 과거 급제하기 전인 1457년 10월 부친의 상중에 지은 것이다.

| | | |
|---|---|---|
| 하늘이 사물 법칙을 사람에게 부여했으니 | 1 | 惟天賦物則以予人兮<br>유 천 부 물 칙 이 여 인 혜 |
| 어느 누가 사대와 오상을 따를 줄 모르리오 | | 孰不知遵四大與五常<br>숙 부 지 준 사 대 여 오 상 |
| 중화라 넉넉하고 동이라서 인색하지 않으며 | | 匪華豊而夷嗇兮<br>비 화 풍 이 이 색 혜 |
| 어찌 옛적에만 있었고 지금이라 없으리오 | | 曷古有而今亡<br>갈 고 유 이 금 망 |
| 그러기에 나 동이 사람이 천년 뒤 | 5 | 故吾夷人又後千祀兮<br>고 오 이 인 우 후 천 사 혜 |
| 초나라 회왕을 삼가 조문하노라 | | 恭弔楚之懷王<br>공 조 초 지 회 왕 |
| 옛날 조룡이 무력을 자행함에 | | 昔祖龍之弄牙角兮[61]<br>석 조 룡 지 롱 아 각 혜 |
| 사해 물결이 붉은 피로 죄다 변했으니 | | 四海之波殷爲衁<br>사 해 지 파 은 위 황 |
| 물속 고기들이 어찌 스스로 지켰으리 | | 雖鱣鮪鰍鯢曷自保兮[62]<br>수 전 유 추 예 갈 자 보 혜 |
| 그물에서 벗어날 생각에 급급했을 뿐 | 10 | 思網漏以營營[63]<br>사 망 루 이 영 영 |
| 당시 육국의 후손들은 | | 時六國之遺祚兮<br>시 육 국 지 유 조 혜 |

| 번역 | | 원문 |
| --- | --- | --- |
| 숨고 도망가 겨우 평민과 짝이 되었다오 | | 沈淪播越僅媲夫編氓<br>침 륜 파 월 근 비 부 편 맹 |
| 항량은 남국의 장군 자손으로 | | 梁也南國之將種兮[64]<br>량 야 남 국 지 장 종 혜 |
| 어호를 좇아 일을 일으켰네 | | 踵魚狐而起事[65]<br>종 어 호 이 기 사 |
| 왕을 찾아 얻고서 백성의 소망 따라 | 15 | 求得王而從民望兮<br>구 득 왕 이 종 민 망 혜 |
| 단절된 웅역의 제사를 보존하였도다 | | 存熊繹於不祀[66]<br>존 웅 역 어 불 사 |
| 건부를 쥐고 왕위에 오르니 | | 握乾符而面陽兮[67]<br>악 건 부 이 면 양 혜 |
| 천하에 진실로 미씨보다 높지 않았네 | | 天下固無尊於羋氏[68]<br>천 하 고 무 존 어 미 씨 |
| 장자를 보내어 관중에 들어가게 했으니 | | 遣長者以入關兮[69]<br>견 장 자 이 입 관 혜 |
| 역시 그의 인의를 볼 수 있음이라 | 20 | 亦有足覩其仁義<br>역 유 족 도 기 인 의 |
| 양·이리처럼 탐하여 관군을 멸했거늘 | | 羊狠狼貪擅夷冠軍[70]兮<br>양 한 랑 탐 천 이 관 군 혜 |
| 어찌 (항우를) 잡아다가 처형치 않았나 | | 胡不收以膏齊斧<br>호 불 수 이 고 제 부 |
| 아아, 형세가 크게 어긋남이 있었으니 | | 嗚呼勢有大不然者<br>오 호 세 유 대 불 연 자 |
| 나는 왕에게서 더욱 두려움을 느끼노라 | | 吾於王而益懼<br>오 어 왕 이 익 구 |
| 배신을 당해 육장과 양념이 되었으니 | 25 | 爲醢醋於反噬兮<br>위 해 초 어 반 서 혜 |
| 과연 하늘 운수가 정상이 아니었네 | | 果天運之蹠盭<br>과 천 운 지 척 려 |
| 침산이 우뚝하여 하늘에 닿을 듯 | | 郴之山磝以觸天兮<br>침 지 산 오 이 촉 천 혜 |
| 그림자가 해를 가리어 어두워지고 | | 景晻曖而向晏<br>경 엄 애 이 향 안 |
| 침수는 밤낮으로 흘러 | | 郴之水流以日夜兮<br>침 지 수 류 이 일 야 혜 |
| 물결이 넘실넘실 돌아올 줄 모른다 | 30 | 波淫泆而不返<br>파 음 일 이 불 반 |
| 천지가 장구함에 한이 어찌 다하며 | | 天長地久恨其曷旣兮<br>천 장 지 구 한 기 갈 기 혜 |
| 넋은 여태도록 표탕하는도다 | | 魂至今猶飄蕩<br>혼 지 금 유 표 탕 |
| 내 마음 금석을 꿰뚫을 만하기에 | | 余之心貫于金石兮<br>여 지 심 관 우 금 석 혜 |
| 왕이 문득 꿈속에 나타났을진대 | | 王忽臨乎夢想<br>왕 홀 림 호 몽 상 |
| 자양의 노련한 필법에 따라 | 35 | 循紫陽之老筆兮[71]<br>순 자 양 지 노 필 혜 |
| 떨리는 마음으로 삼가 경모하면서 | | 思螴蜳以欽欽[72]<br>사 진 윤 이 흠 흠 |

술잔을 들어 땅에 부으니　　擧雲罍以酹地兮
거 운 뢰 이 뢰 지 혜

영령은 와서 흠향하기 바라나이다　　冀英靈之來歆
기 영 령 지 래 흠

—김종직, 「조의제문」, 『점필재집』 부록(무오사화 사적)

『연산군일기』 〈1498.7.17〉를 보면 류자광이 김종직 문집에 실린 「화도연명술주(和陶淵明述酒)」 시를 아울러 가져와 세조를 헐뜯은 것이라며 연산군에게 보고했고, 이에 왕은 김종직이 선왕을 조롱하고 불충한 마음을 품은 대역죄를 지었다고 판단했다. 단죄의 근거로 7행의 '조룡'은 진시황을 가리킴이니 시황은 '世祖'에 비의한 것이고, 15행의 '왕'은 초 회왕의 손자 '의제(義帝)'를 지칭하니 의제는 곧 '단종'에 비의한 것이며, 21행에서 양처럼 사납고 이리처럼 탐욕스럽다 함은 '세조'를 가리킴이요, 항우가 '관군'을 무찔렀다 함은 세조가 '김종서(金宗瑞)'를 주살한 것을 의미한다고 했다. 또 22행에는 단종이 왜 세조를 잡아 죽이지 않았는가라는 뜻이 함축되어 있으며, 25행 내용은 단종이 세조에게 도리어 반격을 당해 죽었다는 것이며, 35~36행에서 보듯 김종직이 주자(朱子)로 자처하여 『자치통감강목』의 필법을 따라 부(賦)를 지은 것이라 풀이했다. 그리고 김일손이 「조의제문」에 대해 "이로써 충분(忠憤)을 부쳤다.'라고 찬한 것은 세조의 왕위 찬탈을 헐뜯은 거짓된 역사 기록이라 평했다.

예컨대 「조의제문」은 특별한 문학적 성취보다는 도학 의리를 바탕으로 왕조의 정통성을 강조한 정치적 맥락에서 의미가 있었다. 그렇기에 훈구파 측에서 자신들의 세력 구축에 걸림돌이 되는 신진사류를 제압하는 호재로 삼았을 수 있었다. 또 연산군은 직언을 서슴지 않는 사림파를 부담스러워하고 있던 터였다. 김종직의 시화(詩禍)는 새로운 정치 세력으로 부상한 선비 집단을 제거하는 차원에서 기획된 것이다. 임금의 전교를 받은 반대파 신하들은 김종직을 극형에 처할 것을 주장했다. 이리하여 6년 전에 죽은 김종직이 소환되어 부관참시를 당했고, 문도 중 김일손·권

그림7 청도군 풍각면 차산리 오졸재 박한주 여표비. 2020.11.28

오복·권경유 등은 능지처참되었으며, 강백진·김굉필·이계맹·이주·정여창·정희량·채수·표연말·홍유손 등은 유배형을 받았다.[73]

이때 밀양 출신의 박한주(1459~1504)는 장(杖) 80대에 평안도 벽동으로 유배된 뒤 1500년 전라도 낙안으로 이배되었으며, 1504년 갑자사화 때 다시 연루되어 군기시 앞에서 능지처참을 당했다. 김종직의 고제자인 까닭에 1633년 예림서원에 함께 배향되었고, 1674년 밀양부 풍각현 차산리(폐교된 남부초등학교 뒤쪽)에 여표비가 건립되었다.[74]

### 4) 명승고적과 인문경관의 탐승

밀양의 빼어난 자연경관은 서거정(1420~1488)이 밀양 10경 연작시에서 일찍이 노래한 바 있다. 밀양의 명승고적은 지역의 독특한 인문경관으로서 기존의 거주민이나 입촌한 외지인들에게 정체성을 부여하는 문화적 심상공간으로 자리를 잡았다.[75]

**영남루**(嶺南樓)는 1439년 밀양부사 안질(安質)이 영남루 서쪽에 소루(小樓)를 신축했는데, 1442년 경상도사 권기(權技)가 그때까지 단지 작은 누각 정도로 이름이 없던 것을 '소(小)'의 한자를 바꿔 소루(召樓)로 작명했다. 1460년에는 부사 강숙경(姜叔卿)이 본루를 중수하면서 규모를 확대했다.

그림8 영남루 편액. 글씨는 성파 하동주 작. 용두산(전)과 일자봉(중), 만어산(후)이 보인다. 2017.11.17.

그리고 1488년 본루 동쪽에 부사 김영추(金永錘)가 망호당을 신축함으로써 영남루는 좌우에 부속누각을 거느린 거대한 규모를 비로소 갖추게 되었다. 1503년에는 부사 이충걸이 소루(召樓)를 증축해 임경당(臨鏡堂)이라 개명했다.[76]

김종직(1431~1492)이 영남루 시를 차운한 작품을 소개한다. 예종 즉위 이듬해인 1469년 4월 이조좌랑 겸 춘추관 기주관과 교서관 지제교로 있을 때 왕명을 받고 영남 일대를 순행하던 중 영남루에 올라서 지었다. 이때에는 본루, 서쪽 익루만 있었다.

| | |
|---|---|
| 올라가 굽어봄에 마침 목욕하기 좋은 날 | 登臨正値浴沂天<br>등 림 정 치 욕 기 천 |
| 얼굴 스치는 바람이 일어 기둥에 섰더니 | 灑面風生倚柱前<br>쇄 면 풍 생 의 주 전 |
| 남방의 산천은 강가로 모여들었고 | 南國山川輸海上<br>남 국 산 천 수 해 상 |
| 사방의 음악소리는 구름 가에 떠들썩하다 | 八窓絃管鬧雲邊<br>팔 창 현 관 뇨 운 변 |
| 들소는 코를 쳐들고 관가 나루에 누워 있고 | 野牛浮鼻橫官渡<br>야 우 부 비 횡 관 도 |

둥지의 백로는 새끼 데리고 저녁 안개 가른다　巢鷺將雛割暝烟(소로장추할명연)
이제야 믿겠노라 내 행차가 쓸쓸하지 않는 건　方信吾行不牢落(방신오행불뇌락)
어머니 문안 때마다 빈연에 참여하기 때문이네　每因省母添賓筵(매인성모첨빈연)

—김종직, 「영남루차운(嶺南樓次韻)」, 『점필재집 시집』 권5

위 시는 과거 합격하고 만 10년이 흐른 시점에 지은 것이다. 영남루에서 관찰되는 산천, 음악, 소, 백로, 강, 구름, 나루, 안개 등 공간의 세부 요소들을 효과적으로 결합해 자연경물의 아름다움을 묘사했다. 시에서 특별히 주목되는 단어는 화자의 심리 상태를 나타내는 '뇌락(牢落)'이다. 당시 예종의 특명이 무엇인지는 분명하지는 않지만 신진 사류로서 중앙 정계의 분위기를 쇄신하려던 젊은 선비의 고뇌가 배여 있음을 추측할 수 있다. 자신의 정치 행로에서 겪는 외로움을 고향의 인정어린 사람과 함께 하면서 달래고 있다. 영남루는 위안의 공간으로 자리 잡고 있다.

김종직의 사위 류세미(柳世湄)도 아래의 영남루 제영시를 남겼다.

어찌나 다행인지 오늘 아침 감사를 뵈니　何幸今朝拜二天(하행금조배이천)[77]
품은 정을 곡진히 술동이 앞에 맡기는구려　情懷袞袞屬尊前(정회곤곤속존전)
몸은 화려한 배 타고 맑은 강가에서 노닐고　身遊畫舫淸波上(신유화방청파상)
흥은 먼 봉우리로 내려앉는 새 따라 일어나네　興逐遙岑落寫邊(흥축요잠락사변)
산은 깊은 가을 품어 단풍이 금빛으로 물들고　山腹秋深楓作錦(산복추심풍작금)
강 속으로 해 저물어 물에는 안개 피어나는데　江心日暮水生烟(강심일모수생연)
지난해 남긴 사랑 마치 어제와 같이 혼연하고　昔年遺愛渾如昨(석년유애혼여작)
원로들이 서로 이끄니 질서 있는 잔치로다　父老相携秩秩筵(부로상휴질질연)[78]

—류세미, 「영남루」(안병희, 『밀주징신록』 권4)

좌우의 부속누각을 거느린 영남루의 모습은 퇴계 이황(1501~1570)의

「영남루」 시를 통해서 엿볼 수 있다.

| | |
|---|---|
| 난간 우뚝 솟아 거울에 비친 하늘 눌렀는데 | 欄干高壓鏡中天<br>난간고압경중천 |
| 바라보니 남방 경물이 눈앞에 다 펼쳤구려 | 一望荊吳盡眼前<br>일망형오진안전 |
| 강을 지르는 해문 너머로 거친 벌판이 있고 | 江蹙海門荒野外<br>강축해문황야외 |
| 땅 끝나는 오랑캐 산기슭에 장기 구름 끼었다 | 地窮蠻嶺瘴雲邊<br>지궁만령장운변 |
| 부슬부슬 보슬비가 저물녘에 시를 재촉하고 | 催詩晚日纖纖雨<br>최시만일섬섬우 |
| 가느다란 운무가 평림에 그림같이 들어가네 | 入畫平林細細烟<br>입화평림세세연 |
| 맑은 술잔 잡고 먼 경치 감상하기 좋으니 | 好把淸樽供遠賞<br>호파청준공원상 |
| 굳이 박자 치며 자리 시끄럽게 할 것 없으리 | 不須檀板鬧芳筵[79]<br>불수단판뇨방연 |

—이황, 「영남루」(박수헌 편, 『밀주지』 권1)

이황은 1534년 과거 급제 후 승문원 박사로 있다가 1535년 6월 호송관에 차출되어 왜노(倭奴)를 동래로 보낼 때 밀양을 방문해 영남루에 올라 위 시를 지었다. '만령(蠻嶺)'은 누각에서 아득히 보이는 왜국 땅을 암시하고, 그곳에는 독한 기운을 품은 구름이 끼었다며 걱정스러운 심사를 투영한다. 이럼에도 본래부터 흥취 많은 시인은 우뚝 솟은 누각에서 술잔을 잡고 명승을 조용히 감상하며 정서 이완의 풍류를 여유롭게 즐기고 있다.[80]

그림9 퇴계 이황의 영남루 시판. 2009.11.26

이황이 영남루에 등림한 지 7년 뒤인 1542년에 부사 박세후(朴世煦, 1493~1550)가 누각의 면모를 일신했다. 본루의 중수와 더불어 망호당을 약간 남쪽으로 이건하면서 능파당(凌波堂)으로, 또 임경당을 증축하면서 침류당(枕流堂)으로 개칭했다. 이로써 영남루는 '1루 2당'의 웅장한 규모를 다시 갖추었는데, 박세후는 자찬 침류당 기문과 함께 아래의 시를 지어 당시 감회를 읊었다.

우습게도 터 닦은 지 백 년이 되지 않아　堪笑開基未百霜(감소개기미백상)
누를 짓고 각을 짓고 당 이름을 지었네　爲樓爲閣又名堂(위루위각우명당)
다만 전후 사람들의 기호가 달라서 그렇지　只緣所好殊前後(지연소호수전후)
풍월이야 당초에 이래도 저래도 상관없으리　風月初無彼此妨(풍월초무피차방)

—박세후, 「침류당」(『밀양읍지』 〈소루 제영〉)

또 밀양 출신의 진사 양담(梁澹)이 박세후의 영남루 중수를 기념해 시를 지었으니, 그의 나이 60세 무렵이다.

백 년 동안 누각 황폐해져 성문을 짓눌렀는데　百年樓廢壓城闉(백년루폐압성인)
밝은 원님이 지음에 지혜로운 신력을 움직이니　明府經營運智神(명부경영운지신)
재주 있는 장인들 많거니와 하늘도 힘을 보탰고　政必多材天佑力(정필다재천우력)
며칠 만에 이루려고 백성들이 기꺼이 찾아왔지　成之不日子來民(성지불일자래민)
방문을 다시 다니 연침(宴寢)의 향기가 어리고　更張房闥餘香寢[81](갱장방달여향침)
처마와 기둥을 넓히니 한 점 티끌도 없어지네　恢拓軒楹絕點塵(회탁헌영절점진)
만고의 풍류는 놀랍도록 예전 모습을 바꾸고　萬古風流驚換舊(만고풍류경환구)
높이 나는 제비와 참새도 중수를 축하하도다　高飛燕雀賀重新(고비연작하중신)
광채 더한 경물은 자주 시 읊을 재료 제공하고　增輝雲物供吟數(증휘운물공음삭)
윤기 나는 산수는 빈번히 눈 속으로 들어오네　潤色湖山入眼頻(윤색호산입안빈)
촉촉한 비단 창은 짙은 안개에 싸여 있고　細濕綺疏留宿霧(세습기소류숙무)
먼발치 금빛 물결이 나그네를 머물게 하네　遙瞻金碧駐行人(요첨금벽주행인)
허공의 밝은 기운은 처마 앞의 달에 닿고　虛明氣接簷前月(허명기접첨전월)

붉게 칠한 광택이 성곽 밖 나루에 어른거린다　丹堊光搖郭外津
단 악 광 요 곽 외 진

소송 문서 처리 여가에 촌로들을 인도하고는　訴牒餘閑延野老
소 첩 여 한 연 야 로

옷자락 끌어 종일 문채 나는 자리를 밟게 하네　曳裙終日踏文茵[82]
예 군 종 일 답 문 인

꽃다운 이름은 두우성과 나란함을 이미 보았고　芳名已仰齊斗牛
방 명 이 앙 제 두 우

큰 솜씨는 보통 사람보다 뛰어남을 거듭 알겠네　大手仍知邁等倫
대 수 잉 지 매 등 륜

오랜 세월이란 빈말이듯이 오늘에야 결심하여　久歲空言今決意
구 세 공 언 금 결 의

하루아침에 암수 기와가 푸른 하늘에 치솟았네　一朝鴦瓦聳蒼旻
일 조 앙 와 용 창 민

—양담, 「하중수영남루(賀重修嶺南樓)」(편자 미상, 『영남루시운』, 259~260쪽)

만어사(萬魚寺)도 문화적 기억의 터전으로 계속 문학에 들어앉았다. 김종직은 1470년 한식일에 밀양군수가 만어산 아래에서 베푼 잔치에서 감찰 남의(南褘), 광주안씨 밀양 사포 입향조인 예안현감 안억수(安億壽), 남해현감 성수겸(成秀兼) 등과 술을 마시며 「손봉산용전운작연아이기부화(孫鳳山用前韻作演雅以寄復和)」 시를 지은 적이 있다.

양산 출신의 치암 안주(1500~1569)[83]도 만어사에서 벗들과 머물면서 지은 시가 있다.

그림10 너덜겅 위의 만어사 대웅전(좌)과 미륵전(우). 2018.6.10

복사꽃으로 무릉의 봄을 이야기 말지어다 桃花休說武陵春(도화휴설무릉춘)
온 골짜기와 봉우리의 서리 내린 나무 새롭다 萬壑千峯霜樹新(만학천봉상수신)
들판 새들도 귀한 손을 맞이할 줄 알고 野鳥亦能迎上客(야조역능영상객)
계곡 구름은 은자를 유달리 가까이하네 溪雲偏自傍幽人(계운편자방유인)
누각 끝의 비 기운이 푸른 산에 잠기고 樓頭雨色沈靑嶂(누두우색침청장)
나무 끝의 강 빛은 흰 마름을 둘렀구나 木杪江光帶白蘋(목초강광대백빈)
비구승과 함께 패엽경을 뒤적일진대 一共比邱披貝葉(일공비구피패엽)
그대들은 현재 벼슬에 메인 몸임을 알려나 諸君知現在官身(제군지현재관신)

—안주, 「만어사여박응천하담·김천우대유제익유영(萬魚寺與朴應千河淡金天祐大有諸益有詠)」,
—『치암일고』 권상

시인은 박하담(1479~1560)·김대유(1479~1551)와 만어사에서 자리를 함께 했다. 시어 '관신(官身)'으로 볼 때 안주가 밀양부사 재임(1547~1550) 때 지은 것으로 추정된다. 복사꽃 피는 봄만이 아닌 서리가 내린 나무가 참신하고, 들판의 새들과 계곡 구름을 가까이할 수 있는 한적한 암자 정경에 매우 흡족해 하고 있다. 승려들과 더불어 경전을 뒤적이며 불가 세계를 접하는 것도 좋지만 자신은 현재 관원 신분이라 몰입할 수 없음을 이해해 달라는 마음을 전하고 있다. 그의 13세손 안교현(安敎鉉)은 이를 베껴 만어사 시판으로 걸어두었고, 또 석릉 김유헌이 격찬해 마지않았다는 이야기가 그의 『치암일고』에 실려 있다.

**영정사**(靈井寺)는 원효(元曉)가 창건한 죽림사(竹林寺)의 후신이다. 흥덕왕 829년 황면(黃面)선사가 재건한 뒤 영정사로 개칭했고, 1284년 일연국사가 불법을 크게 떨쳐 '동방제일선찰(東方第一禪刹)'로 불렸다. 조선 후기에 표충사로 개칭되었다. 재악사(載岳寺) 혹은 재약산에 있어서 재약사(載藥寺)로도 불렸다. 비로폭포와 금강폭포가 동서로 포진해 비경을 연출하고 있다.

약봉 김극일(1522~1585)이 1575~6년 밀양부사로 지내면서 밀양 관련 시를 많이 남겼으니, 아래 시가 그중의 하나이다.

| | |
|---|---|
| 영정사가 이름난 절임을 알아 | 靈井知名寺<br>영 정 지 명 사 |
| 일찍이 약관 나이에 노닐었지 | 曾遊弱冠年[84]<br>증 유 약 관 년 |
| 산봉우리는 본디 험준하거니와 | 峰巒元崒嵂<br>봉 만 원 줄 률 |
| 물과 바위 여전히 맑고도 고와라 | 水石尙淸姸<br>수 석 상 청 연 |
| 책상의 벗들은 다 사라지고 | 書榻朋儕盡<br>서 탑 붕 제 진 |
| 선방의 창은 세월이 바뀌었다 | 禪窓歲月遷<br>선 창 세 월 천 |
| 다만 늙은 태수로 부임했더니 | 惟除老太守<br>유 제 노 태 수 |
| 귀밑머리 또한 희끗희끗하구려 | 雙鬢亦皤然<br>쌍 빈 역 파 연 |

—김극일, 「영정사」(『밀양도호부지리』 〈중동면〉)[85]

영정사 반야암(般若菴)은 밀양 선비들의 흥미로운 일화가 전한다. 함안 군수 박형간, 진사 양담(남원), 진사 김시필(수원), 월연 이태(1483~1536)는 젊은 시절인 1503년 암자에서 공부하던 중 양산 용당촌의 유녀(遊女)가 소금장수를 접대한다는 말을 듣고 호기심으로 포대기에 소금 대신 흰 모래를 담아 배에 싣고 가 소금장수로 행세하다가 거짓이 들통나 무안을 당하고 돌아왔다는 우스개이다. 당시 그들은 아래의 합작시를 지었다.

| | |
|---|---|
| 글과 칼 못 이루고 꾀도 쓰지 못하면서(박) | 書劍無成術莫施[86](朴)<br>서 검 무 성 술 막 시 |
| 강모래 잔뜩 싣고서 소금이라 속였지(양) | 江沙滿載擬鹽欺 (梁)<br>강 사 만 재 의 염 기 |
| 얼떨결에 몸고생이란 말에 잘못 응수해(김) | 居然錯報勞身語[87](金)<br>거 연 착 보 로 신 어 |
| 봄바람에 기녀를 되레 놀라게 했지(이) | 驚却春風大堤兒[88](李)<br>경 각 춘 풍 대 제 아 |

—『밀양도호부지리』 〈중동면〉

네 사람은 그 일이 있고 난 뒤 학문에 전념해 밀양에서 학문이나 관리로 명성을 떨쳤음은 물론이다. 암자에 이런 문화적 기억이 추가됨으로써 영정사가 한층 유명해지는 계기가 되었다. 위 집구시는 안병희(광주·금포)의 『밀주징신록』에도 실려 전하는데, 『월연집』에는 「삼랑연구(三浪聯句)」의 제목으로 되어 있다.

**오우정**(五友亭)은 민경(閔熲)의 아들로 김종직의 제자인 욱재 민구령·경재 민구소·우우정 민구연·무명당 민구주·삼매당 민구서 5형제가 힘을 합쳐 1510년경 삼랑강 위에 지은 정자를 말한다.

그림11 삼랑진읍 삼랑리 오우정 편액. 2021.5.1

무오·갑자사화의 여파를 피해 이곳에서 은거했는데, 그 남쪽에는 압구정(鴨鷗亭)이 있어 운치를 더했다. 일찍이 『신증동국여지승람』에 원감(圓鑑)의 삼랑루 시가 수록되어 있듯이 이곳은 경치가 빼어난 장소였다. 진외종조부 김종직에게 학문을 배운 이 형제들은 정자에서 소요하면서 잠잘 때 이불을 함께 덮고, 식사 때면 같이 먹었으며, 재물은 문서로 하지 않고 말로만 주고받았다. 안찰사 임호신(任虎臣)이 1547년(명종2) 형제의 효우에 경탄해 조정에 장계를 올림으로써 명성이 자자해졌고, 정자의 편액을 '오우(五友)'라 칭했다.

치암 안주(1500~1569)는 아래의 「오우정」 시를 지었다.

삼랑정은 오형제의 누각　三郎亭作五郎樓 (삼 랑 정 작 오 랑 루)
인물과 강산이 제일류로다　人物江山第一流 (인 물 강 산 제 일 류)
흰 물새 떠가는 곳에 물새 부리 보이고　白鳥浮邊看水嘴 (백 조 부 변 간 수 취)
붉은 노을 끊어진 곳에 산봉우리 드러나네　紅霞斷處露峰頭 (홍 하 단 처 로 봉 두)

최치원이 신선 되어 간 지 지금 천년 孤雲仙去今千載(고운선거금천재)
우리들 올라오니 또한 구월 가을이라 我輩登臨亦九秋(아배등림역구추)
백 리를 사양 않고 멀리 마중을 나왔으니 百里不辭迎候遠(백리불사영후원)
풍속을 살피면서 또 이 머물기를 즐기노라 觀風且喜此淹留(관풍차희차엄류)

—안주, 「오우정」, 『치암일고』 권상

오형제의 누각, 곧 오우정을 지은 형제들의 화목과 주변 경관이 매우 빼어나고, 더구나 이곳에 최치원의 자취가 있다고 함으로써 신비감을 더한다. 시 속의 최치원 자취는 『치암일고』에서 김뉴의 『박재집』을 인용해 정자 뒤쪽에 있다고 한 고운암(孤雲菴)을 말한다. 밀양부사 안주는 이 정자에서 다정한 벗들과 함께 죽치며 풍속을 살피는 일은 멋진 풍류라 하여 시의(詩意)를 수렴했다.

밀양 유림에서 1563년(명종18) 오우정 위쪽에 삼강사(三江祠)를 지어 향사하고 '우애'를 시제로 삼아 백일장을 치르기도 했다. 이 무렵 여기를 찾은 박재 김뉴(1527~1580)가 시를 남겼다.

강가 사당을 옛 누각과 짝해 세웠나니 立廟江干配舊樓(입묘강간배구루)
우우정은 언제나 강물과 함께 흐르리라 友于終始水同流(우우종시수동류)
강금은 시대 다르나 미덕을 독차지하기 어렵고 姜衾異代難專美(강금이대난전미)
당장이 지금 같을지라도 한 언저리 양보하겠지 唐帳如今讓一頭(당장여금양일두)
물가의 순한 바람에 외로운 기러기 나는 저녁 蘭渚和風孤雁夕(난저화풍고안석)
갈대밭 물가의 밝은 달에 구름 끊어지는 가을 蘆洲明月斷雲秋(노주명월단운추)
여러 형제가 끝없이 가업을 이어받아 폈으니 諸郎袞袞箕裘述(제랑곤곤기구술)[89]
훌륭한 자손의 천륜은 영원토록 퍼지리 錫類天倫永世游(석류천륜영세유)[90]

—김뉴, 「차우우정판상운(次友于亭板上韻)」, 『박재집』 권1

위 시는 김뉴가 우우정(友于亭)의 현판시에 차운한 것이다. 우우정은 민경의 셋째 아들 민구연의 호이다. 김뉴는 왕고모家의 재종형인 민구연이 1572년에 사망하자 만사를 짓기도 했다. 시어 '강금(姜衾)'은 후한의 강굉(姜肱)이 동생들과 항상 이불을 함께 덮고 잠잔 일화를 말하고, '당장(唐帳)'은 당나라 양황제(讓皇帝)가 장막을 함께 쓰던 동생 현종에게 왕위를 물려준 고사를 뜻한다. 화자는 형제의 돈독함이 자신들의 가문뿐만 아니라 고을에 영향을 크게 미쳐 풍속을 교화할 것이라는 믿음을 갖는다. 삼강사가 병치된 오우정은 효우가 각인된 문화적 기억의 심상 공간으로 자리를 잡았다.

**월연정**(月淵亭)은 월연대와 쌍경당, 수려한 주변 경관을 합쳐 부르는 말이다. 1510년 문과 급제한 월연 이태(1483~1536)가 함경도 도사 재직 중 기묘사화를 예견해 사직하고 귀향한 이듬해인 1520년 용평의 월영사(月影寺) 옛터에 돌을 쌓아 대를 만들고 기초를 닦아 건물을 지었다. 그는 이보다 앞서 예문관 봉교(정7품)를 지내다가 1513년 낙향했고, 3년 뒤 다시 상경해 김안국의 문하를 출입하다가 관직에 복귀했었다. 계곡을 사이에 두고 지은 두 채의 건물 중 북측은 월연대(月淵臺), 남측은 쌍경당(雙鏡堂)

그림12 월연대에서 본 금시당 방면. 2021.7.21

으로 명명했다. 또 여기서 노년을 보낼 계획을 세우고는 자호를 월연주인(月淵主人)이라 했다. 응천 상류인 이곳의 물결이 거울 표면처럼 맑고, 달이 깊은 못의 중심을 비추면 물과 달이 쌍으로 맑게 보이는 절경에서 이름을 취한 것이다.[91] 만월 때 못물에 연출되는 월주(月柱)가 일품이다.

밀양부사 관포 어득강(魚得江)이 제영시를 지은 바 있고, 여기서는 이태의 절친한 벗이었던 진사 양담(梁澹)이 지은 「쌍경당」 시를 소개한다.

| | |
|---|---|
| 바람에 일렁이는 강물 소리 작은 난간 울리고 | 風動江波響小軒<br>풍 동 강 파 향 소 헌 |
| 주인의 그윽한 흥은 황혼의 달빛에 젖어든다 | 主人幽興月黃昏<br>주 인 유 흥 월 황 혼 |
| 등림하니 가슴속 비추어 밝기가 거울 같은데 | 登臨照膽明如鏡<br>등 림 조 담 명 여 경 |
| 맑고 깨끗함을 보노라니 일체 이치가 있구려 | 淸淨看來一理存<br>청 정 간 래 일 리 존 |

—양담, 「쌍경당」(『밀양도호부지리』 〈부내면〉)

화자는 정자의 장소감에 대해 객관 사물을 통해 일체의 진리를 발견함과 동시에 고요한 정취의 묘미를 감상하는 공간으로 인식하고 있다.

**남수정**(攬秀亭)은 하남읍의 낙동강 언덕에 있는 정자로 원래는 수산현 관아의 부속건물이었다. 1538년 밀양부사 장적(張籍)이 덕민정의 서쪽에 창건했고, 후임 부사 어득강(魚得江)이 1539년 단청한 뒤 '남수(攬秀)'로 이름을 지었으며, 1542년 부사 박세후가 영남루를 중수하고 난 다음에 남수정을 확장해 아전들의 처소를 겸하도록 했다. 그 연혁은 풍기군수 주세붕(1495~1554)의 「남수정기」(1543)에 잘 나타나 있다.

창건 십여 년 뒤 이곳을 방문한 금시당 이광진(1513~1566)은 남수정을 제재로 아래의 시를 지었다.

| | |
|---|---|
| 팔방으로 트인 오초는 안중에 평평하고 | 八望吳楚眼中平[92]<br>팔 망 오 초 안 중 평 |
| 늦가을 물가에는 비 갠 경치가 청명하다 | 秋晚汀洲霽色明<br>추 만 정 주 제 색 명 |

| | |
|---|---|
| 회오리바람 몸에 부니 학의 등을 탄듯하고 | 身擬扶搖跨鶴背[93]<br>신 의 부 요 과 학 배 |
| 옷깃에 엉기니 금경에서 쏟아진 듯하도다 | 襟凝沆瀣瀉金莖[94]<br>금 응 항 해 사 금 경 |
| 강산은 천년 세월, 달은 속절없이 오래되었고 | 江湖千古月空老<br>강 호 천 고 월 공 로 |
| 노을 따오기 나는 하늘, 산은 홀로 비껴있는데 | 霞鶩半天山獨橫<br>하 목 반 천 산 독 횡 |
| 나그네 베개맡에 밤 들어 꿈에서 취했다 깨니 | 客枕夜來醒醉夢<br>객 침 야 래 성 취 몽 |
| 십 년의 분주한 세월 헛된 명성이라 부끄럽네 | 十年奔走愧虛名<br>십 년 분 주 괴 허 명 |

—이광진, 「남수정」, 『금시당유고』(이지운, 『철감록』 권4)

맨 마지막 시행의 '十年'은 1550년 춘추관 기사관으로서 『중종실록』과 『인종실록』 편찬이 완성되어 소임을 마침에 따라 모친을 봉양하기 위해 외직을 간청하여 이듬해 전라도 순천감목이 된 이후의 기간을 말한다. 전라도 흥양현감, 경상도 사천현감과 창녕현감을 거쳤다. 남수정은 창녕과 고향집 밀양의 중간지점에 있는 곳이다. 고향을 내왕하면서 지난 10년간 돌이켜보면서 분주하게 벼슬살이하느라 헛된 명예를 추구한 것은 아닌지 하고 자탄하는 심경을 담았다. 속세 욕망을 잊게 하는 남수정의 신선 같은 경치는 내면 성찰의 공간으로 인식되고 있다.

**그림13** 하남읍 수산리 당말리산에서 본 남수정. 우측 교회와 아파트 사이. 2021.10.18

몇 번이고 낙동강 따라 창파 꿈꾸었으나　幾從東洛夢滄波[95]
기 종 동 락 몽 창 파

매번 청삼이 찢어진 연잎 같아 부끄럽다　每愧靑衫似破荷[96]
매 괴 청 삼 사 파 하

십 년 벼슬살이에 무슨 일 했던고　十載班行何事業
십 재 반 행 하 사 업

한 구역의 경치는 즐기기가 좋아라　一區煙月好婆娑
일 구 연 월 호 파 사

사람들아, 출사 은둔의 득실을 묻지 말라　行藏得喪人休問
행 장 득 상 인 휴 문

진퇴의 깊은 걱정은 나 혼자 자주 했거늘　進退深憂我自多
진 퇴 심 우 아 자 다

임 그리는 서쪽에 해가 지나니　望美西方殘日落
망 미 서 방 잔 일 락

부질없이 회포를 시로 부쳐보네　謾將懷緖寄吟哦
만 장 회 서 기 음 아

—이광진, 「만흥」, 『금시당유고』(이지운, 『철감록』 권4)

위 시는 우정 안병희(1890~1953)의 『밀주징신록』과 『밀주시선』에 「금시당」 시제로 되어 있는 작품이다.[97] 앞의 「남수정」 시와 시상이 유사하다. 화자는 지방관으로서 공평무사한 공직 생활을 하려고 부단히 애를 썼고, 뒷날 냉철히 생각해보니 후회스러운 일이 많았다고 고백하고 있다.

그리고 김종직의 손자 박재 김뉴(1527~1580)가 남수정을 제재로 네 편의 시를 지었는데, 이곳에서 사방 경치를 구경하고 아래의 시를 지었다.

새벽에 일어나니 기운이 싸늘한데　晨興氣淸肅
신 흥 기 청 숙

단정히 앉아 마음대로 멀리 엿보니　端坐縱遐瞯
단 좌 종 하 간

햇빛 비치어 금빛 물결 녹일 듯하고　日照鎔金水
일 조 용 금 수

연기가 비껴 소박한 산을 타고 넘네　烟橫搭素山
연 횡 탑 소 산

날씨가 차가워 오는 기러기가 적고　天寒來雁少
천 한 래 안 소

바람이 거세어 가는 배 거의 없거니　風急去舟艱
풍 급 거 주 간

누가 난간에 기댄 나그네를 알겠으랴　誰識憑欄客
수 식 빙 란 객

마음 한가로우나 몸은 그렇지 않음을　心閒身未閒
심 한 신 미 한

—김뉴, 「남수정조망(攬秀亭朝望)」, 『박재집』 권3

이밖에 제영시를 지은 이로는 권람, 송순, 조광원, 배신(1520~1573), 김극일 등이 있다. 밀양인으로는 밀양교수 안승종, 월연 이태(여주), 진사 양담(남원), 추천 손영제(밀양), 구옹 김태을(광주) 등이 있다.

국농소(國農所)는 하남 수산과 초동 금포 사이의 넓은 벌판 지대로 삼한 시대 수산제(守山堤)가 있던 곳이다. 신라 때 국왕이 자주 찾아 노닌 까닭에 어정(御井)의 자취가 전하고, 남쪽으로 초동 곡강에는 이궁대(離宮臺)가 있다. 고려 때 김방경이 일본을 정벌할 때 둑을 축조했다. 그리고 1463년 호조에서 헌의해 둑을 터서 만든 것이 국농소이다. 4년 뒤 좌의정 조석문이 증축하면서 수문과 둑을 만들었는데, 밀양부사 윤호(尹壕)를 비롯해 인근 고을 수령이 동참했다. 당시 공사를 주관했던 사람들이 서로 기념하기 위해 모임을 결성했는데, 이때 김종직이 그들에게 「서수산회축(書守山會軸)」 시를 써준 바가 있다.

국농소는 성종대에 군량 확보 정책에 따라 국둔전에 귀속되었다. 남명 조식의 제자 구옹 김태을(1530~1571)은 연꽃이 흐드러지게 핀 국농소에서의 뱃놀이 한 장면을 담아냈다.

**그림14** 하남읍 수산리 선말리산에서 본 국농소. 2021.8.27

국농소 평평해 손바닥 같고　國沼平如掌(국소평여장)
연꽃이 십 리에 피었는데　荷花十里開(하화십리개)
번들번들 진창에 더럽히지 않고　濯濯無泥汚(탁탁무니오)
꼿꼿하게 물 위로 솟아나 있구려　亭亭出水來(정정출수래)
꽃술은 그대로 누런 분가루가 되고　鬚仍黃作粉(수잉황작분)
꼭지는 푸른 빛 없이 대가 되었네　蔕不翠爲臺(체불취위대)
단청 배 타고 가을 유상에 적합해　畵舸宜秋賞(화가의추상)
뱃노래 하며 연잎 밑을 빙빙 도노라　舷歌葉底廻(현가엽저회)

—김태을, 「국포상하(國浦賞荷)」, 『구옹집』 권1

광활하게 펼쳐진 국농소의 호수, 곧 국농호(國農湖)는 일명 서호(西湖)라 불렸다. 참고로 조선 후기의 동아 이제영(벽진), 만파 손종태(밀양), 소재 박승목(은산군파), 술헌 이원유(벽진) 등이 시를 남겼다. 특히 죽북 안인일(1736~1806)의 「서호부(西湖賦)」(1802)는 소동파의 「적벽부」에 비의(比擬)하여 지은 장편시로 밀양 고전문학에서 비중 있는 작품이다. 아울러 농서 안하진(금포)은 「서호기(西湖記)」를 지어 호수의 빼어난 경관과 거주민의 생활을 상세히 서술했다.

**농암**(籠巖)은 단장면 고례천에 천 길 절벽과 기암괴석으로 이루어진 자연경관 일대를 가리키는 말이다. 사헌부 감찰과 칠원현감을 역임한 채지당 박구원(1442~1506)이 고야산에 복축(卜築, 살만한 땅을 가려서 집을 지음)해 은둔자적하면서 국문학사상 최초의 구곡가 계통 시가인 「고야구곡가(古射九曲歌)」를 지었다는 점에서 의미가 지대하다.

구곡(九曲)은 제1곡 사연(泗淵), 제2곡 정각산(鼎角山), 제3곡 범도연(泛棹淵), 제4곡 승학동(昇鶴洞), 제5곡 단애(丹崖), 제6곡 증소(甑沼), 제7곡 도장연(道藏淵), 제8곡 농암(籠巖), 제9곡 선소(船沼)를 말한다.[98] 고야천 계곡이 빚어낸 절경에서 중국 무이천 계곡을 연상해 남송 주자(朱子)의 「무이구곡

그림15 고야구곡 중 제6~8곡(1992) 출처: 밀양시, 『사진으로 보는 밀양변천사』(2005), 220쪽

가」 형식을 본떠 시를 지었다. 서시 1수와 곡별 9수를 합쳐 모두 10수이며, 편마다 각운도 동일하다.

현재 제7~9곡은 밀양댐 건설로 물속에 잠겨 있는데, 선현들의 유서 깊은 자취가 서려 있는 제8곡을 들면 아래와 같다.

| | |
|---|---|
| 팔곡이라 험준한 산이 눈앞에 열리는데 | 八谷嶒崚眼欲開<br>팔 곡 증 릉 안 욕 개 |
| 농암의 천석은 몇 겹이나 둘렀는가 | 籠巖泉石幾重回<br>농 암 천 석 기 중 회 |
| 앞길 가고 또 가니 기이한 볼거리 많거니 | 行行前路多奇翫<br>행 행 전 로 다 기 완 |
| 이날 중류에 뱃전을 두드리며 왔도다 | 此日中流扣枻來<br>차 일 중 류 구 예 래 |

—박구원, 「고야구곡가」(박순인 편, 『밀성세고』 권2)

동시대의 점필재 김종직은 이곳에서 유상하며 시를 남겨 뒷날 밀양의 문화적 기억이 저장된 중요한 심상 공간으로 자리를 잡았다. 김종직의 7언절구는 아래와 같다.

| | |
|---|---|
| 아홉 굽이 내리쏟는 물이 성난 천둥처럼 거세고 | 九曲飛流激怒雷<br>구 곡 비 류 격 노 뢰 |
| 떨어진 붉은 꽃이 수없이 물결 따라 내려오누나 | 落紅無數逐波來<br>낙 홍 무 수 축 파 래 |
| 반평생 무릉도원의 행로를 몰랐거니 | 半生不識桃源路<br>반 생 불 식 도 원 로 |

오늘 응당 마주치면 물색이 수상쩍게 여기리라　今日應遭物色猜[99]
금일응조물색시

—김종직, 「고예(古藝)」(『밀양도호부지리』〈중동면〉)

읍지 원주에서 고예는 고야(古射)의 이칭이고, 속칭 소금강(小金剛)이라 한다고 했다. 위 시는 고야 계곡을 무릉도원으로 치환해서 빼어난 경관미를 노래했다. 그런데 『점필재집』에는 시제가 「홍류동」[100]으로 되어 있다는 사실이다. 이 작품 전후로 배치된 무릉교와 제시석 시를 볼 때 합천 해인사 앞의 홍류동 계곡임은 분명하다. 장소 실체가 어떠하든 간에 조선 후기의 밀양읍지에는 단장의 고야 계곡으로 나타나는데, 뒤에서 구체적으로 다루기로 한다.

**호박소**[臼淵]는 가지산의 일맥인 백운산 계곡에 있고, 행정적으로는 산내면 삼양리에 속한다. 『신증동국여지승람』을 보면, 폭포가 돌에 떨어져 움푹 파여서 못의 모양이 절구와 같은 까닭에 '구연(臼淵)'이라 했고, 용이 살고 있어 가뭄에 범의 머리를 집어넣으면 물을 뿜어서 곧 비가 된다고 했다.

듣자니, 아전의 말이　頗聞吏胥言
파문이서언

태수가 호박소에 갔다 하네　太守適臼淵
태수적구연

호박소에서 기우제 지내자면　臼淵欲祈雨
구연욕기우

용이 꿈틀꿈틀 서려 있을 터　有龍蟠蜿蜒[101]
유룡반완연

태수는 참으로 백성을 걱정해　太守信憂民
태수신우민

마음을 씀에 빠뜨림이 없네　用心無舍旃[102]
용심무사전

다만 두려운 건 이 늙은 물건이　但恐此老物
단공차노물

깊은 소에 나쁜 침을 저장해두고는　深湫畜惡涎
심추축악연

만물 은택 입힘은 생각 않은 지 오래　澤物久無意
택물구무의

미련하게도 단잠에 빠져있음이라　冥頑甘睡眠[103]
명완감수면

하늘 제사는 말할 것도 없고 　 醮禮不足陳[104] (초례부족진)

닭 뼈 점도 응당 그만둬야지 　 鷄骨亦當捐[105] (계골역당연)

내 무엇하러 용을 나무랄까 　 吾於龍何誅[106] (오어용하주)

천시와 인사가 그러한 법이니 　 天時人事然 (천시인사연)

—김종직, 「구연(臼淵)」(안병희, 『밀주징신록』 권4)

위 시는 『점필재집』에는 없고 『밀주징신록』에 수록되어 전한다. 조선시대 기우제는 자연마을에서부터 국가 전체에 이르기까지 보편적으로 거행된 주술 풍습이었다. 가뭄이 심하게 들면 태수도 백성들의 소망이 담긴 기우제를 주관할 수밖에 없다. 시상의 전개는 반전의 국면을 띈다. 강우(降雨)의 은택을 오랫동안 베풀지 않는다고 믿는 용신(龍神)이 원망스럽기는 하지만, 자연 현상인 한발을 두고 용을 탓할 수 없다고 했다. 시의 중심적 의미는 마지막 행에 있다. 사람의 일도 기우제처럼 억지로 성취하려고 해서는 안 된다는 것이다. 사실 기우제를 정성스럽게 지낸다고 곧바로 비가 오지 않는다는 사실은 누구나 안다. 인간의 절박함을 호소할 때는 신앙이나 주술 형태로 전환되었고, 기우제는 영험을 볼 만한 명산대천에서 거행했다. 예컨대 호박소 외에 화악산, 만어산, 종남산, 용두연에 기우소가 있었다. 이처럼 자연경관이 빼어난 호박소는 밀양의 종교제의적 심상 공간으로 깊숙이 자리를 잡았다.

참고로 조선 후기 만파 손종태, 동아 이제영 등이 시가 있다. 심재 조긍섭(1873~1933)은 1891년 이곳을 방문하고 지은 「구연유람기」를 읽어볼 만하다.

그림16 산내면 삼양리 호박소. 2015.11.29

# 제6장 조선 후기의 밀양문학

## 1) 임병 양란과 밀양 지식인의 대응

임진왜란 때 밀양은 그 중심에 있었다. 충의지사가 분연히 일어나 고을 각지에서 항전을 벌였다. 당시의 생생한 항쟁 의지는 하남 귀명리 출신의 양무공 김태허(1555~1620)가 지은 팔공산 회맹시를 통해 알 수 있다. 그가 울산에 산관(散官)으로 있던 중 임진왜란이 일어났다. 종군해야 할 직분은 없었지만, 기꺼이 대구 팔공산에 들어가 의병을 일으켰다.

우리는 오늘이 어느 때인지를 물으며　吾儕今日問何辰
오 제 금 일 문 하 신

동남으로 떠돌며 때 묻은 칼에 우노라　漂泊東南泣劒塵
표 박 동 남 읍 검 진

피를 토하며 강가 적을 몇 번이나 꾸짖었던가　嘔血幾嗔江上虜
구 혈 기 진 강 상 로

위기 닥침에 아득히 마음속의 임 생각하나니　臨危遙憶意中人
임 위 요 억 의 중 인

장순은 칼날 무릅쓰고 오직 의를 온전히 했고　張巡冒刃惟全義
장 순 모 인 유 전 의

제갈량은 은혜 생각하며 즉시 몸을 바쳤으니　諸葛推恩卽許身
제 갈 추 은 즉 허 신

전장에서 용기 없다는 가르침을 차마 잊으랴　戰陣忍忘無勇訓[107]
전 진 인 망 무 용 훈

한 편의 『대학』을 외우고 또 외우노라　一編曾傳誦頻頻
일 편 증 전 송 빈 빈

—김태허, 「공산회맹일 여제의사공부(公山會盟日與諸義士共賦)」, 『양무공실기』

위 시에서 "마음속의 임[意中人]"은 멀리 의주에 피난 가 있던 선조를 지칭한다. 이들은 팔공산에 모여 삽혈 의식을 거행하며 당나라 안록산 난 때 순국한 장순의 절의와 촉나라 제갈량이 「출사표」를 지어 보군을 간절히 다짐했던 사실을 떠올린다. 그리고 『예기』에 나오는 말로써 『증전(曾傳)』, 곧 『대학』에 실려 있는 "전장에서 용기가 없으면 선비가 아니다." 라는 경구를 거듭 외우면서 출정에 앞서 결의를 굳게 다졌다. 전고를 효과적으로 활용한 시적 표현은 혈맹을 맺고 전장에 비장한 각오로 나서는 장면을 눈에 선하게 떠올리게 한다.

그림17 하남읍 대사리 대학당의 시판. 2014.9.6

김태허의 시는 이 한 편만 남아 전하지만 의병과 관군의 분투 의지를 끌어내어 경주와 울산에서 연승하도록 했으니, 그 가치를 충분히 가늠해 볼 수 있다. 이 회맹시는 신도비가 있는 하남 귀명리의 대학당(大學堂) 시판과 상동 고정리의 박연정(博淵亭) 시비로 남아 충의의 정신을 생생히 전해준다.

공산회맹의 한 사람인 오한 손기양(1559~1617)은 밀양 용성(현 용평)에서 태어나 1583년 문과 급제했고, 31세 때 성주교수가 되었다. 임진왜란이 일어나자 양친을 모시고 운문산으로 피난 갔다가 마침 석골사(石骨寺)에서 이경홍·이경승(여주) 형제를 만나 함께 의병을 일으켜 삼랑진 작원관(鵲院關)과 산내 용전의 대암(臺巖)에서 적의 진로를 차단했다. 이후 승장 사명대사와 더불어 팔공산 산성을 수축하고 여러 고을에서 옮겨온 군량을 관리했

그림18 산내면 원서리 석동 입구의 임진왜란 창의유적 기념비. 2021.6.27

으며, 화왕산전투 때 곽재우 의진(義陣)에 합세해 대승을 거두었다.

이밖에 어초와 김유부(김녕), 정관당 조계상(창녕), 국담 박수춘(행산공파), 장경신·시암 장형(1577~1617) 부자(아산), 낙원 안숙(광주·은산군파), 후지당 손인갑(1544~1592)·후조당 손의갑 형제(밀양), 동래교수 노개방(풍천), 박종민(졸당공파)의 활약상을 빼놓을 수 없다. 왜군 침입에 의연히 맞선 구국 항쟁은 밀양의 소중한 정신적 자산이다.

한편 전란의 절박한 상황에서 예기치 않게 겪었던 특수한 경험도 기억할 만하다. 박수춘의 종형이자 손기양의 종제매인 모헌 박양춘(1561~1631)은 선조가 의주로 파천했다는 소식을 듣고 아래의 시를 지었다.

| | |
|---|---|
| 여막에서 모심에 효도를 다 못하는데 | 侍廬未盡孝<br>시려미진효 |
| 나라 걱정이나 참으로 충성하기 어렵네 | 憂國誠難忠<br>우국성난충 |
| 내 천지 사방을 돌이켜 보니 | 顧我俯而仰<br>고아부이앙 |
| 일신의 부끄러움이 그 가운데 있구나 | 一身愧作中[108]<br>일신괴작중 |

—박양춘, 「문대가파천용만 자탄(聞大駕播遷龍灣自歎)」(안병희, 『밀주징신록』 권5)

선조의 의주 몽진이 4월 말 결정되자마자 어가는 황급히 서울을 떠났다. 이 소식이 밀양에 전해질 무렵 박양춘은 6~7월 두 달 사이에 조모상과 모친상을 연이어 당하자 혼자 시신을 가매장한 뒤 여막을 지키고 있었다. 진정 효도를 하려니 전장에 나갈 수 없고, 전장에 나가면 시묘는 불가능한 일이라 그야말로 기막힌 상황에 놓여 있었다. 충과 효 사이의 기로에서 결국 효를 앞세운 자신의 행위가 부끄럽다고 질책하고 있다. 더구나 직책이 없는 사민임에도 양자택일을 고뇌한 것 자체가 지극히 인간적인 모습으로 읽힌다. 이보다 앞서 북상하던 왜장이 홀로 여막을 지키고 있던 박양춘의 수척한 모습을 보고 그 효심에 감복해 시묘살이를 허락했다는 이야기가 있다. 1912년에 세운 여표비가 부북 후사포에 있다.

또 산청 출신으로 부북 위양에 거주한 학산 권삼변(1577~1645)이 백수회, 정호인과 더불어 지은 시는 전란 통에 겪은 파란만장한 개인사를 보여준다.

| | |
|---|---|
| 하염없이 이 한탄 더 깊어져 | 悠悠此恨深<br>유 유 차 한 심 |
| 서로 마주하니 눈물이 옷깃을 적시네 | 相對淚沾襟<br>상 대 루 첨 금 |
| 남관에서 눈물을 흘리지 아니하고 | 不作南冠泣[109]<br>부 작 남 관 읍 |
| 북해에서 마음은 더욱 견고하여라 | 益堅北海心[110]<br>익 견 북 해 심 |
| 어머니 그리우나 소식은 끊어지고 | 思親消息斷<br>사 친 소 식 단 |
| 나라 걱정에 꿈속 넋도 침울하다 | 戀國夢魂沈<br>연 국 몽 혼 침 |
| 오랑캐 소굴에서 죽음 맹세할지니 | 矢死看羊窟<br>시 사 간 양 굴 |
| 아침마다 고운 해가 떠오르는구려 | 朝朝鮮日臨[111]<br>조 조 선 일 림 |

—권삼변, 「동백수회·정호인 술회(同白受繪鄭好仁述懷)」, 『학산실기』

이 세 사람이 함께 머물던 장소는 다름 아닌 일본이다. 모두 포로로 일본에 끌려가 갖은 고생을 겪고 귀국한 공통점이 있다. 손충보의 사위 권삼변은 6세 때 부친을 잃고 모친을 따라 단성에서 당숙 권치(權緇)가 거주하던 밀양으로 이거했다. 임진왜란이 일어나자 모친을 업고 창녕 대산으로 피란 갔다가 왜군에게 붙잡혔다. 이때 대성통곡하며 "내 머리를 자를 수는 있어도 내 어머니는 해칠 수 없다(吾頭可斷, 吾母不可害)."고 하자, 왜장이 그의 극진한 효성에 감동하고는 일본 산양도로 끌고 갔다. 한편 송담 백수회(1574~1642)는 임란 당시 양산 재실에서 독서를 하다가 왜인에게 붙잡혔고, 소산 정호인(1554~1624)은 양산향교 교임으로서 성현의 위패를 수호하다 일본에 붙들려갔다.

이들은 기구하게 왜적의 소굴에서 함께 지내는 처지였다. 서로가 하염없는 무사 귀국길 생각에 어느새 눈물을 쏟아내고 있다. 비록 포로 신세로 억류 장소를 전전하면서도 소리 내어 울지 않으며 그들의 갖은 회유에도 죽음을 맹세하고 절의를 지키려는 결연한 심경이 '남관(南冠)'과 '북해(北海)'의 전고를 통해 의미심장하게 전해진다. 결국 백수회와 정호인은 9년 만에 고향 양산으로 돌아왔다. 권삼변은 1604년 통신사와 함께 13년 만에 밀양으로 귀향해 60세가 넘은 모친과 재회한 뒤 1616년 별세할 때까지 극진히 봉양하기를 마쳐 그나마 한을 풀었다.

밀양의 선비들은 병자호란 때에도 구국 대열에 적극적으로 뛰어들었다. 박수춘(1572~1652)은 임란 때와 마찬가지로 관군과 합세해 치열하게 싸웠으나 화의가 성립되었다는 소식을 듣고는 산속에서 두문불출하며 숭정처사(崇禎處士)로 자처했다. 손기양의 제자 장문익(1596~1652)은 정묘호란 때 밀양에서 의병장으로 추대된 적이 있고, 이때에도 분연히 의병을 일으켜 12개 고을의 의병장으로 추대되어 서울로 진격했으나 남한산성 항복 소식을 듣고 통곡하며 부대를 해산했다. 또 김유부(김녕)의 아들 김기남·김난생 형제는 "나라를 위해 목숨을 바치는 것이 더 큰 효도이다."라는 말을 남기고서는 경기도 광주 쌍령전투에서 장렬하게 전사했다. 이때 은진송씨, 경주최씨 두 부인이 전장에 가서 시신을 운구해와 무사히 장례를 마치고는 뒤따라 죽었다. 아울러 장문익의 제자이자 안숙의 차남 안상한(1604~1661)은 동지들을 규합해 의병을 일으켜 상주에 이르렀을 때 투항 정보를 접하고 환향한 뒤로 벼슬 뜻을 버린 채 강학으로 여생을 보냈다.

박양춘의 아들이자 박수춘의 종질인 창석 박오(1604~1662)는 병자호란 이후 변화된 세상에 대한 소회를 읊었다.

| | |
|---|---|
| 차마 병자년의 수치로 | 忍將丙子恥<br>인 장 병 자 치 |
| 어찌 출세의 길을 물으랴 | 那向問要津[112]<br>나 향 문 요 진 |
| 험준한 바위와 소나무 아래서 | 巖巖松石下<br>암 암 송 석 하 |

숭정인이라 스스로 일컫네 自謂崇禎人 (자위숭정인)

—박오, 「탄사(歎辭)」(안병희, 『밀주징신록』 권5)

국왕 인조가 남한산성을 나와 치욕스럽게 항복한 사실을 앞세운 뒤 청나라 간섭 하의 조정에 들어가 출사하는 길을 단념하겠다는 의지를 드러낸다. 화자는 맥없이 무너진 조정을 한탄하며, 청나라를 중심으로 강고하게 재편된 국제 질서와 격리되는 노선을 택한다. 험준한 바위와 소나무로 싸인 공간은 절대 자유를 추구할 수 있는 이상 세계를 상징한다. 그곳에서 '숭정인'이라 자처하며, 명나라 멸망이 곧 문명 세계의 상실이라는 사유를 견지한다. 이는 소중화(小中華)의 문화인으로서 선비 양심을 고고하게 지켜나가려는 자정(自靖) 의식의 표출이다.

## 2) 사명당 유정의 항전과 구국 외교

의승장(義僧將) 임응규(1544~1610)의 법명은 유정(惟政)이고, 법호가 사명당 혹은 송운(松雲)이며, 시호는 홍제이다. 무안 고라리에서 임수성의 아들로 태어난 그는 젊은 나이에 출가한 뒤 임란 때 창의(倡義)해 적을 물리쳤고, 조정의 명을 받아 세 차례나 함경도의 적진에 들어가 두 왕자를 돌아오게 했다. 정유재란 때에는 울산과 순천 전투에서 싸웠고, 1604년 선조의 명을 받들고 일본에 가서 덕천가강(德川家康)과 담판을 벌여 조선인 포로 3,500여 명의 송환을 이루고서 이듬해 귀국했다.

① 시월 상수 남쪽을 의병이 건너자 十月湘南渡義兵 (십월상남도의병)
고각소리 깃발에 그림자 강성이 움직이네 角聲旗影動江城 (각성기영동강성)
칼집 속의 보검이 한밤중에 우나니 匣中寶劍中宵吼 (갑중보검중소후)
원컨대 요사한 것들 베어 임금께 보답하리 願斬妖邪報聖明 (원참요사보성명)

② 단양 성 밖에 높은 누각이 있어　丹陽郭外有高樓 (단 양 곽 외 유 고 루)
홀로 중천에 기대니 두우성이 가까운데　獨倚中天近斗牛 (독 의 중 천 근 두 우)
새가 푸른 공중에 들어가니 하늘이 고요하고　鳥入靑冥空宇靜 (조 입 청 명 공 우 정)
매미가 푸른 나무에서 우니 구름 뜬 가을일세　蟬鳴綠樹碧雲秋 (선 명 록 수 벽 운 추)
부생이 한바탕 꿈같건만 몸은 항상 헤맬지니　浮生一夢身長後 (부 생 일 몽 신 장 후)
세상사 어느 해에나 한스러움이 그칠는지　世事何年恨卽休 (세 사 하 년 한 즉 휴)
잠 못 드는 깊은 밤에 별과 달이 이울제　耿耿夜深星月轉 (경 경 야 심 성 월 전)
쓸쓸히 앉아 말없이 맑은 냇물 굽어보노라　寂寥無語俯淸流 (적 료 무 어 부 청 류)

—임유정, 『사명당집』

①은 「임진시월 영의승 도상원(壬辰十月領義僧渡祥原)」 시이다. 1592년 10월 왜군이 서울을 거쳐 평양성에서 진을 치고 있을 때, 사명대사가 그들을 격퇴하기 위해 규합한 의승(義僧)들을 거느리고 평안도 상원강을 건너면서 지은 것이다. 곧 벌어질 평양성 탈환 전투에서 적의 수급을 베어 임금에게 바치겠다며 전의를 굳게 다지고 있다.

②는 「단양전사 야회(丹陽傳舍夜懷)」 시이다. 사명대사가 1604년 7월 일본에 포로로 잡혀가 있는 우리나라 백성을 구하러 갈 때 지은 작품이다. 그는 단양, 죽령, 김해, 부산, 대마도를 거쳐 교토에 들어가면서 머물던 주요 장소를 대상으로 시를 남겼다. 깊은 밤 단양 객사에서 외교 전략을 홀로 구상하는 한편 왕명을 성공적으로 수행하기 위해 잠조차 이루지 못하는 우국심경이 이 작품 속에 곡진히 드러나 있다.

사명대사의 치열한 항전과 애국적 강화 외교는 깊은 감명을 주었으니, 밀양 출신인 오한 손기양(1559~1617)은 대사의 죽음을 애도하며 시를 지었다.

동파가 오래 탄식하며 고향 승려 애도했고　久嗟坡老悼鄕緇(구차파로도향치)[113]
영락의 책사는 시만 이해할 줄 알았다지만　永樂文師只解詩(영락문사지해시)
어찌 송운이 간담을 내놓고 떨쳐 일어나　爭似松雲肝膽奮(쟁사송운간담분)
초목까지도 성명을 알게 함과 같을쏘냐　能令草木姓名知(능령초목성명지)
몸보다 의리를 중시해 조정 여론 기울였고　身輕義重傾朝著(신경의중경조저)[114]
머리가 보배라는 말로 섬 오랑캐 겁주었지　首寶言狂讋島夷(수보언광섭도이)[115]
통곡함은 방외의 사귐에 이끌린 것이 아니며　一痛不緣方外契(일통불연방외계)
애달픈 만사가 어찌 내 사사로운 정 때문이랴　哀詞豈是爲吾私(애사기시위오사)

—손기양, 「만송운대사(輓松雲大師)」, 『오한집』 권1

시구 중 '영락의 책사'는 명나라 연왕(燕王)이 조카를 죽이고 3대 영락제로 등극하는 데 결정적인 공을 세운 승려 요광효(1335~1418)를 지칭한다. 승려 중 국가에 기여했다고는 하나 실은 정권 내부 다툼 속에서 자신의 출세만을 추구한 부정적 사례로 든 것이다. 반면에 사명대사는 승려 신분이지만 오직 나라를 구하기 위해 생사를 던졌고, 외교관으로서 탁월한 능력을 발휘했으니 그들과 비교할 수 없는 것이라 했다. 특히 1594년 봄 가등청정(加籐清正)의 부산 진영으로 들어가 담판할 때 그가 조선의 보배가 무엇인지를 묻자, "우리나라에는 보배가 없다. 오직 너의 머리를 보배로 여긴다."고 했다는 유명한 일화를 시어로 활용했다. 가등청정을 경악시킨 이 일화는 허균의 사명대사 비문, 『어우야담』, 『지봉유설』에 전한다.

사명대사의 용기백배한 의열 정신을 높이 기리고 있는 위 시는 남붕대사가 1738년 사명대사의 행적을 정리해 조정에 올릴 당시 편집한 『분충서난록(奮忠紓難錄)』에도 수록되어 있다. 이 책은 신유한의 교열을 거쳐 1739년 표충사에서 간행되었다. 아울러 그는 당시 고위관리나 유명 인사 153인의 약 160수를 받아 시첩 『표충사제영』을 엮었다. 사명대사의 고매한 애국 의지를 흠모하는 열기가 밀양 지역만이 아닌 전국 방방곡곡으로 펴져나갔음을 알 수 있다.

### 3) 중앙정계 변동과 밀양 선비의 결기

조선 전기의 무오사화, 갑자사화, 기묘사화, 을사사화를 거치면서 사림 세력은 매우 위축되었다. 중앙정계의 혼란은 여기에 그치지 않고 임진왜란 이후에도 왕권의 교체 과정에서 불안함은 지속되었다. 영창대군의 죽음과 인목대비의 서인 강등이 대표적이다.

구봉 김수인(1563~1626)은 영창대군이 1614년 유배지 강화도에서 이이첨 일파에 의해 불과 9세의 나이로 억울하게 살해됨에 성균관 재임(齋任)으로서 깃발을 들고 광해군이 은혜를 온전히 베풀어야 한다는 의론을 선창했다. 하지만 유생들이 서로 기회만 엿볼 뿐 호응하지 않자 홀로 「전은소(全恩疏)」를 올리고는 대궐 밖에 자리를 펴고 이레 동안 기다렸다.

| | |
|---|---|
| ① 명륜당에서 인륜을 밝히지 못하니 | 明倫堂上未明倫<br>명 륜 당 상 미 명 륜 |
| 귀향해 이 몸 늙는 것만 같지 않다 | 不若歸家老此身<br>불 약 귀 가 로 차 신 |
| 일편단심을 호소할 길 없어 | 一片丹衷無地訴<br>일 편 단 충 무 지 소 |
| 문을 나서자 눈물이 수건 적시네 | 出門只有淚沾巾<br>출 문 지 유 루 첨 건 |

— 김수인, 「소불견성 수남귀작(疏不見省遂南歸作)」, 『구봉집』 권1

| | |
|---|---|
| ② 직책에 어긋난 지 몇 해런가 | 幾年違子職<br>기 년 위 자 직 |
| 이레 동안 대궐문은 막혔었지 | 七日阻君門<br>칠 일 조 군 문 |
| 충효 두 가지를 이루기 어려우니 | 忠孝兩難效<br>충 효 양 난 효 |
| 처량히 내 마음 아프게 하는구려 | 淒然傷我魂<br>처 연 상 아 혼 |

—김수인, 「남귀로중 유감(南歸路中有感)」, 『구봉집』 권1

①은 임금의 비답이 결국에 내려오지 않자 미련을 버리고 낙향을 결행할 때 지은 시이고, ②는 그가 도성문 밖을 쓸쓸히 나서며 지은 시이다. 눈치 보기에만 급급하던 유생의 실태, 임금의 마음을 되돌 수 없는 암담한 현실, 과단성 있는 선택에 애간장이 녹을 어머니를 생각하면 자신의 심리가 고통스러울 수밖에 없다는 솔직한 내면 고백이다. 충과 효를 모두 성취하지 못하는 처지가 더욱 슬픈 것이다.

오한 손기양(1559~1617)은 영창대군의 피살 소식을 듣고 아래의 시를 지었다.

푸른 강가에 한 번 눕자 질병이 찾아들고 滄江一臥病侵尋(창강일와병침심)
서쪽으로 서울 바라보니 깊은 대궐 아득하네 西望長安魏闕深(서망장안위궐심)
어찌하여 임금은 분노한 마음을 감춰두었나 豈有重華藏怒意(기유중화장노의)[116]
인목대비의 인자한 마음 그칠까 매우 두려운데 恐傷文母止慈心(공상문모지자심)[117]
시국 위태롭건만 구름 헤칠 힘은 빌릴 수 없고 時危未借排雲力(시위미차배운력)[118]
몸은 늙었으되 임을 향한 정성은 아직 남았거니 身老猶存向日忱(신로유존향일침)
늙은이는 궁벽한 시골에서 가만히 눈물 흘리며 白首黃村潛下淚(백수황촌잠하루)
홀로 산에 머물며 달을 짝하여 외로이 읊노라 獨留山月伴孤吟(독류산월반고음)

—손기양, 「유감(有感)」, 『오한집』 권1

이 무렵 손기양은 1612년 창원부사를 그만두고 조정의 부름에 불응한 채 궁벽한 시골, 곧 마을 앞쪽에 단장천이 흐르는 산외 죽원에 은거하고 있었다. 날로 잘못되어 가던 조정을 위태한 시국이라 규정하고, 앞으로 인목대비에게 닥칠 불길한 조짐을 두려워하고 있다. '배운(排雲)'의 전고, '향일(向日)'의 상징성을 활용한 그의 위언(危言)은 혼란한 시절을 슬퍼하고 나라를 걱정하는 마음으로 가득 차 있다.

영모재 하재정(1575~?)도 영창대군의 비극적인 사건 소식을 듣고 격분한 심정을 시로 담았다.

| | |
|---|---|
| 본래부터 세자인데도 불행한 때를 만났으니 | 一自元良時不幸<br>일 자 원 량 시 불 행 |
| 어찌하여 대비께서는 자애로운 정을 그치셨나 | 何如文母止慈情<br>하 여 문 모 지 자 정 |
| 외로운 몸이라 정세 돌릴 힘을 빌리기 어려우나 | 孤身難借回天力<br>고 신 난 차 회 천 력 |
| 답답한 기분에 공연히 애씀은 임 향한 정성일세 | 鬱氣虛勞向日誠<br>울 기 허 로 향 일 성 |
| 이 위기일발의 사직을 누가 바로잡으랴 | 社稷誰匡危是髮<br>사 직 수 광 위 시 발 |
| 신민은 의지할 곳 없어 왕족만 우러르는데 | 臣民無賴仰維城[119]<br>신 민 무 뢰 앙 유 성 |
| 갠 창에서 홀로 한가로운 달을 얻고서는 | 晴窓獨得閒來月<br>청 창 독 득 한 래 월 |
| 서쪽 서울 바라보며 눈물을 흥건히 흘리도다 | 西望長安揮淚盈<br>서 망 장 안 휘 루 영 |

—하재정, 「문영창대군사 분필우회(聞永昌大君事奮筆寓懷)」(하충, 『돈재집』)

전반적인 시상 전개는 손기양의 작품과 유사하다. 내금위 부사정을 지낸 신하로서 위기일발의 조정에 대해 하염없이 눈물을 흘리며 안타까운 마음을 금치 못하고 있다. 현실적으로 자신의 노력이 헛된 일인 줄은 알면서도 왜곡된 조정이 한시바삐 광정(匡正)되기를 간절히 바라는 정서가 짙게 투영되어 있다.

한편 밀양 수산 인근의 멱례(현 명례) 강가에서는 서울 출신의 낙주재 이번(1575~1633)이 정자를 지어 유유자적했다. 멱례는 일명 뇌진(磊津)이다. 이번은 효령대군의 7세손으로 인목대비(1584~1632)의 가까운 인척인데, 1613년 김제남 옥사 때 일가붙이라 하여 봉화현감에서 파직되었다. 1623년 인조반정 때 구인후를 도와 녹훈이 내려졌으나 안동 오미동에 은거하다가 그 이듬해 둘째부인 재령이씨의 친정 연고가 있던 밀양에 정착했다. 1625년 강정(江亭)을 지어 관란정(觀瀾亭)이라 명명하고는 치열한 정쟁을 멀리한 채 소요자락하며 임금과 왕후의 부름에 응하지 않았다. 1627년 인조가 사액한 낙주재(洛洲齋)로 고쳤고, 1890년 중건했다.

**그림19** 하남읍 명례리 명례성당 앞 낙주재 관란정. 2021.9.8

오휴자 안신은 이곳을 방문하고 시를 지었다.

| | |
|---|---|
| 두어 칸 정사가 강가를 굽어볼진대 | 數間精舍臨江上<br>수 간 정 사 임 강 상 |
| 경치는 두보가 살던 곳과 비슷하여라 | 景物依然杜老居<br>경 물 의 연 두 로 거 |
| 모래톱에 오가는 새들 보며 형식을 잊고 | 沙岸忘形來去鳥<br>사 안 망 형 래 거 조 |
| 배에서 자맥질하는 물고기를 즐기노라니 | 蘭舟玩意躍潛魚<br>난 주 완 의 약 잠 어 |
| 바람 맑고 들은 넓어 마음은 걸릴 것 없고 | 風淸野闊心無累<br>풍 청 야 활 심 무 루 |
| 비 개어 산이 드러나니 흥겨움이 넉넉하네 | 雨霽山浮興有餘<br>우 제 산 부 흥 유 여 |
| 주객이 앉아 바라봄에 맑은 운치 흡족하거늘 | 賓主坐看淸趣足<br>빈 주 좌 간 청 취 족 |
| 가득 찬 술잔을 서로 권할 필요가 없구려 | 不須豊觶勸相如<br>불 수 풍 치 권 상 여 |

—안신, 「멱례강정 방이태원번(覓禮江亭訪李太源潘)」, 『오휴당집』 권1

안신은 세상의 번뇌 따위를 잊기에 적합한 공간으로 정자를 묘사했다. 한가한 새들과 물고기들, 맑은 바람과 넓은 들, 우후의 청신한 산들은 한 폭의 산수화를 연상하게 한다. 경치를 바라보는 것만으로도 우아한 정취에 젖게 되므로 굳이 술로 취할 것까지 없다고 했다. 오휴자는 혼돈의 정국 속에서 명철보신을 택한 이번과 심리적 공감대를 형성하고 있다. 이는 권신과 부귀들이 득실거리는 정치 현실을 우회적으로 비판한 것이라 하겠다. 아울러 밀양부사 이화연과 이상억, 동아 이제영(벽진)의 작품도 있다.

이처럼 선비들의 처지는 달랐지만, 우국충정의 시상은 매우 유사하다. 사리사욕을 멀리하고 불의를 참지 않은 결기 있는 정신은 밀양의 향촌사회에 깊이 각인되었다.

### 4) 예림서원 중건과 학풍 진작

임진왜란으로 일시 붕괴된 향촌사회는 민심을 수습하기 위해 공공기관 정비에 나섰다. 핵심 강학시설인 밀양향교를 1602년 중건함과 아울러 예림서원의 전신인 덕성서원(德城書院)을 이내 복구했다. 이 서원은 1567년 밀양부사 이경우(李慶祐)가 덕성동(현, 활성)의 영원사 옛 터에 창건한 것이다. 한편 영원사에는 『신증동국여지승람』에 의하면 이제현이 찬한 일연국사의 제자 보감국사(1251~1322) 비명을 새긴 탑비가 있었고, 이 절이 조선 초까지 존재한 사실은 경상도 관찰사 이문화(1358~1414)가 1402년에 지은 영원사 선조루(先照樓) 시를 통해 확인할 수 있다.

그림20 교동 밀양향교. 2021.4.7

창건 당시 이황의 상향축문과 '점필서원(佔畢書院)' 편액을 받은 덕성서원은 임란으로 사우만 겨우 남게 되었다. 1606년 하곤, 박수춘, 손기양, 손시명 등이 절목을 갖춰 15년간 중단된 향사를 복원했다. 그리고 1633년 밀양 유림의 공의로 오졸재 박한주(1459~1504)와 송계 신계성(1499~1562)

그림21 부북면 후사포리 예림서원. 2011.5.17

의 추가 배향을 결의함과 아울러 1636년에는 상남 운례(현, 예림)로 이건해 예림서원(禮林書院)이라 개칭했으며, 1669년 현종 임금으로부터 편액을 하사받았다. 죽파 이이정(1619~1679)의 「예림서원이건기」에 전후 내막이 자세히 들어 있고, 1680년 사우가 소실되자 지금의 후사포로 다시 이건했다. 이때 청옹 이명기(1653~1716)가 이건 상량문을 지었다.

| | |
|---|---|
| 응천강은 아름답고 또 산은 청명한데 | 凝川水麗又山明<br>응 천 수 려 우 산 명 |
| 전후의 세 현사는 그 생기가 모인 것이라네 | 前後三賢鍾得生<br>전 후 삼 현 종 득 생 |
| 많은 선비가 위패를 봉안해 서원을 건립하니 | 多士揭虔書院立<br>다 사 게 건 서 원 립 |
| 태평성대에 예림이라는 편액을 내리셨네 | 聖朝宣額禮林名<br>성 조 선 액 예 림 명 |

—신국빈, 「경차윤명부광유예림서원운(敬次尹明府光裕禮林書院韻)」, 『태을암집』 권1

인용시는 태을암 신국빈(1724~1799)이 1778년 밀양부사 윤광유 시에 차운한 시 중 제5수이다. 전란 후 서원 복원과 편액 게시의 경과를 응축시켜 놓은 한편, 서원에 봉안한 김종직·박한주·신계성 세 선현의 유풍을 전승함으로써 밀양지역 문화가 창달되기를 염원하고 있다.

신국빈은 신계성의 8세손으로 사포에서 출생했다. 72세 때 집안일로 상경했다가 친척의 권유로 과거에 응시해 초시에 합격하자 정약용, 이가환, 채제공 등이 축하를 해주었다. 특히 1784년경 강세황의 죽지사에서 운자를 따오고 김종직이 기녀 양왜(梁娃)에게 교방가요를 지어준 전례를 본떠 「응천교방죽지사팔장(凝川敎坊竹枝詞八章)」을 지었다. 이 시에 당대 최고의 칼춤으로 전국을 뒤흔든 밀양 관기 운심(雲心)의 별명이 연아(煙兒)이고, 그녀가 20세 때 의녀(醫女)로 뽑혀 서울로 올라갔다는 귀한 정보가 실려 있다.[120]

이밖에 예림서원을 대상으로 남회당 이이두(벽진·무안), 성은당 손석좌(밀양), 죽림재 박세용(어변당공파), 황남 이조한(고성), 여암 조기종(창녕)의 시가 있다.

### 5) 영남루 중건과 아랑설화의 변주

경상도 관찰사 홍성민(1536~1594)의 시[121]에서 건재한 모습으로 묘사되었던 영남루(嶺南樓)는 임진왜란으로 전 누각이 전소되는 불운을 겪고 말았다. 영남루가 관청 객사로 기능하기 위해서는 시급히 복구되어야 했다. 1599년 체찰사 이덕형이 영남루 옛터에 들렀을 무렵 밀양부사 이영(李英)이 이미 3칸의 초옥(草屋)으로 신축한 상태였고, 이후 순찰사 한준겸이 억석당(憶昔堂)으로 명명했다.

1602년 오한 손기양은 이곳을 방문하고는 이덕형의 시를 차운해 전란 후 영남루 옛터에 서린 원한을 읊었다.

| | |
|---|---|
| 푸른 하늘에 시국 일을 물을진대 | 欲將時事問蒼天<br>욕 장 시 사 문 창 천 |
| 상심케 하는 온갖 경치가 눈앞에 있네 | 萬景傷心在眼前<br>만 경 상 심 재 안 전 |

뜨구름 인생 흥망은 본디 운수 있지만　浮生興亡元有數
부 생 흥 망 원 유 수

명승지의 풍월은 저절로 끝이 없구려　名區風月自無邊
명 구 풍 월 자 무 변

강물 소리 밤에 소상강 빗속으로 들어가고　江聲夜入瀟湘雨
강 성 야 입 소 상 우

산빛은 가을이라 강가 연기에 이어지는데　山色秋連洛浦烟
산 색 추 련 락 포 연

누가 새로 지은 정자에 억석 이름 붙였나　誰構新亭名憶昔
수 구 신 정 명 억 석

한 섞인 석양이 손님 자리에 가득하도다　夕陽和恨滿賓筵
석 양 화 한 만 빈 연

—손기양, 「경차한음이공과영남루구지운(敬次漢陰李公過嶺南樓舊址韻)」, 『오한집』 권1

1609년에는 부사 기효복(奇孝福)이 능파당과 침류당을 복원하였다. 이 해 가을에 이안눌(1571~1637)이 동래부사를 사임하고 상경하던 차 영남루에 올라 기효복의 요청으로 아래의 시를 지었다.

성 꼭대기 새 누각은 형세가 구름을 치솟고　城頭新閣勢凌雲
성 두 신 각 세 릉 운

푸른 나무 맑은 시내는 석양빛에 아름답다　碧樹晴川媚夕曛
벽 수 청 천 미 석 훈

백 리 고을에서는 어진 원님을 노래하고　百里謳謠賢刺史
백 리 구 요 현 자 사

태평한 모습은 노련한 장군의 공업이로다　太平功業老將軍
태 평 공 업 로 장 군

능히 일을 지휘함에 마음속 구상을 넓히고　指揮能事恢心匠
지 휘 능 사 회 심 장

웅장한 번방을 방어함에 칼끝에 의지하네　防禦雄藩倚斗文
방 어 웅 번 의 두 문

이로부터 기대는 난간은 몇천 년 갈 테니　自此憑闌幾千載
자 차 빙 란 기 천 재

유장한 강물과 함께 선정 명성이 퍼지리라　江流長共政聲聞
강 류 장 공 정 성 문

—이안눌, 「제영남신루(題嶺南新樓)」 3수 중 제2수, 『동악집』 권8

시제의 '신루(新樓)'와 작품 속 '신각(新閣)'은 능파당을 말한다. 능파당은 과거 영남루 못지않은 아름다운 자연경관을 배경으로 웅장한 규모를 갖추었음을 짐작할 수 있다. 부사가 전후 피폐해진 고을을 정비하고 민심을 수습한 정치를 칭송한다. 아울러 무너진 성곽을 되살리고 군사력을 강화해 방어 태세를 한층 공고하게 한 업적을 높이 평가하고, 지금과 같은 태평한 정치가 유장한 강물처럼 장구하기를 희구하고 있다. 국가와 백성의 안녕을 영속하게 하는 관리의 선정에 대한 기대는 밀양부사에만 국한되지 않을 것이다. 우국애민의 충정은 이 시에서 읽을 수 있는 심층적 의미이다.

한편 초옥(草屋)의 영남루는 1643년 부사 심기성에 의해 신축되었다. 이때 한 해 앞서 소실된 좌우의 부속누각도 복원되었다. 또 1722년 봄에 영남루 누각은 모두 실화로 잿더미가 되었는데, 이해 8월 부임한 부사 이희주는 능파당을 먼저 중건한 뒤 1724년에는 본루와 침류당을 복원했다. 이후 1788년 부사 조휘진과 1806년 부사 김재화가 본루를 잇달아 중수했고, 1825년 부사 이화연이 능파당을 보수했다. 또 1832년 부사 조기복이 본루를 중수했으나 2년 뒤 화재로 모든 누각이 잿더미로 변하였다. 그리하여 1844년 부사 이인재(李寅在)가 부속누각까지 아울러 대대적으로 중창했고, 1890년에는 산내 용전에 우거한 밀양부사 남고 정병하(1846~1896)가 본루를 중수해 오늘에 이르고 있다. 정병하의 영남루 중수 기록은

**그림22** 밀양시 내일동 영남루, 아랑각(우). 2017.11.24

필자가 처음 밝혔다.[122]

영남루 중수 연혁에서 주목되는 것은 '아랑(阿娘)' 설화 탄생인데, 홍직필(1776~1852)의 「기영남루사(記嶺南樓事)」에 관련 기록이 최초로 등장한다는 사실이다. 그는 1810년 9월 부친 홍이간(1753~1827)이 밀양부사로 재직하고 있을 때 근친 차 밀양에 와서 영남루를 등림한 뒤 지역민들에게 전승되고 있던 아랑 설화를 기록했다. 여기서 '아랑'을 단적으로 명시하지 않았지만 내용상 밀양 지역에 구비로 전승되던 '아랑 이야기'가 틀림없다. 홍직필은 지인(知印) 여랑을 칼로 살해한 장소를 "영남루 동쪽 세 번째 기둥 앞"으로 설정하고, 신임부사를 따라온 이진사가 투숙한 곳을 '능파각'이라 단정함으로써 뒷날 아랑전설의 진실성을 더욱 강화하는 역할을 했다. 민중들에게 각인된 장소의 믿음은 사실의 확신으로 굳어졌다. 이를 통해 필자는 김경진의 『청구야담』(1843)에서 찾았던 아랑전설의 문헌 기록을 33년 위로 앞당겼다.[123]

아랑과 영남루는 상호 긴밀한 서사체계를 이루어 19세기에 편찬된 문헌설화집이나 근세 읍지, 개인 저작, 구비자료를 통해서 일찍부터 광범위하게 전승되었음을 알 수 있다. 설화의 다양한 변이는 아랑의 존재를 역사적 사실로 수용하는 데 기여했고, 아랑의 실재화는 영남루가 이름난 누각으로 회자되는 결정적 요인이 되었다.

이에 촉석루의 충기(忠妓)와 영남루의 열랑(烈娘)은 경상도 전체의 대표적인 문화적 자산으로 자리를 잡는다. 경상 좌도의 정순아랑(貞純阿娘) 대 경상 우도의 의기논개(義妓論介)가 양립한 구도는 문인들에게 누각의 우열 논쟁을 촉발시켜 영남의 대표 경관으로서 두 누각의 위상을 굳혀 가는 데에 한몫했다.

아랑 설화는 여러 양상으로 변주되면서 창작 저변을 확장하고 주제의식을 한층 심화시켰다. 이유원(李裕元, 1814~1888)은 영남루의 북쪽 처마에 동서로 걸린 '교남명루(嶠南名樓)'와 '강좌웅부(江左雄府)'의 편액을 쓴 인물로, 아래의 「영남루」 시를 지었다. 이 작품은 아랑설화가 작품 배경이 된 최초의 사례로 보인다.

> 가을바람이 서울 나그네를 스치고　　秋風洛北客 (추풍낙북객)
> 밝은 달빛은 영남루에 비친다　　明月嶺南樓 (명월영남루)
> 누가 반죽의 원한을 전하는가　　誰傳斑竹怨 (수전반죽원)
> 오열하며 흐르는 큰 강물 소리　　咽咽大江流 (열열대강류)
>
> —이유원, 「영남루」, 『가오고략』 책3

아랑을 지시하는 직접적인 단어는 없지만 '반죽원(斑竹怨)'을 통해서 알 수 있다. 반죽은 열녀 아랑이 살해되어 묻혔다고 전해지는 영남루 아래의 죽림을 뜻하며, 원한은 아랑이 아전에게 억울하게 죽은 사건에 대한 화자의 반응이다. 가을바람은 나그네에게 처연한 분위기를 돋우고, 달밤은 열녀가 지인(知印)에게 이끌려 죽던 시간적 배경과 중첩된다. 밝은 달이 푸른 대나무를 비추는 것을 시신이 묻혔던 장소를 알려 주기 위한 것으로 상상하고, 영남루 아래로는 강물이 열녀의 애절한 사연을 알려주기 위해 오열하며 흐른다고 연상한다. 이처럼 시인에게 영남루는 단순히 유람 대상으로서가 아니라 열녀의 슬픈 정조가 서려 있는 곳으로 새롭게 수용되고 있음을 보여준다.

> 나그네가 홀로 영남루에 올랐거늘　　行人獨上嶺南樓 (행인독상영남루)
> 해학 같은 존망 신세가 이미 십 년이로다　　海鶴存亡已十秋[124] (해학존망이십추)
> 긴 강물이 무정하게 늠실대며 흐르고　　無情滾滾長江水 (무정곤곤장강수)
> 방초 우거진 물가는 눈 가득 이들이들한데　　滿目萋萋芳草洲 (만목처처방초주)
> 무협의 깊은 구름 속에 나그네는 이별하고　　巫峽雲深遊子別 (무협운심유자별)
> 숲속 사당에 꽃이 지니 옥인의 근심일세　　叢祠花落玉人愁 (총사화락옥인수)

명승지 감상은 풍류객에 맡겨두고 名區任與風流客
명 구 임 여 풍 류 객

기녀의 관현악은 잠시도 쉬지 않네 粉黛管絃不暫休
분 대 관 현 불 잠 휴

—장석영, 「영남루」, 『회당집』 권1

위 작품은 장석영(1851~1926)의 「영남루」이다. 창작 시기는 『회당집』의 선시(選詩) 체재와 부산박물관에 소장된 편자 미상의 『최근첩』을 살펴볼 때 1892년이다.[125] 당시 그는 일본의 문물이 쇄도하던 부산항을 둘러보고 귀가하는 길에 영남루를 탐방했다. 화자는 자신의 처지를 '해학(海鶴)', 곧 강에 사는 갈매기에 비유해 일정한 정처를 갖지 못한 채 방랑하는 처지에 놓여 있다고 했다. 이는 암울한 시대에 힘겹게 살아가고 있는 불안한 자아 상태를 암시한다. 그리고 누각 아래의 강가에 우거진 풀의 이미지는 무정한 세월과 대비되어 더욱 쓸쓸한 분위기를 자아내고, 사당으로 떨어지는 꽃잎은 비장미를 더욱 증폭시킨다. 6행의 사당은 '아랑사'를 지칭한 것이고, '옥인(玉人)'은 아랑을 뜻한다. 시인은 정절을 지키다가 죽음에 이른 아랑의 넋을 회상함으로써 개념 없는 유람을 경계하고 있다. 자신과 풍류객을 대척 지점에 둔 것에서 더욱 명확히 드러난다. 이는 풍류에 대한 엄격한 태도를 환기하는 것으로 영남루 제영시의 독특한 주제 의식을 보여준다.

'아랑 정신'은 여성의 단순한 정절 의식을 뛰어넘어 외부 폭력에 대한 저항이다. 영남루에서의 방종한 유람을 절제하고, 훼손된 인간의 양심을 회복하거나 진정한 시대의식을 각성하는 이념적 가치로 승화되었다. 앞에서 다룬 밀양 승경이나 누각 경관에 대한 자부심의 표현이 영남루 제영시의 주된 주제라고 했는데, 여기에 아랑 전설이 가미됨으로써 다른 지역의 누각과 차별화된 독자적인 문학성을 확보할 수 있었다.[126]

### 6) 명승고적에 대한 서정 표출의 다양화

임병 양란은 밀양 사족에게 큰 충격을 안겨다 주었다. 많은 문인이 밀양의 사적을 비롯해 전국 도처의 자취를 방문하면서 감회를 읊었다.

이궁대(離宮臺)는 초동면 검암리 곡강 변에 있는데, 신라 지증왕이 금관가야를 정벌하기 위해 진을 쳤던 곳이다. 낙동강 줄기와 주변 지세를 한눈에 조망할 수 있어서 이궁(離宮), 곧 임금의 전쟁 사령부 겸 행재소로 삼기에 적합했던 것이다. 지금은 누대의 흔적이 없지만 수산제 곁의 어정(御井)이 지난 일을 소리 없이 전해주고 있다. 오휴자 안신(1569~1648)이 지은 「이궁대」 시가 있다.

| | |
|---|---|
| 신라의 유적 누대는 비단 수놓은 듯한데 | 羅氏遺臺錦繡秋<br>라 씨 유 대 금 수 추 |
| 매양 좋은 계절이면 청아한 유람 즐겼지 | 每因佳節作淸遊<br>매 인 가 절 작 청 유 |
| 한 가닥 피리소리가 영산곡조 속에 울리니 | 一聲長笛靈山裏<br>일 성 장 적 영 산 리 |
| 천고의 강 물결이 흐느끼며 흐르지 않네 | 千古江波咽不流<br>천 고 강 파 열 불 류 |

—안신, 「이궁대」, 『오휴당집』 권1

**그림23** 초동연가길에서 본 이궁대. 중앙의 낮은 봉우리 기슭에 곡강정이 있다. 2021.9.4

안신(安玑)은 신라시대 왕들이 신하들을 대동하고서 청아한 유람을 즐긴 곳으로 이궁대의 성격을 전제한 뒤, 강물이 오열하며 흐르지 못한다고 화자의 씁쓸한 감정을 이입하고 있다. 수려한 풍광을 즐기는 것이 아니라 유서 깊은 사적에서 신라 패망의 한을 되새기고자 하는 감고 의식을 보여준다. 또 그는 무안 가례 출신의 손의갑 시를 차운한 「이궁대차손의백의갑운(離宮臺次孫宜伯義甲韻)」 작품에서도 '망국한(亡國恨)'을 모르는 나그네들의 역사의식 부재를 질타했다.

호정 정두원(鄭斗源)도 1628년 밀양부사를 지낼 때 이궁대를 소재로 의경이 유사한 시를 남겼다. 그는 용두연에 기우제를 지성껏 지냈는데, 그 덕분인지 비가 내리자 고을 사람들이 '태수우(太守雨)'라 명명했다는 기록이 읍지에 전한다.

성 남쪽 성 북쪽에 들꽃이 피었고　　城南城北野花開(성남성북야화개)
봄풀은 이들이들 석대에 가득한데　　春草萋萋滿石臺(춘초처처만석대)
나무꾼 피리소리는 망국 한을 모른 체　　樵笛不知亡國恨(초적불지망국한)
은은히 퍼져 달빛 속으로 들려 오도다　　暗飛遺響月中來(암비유향월중래)

—정두원, 「이궁대」(『밀양도호부지리』 〈상서면〉)

위 시는 이궁대 10경시 중 첫째수이다. 시상은 당나라 두목(杜牧)의 「박진회(泊秦淮)」에 기대고 있다. 들꽃과 봄풀이 지천인 봄날에, 낙동강을 지척에 둔 석대에서 달빛을 따라 들려오는 나무꾼의 피리 소리에서 감발된 처량한 감회를 읊고 있다. 금관가야의 멸망을 모르는 나무꾼을 질책한 것이라기보다는 오랜 세월 동안 잊힌 존재로 남은 사적에 대한 감정이입이다. 해석을 확장하면 역사 흥망을 모르는 사람들의 의식을 계발하려는 뜻이 담겨 있다. 곧 정묘호란 때 참전한 적이 있는 그의 감고의식(感古意識)이 반영된 것이라 하겠다. 이밖에 구옹 김태을(광주), 죽파 이이정(벽진)

등의 작품도 있다.

**작원**(鵲院)은 삼랑진 강가에 있던 관원들의 숙소이자 일반인들의 검문소였다. 고려시대부터 왜적의 침입을 막는 주요한 요새지였고, 임진왜란 당시 결사 항전을 벌인 곳이다. 조선시대 영남대로의 핵심 지점으로 낙동강 연안의 가파른 절벽에 잔도를 설치해 운영했다. 출입문을 '한남문(捍南門)', 문루를 '공운루(拱雲樓)'라 명명했다. 또 『신증동국여지승람』에서 옛날 한 수령이 잔도를 지나다가 떨어져 물에 빠진 까닭에 작원의 절벽을 '원추암(員墜巖)'이라고 부른다 했다.

생각건대 일찍이 비린내가 동한을 물들일 때 憶曾腥穢染東韓 (억증성예염동한)
누가 삼군을 거느려 이 관문에서 도륙되었는가 誰將三軍衄此關 (수장삼군뉵차관)
만고토록 강 물결은 치욕을 씻기 어려운지 萬古流波難雪恥 (만고류파난설치)
지금껏 원통한 귀신이 강가에 곡을 하네 至今寃鬼哭江干 (지금원귀곡강간)

—안숙, 「작원」, 『낙원동만합고』 권1

인용시는 낙원 안숙(1572~1624)이 작원을 제재로 지은 작품이다. 그는 왜군이 육지에 이르렀다는 소식을 듣고 백의지사로 의병을 자원해 곽재우 휘하에서 장계와 격문을 도맡아 지은 바 있다. 시인은 임란 때 밀양부사 박진(朴晉)이 삼랑진 전투에서 왜군에게 대패한 사실을 상기함과 동시에 유유히 흐르는 강물 소리를 원통한 귀신이 치욕을 씻기 위해 곡하는 소리로 치환해 비통한 정서를 극대화하고 있다.

추남 이장한(1800~1850)도 작원 차운시를 지었다.

사빈에 솥이 잠긴지 몇 년이나 되었나 泗濱沈鼎問何年[127] (사빈침정문하년)
괴이한 일이 지금까지 작원에 전해지네 異事于今鵲院傳[128] (이사우금작원전)
뭇 산이 남으로 뻗어내려 푸름 다하지 않고 衆峀南來靑不盡 (중수남래청부진)

| | |
|---|---|
| 큰 강물은 동으로 모여 넓음이 끝이 없어라 | 大江東湊浩無邊<br>대 강 동 주 호 무 변 |
| 섬 오랑캐의 과거 전쟁 때 찬 티끌 자욱했고 | 島夷過劫迷寒燼<br>도 이 과 겁 미 한 신 |
| 바다 상인 돌아오는 배가 저녁연기를 가르네 | 海賈歸帆割暮煙<br>해 고 귀 범 할 모 연 |
| 이 태평한 시절에 아무 일도 없으니 | 當此昇平無一事<br>당 차 승 평 무 일 사 |
| 술잔 들고 흠뻑 취해 즐기리라 | 且將盃酒樂陶然<br>차 장 배 주 락 도 연 |

―이장한, 「차작원운(次鵲院韻)」, 『추남유고』 권1

작원의 과거와 현재를 대비시키고 있다. 과거 회상은 전고를 통해 작원의 지조를 우의(寓意)했다. 즉 주나라 구정(九鼎)이 진나라 물건이 되기 싫어 사수로 들어갔고, 작원 절벽 바위의 황금이 왜적 물건이 될 수 없다 하여 삼랑진 강물 속으로 빠졌다는 일화를 제시했다. 작원의 절의(節義)가 대대로 전해지는 현재의 강가에서 배 타고 오가는 장사꾼의 일상을 담담하게 그리고 있다. 분노와 복수의 정서는 누그러지고 그 대신에 태평한 세월의 여유를 즐기는 화자 모습을 담았다. 전쟁을 치른 지 이백여 년이

그림24 삼랑진 작원관. 1901.1.19
출처: 고토 분지로 저/손일 옮김, 『조선기행록』, 푸른길, 2010, 327쪽.

지난 뒤라 작품의 결이 약간 달라졌다. 참고로 작원관은 경부선 철도공사로 1902년 말경 그 위쪽에 이건했고, 현재 건물은 1995년 복원한 것이다.

이밖에 오한 손기양(밀양), 죽파 이이정(벽진), 내산 이만견(벽진), 동아 이제영(벽진), 평재 권태직(안동), 만회 하태운(진양), 소눌 노상직(광주)의 시가 있다.

한편 밀양의 역사 고적은 아니지만 밀양 출신의 문인들이 옛 전란 자취를 방문하고는 회고 정서를 읊은 시가 있다. 우선 어변당 박곤의 7세손 죽림재 박세용(1625~1713)이 화왕산성을 방문하고 7언율시와 7언절구를 지었다.

| | |
|---|---|
| 종일토록 진실 찾아 걸음걸음 옮기거니 | 盡日尋眞步步移<br>진 일 심 진 보 보 이 |
| 웅대한 풍모와 장한 절개가 지금까지 남았네 | 雄風壯節至今遺<br>웅 풍 장 절 지 금 유 |
| 머리 돌려 임진왜란의 변란을 물으려니 | 回頭欲問龍蛇變<br>회 두 욕 문 용 사 변 |
| 구름은 절로 무심하고 새는 알지 못하네 | 雲自無心鳥不知<br>운 자 무 심 조 부 지 |

—박세용, 「여손필희·강몽기 등화왕성감음(與孫必熙姜夢奇登火王城感吟)」, 『죽림재집』 권1

위 작품은 같은 시제로 지은 제2수이다. 곽재우 장군이 의병을 규합해 처절하게 항전한 화왕산성을 찾아 이곳저곳 흔적을 더듬으며 역사의 진리가 무엇인지를 사색하고 있다. 그가 찾은 것은 결국 의병들이 보여준 웅대한 기상과 씩씩한 절개이다. 자연은 이와 무관하게 존재하지만 다시는 이 땅에 변란이 일어나지 않기를 처연한 어조로 염원하고 있다. 이와 함께 진주성의 촉석루와 창렬사를 둘러본 뒤 학봉 김성일을 회고하는 「과진양 억김학봉부(過晉陽憶金鶴峯賦)」를 지었다.

그리고 오한 손기양(밀양)의 증손자 문암 손석관(1670~1743)은 문경새재를 배경으로 아래의 시를 지었다.

| | |
|---|---|
| 단풍나무 돌길이 적막한 마을로 이어지고 | 楓頭石逕透荒村<br>풍두석경투황촌 |
| 말머리 가을 산은 지는 잎들이 수선스럽네 | 馬首秋山落葉紛<br>마수추산낙엽분 |
| 천 길의 겹겹 성첩에 관문은 웅장하고 | 千尺重城關隘壯<br>천척중성관애장 |
| 백 년 군사 대책에 조정은 높아졌는데 | 百年戎算廟堂尊<br>백년융산묘당존 |
| 시내 소리 골짝을 찢으니 놀란 우레 소리치듯 | 溪聲裂壑驚雷吼<br>계성렬학경뇌후 |
| 산악 빛은 구름에 이어져 한낮에도 어둡도다 | 嶽色連雲白日昏<br>악색연운백일혼 |
| 애석하도다, 당시 이곳 지리를 내버려 | 可惜當年抛地理<br>가석당년포지리 |
| 깨진 비석이 달천 물가에 헛되이 서 있네 | 殘碑虛竪㺚川濆<br>잔비허수달천분 |

—손석관, 「조령성문(鳥嶺城門)」(안병희, 『밀주시선』 권하)

또 청천 신유한(1681~1752)은 진주성전투의 현장인 촉석루를 방문하고 제영시를 지었다. 밀양 다원 출생이나 장원급제한 이듬해인 1714년 봄 고령군 개진면 양전리로 이거했다. 창작 시기는 1712년 가을, 연이은 생부와 양모의 초상으로 전망이 불투명하던 분위기 속에 위축된 심신을 추스르고 과거 급제를 준비하던 때이다.

| | |
|---|---|
| 진양성 너머 강물이 동쪽으로 흐르고 | 晉陽城外水東流<br>진양성외수동류 |
| 대숲과 난초는 물가에 푸르게 어렸다 | 叢竹芳蘭綠映洲<br>총죽방란록영주 |
| 천지에는 임금에게 보답한 삼장사요 | 天地報君三壯士<br>천지보군삼장사 |
| 강산에는 길손 붙잡는 높은 누각일세 | 江山留客一高樓<br>강산류객일고루 |
| 노래 병풍에 해 비치자 숨었던 교룡 춤추고 | 歌屛日照潛蛟舞<br>가병일조잠교무 |
| 병영 막사에 서리 치니 자던 백로 근심하네 | 劒幕霜侵宿鷺愁<br>검막상침숙로수 |
| 남쪽 바라보니 두성에 전쟁 기운 없는지라 | 南望斗邊無戰氣<br>남망두변무전기 |
| 장단에서 풍악 울리며 봄날마냥 노니는구나 | 將壇笳鼓半春遊<br>장단가고반춘유 |

—신유한, 「제촉석루(題矗石樓)」, 『청천집』 권1

시는 전반적으로 경쾌한 어조를 띤다. 하지만 임진왜란 때 불의의 외침을 받아 민족의 일대 시련이 짙게 서린 촉석루는 자기성찰의 공간으로 삼고 있다. 당대의 여유는 120년 전 삼장사를 위시한 6만여 민중이 희생한 덕분에 얻어진 결과라는 인식이다. 진주성 남장대에서 연출하는 흥겨운 장면의 설정은 관리들에게 평소 긴장을 풀지 않도록 냉철히 경계하는 교훈적 의미가 들어 있다. 그는 뒷날 통신사 제술관으로서 화려한 문명을 얻었고, 이 시로 중국에까지 명성을 드날려 '삼국문장(三國文章)'으로 불렸다.[129]

이외에 세심정 장희적(아산)의 외손자로 사포 출신인 송와 안명하(1682~1752)의 「분성회고(盆城懷古)」 시도 읽어볼 만하다.

**표충사**(表忠寺)는 앞에서 보았듯이 신라 때 창건된 영정사(靈井寺)의 후신이다. 임진왜란 때 소실된 것을 1610년에 혜징화상이 중창했고, 1679년 실화로 다시 소실되자 이듬해 대규모 가람을 중건했다.[130] 한편 밀양부사 김창석(金昌錫)은 1714년 사명대사가 임란 후 머물던 무안면 웅동리 관동의 영취산 백하암(현 대법사)에 표충사(表忠祠)를 지어 서산대사 휴정(休靜), 사명대사 유정(惟政), 영규대사 기허(騎虛)의 삼위 영정을 모셨다. 그 후 폐허로 있던 이 사당을 사명대사의 5대 법손 태허당 남붕선사가 1738년 사명대사의 행적을 찾아 조정에 올렸고, 아울러 재약산의 영정사(일명 재약사, 재악사)로 이건해줄 것을 상소한 바 있다. 이후 백년이 지난 1839년

그림25 단장면 구천리 표충사(表忠寺). 2021.9.22

그림26 표충서원(좌) 표충사(表忠祠)(중) 유물관(우). 2016.1.9

(헌종5) 국왕의 중수 윤허에 따라 사명대사의 8세 법손 월파당 천유화상이 밀양부사 심의복의 도움으로 사당을 영정사로 이건하면서 편액을 표충서원(表忠書院)이라 했고, 절 이름도 표충사(表忠寺)로 개칭했다.[131]

시인으로는 성은당 손석좌(밀양), 청옹 이명기(벽진), 지선당 박진무(정국군파), 자유헌 이만백(여주), 소암 조하위·독성재 조득운 부자(창녕), 반계 이숙(여주), 태을암 신국빈(평산), 죽리 손병로(밀양), 각산 이정섭(여주), 동아 이제영(벽진), 귀원 황기원(장수), 벽오 김봉희(경주), 추남 이장한(여주), 만파 손종태(밀양), 소려 안효식(사포), 석하 안종덕(광주), 항재 이익구·성헌 이병희 부자(여주), 금주 허채(김해), 퇴수재 이병곤(여주), 손암 신성규(평산) 등이 있다.

이 중 안효식(1834~1886)이 지은 표충사를 제재로 지은 시를 소개한다.

| | |
|---|---|
| 부처 나라의 봄이 삼십육궁에 돌아오니 | 佛國春回六六宮[132] (불국춘회육륙궁) |
| 숲과 봉우리 형승은 산 동쪽이 최고로다 | 林巒形勝最山東 (임만형승최산동) |
| 사명당의 유적은 임진년 난리 뒤에 생겼고 | 泗溟遺蹟龍蛇後 (사명유적용사후) |
| 삼월의 맑은 유람은 풀과 숲속에 있나니 | 三月淸遊草樹中 (삼월청유초수중) |
| 영정은 이름나서 흰 구름 물이 있고 | 靈井有名雲水白[133] (영정유명운수백) |
| 구담이 설법할 때 붉은 꽃비가 내렸지 | 瞿曇說法雨花紅[134] (구담설법우화홍) |
| 이곳에 사는 몸이 즐겁다 말하지 마소 | 莫言此處棲身樂 (막언차처서신락) |
| 우리 도는 원래부터 이와 같지 아니하니 | 吾道元來不與同 (오도원래불여동) |

—안효완, 「유재약사(遊載藥寺)」(안병희, 『밀주시선』 권하)

만어사(萬魚寺)는 수로왕대에 창건된 이래 기록이 드물기는 하나 1506년, 1879년 중창한 사실이 있다. 절 앞의 거대한 너덜경 지대는 지역민들에게 문화적 기억의 터전으로 자리를 잡았다. 때로는 기우제 치성을 드리는 공간으로도 활용되었다.

아래의 만어사 경석(磬石)을 제재로 시를 남긴 이는 성은당 손석좌(1642~1705)이다. 그는 시내 용성에서 출생했고, 이이주(1618~1692)의 사위이자 죽계 손석필(밀양)의 동생이다. 만어사 송단(松壇), 만어사 기우제 글도 지었다.

| | |
|---|---|
| 용왕이 처음 길을 나서자 만어가 분주하더니 | 龍行初闢萬魚奔<br>용 행 초 벽 만 어 분 |
| 아홉 층계 앞쪽 언저리로 진퇴함이 분명했지 | 九級前頭進退分[135]<br>구 급 전 두 진 퇴 분 |
| 고개 돌리니 남호로 돌아갈 길이 막혔거늘 | 回首南湖歸路阻<br>회 수 남 호 귀 로 조 |
| 천고의 푸른 산에 오래된 이끼 무늬 끼었네 | 碧山千古老苔紋<br>벽 산 천 고 노 태 문 |

—손석좌, 「만어석(萬魚石)」, 『성은당집』 권1

부처가 지상세계로 현현해 설법하려고 하자 온갖 물고기가 그 감화를 받기 위해 운집하는 장면을 먼저 제시하고 있다. 그리고 크고 작은 수많은 물고기가 부처의 영상을 보려고 여기저기 자리를 질서 있게 잡은 모습으로 연속된다. 오래된 이끼가 낀 돌너덜은 이 물고기들의 변신이다. 시인은 불교 설화를 시 착상의 모티브로 삼아 작품 속에 화자의 속세 고민을 은연히 드러내고 있다.

이외 태을암 신국빈(평산)의 장편 악부체 「만어석가(萬魚石歌)」와 동아 이제영(벽진)의 「등망야대(登望野臺)」 시가 있다. 특히 신국빈은 설화를 바탕으로 돌로 변한 일만 고기떼의 진귀한 광경을 실감나게 시로 묘사해 만어사 경석이 갖는 장소성을 한층 높였다.

**오우정**(五友亭)은 임진왜란 격전지가 됨으로써 경내의 건물, 비석 등이 모두 파괴되고 말았다. 죽파 이이정(1619~1679)은 42행의 「방오우정유허유감(訪五友亭遺墟有感)」 시를 지어 빈터에 남은 오형제의 인품과 덕망을 회고하면서 장차 자신의 누정 이름도 '오우'라 짓겠다고 했다.

문화적 기억의 터전을 되살리기 위한 밀양 유림의 노력은 계속되었다.

그리하여 1675년(숙종1) 오우정을 중건했다. 또 1704년(숙종30) 삼강사(일명 오우사)를 오우정 좌측에 중건했고, 사당은 곧 삼강서원(三江書院)으로 승격했다. 당시 신몽삼(1648~1711)이 상량문을 지었다. 그리고 1753년(영조29) 8월 삼강사비(三江祠碑)[136]를 정자 아래쪽에 세워 삼강사비, 오우정, 삼강서원의 분할 배치를 지닌 공간 구조가 이루어졌다.

오우정이 선현을 추모하는 공간으로 확고한 위상을 갖게 되면서 시문 창작의 주된 무대가 되었다. 밀양부사 김시경, 조언신, 이중협을 비롯해 밀양 출신의 손습(밀양), 죽림재 박세용(어변당공파), 자유헌 이만백(여주), 죽파 이이정·남회당 이이두 형제(벽진), 매죽당 신동현(평산), 성은당 손석좌(밀양), 양옹 조면주·독성재 조득운 조손(창녕), 지선당 박진무(정국군파), 이만백(여주), 일신당 박운구(은산군파), 기은 손명일(밀양), 송와 안명하(광주), 자운 이의한(벽진), 오곡 권수(안동), 귀원 황기원(장수), 동아 이제영(벽진), 만파 손종태(밀양), 회산 손량대(안동), 만회 하태운(진양), 농와 이수민(재령) 등이 시를 남겼다.[137]

여기서는 이의한(1692~1767)의 시를 소개한다.

그림27 오우정 전경. 삼강사비(좌) 삼강서원(중) 삼강사(우). 삼랑진읍 삼랑리 상부마을. 2021.5.1

강산에 이름난 누각이 적지 않지만 江山非小一名樓
강 산 비 소 일 명 루
인물은 어찌 오우 부류보다 많을쏘냐 人物寧多五友流
인 물 녕 다 오 우 류
진정 성품은 강가 달처럼 모두 원만하고 眞性皆圓川月面
진 성 개 원 천 월 면
속세 영화는 산 구름 가에 길이 접어두었지 浮榮長卷峀雲頭
부 영 장 권 수 운 두
천지의 맑은 기운은 같은 배에서 나왔고 乾坤淑氣同胞日
건 곤 숙 기 동 포 일
강호의 맑은 향기가 향사에 함께 하는데 湖海淸芬並享秋
호 해 청 분 병 향 추
옛 거문고 잡고 아름다운 덕을 노래하며 願把古琴歌懿德
원 파 고 금 가 의 덕
경치 고운 날 봄나들이를 하기 바라노라 天時麗景作春遊
천 시 여 경 작 춘 유

—이의한, 「차오우정운(次五友亭韻)」, 『자운집』 권1

삼강서원은 1868년 대원군 때 철폐되었고, 삼십 년 뒤인 1897년 삼강사 터에 오우정을 중건해 향례를 이어갔다. 해방 후 향례 중단과 함께 폐허가 된 서원을 1979년 4월 전 종원이 합심해 오우선생 약전비(略傳碑) 건립과 더불어 중창했다. 2021년에는 실기 책판을 밀양시립박물관으로 이전함에 따라 비게 된 장판각에 5형제 위패를 봉안하는 삼강사(三江祠)를 복원했다.

**농암**(籠巖)은 조선 전기에서 말했듯이 채지당 박구원(1442~1506)이 국문학사상 각별한 의미가 있는 「고야구곡가(古射九曲歌)」의 현장이고, 점필재 김종직과 한강 정구의 자취가 서려 있는 곳이라 유서가 매우 깊다. 밀양의 죽북 안인일(1736~1806)은 1772년 이곳을 답사하고 「유고야산록(遊古射山錄)」을 남겼다. 특히 동향의 죽암 이승견(1739~1799)은 1785년 4월 향리 동지들과 이곳을 유람하고 「고야유산록(古射遊山錄)」을 지었는데, 농암에 머물 때 김종직의 시를 차운하면서 원운의 시제를 「고야유산(古射遊山)」이라 했다.[138] 조선 후기 밀양의 문인들은 「홍류동」 시의 공간이 해인사 계곡이 아니라 밀양 고야로 널리 인식했음을 보여준다.

만파 손종태(1802~1880)는 아래의 시를 지었다.

| | |
|---|---|
| 푸른 절벽 우뚝 솟아 붉은 하늘 가까이 닿거니 | 蒼崖壁立絳宵摩[139]<br>창 애 벽 립 강 소 마 |
| 장롱 형상의 바위는 몇 겁이나 지나왔을까 | 巖作籠形幾劫過<br>암 작 농 형 기 겁 과 |
| 겹겹이 쌓이고 구불구불하여 온통 기괴하고 | 績得盤囷渾可怪[140]<br>적 득 반 균 혼 가 괴 |
| 깎아지른 듯한 기묘한 재주는 인공이 아니로다 | 削成奇巧不經磨<br>삭 성 기 교 불 경 마 |
| 야윈 얼굴 험하게 깎여 정기 오래 모아두었고 | 孱顔剔險儲精久[141]<br>잔 안 척 험 저 정 구 |
| 여윈 뼈는 위태롭게 버티느라 많이도 힘들 터 | 瘦骨撑危費力多[142]<br>수 골 탱 위 비 력 다 |
| 쳐다보니 정신이 오싹하고 산에는 해 저무는데 | 仰眺雙神山日暮<br>앙 조 쌍 신 산 일 모 |
| 흰 구름 덩굴 오솔길에 나무꾼의 노래 들리네 | 白雲蘿逕出樵歌<br>백 운 나 경 출 초 가 |

—손종태, 「농암」, 『만파집』 권1

전체 8시 중 제1수이다. 농암의 웅장한 형상을 북해의 곤어(鯤魚)가 붕새로 변해 구만리 남쪽 하늘을 거침없이 날아가는 것처럼 비유하고 있다. 시적 상상력의 극대화이다. 험한 계곡에 자연으로 이루어진 층층 기암이 힘부치도록 가파르게 치솟아 있다며 농암 주변의 누대 장관을 기발한 착상으로 묘사하고 있다.

죽파 이이정(벽진), 경헌 장석(蔣錫, 1759~1817), 각산 이정섭(여주), 동아

그림28 단장면 고례리 농암정에서 본 농암대. 2021.9.22

이제영(벽진), 추남 이장한(여주), 벽오 김봉희(경주), 고금 손휘수(1827~1896), 항재 이익구(여주), 소눌 노상직(광주), 금주 허채(김해), 유헌 안종진(사포), 평재 권태직(안동), 손암 신성규(평산)의 농암 관련 제영시가 있다.

한편 농암이 위치한 고야계곡에 인동 장씨와 인연이 깊다. 임진왜란 장내강(1556~1617)이 경북 인동에서 피난을 와서 정착했다. 숙종 때 낙주 장선흥(1662~1736)은 명승지를 택해 이곳에 이사를 왔고, 후손 농산 장영석(1858~1943)은 김종직의 자취가 서린 이곳에서 사숙하며 세월을 보냈다. 밀양댐 건설로 수몰되어 농암의 옛 풍광이 거의 사라졌지만, 증소 절벽의 낙주정(洛洲亭)에서 옛날 시정을 그나마 느낄 수 있다.

### 7) 문중의 누정경영과 향촌사회 결속

밀양은 누정의 고을이다. 누정 경영은 복구와 창건을 아우르는 개념이다. 임란 이후 재지 사족은 누정 존재를 향촌사회의 쇠락한 문화를 복원하는 구심체로 삼았다. 문중마다 폐허가 된 기존 건물을 서둘러 복원하거나 역사성이 있고 풍광이 아름다운 곳에 별장을 새로 지었다. 누정을 중심으로 강학과 교육, 지역 인사들의 문화 교류가 활발히 전개되었다. 지식인들은 단순한 퇴휴 공간의 의미를 넘어 벼슬길 진퇴의 합당성을 누정 공간에서 찾고자 했다.

**월연정**(月淵亭)은 임란으로 별장이 모두 소실된 것을 1697년 월연 이태(李迨)의 현손 이만백(1656~1716)이 주동이 되어 쌍경당(雙鏡堂) 복구를 의논했다. 당시 그가 복구 염원을 갖고서 하당 권두인(1643~1719)에게 격려의 시를 요청하며 읊은 작품이 있다.

| | |
|---|---|
| 천 이랑 물결 가에 둥근 달이 떴나니 | 千頃波頭月一輪<br>천 경 파 두 월 일 륜 |
| 안개와 이끼 낀 길이 속세를 멀리했네 | 烟磯苔逕隔囂塵<br>연 기 태 경 격 효 진 |

나약한 후손이 집 짓기 구상한 지 오래 孱孫旨搆經營久
잔손지구경영구

선배가 남긴 자취를 자주 점검할진대 先輩遺踪點檢頻
선배유종점검빈

강 새는 등지고 날아 속인을 싫어하고 江鳥背飛嫌俗子
강조배비혐속자

암화는 꽃망울 틔우며 나그네 비웃는다 巖花腮坼笑遊人
암화시탁소유인

화창한 봄날 내 시에 응해주신다면 陽春倘許酬巴唱[143]
양춘당허수파창

명승지 경치가 이제부터 새로우리 勝地風光自此新
승지풍광자차신

—이만백, 「월연대 음정권하당두인구화(月淵臺吟呈權荷塘斗寅求和)」, 『자유헌집』 권1

아울러 그에게 쌍경당 기문도 부탁해 받았을 정도로 복원 계획이 상당한 진척이 있었던 것으로 보이나 끝내 뜻을 이루지 못했다. 그러다가 1주갑이 지난 1757년 봄에 월연의 6세손 월암 이지복(1672~1759)이 종질 수사(水使) 이홍(李泓)·재종질 자락정 이례(李澧)와 더불어 쌍경당 중건을 착수했고, 재종동생 이지표(李之標)는 설계를 맡았다. 드디어 이듬해 공사를 마쳤으니, 당시 이지복의 나이는 86세였다.

월연대는 쌍경당보다 100여 년 뒤에야 중수되었다. 월연의 10세손 일성 이장운(1820~1886)이 족질 이종증·이종술과 합심해 누대가 소실된 지 무

그림29 제헌(霽軒) 뒤에서 본 월연대. 2021.7.21

려 270여 년이 지난 1866년 봄에 비로소 복원했다. 이때 제헌(霽軒)을 쌍경당 곁에 함께 지었다.

월연정 연혁은 외현손 권두인(權斗寅)의 「쌍경당중건기」, 이의한(李宜翰)의 「쌍경당상량문」(1758), 홍성(洪晟)의 「쌍경당중건기」(1766), 권사호(權思浩)의 「쌍경당중수기」(1798), 이장운(李章雲)의 「월연대상량문」, 류후조(柳厚祚)의 「월연대중건기」(1869), 이돈우(李敦禹)의 「월연대중건기」(1871), 이지복과 이종술의 후지 등을 통해 알 수 있다.

밀양 출신의 죽파 이이정(벽진), 죽계 손석필(밀양), 지선당 박진무(정국군파), 문암 손석관(밀양), 강동 권경명(안동), 송와 안명하(사포), 태을빈 신국빈(평산), 죽북 안인일(사포), 동아 이제영(벽진), 추남 이장한(여주), 항재 이익구(여주), 황남 이조한(고성), 유헌 안종진(사포), 퇴수재 이병곤(여주), 평재 권태직(안동), 손암 신성규(평산) 등의 시문이 있다. 그리고 영조 때의 학자 김제윤(金濟潤)은 월연대를 제재로 12수의 연작시를 지었으며, 농서 안하진(금포)의 「월연창벽기(月淵蒼壁記)」가 있다.

**금시당**(今是堂)은 이광진(1513~1566)이 1546년 문과 급제해 20년간 내외직을 두루 지내다가 명리의 굴레에서 벗어나기 위해 1565년 낙향한 뒤 용호(龍湖) 언덕에 지은 별장이다. 맞은편 멀리 월연정이 보이는 곳이다. 당호는 주시하다시피 도연명의 「귀거래사」에 나오는 "각금시이작비(覺今是而昨非)" 구절에서 따왔다.

장남 근재 이경홍(1540~1595)이 부친의 유지를 받들어 강학소로 사용하다가 임진왜란으로 불타버렸다. 금시당의 5세 주손인 백곡 이지운(1681~1763)이 1743년에 복원했다. 당시 소암 조하위(1678~1752)가 중건을 축하하면서 이지운의 시에 차운한 작품을 지었다.

| | |
|---|---|
| 화석 평천의 명성이 실추될까 두려워하다가 | 花石平泉懼墜零[144]<br>화 석 평 천 구 추 령 |
| 마침내 선대 유업 잇고자 이 정자 지었구려 | 聿追先業肯斯亭<br>율 추 선 업 긍 사 정 |

| | |
|---|---|
| 어여쁜 냇물이 맑아 찬 기운이 문에 통하고 | 川憐澄澈寒通戶<br>천련징철한통호 |
| 사랑하는 산이 감싸 푸른빛이 난간에 들거니 | 山愛周遭翠入欞<br>산애주조취입령 |
| 선배의 풍모는 대의 푸르름을 보면 되겠고 | 前輩風猷看竹綠[145]<br>전배풍유간죽록 |
| 후생들 우러러볼 건 소나무의 푸르름이라 | 後生瞻仰把松淸<br>후생첨앙파송청 |
| 모름지기 군자가 선조의 원대한 계획 알아 | 方知君子貽謀永[146]<br>방지군자이모영 |
| 빼어난 곳에 이백 년 동안 서로 전해왔네 | 勝地相傳二百齡<br>승지상전이백령 |

—조하위, 「차이휴중지운금시당중수운(次李休中之運今是堂重修韻)」, 『소암집』 권1

후손들이 선조가 누정을 경영하던 뜻을 이어받아 금시당을 중수한 것을 함께 기뻐하며, 이광진의 청절(淸節)한 인품을 떠올리고 있다.

이후 금시당 본당 외에 건물을 더 짓고 주변 경내를 정비했다. 곧 1800년 문중 선현을 추모하기 위해 세덕사(世德祠)를 금시당 좌측 언덕에 창건한 것이다. 사당은 같은 해에 백곡사(柏谷祠)로 개칭했고, 뒷날 백곡서원으로 승격한 뒤 대원군 때 철폐되었다. 또 1860년에는 이지운을 학덕을 기리기 위해 백곡재(栢谷齋)를 별도로 건립했다. 1867년에 11세손 만성 이용구(1812~1867)가 문중의 뜻을 모아 기존의 금시당 건물을 해체하고 전면적

**그림30** 백곡재에서 본 금시당. 2021.9.25

으로 중수했다.

금시당 연혁은 자운 이의한(1692~1767)의 「중수금시당기」, 지헌 최효술(1786~1870)의 「금시당중수기」(1869), 이용구(李龍九)의 「금시당중수상량문」(1867)이 참고가 된다. 제영 시문을 남긴 이로는 백곡 이지운, 송와 안명하(사포), 농은 이상즙(재령), 죽포 손사익(밀양), 반계 이숙(여주), 태을암 신국빈(평산), 죽북 안인일(사포), 귀원 황기원(장수), 추남 이장한(여주), 만성 이용구(여주), 항재 이익구(여주), 황남 이조한(고성), 퇴수재 이병곤(여주), 경산 최시술 등이 있다.

그리고 백곡재를 창건하고 몇 년 지난 1808년 가을에 행남 손갑동(밀양), 몽수 박정원(은산군파), 치암 남경희, 죽오 이근오 등과 이곳을 찾은 죽리 손병로(1747~1812)가 '원(源)'자 운에 따라 지은 시를 소개한다.

| | |
|---|---|
| 멀고 멀도다, 여주이씨가 시례의 가문이 됨이 | 遠矣黃驪詩禮門[147]<br>원 의 황 려 시 례 문 |
| 기우자가 남긴 은택이 어진 후손을 지켜주네 | 騎牛遺澤庇賢孫[148]<br>기 우 유 택 비 현 손 |
| 유풍은 노자의 여운 남아 집안 명성 지대하고 | 風餘隴李家聲大[149]<br>풍 여 롱 리 가 성 대 |
| 예법은 진번을 본받아 사당 모습이 존엄한데 | 禮倣江陳廟貌尊[150]<br>예 방 강 진 묘 모 존 |
| 눈에 가득한 구름 산은 모두 뛰어난 경치요 | 滿目雲山皆勝賞<br>만 목 운 산 개 승 상 |
| 일 년 중에 달이 밝고 또 꽃다운 술독이로다 | 一年明月又芳樽<br>일 년 명 월 우 방 준 |
| 후손을 보살피고 선조를 잇는 미풍을 알려면 | 欲知燾後承先美<br>욕 지 도 후 승 선 미 |
| 용호의 마르지 않는 샘물을 눈여겨봐야 하리 | 看取龍湖不渴源[151]<br>간 취 용 호 불 갈 원 |

—손병로, 「백곡재득원자(柏谷齋得源字)」(남경희 외, 『동남수창록』)

오연정(鼇淵亭)은 남기리 기회 송림의 긴 늪이 내려다보이는, 교동 모례(慕禮)의 추화산 북쪽 기슭에 추천 손영제(1521~1588)가 은거하기 위해 1580년 지은 별장이다. 그는 이황의 제자로 예안현감과 울산군수를 지냈으며, 도산서원을 건립하는 데 큰 힘을 보탰다. 임진왜란 때에 이어 1717

그림31 교동 모례 오연정. 2021.8.22

년 화재로 소실된 것을 1771년에 중건했고, 순조 때 경내에 사당 모례사(慕禮祠)를 세워 모례서원이라 했다. 대원군 때 훼철된 뒤로 사당만 남아 있던 것이 1935년 화재로 훼손되자 이듬해 후손들이 중건해 면모를 일신했다.

아래의 시는 신익균(1873~1947)의 작품이다. 그는 안문원(安文遠)의 외손으로 사포에서 태어나 중년에는 무안면 신법리에 우거했다. 신계성의 12세손으로 가학을 성실히 이어받았고, 1905년 낙빈강회에 참석해 알게 된 장상학, 박해철과 절친히 지냈다.

| | |
|---|---|
| 신통력으로 인사 도모해 둘 다 아름다운데 | 神謀人事兩參然<br>신 모 인 사 량 참 연 |
| 빛나는 건물 중수함에 해를 넘기지 않았네 | 輪奐重成不竢年<br>륜 환 중 성 불 사 년 |
| 주춧돌과 기둥은 옛 규모보다 더함이 있고 | 礎棟有加前制度<br>초 동 유 가 전 제 도 |
| 강산은 옛 연기와 바람 같은 걱정이 없도다 | 湖山無恙舊煙風<br>호 산 무 양 구 연 풍 |
| 어진 후손은 배우고 마시면서 질서를 따르고 | 賢孫講飮循時序<br>현 손 강 음 순 시 서 |
| 이름난 조상의 수양처에서 옛 선현 찾아야지 | 名祖藏修證古先<br>명 조 장 수 증 고 선 |

바라보니 두 줄기 강이 동북으로 흐르거니　　望裏二川東北進
망 리 이 천 동 북 진
이 정자를 서로 짝하며 길이길이 전하리라　　斯亭相對久長傳
사 정 상 대 구 장 전

—신익균, 「차오연정중수운(次鼇淵亭重修韻)」, 『동화집』 권1

위 시는 1936년 오연정을 중수할 때 지은 원운에 차운한 것이다. 새로 지은 오연정이 변함없는 자연의 이치와 옛 선현의 철학을 공부하는 데에 유용한 공간이 되기를 바라는 마음을 담았다.

이외 죽리 손병로(밀양), 행남 손갑동(밀양), 오곡 권수(안동), 동아 이제영(벽진), 석하 안종덕(광주·금포)의 시가 있다.

**칠탄정**(七灘亭)은 단장면 미촌리 칠탄산 아래의 칠리탄(단장천의 한 구역) 언덕에 있다. 오한 손기양(1559~1617)은 1612년 2월 창원부사를 그만두고 귀향한 뒤 은둔하기 위해 초옥(草屋)을 지었다. 그의 은둔은 광해군 시대의 국정 난맥 상황과 밀접한 관계가 있다. 이 무렵 칠탄정 냇가에서 낚시하던 자신의 심회를 아래의 시로 읊었다.

칠리탄 언저리에서 낚싯대 드리우니　　七里灘頭一釣竿
칠 리 탄 두 일 조 간
맑고 얕은 푸른 강에 찬 물결 이는구나　　碧江淸淺浪花寒
벽 강 청 천 낭 화 한
우스워라, 당시에 양피 갖옷 입은 이가　　當年却笑羊裘子[152]
당 년 각 소 양 구 자
끝내 세상에서 간의 벼슬 띠를 두르다니　　終帶人間諫議官
종 대 인 간 간 의 관

—손기양, 「철조(輟釣)」, 『오한집』 권2

연작시 네 편 중 제1수이다. 차가운 물결이 일렁이는 낚시터에서 태연히 고기를 낚는 모습은 불의의 세상과 조금도 타협하지 않은 그의 지조를 절로 느끼게 된다. 은둔자의 전형인 엄광(嚴光)이 광무제로부터 간의대부 벼슬을 임명받은 사실만으로도 되레 비웃던 시인이 정작 자신에게 사헌부 장령과 사간원의 벼슬이 잇달아 내려지자 단호히 거절하면서 위 시를

그림32 단장천에서 본 칠탄정. 2021.7.25

지은 것이다. 세상에 대한 비판적 어조가 날카롭다. 호 '오한(聱漢)'의 자의가 '남의 말을 받아들이지 않는 사람'을 뜻하듯이, 물론 그는 이후에도 몇 차례 관직을 받았지만 일절 벼슬길에 나아가지 않았다. 시제 '輟釣'가 철관조어(輟官釣魚)의 준말임을 보듯이, 호락호락하지 않은 선비의 기품이 녹아 있다.

세월은 흘러 정자는 한동안 빈터로 방치되어 있었다. 증손인 문암 손석관(1670~1743)·손석범(1684生) 종형제가 1725년 유허지에 세 칸 집을 짓고는 진암서당(眞巖書堂)이라 칭했고, 손기양의 5세손 죽포 손사익(1711~1794)이 1748년 건물을 약간 옮겨 지으면서 진암계정(眞巖溪亭)으로 불렀다. 또 손사경(1731~1787)이 1784년 규모를 넓히고 좌우 회랑을 붙여 지은 뒤 오한의 「철조(輟釣)」 작품 중에서 시어를 취해 정자 이름을 칠탄정(七灘亭)이라 했다. 1784년에는 손사익의 주도로 동재와 서재를 지었고, 이후 1808년 봄에 6세손 용와 손이로·죽리 손병로(1747~1812)가 중수했다. 그리고 1844년에는 밀양 사림의 공의에 따라 손기양의 학문과 덕행을 추모하기 위한 청절사(淸節祠)를 경내에 세우고 칠탄정 편액을 칠탄서원이라 정하고 향사하다가 대원군 시절 훼철되었다. 1914년 옛 청절사 자리에

유허비를 세우고[153], 1936년 손건교(1871~1939)가 중심이 되어 전면 중수했다.[154]

성호 이익(1681~1763)의 「칠탄정십육경(七灘亭十六景)」 시와 표암 강세황(1713~1791)의 『칠탄정 16경 시화첩』이 유명하다. 밀양 관련 인사로는 문암 손석관(밀양), 죽리 손병로(밀양), 행남 손갑동(밀양), 술재 박몽징(행산공파), 월암 이지복(여주), 송와 안명하(사포), 농은 이상즙(재령), 태을암 신국빈(평산), 내산 이만견(벽진), 동아 이제영(벽진), 만파 손종태(밀양), 회산 손량대(안동), 농와 이수민(재령), 퇴산 강신철(진양), 유헌 안종진(사포), 손암 신성규(평산), 소봉 박태한(어변당공파), 경산 최시술 등이 진암서당이나 칠탄정을 제재로 작품을 지었다.

| | |
|---|---|
| 손 뒤집듯 구름 비 잦으니 | 飜手多雲雨<br>번 수 다 운 우 |
| 인간사 이처럼 행로가 어려워라 | 人間此路難<br>인 간 차 로 난 |
| 선생은 봉황새처럼 숨었고 | 先生如鳳隱[155]<br>선 생 여 봉 은 |
| 늙도록 반딧불을 짝해 살았네 | 晩節伴螢乾[156]<br>만 절 반 형 건 |
| 적막한 낚시터에 청향이 아득하고 | 釣倦淸芬邈[157]<br>조 권 청 분 막 |
| 빈 정자에는 갠 달이 차갑도다 | 亭空霽月寒<br>정 공 제 월 한 |
| 시경과 초사가 이제는 끊어져 | 風騷從此絶[158]<br>풍 소 종 차 절 |
| 사람들이 너절히 시단에 오르네 | 餘子謾登壇<br>여 자 만 등 단 |

—이제영, 「칠탄정」, 『동아집』 권1

위의 시는 이제영(1799~1871)이 지은 「응천잡시(凝川雜詩)」 전체 20수 중 제19수인데 칠탄정을 소재로 삼았다. 1~2행은 원전 세주에 손기양의 시에서 가져왔다고 되어 있으나 문집에는 실려 있지 않다. 화자는 손기양이 험난한 세상살이를 피해 칠리탄의 정자에서 은거하면서 고결한 지조를 지켰다고 했다. 손기양의 학문 태도와 절개를 지극히 흠모하면서 참

시인은 없어지고 가짜 시인이 활개 치는 당대 문단을 신랄하게 풍자했다. 칠탄정의 장소성은 혼탁한 인간 세상을 성찰하고 학문의 방향성을 진지하게 모색하는 공간으로서 그 의미를 부여했다. 이외에도 밀양의 장소를 술회한 작품이 많다.

**박연정**(博淵亭)은 양무공 김태허(1555~1620)가 상동면 고정리 노진(현 모정) 동네 서쪽 바위에 지은 정자이다. 원래 명종 때 능성현감을 지낸 이담룡이 이곳으로 입촌해 띠집으로 지은 관란정(觀瀾亭)이 있었다. 임진왜란으로 불타버린 뒤 김태허가 1599년 옛터 수어대(數魚臺) 위에 모옥으로 지은 다음 차츰 정자를 완비했다. 인재 최현과 동리 김윤안은 김태허가 백전을 치르고 금의환향한 뒤 강가에 조용히 은거하며 풍류를 즐기던 모습을 회상했으며, 감호 여대로 또한 박연정 14경을 노래한 김태허 시를 차운했다.

주인은 일찍이 시대 부름에 응했으니 — 主人曾是應時須
주인증시응시수

백 번 전장을 누빈 제일가는 대장부라 — 百戰場中一丈夫
백전장중일장부

돌아와 맑고 빼어난 강산에서 지내거니 — 歸臥江山淸勝地
귀와강산청승지

한 몸이 습지 무리가 된들 무방하도다 — 不妨身作習池徒
불방신작습지도

—손기양, 「박연정」, 『오한집』 권1

위 시는 오한 손기양(1559~1617)이 1612년에 지은 연작시 「박연정」의 제3수이다. 전장에서 용감하게 왜적을 물리친 뒤 빼어난 강산에 집을 짓고 은거하던 장군의 근황을 묘사하고 있다. 진나라 죽림칠현의 한 사람인 산간(山簡)이 양양의 습씨 양어지(養魚池)에서 한가함을 즐기던 풍류에 빗대어 표현했다.

낙원 안숙(1572~1624)도 1616년 아래의 시를 지어 수어대에서 조망한 경관을 묘사했다.

그림33 상동면 고정리 모정 박연정. 2014.9.6

| | |
|---|---|
| 높은 누각이 하늘 닿아 더운 기운 덜하고 | 高閣連空暑氣輕<br>고 각 연 공 서 기 경 |
| 역정에 마음 쓰는 일은 앉았더니 맑아지네 | 驛亭心事坐來淸<br>역 정 심 사 좌 래 청 |
| 옮겨 한 층 더 오르니 누대 더욱 좋을진대 | 轉上一層臺更好<br>전 상 일 층 대 갱 호 |
| 푸른 물결에 고기떼가 점점이 뚜렷하구려 | 碧波魚隊點分明<br>벽 파 어 대 점 분 명 |

—안숙, 「제박연정수어대(題博淵亭數魚臺)」, 『낙원동만합집』 권1

이후 1660년 양무공의 손자 김부호(1600~1660)가 경내를 확장하고 정자를 중창했으나 1682년 뜻하지 않은 화재로 사라졌다. 1764년 다시 중건한 뒤 양무공의 9세손으로서 1835년 무과 급제하고 십 년 뒤 진해현감을 지낸 김란규(1813~1870)가 1866년 중건해 오늘에 이르고 있다.

**남수정**(攬秀亭)은 임진왜란으로 소실되었는데 구봉 김수인(金守訒)의 손자 남원영장 김기(1627~1693)가 낙동강 범람 때 사람을 구한 공로로 하사받은 남수정 옛터에 건물을 중창해 강학소로 활용했다. 중간에 화재로 소실되고 옛터마저 다른 문중으로 이양된 것을 1835년 무과 급제한 뒤

진해현감을 지낸, 양무공 김태허의 9세손 김란규(1813~1870)가 소유권을 회복한 뒤 1865년 정사를 중건하면서 추모정도 함께 건립했다.

그림34 김수인의 '남수정 12경' 시판. 2014.9.6

남수정을 제재로 시를 지은 이는 조우인(1561~1625), 홍성민, 김륵, 조임도를 비롯해 밀양 출신의 김태을·김수인 부자(광주), 성은당 손석좌(밀양), 남회당 이이두(벽진), 동아 이제영(벽진), 시헌 안희원(광주·사포), 시남 조세환(창녕), 창번 박해철(정국군파), 농산 김무영(광주) 등이 있다.

특히 김수인(1563~1626)은 「남수정십이경(攬秀亭十二景)」에서 낙강상선(洛江商船), 백산석봉(栢山夕烽), 마봉낙조(馬峰落照), 악산숙무(岳山宿霧), 대산목적(岱山牧笛), 사촌어등(沙村漁燈), 용진율림(龍津栗林), 갈전창송(葛田蒼松), 모산취연(牟山炊煙), 농포하화(農浦荷花), 강시주점(江市酒店), 평교제월(平郊霽月) 등 남수정 주변 풍광을 12수의 구체적 세부로 제시했다. 이 연작시는 그의 문집에는 없고 시판으로만 전해져 온다.

**오휴당**(五休堂)은 오휴자 안신(1569~1648)이 초동면 금포리 노산 자락에 1630년 건립한 심신 수양 겸 강학소이다. 후손이 1905년 중건했으나 마을과 떨어져 관리상의 문제와 주변 개발로 더 이상 유지가 어렵게 되자 2013년 마을 본동에 신축했다. 안신의 원운시를 먼저 소개한다.

| | |
|---|---|
| 성만산 모습이 단아하고 평화로와 | 星萬山容端且平<br>성 만 산 용 단 차 평 |
| 몇 칸 초가를 이 가운데 지었다네 | 數間茅屋此中營<br>수 간 모 옥 차 중 영 |
| 깊은 가을 국화 언덕에서 금빛 꽃을 즐기고 | 秋深菊塢餐金萼<br>추 심 국 오 찬 금 악 |
| 이른 봄날 매화 계단에서 흰 꽃을 감상하니 | 春早梅階賞玉英<br>춘 조 매 계 상 옥 영 |

어제 취했다가 오늘 깨니 다 묘한 이치요 　昨醉今醒皆妙理(작취금성개묘리)<br>
청색 자색의 인끈 찬들 모두 헛된 명예라 　紆靑紽紫摠虛名(우청시자총허명)[159]<br>
담담하게 잊고서 쉬고 쉬는 뜻을 　澹然忘却休休意(담연망각휴휴의)<br>
서창의 맑게 갠 달에 부치련다 　分付西牕霽月明(분부서창제월명)

—안신, 「오휴당」, 『오휴당집』 권1

그림35 철거 전 오휴당의 장문익 시판. 2006.12.24

안신은 일찍이 과거를 보러 갔다가 우연히 팔을 다치고는 다시는 과거에 나아가지 않았다. 임란 때 분연히 일어나 양무공 김태허가 울산에서 왜군을 격퇴하는 데 도움을 준 공로가 알려져 벼슬이 내려졌으나 거절하고 평생 학문에 전념했다. 위 시의 핵심은 '휴휴(休休)'의 뜻에 있다. 출세를 마다하고 은거를 지향함에 세간에서 그 진정성을 의심하는 바가 있었던 모양이다.

당시 조경암 장문익(1596~1652)이 「오휴당」 시를 차운해 안신이 선택한 퇴휴가 갖는 내밀한 의미를 부여했다.

십 리 맑은 호수가 눈 아래로 평평한데 　十里淸湖眼底平(십리청호안저평)<br>
고요히 쉬고 쉬면서 영리 급급함을 비웃네 　休休靜裏笑營營(휴휴정리소영영)[160]<br>
바람이 꽃받침을 흔들어 연꽃 향기가 문에 들고 　荷香入戶風搖萼(하향입호풍요악)<br>
달이 꽃송이를 비추니 매화 그림자 창가에 닿네 　梅影當牕月上英(매영당창월상영)<br>
물고기 뛰는 연못에서 지극한 이치를 찾고 　魚躍淵中探至理(어약연중탐지리)<br>
뜬구름 하늘 가에서 헛된 명성을 알겠네 　雲浮天際識虛名(운부천제식허명)<br>
평화로운 세상에도 기산 노인은 있었나니 　雍熙世有箕山老(옹희세유기산로)[161]

은둔함은 본디 임금 저버린 것 아니리라 肥遯元非負聖明[162]
비 둔 원 비 부 성 명

—장문익, 「차오휴당」, 『조경암집』 권1

안신의 은거에 대해 여론이 분분했던 저간의 사정이 엿보인다. 평화로운 세상에도 은둔하는 지사가 있는 것처럼 당연히 이익을 탐하는 혼탁한 세상에서는 말할 것도 없다. 안신이 자연에서 지극한 이치를 찾은 것은 헛된 명성만을 추구하는 속세와 단호히 절연하려는 의지라 했다. 곧 선비로서 비뚤어진 세태와 타협하지 않겠다는 출처 의식이 누정 경영으로 실천되었고, 이를 두고 굳이 임금을 배반한 뜻과 결부시키는 일각의 태도는 적절하지 않다는 해석이다. 핵심적 의미는 마지막 시행에 있다.

'오휴(五休)'에 대해 조카이자 제자인 동만 안상한(1604~1661)은 쉬고 쉬는 즐거움의 의미를 다섯 가지로 풀이했다. 곧 거친 옷도 따뜻하면 쉬고, 거친 밥도 배부르면 쉬고, 하는 일도 늙으면 쉬고, 학문도 이치를 탐구하면 쉬고, 술도 마시고 나면 쉬어야 한다는 것이다. 은거로 표현되는 쉬고 쉬는 행위는 세속의 욕망을 절제하는 무욕의 경지로 집약된다.[163]

한편 누정이 위치한 장소는 밀양이 아니지만, 밀양 출신의 장문익이 1633년 창원 대산의 낙동강 가에 지은 강학소인 조경당(釣耕堂)을 기억할 필요가 있다. 서울에서 낙향한 그는 삼랑진 숭진마을에 금호서실을 마련해 학문에 매진했으나 과거 응시의 실효성이 없자 뜻을 완전히 접고는 이곳에 은거하며 밀양을 내왕했다. 그가 강학한 초동의 반월서당은 대산과 낙동강을 사이에 두고 있다. 당시 우거한 취지가 신몽삼의 「조경암기」에 자세히 서술되어 있다.

장문익은 아래와 같이 오언율시를 지어 자신이 은거한 심경을 곡진히 읊었다.

세상은 비린내로 어두우나　宇宙腥膻暗(우주성전암)
강호에는 일월이 밝도다　江湖日月明(강호일월명)
희미한 등불 속 홀로 꿈 깨었더니　殘燈孤夢覺(잔등고몽각)
한밤중 마음은 놀랍기만 하여라　中夜寸心驚(중야촌심경)
물이 마르면 어룡이 숨고　水落魚龍蟄(수락어룡칩)
구름 걷히면 산들이 맑은데　雲收海岱淸(운수해대청)
길게 읊조리니 속세 생각 적어질진대　長吟塵慮少(장음진려소)
거북이는 웅크려 앵앵거리는 파리 비웃네　龜伏笑蠅營(귀복소승영)[164]

—장문익, 「강사유감(江舍有感)」, 『조경암집』 권1

위 시는 장문익이 인적이 드문 강가 초옥에 은거하며 물외(物外)의 흥취를 즐기지만 내심 혼탁한 세상이 맑아지기를 바라는 군자의 염원을 읊고 있다. 세상의 어둠과 강호의 밝음을 대조시켜 병자호란 뒤의 뒤죽박죽 뒤엉킨 사회를 비판하고 있다. 강호 세계는 자연의 이치로 변함없이 순환되고 있지만 인간 세계는 여전히 마음을 놀라게 할 정도로 어수선한 모습으로 묘사하고 있다. 화자의 진정한 의도는 마지막 시행에 나타난다. 이리저리 먹을 것을 찾아 앵앵거리는 파리를 잡아먹기 위해 거북이가 숨죽여서 기다린다고 했다. 이내 닥칠 제 죽음을 모르는 파리의 우매함에 빗대어, 전란 와중에서도 수단을 가리지 않고 악착스럽게 이권을 챙기는 파렴치한 인간 군상을 풍자했다. 겉으로는 속세와 인연을 끊은 듯하나 현실을 날카롭게 주시하고 있는 장문익의 비판의식을 읽을 수 있다.

오휴자 안신은 조경암 시를 차운해 아래의 시를 지었다.

푸른 강에 세속의 욕심이 끊어지고　江碧塵心斷(강벽진심단)
평평한 산에 비 갠 경치가 깨끗하네　山平霽景明(산평제경명)
연기와 놀은 세속 밖 흥취를 일으키고　煙霞專逸興(연하전일흥)

수레와 말은 의심해 놀람도 드물도다　　車馬少猜驚
거마소시경

늘그막까지 한가로이 늙기를 바라고　　白首期閒老
백수기한로

마음속으로 세상 맑아지기를 기다리네　　丹心佇世淸
단심저세청

학문에 전념하려면 땅이 있어야 할 터　　藏修知有地[165]
장수지유지

대숲 속에 몇 칸 초가를 지었구려　　倚竹數間營
의죽수간영

—안신, 「차장명보문익강정운(次蔣明輔文益江亭韻)」, 『오휴당집』 권1

이밖에 차운시를 남긴 이로는 안신과 도의로 교유한 조은 한몽삼(韓夢參), 손기양의 차남이자 제자인 손습(孫熠)이 있다.

**반계정**(盤溪亭)은 산림처사 이숙(1720~1807)이 1775년 단장면 범도리 정각산 아래의 강가에 건립한 별장이다. 그는 이장윤(李長胤)의 증손자로 고을 명사들과 풍류를 즐기며 88세까지 장수했다. 5세손 만회당 이소구(1840~1910)가 낡은 건물을 해체한 뒤 전면 중수했다.

반계 이숙(李潚)이 지은 원운(原韻)을 소개하면 다음과 같다.

**그림36** 단장면 범도리 반계정. 2018.1.11

| | |
|---|---|
| 십 년 준비 끝에 작은 집이 완성되었나니 | 十年經營小屋成<br>십 년 경 영 소 옥 성 |
| 난간에 기대 낚싯대 드리우자 석양이 지네 | 憑欄垂釣夕陽生<br>빙 란 수 조 석 양 생 |
| 영산에서 약초 캐며 신선 짝을 불러보고 | 靈山採藥招仙侶<br>영 산 채 약 초 선 려 |
| 고야에 물이 흘러 세속의 정을 멀게 하네 | 古射連源遠俗情<br>고 야 연 원 원 속 정 |
| 눈이 어두워도 바둑판 길은 분간하겠고 | 眼暗猶分碁局道<br>안 암 유 분 기 국 도 |
| 귀는 먹어도 돌여울 소리는 들을 수 있거니 | 耳聾能聽石灘聲<br>이 롱 능 청 석 탄 성 |
| 은자들이여 산수가 빼어남을 말하지 마오 | 幽人莫說溪山勝<br>유 인 막 설 계 산 승 |
| 그저 어부와 나무꾼 되어 벼슬과 바꾸지 않으리 | 直爲漁樵不換卿<br>직 위 어 초 불 환 경 |

—이숙, 「반계정운(盤溪亭韻)」, 『반계유고』 권1

위 시는 각운이 다른 연작시 3수 중 첫째 수이다. 맑은 냇물이 흘러내리는 고야천 계곡에 정자를 짓고 마치 신선처럼 은둔 생활을 즐기는 모습을 그렸다. 진정한 풍류는 세속 욕망과 완전한 절연에서 얻을 수 있음을 상기시킨다.

한편 영천 도동 출신의 안경시(1712~1794)는 재약산을 탐방하고 「유재약산록(遊載藥山錄)」(『만회집』 권4)을 지었는데, 고야 계곡의 절경을 생생한 필치로 묘사했다. 그는 당시 단장에서 이숙을 만나 동행했는데, 이숙은 향후 바위에 정자를 짓기로 하고 그곳에 "이숙주지(李潚主之)"라 써놓았다고 했다.

그림37 반계정 각자.

죽북 안인일(1736~1806)은 「반계십이경(盤溪十二景)」을 지어 수려한 풍경을 묘사해 장소감을 드높였다. 세부 제재는 북벽기암(北壁奇巖), 전계인월(前溪印月), 웅연모우(熊淵暮雨), 응봉춘화(鷹峰春花), 범촌취연(泛村炊烟), 고성낙조(古城落照), 남교만도(南郊晩稻), 사암추라(舍巖秋蘿),

각잔초가(覺棧樵歌), 문암귀승(門巖歸僧), 반와완어(盤渦翫魚), 조록방우(竈麓放牛) 등이다. 안인일은 사포 출생이나 신유한을 흠모해 그가 살던 죽원으로 이사했고, 안명하의 재종질이며 손사익의 제자이다.

이외 「반계정기」(1794)를 지은 치암 남경희(1748~1812)가 안인일의 12경시와 제목이 거의 같은 연작시를 지었고, 죽리 손병로(밀양)·소눌 노상직(광주) 등의 반계정 제영시도 있다.

**완재정**(宛在亭)은 학산 권삼변(1577~1645)의 유지를 받들기 위해 지은 정자이다. 그는 10여 년간 극진히 모친이 별세하자 산소 아래 분암(墳庵)을 지은 뒤 요동학이 고향에 돌아온 신세와 같다고 하여 현판 이름을 '학산(鶴山)'이라 지어 문미에 내걸었다.

| | |
|---|---|
| 물가 지역이 큰 들 언저리를 빙 둘러있는데 | 澤國回環大野頭[166]<br>택 국 회 환 대 야 두 |
| 물을 거슬러며 온종일 외로운 배에 앉았더니 | 遡從盡日坐孤舟<br>소 종 진 일 좌 고 주 |
| 기세로 흔드는 양쪽 언덕이 맑은 물을 삼키고 | 勢撼兩厓呑活水<br>세 감 양 애 탄 활 수 |
| 공력으로 만든 아홉 길 산이 강 복판에 서 있네 | 功成九仞立中流[167]<br>공 성 구 인 립 중 류 |
| 요동학이 화표에 돌아옴이 스스로 가련하나 | 自憐遼鶴還華表[168]<br>자 련 요 학 환 화 표 |

그림38 부북면 위양리 위양지 완재정. 2021.5.1

갈대가 백로주에 있으니 사랑할 만하도다 堪愛秦葭在露洲[169]
감 애 진 가 재 로 주

정자 하나 세우려면 넉넉한 땅이 있어야 할 터 欲起一亭餘有地
욕 기 일 정 여 유 지

만년에는 일없이 한가로운 갈매기를 사랑하리 晩年無事狎閒鷗
만 년 무 사 압 한 구

—권삼변, 「완재정」, 『학산실기』 권1

위 작품은 시제가 완재정이지만 실재한 건물이 아님은 7행에서 알 수 있다. 당시 위양지 복판에는 섬이 다섯 개 있었고, 그중에 조금 너른 섬에 정자를 짓고자 해서 이름을 미리 붙여두었다. 갈대가 창창한 섬을 보며 온종일 물결을 거슬러 따라가 보지만 고인이 된 어머니를 만날 수 없다는 생각에 외로운 심사가 더욱 사무친다. 『시경』의 겸가(蒹葭) 시처럼 모친의 그리움을 달래볼 수 있는 최적지가 위양지 섬이기에 이 시를 지어 그곳에 정자 건립의 뜻을 말했으나 끝내 이루지 못했다. 전란 와중에 일본으로 붙잡혀간 아들이 살아서 돌아오기만을 기약 없이 기다리다 눈이 멀어지기까지 한 어머니에 대한 자식의 효심을 연상하지 않고서는 시적 묘미를 온전히 감상할 수 없다.

학산의 후손들은 선조의 생전 소망을 미처 받들지 못하다가 수백 년이 지난 1900년에 이르러 비로소 유지에 세 칸의 집을 짓고 배를 갖추어 왕래할 수 있도록 했다. 향산 이만도의 기문(1903)과 농산 장승택의 기문(1908)이 있다. 1914년 동서 방향에 여섯 칸을 더 지었고, 담산 손창현의 상량문과 시헌 안희원의 중수기(1917)가 있다. 소눌 노상직(광주)을 비롯한 지역에서 내로라하는 문인들이 남긴 작품이 문화적 기억을 풍성하게 하고 있다.

## 제7장 근대전환기의 밀양문학

세도정치가 60년간 지속되는 동안 국가 경제가 피폐해지고 중앙체계는 혼돈 속에 빠져들었다. 삼남지방에서 일어난 임술농민전쟁은 새로운 정국 변화를 추동해 고종이 등극하는 계기가 되었다. 대원군과의 권력 암투 속에 조선은 일본의 강요로 강화도조약을 체결했고, 이로부터 20년이 채 되지 않아 갑오경장의 제도개혁을 단행했고, 1895년에는 왕비가 살해되는 초유의 을미사변이 발생했다. 일본에게 떠밀리다시피 추진된 근대로의 전환은 여러 가지 사회적 부작용을 초래했는데, 그중에 대표적인 것이 단발령이다.

단발령은 전국적인 저항을 가져왔고, 밀양의 선비들도 이를 강력하게 개탄했다. 한 예로 퇴로 출신인 송애 이지헌(1840~1898)은 1895년 친구 박한숙(자 한여)에게 보낸 편지에서,

> 선비가 이 세상에 태어나 가난한 고을이라도 달게 살고, 견문이 없는 사람도 분수에 따라 먹고 마신다. 오직 부모가 물려준 머리카락을 훼손할 수 없는 것은 죽어서 옛 성현에게 죄인이 되지 않기 위함이다. 이것이 지극한 소원이나, 어찌 인류가 생긴 이래로 한 번도 있지도 않은 급박한 사태가 조석으로 내 모습을 다른 무리로 변하게 하고 또 무늬를 오랑캐 복장으로 변하도록 하는가?[170]

라고 분노하며 일본의 조선 국체 위협을 성토하고 있다. 급기야는 고종이 밀양부사를 지낸 농상공부대신 정병하(鄭秉夏)의 도움을 받아 몸소 머리카락을 자른 상상 밖의 일이 궁궐에서 벌어지고 있었다. 이를 고려하면 밀양의 지식인들이 갖는 당혹감이나 압박감은 상당했을 터이다. 종래의 유학자 시각에서 보면 인간의 도덕적 존재 자체가 부정당하는 셈이다.

근대로의 진입은 이렇게 혹독한 사회적 진통을 수반하고 있었다. 더구나 민중에게는 생존 여하가 머리카락보다 더 시급한 문제였다.

또 이지헌(李志憲)이 길가 거지의 딱한 처지를 슬퍼하며 지은 시가 있다.

보릿고개는 천하에 견디기 힘든데　　麥嶺難於天(맥령난어천)
사람들의 정상이 참으로 가련하도다　　輿情正可憐(여정정가련)
간신히 지탱할 날도 그리 많지 않건만　　攀躋不多日(반제부다일)
가난하고 의지할 곳 없음도 걱정 않네　　且莫愁顚連(차막수전련)[171]

—이지헌, 「애걸인(哀乞人)」, 『송애집』 권1

우선 보릿고개라는 말이 눈에 띈다. 다산 정약용이 '조선시'를 쓰겠다고 선언하면서 우리말을 한자화해 창의적으로 만든 시어가 '맥령(麥嶺)'이다. 보릿고개 넘는 일을 하늘에 오르기보다 더 어려운 것으로 표현함으로써 생동감 있게 기아에 허덕이던 사람들을 호출한다. 가련한 이들의 목숨은 경각에 달렸지만 구제될 가능성이 도무지 보이지 않고, 방기된 채 죽음에 이르는 처참한 광경이다. 특정 지역의 소재이기는 해도 다른 지역에도 존재하던 보편적 현상으로 확장해서 읽어도 무방할 것이다.

고종은 자주성을 회복하고 민심을 수습하는 정책의 실마리로 대한제국 성립을 대외에 선포했다. 국가시스템이 외형적으로 바뀌었다고 부패 구조가 하루아침에 전면적으로 쇄신되는 것은 아니다. 임오군란 이후로 조칙이 수시로 하달되었지만, 관리들에게 전혀 먹혀들지 않는 형국이었다. 임금의 권위는 바닥에 떨어지고, 관료 조직에 뿌리박힌 병폐는 오히려 더 심각해지고 있었다.

이를 직시한 이는 초동 금포 출신의 석하 안종덕(1841~1907)인데, 그가 중추원 의관으로서 1904년 6월에 지은 일만여 자의 상소문이 주목된다. 이보다 10여 일 전에 임금이 "염근공신(廉勤公信), 이안사민(以安斯民)" 여덟 자를 친필로 써서 중앙과 지방에 반포하고, 관청에는 현판에 새겨서 걸도록 하는 조칙에 대한 의견을 개진한 것이다. 그가 20세기 벽두에 대한제국기의 부패한 정치 상황을 엄정하게 진단한 상소문 일부를 인용한다.

그림39 안종덕 묘. 초동면 금포리 두암마을. 2018.4.9

> 일찍이 얼마 되지 않아 관리의 탐욕과 재물 수탈이 다시 이전과 같고, 여러 가지 일들을 게을리한 채 태연하게 지내는 것이 다시 이전과 같고, 법률이 사리사욕 때문에 왜곡되어 공정하지 못한 것이 다시 전과 같으며, 정령이 번복되어 신의가 없는 것이 다시 이전과 같습니다. 담금질하고 갈아서 새롭게 되는 효험은 하나도 없이, 세상의 도가 점차 오염되어가는 것이 마치 강물이 날마다 아래로 흘러가는 것과 같으니, 이는 무슨 까닭입니까?[172]

사직을 청하면서 올린 상소문은 매우 공격적인 어조로 거침없이 핵심을 찌르고 있다. 비판 대상은 우선 가렴주구에 몰두하는 관리들의 불공정한 법률 집행, 아전인수식의 빈번한 정령 번복이다. 게다가 탁지부가 있음에도 불필요하게 설치한 내장원의 재물을 횡령하는 신하, 영친왕이 따로 나가 살 나이가 아닌데도 관련 부서를 설치한 것을 빌미로 토색질하는 관원, 외세와 결탁해 사리사욕을 추구하는 집단, 권세 있는 가문의 청탁으로 관직을 임명하는 일 등 국정 전반에 자행되고 있는 농단 사태를 신랄하게 지적했다. 요컨대 통치 체계의 와해가 겉으로는 관리의 탐욕에서 비롯되는 것이나, 근본적으로는 그들의 농단에 적절한 대응책을 내놓지 못하는 임금의 처신에 문제가 있다는 것이다. 그리하여 "나라에 사람이 없음을 걱정하지 말고 폐하의 마음이 신의를 지키기에 부족함을 걱정해야 한다."

라며 가슴속에 쌓아두었던 소신을 강하게 피력했다. 강개한 마음에 "허리가 작두를 감당할 수 없고 목이 도끼를 감당할 수 없음을 잘 알면서도" 기꺼이 상소문을 지어 바친 그였다.

나라가 바로 서려면 임금 자신이 청렴, 근면, 공정, 신의를 확고하게 지키는 것이 진정한 해법이라는 충언이었다. 하지만 임금은 안종덕의 사직 요청을 반려하면서 "시의(時宜)도 생각해야 한다."라는 다소 본질에 벗어난 비답을 내렸다. 임금의 안일한 인식으로 대한제국은 자주적인 개혁 시기를 상실한 채 서서히 종말을 향했다. 결국에는 1905년 을사늑약으로 조선의 외교권이 박탈되었고, 초대 통감 이토 히로부미가 국내 정치의 전권을 틀어쥐게 되었다. 안종덕 상소문은 『고종실록』에 전문이 수록되었고, 『매천야록』에서도 발췌해 기록했듯이 당시 국가 개혁 방안으로서 시대적 의의를 지닌 것으로 평가되었다. 이 무렵 밀양에 있던 선비들은 어떤 반응을 했을까?

대표적 인물로 대눌 노상익(1849~1941)과 소눌 노상직(1855~1931) 형제가 있다. 이들이 창녕에서 밀양으로 이거한 지 십년이 지난 1906년 때의 일이다. 히로부미가 부산에 올 때 대눌은 벌써 밀양 지역의 요시찰 인물로 특별히 지목된 상태였고, 결국 영남루 감옥에 구금되었다. 이때 동생 소눌은 형 곁에서 수발을 들었고, 이 무렵 안종덕이 청송군수 때 관아에서 별세하자 행장을 지었다. 그리고 대눌은 경술국치 직후인 11월에 일제의 은사금 수령을 거부함으로써 단장의 태룡파견소 구금을 거쳐 영남루로 압송된 뒤 곧 풀려났다.

일제의 혹독한 감시와 압박은 이 형제를 막다른 골목으로 내몰았다. 더 이상 밀양에 머물지 못하는 지경에 처한 형제들에게는 하나의 선택지만 남은 형국이었다. 그리하여 대눌은 영원히 고국을 떠날 마음으로 1911년 11월 압록강을 건넜다. 소눌 또한 한 달 뒤 12월 북풍이 휘몰아치는 바람을 온몸으로 맞으며 기어이 형을 뒤따라 가족을 이끌고 서간도 단동의 망명길에 올랐다. 소눌이 가산을 정리하고는 이불 한 채와 약간의 책만을 챙겨 나서면서 지은 작품이 있다. 시이다.

| | |
|---|---|
| 떠나려니 조상 묘소 멀어짐이 너무 슬픈데 | 欲去偏悲墳墓遠<br>욕거편비분묘원 |
| 머물고 떠남도 형제가 함께하기 어렵다네 | 停行難得弟兄同<br>정행난득제형동 |
| 맑은 새벽 공경히 사판 모시고 사당을 나서니 | 淸曉敬陪祠廟出<br>청효경배사묘출 |
| 아침 해가 화동만리의 두 충심을 비추네 | 華東萬里照雙衷<br>화동만리조쌍충 |

—노상직, 「발노산(發蘆山)」, 『소눌집』 권2 「신해기행」[173]

시제의 노산은 자암서당이 위치한 뒷산 이름이다. 조국을 등지고서 떠나려는 순간 조상의 묘소를 이후로 아무도 돌볼 수 없다는 현실이 너무 슬프다고 했다. 더구나 화동(華東), 곧 중화와 동국의 거리가 장장 만 리가 넘기 때문에 영영 불효라는 생각에 더욱 가슴이 미어지는 것이다. 정갈한 몸으로 새벽녘 조상의 위패를 모시고 나서는 사당에 떠오른 밝은 해가 망명길을 연이어 결단한 두 후손의 충심을 이해할 것이라며 스스로 위로

그림40 단장면 무릉리 노곡 자암서당. 2018.1.11

하고 있다. 효심과 충심이 상충하는 고뇌 속에 나라를 먼저 택한 우국지사의 형제의 결연한 의지가 돋보인다.

망명지 중국에 도착한 소눌은 1913년 1월 부득이 귀국길에 오른다. 왜냐하면 형에게 출계한 아들 노식용(1874~1912)이 현지에서 세상을 떠나 형의 강권으로 고향에 신주를 가져가야 했기 때문이다. 이듬해 자암서당 초려에서 강학을 재개했고, 1919년 곽종석이 주도한 파리장서에 제자 14명과 함께 서명해 옥고를 치렀다. 1926년 서당을 중수하고 강학하며 후진 양성에 전력을 기울였다. 한편 대눌은 중국 내의 여건이 순탄치 않고 일제의 노골적인 탄압이 자신에게까지 미치자 1922년 환난을 피해 급거 환국한 뒤 김해 금곡에 천산재를 짓고 은거했다. 그리고 단장면 안법리 출생의 성하 손경헌(1870~1931)도 1913년 11월 가족을 인솔해 만주로 망명해 독립자금을 모금하고 동지들을 규합했다.

안종덕의 강직한 기개, 노상익·노상직·손경헌 등의 애국적 망명은 참 선비의 전형이라 하겠다. 밀양 유학자들의 구국정신은 이곳의 지식인들에게 면면히 계승되었다. 자주독립을 위한 인재 양성이 국제조류를 익히는 근대교육에 있음을 알고 읍내에 학교를 설립했다. 항재 이익구가 1899

그림41 밀양시 내이동 해천 의열기념관(좌) 의열기념탑. 2021.3.23

년 정진학교의 전신의 화산의숙을, 손창현의 동생인 문산 손정현(1847~1905)이 1897년 개창학교를, 읍강 전홍표(1869~1929)가 광무 연간에 동화학교를 창설해 항일의식을 일깨웠다.

밀양의 독립운동가는 강신철, 강인수, 김소지, 김대지, 김상윤, 김원봉(1898~1958), 박소종, 손봉현, 손일민, 송채원, 신기균, 안종달, 윤세복, 윤세주, 윤치형, 이강래, 이병철, 이상관, 장만식, 전병철, 정동찬, 최수봉, 한봉근, 황문익, 황상규 등 80명을 훨씬 넘는다. 전통 지식인의 올곧은 양심과 근대 전환기의 자주 의식으로 무장한 이들 독집지사의 결기 있는 구국 항일정신은 후속세대에게 전승되어야 한다. 기억은 산자의 의무다.

# 미주

1 류탁일 교수는 일련의 저서에서 혈연, 학연, 지연에 기반한 실사구시적 실용정신을 '연고문화역량'이라 명명하고 근대 이전 밀양에서 성호집과 하려집이 출간된 주된 배경이라 했다. 『성호학파의 문집간행연구』, 부산대학교 출판부, 2000, 204쪽; 『영남지방출판문화논고』, 세종출판사, 2001, 375쪽.

2 밀양시립박물관, 『밀양시립박물관 소장품 도록[고서적]』, 태화출판인쇄, 2017. 정경주 교수가 해제한 내용을 보면 1910년 이전에 출생한 밀양 인물의 저술이 130종을 상회함을 알 수 있다.

3 『두고세고(杜皐世稿)』에 『모헌유고』, 『퇴암일고』, 『강동일고』가 합편되어 있다. 수록된 시문은 적지만 17세기 전후 밀양 향촌 사회의 동정과 경관 인식을 고찰하는 데 필요하다.

4 권삼변, 『국역 학산실기』(권헌조 역), 학산정사, 2006.

5 김태을, 김태허, 김수인과 김우정(金禹鼎)의 시문을 합편한 『광주김씨세고』(김병권·하강진 역주, 세종출판사, 2015)가 있다.

6 김유부·김기남·김난생, 『어초와양세삼강록』(박용숙 역), 김녕김씨 탁삼종회, 1997.

7 김종직, 『점필재집』(점필재연구소 역), 점필재, 2014.

8 김지대, 『영헌공실기 역해』(김성호 역), 청도김씨대종친회 사무소, 1976.

9 『자암일록』은 2013년 『서당의 일상』(노재찬·정경주·신승훈 역, 신지서원) 이름으로 번역되었다. 1899년부터 1901년까지 자암서당 강학 활동을 기록했다.

10 류창목, 『우당집』, 우당추모기념사업회, 대보사, 2019.

11 민구령 외, 『역주본 오우선생실기』(이익성 역), 남영문화사, 1981.

12 박익, 『국역 송은선생문집』(이은상·이우성 역), 보본재, 1977; 『국역 송은선생문집』(문경현 역), 보본재, 1999.

13 박융, 『국역 우당집』(박순직·박윤상 역), 청도 용강서당, 1983; 『국역 증보 우당문집』, 우당공파대종회(청도면 고법), 2005.

14 박소, 『국역 증보 인당선생문집』(박태성 역), 인당공파대종회(초동면 신호리), 2007.

15 『채지당유고』는 『밀성세고』 권2(박순인 편, 1965)에 수록되어 있다.

16 박한주, 『오졸재선생실기』(점필재연구소 김보경·정현섭·김진경 역), 점필재, 2014.

17 『덕암일고』에 『구계일고』와 『소봉일고』가 합편되어 있다. 덕린재에서 2000년 발간했고, 글 일부만 번역되어 있다.

18 박진무, 『국역 지선당일고』(박도규 역), 대보사, 2015.

19 변계량, 『국역 춘정집』(송수경 역), 민족문화추진회, 1998; 『국역 춘정 변계량 문집』(민족문화추진회 역), 한국학술정보, 2006.

20 손영제, 『추천집』(노재환 역), 대보사, 1991.

21 손기양, 『국역 오한선생문집』(손팔주 편역), 빛남, 1986.

22 손사익, 『죽포집』(손팔주·정경주 역), 빛남사, 1997.

23 손녕수, 『칠탄지』(손팔주·정경주 역), 제일문화사, 1989.

24 손인갑, 『후지당실기』(손팔주·정경주 역주), 동간행위원회, 1988.

25 손희수, 『석주집』(이갑규 역주), 민들레 피앤씨, 2020.

26 신유한 편, 『분충서난록』(이의강 역), 표충사, 2010.

27 신유한 평전이 올해 출간되었고, 시경과 서경, 초시와 악부, 서한 문장을 취선한 『시서정종(詩書正宗)』 등이 최근 발굴되었다. 하지영, 『천하제일의 문장』(평전), 글항아리, 2021; 이효원·하지영, 「신유한 후손가본 소장 고서에 대한 소고」(부산대학교 인덕관에서 개최된 제143차 동양한문학회 추계학술발표자료집, 2021.10.1, 20~36쪽).

28 신계성, 『국역 주해 송계선생실기』(김광순 외 역), 경북대 부설 퇴계연구소, 2008.

29 신명윤, 『망모암실기』(남춘우 역), 평산신씨 매죽당종중, 2018.

30 신성규, 『손암집』(남춘우 외 역), 점필재, 2015.

31 안신, 『오휴자선생문집』(안강환 역), 보경문화사, 1991.

32 안경점, 『역주 냉와선생문집』(이상형 역, 1978). 이 저본을 바탕으로 『역주 냉와선생문집』(유혜영·이광섭·이희승 역, 신우디앤피, 2018)으로 다시 출간하면서 증손자 금애 안인원(安仁遠)과 고손자 청사 안언소(安彦韶)의 시문을 번역해 합편했다.

33 안언무, 『국역 식호당유고』(안강환 역), 보경문화사, 1984.

34 안병희, 『밀주징신록』(정경주 역), 밀양문화원, 2013. 1936년 간행된 이 책은 일제 때 급속히 해체되던 밀양의 인문역사를 보존하기 위해 기존 읍지의 내용을 취선 보완하고 당대 사정도 반영한 종합 향토지이다.

35 이이장·이명징, 『동암송강양세유고』(정경주 역), 벽진이씨 동암공파 종회, 2008.

36 이이정, 『국역 죽파집』(이경숙 역), 벽진이씨 죽파공파 종중, 2005.

37 이이두, 『국역 남회당선생문집』(정경주 역), 벽진이씨 남회당파 파중, 2011.

38 이명기, 『국역본 청옹선생문집』(정경주 역), 청옹집 간행위원회, 1999.

39 이만견, 『국역 내산집』(정경주 역), 벽진이씨 죽파공파 파중, 2016.

40 『익암유고』는 『외재집』에 합편되어 있다.

41 이태, 『역주본 월연집』(이상형 역), 월연종중, 1982.

42 이지운의 『철감록』 권4에 수록되어 있는데, 2000년 『국역판 금시당선생집』(이운성 편역)으로 단행본으로 출간되었다.

43 이지운의 『철감록』 권5에 수록되어 있으나 이경홍의 작품은 없다. 『국역판 금시당선생집』에 부록으로 합편했다.

44 이만백, 『역주본 국역 자유헌집』(이운성 역), 자유헌공파 종중, 2003.

45 이장한, 『국역 추남유고』(이운성 역), 대보사, 2010.

46 이병곤, 『퇴수재일기』(국사편찬위원회 역), 2007. 저자가 1906년부터 1948년까지의 일상을 기록한 것이다.

47 이번, 『국역 낙주재선생실기』(박병련 역), 전주이씨 효령대군파 낙주재 종중, 1998.

48 임유정, 『사명대사집』(이민수 역), 대양서적, 1978. 『사명집』 또는 『송운집』으로 불린다.

49 조광익, 『국역본 취원당선생문집』(이상형 역), 창녕조씨 오봉종회, 1995.

50 조하위, 『소암선생문집역고』(이우성 역), 밀양문화원, 2000. 부록에 아들 조득운의 시문이 합편되어 있다.

51 하충, 『국역본 돈재집』(하우봉 역), 마이콤, 2006. 이 책 부록에 돈재의 아들 하종억과 증손자 하재정의 유문이 합편되어 있다. 『진양하씨 세적 추선록』(2006)에도 작품이 실려 있다.

52 황기원, 『국역본 귀원집』(안강환 역), 보경문화사, 1985.

53 장소성(sense of place)은 단순한 소재나 배경적 차원으로서의 물리적 존재를 넘어 공간에 대한 문화적 의미나 인문학적 가치를 폭넓게 내포하고 있는 개념이다. 생활과 밀착된 장소는 문화적 삶의 표식이자 매개체로 '우리'라는 집단적 기억을 갖게 하는 기능을 한다. 장소성의 발견과 창조는 지역을 연구하는 데 강한 잠재력을 갖고 있다. 알라이다 아스만 지음/변학수·채연숙 옮김, 『기억의 공간』, 그린비, 2011; 한국문화역사지리학회 지음, 『현대 문화지리의 이해』, 푸른길, 2013.

54 格磔(격책): 짹짹 새우는 소리의 형용.

55 宴寢(연침): 편안히 휴식하는 처소, 곧 관아의 한가로움. 위응물, 「군재우중여제문사연집(郡齋雨中與諸文士燕集)」, "호위병에겐 아로새긴 창이 삼엄하고/ 연침에는 맑은 향기가 어리었네[兵衛森畫戟, 宴寢凝淸香]."

56 '사미(四美)' 중의 두 가지. 사령운, 「의위태자업중집시서(擬魏太子鄴中集詩序)」, "천하에 좋은 날, 아름다운 경치, 완상하는 마음, 즐거운 일, 이 네 가지를 모두 갖추기는 어렵다[天下良辰美景賞心樂事, 四者難幷]."

57 왕발의 「등왕각기(滕王閣記)」를 말함.

58 吳興(오흥): 절강성 호주(湖州). 경치가 빼어난 남쪽 지방을 지칭하고, 명필 조맹부가 이곳에서 태어났다.

59 조동일, 『한국문학통사』 2(제4판), 지식산업사, 2005, 252쪽.

60 정경주, 「조선 왕조 초기의 守成策과 春亭 卞季良의 역할」, 『밀양문화』 21호, 2020.

61 牙角(아각): 송곳니와 뿔, 곧 무력.

62 鱣鮪鰍鯢(전유추예): 전어, 다랑어, 미꾸라지, 고래.

63 營營(영영): 왱왱거리는 파리떼 소리.

64 梁(량): 항우의 숙부 항량(項梁).

65 魚狐(어호): 진승의 별칭.

66 熊繹(웅역): 초나라의 시조.

67 乾符(건부): 제왕의 상서.

68 羋氏(미씨): 초나라의 국성(國姓).

69 長者(장자): 유방(劉邦)의 별칭.

70 冠軍(관군): 초나라 회왕이 임명한 상장군 송의(宋義).

71 紫陽(자양): 주자(朱子)의 별칭.

72 䵝蜳(진윤): 두렵고 불안하다.

73 하강진, 「필화로 희생된 조선의 문인들」, 『월간문학』 569호, 한국문인협회, 2016.7, 318~320쪽.

74 자세한 것은 이 책의 118쪽, 311쪽 참조.

75 영남루 역대 작품은 밀양문화원에서 발간한 『영남루 제영시문』(정경주 역주·이운성 교열, 광명인쇄사, 2002)에 일차적으로 정리되었고, 2016년 밀양시에서 『밀양 영남루 문헌자료총집』(정석태 편)을 통해 관련 원전 자료를 보충했다. 이후 편자 미상의 『영남루시운』(남권희·전재동 옮김, 경북대학교 출판부, 2018)이 발견되어 임란 전의 작품이 대거 확보되었다.

76 영남루 연혁은 이 책 제5부 제1장과 제3장 참조.

77 二天(이천): 관찰사의 이칭. 친구 간에 우정을 나누는 사적인 술자리 뜻도 있음.

78 秩秩(질질): 질서정연한 모습.

79 檀板(단판): 널빤지를 두드려 박자를 맞추는 악기.

80 하강진, 「퇴계 이황의 영남루 제영시에 대하여」, 『퇴계학논총』 12, 퇴계학부산연구원, 2006, 133~134쪽.

81 香寢(향침): 한가로운 관아. 앞의 미주 참조.

82 文茵(문인): 호피(虎皮)로 만든 자리 또는 화려한 무늬가 있는 자리.

83 이 책 165쪽의 안주 세계는 『치암일고(恥庵逸稿)』의 세계도에 따라 안몽득(1372~1452)의 손자로 처리했다. 다만 안몽득의 생몰년을 볼 때 현손 또는 증손일 가능성이 높다.

84 김극일은 1559년 경사도 도사를 지냈고, 16년 뒤 밀양부사에 제수되었다.

85 『밀양도호부지리』는 밀양문화원에서 간행한 밀양향토사료집 1집(1986)에 수록되었고, 2001년 『국역 밀주지』로 재차 간행되었다. 본문 대부분은 1674년 이전의 인물과 지리 정보를 담고 있어 이후 편찬된 읍지의 저본이 된 점에서 자료적 가치가 크다. 이하 작품 출처는 동일함.

86 書劒(서검): 선비의 일상 소지품으로 학문과 의기를 상징함.

87 당시 유녀가 "몸고생하면서 오셨군요[勞身而來]"라 인사하면, 소금장수는 "무료하여 여기 있네[無聊而在此]"라고 대답하는 것이 정해진 응대 방식이었다. 밀양 선비는 "무슨 몸고생이 있겠는가[何勞身之有]"라 엉뚱하게 대답했다.

88 大堤兒(대제아): 기녀의 비유.

89 箕裘(기구): 키와 갖옷, 곧 가업.

90 錫類(석류): 길이 복을 받을 사람, 곧 효자. 『시경』 「대아」 〈기취(旣醉)〉, "효자의 효도 다함이 없는지라/ 영원히 복을 받으리로다[孝子不匱, 永錫爾類]".

91 권두인(1643~1719)의 중건기에 나오는 말이다. "堂前有鉅石, 走入波心, 突而爲孤嶼, 滙而爲深淵. 方其波恬鏡面, 月印潭心, 水月雙淸, 上下一色. 吾不知水爲鏡乎, 鏡爲月乎. 雙鏡之名意者,

蓋取諸此也."

92 吳楚(오초): 탁 트인 누정의 풍경을 비유. 두보, 「등악양루」, "오초는 동남으로 갈라졌고/ 건곤은 밤낮으로 떠 있도다[吳楚東南坼, 乾坤日夜浮]".

93 扶搖(부요): 하늘로 치솟아 올라가는 회오리바람. 『장자』 「소요유」.

94 沆瀣(항해): 신선이 마신다는, 밤의 맑은 이슬.

95 滄波(창파): =창주(滄洲). 경치가 좋은 은자의 거처. 완적, 「위정충권진왕전(爲鄭沖勸晉王箋)」, 『문선』 권20, "창주를 굽어보며 지백에게 사례하고, 기산에 올라가 허유에게 읍을 한다[臨滄洲而謝支伯, 登箕山而揖許由]."

96 자신이 낮은 벼슬에 연연하여 은자로서 살아가지 못한다는 뜻. 靑衫(청삼)은 품계가 낮은 관리의 복장. 破荷(파하)는 찢어진 연잎 옷을 말하고, 연잎으로 만든 은자 옷을 비유한다. 굴원, 「이소」, "마름 연잎으로 저고리 지어 입고/ 연꽃을 모아 바지를 만들었네[製芰荷以爲衣兮, 集芙蓉以爲裳]".

97 금시당종친회에서 2016년 발행한 『금시당요람』(46~47쪽)에서는 금시당을 짓기 전인 1558년 창녕현감 때 지은 것으로 추정하고 있다. 금시당 연혁은 이 책을 참고한다.

98 이순공, 「향토사의 한 갈래 '밀양문학사' 그 가운데 있는 '고야구곡시'」, 『아름다운 밀양산하』, 도서출판 밀양, 2019, 282~298쪽.

99 物色猜(물색시): 낯선 행색을 의심스러워함. 한유, 「도원도(桃源圖)」, 『고문진보』 전집 권6.

100 『신증동국여지승람』에도 홍류동 시로 수록했고, 『국역 점필재집』(점필재연구소, 2016, 246쪽)에는 1479년 7~8월에 지은 것이라 했다. 반면에 『밀양 명승 제영』(정경주 편역, 밀양문화원, 2004, 141쪽)에는 시제를 「현감 박귀원과 더불어 홍류동에 놀면서(紅流洞與朴縣監龜元遊賞)」이라 했다.

101 蟠蜿(반완): 용이 꿈틀거리는 모양.

102 舍旃(사전): 내버려 둠. 『시경』 「국풍」 〈채령〉, "버려두고 버려두어/ 또한 옳게 여기지 않는다면/ 참소하는 사람의 말이/ 어찌 먹혀들 수 있으리오[舍旃舍旃, 苟亦無然, 人之爲言, 胡得焉]."

103 冥頑(명완): 사리에 어둡고 완고함.

104 醮禮(초례): =초제(醮祭). 성신(星辰)에게 지내는 제사.

105 鷄骨(계골): 풍년을 점치는 중국 월나라 풍습. 류종원, 「류주동맹(柳州峒氓)」, "닭 뼈로 풍년을 점치고 물귀신에게 절한다[鷄骨占年, 拜水神]."

106 何誅(하주): 『논어』 「공야장」, "썩은 나무는 조각할 수 없고, 썩은 흙으로 쌓은 담장은 흙손질할 수 없다. 재여를 어찌 나무랄 것 있나[朽木不可雕也, 糞土之牆不可杇也. 於予與何誅]."

107 無勇訓(무용훈): 『논어』 「위정」, "의를 보고도 행하지 않는 것은 용기가 없는 것이다[見義不爲, 無勇也]."

108 맹자의 군자삼락 중 "仰不愧於天, 俯不怍於人, 二樂也"에 근거를 두고 있다.

109 南冠(남관): 감옥에 갇혀 있는 사람. 춘추 시대에 진후(晉侯)가 군부를 시찰하다가 종의(鍾儀)를 보고서 '남관을 쓴 채 묶여 있는 자는 누구냐?' 한 데서 유래함. 『좌전』 「성공 9년」.

**110** 北海(북해):한나라 소무(蘇武)가 구류되어 있던 흉노의 땅. 『한서』 「소무전」에 "흉노(匈奴)가 소무를 북해의 사람 없는 곳에 옮겨두고 숫양을 기르게 하면서 숫양이 새끼를 낳게 되면 돌아가게 한다." 하였다.

**111** 鮮日(선일): 붉은 해와 조선의 태양이라는 중의적 의미가 있다.

**112** 要津(요진): 중요한 나루, 곧 요직.

**113** 坡老(파로): 동파 노인, 곧 소식.

**114** 朝著(조저): 임금과 신하들이 모여 정치를 의논하고 집행하는 곳. 조정.

**115** 首寶(수보): 1612년 교산 허균(許筠)이 지은 해인사의 사명대사 석장(石藏) 비문에, "師應聲對曰, 無有, 寶在日本. 何謂也? 曰 方今我國, 以若頭視寶, 是在日本也."라는 글귀가 있다.

**116** 重華(중화): 임금의 미칭. 순임금이 요임금의 덕을 계승해 거듭 광화(光華)를 발함. 『서경』 「순전」.

**117** 文母(문모): 임금의 어머니나 할머니를 높여 부르는 말. 『시경』 「주송」.

**118** 排雲(배운): 직언으로 간신들을 몰아냄. 한유, 「착착(齪齪)」, 『한창려집』 권2. "태양 가리는 구름 헤치고 대궐 문에 부르짖어/ 뱃속을 열어 낭간을 바치련다[排雲叫閶闔, 披腹呈琅玕]".

**119** 維城(유성): 왕자나 왕실. 『시경』 「대아」.

**120** 이 책 제3부 제4장 참조.

**121** 이 책 502~505쪽 참조.

**122** 하강진, 「19세기 말 오횡묵이 저술한 밀양 관련 시문과 그 의미」, 『밀양문학』 22집, 밀양문학회, 2009, 29~36쪽. 이 책 제5부 제3장에 재수록함.

**123** 하강진, 「밀양 영남루 제영시 연구」, 『지역문학연구』 13호, 경남·부산지역문학회, 2006, 54~64쪽.

**124** 海鶴(해학): 강에 날아다니는 갈매기.

**125** 하강진, 「백산 안희제의 '황계폭포' 시 발굴과 그 의의」, 『근대서지』 14호, 근대서지학회, 2016, 151~157쪽.

**126** 1884년에는 아랑 설화가 서양에 최초로 소개되었다. 조지 클레이튼 포크 원저/조법종·조현미 번역 주석, 『화륜선 타고 온 포크, 대동여지도 들고 조선을 기록하다』, 알파미디어, 2021, 379~380쪽.

**127** 진(秦)나라 소양왕이 주를 멸하고 구정(九鼎)을 옮기다가 사수(泗水)에 빠뜨리고 말았는데, 진시황이 천하를 통일하고 나서 건져내려 하였지만 실패했다. 『사기』 「진시황본기」; 소식, 「후석고가」(『고문진보』 전집).

**128** 異事(이사): 임진왜란 때 왜적이 작원의 절벽 바위에 보물이 들어 있는 줄 알고 높은 사다리를 얽어서 석공을 시켜 바위를 쪼아내게 했더니 한 덩어리 황금이 그들의 소유가 되기를 부끄러워하여 까치로 변해 강물에 몸을 던졌다는 전설을 말한다. 권상규, 「유작원병소서(遊鵲院弁小序)」(1861), 『죽와집』 참조.

**129** 하강진, 『진주성 촉석루의 숨은 내력』, 경진출판, 2014, 331~340쪽.

**130** 자세한 것은 경일대사(1636~1695)의 「밀양 재약산 영정사 전후 창건기」·「재약산기」(『동

계집』 권3) 참조.

131 자세한 연혁은 계오대사(1773~1849)의 「표충사 이건기」·「영정사 남계료 중창기」(『가산고』 권4) 참조.

132 六六宮(육륙궁): 36궁. 『주역』의 64괘 전체를 말하는 것으로, 곧 천지의 뜻. 소옹, 「관물음(觀物吟)」, "삼십육궁이 모두 봄이다[三十六宮都是春]".

133 영정사의 명성이 사라지지 않고 영원히 전해질 것이라는 의미. 두보, 「팔애시(八哀詩)」〈왕사례(王思禮)〉, "천추토록 분진 사이에서/ 공로가 구름과 강물처럼 희게 남아 있으리라[千秋汾晉間, 事與雲水白]."

134 구담(부처)이 설법할 때 하늘에서 만다라 꽃비가 내렸다고 한다. 『법화경』.

135 九級(구급): 아홉 개의 좌우 계단, 곧 궁정.

136 민구연의 6세손 민우사(閔友賜)와 7세손 민함수·민광수가 임란 때 파괴된 비를 1753년 다시 세우면서 전 대사헌 섬락(蟾樂) 민우수(閔遇洙)의 비문과 성균관사 김진상(金鎭商)의 전액을 새겼다. 1775년(영조51) 봄, 밀양부사 정존중(鄭存中)은 밀양 사림의 요청에 따라 비를 개수(改豎)하면서 앞서 새겼던 비문과 함께 개수한 연유를 짤막하게 적은 자신의 글을 빗돌에 새겼다. 그리고 밀양 관아 앞 비석군(좌10)에 정존중 유애불망비가 있다.

137 『오우정실기』에 다른 지역 학자들뿐만 아니라 후손과 향현들의 시가 대거 수록되어 있다.

138 이숭견, 「고야유산록(古射遊山錄)」, 『죽암집』 권2, 33장과 35~36장. 여행 경로는 월연대~다원~사연~석동~시례 호박소~영정사~고야 농암~무릉동~반계정~영남루~대동~내진이다. 기행록 끝에는 김종직의 '고야유산' 시와 26행 고시를 수록했다. 이 두 편의 시는 『밀주지』와 『밀주징신록』에도 실려 있다.

139 絳宵摩(강소마): 『천자문』에 "곤어가 홀로 옮겨다니다가, 솟구쳐올라 남쪽 하늘을 누비도다[遊鯤獨運 凌摩絳霄]"라는 구절이 있다. 絳은 적색으로 방위는 남쪽. 摩는 가까이 한다는 뜻.

140 盤囷(반균): 빙빙 돌며 굽이치는 모양. '囷'은 꼬불꼬불한 모양. 두목, 「아방궁부」(『고문진보』 후집).

141 孱顔(잔안): 야윈 얼굴. 험준하게 솟은 산봉우리를 비유. 孱은 산이 높은 모양.

142 瘦骨(수골): 앙상한 뼈, 삐죽삐죽한 절벽의 모습.

143 巴唱(파창): 자신의 시를 겸손하게 일컫는 말. 초나라의 민간에서 유행하던 파리(巴里)라는 곡명(曲名)을 말하는데, 대개 세속적인 음악을 뜻한다. 송옥, 「대초왕문(對楚王問)」(『문선』 권23).

144 花石平泉(화석평천): 별장의 통칭. 당나라 명신 이덕유(李德裕)가 평천에 건립한 별장으로 수석(樹石)이 매우 아름다웠다고 한다.

145 風猷(풍유): 풍모와 인품.

146 貽謀(이모): 후손을 위해 남긴 계책.

147 黃驪(황려): 이씨 본관인 여주의 옛 이름.

148 騎牛(기우): 이행(1352~1432)의 호. 밀양 입향조 이사필의 고조부.

149 隴李(농리): 농서의 이이(李耳), 곧 노자.

150 江陳(강진): 강서의 진번(陳蕃). 동한의 진번이 예장태수로 있을 때 오직 서치(徐穉)를 위해 평상을 내놓고 그가 돌아가면 다시 매달아 놓았다는 고사가 있음.

151 龍湖(용호): 백곡재 앞의 강 이름.

152 羊裘子(양구자): 엄광(嚴光). 젊을 때의 친구인 후한 광무제가 그를 간의대부(諫議大夫)에 제수하자 부춘산으로 들어가 양피(羊皮) 갖옷을 입고 칠리탄(七里灘)에서 낚시하며 여생을 마쳤다. 『후한서』 권73 「엄광전」.

153 비문은 류필영(柳必永)이 짓고, 안희원(安禧遠)이 썼으며, 전액은 허채(許埰)의 글씨이다.

154 칠탄정 연혁은 『칠탄지』(손녕수 편/손팔주·정경주 역주, 제일문화사, 1989)를 참조했다.

155 如鳳(여봉): 오동나무에만 앉고 대나무 열매만 먹는다는 봉새처럼 고매한 덕성을 보존함.

156 晩節(만절): 만년. 늘그막까지 초심을 유지해 절조를 지킴.

157 清芬(청분): 맑은 향기, 곧 고결한 지조.

158 風騷(풍소): 『시경』 「국풍(國風)」과 『초사』 「이소(離騷)」의 겸칭. 대개 시문을 말함.

159 紆靑拖紫(우청시자): 청색 자주색 청색 인끈을 두름, 곧 고관대작.

160 營營(영영): 왱왱거리는 파리떼 소리.

161 箕山老(기산로): 중국 상고 시대의 고사(高士) 허유(許由). 요임금이 천하를 그에게 양보하려 하자 거절하고 기산(箕山)에 들어가 숨어지냈다.

162 肥遯(비둔): 은둔하며 여유롭게 사는 것. 『주역』 〈둔괘〉, "살찌는 은둔이니 이롭지 않음이 없다[肥遯, 無不利]".

163 하강진, 「오휴자 안신의 禮說書 특징과 작품 세계」, 『동양한문학연구』 56집, 동양한문학회, 2020, 150~152쪽. 이 책 제5부 제4장에 수록함.

164 蠅營(승영): 염치없는 행동이나 비굴한 처신을 비유. 한유, 「송궁문」 〈교궁(交窮)〉, "윙윙거리는 파리 떼나 꼬리를 흔드는 개가, 내쫓아도 다시 돌아온다[蠅營狗苟, 驅去復還]".

165 藏修(장수): 학문에 전념함. 『예기』 「학기」, "군자는 학문할 적에 장하고 수하고 식하고 유한다[君子之於學也, 藏焉, 修焉, 息焉, 遊焉]". 장은 항시 학업을 생각함이고, 수는 학습을 폐하지 않음을 뜻한다.

166 澤國(택국): 부북 위양의 양양지, 곧 위양지.

167 功成九仞(공성구인): 인력으로 둑을 쌓아 섬이 있는 못을 만든 것을 뜻함. 『서경』, "아홉 길의 산을 만드는데 한 삼태기 흙이 모자라 무너진다[爲山九仞, 功虧一簣]".

168 인간 세상의 변천을 탄식하는 말로 쓰이는 화표학귀(華表鶴歸) 성어가 있다. 한나라 때 정령위(丁令威)가 도술을 배워 학이 되어 천년 만에 고향 요동으로 돌아와 성문 앞의 화표에 머물렀으나 알아보는 이가 없었다.

169 秦葭(진가): 그리워하는 마음을 상징함. 『시경』 「진풍(秦風)」 〈겸가〉, "흐르는 물 거슬러 그를 따르려니/ 완연히 물 가운데 있네[溯游從之, 宛在水中央]".

170 이지헌, 「여박한여한숙(與朴漢汝漢淑)」, 『송애집』 권1, "士生斯世, 甘作窮鄉, 無聞之人. 隨分飮啄. 而惟父母之髮勿毁, 以歸不爲古聖賢罪人. 是所至願, 而夫何自生民未有一劫迫在朝夕, 使

吾儀形而變異類·文章而變卉服乎?”

**171** 顚連(전련): 가난하고 의지할 데 없음.

**172**『승정원일기』〈1904.6.3〉. “曾未幾時, 官吏之貪黷聚斂, 猶復前也; 庶事之怠惰恬嬉, 猶復前也; 法律之私枉不公, 猶復前也; 政令之翻覆無信, 猶復前也. 無一淬礪作新之效, 而世道之漸就汙陷, 如江河之日下, 玆曷故焉?”

**173**「신해기행」은 1911년 12월 밀양을 출발해 중국 안동현 망명지에 이르기까지 여정별로 지은 한시 67수를 모은 것인데, 이를 주해한『철로 위에 선 근대 지식인: 노상직의 신해기행』(역저자 이은영 외, 민속원, 2015)이 출간되었다.

# 제5부
## 밀양 고전작품 연구의 실제

영남루 아랑각(중) 아동산 무봉암(우)의 가을 풍경

청도면 요고리 화악산 운주암에서

# 제1장 밀양 영남루 제영시 연구※

## 1. 서론

密陽은 예로부터 영남에서 웅대한 곳으로 일컬어졌고, 교통이나 군사의 요충지로도 중요한 역할을 담당하였다. 유서 깊은 전통과 문화는 이 고장의 중요한 정신적 자산이 되었다. 특히 서거정의 「密陽十景」에서 구체적으로 형상화되었듯이 勝景으로도 널리 칭송되었다. 밀양의 도시적 성격은 여러 문헌을 통해 접할 수 있는데, 1888년 이곳을 방문한 프랑스인이 자세히 묘사한 아래의 글은 조선 말엽 密陽의 도시 경관과 嶺南樓의 존재 형태를 구체적으로 이해하는 데 도움을 준다.

> 밀양이라는 도시는 의외로 언덕 위에 층층이 높여져 자리 잡고 있어, 그 고풍스런 자태가 볼 만했다. 언덕 제일 꼭대기에는 지금은 폐허가 돼 버린

※ 본 논문은 『지역문학연구』 13호(경남·부산지역문학회, 2006.5, 9~72쪽)에 게재되었다. 원문 대부분은 유지하되 자구 일부를 다듬고 미주를 보강했으며, 관련 사진을 교체 및 추가했다.

관아 건물이 웅장한 지붕과 육중한 기둥들 사이로 푸른 하늘만 훤히 드러낸 채 버티고 서 있었다. 또한 수많은 초가집들이 모여 있는 중앙에 두세 개의 사찰과 공공건물들이 다채로운 기와지붕을 이고 서 있었고, 군락 밑으로는 반쯤 부서져 내린 방벽들이 이끼에 뒤덮인 채 펼쳐져 있었다. 그리고 그 모든 것이 굽어보는 드넓은 평야에는 여기저기 다양한 덤불숲들이 자라고 있었고, 주위로는 무수한 들꽃이 만개해 있었으며, 그 한가운데를 희디흰 금속성 빛을 발하는 강의 물줄기가 유유히 흐르고 있었다. 그런가 하면 古都의 내부로는 고고학적 흥미를 불러일으킬 만한 구경거리가 그득했다. ……예술적으로 여러 시대의 흔적이 그토록 훌륭히 보존되고 있는 密陽이라는 도시는 내가 보기에 조선의 뉘른베르크와도 같다는 생각이 들었다.[1]

**그림1** 『조선종단기』(32쪽)에 수록된 '밀양 풍경'

密陽은 대개의 도시와는 달리 높은 언덕 위에 위치하고, 수많은 초가집이 군락을 이룬 중앙에 공공건물이 있으며, 군데군데 붕괴된 성첩이 외곽을 둘러있고, 덤불 숲이 가득한 넓은 벌판 한가운데를 강이 가로질러 흘러가는 형세이다. 그리고 관아 건물은 폐허 상태라 묘사했다. 이는 고종 연간 영남루 경내에 큰불이 나서 소실된 여러 관청 건물을 미처 복구하지 않은 상태를 의미한다. 그래도 웅장한 지붕과 육중한 기둥이 하늘을 버티고 서 있다고 묘사한 건물은 다행히도 당시 화를 모면하여 남아 있던 영남루를 지칭한 것이다. 또 외곽을 지나서 시가지 내부를 들어가면 거리나 가옥 등 고고학적 흥미 거리가 많다고 했다. 이러한 밀양에서 받은 지배적 인상은 古風인데, 그는 밀양을 '조선의 뉘른베르크'에 비유했다.

이는 밀양의 유구한 역사성과 도시 건축물의 예술성을 강조한 표현이다.

밀양의 영남루는 조선 후기까지 객사로 통용되던 대표적인 건물로, 신라 때 창건된 嶺南寺의 小樓에 기원을 두고 있다. 특히 누각의 경관이 빼어나서 고려 이후로 울산의 태화루, 김해의 연자루, 진주의 촉석루, 합천의 함벽루, 안동의 영호루 등과 함께 시문에 두루 전해지고 있다.[2] 특히 '嶺南第一樓'로서 영남루의 명성은 중국의 등왕각이나 악양루에 곧잘 비교되었고, 명나라 때(1607년) 王圻가 편찬한 『三才圖會』에 실려 인구에 회자되기도 했다.[3]

또한 영남루는 진주 矗石樓와의 승경 비교 논쟁,[4] 영남루를 배경으로 한 妓生이야기나 詩魔 이야기[5] 등은 영남루를 대중적 관심사로 저변을 확대하면서 문화적 깊이를 심화시켰다. 특히 조선 중엽에 형성된 阿娘傳說은 민중들에게 구비 전승되거나 시문을 통해 전수됨으로써[6] 영남루의 신비감과 문학 제재로서의 호기심을 증폭시키는 계기가 되었다. 이러한 연유로 밀양의 명성은 영남루와 동격을 이루게 되었고, 勝景으로 유명한 영남루를 배제하고서는 밀양을 생각할 수 없게 만들었다.

중세 시기의 樓亭은 문화적 적층이 이루어지는 직접적인 공간이고, 한 지역의 문화적 특징을 밝힐 수 있는 주요한 제재가 된다. 嶺南樓는 원래는 사찰의 부속건물로서 승람의 장소로, 고려 말 개창 이후로는 왕의 명령으로 내려온 관리나 손님을 접대하는 객사로 기능하면서 휴식이나 창작 활동이 이루어진 장소였다. 그 결과 영남루는 문학 작품을 생산하고 향유하는 매개로 작용함으로써 밀양 지역의 문학성을 다양한 층위에서 구현할 수 있었다는 사실이다. 실제로 고려 말부터 근세까지 영남루를 제재로 하여 '先'韻의 '天'字를 압운한 수백 편의 시가 대표적이고, 독자적인 운자를 내어 지은 수많은 제영시가 이를 입증하고 있다.[7]

따라서 밀양의 문학적 전통과 문화적 맥락을 이해하려고 할 때, 영남루 본루나 그 부속 건물을 대상으로 지은 嶺南樓 題詠詩가 한 지역의 문학성을 충분히 담고 있음은 김해의 燕子樓를 제재로 한 작품의 분석을 통해 밝힌 바 있다.[8] 본고에서도 이러한 시각에 근거하여 영남루나 부속건물인 능파당과 침류당을 제재로 삼은 주된 작품을 대상으로 밀양 지역의 문학성을 구명하고자 한다. 이를 위해 영남루 제영시의 형성 과정을 내재적 요소를 통해 구체적으로 검토하고, 이어서 작품에 반영된 작가의 주제의식을 승경 탐미의 풍류, 인간 세태의 정한, 우국 애민의 충정, 아랑 정신의 선양 등의 양상으로 나누어 살펴보겠다.[9]

## 2. 嶺南樓의 제재적 성격

### 1) 영남루의 창건과 연혁

嶺南樓 題詠詩가 시대와 작가를 달리하면서 많이 지어진 것은 제재인 영남루의 특성에 기인한다. 누각이 위치한 자연경관과 누각 자체의 심미적 구조, 누각과 관련된 인문적 요소 등의 측면에서 그 특징을 살펴볼 수 있다.

嶺南樓는 신라 때 창건된 嶺南寺에 부속된 小樓였다고 한다.[10] 이 영남사는 고려 때 폐사되었다고는 하나 정확한 시점은 알 수 없다.[11] 그리고 영남루의 명칭은 金湊(?~1404)가 1365년 밀양군수로 부임하여 누각을 예전대로 改創한 뒤 폐사된 옛 절의 이름을 따서 명명한 것이다.[12] 아울러 개창의 동기는 김주가 관찰사의 임무를 수행하기 위해 1389년에 다시 영남루를 찾고서 지은 記文에 나타나 있는데,[13] 기존의 누각이 매우 낡고 규모가 좁아 승람하기에 불편하다고 여겨 개창한 것임을 알 수 있다.

영남루의 전신으로 『신증동국여지승람』에서 말한 小樓는 개창되기 전에는 영남사의 竹樓라 불린 것으로 짐작된다. 왜냐하면 고려 중엽 정지상의 「嶺南寺樓」, 임춘의 「嶺南寺竹樓」 시의 제목에 그 이름이 등장하기 때문이다. 이 경우에는 모두 영남사의 죽루라는 의미로 쓰였음은 이론이 여지가 없다. 한편 특이하게도 '嶺南樓'라는 명칭을 쓴 예가 있는데, 임춘이 영남사를 들러 지은 「二月十五夜對月」 시 중 "今春二月十五夜, 我向嶺南樓上適"이라는 구절에 나온다. 그런데 그가 쓴 幷序를 자세히 살펴보면,[14] 영남루라는 명칭은 전혀 없고 영남사와 누각이 각기 따로 표현되어 있다는 사실이다. 따라서 시구 속의 '영남루'는 독립된 실재를 가리킨 명칭이 아니라 '영남사의 죽루'를 약칭한 의미로 해석된다.[15] 이를 『동국여지승람』에서는 小樓라 했던 것이다.

위의 작품은 영남사의 죽루가 비록 사찰의 부속 건물이지만, 밀양을 찾아오는 사람들에게 연회와 제영의 훌륭한 장소가 되었다는 사실을 알게 한다. 누각이 객사와 가까이 위치함으로써 쉽게 찾은 이유가 있지만, 무엇보다도 누각이 빼어난 자연환경에 입지하였기 때문으로 볼 수 있다. 누관의 아름다운 경치는 成元度가 소루를 소재로 쓴 시의 서문에서도 잘 나타나고 있다.[16]

김주가 개창할 당시에 영남사의 폐사로 한동안 홀로 남아 있던 소루는 그 명성과는 걸맞지 않게 비바람을 제대로 막을 수 없을 정도로 퇴락한 누관의 모습이었다. 군수로서 이를 안타깝게 여겨 소루를 허물고 그 자리에 예전의 건물 배치 형식에 따르되 진주 촉석루의 만듦새를 참고하여 건축함으로써,[17] 이곳을 등림하는 사람들이 고상한 멋을 추구할 수 있도록 했던 것이다. 이에 따라 개창 전의 소루와 비교해서 완전히 달라진 새로운 누각에 적합한 이름을 정할 필요가 있었고, 폐사의 자취를 기억할 수 있는 '嶺南'의 이름을 취해 樓名으로 삼은 것이라 하겠다.

영남루는 고려 말 개창 이후 현재의 모습에 이르기까지 많은 변천 과정을 겪었다.[18] 선초 밀양부사 安質(?~1447)이 1439년경 중수하였는데, 이때 본루의 서쪽에 부속 건물인 小樓(후에 召樓→臨鏡堂)도 함께 지었다. 부사

姜叔卿(1428~1481)이 1460년 그 규모를 장대학 확장하고 중수함으로써 비로소 아름다운 누관을 갖추게 되었다.[19] 그리고 1488년에는 부사 金永錘가 빈객들에게 연회를 베풀고 침실을 제공하기 위해 본루의 동쪽에 望湖堂을 지었다. 이때까지만 해도 관아의 동남쪽에 위치한 영남루는 밀양부 객사의 별관으로 쓰였지만 그렇게 웅장한 규모의 누각은 아니었다. 실제 오늘날의 건물 배치와 유사한 규모의 누각으로 처음 조성된 것은 1543년 부사 朴世煦(1493~1550)에 의해서이다. 이때 퇴색한 영남루 본루를 전면 해체하여 복원하였고, 망호당을 이건하여 증축하고는 본루와 기둥으로 연결한 뒤 凌波堂으로 개칭했으며, 또 임경당을 증축하여 枕流堂으로 개칭했다.

그리고 1592년의 임진왜란으로 모든 건물이 소실된 이후 능파당과 침류당은 1609년 부사 奇孝福에 의해 신축되었고, 본루인 영남루는 50년이 지난 1643년에 부사 沈器成에 의해 비로소 신축되었다. 이후 몇 차례의

**그림2 밀양군 전경.**

이 사진은 『사진으로 보는 근대한국』 상(서문당, 1986, 225쪽)에 수록되어 널리 알려졌는데, 「조선시보」(1915.9.20)에 같은 사진이 '밀양 성내 전경'으로 실려 있다. 사주문 앞쪽에 남문이 보인다.

중수 과정이 있었는데, 특히 1834년 저절로 일어난 화재로 경내의 모든 건물이 불타버린 것을 1844년 부사 李寅在가 대대적으로 중창했다. 이때 관아의 건물을 수백 칸 지었는가 하면, 영남루 경내를 확장하고 본루의 규모를 크게 하고, 능파당과 침류당을 본루에 연결시킴으로써 현재와 같은 완벽한 구성 형태를 갖추게 되었다.

1894년 청일전쟁을 계기로 일본 헌병대가 영남루를 강점하여 객사인 공진관을 옥사로 사용하였다. 일제강점기에 접어들어서는 총독부의 고전 보존이라는 명목하에 방치됨으로써 거의 붕괴 지경에 있다가 겨우 1930년에 위험한 누각의 기둥 몇 개를 위시하여 썩은 곳을 약간 보수하였을 뿐이고, 광복 전까지 군민들의 요구에도 불구하고 총독부의 비협조와 미온적 태도로 근본적인 개보수를 하지 못한 채로 남아 있다가[20] 해방 이후 점차로 정비되어 오늘에 이르게 된 것이다. 嶺南樓는 흔히 좁게는 본루만을 지칭하고,[21] 넓게는 본루의 부속 건물인 凌波堂[22]과 枕流堂[23]을 포함시킨다.

## 2) 영남루의 심미적 특성

嶺南樓가 여러 문인의 작품에 등장하게 된 것은 무엇보다 건축 구조물의 심미적 요소와 누각이 위치한 지리적 조건에서 찾을 수 있다. 영남루의 전신인 嶺南寺의 小樓는 金湊가 개창할 당시만 해도 "규모가 비좁고 누추하며 집은 작고 처마는 짧아서, 바람이 비껴 불면 비가 들치고 해가 기울면 볕이 들"[24] 정도여서 건물 자체의 매력이 그다지 크지 않았음을 볼 수 있다. 이럼에도 불구하고 이러한 영남사의 소루가 일찍부터 작품의 제재로 많이 다루어진 연유는 무엇인가 하는 점이다.

이와 관련하여 成元度가 1344년에 지은 글을 보면 영남루가 명성을 얻게 된 것이 그 규모나 단청의 화려함보다는 누각에 등림하여 조망하게

되는 자연경관에 있음을 알 수 있다. 곧 그는

> 이 누각이 북쪽으로 소나무 언덕에 의지하였고, 서쪽으로는 관에서 개설한 길 곁에 닿아 있으며, 큰 강이 그 사이로 가로질러 흐르고, 삼면은 겹겹이 산으로 에워쌌으며, 아득하게 넓은 평야가 바둑판처럼 평탄하고, 그 가운데 큰 숲이 무성하게 우거져 있다. 흐리고 맑고 아침 해 뜨고 저무는 사시의 경치가 무궁하다. 시로는 다 기록할 수 없고, 그림으로도 다 그려낼 수 없다.[25]

고 하였다. 흔히 樓觀은 '三遠'의 요소를 중시하는데, 高遠과 深遠과 平遠이 그것이다. 누각이 높은 언덕에 위치해서[고원] 길게 흐르는 강[심원]과 넓은 평야[평원]의 경관을 관찰할 수 있는 공간적 배치를 가져야 함을 뜻한다. 이를 모두 갖춘 누각에 등림하게 될 때 승경을 감상하는 효과가 극대화될 것임은 분명해진다. 위 성원도의 글을 참고하면 영남루의 전신인 小樓는 세 요소를 구비하고 있다. 즉 高遠은 누각이 입지한 강 위의 언덕과 삼면을 에워싼 높은 산, 深遠은 누각과 고을을 가로질러 흐르는 큰 강, 平遠은 바둑판처럼 평평하고 아득하게 넓은 평야와 그곳의 무성한 숲 등에 각각 比定할 수 있다. 죽루가 이런 三遠의 공간적 자질을 구비하고 있었기 때문에 누각에 등림하면 일망무제의 기이한 形勝을 감상할 수 있었던 것이다.

더구나 그는 죽루의 무궁한 경치에 대해 "남방 산수의 정령이 밀양에 모여 누각을 껴안고 있는 것처럼"[26] 생각하였기 때문에, 시나 그림으로써 형용할 수 없는 감동을 느꼈던 것이다. 영남사의 죽루에 대한 이러한 시각은 조선시대로 이어져 영남루가 '嶺南第一樓'라고 하는 지배적 이미지로 정착하게 되었는데,[27] 누관의 아름다움은 특히 풍류를 주제로 한 제영시 창작의 주된 동기로 작용하거나 여타 제영시에서 누각의 서경을 묘사할 때 중심 세부로 활용되었다.

초기의 영남루가 이처럼 누각이 입지한 승경으로 주목을 받았다면, 고려 말 1365년 金湊가 개창한 이후로는 점차 건물의 웅장성과 세련미가 더욱 부각되었다고 하겠다. 그는 지붕을 반듯하게 넓히고, 겹처마로 깊숙하게 하고, 추녀와 기둥을 넓히고 높게 한 뒤 단청으로 장식함으로써, 비바람을 막을 수 있을 정도의 비교적 세련된 누각을 만들었다.[28] 그리고 조선조에 들어서 여러 차례의 중수 과정을 통해 예전보다 훨씬 장대한 규모의 누각을 갖추게 됨으로써 이곳을 찾은 문인들에게 시적 감흥을 불러일으킬 수 있었다.

영남루가 시적 제재로 자주 활용된 요인으로 산천의 아름다움이나 누각의 웅장미 못지않게 누각의 심미적 배치를 들 수 있다. 주변이 자연환경과 조화를 이루면서도 독특하게 배치된 건축물 구조가 돋보였다는 점이다. 1722년 화재로 소실된 영남루를 부사 李熙疇가 1724년 복원하고 난 뒤 지은 記文을 보면,

> 嶺南樓가 중간에 우뚝 높이 솟아 있고, 凌波堂과 枕流堂이 좌우 날개가 되어 거대한 건축과 뛰어난 경관이 강산을 훌륭하게 장식하여 한 지방의 칭송을 받고 있다.[29]

고 하였다. 우뚝하게 솟은 본루인 영남루를 중심으로 동쪽으로는 凌波堂이, 서쪽으로는 枕流堂이 좌우로 배치됨으로써 건물들이 예술적 구조를 갖고 있음을 보여준다. 능파당 외에 침류당까지 본루의 翼樓로 된 것은 임진왜란 이후라는 것이 일반적인 견해이다. 특히 1844년에 부사 이인재가 영남루 본루의 규모를 크게 하고, 본루와 익루 사이에 왕래할 복도와 층층 계단[30]을 설치함으로써 완벽한 조형미를 갖추게 되었다. 영남루의 이러한 건물 구조와 배치는 다른 누각에 비해 매우 독창적인 예술적 가치를 지니게 됨으로써 전국적으로 널리 명성을 얻게 된 것이다.

이로써 영남루의 이름에 대하여 趙寅永의 새로운 해석도 나오게 되었고,[31] 심지어는 밀양의 영남루에 직접 가보지 않고서도 그 명성에 깊이 매료되기도 하였다. 아울러 조선 중엽에 형성된 阿娘의 전설은 영남루에 심미적 요소를 더욱 가미시켜, 공무나 사적으로 이곳을 방문한 문인들이 교유하거나 정감을 표현하는 촉매로 작용하여 창작의 중심 공간이 되었던 것이다. 영남루 제재로 시문이 많이 지어진 것은 결코 우연한 결과가 아니라 하겠다.

이처럼 영남루는 명승지에 위치하고, 심미적 건축 구조를 갖추게 됨으로써 시대를 달리하여 문학적 적층이 이루어지는 제재가 되었다. 특히 영남루에 보태어진 아랑 전설은 밀양 지역의 문화적 깊이와 넓이를 심화시키는 계기가 되었다.

## 3. 嶺南樓 題詠詩의 형성 과정

### 1) 태동기의 영남루 제영시

영남루 제영시는 영남루 전신인 嶺南寺의 부속 누각인 竹樓를 대상으로 지은 고려 중엽의 작품을 그 기원으로 잡을 수 있다. 한두 사람이 지은 몇 편의 작품이 전하는 문헌상의 제약이 있기는 하지만, 이 이전에는 동일한 제재를 대상으로 지은 시를 찾을 수 없기 때문이다. 따라서 현전하는 자료들에 근거하여 태동기의 영남루 제영시는 鄭知常(?~1135)이 지은 「嶺南寺樓」를 최초의 작품으로 보는데, 『보한집』에 그 일부가 수록되어 있다.

삽상(颯爽)하고 활달하기로는 鄭舍人이 지은 「嶺南寺樓」 중 "온 시내 밝은 달 비추는 밤에 난간 기대어/ 만 리에서 불어오는 맑은 바람에 발 걷고 하늘

보네"라는 시구가 있다. 文順公이 지은 「北山寺」 중 …… 이 모두는 하나의 풍격을 이루고 있는데, '萬里淸風'이라는 시어가 더욱 아름답다.[32]

시제의 '嶺南寺樓'는 앞에서 밝힌 것처럼 영남사의 竹樓를 지칭한 것이다. 밝은 달이 비치는 죽루 난간에 서서 아래로 유유히 흐르는 강을 굽어보며, 먼 곳에서 불어오는 바람을 쐬기 위해 발을 걷고서 하늘을 바라보는 장면을 묘사하고 있다. 특별히 시각적 요소가 강조된 시구의 내용은 앞이 확 트인 영남사의 누각에 登覽할 때 관찰된 것이다. 시 전편이 남아 있지 않아 작가가 표현하고자 한 주제 의식을 자세히 알 수는 없다.

한편 최자는 이 시의 풍격에 대해 이규보의 작품과 함께 '爽豁'로 비평했고, '萬里淸風'이란 시어가 더욱 좋다고 했다. 이러한 평가는 누각에 등림하여 감상한 밝은 달과 맑은 바람이 응어리진 마음을 상쾌하게 풀어주는 묘미가 있음을 시로 적절하게 형상화했기에 내려진 것이라 하겠다.

그리고 형성기에 속하는 온전한 작품으로는 林椿(1148~1186)[33]의 시를 들 수 있다. 그는 1178~1180년경 상주에 홀로 살던 시기에 성주를 거쳐 밀양 지역을 유람한 적이 있다. 이때 정지상의 「嶺南寺樓」를 차운한 「次韻鄭學士之元留題」를 비롯하여 「題嶺南寺」, 「嶺南寺竹樓」, 「二月十五夜對月」, 「遊密州書事」, 「戲密州倅」, 「寄密州太守」, 「鄕校諸生見招會飮 作詩謝之」 등 밀양의 승경이나 인문 지리를 대상으로 여러 편의 작품을 남긴 것으로 짐작된다. 이 중에서 우선 영남사 竹樓를 제재로 지은 시를 살펴보기로 한다.

| | |
|---|---|
| 嶺南의 산수는 남방에서 으뜸이 되는데 | 嶺南山水甲吳興 |
| 누각 위에 봄이 오니 우연히 한번 올랐네 | 樓上春來偶一登 |
| 찌푸린 눈썹처럼 외로운 산봉우리 멀리 있고 | 橫皺愁眉孤岫遠 |
| 깨끗한 베를 고루 깐 듯 푸른 물결 맑도다 | 平鋪淨練碧波澄 |

| | |
|---|---|
| 구름은 단청 기둥을 날아 상포로 돌아가고 | 雲飛畫棟歸湘浦 |
| 바람은 고깃배를 보내 무릉으로 들어가게 하네 | 風送漁舟入武陵 |
| 시 읊기 마치고 붓 휘둘러 분벽에 남기는 것은 | 吟罷揮毫留粉壁 |
| 다시 와 놀 때 내 자취 기억하기 위함일세 | 重遊聊欲記吾曾 |

—임춘, 「嶺南寺竹樓」, 『서하집』 권2

1행의 영남의 산수는 영남 전체를 아우르는 것이거나 영남사 주변의 아름다운 풍광을 뜻할 수 있다. 2행에서 시의 제재가 직접적으로 영남사의 누각임을 고려하면 후자로 보인다. 3행과 4행은 누각에서 관찰한 공간적 세부로 산봉우리와 강물을 들고 있는데, 절묘한 기교에 의해 묘사되고 있다. 즉 높낮이가 다르게 줄지어 선 산봉우리를 근심으로 찌푸려진 눈썹에 비유하고, 절벽 아래로 유유히 흐르는 맑은 강물을 고루 깔아놓은 깨끗한 비단에 비유하였다. 눈썹과 비단 등 적절한 시어를 선택함으로써 竹樓 주변의 아름다운 경물이 더욱 부각되고 있다. 5행에서는 화려하게 장식한 기둥을 감싸고 날아가는 구름을, 6행에서는 바람 부는 방향에 따라 고깃배를 저어가며 귀가하는 어부의 유연한 모습을 형상화하고 있다. 그리고 마지막 두 행은 고상한 풍광을 접하면서 촉발된 흥취가 창작으로 전환되는 과정을 알려준다. 누각 주변의 자연경관과 그 속에서 발견되는 한가롭고 조화로운 질서는 화자로 하여금 무한한 상념에 젖게 하고, 이에 따라 시를 지어 풍류를 즐기게 되었다는 것이다. 그의 말대로 "좋은 경치를 만나면 시흥이 일어나게"(임춘, "遇勝添詩興", 「遊密州書事」) 되는 것은 자연스러운 현상에 속한다.

林椿이 동일한 제재를 다루었지만 내용의 성향이 다른 「題嶺南寺」가 있다.[34] 시의 제목은 '영남사'이지만 절집 자체를 대상으로 하지 않고, 부속 건물인 竹樓를 중심 공간으로 설정하고 있다. 영남사 주변의 아름다운 풍광과 그곳에 마을을 이루고 유유자적하게 사는 사람들이 묘사된 전반부는 생략하고 그 후반부를 다음에 소개한다.

| | |
|---|---|
| 서울에서 쫓겨난 나그네 언제 왔던가 | 洛城遷客來何時 |
| 누각에 올라 천리 길 다하도록 바라보네 | 樓上欲窮千里目 |
| 산인가 구름인가 멀리 보면 한 빛이고 | 山耶雲耶遠一色 |
| 먼 하늘 줄지은 기러기는 끊어졌다 이어졌다 하네 | 雁點長空行斷續 |
| 하늘 끝의 저물녘 빛은 진실로 아득한데 | 天涯晩色正蒼然 |
| 집 생각에 마음이 다시 재촉함을 어찌하려나 | 其奈思家心更速 |
| 거듭 와서는 이 누각에 오르지 않으리 | 不用重來登此樓 |
| 안개 낀 물 좋은 곳이 사람 근심시키네 | 煙波好處使人愁 |

—임춘, 「題嶺南寺」, 『서하집』 권2

시 속의 화자는 서울에서 좌천된 신분으로 밀양에 유배 온 林椿 자신을 의미한다. 누각에 올라 생각해보는 서울은 천릿길이나 되는 매우 먼 곳이다. 시선 너머로 보이는 산은 구름과 구분되지 않을 정도로 아득하고, 하늘 높이 자유롭게 날아가는 기러기의 모습은 서울로 복귀하지 못하는 시인의 안타까움을 한층 심화시키고 있다. 밀양과 서울의 심리적 거리는 '하늘 끝[天涯]'이라는 공간 개념으로 표현되는데, 이는 고향을 생각하는 마음을 더욱 조급하게 만들고 있다. 결국 영남사 누각 주변의 아름다운 풍취는 결코 동화될 수 없는 타자로 남게 되고, 남들이 좋다고 하는 안개 낀 강물도 시인의 근심을 자아내는 상관물이 되고 만다. 이 시는 영남사의 부속 누각에서 조망한 경치를 통해 정치 현실과의 괴리에서 생긴 상처받은 내면의 정서를 표현한 것이라 하겠다.

이처럼 영남루의 전신인 영남사의 죽루를 제재로 한 고려 중엽의 정지상과 임춘의 시를 영남루 제영시의 기원으로 볼 수 있고, 시인의 관점에 따라 형상화한 내용의 달라질 수 있음을 알았다.

### 2) 태동기의 영남루 제영시

영남루 제영시는 고려 말엽에 본격적으로 형성되기 시작했는데, 1344년 成元度가 天자의 '先'운을 활용하여 지은 시를 처음으로 보고자 한다. 이 시를 형성기의 첫 작품으로 보는 것은 영남사 竹樓를 제재로 지은 동일한 原韻의 작품이 이 이전에는 발견되지 않고,[35] 근세에 이르기까지 여러 문인이 수백 편의 次韻 시를 남길 정도로 보편적인 原韻이 되었기 때문이다.

| | |
|---|---|
| 붉은 난간이 불쑥 솟아 구름 하늘에 닿았고 | 朱欄突元襯雲天 |
| 줄지은 산봉우리는 눈앞에 모였구나 | 列岫連峯湊眼前 |
| 아래로는 긴 강이 흘러 다함이 없고 | 下有長江流不盡 |
| 남쪽으로 펼쳐진 큰 들판은 끝이 없도다 | 南臨大野闊無邊 |
| 마을 다리에 숲 이룬 버들이 빗속에 은은하고 | 村橋柳暗千林雨 |
| 길 곁에 핀 꽃은 십 리 안개 속에 밝구나 | 官路花明十里煙 |
| 올라가 風景을 감상하고 싶지 않은 것은 | 不欲登臨賞風景 |
| 사람들이 이로 인해 환영 자리를 베풀까봐 | 恐人因此設歡筵 |

—『신증동국여지승람』 권26 「밀양도호부」 〈누정조〉

그는 역참의 관리와 감찰의 기능을 수행하는 察訪의 명령을 받들고 경상도를 순시하던 도중 밀양군을 지나게 되었고, 이때 군수의 부탁으로 竹樓에 등람한 뒤 이 시를 지어 詩板으로 내걸었다.[36] 1행은 누각이 하늘로 치솟은 장대한 모습을 묘사한 것이다. 2행은 세 면을 둘러싼 산봉우리 즉 동으로는 舞鳳山, 남으로는 龍頭山, 서로는 馬巖山을 한눈에 살펴본 것을 뜻한다. 3행은 유유히 흘러가는 凝川을, 4행은 눈 앞에 펼쳐진 드넓은 평야를 각각 묘사하고 있다. 5행과 6행은 마을을 형성하고 있는 봄철의 아름다운 버들과 꽃을 언급한 것이다. 이 객관적 경물은 세부 공간으로 기능하여 누각이 위치한 자연환경의 形勝을 강조하고 있다. 여기까지 객관적으로 묘사되다가 7행에서 시상이 급격한 전환을 보여준다. 즉 의외로 영남사 누각에서 풍류를 즐기지 않겠다는 의지를 밝히고 있다. 이는 누각을 감상하는 묘미나 감흥의 요소가 적어서가 결코 아니고, 그렇다고 경물에서 촉발된 정서를 그가 말한 적이 있는 것처럼 "시로는 다 기록할 수 없어서"도 아니다.

시인의 진정한 의도가 나타나는 8행을 주목할 필요가 있다. 다름이 아니라 죽루에 등림하여 풍경을 감상할 때 고을 사람들이 자신에게 연회를 베풀어 환대하는 일을 염두에 두었기 때문이다. 잔치는 많은 인력과 물질이 수반되므로 자칫하면 그들에게는 엄청난 고통을 줄 수 있다. 특히 그가 나라의 명령을 받고 공무를 수행하는 관직에 있었으므로 그 폐해가 끼치는 심각성을 우려한 것이다. 중대한 임무를 맡은 관리로서 백성을 사랑하는 엄격한 자세가 절제된 풍류로 표현된 것이다. 이런 점에서 이 시는 후대 영남루 제영시의 한 주제가 된 憂國愛民의 衷情을 보여주는 전형적인 작품이라 할 수 있다.

성원도의 영남루 시는 李兆年의 손자인 李仁復(1308~1374)이 공민왕대 초기에 영남사 죽루에 등림하여 지은 아래의 차운시로 이어지고 있다. 작품의 제재가 동일하지만, 구현된 주제는 서로 다르다.

| | |
|---|---|
| 더위로 올라오니 가을이 하늘에 가득하고 | 觸熱登臨秋滿天 |
| 눈 안에 펼쳐진 壯觀은 예전에 몰랐네 | 眼中壯觀覺無前 |
| 산은 서쪽으로 꺾여 구름 밖에 비꼈고 | 山從西折橫雲表 |
| 물은 동에서 흘러 절벽 가를 감돌구나 | 水自東流繞岸邊 |
| 관현악 흥겨운 곡조 속에 한가한 세월 | 急管繁絃閑日月 |
| 긴 숲 무성한 풀에 바람 안개 좋구나 | 長林豐草好風煙 |
| 잇따른 光景에 머문들 어찌 방해가 되랴 | 留連光景何妨事 |

| | |
|---|---|
| 한껏 취하며 끝까지 비단 자리를 밟으리 | 爛醉終須踏錦筵 |

—『신증동국여지승람』 권26 「밀양도호부」 〈누정조〉

시 속에서 누각의 구체적인 모습은 생략된 채 단지 더위를 피하기에 적합한 공간으로 제시되고 있다. 죽루에 올라가서 직접 바라본 장관은 산과 구름, 강과 절벽, 긴 숲과 바람과 안개 등이 연출하는 인상적인 풍경이다. 이 시는 성원도의 시에 비해 공간적 세부들이 적게 활용되었지만, 경물에서 촉발되는 주관적 정서를 중심적으로 노출하고 있는 것이 특징이다. 더위를 잊게 하는 시원한 풍경을 감상하면서 흥겨운 곡조 소리와 함께 한가한 세월을 보내고, 술에 흠뻑 취할 때까지 즐거운 잔치를 즐기겠다는 생각을 드러낸 것이 단적인 예이다. 이는 화자에게 죽루가 宴樂과 휴식의 공간으로 인식되고 있음을 보여준다. 곧 누각의 등림은 승경을 탐미하고 한껏 고양된 흥취를 즐기는 風流 행위인 것이다. 이 시는 후대의 대종을 이룬 영남루 제영시의 한 전형이 된다.

본격적 형성기에 속하는 또 다른 제영시로 영남루가 개창된 이후에 '庚'운 자로 지은 李穡(1328~1396)의 작품을 들 수 있다. 이 시는 그의 문집에는 수록되어 않았는데 일찍부터 영남루 현판에 내걸렸음을 알 수 있다.[37] 『동국여지승람』에는 1행과 2행만 전하고, 온전한 작품은 후대에 새긴 현판,[38] 『밀양부읍지』, 『밀주지』, 『조선환여승람』, 『교남누정시집』 등에 실려 있다.

| | |
|---|---|
| 嶺南樓 아래로 큰 내가 비껴 흐르고 | 嶺南樓下大川橫 |
| 가을 달밤에 부는 봄바람이 太平이로다 | 秋月春風屬太平 |
| 문득 얻은 은어는 눈앞에 아른거리고 | 忽得鈞魚森在眼 |
| 사문의 웃음소리가 귀에 들리는 듯 | 斯文笑語可聞聲 |

—이색, 「嶺南樓」(출처 『밀양부읍지』 〈제영조〉)

이 시는 영남루와 그 아래로 비껴 흐르는 큰 내인 응천, 가을에 떠오르는 달과 온화한 봄바람 등이 조화를 이루는 절묘한 풍경에 대한 느낌을 읊고 있다. 시인은 아름다운 경치를 '太平'이라는 시어로 관념화하고 있다. 이 시의 직접적인 감발은 영남루 아래로 흐르는 응천의 명물인 '銀魚'를 마을 선비로부터 얻은 것이 계기가 되었다. 밀양의 은어는 조선 태조가 즉위할 때 밀양부사가 이를 축하하기 위해 은어를 헌상함으로써 전국적인 명성을 얻게 된 후 이 지역을 대표하는 토산물이 되었다고 한다.[39] 하지만 고려 말에 이미 그 맛과 향기 독특하여 사랑을 받은 사실을 이 시를 통해서 알 수 있다. 선비의 웃음소리는 태평한 시절에 수려한 경관을 벗 삼아 우연히 얻은 맛있는 은어를 먹으면서 풍류를 즐기는 모습을 나타낸다. 작품을 통해서 읽을 수 있는 세상살이의 다정다감한 詩情은 이후 영남루 제영시의 한 주제가 되었고, 이 시는 뒤에서 자세히 다룰 權近을 비롯하여 여러 시인이[40] 지은 차운시의 原韻이 되었다.

그림3 영남루의 목은 이색 시판. 2006.1.22

이상에서 영남루 제영시의 본격적 형성기의 최초 작품으로 영남사 죽루의 명승을 형상화한 성원도의 '天'자 운의 작품과 이를 차운한 이인복의 시, 그리고 영남루를 제재로 이색이 지은 '庚'운의 영남루 시를 검토하였다. 이 시들은 후대에 출현한 수많은 차운시를 대표하는 原韻이라 할 수 있다. 그러면 영남루의 누각과 승경을 제재로 차운하거나 새로운 운자를 내어 지은 여러 시를 대상으로 그 주제 의식을 네 가지 양상으로 나누어 고찰하고자 한다. 이러한 분류는 모든 시를 아우르기에는 제한점이 있지만, 영남루 제영시의 전체적인 경향은 파악할 수 있을 것이다.

## 4. 嶺南樓 題詠詩의 주제 양상

### 1) 勝景 耽味의 風流

영남루 누각의 웅장한 美觀과 그것이 입지한 강산의 勝景은 감상의 동기를 부여하고 시문 창작의 주요한 계기가 된 것이 사실이다. 공적인 임무나 개인적 취향으로 영남루를 찾은 시인들은 누각과 강산에서 촉발된 감흥을 시로 표현하는 風流를 즐겼다. 특히 영남루가 영남 제일의 누각이라는 자부심이 있어서 풍류의 묘미를 한층 심화시켰는데, 이런 경향의 작품은 영남루 제영시의 대표적인 유형이 된다.

먼저 文益漸(1329~1398)이 영남루를 제재로 지은 아래의 시를 검토함으로써 구체적인 실체에 접근하고자 한다.

| | |
|---|---|
| 듣자 하니 神仙이 사는 곳에 있던 명산을 | 聞說神仙有洞天 |
| 여섯 자라가 머리에 이고 이 앞에 옮겼다지 | 六鰲頭戴忽移前 |
| 맑은 날 강의 향기로운 풀에 이는 바람이 좋고 | 晴川芳草好風裏 |
| 외로운 따오기와 지는 노을은 석양에 오르내린다 | 孤鶩落霞斜日邊 |
| 넓은 들에 말과 소는 나그네의 길을 분간하고 | 曠野馬牛分客路 |
| 먼 마을에서 닭과 개 우는 소리 인가가 늘어섰네 | 遠村鷄犬接人煙 |
| 특별한 곳의 光景을 말로 다 하기 어려워 | 別區光景言難竟 |
| 그림으로 그려다가 임금님께 바치련다 | 畵取吾將獻御筵 |

—문익점, 「嶺南樓」(출처 『조선환여승람』)

이 작품은 그가 1376년 청도군수로 재임 시 嶺南樓에 오르고서 지은 '天'자 운의 제영시이다.[41] 이때는 김주가 영남루를 개창한 뒤 약 10년이 지난 시점인데, 누각 자체의 탐미보다는 누각의 입지 환경을 탐승한 내용이 주조를 이룬다. 밀양을 '神仙有洞天'에 비유하여 도가의 신선이 사는 듯한 신비롭고 아름다운 고을임을 강조하고 있다.[42] 날이 맑으면 강가의 향기로운 풀이 바람에 산들거리는 풍경, 석양 무렵 하늘로 외로이 날아오르는 따오기와 땅으로 지는 노을, 말과 소가 들판을 지나가자 비로소 분간되는 길, 닭과 개 우는 소리가 들리는 먼 마을에 즐비한 인가 등은 목가적 광경을 만들어내고 있다.[43] 이 태평스럽고 신비로운 모습은 영남루에 올라 실제로 목격한 세부들에서 도출된 이미지이다. 또 3행과 4행에 쓰인 시어 '晴川芳草'와 '孤鶩落霞'는 누각 주변의 명승을 묘사할 때 흔히 쓰는 관습적 표현이다.[44] 영남루 주변의 환상적인 경물에 압도되어 세부를 관찰할 필요가 없는 듯하다. 말로 다 하기 어렵다는 것은 서정적 풍경의 아름다움을 더 이상 시로써 묘사할 수 없는 상태를 고백한 것이다. 영남루의 승경이 황홀하여 시인에게 특별한 감동을 주었음을 뜻한다. 그리고 풍광을 그림으로 그려서라도 임금에게 바치겠다는 것은 風流의 극치를 耽味하려는 의미를 함축하고 있다.

| | |
|---|---|
| 높은 누각에 올라 멀리 바라보니 하늘에 오른 듯 | 高樓登眺若登天 |
| 景物이 어지러이 앞에 있다 어느덧 뒤에 있네 | 景物紛然後忽前 |
| 바람과 달빛이 모두 맑은 것은 고금에 한가지고 | 風月雙淸是今古 |
| 산천은 십 리에 절로 안팎을 이루었네 | 山川十里自中邊 |
| 가을 깊어진 길 곁은 단풍 빛이 비치고 | 秋深官道映紅樹 |
| 해 저무는 어촌에는 흰 연기가 모락모락 이네 | 日暮漁村生白煙 |
| 나그네는 오래 읊조려도 시를 이루지 못하는데 | 客子長吟詩未就 |
| 사또는 손님 맞으려 술안주 자리에 가득 차리네 | 使君尊俎秩初筵 |

—이숭인, 「題嶺南樓」, 『도은집』 권2

위 작품은 정몽주의 일파로 몰려 죽임을 당한 李崇仁(1347~1392)이 지은 영남루 시이다. 먼저 높은 지대에 위치한 嶺南樓에 오른 느낌을 하늘에 오른 것 같은 기분으로 표현하고 있다. 화자의 눈앞에 보이는 경물이 수려하고 감상할 대상이 많음은 앞과 뒤라는 공간 개념을 나타내는 시어를 통해 구현되고 있다. 이어서 누각에 불어오는 시원한 바람과 밝은 달, 십 리에 이를 정도로 광범위하게 펼쳐진 산천의 장대한 광경은 그 구체적인 세부로 기능한다. 그리고 성원도가 이미 표현한 것처럼 영남루가 길 곁에 입지함으로써 사람들이 쉽게 접근할 수 있게 된 것은 다른 누각에서 찾을 수 없는 독특하고도 이채로운 성격으로 인식되었다. 화자는 관도를 따라 줄지어 선 단풍나무가 마을을 붉게 물들이고, 해가 저물어 귀가한 백성들이 밥 짓기 위해 불을 지펴 온 동네가 흰 연기로 자욱해진 모습을 관조하고 있다. 5행의 '紅樹'는 아름다운 마을의 모습을, 6행의 '白煙'은 백성들의 여유로운 생활을 각각 상징하기 위해 사용된 시어이다.

이 두 시행에 대해 徐居正이 "몹시 고아하여 시가의 법을 얻은 것이다(予曰 陶固雅絶, 得詩家法)."(『동인시화』 권하)[45]고 평가했듯이, 자연과 인문환경이 완벽한 조화를 이루고 있는 회화적인 장면이 효과적으로 묘사되어 있다. 그리고 이를 시로 담아내기 위해 복잡해진 심사로 고민하고 있는 화자에게 고을의 부사가 술상을 차려오는 다정한 정경을 덧붙임으로써 시상을 종결하고 있다. 영남루에 등림한 아름다운 경물과 태평스러운 마을이 작품의 주조를 이루고, 이것에 몰입함으로써 촉발된 절실한 감상을 즐기는 것이 바로 風流인 것이다.

| | |
|---|---|
| 아름다운 남쪽 고을에 별천지가 있으니 | 佳麗南州別有天 |
| 風流의 인걸을 생각하니 지난해 일인 듯 | 風流人傑想年前 |
| 성곽 가까이 돌아 푸른 빛 감도는 삼면의 산 | 靑回近郭山三面 |
| 찬 물가에 흰 줄을 그어 한편이 물이로다 | 白抹寒汀水一邊 |
| 올라보면 다만 세월이 한가함을 느끼나 | 但覺登臨閑日月 |

| | |
|---|---|
| 아직도 시구로 풍경에 답하지 못하네 | 未將詩句答雲烟 |
| 과객의 거친 붓이 매우 호방하여 재차 부끄러우나 | 還慙過客麁豪甚 |
| 여러 번 미친 사람의 말로 좌중을 움직이네 | 屢發狂言動四筵 |

—서거정, 「次韻密陽嶺南樓」, 『사가시집』 권2

위의 시는 徐居正(1420~1488)이 1478년 軍容巡察使가 되어 경상도 지역을 순방하였을 때 영남루에 등람한 뒤 지은 작품으로 보인다. 밀양의 승경을 '別有天'[46]이라 하고는, 성곽을 둘러싼 삼면의 산과 마치 흰 줄을 그은 것처럼 물결을 이루며 도도하게 흐르는 강을 풍경의 세부로 표현하였다. 이러한 승지에 입지한 누각에 오르고서 세월의 한가로움을 느꼈고, 과거에 풍류를 즐겼던 시인들이 떠오르게 되자 자신도 동참하려는 욕구가 치솟아 여러 번 시를 지은 사실을 보여준다. 그러나 자신의 시는 '미친 사람의 말[狂言]'이고, 다른 사람의 작품에 미치지 못하는 부끄러운 수준에 불과하다고 하였다. 이를 비단 겸손의 표현만으로 해석할 수 없고, 시 창작의 행위가 風流에서 중요함을 암시하는 것이라 하겠다.

| | |
|---|---|
| 누각이 우뚝 솟아 영남 강 하늘에 임하였는데 | 樓觀危臨嶺海天 |
| 나그네는 아름다운 계절에 와 국화 앞에 섰네 | 客來佳節菊花前 |
| 구름은 상포 언덕의 푸른 단풍 너머로 걷히고 | 雲收湘岸靑楓外 |
| 물은 기러기 가는 형산 남쪽 포구로 줄어든다 | 水落衡陽白雁邊 |
| 아름다운 장막은 광한전의 달을 크게 에워싸고 | 錦帳圍將廣寒月 |
| 옥퉁소 소리는 태청궁의 연기를 불러들이네 | 玉簫吹入太淸烟 |
| 평생에 시인의 흥취를 모두 갖추었는데 | 平生儘有騷人興 |
| 그래도 술 단지 앞의 비단 자리를 밟는구나 | 猶向尊前踏綺筵 |

—이황, 「영남루」, 『퇴계집』 권1

李滉(1501~1570)은 1535년 호송관에 뽑혀 倭奴를 동래로 호송할 때 嶺南樓에 등람할 기회가 생겨 위의 시를 지었다.[47] 1행은 영남루의 樓觀이 강과 하늘을 배경으로 우뚝 솟아 있는 모습을 묘사하고 있다. 2행에서는 누각에 오른 시기가 가을임을 알려준다. 3행에서 하늘 위 높은 구름이 단풍빛 짙은 산 너머로 떠다니고, 4행에서 강물의 수량이 줄어든다고 표현한 것은 계절이 가을에서 겨울로 바뀌어 감을 암시한다. 동시에 이러한 계절의 변화를 먼저 알아차린 기러기가 북쪽으로 서둘러 가는 모습을 시각적으로 제시하고 있다. 5행에서는 영남루를 장식한 아름다운 장막에 밝게 비치는 달빛을 통해 광한전을 상상하고, 6행에서는 옥퉁소를 불어 청허한 원기를 받아들이는 광경을 연상하는 장면이 나타나 있다. 7행과 8행은 화자가 누각의 대마루에서 베풀어진 연회에 참여하여 승경을 즐기는 행위를 보여준다. 결국 영남루 등림을 통해 발견한 자연의 순환적 질서를 감상하고, 그 조화로운 경물에 동화되어 고조된 시적 감흥을 담담하게 음미하는 것이 이 시에 나타난 風流라 할 수 있다.

| | |
|---|---|
| 이름난 누각이 높아 嶺南의 하늘을 눌러있고 | 名樓高壓嶺南天 |
| 응천의 물은 온 산을 휘돌며 난간 앞으로 흐른다 | 洛水羅山一檻前 |
| 먼 청산 새 단장하여 둘러앉은 자리 뒤에 보이고 | 螺髻新粧環座後 |
| 푸르게 빛나는 가을 물을 걸러 술 단지에 쏟아붓네 | 鴨頭秋淥瀉樽邊 |
| 어부는 배를 민첩하게 저어 돌아오면서 피리 불고 | 漁樵艇捷歸時笛 |
| 죽림 우거진 마을이 멀리 연기 나는 곳에 있도다 | 竹樹村遙在處烟 |
| 천금이라도 아깝게 여기지 않고 歌舞를 사서 | 不惜千金買歌舞 |
| 해마다 손님 맞으려 꽃다운 자리 베푸는구나 | 年年迎客設華筵 |

—조수삼, 「영남루」, 『추재집』 권4

위 시는 趙秀三(1762~1849)이 이름난 누각인 영남루에 등림하고서 지은 제영시이다. 온 산을 휘돌아 흐르는 응천의 물, 누마루 뒤로 멀리 보이는 청산의 묘사는 하늘 높이 솟아 있는 누각에서 관찰한 자연환경을 대상으로 한 것이다. 그리고 가을의 맑은 물을 걸러 술 단지에 쏟아붓고, 집으로 돌아오는 어부는 배를 민첩하게 저으면서 피리를 불고, 대와 나무가 우거진 곳에 형성된 마을에 밥 짓는 연기가 난다고 한 것은 여유롭게 생활하는 밀양의 낙천적인 모습을 형상화한 것이다. 이토록 아름다운 누각과 빼어난 산수가 있고, 사람들이 자연환경에 순응하여 조화롭게 살아가는 독특한 정경은 곧바로 내적 감흥을 촉발시키는 작용을 하게 된다. 특히 천금을 아끼지 않고 가무를 사서 이곳을 찾는 손님을 위해 해마다 화사한 자리를 베푸는 고을의 넉넉한 인심은 시인의 충만한 정서를 더욱 고양시키고 있다. 이처럼 영남루를 등림하여 아름다운 풍광과 여유로운 정경에 도취된 정서를 가무를 동반하여 발산하는 행위는 風流를 즐기는 주된 방식에 해당된다.

| | |
|---|---|
| 수많은 누대가 첫머리를 양보하고 | 多少樓臺讓一頭 |
| 하늘이 이곳에 風流를 차지하게 했네 | 天敎此地擅風流 |
| 오르게 되니 가슴 속이 상쾌함을 깨닫고 | 登臨但覺胸襟爽 |
| 강산이 나를 만류하여 머물게 하는구나 | 却被江山挽我留 |

—심수경, 「제밀양영남루」 2수 중 첫째 수, 『청천당시집』

위 시는 沈守慶(1516~1599)이 1563년 경상도 관찰사로 부임하여 영남루에 등림한 뒤 지은 것으로 보이는 '尤'운의 작품이다. 승지에 세워진 영남루는 수많은 누대가 첫머리를 양보할 정도로 여러 누각 중에서 가장 아름답고, 밀양이 풍류의 고장으로 이름난 것은 하늘의 뜻이라는 인식이다. 이처럼 자부심을 가질 만한 영남루를 감상하면 마음이 더없이 상쾌해지고, 한번 오르면 계속 머물고 싶어지는 것이 등림의 정서적 효과이다.

그뿐만 아니라 많은 사람이 날아갈 듯한 누각에 올라 수려한 산수의 경관에서 촉발된 정서로 마음의 찌꺼기를 발산하는 쾌감을 즐겼다.[48] 영남루에 올라 흥취의 발산을 통해 얻는 후련함은 바로 風流의 멋이라 하겠다.

이처럼 밀양의 신선 세계나 별천지와 같은 아름다운 풍경을 묘사하고, 이를 한눈에 登覽할 수 있도록 강 언덕 위에 높이 입지함으로써 이름나게 된 영남루에 대한 자부심이 널리 표현되었음을 알 수 있다. 대개 누각이 고원에 위치하기 때문에 풍류가 작품의 주제로 자연스럽게 등장하기 마련인데, 영남루 제영시는 다른 누정시에서는 찾기가 흔하지 않은 제재에 대한 우월 의식이 반영된 風流라는 점에서 독보적이다.

그리고 시인에게 있어서 풍류 감상은 앞의 시 분석에서 약간 언급한 것처럼 창작의 목적 행위로 연결된다는 점이다. 가슴을 후련케 하는 승경 감상 외에, 누각에 올라 시를 읊조리거나 짓는 행위가 진정한 풍류이고 고상한 운치를 더욱 높여주는 것으로 생각했기 때문이다.[49] 실제 영남루의 빼어난 풍경은 시인을 압도함으로써 시인들로 하여금 주체할 수 없는 詩想을 유발했고, 특히 누각의 벽에 걸린 전대의 題詠詩[50]나 記文[51]은 창작 욕망을 자극하여 자연스럽게 영남루 제영시를 짓도록 만든 것이다.

| | |
|---|---|
| 백번을 헤아려도 헛되이 보내기가 어려워 | 百度難虛過 |
| 말 타고 돌아가는 길에 다시 이 누각에 올랐네 | 歸驂更此樓 |
| 옛 사람이 지은 글도 많은데 | 古人多翰墨 |
| 내 늙었지만 또한 風流를 즐기네 | 吾老亦風流 |
| 푸른 대 우거진 언덕에 눈이 얕게 깔리고 | 雪淺靑篁岸 |
| 백로 모여드는 모래톱에 봄기운이 나겠지 | 春生白鷺洲 |
| 복숭 꽃 필 무렵 눈 녹아 강물이 불고 나면 | 桃花水漲後 |
| 가벼운 배를 타고 마음껏 놀아보려네 | 盡意弄輕舟 |

—정범조, 「영남루」, 『해좌집』 권3

위 시는 丁範祖(1723~1801)가 1769년 겨울 驛路인 黃山道를 관장하는 察訪에 제수되어 통도사, 동래, 해운대를 거쳐 밀양의 嶺南樓에 올라 지은 '尤'운의 제영시로 짐작된다.[52] 그는 누각에 올랐으되 시를 짓지 못하면 '헛되이 보낸' 것으로 인식하고, 비록 몸은 늙었지만 시를 지어 남기는 것이 진정한 風流라 정의하고 있다. 말하자면 영남루에서 감발된 정서를 시로 표현하지 않으면 쉽게 망각될 것이기 때문에 옛 사람처럼 시를 짓고 싶어 했다. 푸른 대가 우거진 언덕에 하얀 눈이 얇게 깔려 있고, 봄기운이 생길 무렵의 모래톱에 백로가 모여드는 장면은 시인이 직접 관찰한 영남루 앞의 멋진 풍경이다. 비록 지금은 눈이 내리는 추운 계절이지만, 봄이 되어서 눈이 녹아 강물이 불어나게 되면 가벼운 배를 타고 이곳저곳 다니면서 아름다운 경치를 마음껏 감상하겠다는 소망을 드러내고 있다. 영남루 난간에서 바라본 경치는 볼수록 기묘하였고,[53] 실제 누각에 세 번이나 올랐어도 그리움이 계속 남아 있을 정도로[54] 생생한 감동을 주었다. 이러한 승경 감상에서 비롯된 내면의 흥취를 시로 형상화하는 것이 시인에게는 보람 있는 風流였다.

한편 영남루의 풍경과 누관의 아름다움에 압도된 정서를 표현하기가 쉽지 않았다는 고백은 자주 보인다. 자부심을 가진 시인일지라도 예전의 작품과는 다른 착상으로 새로운 詩境을 개척해야 하는 고민은 언제나 따르기 마련이었고, 진정한 風流를 즐기려면 작시의 혹독한 시련을 극복해야만 했다.

그리하여 누각에 감응이 생겨나 욕망을 참지 못해 詩情을 뽑다가 완성하지 못하고 취해 자리에 거꾸로 쓰러지는[55] 일이 벌어지기도 했다. 金正國의 "스스로 시 주머니가 작아 비웃게 되고/ 주워 담으려니 동석한 사람에게 창피하다"[56]는 구절이나 金玏의 "풍광을 몰아 부리려면 글솜씨 좋아야 하나/ 외로운 자취 오늘은 자리에 나온 게 부끄럽다"[57]는 구절 등에 나타난 자기 고백의 표현을 보는 것처럼 시작의 고통이 매우 컸음을 알 수 있다. 곧 작시 능력의 우열을 떠나서 시 주머니에서 참신한 언어를 찾아 독창적인 의경을 당장에 표현해내기가 그만큼 어려웠다는 증거이다. 특히 영남루의 벽에 걸려 있던 題詠은 언제나 모방이나 창작의 과제가 되었을 것으로 보인다. 우리에게 현재까지 전승되는 영남루 제영시는 이런 고통스러운 창작의 과정이 배어 있는 결과인 셈이다.

### 2) 人間 世態의 情恨

누각은 사람을 만나고 헤어지는 공간이 된다. 만남의 기쁨이 있다면 헤어짐의 슬픔도 따르기 마련이다. 그리고 타향 객지에서 고향을 생각하고 떨어져 사는 나그네로서의 외로움도 있을 수 있고, 더구나 그것이 세상과의 불화로 생긴 것일 때는 깊은 상처로 남게 된다. 영남루의 승경은 이곳을 찾은 시인의 감흥을 촉발시킴으로써 평소의 사람 관계나 복잡한 세상 현상에 느낀 情이나 恨의 정서를 담아내는 주요한 제재가 되었다.

우선 영남루를 제재로 하여 사람과 만남의 기쁨을 노래한, 鄭惟吉(1515~1588)이 지은 '庚'운의 제영시를 들어 본다.

망년지교 사귐으로 만남은 적었으나　　忘年契裡闕邀迎
길에서 고상한 사람 만나니 눈빛이 환해지네　　傾蓋高標潑眼明
자취는 鶴과 같아 야인의 태깔 많고　　跡似仙禽多野態
시는 흐르는 물과 같아 閑情이 넘쳐나네　　詩如流水溢閑情
고을살이에 몰두하여 백발이 되려하는데　　任將白髮沈州縣
청운의 벗들은 죽고 산 자 반반이라 말하네　　聞道靑雲半死生
남쪽 고장에서 徐孺子의 평상 분간 않으니　　不分南鄕徐孺榻
나룻가 누각에 땅은 없고 강물 소리 들리는구나　　津樓無地聽江聲

—정유길, 「嶺南樓 用迎字韻 寄凌波堂主人安太古」, 『임당유고』 상 〈수창록〉

그가 1547년경[58] 영남루에서 밀양부사 태고 安宙를 만난 뒤 '迎'자 운의 이 시를 지은 것으로 보인다. 안주가 당시 부사였음은 시제에서 그를 능파당 주인이라 표현한 데서 알 수 있다. 객사의 일부인 능파당은 빈객을 위한 침실로 사용되었는데, 객사의 관리와 운영의 책임은 부사에게 있었다. 세상을 초월한 안주의 모습을 학에 비유하고, 그가 지은 시의 주된 내용을 閑情이 풍부한 품격으로 평가하고 있다. 또 그의 벗들이 세상을 많이 떠날 만큼 연로했지만 백발이 되어가는 것도 잊고 고을 다스리는 일에 열중하는 훌륭한 안주의 모습은 고상한 인품 못지않게 시인을 매료시켰다. 그러면서도 후한 때 서치(徐穉)가 태수로부터 특별한 손님 대접을 받았던 것처럼 자신도 안주로부터 유사한 대우를 받았으므로 더욱 감동적이었음을 나타낸다. 마지막 행을 보면 영남루에서는 땅은 거의 보이지 않고 강물 소리만 들린다고 하였는데, 이런 공감각적(共感覺的) 심상을 활용함으로써 누각이 깊숙하고 높은 곳에 위치한 정보를 자연스레 알려준다. 곧 외부와 일정하게 격리된 공간 묘사는 안주의 고매한 인품을 연상할 수 있도록 한 시적 장치라 하겠다.[59]

한편 누각과 강산이 아름답다고 해서 낭만적 풍류만 있는 것이 아니다. 그리고 누각에서의 고상한 만남이 주는 즐거움이 있다면, 헤어짐에 따른 슬픈 정서도 발생할 수 있다. 고려 말 李穡이 관직에 천거할 정도로 그와 절친한 벗이었던 都元興[60]이 영남루의 승경에 동화되지 못한 정서를 표현한 아래의 영남루 제영시를 살펴본다.

| | |
|---|---|
| 금빛 옥빛 누각이 뚜렷이 강물과 하늘을 눌렀네 | 金碧樓明壓水天 |
| 옛날 누가 이 봉우리 앞에 지었는가 | 昔年誰構此峯前 |
| 장대 하나 든 어부는 빗소리 밖에 있고 | 一竿漁父雨聲外 |
| 십 리 저곳 나그네는 산 그림자 곁에 있네 | 十里行人山影邊 |
| 난간에 드는 구름은 무협의 새벽에서 생긴 것이고 | 入檻雲生巫峽曉 |

물 따라 흐르는 꽃은 무릉의 안개에서 나온 것이네 逐波花出武陵煙
모래섬의 갈매기는 다만 陽關曲을 듣기만 할 뿐 沙鷗但聽陽關曲
어찌 愁心에 찬 송별의 자리를 알랴 那識愁心送別筵

—『신증동국여지승람』 권26 「밀양도호부」 〈누정조〉

이 시는 시화집에 실린 정도로 명시로 알려진 작품이다.[61] 1행에서 6행까지는 영남루의 승경을 묘사한 것이고, 나머지 행에는 화자의 내면적 정서가 표면화되어 있다. '金碧樓',[62] 즉 화려한 단청으로 칠해진 누각이 산봉우리 앞에 웅장하게 세워져 있음을 보여준다. 그리고 높이 솟은 누각의 그림자가 강물에 반사되고 있는 하늘 그림자 위로 다시 눌러[壓] 뚜렷하게 비취지고 있는 모습이다. 비가 오는 가운데 어부는 장대를 들고 고기를 잡고, 먼 길을 가야 하는 나그네는 발걸음을 재촉하며 벌써 산 그림자를 끼고 돌아가고 있는 정경을 담담하게 묘사하고 있다. 이어서 시인은 분방한 시상을 발휘하여 난간에 걸쳐 있는 구름은 무협의 아침에 생긴 것이 날라온 것이고, 강물 위에 떠서 흘러가는 꽃은 무릉의 안개를 따라 이곳까지 온 것이라는 상상을 이끌어낸다. 무협과 무릉의 인용은 비경을 간직한 영남루의 산수를 비유하기 위한 것이다. 이때 화자는 누군가와 헤어져야 하는 안타까운 처지에 놓여 있다. 이에 따라 시선을 모래섬의 갈매기로 돌리고는, 곧 그것을 주관화하여 자신의 '愁心'을 결코 알 수 없을 것이라 하면서 감정을 이입하고 있다. 갈매기는 원래 양관곡의 곡조를 들을 수 없는 존재에 불과하다. 이는 객관 경물도 자아의 심리 상태에 따라 수용 방식과 내포된 의미가 달라짐을 보여준다.[63] 이처럼 영남루의 수려한 풍경은 오히려 화자의 슬픔을 더욱 증폭시키는 제재가 되고 있다.

남쪽의 평야는 시야에서 멀리 있고 平楚望中遠
봄 강은 누각 아래로 길게 흐른다 春江樓下長

| | |
|---|---|
| 이별의 자리는 하루도 거르지 않고 | 離筵不隔日 |
| 슬픈 음악이 술잔을 재촉하네 | 哀管促飛觴 |
| 영남루의 다리에 매화 처음 지고 | 嶺嶠梅初落 |
| 물가 얕은 섬에는 풀이 또 향기롭네 | 汀洲草又芳 |
| 서로 만났다가 다시 서로 보내니 | 相逢復相送 |
| 모이고 흩어짐이 참으로 서글프게 하네 | 聚散劇悲凉 |

—양대박, 「嶺南樓別沈上舍」, 『청계집』 권2

위는 梁大樸(1544~1592)이 영남루에서 심상사와 이별하면서 지은 '陽' 운의 제영시이다. 먼 곳의 확 트인 넓은 평야와 길게 흐르는 강을 볼 수 있는 영남루는 만남의 공간이 아닌 이별의 장소가 되고 있다. 누각에서 벌어지는 이별은 하루도 빠지지 않고 늘 슬픈 음악이 술잔을 재촉하는 침울한 분위기를 체험하는 공간이다. 화자 자신도 매화가 처음으로 지고 풀이 돋는 봄날에 친구와 이별하게 된 처지에 놓여 있다. 기약 없는 만남과 이별을 반복해야 하는 현실은 '슬픔[悲凉]'의 정조를 자아낸다. 사람의 不在로 극도에 달하게 되는 애틋함이 조성되는 곳이 바로 영남루이다.[64]

영남루가 이별 공간의 의미가 있는가 하면 세상과의 부조화로 생긴 유배 심경이나 나그네로서의 객수를 표출하는 제재로도 활용되었다. 權近(1352~1409)이 1390년경 지은 제영시를 먼저 소개한다.

| | |
|---|---|
| 嶺南의 천 리에 흰 구름이 비껴 흘러가고 | 嶺南千里白雲橫 |
| 북녘을 바라보며 때때로 不平을 한탄하네 | 北望時時恨不平 |
| 홀연 강의 銀魚가 전해주는 편지를 받아보고 | 忽見江魚傳尺素 |
| 봉함을 여니 담소하는 소리 완연히 들리는 듯 | 開緘宛爾笑談聲 |

—권근, 「密城守余公寄惠銀魚 謹用嶺南樓上牧隱詩韵二絶~」 중 첫째 수, 『양촌집』 권7

이 시는 고을 태수에게서 받은 銀魚가 착상의 계기가 된 것으로 시제에서 보듯이 당시 영남루 현판에 걸려 있던 李穡의 작품을 차운한 것이다. 1행과 2행은 현재 화자의 처지를 말한다면, 3행과 4행은 상상의 표현 방식을 통하여 앞날에 대한 화자의 함축적 기대가 표현되어 있다. 그는 1389년에 우봉을 거쳐 영해로 유배를 당했고, 그 이듬해 홍해를 거쳐 김해로 이배되면서 영남루를 登覽한 뒤 이 시를 지은 것으로 보인다.[65] 누각에 등림하여 남쪽 하늘의 흰구름을 보면서 쓸쓸해진 화자는 곧 시선을 북쪽 하늘로 이동시켜 痛憤한 심사를 드러낸다. 여기서 북쪽은 임금이 있는 조정을 의미하고, 당시 정치집단과의 갈등으로 빚어진 귀양살이의 억울함을 직접 하소연하기 위해 활용된 것이다. 경물의 耽味보다는 '不平'의 내면 심리가 직설적으로 표출된 것은 자신이 여전히 먼 바닷가에 유배된 가련한 존재였기 때문이다.[66] 그가 고통스러운 시련을 벗어나기 위해서는 조정의 분위기가 반전되는 형국을 간절히 기대한 수밖에 없다. 그리하여 태수가 선물로 준 은어를 解配 소식을 전해주는 편지로 상상하고, 봉함을 열고는 자신을 반갑게 맞이해주는 동료들의 소식이 담긴 내용을 연상하게 되는 것이다. 곧 상상을 통한 연상 작용은 현실에서 소외된 자아를 위안하고 근심을 해소하는 의미가 있고, 이에 따라 동일한 銀魚를 소재로 '太平'의 주제 의식을 보였던 이색의 영남루 제영시와는 판이한 결과를 가져왔다.

| | |
|---|---|
| 사흘 동안 쏟아진 장맛비에 온 강이 넘쳐 | 三日淫霖漲一江 |
| 하늘 끝 외로운 객은 홀로 창에 기대노라 | 天涯孤客獨憑窓 |
| 백 년의 회포이나 몸은 장차 늙어만 가고 | 百年懷抱身將老 |
| 온 세상에 명성 떨치려던 뜻은 이미 그만두었노라 | 四海聲名志已降 |
| 언덕 위 물오리와 갈매기는 근심스레 나란히 섰고 | 上岸鳧鷖愁竝立 |
| 저녁 알리는 북과 종은 축축해도 치는구나 | 定昏鍾鼓濕猶撞 |

강호 산천이 아름다워 벼슬 생각 점차 얇아지니　　宦情漸薄湖山媚
나그네 창자를 씻어줄 술은 몇 동이일는지　　澆洗羈腸酒幾缸

—김안국, 「嶺南樓阻雨 留數日」, 『모재집』 권1

위의 작품은 金安國(1478~1543)이 1517년 경상도 관찰사로 임무를 수행하면서 영남루를 제재로 지은 '江'운의 시이다. 시 속에는 누관이나 경치의 아름다움은 보이지 않는데, 경물 감상보다는 내면 정서를 지배적으로 표현한 결과이다. 마침 사흘 동안 내린 장맛비로 강물이 넘쳐 밀양을 떠날 수 없게 되자 이를 계기로 영남루에 등림하여 자신을 성찰하는 시를 짓게 된 것이다. 시인은 등람을 통해 온 세상에 명성을 떨치려던 웅대한 뜻은 어쩔 수 없이 늙어가는 자신을 보고 쉽게 성취될 수 없다는 생각에 이른다. 예전에 품었던 큰 의지에 반비례하는 현실적 자아의 위상은 앞날에 대한 불안으로 직결된다. 이를 상징화하기 위해 시적 상관물인 오리와 갈매기를 등장시며 감정을 이입하고 있다. 거세게 흐르는 강물의 위험을 피해 언덕에 올라 나란히 서 있는 오리와 갈매기로 치환시켜 '근심[愁]'이라는 단어를 이끌어낸다. 새들이 처한 위기와 자신의 불안한 전망이 유사한 맥락에서 병치된 것이다. 아울러 산사에서 멀리 울려오는 쓸쓸한 종소리도 부가되고 있다.[67] 따라서 근심을 해소하기 위해서는 높은 벼슬에 집착을 버리는 것이고, 당장 할 수 있는 것은 영남루에서 술로 불안한 심리를 달래는 길밖에는 없다. 높은 이상과 현실적 자아의 괴리에서 오는 客愁가 투영된 것이 이 시의 주된 내용이다.

평림은 넓고 넓어 긴 강물이 둘러서 흐르고　　平林漠漠繞長流
숲 너머 일천 봉우리는 검푸른 빛으로 떠 있네　　林外千峯翠黛浮
높은 누각 위태한 난간에 석양빛이 다다르고　　高閣危欄斜景逼
황량한 성곽의 늙은 나무에 저녁 바람 드센데　　荒城老樹晩風遒

| | |
|---|---|
| 산과 강으로 첩첩이 막힌 嶺南의 땅이고 | 山河重鎖嶺南地 |
| 역로는 아득히 한강 북쪽으로 이어졌다네 | 驛路遙連漢北洲 |
| 올라와 바라보니 마침 낙엽 지는 때인지라 | 臨眺正逢搖落日 |
| 저무는 날 쓸쓸하여 절로 수심이 생겨나네 | 暮天蕭瑟自生愁 |

—허적, 「登凌波堂」 2수 중 첫째 수, 『수색집』 권2

위 시는 허균의 6촌형인 許樀(1563~1640)이 凌波堂에 등람한 뒤 '尤'운으로 지은 제영시이다. 그가 1612년 충청도를 유람한 이후 양산과 청도 등 경상도 지방을 유람한 사실을 고려하면,[68] 1613년경에 지어진 것으로 짐작된다. 전체적으로 볼 때 다른 시에 비해 제재를 대하는 화자의 태도가 뚜렷이 다르다는 점이 이 시의 특징이다. 시제의 원주를 보면 능파당이 곧 영남루라 하였는데, 새로 증축된 능파당이 전란으로 소실된 본루를 대신해서 영남루로 통칭되었음을 알 수 있다. 능파당은 예전의 영남루 본루처럼 경물을 한눈에 조망할 수 있는 높은 곳에 위치해 있다. 평지에 넓게 조성된 숲이 긴 강물을 따라서 둘러 있고, 숲 너머로는 검푸른 빛의 산들이 나열해 있는 형국이다. 그리고 가까이에서 본 성곽은 전란의 흔적이 베여 있는 황량한 모습이고, 이곳을 버티고 서 있는 오래된 나무는 드세게 부는 저녁 바람에 생기를 잃은 상태로 묘사되고 있다. 게다가 산과 강으로 첩첩이 막혀 역로가 제대로 보이지 않는 궁벽한 곳이어서 불편한 심사를 한층 가중시킨다. 능파당의 누마루에 올라와 주위를 둘러본즉 낙엽 지는 때이고, 더구나 날도 저물어 더욱 호젓하게 되자 쓸쓸한 '근심[愁]'이 저절로 생겨나는 화자의 내면 상태를 보여준다. 시인은 경물을 묘사하면서도 밝은 이미지의 시어를 거의 사용하지 않았다. 곧 능파당은 화자의 근심이 투사되는 공간으로 존재하고, 작품의 전편은 어두운 분위기로 지배되고 있다는 점이다. 이는 화자가 현실에서 어려움을 겪게 되어 풍류를 즐길 수 없는 존재였음을 암시한다.

| | |
|---|---|
| 嶺南의 명승지로 이 누각을 말하나니 | 嶺南名勝說斯樓 |
| 봄날에 등림하여 客愁를 보내노라 | 春日登臨遣客愁 |
| 산골짜기 기운과 구름은 용두산에서 나오고 | 峽氣雲從龍嶽出 |
| 물빛 반짝이는 강이 마암산을 안고 흐르네 | 水光川抱馬巖流 |
| 외딴 암자 밝은 달에 종소리가 잦아들고 | 孤菴明月鍾聲落 |
| 온 집 맑은 연기는 나무 빛 사이로 떠다니네 | 萬戶晴烟樹色浮 |
| 밤늦도록 배에 앉았으니 바람 이슬이 찬데 | 夜久坐船風露冷 |
| 온 강이 갈대와 물억새는 맑은 가을과 같네 | 一江蘆荻似淸秋 |

—송병선, 「嶺南樓謹次東岳李公韻」, 『연재집』 권2

이 시는 宋秉璿(1836~1905)이 이안눌의 「嶺南樓重題長律」을 차운한 '尤'운의 영남루 제영시이다. 우선 영남루가 영남의 명승으로 이름난 사실을 앞세운 뒤, 봄날에 누각을 등람하여 유발된 정서를 직접적으로 '客愁'라 표현하였다. 누관 앞의 승경을 구성하는 요소는 용두산의 구름, 마암산을 안고 흐르는 강물, 무봉산의 암자, 빽빽하게 늘어선 마을, 강가의 갈대와 물억새 등이다. 이러한 즉자적인 경물들이 회화적으로 묘사되고 있는 것에 비해 풍광에서 촉발된 화자의 감흥은 직접 드러내지 않았다. 이는 영남루가 홍취를 발산하는 대상이기보다는 客愁를 해소하기 위한 공간으로 인식되었음을 의미한다.[69] 이처럼 객체에의 몰입보다 주관적 정서의 투영이 앞선 것은 명승을 탐미할 여유를 갖지 못한 화자의 처지에서 비롯되었다고 하겠다. 곧 산수화 같은 영남루 주변의 세부 공간에 장시간 침잠하면서 현실과의 불화로 이미 고착화되어 있던 고독한 자아의 근심을 지배적으로 표출하고자 한 것이 창작의 중심 동기이다.

### 3) 憂國 愛民의 衷情

누각을 오르는 관리나 유람객들은 자연스레 그 승경을 감상하는데 치중하기 쉽다. 그런데 등람 행위가 단지 이런 정도의 기능에만 머문다면 누각을 경영하거나 운영하는 것은 제한적인 의미를 가질 수밖에 없다. 따라서 누관을 책임진 부사는 운영의 합리성과 감상의 합목적성을 확보할 필요가 있었다.[70] 특히 공무를 띠고서 영남루를 방문할 경우에 이루어지는 단순한 낭만적인 풍류는 정당한 가치를 내포할 수 없었다고 하겠다.

이와 관련하여 역대의 사람들이 남긴 영남루 記文에서 합당한 관점을 확인할 수 있다. 河受一은 누관의 감상은 단순한 형승 감상이라면 본질적인 것이 될 수 없고 백성과 더불어 그 즐거움을 같이 할 때 진정한 의미가 있다고 했다.[71] 尹義貞은 조정과 강호의 근심을 말한 글을 볼 수 없음을 영남루의 큰 불행이라고 극단적으로 말하였고,[72] 吳長은 순조롭지 않은 정치와 어려운 백성의 현실을 자세히 살피지 않은 채 이루어지는 누각의 重修나 시문 창작의 행위는 자칫 참담한 화를 불러오는 계기가 될 수 있음을 경계한 바 있다.[73] 누각의 승람에 대한 이러한 인식은 영남루 제영시에서 얻을 수 있는 심층적 의미가 될 수 있다.

| | |
|---|---|
| 주저 없이 바람나는 칼 차고 하늘에 의지한 채 | 指顧風生劒倚天 |
| 용맹한 군사 백만이 누각 앞을 에워쌌네 | 貔貅百萬擁樓前 |
| 임금의 군사는 단지 전령 화살 없음을 구해야지 | 王師只要無傳箭 |
| 조정의 아름다운 벼슬자리 좋은 곳은 아니라네 | 廟筭元非爲好邊 |
| 병장기를 휘둘러 바다와 산악 평온하게 한 뒤 | 擬揮干戈淸海岱 |
| 그림 그려져 凌烟閣에 들어갈 것을 생각할 터 | 肯懷圖畫入凌烟 |
| 옆 사람들은 賢勞의 구절을 읊지 말게나 | 傍人莫詠賢勞句 |

응당 큰 공을 아뢰고서야 이 자리에서 취하리라　　應奏膚功醉肆筵

—류경심, 「차밀양영남루」 3수 중 둘째 수, 『구촌집』 권1 〈남정고〉

위 시는 柳景深(1516~1571)이 1558년 교서관 교리가 되어 당시 巡邊使 金秀文을 따라 기장, 김해 등 경상도 일대의 방비 상태를 살피러 갔다가[74] 밀양의 嶺南樓에 오르고 난 뒤 지은 것으로 짐작된다. 당시 남쪽 지방은 왜구의 침노로 소요가 끊이지 않아 조정에서 늘 치안을 걱정하고 있었다. 그에게 순변사를 종사하는 임무가 주어지자 이곳에 들르게 되었는데, 그 때 휘두르는 칼이 바람을 일으킬 정도로 용맹한 군사들이[75] 누각 아래에 빽빽이 진을 치고서 경비하는 태세를 본 것이다. 임금의 명령을 받은 군사는 무기 상태를 잘 점검하여 고을을 지키는 것이 중요하고, 조정의 벼슬은 부차적인 것에 불과하다는 인식이다. 곧이어 시의 의경은 군대를 잘 지휘하여 해안과 산악지대에 출몰하여 행패를 저지르는 왜구를 무찌르고 난 뒤, 그 공로를 인정받아 능연각에 걸린 肖像처럼 勳臣이 되는 상상으로 이어진다. 그리하여 재덕이 있다고 해서 맡겨준 방비의 책무를 수고롭다고 생각하지 않고 왕의 신하로서 마땅히 큰 공을 세우는 현명한 관리가 되겠다는 웅대한 의지를 표출하고 있다. 그에게 있어서 영남루는 왜적을 처단하는 의지를 불태우고 이를 맹세하는 성스러운 공간인 셈이다.[76] 따라서 이 시는 영남루를 제재로 하여 위기에 처한 나라를 굳게 지키려는 衷情을 절실하게 표현한 작품이라 하겠다.

대장 깃발 앞세우고 다시 嶺南에 다다르니　　建牙重到嶺南天
십이 년의 세월이 흐르는 물처럼 가버렸구나　　十二年光逝水前
사람과 물상은 전쟁 후 다 사라졌지만　　人物盡銷兵火後
강산은 오히려 아름다워 그림 그린 것 같네　　江山猶媚畫圖邊
거센 여울소리 해 지자 긴 숲의 비와 뒤섞이고　　灘聲暝雜長林雨

달빛은 말갛게 가까운 모래섬의 안개를 감싸네　　月色淸籠近渚煙
風景은 다르지 않으나 묵은 자취는 변하였고　　風景不殊陳迹變
늘그막에 때때로 꽃다운 술자리를 꿈꾼다　　白頭時夢醉芳筵

—이덕형, 「舊時 嶺南樓之勝 甲於南中~」, 『한음문고』 권2

위 시는 李德馨(1561~1613)이 임진왜란이 끝난 뒤 1601년 2월 조정으로부터 開府의 임무를 맡아 都體察使의 신분으로 영남루를 다시 찾고 감회를 읊은 것이다.[77] 대장 깃발, 즉 '建牙'는 그가 밀양을 찾은 소임을 뜻하는데, 전란 후 관청제도를 정비하고 뒤숭숭한 민정을 살피는 순무의 직책을 맡았음을 지칭하는 시어이다. 당시 그는 이곳에서 전쟁 후 사람들이 뿔뿔이 흩어지고, 성곽은 황폐해져 눈에 들어오는 모든 것이 숙연할 정도로 참담한 광경을 목도하였다. 한편 긴 숲에 내리는 비, 비와 뒤섞여 들리는 여울소리, 모래섬 안개에 쌓여 말갛게 비치는 달빛 등 그림 같은 강산의 풍경만은 옛날의 모습을 간직하고 있다고 했다. 백성들의 처참한 실태가 변함없는 자연환경과 극단적으로 대비되고 있다. 더구나 그는 십이 년 전 선위사로서 嶺南樓에 올라 "비를 감상하고 달이 빚어내는 경치가 너무나 아름다워 조물주가 자신을 베푼"[78] 것처럼 생각한 적도 있었으나, 전란으로 누각이 흔적도 없이 사라져버린 참혹한 현장을 목격함으로써 상실감이 더욱 크게 와 닿았던 것이다.

반면에 무심할 정도로 주위의 그림 같은 풍경은 오히려 화자에게 비장한 정서를 증폭시키고 있다. 이에 따라 소임을 잘 처리해서 영남루에 예전처럼 꽃다운 자리를 마련하고, 자신도 그 자리에 기꺼이 참여하겠다는 희망찬 포부를 밝히고 있다. 작품 속에서 '술자리를 꿈꾼다'고 한 것은 누각에 올라 백성들이 조화롭게 사는 모습을 마음껏 상상하면서 즐기는 광경을 의미한다. 물론 이것이 당장 피폐한 현실에서는 쉽게 성취될 수 있는 성격은 아니다. 여기서 읽을 수 있는 함축적 의미는 관리로서 직분을 다해 백성의 삶을 안정된 반석에 올려놓겠다는 衷情의 마음이다.

| | |
|---|---|
| 성 꼭대기 새 누각은 구름을 능가하는 형세 | 城頭新閣勢凌雲 |
| 푸른 나무 맑은 시내는 석양빛에 아름답다 | 碧樹晴川媚夕曛 |
| 백 리 고을의 노래는 어진 원님 칭송하니 | 百里謳謠賢刺史 |
| 太平 시대의 공훈을 이룬 노련한 장군이로다 | 太平功業老將軍 |
| 능사를 지휘한 것은 폭넓은 구상이었고 | 指揮能事恢心匠 |
| 큰 고을의 방어는 칼 끝에 의지하네 | 防禦雄藩倚斗文 |
| 난간에 기대 이로부터 몇천 년이 갈 테지 | 自此憑闌幾千載 |
| 유장하게 흐르는 강물과 함께 좋은 정치 들리리라 | 江流長共政聲聞 |

—이안눌, 「題嶺南新樓」 3수 중 둘째 수, 『동악집』 권8

위 작품은 李安訥(1571~1637)이 1609년 가을에 동래부사를 사임하고 밀양을 거쳐 서울로 가던 중 밀양부사 奇孝福의 부탁으로 새로 건립된 영남루에 오른 뒤 그 감회를 읊은 '文'운의 제영시이다.[79] 시제의 '嶺南新樓'와 작품 속의 '新閣'은 부사가 임진왜란 이후 처음으로 복원한 새 누각을 의미하며, 이는 바로 凌波堂을 지칭한다. 그때 영남루 본루는 미처 복구되지 않은 상태였고, 새로 지은 누각은 과거의 영남루 못지않은 웅장함과 아름다운 자연경관을 갖추었음을 알 수 있다. 그는 부사가 전란 후 피폐해진 고을을 새롭게 정비하고 민심을 착실하게 수습하여 태평 시절을 회복한 업적과 그의 폭넓은 구상에 따라 능파당을 중건한 능사를 예사롭게 보지 않은 것이다.

사실 누각을 새로 건립하려면 비용 부담과 인력 동원의 차원에서 보면 농사가 풍성하고 백성의 근심이 적을 때 가능한 일이다. 그리고 누관의 운영 주체인 부사에게 있어서 누각의 중수가 인사 고과에 반드시 포함되는 항목은 아니기 때문에[80] 적극적으로 매달릴 필요는 없는 일이다. 그렇지만 부사의 누각 신축은 태평 시대의 운과 관계되고, 고을 통치가 훌륭하게 성취되고 있음을 보여주는 상징적인 사업으로서 합당한 의미가 있는 것으로 보았다.[81] 아울러 부사는 혁신적 구상으로 무너진 성곽을 되살리고 군사력을 강화하여 방어 태세를 한층 공고하게 했다. 그는 이러한 부사의 주도면밀한 전후 복구 사업을 높이 평가하고, 지금과 같은 太平의 정치가 유장하게 흐르는 강물처럼 장구하기를 희구하고 있다. 이처럼 관리로서 갖는 국가와 백성의 안녕을 영속케 하는 善政에 대한 기대 의식은 憂國 愛民의 충정이 발로된 것이고, 이 제영시에서 읽을 수 있는 심층적 의미이다.

| | |
|---|---|
| 누각은 맑은 못 아래위 하늘에 비치고 | 樓映澄潭上下天 |
| 나그네가 그림 배 앞에 거꾸로 앉았네 | 遊人倒坐畫舫前 |
| 비구름이 푸른 산 너머로 막 걷히자 | 雨意初收靑嶂外 |
| 강 소리 나는 먼 곳에 흰갈매기 내려앉네 | 江聲遙落白鷗邊 |
| 거대한 절벽이 삼 리 성곽을 지탱하고 | 巨壁撐來三里郭 |
| 용마루 위로 온 집의 연기 꼬불꼬불 피어나네 | 飛甍篆出萬家烟 |
| 총마사가 되어 백성의 일을 논하면서부터 | 自從驄馬論民事 |
| 공무 아니면 누각 위 자리에 오르지 않으리 | 苟不因公不上筵 |

—이만도, 「영남루」, 『향산집』 권1

위 시는 李晩燾(1842~1910)가 1877년[82] 영남루에 올라 비온 뒤 아름다운 광경을 목격하고 전경후정의 방식으로 감회를 표현한 제영시이다. 누각 아래를 가까이 바라보니 맑은 못에 하늘이 비치고, 멀리 강에서는 나그네가 화려하게 꾸민 유람선을 돌아앉아 타고 유유자적하게 풍광을 즐기는 모습을 볼 수 있다. 때마침 산 너머로 비구름이 걷히자 갈매기가 강가에 내려앉고, 거대한 절벽이 성곽을 빙 둘러싸고, 마을 인가에는 밥을 짓는 연기가 흐릿하게 보이는 서경을 객관적으로 묘사하고 있다. 이러한 일체의 아름다운 자연 경물과 태평스러운 생활 모습은 애써 보지 않더라도 저절로 시인의 시야에 들어오는 즉물적 존재이다.

마지막 두 행에서는 시상이 급격히 전환되는데, 영남루를 등람하는 목적이 결코 형승의 풍광을 즐기는 데 있지 않음을 보여준다. 그리하여 부패한 관리의 탄핵을 맡은 驄馬使로서 민생을 두루 살피고 그 시정을 냉철히 따져야 하기 때문에 누각에서의 단순한 풍류를 거부한 것이다. 따라서 반드시 공무가 있을 때만 영남루를 찾겠다는 엄정한 자세를 가다듬고 있다.[83] 곧 작품 속의 영남루 등림 행위에는 선정 의지를 다지고 愛民 정신을 실천하는 적극적 의미가 함축되어 있다고 하겠다.

### 4) 阿娘 精神의 宣揚

조선 중엽에 생성된[84] 阿娘 傳說은 영남루의 명성을 얻게 한 획기적 설화이다. 19세기에 편찬된 문헌설화집이나 근세의 읍지나 개인 저작에 실린 자료를 통해서[85] 그것이 일찍부터 광범위하게 전승되었음을 알 수 있다. 그리고 嶺南樓가 공간적 배경이 되고, 아랑이 살해되어 묻힌 죽림과 그녀의 혼을 기리기 위해 세운 사당인 阿娘閣이 증거물로 남아 있음으로써 진실성이 강화되는 것이 이 전설의 큰 특징이다. 阿娘은 전승 과정에서 역사적 인물로 실재화함으로써 영남루 제영시 창작의 저변을 확장하고, 여러 층위에서 주체 의식을 심화하는 계기가 되었다.

아랑 전설의 생성과 관련하여 매우 중요한 정보를 담고 있는, 洪直弼(1776~1852)의 「記嶺南樓事」를 검토하고자 한다. 그는 1810년 9월에 부친의 임소인 밀양에 와서 영남루를 유람하였는데,[86] 당시 마을 노인에게서 '女娘 이야기'를 듣고서 이 잡기를 지었음을 알 수 있다.[87] 본고에서 이 글을 특별히 주목하는 것은 영남루를 배경으로 한 阿娘 전설을 자세하게 수록한 새로운 사실을 발견했기 때문이다. 이는 지금까지 아랑 전설을 가장 오래 전에 기술한 문헌으로 알려지고 있는 『청구야담』보다 30여 년이 앞선 것으로 아랑을 다룬 최초의 문헌 자료로 생각된다.

영남루 제영시의 주제를 심층적으로 이해하고, 조선 중엽에 편찬된 야담집과의 연관성을 파악하는 데 필요하다고 생각하여 구성 단계에 따른 내용을 간추려 제시한다. 「記嶺南樓事」는 서두, 중간, 종결의 3단 형식으로 구성되어 있다. 서두 단계에서는 흥미로운 관심사로 서울에 있으면서 들었던 밀양 嶺南樓와 진주 矗石樓의 우열 문제를 제기한다.[88] 그는 누각의 명성은 강산이나 누각의 아름다움만으로는 재단할 수 없다고 전제한 뒤, 촉석루에는 妓籍에도 실리지 않을 정도의 천한 기생이 殉節한 일이 있으므로 명성을 얻었고, 만약 영남루에 관련된 이와 유사한 사건이 있다면 그 우열의 소송이 공개적으로 벌어진다고 해도 결코 판가름할 수 없을 것이라 하였다.

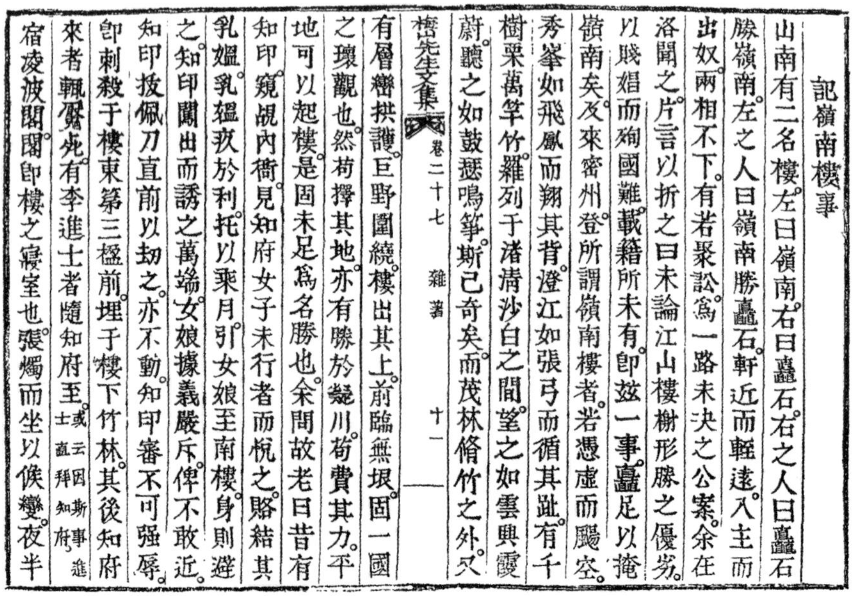

記嶺南樓事

山南有二名樓左曰嶺南右曰矗石右之人曰矗石
勝嶺南左之人曰嶺南勝矗石軒近而輕遠入主而
出奴兩相不下有若聚訟爲一路未決之公案余在
洛閩之片言以折之曰未論江山樓榭形勝之優劣
以賤娼而殉國難載籍所未有卽玆一事矗足以掩
嶺南矣及來密州登所謂嶺南樓者若憑虛而颺空
秀峯如飛鳳而翔其背澄江如張弓而循其趾有千
樹栗萬竿竹羅列于渚淸沙白之間望之如雲興霞
蔚聽之如鼓瑟鳴箏斯已奇矣而茂林脩竹之外又

梅山先生文集 卷二十七 雜著 十一

有層巒拱護巨野圍繞樓出其上前臨無垠固一國
之瓌觀也然苟擇其地亦有勝於凝川苟費其力平
地可以起樓是固未足爲名勝也余問故老曰昔有
知印窺覘內衙見知府女子未行者而悅之賂結其
乳媪乳媪狃於利托以乘月引女娘至南樓身則避
之知印闖出而誘之萬端女娘據義嚴斥俾不敢近
知印拔佩刀直前以刼之亦不動知印審不可强辱
卽刺殺于樓東第三楹前埋于樓下竹林其後知府
來者輒斃死有李進士者隨知府至或云因斯事進士直拜知府
宿凌波閣閣卽樓之寢室也張燭而坐以俟變夜半

그림4 아랑설화가 실린 『매산집』의 「기영남루사」

중간 단계는 서두의 문제에 대한 증명으로써 영남루의 실체를 제시한다. 이를 위해 전반부에서는 영남루의 形勝을 직접 확인한 뒤 명성에 합당한 누각의 기이한 형태와 주변의 아름다운 경관을 묘사하였다. 후반부는 영남루를 배경으로 벌어진 '女娘' 피살 사건의 전 과정을 요약적으로 서술한 부분과[89] 이에 대한 주관적 해석이 들어 있다. 물론 이 사건은 저자가 직접 관찰한 것이 아니고 당시 밀양에 널리 전승되고 있던 설화이다. 사건 구조와 언술 형식은 다른 문헌에 실린 아랑 정설과 유사하지만, 사건 해결의 핵심 요소인 해결자의 등장과 범인의 색출 과정을 소략하게 재구성한 점에서 다소간 차이가 있다.[90] 이는 작가의 의도가 서사성의 획득보다는 영남루에 인문적 요소가 결부되어 있음을 부각함으로써 촉석루에 비견되는 명성을 얻게 된 까닭을 밝히는 데 초점을 둔 결과로 보인다.

이를 통해 작가는 부사의 딸이 있음으로써 영남루의 명성이 획득될 수 있었다고 단정한다. 그녀가 칼끝에 피부가 찔려도 움칠하지 않고 눈이 찔려도 끔쩍이지 않는 초탈한 용기로 후회 없이 목숨 던진 행위를 '烈'의 가치로 상징화했다.[91] 즉 한 사람에게는 불행이지만 영남루로서는 오히려 다행한 일이라는 것이다. 따라서 영남루가 존재하는 이상 열녀의 존재는 없어지지 않을 것이고, 설령 누각이 훼손되더라도 세상이 바뀌지 않는 한 부사 딸이 보여준 '정심과절(貞心姱節)'의 정신만은 계속 전해질 것으로 확신하고 있다.[92] 이것은 바로 영남루에 내재한 고유한 인문적 요소가 되고, 영남루 제영시의 변별적 특징을 갖게 하는 토대가 된다.

그리고 사건이 해결되고 난 다음에 '영남루월야 봉이상사설전생원채(嶺南樓月夜逢李上舍雪前生冤債)'라는 제목만 있는 科詩가 부연되어 있다. 그는 이 시에 대해 관찰사가 관아의 뜰에서 선비를 선발하거나 부사가 영남루의 뜰에서 백일장을 개최할 때 詩題로 사용한 것이라고 하였다.[93] 아울러 관아의 서리들이 부사가 새로 부임할 때마다 목욕재계하여 아랑이 순절한 장소인 능파각의 기둥 앞에서 음식을 차려 제사를 지냈고, 그가 이곳을 찾은 당시에도 제향의 전통이 계속되고 있다는 이야기를 전하고 있다.[94] 이는 고을 주민들에게 정절 의식을 선양하고, 영남루의 독특한 문화적 상징을 반복적으로 재생산하는 의도적 행위를 뜻한다. 이렇게 되면 허구와 현실의 경계가 모호해지고, 아랑은 전승 집단에게 역사적 實在 인물로 재창조된다.[95]

종결 단계는 중간 단계를 증거로 삼아 서두에서 제기한 문제를 해결한다. 대개 촉석루를 본 적이 없음에도 흔히 영남을 대표하는 누각으로 알고 있는 것은 임진왜란 때 순국한 '忠妓'가 있기 때문이라 하였다. 그리고 영남루는 직접 가서 살펴본 결과 누각의 조형미와 그 주변의 아름다운 자연경관이 실재했고, 무엇보다 누각에 내재한 인문적 요소로 不義에 항거한 '烈娘'이 있어서 명성을 얻고 있음을 확인할 수 있었다. 따라서 촉석루의 忠과 영남루의 烈은 그 경중을 결코 따질 수 없는 절대 가치에 속하고, 마땅히 두 누각의 名勝은 서로 비교할 수 없다는 결론에 도달한다.[96]

한편 「記嶺南樓事」에 시제만 언급된 科詩가 『동야휘집』(「南樓擧朱旂訴冤」)에는 36행의 장시 형태인 '嶺南樓月夜 逢李上舍泣雪前生冤債'가 裵益紹의 작으로 소개되어 있고, 『금계필담』의 아랑 전설(제목 없음)에는 그 일부를 적출한 8행의 '영남루월야 봉이상사읍설전생원채'가 裵克紹가 지은 것으로 되어 있다.[97] 이처럼 야담집 속에서 詩鬼의 형태로 첨부된 이 한시는 아랑 전설의 스토리 전체를 시적으로 형상화한 것인데, 이는 구비전승의 설화가 양반 계층으로 수용되는 양상을 보여주는 것으로서 특별한 의미가 있다. 특히 「기영남루사」처럼 『금계필담』의 아랑 전설은 직접 견문한 경험에서 촉발되어 찬술한 이야기라는[98] 사실이다. 따라서 적어도 18세기 전후로 밀양의 영남루에 얽힌 열녀 전설이 여러 계층과 지역의 사람들에게 광범위하게 유포되고 있었고, 아울러 홍직필이 채록한 설화가 후대의 야담집 편찬에 직접적으로 많은 영향을 준 사실을 알 수 있다. 그리고 이 科詩가 실제로 試題로 활용되었는지는 확인할 수 없으나 문사

들에게 널리 전승됨으로써 영남루 제영시의 흥미로운 주제가 되었을 것임은 짐작하기 그리 어렵지 않다.[99]

문헌 전설에 함께 전하는 위의 科詩를 제외하면 아랑 설화가 배경이 된 영남루 제영시는 李裕元(1814~1888)이 누각을 직접 답사한 뒤[100] '尤'운으로 지은 아래의 「영남루」 시가 최초의 작품인 것으로 생각된다.

| | |
|---|---|
| 가을바람이 서울 나그네를 스치고 | 秋風洛北客 |
| 밝은 달빛은 嶺南樓에 비춘다 | 明月嶺南樓 |
| 누가 斑竹의 원한을 전하는가 | 誰傳斑竹怨 |
| 세차게 흐르는 큰 강의 물소리 | 咽咽大江流 |

—이유원, 「영남루」, 『가오고략』 책3

이 시에는 아랑을 직접적으로 암시하는 시어 '斑竹怨'이 사용되고 있다. '斑竹'은 열녀가 살해되어 묻혔다고 전해지는 영남루 아래의 竹林을 뜻하며, 원한은 그녀가 아전에게 억울하게 죽은 사연을 지칭한다. 가을달이 비추는 영남루에 오른 화자가 회고한 것은 이곳에 전승되는 열녀의 전설이다. 가을바람은 나그네에게 쓸쓸한 분위기를 돋우고, 달밤은 열녀가 반동 인물인 知印에게 이끌려 죽던 시간적 배경과 중첩된다. 곧 밝은 달이 푸른 대나무를 비추는 것을 시신이 묻혔던 장소를 알려 주기 위한 것으로 상상하고, 영남루 아래로 세차게 흐르는 강물 소리마저 열녀의 간절한 애원이 담긴 눈물 섞인 목소리로 연상한다. 이처럼 시인에게 있어서 영남루는 탐승 대상으로서가 아니라 열녀의 슬픈 정조가 서려 있는 곳으로 새롭게 수용되고 있음을 보여준다.

다음으로 거론할 것은 1878년 밀양부사로 부임한 申奭均이 지은 '尤'운의 제영시인데,[101] 문인들에게 널리 애송된 영남루 시 중의 하나이다.

| | |
|---|---|
| 가을바람을 쐬는 사람 嶺南樓에 기대어 서고 | 西風人倚嶺南樓 |
| 수국의 청산은 흩어져 있어 거둘 수 없도다 | 水國靑山散不收 |
| 만호의 생황 노래가 들려오는 밝은 달밤 | 萬戶笙歌明月夜 |
| 온 강에 어부의 피리 소리와 흰구름의 가을 | 一江漁笛白雲秋 |
| 해질 무렵 노승의 절집에 성근 종소리 들리고 | 老僧院裏疎鐘晩 |
| 烈女祠 앞으로 낙엽이 강물 따라 흐른다 | 烈女祠前落葉流 |
| 눈앞에 가득한 갈대꽃은 삼십 리를 이루고 | 滿岸蘆花三十里 |
| 기러기 셀 수 없이 물가 얕은 섬에 내려앉네 | 雁鴻無數下汀洲 |

—신석균, 「영남루」(출처 『교남누정시집』 권2)

위의 시는 제재가 영남루이고, 시 속의 경물을 이루는 구체적인 세부들은 영남루 주변에서 관찰된 것이다. 누각에서 한꺼번에 모두 조망할 수 없는 수많은 산, 태평스러운 가옥과 응천의 어부, 나지막이 들여오는 절의 종소리, 삼십 리 물가를 따라 핀 갈대꽃, 얕은 섬에 기러기 떼가 내려앉으면서 자아내는 장관은 영남루 제영시의 보편적 특징을 담고 있다. 특이한 점은 작품 속에 역사적 공간으로 전승되고 있던 '烈女祠'가 시어로 등장했다는 점이다. 열녀사는 고유 명칭이라기보다는 열녀, 즉 아랑을 모신 사당의 의미이고, 곧 당시에 존재하고 있던 '阿娘祠'를 지칭한 것으로 해석된다.[102] 이 시는 19세기 후반에 이르면 영남루의 세부 공간으로 존재하는 아랑사가 중요한 시적 제재로 활용되고 있음을 보여준다.

아랑 전설은 근세에도 누각에 대한 새로운 인식과 더불어 영남루 시의 저변을 다양한 층위로 확장하게 하는데, 張錫英(1851~1926)이 지은 아래의 제영시를 살펴본다.

| | |
|---|---|
| 나그네가 홀로 嶺南樓에 올랐거늘 | 行人獨上嶺南樓 |
| 해학 같은 존망 신세가 이미 십 년이로다 | 海鶴存亡已十秋 |

| | |
|---|---|
| 긴 강물이 무정하게 늠실대며 흐르고 | 無情滾滾長江水 |
| 방초 우거진 물가는 눈 가득 이들이들한데 | 滿目萋萋芳草洲 |
| 무협의 깊은 구름 속에 나그네는 이별하고 | 巫峽雲深遊子別 |
| 숲속 祠堂에 꽃이 지니 옥인의 근심일세 | 叢祠花落玉人愁 |
| 명승지 감상은 風流客에 맡겨두고 | 名區任與風流客 |
| 기녀의 관현악은 잠시도 쉬지 않네 | 粉黛管絃不暫休 |

—장석영, 「영남루」, 『회당집』 권1

위의 시는 '尤'운을 활용하여 지은 것으로, 창작 시기는 選詩의 편집 체재를 볼 때 1895년 전후에 해당된다. 먼저 시인은 영남루에 올라 객지를 돌아다닌 지 10여 년의 세월이 지났음을 회고한다. 자신은 '海鶴', 곧 강에 사는 갈매기처럼 일정한 정처를 갖지 못한 채 방랑하는 처지에 놓여 있음을 보여준다. 이는 암울한 시대에 힘겹게 살아가고 있는 불안한 자아 상태를 암시한다. 그리고 누각 아래로 유유히 흐르는 강물과 얕은 섬에 우거진 풀의 이미지는 무정한 세월과 대비되어 더욱 쓸쓸한 분위기를 자아낸다. 또한 깊은 산골짜기에 깔린 구름을 쳐다보며 나그네와 이별할 때 가까이에 있는 누각의 사당으로 떨어지는 꽃잎은 화자로 하여금 비장미를 더욱 증폭시킨다. 6행의 사당은 바로 아랑을 모신 阿娘祠를 지칭한 것이고,[103] 옥인 즉 아랑의 근심은 누군가가 나타나 자신의 원한을 복수해 주기를 바라는 염원을 뜻한다. 시인은 정절을 지키기 위해 억울하게 죽은 아랑의 넋을 회상함으로써 자칫 방탕으로 흐르기 쉬운 영남루의 홍취를 억제하겠다고 다짐하고 있다. 자신과 풍류객을 대척 지점에 둔 것에서 더욱 명확히 드러난다. 이는 風流에 대한 엄격한 태도를 의미하는 것으로 영남루 제영시의 독특한 주제 의식을 보여준다.

이 시기에 오면 아랑은 절제된 풍류의 의미에서 한 단계 나아가 시인의 자각을 반영하는 적극적 의도가 새롭게 부여된다. 이는 특수한 시대적 배경과 결부된 주제 의식으로 보인다. 張相學(1872~1940)이 지은 아래의 제영시를 보면, 영남루는 간략하게 처리된 반면에 아랑각이 중심 소재로 처리되어 있다.

| 누각 끝에 비치는 달은 밤마다 희고 | 樓頭月夜夜白 |
|---|---|
| 누각 앞의 대나무는 해마다 푸르네 | 樓前竹年年綠 |
| 阿娘은 떠나 다시 돌아오지 못하고 | 阿娘一去不復還 |
| 공연히 정각과 표석만 남아 있네 | 空留旌閣與表石 |
| 설령 阿娘이 서왕모처럼 오래 살고 | 假使阿娘壽王母 |
| 설령 阿娘이 대부의 아내가 되었다 해도 | 假使阿娘爲命婦 |
| 반드시 백세토록 阿娘의 이름이 | 未必百世阿娘名 |
| 남녘 고을 사람마다 입에 전파되지 못했으리라 | 播在南州人人口 |
| 강 위의 배다리는 대로와 통해 | 江上船橋大路通 |
| 시끌벅적 어지럽게 동서로 다니는데 | 擾擾紛紛西復東 |
| 그중에 특히 노비처럼 비실거리는 무리여 | 就中奴顔婢膝輩 |
| 阿娘의 기풍 듣고 부끄럼이 없을쏘냐 | 能無愧怍聞娘風 |

―장상학, 「阿娘閣」(출처 『영남루제영시문』)

영남루의 공간적 세부인 달과 대나무의 변함없는 속성은 阿娘이 죽임을 당한 비극적 운명과 대비된다. 아랑이 죽은 때가 밝은 달밤이고, 시신이 버려진 곳은 푸른 대나무숲이었다. 뜻있는 사람들이 이곳에 표석을 세우고 阿娘閣을 지어 그녀의 넋을 기리고 그

**그림5** 아랑각 옆 아랑유지비. 2005.12.10

이름을 후세에 전하였다.[104] 아랑이 사람들에게 오래도록 전해지는 것은 상상컨대 그녀가 저승에서 서왕모가 되어 일찍 죽은 한을 풀었거나 고귀한 신분이 되었기 때문에 그런 것이 아니라고 했다. 아랑이 강력한 不義의 횡포에 맞서 정의로운 죽음을 택한 초탈한 용기, 다시 말하면 고귀한 절개의 정신을 남겼기 때문에 가능했던 일로 해석한 것이다.

한편 당시의 밀양은 급속도로 변화하는 과정에 있었는데, 남천강 위의 '배다리'와 동서로 길게 난 '대로'는 1920년대 변화한 밀양을 대표하는 세부로 기능한다. 이러한 밀양에서 대두된 한 현상으로 시속의 영리에 따라 부끄러움도 모르고 노비처럼 비굴하게 사는 일군의 타락된 풍조를 질타하고 있다. 작품 속에서 굽실거려야 하는 구체적인 대상은 생략되어 있지만, 사회 전반을 주도하고 있던 일본인일 것으로 짐작된다.[105] 이처럼 당장의 이익을 추구하느라 正義를 저버린다면 심각한 사회 문제가 아닐 수 없다. 시인은 이 시급한 과제를 해결하는 차원에서 정절과 양심의 정신을 상징하는 阿娘의 존재를 호출했다. 전승 집단에게 이미 역사적 실재가 된 아랑의 기풍은 변함없이 존중되어야 할 인간성을 함축하고 있다. 따라서 변절의 시대에 인간의 존엄성을 지키기 위해서는 阿娘 精神의 宣揚이 필요하고, 이것이 아랑각을 지어서 지금까지 그녀의 이름을 부르는 이유라 했다.

이처럼 아랑 전설은 영남루의 고유한 인문 자산이 되어 하나의 독창적인 주제 의식을 형성하는 기반이 되었다. 아랑 정신은 여성의 정절을 넘어서 탐승의 지나친 풍류를 절제하고, 훼손된 인간의 양심을 회복하는 이념적 가치로 확장됨을 알 수 있었다. 앞에서 밀양의 승경이나 누각의 미관에 대한 자부심을 표현한 풍류가 영남루 제영시의 독자적 요소라 했는데, 여기에 아랑 전설이 가미됨으로써 더욱 차별화된 문학성을 확보하게 된 것이다. 이는 김해의 燕子樓 제영시가 가야의 흥망, 田祿生과 玉纖纖의 고사 등으로 특색을 갖게 된[106] 것과 유사하다.

## 5. 결론

密陽은 예로부터 승경과 문화로 이름났고, 영남에서 웅대한 곳으로 일컬어졌으며, 교통과 군사의 요충지로도 중요했던 지역이다. 특히 嶺南樓는 빼어난 누관으로 문학 창작과 감상의 핵심 공간이 되었다. 본고에서는 嶺南樓를 제재로 지은 題詠詩를 분석함으로써 밀양 지역의 문학성을 규명하고자 하였다. 이에 따라 영남루의 제재적 성격, 영남루 제영시의 형성 과정과 주제 양상을 검토한 결과를 요약하면 다음과 같다.

嶺南樓는 신라 때 창건된 嶺南寺의 小樓에 기원을 두고 있고, 고려 말 개창 이후 비로소 독립된 규모를 갖춘 누각이 되었다. 고려시대에는 주로 휴식이나 제영의 장소로 쓰이다가 조선시대에는 객사로 활용되었다. 영남루는 고려 때부터 승경으로 이름났고, 특히 누각의 독특한 심미적 구조에다 영남루를 배경으로 조선 중엽에 형성된 阿娘 전설은 영남루 제영시의 창작과 주제 의식을 확장하는 기반이 되었다.

嶺南樓 題詠詩의 태동은 영남사 竹樓를 제재로 한 고려 중엽 정지상과 임춘의 작품에서 찾을 수 있고, 본격적인 형성은 고려 말 성원도가 죽루를 제재로 天자의 '先'운을 활용한 영남루 시에서 비롯되었다. 이 시는 후대에 출현한 수많은 次韻詩의 대표적인 原韻이 되었다. 그리고 이색이 새로 개창된 영남루를 제재로 지은 '庚'운의 제영시도 형성기의 주요한 작품임을 알 수 있었다.

嶺南樓 題詠詩에 나타난 主題를 네 가지 양상으로 분류하였다. 첫째, 영남루를 중심으로 한 밀양의 勝景과 누각의 아름다움을 감상하고 이를 칭송한 작품이 대종을 이루는데, 이는 영남루 제영시의 특징적 요소가 된다. 특히 경물에 감발한 정서가 시 창작으로 이어질 때 진정한 風流가 있다고 하였다. 둘째, 영남루의 뛰어난 경치는 시적 감흥을 발산하는 계기가 됨으로써 인간관계나 세상 현상에서 느낀 情이나 恨을 담아내는 주요

한 제재가 되었다. 영남루 등림을 통해 만남의 기쁨, 이별의 슬픔, 나그네로서의 외로움, 앞날에 대한 불안감 등 자아의 내면 정서를 형상화한 시가 많았다. 셋째, 영남루의 등람 목적이 아름다운 풍광을 즐기는 것에만 있지 않다는 인식은 憂國 愛民의 衷情으로 승화되어 작품 속에 반영되었다. 특히 공무로 영남루에 등림한 경우 이런 경향의 시가 많았다. 넷째, 阿娘 전설은 1810년 홍직필이 지은 「記嶺南樓事」에 처음 보이는데, 19세기 이전에 벌써 여러 지역과 계층에 널리 구비전승된 사실을 알 수 있었다. 그리고 누각을 배경으로 고유한 아랑 설화가 가미됨으로써 영남루 제영시는 阿娘 精神의 宣揚이라는 독특한 주제 의식을 낳았다. 즉 불의에 항거한 아랑의 정절 정신은 방종하기 쉬운 풍류를 절제하고, 인간 양심을 저버리는 행위를 비판하는 의미로 확장되어 작품에 반영되었다.

본고의 연구 결과는 밀양 지역 문학의 특성을 밝히는 데 도움을 줄 것으로 보인다. 미처 다루지 못한 작품과 다른 누정 제영시가 많이 있다는 점에서 계속적인 검토가 필요하다고 하겠다. (참고문헌은 미주로 대신함)

# 미주

1 샤를 루이 바라 저/성귀수 역, 『조선종단기』(1888~1889), 눈빛, 2001, 179~180쪽. 역자는 샤이에 롱의 『코리아 혹은 조선』이 함께 수록하면서 서명을 '조선기행'이라 붙였다.

2 성원도의 영남루 「詩序」(1344)를 비롯하여 김주 「영남루중수기」(1389), 권기 「召樓記」(1442), 신숙주 「영남루기」(1462), 서거정 「명원루기」(1487), 신광한 「영남루중수기」(1543), 윤의정 「영남루기」(1588), 오장 「영남루기」(1589), 신익전 「밀양지」(1652), 이희주 「영남루중건기」(1724), 김광묵 「영남루중수기」(1793), 김재화 「영남루중수기」(1806), 홍직필 「記嶺南樓事」(1810), 류휘문 「遊嶺南樓記」(1827), 조인영 「영남루중수기」(1844) 등을 들 수 있다.

3 이수광의 『지봉유설』 권2 〈지리부〉에 "『三才圖會』記, …… 嶺南樓在密陽府, 館東勝覽, 爲嶺南第一云."이라 하였고, 이학규의 「영남루」(『낙하생집』 冊19 〈卻是齋集〉)의 細註에도 『三才圖會』의 내용이 거의 인용되어 있다. 참고로 『삼재도회』(지리 권13)에 실린 영남루를 소개한다. "嶺南樓在慶尙道密陽府, 館東山腰, 倚郭而搆, 三面敞豁, 登覽曠然. 下有長江, 江外有大野, 野有栗林, 蒼翠極目, 江流屈曲, 蜿蜒而長, 隱見長林間虹明繡錯, 殆非人境, 其勝覽爲嶺南第一. 東有望湖堂, 西有臨鏡軒, 皆極灑落."

4 예를 들면 권응인의 『송계만록』 상(『대동야승』 권56), 조욱의 『용문집』, 하수일의 『송정집』, 이학규의 『낙하생집』, 홍직필의 『매산집』 등에 소개되어 있다.

5 성현의 『용재총화』 권5(『대동야승』 권1)와 이제신의 『청강선생후청쇄어』(『대동야승』 권57)에 각각 실려 있다.

6 아랑 전설을 기록한 최초의 문헌이 『청구야담』으로 알고 있는 지금까지의 사실과는 다르게 이보다 훨씬 앞서 홍직필의 「記嶺南樓事」에 상세한 내용이 수록되어 있음이 새롭게 밝혀졌다. 본고의 '영남루 제영시의 주제 양상'에서 구체적인 내용을 다루었다.

7 조선 선조 때만 해도 영남루에 걸린 시판은 이미 200여 개에 이르렀고(이안눌의 「次嶺南樓舊韻」서 참고), 본고에서 비중 있게 참고한 『嶺南樓題詠詩文』(편역 정경주/교열 이운성, 밀양문화원, 2002)에 수록된 영남루 제영시만 해도 350여 편이나 되며, 미처 수록되지 않은 작품이 여러 문집에 산재해 있다.

8 하강진, 「김해 연자루 제영시 연구」, 『지역문학연구』 10호, 경남·부산지역문학회, 2004.

9 정경주는 「영남루 제영의 서정적 적층에 대하여」(『문화전통논집』 특별호 2집, 경성대 한국학연구소, 2004)라는 논문에서 영남루가 특정한 역사 고적이나 인물에 대한 심상의 반복적 재현의 현상, 즉 서정적 적층을 이룸으로써 밀양 지역의 주요한 문화적 상징물로 정착되는 과정을 심도 있게 분석하였다.

10 『신증동국여지승람』 권26 「밀양도호부」 〈누정조〉, "嶺南樓在客館東, 卽古嶺南寺之小樓, 寺廢". 마찬가지로 김창흡도 영남루의 시초를 신라 때 창건된 절로 보았고(「密陽嶺南樓」, 『삼연집』 권8, "名樓位置占高圓, 坐憶新羅創寺年"), 「영남루중수기」를 쓴 金光黙의 입장도 유사하다(「영남루」(출처 『영남루제영시문』), "劫灰水嚙新羅跡, 脩竹春凝古寺烟"). 반면에

신익전은 고려 때 영남사의 소루라 하였다(「密陽志」, 『동강유집』 권16, "或曰樓卽麗時嶺南寺之小樓").

11 嶺南寺의 연혁은 알려진 바가 거의 없다. 다만 특별한 근거는 밝히지 않은 채 동아일보 기사(1926.7.28)에는 영남사가 신라 법흥왕대(514~540)에 창건되고, 고려 원종대(1259~1274)에 폐사되었다고 했다. 그리고 『향토문화』 창간호에서는 743년에 경덕왕이 창건하여 전해지다가 공민왕 8년(1359)의 화재로 전소됐고(「三國古刹 舞鳳寺」, 37쪽), 절의 위치는 밀양 장터 부근으로 추정하였다(「대한의 승지 밀양」, 10쪽).

12 『신증동국여지승람』 권26 「밀양도호부」 〈누정조〉, "至元乙巳(1365), 金湊爲知郡, 因舊改創, 因以寺名名之."

13 김주, 「영남루중수기」(『신증동국여지승람』 권26 「밀양도호부」 〈누정조〉), "見代還朝越八年壬子, 濫承按部之選, 又十有八年己巳(1389), 亦忝觀察之命, 來登是樓, 已至于再."

14 임춘, 「二月十五夜對月」幷序, 『서하집』 권2, "昔黃翰林公嘗作「仲春對月」詩云, '春宵何索莫, 秋夕獨喧顚,' 嘗愛其詞理俱得, 及遊嶺南寺, 適値此夕, 登樓望月, 忽憶其句, 遂續而賦之."

15 『밀양지』(밀양문화원 발행, 1987, 478쪽)에서 특히 임춘의 이 시를 근거로 "김주의 개창 이후에 寺名을 따라 비로소 영남루가 되었다는 설은 수정이 되어야 마땅할 것이다."라 하였다. 이와는 달리 『동국여지승람』이 기술 내용을 따르는 필자의 입장을 더 뒷받침할 수 있는 예를 하나 들어본다. 1609년에 중수된 능파당을 제재로 한 「嶺南樓次漢陰李相公」(강항, 『수은집』 권1), 「嶺南樓次前韻」(안숙, 출처 『영남루제영시문』), 「次嶺南樓舊韻」(이안눌, 『동악집』 권8) 등의 작품에 '영남루'가 쓰였다. 여기서 주의할 것은 시제에 영남루가 쓰였다고 해서 바로 본루를 지칭한 것이 아니라는 점이다. 당시 본루인 영남루는 중수되지 않은 상태였기 때문이다. 이런 사례를 보더라도 임춘의 시구 속의 '영남루'는 실재한 이름을 반영했다기보다는 '영남사 죽루'의 생략된 표현으로 보는 것이다.

16 성원도, 「詩序」(『신증동국여지승람』 「밀양도호부」 〈누정조〉), "吾遊於四方, 觀覽樓觀之勝者多矣. 不離跬步, 登臨眺遠, 豁然無極者, 莫斯樓之若也."

17 김주, 「영남루중수기」, "雖樂登臨, 難袪燥濕, 思欲革舊, 悉皆撤去. …… 余乃使吏致之, 語以其故, 令遣晉陽, 使圖矗石之制."

18 자세한 내용은 『밀주지』, 『밀양지』, 「밀양 영남루 연혁 및 건축형식 변천에 관한 연구」(이호열, 『건축역사연구』 9권 1호(통권 22호), 한국건축역사학회, 2000), 동아일보 기사 등 참조.

19 『신증동국여지승람』 「밀양도호부」 〈누정조〉, "天順庚辰(1460), 府使姜叔卿又重修, 恢拓舊規, 壯麗無比."

20 동아일보, 1927.7.23, 1930.3.6, 1938.8.31 참조.

21 嶺南樓 본루의 연혁: 改創(1365, 김주) → 중수(1439, 안질) → 중수(1460, 강숙경) → 해체복원(1543, 박세후) → 임진왜란으로 소실(1592) → 초옥[憶昔堂] 지음(1559, 이영) → 전후 50년 만에 신축(1643, 심기성 → 단청(1661, 이지온) → 우연한 화재로 소실(1772) → 전면복원(1724, 이희주) → 붕괴(1788) → 중수(1793, 조휘진) → 보수(1806, 김재화) → 중수(1832, 조기복) → 天火로 소실(1834) → 대대적 중창(1844, 이인재) → 중수(1890 윤2월, 정병하) → 보수(1930, 최두연). ※밑줄은 추가

22 凌波堂의 연혁: 望湖堂 건축(1488, 김영추) → 이건 증축 후 凌波堂으로 개칭(1543, 박세후) → 소실(1592) → 신축(1609, 기효복) → 화재 소실(1642) → 중건(1643, 심기성) → 보수 후 단청(1661, 이지온) → 화재로 소실(1722) → 복원(1724, 이희주) → 보수(1825, 이화연) → 天火로 소실(1834) → 중창(1844, 이인재) → 보수(1930, 최두연)

23 枕流堂의 연혁: 小樓 건축(1439년경, 안질) → 召樓로 개칭(1442, 권기) → 증축 후 臨鏡堂으로 개칭(1503?, 이충걸) → 중수 및 증축 후 枕流堂으로 개명(1543, 박세후) → 소실(1592) → 신축(1609, 기효복) → 화재로 소실(1642) → 복원(1643, 심기성) → 단청(1661, 이지온) → 화재로 소실(1722) → 복원(1724, 이희주) → 天火로 소실(1834) → 중창(1844, 이인재) → 보수(1930, 최두연)

24 김주의 「영남루중수기」, "乃觀斯樓, 制度隘陋, 屋小簷短, 風斜雨入."

25 성원도, 「詩序」, "斯樓處郡之路傍, 北倚松岡, 西臨官道, 大江橫流於其間, 列岫重圍於三面, 廣野微茫平如棋局, 大林薈蔚於其中. 陰晴朝暮, 四時之景, 無窮焉. 詩不能盡記, 畫不能盡摸."

26 성원도, 「詩序」, "疑其南方山水之靈聚密陽, 而扶擁於斯樓也歟."

27 영남루의 경치를 權技가 '남쪽 지방에서 으뜸'(「召樓記」, 『신증동국여지승람』 「밀양도호부」 〈누정조〉 "縱目以視奇觀, 勝賞果愜素聞, 非惟甲於南方, 直與滕王之閣·岳陽之樓, 相爲頡頏而抑有勝焉者.")이라고 한 이후, '영남에서 으뜸'(신숙주, 「영남루기」, 『보한재집』 권14, "獨玆樓得嶺南爲名, 則其江山形勝之美, 甲嶺南也."), '남방에서 으뜸'(주세붕, 「次嶺南樓韻 送安使君太古之任密陽」, 『무릉잡고』 권4, "南樓風景冠南天, 銀漢橫流繞檻前"), '영남에서 최고'(최연, 「奉贐安太古宙密陽行十絶」, 『간재집』 권8, "有樓號嶺南, 景致嶺南最"), '남쪽 제일의 누각'(이안눌, 「題嶺南新樓」, 『동악집』 권8, "嶺南樓之勝, 號爲南中第一樓"), '제일의 누각'(김창흡, 「嶺南樓贈主倅李季祥」, 『삼연집』 권8, "賓主俱萍水, 逢春第一樓"), '영남 제일의 명루'(이상규, 「訪霞石於密陽府 登嶺南樓」, 『혜산집』 권1 "第一名樓大嶺天, 無涯風物在樽前") 등 유사한 표현이 수없이 많다.

28 김주, 「영남루중수기」, "方屋以廣, 重簷以邃, 軒楹宏敞, 風雨攸除, 乃施丹雘, 匪侈匪陋."

29 이희주, 「영남루중건기」(출처 『영남루제영시문』), "樓居中間, 傑然高出, 而凌波閣·枕流堂, 爲左右翼, 宏構勝觀, 足以賁飾强醆, 而爲一路之所艶稱矣."

30 일명 여수각(如水閣), 영파각(永波閣)이라 한다. 오횡묵, 『경상도함안군총쇄록』 上: 〈밀양고지도〉(19세기)에 '여수각'(제1부 그림20 참고)이라 표기되어 있다.

31 조인영, 「영남루중수기」, 『운석유고』 권10, "獨於密陽之樓, 額以嶺南者, 意其山水之勝, 翬革之美, 足以押嶺南一路, 非特爲府誌所載因嶺南寺舊址而然也."

32 최자, 『보한집』 권하, "爽豁如鄭舍人「嶺南寺樓」韻'一溪明月憑闌夜, 萬里淸風卷箔天', 文順公「北山寺」韻 …… 皆一骨也, 萬里淸風之語, 尤佳."

33 임춘의 생몰 연대와 밀양 지역을 대상으로 지은 작품의 창작 시기는 여운필의 「임춘의 생애에 대한 재검토」(『한국한시연구』 4, 한국한시학회, 1996)를 참고하였다.

34 「題嶺南寺」가 『신증동국여지승람』의 〈누정조〉(영남루)와 『밀양부읍지』의 〈제영조〉에 수록되어 있는 것을 보더라도 영남루 제영시의 원류가 됨을 알 수 있다.

35 류도원(1721~1791)은 퇴계의 「영남루」 시를 고증하면서 고려 성원도의 시를 차운한 것이라 한 사실도 이를 뒷받침한다. 『퇴계선생문집고증』 권1, "嶺南樓在密陽客館東, 卽古嶺南寺

之小樓, 寺廢. 至元乙巳, 金湊知郡改創, 因以寺名名之. ○案此詩, 次高麗成元度韻."

36 성원도, 「詩序」, "予於至正甲申(1344)春, 承察訪之命出巡此道, 道過是郡, 郡之倅俞公屬予寓目, 因作長句四韻書于板上."

37 권근, 「密城守余公寄惠銀魚 謹用嶺南樓上牧隱詩韵二絶~」, 『양촌집』 권7.

38 이색의 16세손인 李寅在가 밀양부사로서 1844년 영남루를 대대적으로 중수하고 규모를 크게 한 뒤 내건 현판시가 현재까지 전한다(懸板의 詩序, "舊有板刻, 龍蛇之厄, 得免灰燼, 而邑人不善藏守, 以致遺亡, 可慨也已. …… 樓既成矣, 先生遺篇不可不更爲表揭. 故謹付剞劂, 昭示來許, 庶幾與斯樓而不朽也夫.").

39 宮本寅吉, 『密陽物語』, 궁본사진관, 1931, 12쪽.

40 대표적으로 홍성민(「차능파당운」, 『졸옹집』 권4), 홍직필(「下船登嶺南樓 次板上牧隱韻」, 『매산집』 권1), 하겸진(「嶺南樓 用牧隱詩韻志感」, 『회봉집』 권3) 등을 들 수 있다.

41 현재 영남루 현판에는 후손 文秉烈이 쓴 문익점의 「영남루」 시와 竝書("先祖三憂堂忠宣公, 昔在洪武丙辰(1376), 守淸道, 有題嶺南樓詩, 載於遺稿. 今無揭板, 必是世紀悠遠, 屢經回祿而然也. 不覺愴慕, 更刻于板以揭之.")가 남아 있는데, 이를 근거로 창작 시점을 잡았다.

42 이처럼 도가적 색채가 농후한 시어를 동원하여 밀양의 승경을 표현한 것으로, 남효온(「密陽嶺南樓謁佔畢齋」, 『추강집』 권2, "甑峰道士下青牛, 紫府仙曹冠佩稠"), 박상(「嶺南樓觴席 謝主人李公忠傑 時右兵使金世熙 黃陽木敬差官郭之蕃俱會」, 『눌재집』 권7, "塵寰未省神仙府, 淸夢眞成汗漫遊"), 김응조(「次嶺南樓韻」, 『학사집』 권1, "淸遊爛熳酬仙賞, 更遣妖姬蹋舞筵") 등의 작품을 들 수 있다.

43 이런 목가적 풍경은 영남루 승경을 묘사할 때 자주 등장한다. 김종직의 시에서도 "野牛浮鼻橫官渡, 巢鷺將雛割暝烟"(「영남루차운」, 『점필재집』 〈시집〉 권5)이라 표현하였다.

44 이는 당나라 최호의 「등황학루」("晴川歷歷漢陽樹, 春草萋萋鸚鵡洲")와 왕발의 「등왕각서」("落霞與孤鶩齊飛, 秋水共長天一色")에 근거한다. 영남루 제영시의 경우 柳觀(1346~1433)의 「영남루」(출처 『신증동국여지승람』)에 "孤鶩齊飛落霞外", 신광한의 「차영남루운」(『기재집』 〈별집〉 권3)에 "分明霞鶩水呑天"의 시구를 간단한 예로 들 수 있다.

45 서거정처럼 이안눌은 고려 때 지은 것 중에서 도칠곡의 작품과 함께 이 시를 대표적이라 하였다(「차영남루구운」, 『동악집』 권8, "樓舊有詩板, 押天字韻. 自麗季及我國朝, 和者至二百餘篇, 而都七谷·李陶隱諸公之作, 膾炙人口"). 반면에 어득강은 '紅樹'와 '白烟'을 오히려 진부한 표현이라 평하였다(「送李恕父赴密州」, 『관포시집』, "嶺南樓擅一邦奇, 登眺何人不賦詩, 紅樹白烟便陳語, 須看佔畢竹枝詞").

46 시어 '別有天'은 영남루 승경을 나타내는 관습적 표현으로 자주 쓰였다. 이석형의 「밀양영남루운」(『저헌집』 권상, "未信壺中別有天, 始看仙境在樓前"), 권호문의 「暮春 宴松院 次嶺南樓韻」(『송암집』 〈속집〉 권1, "不待仙遊別有天, 佳山勝水繞樓前") 등이 그 예이다.

47 류도원의 『퇴계선생문집고증』 권2에서 "乙未(1535)南遊. 案年譜, 乙未六月, 先生差護送官. 送倭奴于東萊, 是行登嶺南樓."라고 한 기록을 참조함.

48 류휘문, 「遊嶺南樓記」, 『호고집』 권18, "今吾輩雖不及古人, 卽物寓興, 以暢心腑滌塵累."

49 김주, 「영남루중수기」, "猶有餘地, 登臨嘯詠, 胸次恢廓, 蓋有以增勝景之高致也."

50 하륜, 「영남루」, 『호정집』 권1, "誰搆岑樓上接天, 壁間題詠盡盧前".

51 오장, 「영남루기」, 『사호집』 권5, "旣又竊念玆樓之有記已久矣. 大之則長篇傑作, 磊落掛榜, 小之則金章繡句, 眩曜在壁, 詠歎形容, 更無滲漏."

52 정범조, 「詩序」, 『해좌집』 권3, "己丑(1769)冬, 蒙恩除黃山丞. 黃山濱東萊, 窮海界也. 風謠氣候, 羈旅之懷, 登覽之興, 古今之感, 畧有所述."

53 정범조, 「客夜望嶺南樓」, 『해좌집』 권3, "欲上高樓去, 欄干望轉奇"

54 정범조, 「차영남루판상운」, 『해좌집』 권3, "登臨三度猶餘戀, 坐到明星落綺筵"

55 양희지, 「차영남루운」, 『대봉집』 권1, "白頭堪笑紅塵客, 觸撥詩情醉倒筵"

56 김정국, 「영남루」 2수 중 둘째 수, 『사재집』 권2, "自笑詩囊如許少, 欲將收拾媿同筵"

57 김륵, 「밀양영남루운」 2수 중 둘째 수, 『백암집』 권1, "收拾風光渾滿袖, 微痾還復醉重筵"

58 崔演이 1547년에 밀양부사로 가는 安宙를 위해 「奉贐安太古宙密陽行十絶」(『간재집』 권8)을 지어준 것을 근거로 한 판단이다. 그리고 안주가 부사에 부임할 때 주세붕이 「次嶺南樓韻送安使君太古之任密陽」(『무릉잡고』 권4)을, 趙昱도 「送安太古宙尊兄赴密陽府」(『용문집』 권4〈둔촌록〉)를 지어 준 것을 보면 안주의 신망을 짐작할 수 있다.

59 『밀주지』 〈영남루〉에는 安宙의 이름에 관련된 흥미로운 이야기가 소개되어 있다. "밀양부사 안주가 姜大邱와 영남루 아래의 凝川의 배 위에서 술을 마시고 놀았는데, 강대구가 희롱하여 '密城에는 술은 있는데 안주가 없어 걱정이다.'고 하였다. 안주가 이에 대응하여 '단단한 대구 머리를 마음대로 쪼개니 어찌 술안주가 없겠는가?'고 말하자 강은 대답할 수가 없었다."

60 이 시의 작가에 대한 몇 가지 이설이 있지만, 都元興이 맞는 것으로 본다. 그 이유로 첫째 『동국여지승람』, 『밀양부읍지』, 『조선명승시선』, 『대동시선』 권1, 『교남지』 등에서 '都元興'이라 한 점, 둘째 그가 지은 시가 있다는 점(「차청심루운」, 『동문선』 권17), 셋째 이색이 오랜 친구로서 그를 천거한 사실이 있다는 점(「薦都元興」, 『목은집』 권5) 등을 들 수 있다. 반면에 강항의 「嶺南樓次漢陰李相公」(『수은집』 권1)에는 '李崇仁', 이제신의 『청강사자후청쇄어』와 박수헌의 『밀주지』에는 '都吉敷', 남용익의 『기아』와 이를 전재한 정희량의 『허암유집』 〈속집〉 권1에는 '鄭希良', 정원호의 『교남누정시집』에는 ''都源興'으로 되어 있다. 그리고 이안눌이 고려 때 영남루 제영 중에 '도칠곡'과 '이숭인'의 시가 인구에 회자된다고 했는데(「차영남루구운」, 『동악집』 권8), 도칠곡이 도원흥과 같은 사람인지는 확실치 않다.

61 『청강사자후청쇄어』(『대동야승』 권57)에는 詩鬼의 관점에서 이 시를 다루었다. 한편 『송계만록』(『대동야승』 권56)에서는 앞에서 다룬 이숭인의 「제영남루」의 5~6행과 위 시의 3~4행이 전후 시구로 합쳐진 7언절구의 영남루 시 한 편을 소개한 뒤 이 시가 인구에 회자된다고 했다.

62 金碧樓는 고유명사가 아니라 단청이 아름다운 누각을 나타내는 일반적 표현이다. 이와 유사한 것으로 申光漢이 1543년 영남루를 중수한 밀양부사 박세후의 요청으로 지은 시에 '金碧新樓'가 있다. 「嘉靖癸卯(1543)夏, 余方在病中, 勉副朴侯勤請, 爲作嶺南樓重修記. 且次前韻, 書之于卷, 以示吾甥趙參知士秀公~」, 『기재집』 〈별집〉 권3, "眼穿南斗空回首, 金碧新樓謾錦筵."

63 홍한주의 「영남루」 시에도 비슷한 의경이 표현되고 있다. 『해옹고』 〈시고〉 권2, "風烟滿目

羈魂動, 莫遣陽關一曲催."

64 신좌모의 「영남루차판상운」(『담인집』 권8)에도 유사한 시상의 "倚遍欄干淸不寐, 可堪明日是離筵"이라는 시구가 있다.

65 권근, 「雜著序」, 『양촌집』 권7 〈남행록〉, "己巳(1389)仲冬晦, 以言事竄牛峯. 未閱月, 國家代德, 又爲臺評所貶, 遠謫寧海. …… 方有去國違親憂愁痛憤之感, 雖欲作爲歌詩, 舒憂娛悲, 所不敢也, 又不忍也. 明年(1390)春, 又移興海則去國已踰三月. …… 夏閏四月, 又遷金海."

66 권근, 「密城守余公寄惠銀魚 謹用嶺南樓上牧隱詩韵二絶~」 중 둘째 수, 『양촌집』 권7 〈남행록〉, "風化樓前一路橫, 先生講道佐昇平, 誰憐海上謫來客, 古寺無人聞雨聲."

67 영남루 주변의 경물을 나타내는 시어로 오리나 갈매기, 산사의 종소리는 자주 쓰인다. 유홍의 「次密陽嶺南樓韻 贈太守金伯純克一」(『송당집』 권1)에 "風景鳧鷖割據邊", "寺鍾寒度暮山烟"이라는 시구가 있다.

68 한국문화추진회, 『수색집』 해제(『한국문집총간 해제』 3, 1999, 3~4쪽)의 내용을 참고했다.

69 김홍욱, 「영남루차판상운」, 『학주집』 권2 〈남행록〉, "南來登盡幾名樓, 到此方知減客愁."에서도 이런 시상이 보인다.

70 신숙주는 「영남루기」(『보한재집』 권1)에서 밀양부사 강숙경이 누각을 중수한 것을 인자한 은덕과 위엄이 함께 하고, 정치를 민첩하게 행하는 행위로 보았다.

71 하수일, 「영남루기」, 『송정집』 권4, "大抵凡樓觀之賞, 不獨賞其勝所貴, 能與民同其樂耳."

72 윤의정, 「영남루기」, 『지령집』 권3, "廟堂江湖之憂, 不得見於今日, 此樓之一不幸也."

73 오장, 「영남루기」, 『사호집』 권5, "於是焉, 而弛弛焉怠惰, 侈侈焉放肆. 巍乎其自高, 儼乎其自重, 以至偏係其心, 忿厲其氣, 以推之於政事之間, 則一道人物將被其禍, 而玆樓之煙霞草木, 反爲慘惔之物色矣."

74 류중영, 「행장」, 『구촌집』 권1, "戊午(1558)爲校書館校理, 從巡邊使金秀文往慶尙道, 閱邊備."

75 문경동의 시에도 이와 유사한 표현이 있다. 『창계집』 권2, 「차영남루운」, "壯志當年劒倚天, 光芒直射斗牛前."

76 류경심, 「차밀양영남루」 3수 중 첫째 수, 『구촌집』 권1 〈남정고〉, "擬斬樓蘭百萬頭, 登臨長嘯誓江流."

77 이덕형, 「舊時 嶺南樓之勝 甲於南中. 余爲宣慰使, 己丑(1589)夏, 翫望月于此. 庚寅(1590)夏, 又來賞雨, 樓之陰晴景態, 自謂造物偏餉我矣. 亂後忝開府之命, 再過凝川, 荒墟破郭, 滿目蕭然, 而獨江山風景如舊耳. 松雲師適次烟字韻見示, 吟翫感慨, 率爾有作, 奉趙從事求和」, 『한음문고』 권2.

78 이덕형, 위의 미주 참조.

79 이안눌, 「제영남신루」 〈시서〉, 『동악집』 권8, "余自蓬山, 辭病北歸, 公邀與登覽, 請爲文以記. …… 姑綴近體三首, 略敍其遭云爾. 後來君子, 幸勿以詩觀. 時萬曆三十七稔歲在己酉(1609)秋七月上澣, 乃我聖上卽位之元年也."

80 조인영, 「영남루중수기」, 『운석유고』 권10, "夫州郡之事, 固以農桑, 戶口爲課最, 而樓觀之飾不在也."

81 이안눌, 「제영남신루」 3수 중 첫째 수, 『동악집』 권8, "時與事新關泰運, 地由人勝得賢侯."

82 이만도, 『향산일기』 권11(국사편찬위원회 홈페이지), "丁丑(1877)七月小 乙酉朔 七日. 雨. 溯流宿龜倉, 自三郎浦至嶺南樓, 盡入懷裏."

83 이상규는 풍류를 좋아해 영남루 등림하여 음악을 늘 즐기는 군수를 '가련하다'고 비난한 바 있다. 『혜산집』 권1, "可憐太守風流好, 鎭日笙歌動客筵"

84 아랑 전설의 구체적인 시대 배경은 19세기 이전에 편찬된 설화집에는 특별히 언급된 것이 없다는 사실이다. 다만 '明宗朝' 혹은 '明宗年間'이라는 명시적 표현은 『오백년기담』(1913)과 『밀주징신록』(1936)에 보이고, '中宗朝'는 『조선여속고』(1927)에 나타날 뿐이다. 그리고 아랑의 성씨는 대체로 드러나지 않거나 간혹 南氏(『동야휘집』 '南府使女'), 趙氏(『연재집』 '趙娘'), 鄭氏(이상인, 「嶺南樓와 阿娘閣, 雪冤詩 一篇을 採輯하며」, 『三千里』 제12권 제9호, 1940.10)가 있다. 우리에게 널리 알려진 尹氏는 1900년 이후에 편찬된 『오백년기담』('尹娘子'), 『조선여속고』('尹娘子'), 『밀주지』('尹娘子'), 『밀주징신록』('尹某女'), 『교남누정시집』('尹阿娘'), 『교남지』('尹倅女') 등에 집중적으로 나타난다.

85 조선 후기에 편찬된 야담집에 전하는 것으로 김경진(1815~1873)의 「雪幽冤夫人識朱旂」(『청구야담』 권1, 1843), 이원명(1807~1887)의 「南樓擧朱旂訴冤」(『동야휘집』 권5, 1869), 서유영(1801~1874)의 『금계필담』(1873), 편자·연대 미상의 「逢李上舍雪冤債」(『성수패설』) 등이 있다. 그리고 근세 자료로서는 최동주의 「嶺南樓尹娘子」(『오백년기담』, 1913), 장지연의 「嶺樓貞娘」(『일사유사』 권5, 1922), 이능화의 『조선여속고』(1927), 박수헌의 『밀주지』(1932), 안병희의 『밀주징신록』(1936), 정원호의 『교남지』(1940) 등이 있다.

86 『매산집』 권53 〈연보〉, "庚午(1810)九月往覲判書公密陽任所, 遊嶺南樓, 有記商."

87 「기영남루사」, 『매산집』 권27, "然苟擇其地, 亦有勝於凝川, 苟費其力, 平地可以起樓, 是固未足爲名勝也. 余問故老曰昔有知印, 窺覘內衙, 見知府女子未行者而悅之. …… 至今不絶云."

88 이 시기에 영남루와 촉석루의 우열 논쟁이 보편적 담론이 된 사실은 이학규의 시에서도 확인된다. 「영남루」, 『낙하생집』 책19 〈각시재집〉, "矗石至今爭甲乙, 望湖從古擅東西."

89 「기영남루사」에는 특이하게도 사건 현장의 증거물로 영남루의 구체적인 세부들이 등장한다. 즉 烈娘을 칼로 찔러 살해한 장소가 "영남루 동쪽 3번째 기둥 앞"(卽刺殺于樓東第三楹前)이고, 신임부사를 따라온 이진사가 투숙한 곳이 "영남루의 침실인 능파각"(有李進士者隨知府至, 宿凌波閣, 閣卽樓之寢室也)임을 명시적으로 밝히고 있다. 이처럼 구체화된 묘사는 아랑 전설에 진실성을 부여하는데, 다른 문헌 자료에서는 찾아볼 수 없는 표현이다.

90 김병권은 전승 집단의 의식에 따라 서술 순차, 인물 성격, 범인 색출 방식 등의 서사 구조에서 발생하는 아랑 전설의 다양한 변이 양상을 살폈다. 「아랑형 설화의 변이 양상고」, 『어문교육논집』 8집, 부산대 국어교육과, 1984.

91 「기영남루사」, "向使知府之女, 被其汚衊, 則雖若泯然無跡, 天神之所鑑臨, 亦安得以秘之哉. 縱傾南江之水, 未足以雪斯恥, 一蒙其玷穢, 樓安所見稱哉. 此, 其人卽未笄之女子耳. 弱不能勝衣, 而力拒強暴, 矢不辱其身, 鋒刃所加, 性命卽判, 而膚不撓目不逃, 勵萬夫不可奪之勇, 就戮死而靡悔, 烈哉烈哉!"

92 「기영남루사」, "然斯樓存則斯人不亡, 縱使樓毁, 貞心姱節, 不與之隨化. …… 盖斯樓之逢斯人, 盖不偶然, 而得斯人而名益重. 在人則不幸, 而在樓則幸, 樓與人之幷傳于無止也, 審矣."

93 「기영남루사」, "後觀察使以'嶺南樓月夜逢李上舍說前生冤債'爲題, 試士于營庭. 或云知府用此

題, 設白日場于此樓之庭."

94 「기영남루사」, "且邑之知印, 每當迎新, 輒齋沐具羞, 而祭之于殉節之楹前. 至今不絶云."

95 『금계필담』에 "余在以南邑時, 到密陽, 登嶺南樓, 樓外竹林中, 有阿娘廟."라는 후기가 있다. 서유영이 공무로 1873년에 밀양의 영남루를 방문하였을 때 죽림 속에 '아랑묘'가 존재한 사실로 볼 때 그 이전부터 벌써 아랑을 널리 추모하는 행사를 거행했음을 알 수 있다. 이 또한 아랑의 역사적 실재화에 크게 기여했다고 본다.

96 「기영남루사」, "而矗之有忠妓, 猶嶺之有烈娘, 未可謂其重若彼, 其輕若此, 則兩樓之相抗也, 宜哉!"

97 이 시의 작가로 밀양 선비 裵克紹(이가원, 『조선문학사』 하, 태학사, 1997, 1318쪽) 혹은 韓末의 문사 裵益紹를 내세웠다(『밀양지』, 392쪽). 그러나 배극소(1819~1871)의 문집에는 성원도 시를 차운한 「嶺南樓謹次板上韻」(『묵암집』 권1)이 있을 뿐이고, 배익소의 존재는 확인할 수 없어 두 사람을 실제 작가로 모두 인정할 수 없다. 무엇보다도 본문에서 다루었듯이 이들의 생존 시기보다 훨씬 빠른 「기영남루사」에 동일한 詩題가 이미 있는 것을 고려하면, 작가는 가공인물인 배익소나 배극소라 하든지 아니면 미상으로 처리해야 한다.

98 장효현, 『서유영 문학의 연구』, 아세아문화사, 1988, 198쪽.

99 밀양에는 32행 율조로 된 장시가 애송되어 왔고(『밀양지』, 392쪽), 그리고 이상인은 이 과시를 간단하게 '雪冤詩'(「嶺南樓와 阿娘閣」, 雪冤詩 一篇을 採輯하며」)라 부르기도 했다.

100 이유원, 『임하필기』 권13 「문헌지장편」 3(성균관대 대동문화연구원, 1961), 313쪽 참조.

101 『동아일보』('밀양 명물 영남루의 승경', 1926.7.28)와 이규용의 『증보 해동시선』에 신석균의 작으로 나온다. 반면에 『교남지』에는 申維翰(1681~1752)의 작으로 되어 있다. 하지만 그의 문집 『청천집』에서 이 시를 찾을 수 없고, 아랑 전설은 그의 생존기보다 훨씬 뒤인 「기영남루사」에 처음 보이기 때문에 실제 작가로 인정하기 어렵다.

102 이는 신석균보다 5년 앞선 1873년에 영남루를 찾은 서유영이 직접 목격했다고 한 '阿娘廟'의 이름을 따르지 않았고, 송병선이 1891년에 지은 「遊嶠南記」(『연재집』 권22)에 '表貞祠'라는 표현이 있으며, 1921년에 지은 장상학의 영남루 시에도 '貞女祠'라는 시어가 나오기 때문이다.

103 원문을 보면 제6행에 "樓下有阿娘祠"라는 협주가 있다. 한편 여러 차례 흥폐를 반복한 아랑사의 정확한 건립 시기는 알려진 바 없다. 다만 아랑각은 1929년까지도 황폐한 상태로 존재한 사실이 확인되고(『동아일보』, 1929.5.12), 1930년 군수 최두연이 중심이 되어 비각을 새로 지을 때 1901년에 쓴 성파 하동주의 글씨로 된 전래의 '阿娘祠'를 그 門楣의 편액으로 썼다고 한다(『밀양지』, 391쪽). 현재의 아랑각은 1965년에 다시 세운 것이다.

104 표석은 아랑각 서편 대숲에 있는 작은 石碑를 말한 것이다. 비석의 전면에는 "阿娘遺址", 후면에는 "隆熙四年庚戌(1910)五月日 紀念 李應惪 朴尙禧"라는 글자가 새겨져 있다.

105 1904년에 지은 김진호의 시(「登嶺南樓」, 『물천집』 권2, "卉服雜官市, 牛塵滿鷺洲")에서 보는 것처럼, 20세기 초에 벌써 밀양 시내를 거침없이 활보하던 일본인의 모습이 영남루 제영시의 소재로 활용되고 있다. 참고로 1899년 『밀양군읍지』에 의하면, 당시 밀양의 전체 인구는 32,466명이었다. 그리고 『밀주지』를 보면, 1932년 무렵의 밀양 인구는 117,312명이었다. 이 중에서 밀양읍은 13,037명이었고, 읍내 일본인은 1,217명으로 약 9%를 차지하였다.

106 하강진, 「김해 연자루 제영시 연구」, 『지역문학연구』 10호, 경남·부산지역문학회, 2004.

# 제2장 퇴계학파의 영남루 제영시에 대하여※

## 1. 서론

중세시대에는 지역마다 樓亭을 건립하고 경영하는 것을 士林의 향촌 조직이나 국가의 治理 활동에서 주요한 대상으로 삼았다. 건립 주체의 성격에 따라 활용의 기능은 다르지만, 그 경영의 과정에서 대체로 지식층의 정치 담론이나 민심 파악, 시인묵객들의 시문 창화가 활발히 이루어졌다. 그리하여 누정은 정서적 공감대를 형성하고 문화적 결속을 다지며 문학창작물을 산출하는 상징적 공간이 되었다.

樓亭의 건립과 운영에는 독자적인 문화 의식이 내재되기 마련이어서 이를 바탕으로 창작된 작품에는 그 지역의 문학성이 복합적 층위로 반영되었다. 누정 문학이 지역문학의 실체를 구명하는 하나의 단서가 될 수 있다는 시각에 따라 필자는 누정 제영시에 나타난 주제 의식을 일련의

※ 본 논문은 『퇴계학논총』 12집(퇴계학부산연구원, 2006, 129~156쪽)에 게재되었다. 원문 그대로 재수록한다.

논문에서 분석한 바 있다.[1] 그리고 누정은 대개 수려한 자연경관을 기반으로 건립됨으로써 누정 자체와 주변 공간의 미적 특성이 題詠詩文의 제재로 다루어진다. 따라서 제영 문학은 특정 작가나 작가 계층의 창작 기반, 산수 자연의 취향 태도나 미의식 등이 반영된 산수 문학의 하위 장르로서 개념을 갖게 된다.

嶺南樓가 제영시의 제재가 된 요인은 密陽의 역사적 성격과 누각의 입지적 조건에서 비롯된다. 밀양은 행정 구역으로 建治된 신라 시대 이후 영남을 대표하는 웅장한 고을이었고, 內治나 外治에 있어서 주요한 거점 지역이 되었다.[2] 또한 밀양은 산하의 장대함으로 일찍부터 이름났는데, 고려 중엽의 西河 林椿(1148~1186)은 이곳의 빼어난 경치는 으뜸이라 했고,[3] 고려 후기 成元度(?~?)는 1344년에 지은 영남루 시의 서문에서 남방 산수의 신령한 기운이 밀양에 다 모였다고 했다.[4] 뿐만 아니라 밀양은 유서 깊은 문화의 고장으로 널리 알려졌다. 고려 중엽에 이미 향교 운영을 통해 유학의 새로운 기풍이 진작되었고, 예의를 숭상하여 선비가 많은 고을이라 일컬었다.[5] 조선시대의 밀양은 특히 유교 문화가 번창하였고,[6] 관료나 문인을 수없이 배출하였으니 선초의 春亭 卞季良(1369~1430), 성종조의 佔畢齋 金宗直(1431~1492) 등이 대표적으로 이곳 출신이다. 그리고 임진과 정유의 양란 때 종횡무진으로 활약한 고승 四溟大師(1544~1610), 통신사 일행으로 일본에 가서 그곳 사람들을 시문으로 굴복시킨 靑泉 申維翰(1681~1752) 등도 빼놓을 수 없는 인물이다. 또 호국사찰로 널리 알려진 表忠寺가 있다.

密陽은 이처럼 자연경관, 문화적 맥락, 사회 환경 등 다양한 요소가 결합되어 특색있는 도시적 성격을 형성해 왔다.[7] 그중에서도 嶺南樓는 밀양의 도시성을 상징하는 공간으로 자리 잡아 역대로 문학 창작의 자산이 되었다. 이 누각은 고려 말 金湊(?~1404)가 개창한 이후 휴식이나 제영의 장소로 쓰이다가 조선시대에는 부사가 직접 관리하고 운영하는 객사의 일부로 활용되었다. 영남루는 자연스럽게 사신들이 공적으로 묵고 가는 공간으로 자리 잡아 당대의 유명한 학자나 문인들, 그리고 밀양부사가 嶺南樓에 등림하여 시문을 남기게 됨으로써 밀양의 명성을 한층 고조시키는 기반을 구축할 수 있었다. 특히 누각의 장대한 규모, 장려한 주변 경관, 누각을 배경으로 형성된 아랑 전설 등은 서정적 깊이의 심화와 넓이의 확장을 가져와 다양한 주제의 영남루 題詠詩가 창작되었던 것이다.[8] 이리하여 영남루는 수백 년에 걸쳐 이곳을 방문한 사람들에게 특별한 정서의 매개물로 작용하여 서정적 적층을 이루었다.[9] 아울러 이들의 제영을 보면 창작 과정에서 독자적으로 각운을 내어 지은 것도 있지만 기존의 시를 차운한 것이 대부분이다.

嶺南樓 題詠詩는 넓게는 산수 문학의 범주로 다룰 수 있다. 사실 산수 문학은 退溪 李滉(1501~1570)으로 대표되고 있다. 그의 문학적 성취는 여러 각도에서 밝혀지고 있지만 영남루를 제재로 지은 시를 대상으로 분석한 예는 거의 없는 실정이다. 이는 2,200여 수에 이르는 퇴계의 작품이 워낙 호한한 이유도 있지만, 그가 지은 영남루 시가 몇 편에 불과하기 때문에 관심의 대상에서 벗어나 있었던 것으로 보인다.

그런데 309명에 달하는 퇴계의 門人[10] 중에서 黃俊良, 金克一, 具思孟, 權好文, 洪聖民, 金誠一, 尹卓然, 金玏, 柳成龍 등이 방대한 작품들 남겼다. 이 중에서 嶺南樓 본루나 부속 건물을 제재로 한 다수의 시가 존재한다는 점에 주목할 필요가 있다. 이들은 退溪 당대의 문하에서 동문수학하며 학문적이나 문학적으로 상호 폭넓은 교유를 가졌던 인물이다.[11] 이들의 작품은 전대의 시를 차운한 것이 많아 누정 제영시의 일반적인 창작 성향을 보이기도 하지만, 그중에서도 특별히 7언 배율시가 퇴계의 시적 전통을 따른 점은 주목할 만하다.

이는 退溪學派라는 큰 범주 속에서 16세기에 주로 활동한 이들이 남긴 題詠詩를 하나의 독립적 영역으로 설정하여 그 문학적 성과를 검토할 수 있는 가능성을 제기한다. 이들의 작품을 심층적으로 분석하면 嶺南樓 제영시의 한 특징을 제시함은 물론, 퇴계 산수 문학의 성격이나 退溪學派 시문학의 경향을 밝히는데 도움을 줄 수 있다는 점에서 고찰의 의의를 말할 수 있다.

## 2. 退溪 所作 제영시의 풍류

현재 전하는 退溪의 영남루 시는 문집에 실린 7언 율시 1수와 7언 배율 1수, 『밀주지』에 수록된 7언 율시 1수 등 모두 3편이 확인된다.[12] 우선 고려 말 成元度가 처음으로 지은 이래 흔히 대표적인 '嶺南樓韻'이라 불리는 首句에 天자의 '先' 각운을 활용한 제영시를 살펴보기로 한다.[13]

| | |
|---|---|
| 난간이 우뚝 솟아 거울에 비친 하늘을 눌렀고 | 欄干高壓鏡中天 |
| 바라보니 남방의 경물이 눈앞에 다 보이네 | 一望荊吳盡眼前 |
| 강 오므라든 곳은 바다 관문 그 밖으로 거친 들판이고 | 江蹙海門荒野外 |
| 땅 끝난 곳은 오랑캐 산 그 곁에 瘴氣 구름 걸렸구나 | 地窮蠻嶺瘴雲邊 |
| 시 짓기 재촉할 무렵 밝은 녘에 이슬비 내리고 | 催詩曉日纖纖雨 |
| 펼쳐진 평지의 숲에는 가느다란 연기로다 | 入畫平林細細烟 |
| 맑은 술 단지 잡고 원경을 감상하면 그만이지 | 好把漬樽供遠賞 |
| 굳이 악기 두드리며 좋은 자리 소란케 할 것 없네[14] | 不須檀板鬧芳筵 |

退溪 年譜에 의하면 그는 1535년 가을 호송관에 뽑혀 倭奴를 동래로 호송한 일이 있는데,[15] 이때 嶺南樓에 등람하여 시를 지었음을 알 수 있다.[16] 1행은 영남루 누각의 난간이 '거울'(鏡) 즉 강물의 수면에 비친 하늘 그림자 위로 포개어져 반사되고 있음을 묘사하고 있다. 이는 누각이 높은

지대에 위치하고 난간이 우뚝 솟아 있지 않으면 도저히 강물 위에 그림자를 드리울 수가 없는 實景에 근거한 것이다. 따라서 누각에서 조망한 남쪽의 경치가 한눈에 모두 보이게 된다고 한 2행은 적절한 표현이다. 3행과 4행은 남방의 일부인 강과 땅의 구체적인 광경을 관찰한 것이다. 강이 흘러 바다의 관문으로 통하는데 그 바깥으로 거친 들판이 조성되어 있고, 땅이 끝난 곳에는 오랑캐 산과 닿아 있는데 그 부근에 장기를 품은 구름이 걸쳐 있음을 보여준다. 바다의 관문과 오랑캐 산을 연계한 것은 남쪽 방면으로 전개된 일망무제한 광경을 묘사하기 위한 시적 기교라 하겠다. 화자가 시를 지으려고 할 때는 밝은 녘이었다. 그런데 느닷없이 습한 기운을 품은 구름에서 이슬비가 내리고 가느다란 연기가 평지의 숲에 피어나는 경치에서 시적 감흥이 한층 고조되고 있음을 5~6행에서 알 수 있다. 시인의 정감은 영남루의 누각에서 바라본 그림처럼 아름다운 遠景에서 유발된 것이라 하겠는데, 마지막 7~8행에서는 이러한 경물을 감상하는 화자의 태도가 직접 드러나고 있다. 즉 풍경에 몰입하여 음미하는 데 방해가 되는 '檀板' 즉 악기 소리는 결코 즐길 필요가 없다고 선언하고는 승경의 객관적 관조를 통해 미적 체험을 극대화하려는 의지를 드러낸다.

이는 자연을 대하는 士林의 산수 의식과 관련이 깊다. 곧 승경 탐승에 대한 절제된 정감의 발산을 통한 감상적 風流가 이 작품의 지배적 의미라 하겠다.

이어서 살펴볼 작품은 「次季任密陽嶺南樓和朴昌世詩二十二韻」(『退溪集』 권2)인데, 季任 趙士秀(1502~1558)가 지은 '秋'자 '尤'의 각운을 수구에 차운한 7언 배율시이다.

| | |
|---|---|
| 을미년 가을 남쪽 영남의 바닷가 노닐 적에 | 乙未南遊嶺海秋 |
| 곧 높다란 난간에 올라 웅장한 고을 바라보았네 | 曾攀危檻眺雄州 |
| 엉클어진 세상일은 수천 번 빙빙 돌고 | 紛綸世事千回轉 |

겹겹의 하늘 별은 두 바퀴를 두루 돌았구려　合沓天星兩匝周
꿈속에서 이리저리 삼신산의 달을 찾고　夢化浪尋三島月
시에 힘써 만호의 제후를 하염없이 생각하네　詩疆空憶萬家侯
병으로 漳水에 묶인 것이 정녕 하늘의 뜻이던가　病纏漳水寧天意
등왕각 멋진 글은 반드시 귀신이 꾀한 것이리라　詞賁滕王定鬼謀
옛적엔 거문고 하나에 학 한 마리 따랐다고 하는데　舊說一琴隨隻鶴
지금은 긴 피리 소리 높은 누각에 기댔다고 들리네　今聞長笛倚高樓
風雲은 붓에 들어가 신묘한 변화를 구사하게 하고　風雲入筆驅神變
바다와 산은 시야 넓혀 멀고 깊은 것을 뚫게 하네　海岳披眸豁遠幽
鄂渚의 물안개 풍광은 荊州 숲 밖에 창창하고　鄂渚烟光荊樹外
長沙의 가을빛은 楚江 끝으로 아득하네　長沙秋色楚江頭
霞觴을 고운 바다에 띄우고 기린 봉황으로 안주삼고　霞觴豔海羞麟鳳
仙樂을 하늘에 울리고 거문고와 옥경쇠로 읊조리네　仙樂轟天詠瑟璆
옛일을 슬퍼하니 스스로 지은 노래 격렬해지고　弔古自成歌激烈
지금 일에 상심하니 깨달은 말이 더욱 슬퍼지네　傷今尤覺語悲遒
風斤에 부합하는 묘한 상대는 만날 리 응당 적고　風斤妙質逢宜少
白雪의 드문 노래에 화답할 이가 어찌 많으리오　白雪希音和豈稠
山澤 살아 여위어진 형체 정말 스스로 우습고　山澤臞形眞自笑
임금 사신 지은 좋은 시에 그릇되이 화답했네　皇華佳什謬當酬
가져왔더니 밤중의 집이 무지개 빛으로 이루었고　携來夜屋虹光貫
읽고 나니 새벽 창 아래 상서로운 빛 떠오르네　讀罷晨窓瑞色浮
사방 익은 길에 준마 끄는 수레가 치달리듯　熟路四方馳駿駕
천리 너른 강물에 바람 따라 배가 빨리 달리듯 하네　洪流千里送飄舟
봄 안개 꽃은 눈에 가득 꾀꼬리는 지저귀고　煙花滿目啼黃鳥
구름과 비 하늘에 드리우니 푸른 용이 춤추는 듯　雲雨垂空舞翠虯
達士는 속세를 떠남에 청렴함이 허물 벗는 듯하고　達士離塵淸似蛻

| | |
|---|---|
| 凡夫는 세속에 얽매여 군색함이 죄수와 같네 | 凡夫徇俗窘如囚 |
| 풍속을 살펴 사랑한 자취 감당나무 초막에 남겼으니 | 觀風有愛留棠茇 |
| 관리가 橋洲에 부쳐짐을 어찌 탓하리오 | 食力何尤付橋洲 |
| 지극한 교화에 몇 사람이나 혜택을 받았나 | 至教幾人承化雨 |
| 헛된 이름은 나에게 있어서는 버려야 할 혹이로다 | 浮名唯我去懸疣 |
| 맑고 독창적인 견해로 사귐이 교칠처럼 긴밀하고 | 涼涼獨見交如漆 |
| 높고 훌륭한 의론으로 얻음이 언덕처럼 수북하네 | 落落休論得若丘 |
| 그럭저럭 세월은 안타깝게도 놓치기 쉽거니와 | 荏苒光陰嗟易失 |
| 순환하는 禍福은 서로 숨어 있어 구하기 어렵도다 | 回環倚伏莽難求 |
| 悲傷함은 사건에 연루되어 깊은 회포에 걸린 것이고 | 悲傷觸事嬰深抱 |
| 感慨함은 공의 덕분에 장대한 유람을 기억함이로다 | 感慨因公記壯遊 |
| 어찌하면 누각에 함께 살면서 기운을 뱉고 마시며 | 安得樓居同吐納 |
| 그리하여 신선되어 시끄러운 세상을 떠날 수 있을까 | 仍看羽化脫喧啾 |
| 아득히 먼 곳을 유유히 떠돌다 우주를 벗어나서는 | 浮游汗漫出六合 |
| 누워서 봉래산 맑게 흐르는 물이 얕아짐을 보리라 | 臥閱蓬萊淸淺流 |

이 시는 퇴계가 51세 때인 1551년에 지은 것이다.[17] 호가 松岡인 조사수는 申光漢(1484~1555)의 생질인데, 퇴계가 그의 輓詞를 지을 정도로 평소 친분이 두터운 사이였다. 조사수가 경상도관찰사를 수행하던 1542년 무렵[18] 朴祥(1474~1530)의 시에 화답한 작품을 보고 다시 退溪가 차운한 것이다. 시의 도입 부분에서 먼저 자신이 1535년 영남루에 올라 웅장한 밀양 고을을 관찰한 적이 있고, 차운한 시점은 세월이 흘러 거의 20년이 흘렀음을 알려준다. 그러고 난 뒤 조사수가 관찰사로서 밀양에 머물게 된 것은 王勃이 병으로 장수에 묶인 바람에 「滕王閣序」를 지은 것처럼 훌륭한 작품을 남기도록 하기 위한 하늘의 필연적 계시였음을 언급하고 있다. 그리고 거문고 하나와 학 한 마리만 지니고 촉나라에 들어가 이름을 얻은

송나라의 趙抃이나 이백이 '長笛一聲人倚樓'를 명구로 칭찬한 당나라 趙蝦가 모두 趙씨이므로, 趙사수는 틀림없이 명작을 지을 수밖에 없었다고 유추하였다.

이에 따라 작품에 묘사된 바다와 산이 보여주는 광활한 시야, 영남루의 안개 풍광과 강물 주변의 아름다운 가을 빛깔 등의 절묘한 의경은 시적 기교를 통해서 표현이 가능했다고 하였다. 특히 퇴계는 조사수의 호방한 풍격을 높이 평가하고 있다. 즉 신선의 술잔을 바다에 띄우고 기린과 봉황을 안주로 삼고, 신선의 음악을 하늘에 울리며 거문고와 옥경쇠 소리에 맞추어 읊조린다고 언급한 대목이 바로 이에 해당된다. 그리고 옛일을 슬퍼한다고 한 寓意는 朴祥이 중종반정으로 폐위된 단경왕후의 복위를 상소함으로써 중종의 진노를 사서 유배된 사실과 관련이 있는 듯하다. 조사수의 시에는 '風斤妙質'이 적은, 즉 박상의 훌륭한 자질을 알아주지 못한 조정의 분위기나 그의 '白雪希音' 즉 고상한 노래를 함께 수창할 수 있는 知音이 적었던 당시의 세태를 원망하는 내용이 함축되어 있었던 것으로 짐작된다.

退溪는 이러한 내용에 공감하면서도 임금의 사신으로서 趙士秀가 지은 시에 화답한다는 게 쉽지 않음을 토로하고 있다. 그의 시는 무지개가 뜨고 상서로운 기운이 일 정도로 탁월한 작품으로 여겼기 때문이다. 특히 청렴한 인격을 갖춘 그를 통달한 선비에 비유한 뒤, 퇴계 자신은 현실에 얽매여 있는 평범한 사람으로 대비시켰다. 그리고 조사수는 널리 칭송될 정도로 훌륭한 치적을 남긴 반면에 그에게 있어서 관리로 얻게 되는 명예는 제거해야 될 혹으로 간주되고 있다. 이러한 겸사의 표현은 표면적으로는 조사수의 능력이 출중함을 드러내고, 퇴계의 출처관이나 爲己之學의 학문 태도를 암시한다. 아울러 그와의 심오한 교유를 통해 얻게 되는 진정한 우의를 결코 놓치지 않겠다는 의지도 피력해 보인다. 하지만 세상의 禍福은 '倚伏' 즉 언제든지 뒤바뀔 수 있는 존재이기 때문에 미래를 결코 예단

할 수 없다는 현실 인식에 이른다. 이는 박상이 유배를 경험한 이후 지방관을 전전하다가 말년에 신병으로 죽은 비통한 사실과 퇴계가 이 시를 짓기 일 년 전에 몸소 겪은 개인적 불행을[19] 염두에 둔 표현으로 보인다. 이에 따라 부침이 심한 세속의 제약에 벗어나 고상한 흥취를 즐기려면 신선이 되어 장대한 유람을 하는 길밖에 없다는 豪放한 상상으로 이어진다. 시 속의 봉래산은 道學者的 가치를 추구하느라 '야위어진 형체'가 된 그가 도달하고자 한 궁극적인 이상 세계라 하겠다. 이는 隱逸의 경지에서 심성을 수양하려는 士林의 風流를 의미한다.

결론적으로 이 시는 영남루의 객관 경물을 중점적으로 묘사하는 대신에 호방한 시상으로 觸物을 주관화한 탈속의 공간에서 실현되는 存養의 풍류를 형상화한 작품이라 할 수 있다.

한편 退溪가 지은 위의 배율시는 각운이 22운이고, 시제에서 보듯이 그가 차운한 조사수의 시도 22운의 배율시 형식이었음을 알 수 있다. 이를 조사수 시의 原韻이 된 朴祥의 시[20]와 비교해 보면, 首句에 '秋'를 用韻했지만 분량면에서 4행이 더 길고 운자의 배치도 부분적으로 다름이 확인된다. 그리고 영남루 詩板으로 내걸린 박상의 시를 퇴계가 절창으로 일컬은 예를[21] 통해서도 박상의 시는 처음부터 20운이었다는 점이다. 이러한 차이가 발생한 이유를 단정적으로 말하기는 어렵지다. 하지만 퇴계 門人들이 지은 배율시는 모두가 20운의 형식을 취하되, 운자의 배열은 퇴계의 시를 따르고 있음을 여기서 먼저 언급해두고자 한다.

이상에서 검토한 退溪의 嶺南樓 시 중 칠언율시는 정감의 절제를 통해 승경 탐미의 감상적 風流를 나타냈고, 호방한 시상의 배율시는 탈속 추구의 도학자적 風流가 주제가 됨을 알 수 있었다. 이는 퇴계의 處士的 산수관이 반영된 것이다. 계속해서 퇴계의 영남루 시의 이러한 특징이 그의 門人들이 지은 작품과 어떤 관련성이 있는지를 살펴보고자 한다.

## 3. 門人 所作 제영시의 양상

嶺南樓 題詠詩를 남긴 退溪 門人은 16세기 전후로 활동한 인물인데, 현재 문집이나 읍지 등에 작품은 줄잡아 50편이 넘는다. 이 중에서 洪聖民, 金玏, 金克一 등이 다량의 작품을 지었다. 그리고 작품의 대부분이 7언 율시이고, 7언 배율시는 세 편 정도 확인된다. 이 작품들은 모두 웅장한 위용을 갖고 있던 영남루의 본루, 부속건물인 凌波堂이나 沈流堂, 樓船을 제재로 하고 있다. 이러한 제재적 성격은 모두 임진왜란 전에 지어졌음을 의미한다.

위의 작품을 주제 의식의 측면에서 크게 세 가지 양상으로 구분하여 살펴볼 것이다. 여기서 전제하는 것은 주제 양상이 한 작가의 작품에 모두 나타난다는 뜻은 아니고, 수십 편의 작품을 귀납적으로 유형화해 본 것이라는 점이다. 즉 작가의 창작 성향보다는 여러 작품의 전반을 아우르는 공통적 특징을 검토함으로써 退溪學派들이 지은 영남루 제영시에 나타난 주제의 경향성을 알고자 하는 것이다.

### 1) 樓觀 探勝의 興趣

嶺南樓는 건립 초기부터 넓은 시야를 확보한 입지 조건과 누각의 미적 구조로 이곳을 방문한 문인들에게 관심의 대상이 되었다. 그리고 누각 주변의 인문 환경의 요소도 주요한 소재가 되었음은 물론이다. 退溪와 마찬가지로 제영시를 남긴 그의 門人들은 대개 공무를 수행하는 과정에서 기이한 승경으로 일찍이 명성을 얻고 있던 영남루를 미적 체험한 뒤 자신의 독특한 所懷를 시로 형상화하였다.

| | |
|---|---|
| 듣자니 이름난 누각은 악양루와 같다는데 | 聞說名樓似岳陽 |
| 차가운 강 한 줄기 성을 길게 둘렀구나 | 寒江一帶繞城長 |
| 난간에 의지하여 새 구절 찾는 게 물리지 않고 | 憑欄不厭搜新句 |
| 기둥에 기대서는 고향 생각 모두 잊을레라 | 倚柱都忘戀舊鄉 |
| 점점이 하늘 맡에 동남의 산이 멀리 솟았고 | 點點天邊吳岫遠 |
| 쓸쓸한 비 너머로 남방의 배 처량히 지나가네 | 蕭蕭雨外楚帆涼 |
| 관청의 공문서 때문에 응대 못해 누가 되지만 | 未應鈴牒能相累 |
| 風月을 함께 거둬 취한 자리에 들어가네[22] | 風月兼收入醉場 |

위의 제영시는 具思孟(1531~1604)이 영남루의 승경을 제재로 밀양부사 士晦 金澥(1534~1593)에게 화답한 것이다.[23] 그의 자는 景時, 호는 八谷으로 퇴계에게 質疑를 한 일이 있는 문도이다. 이 시를 지을 당시인 1587년 무렵[24] 그는 慶州 府尹으로서 영남의 지역을 두루 거치며 다수의 작품을 남겼는데, 영남루 시도 그중의 하나이다. 그는 영남루가 중국의 악양루에 흔히 비교될 정도로 명승 누각임을 자주 들었는데, 실제로 이곳에 등림해 본 결과 읍성을 길게 두르며 흐르는 강물은 압권의 장관임을 알게 되었다는 것이다. 누각의 경물에 정감이 촉발되어 서둘러 시 짓기에 여념이 없게 되었고, 동시에 고향의 생각마저도 잊을 정도로 도취되었다고 했다. 그리고 하늘 멀리 나열해 있는 여러 산들과 쓸쓸하게 내리는 비를 헤치며 강을 처량하게 떠가는 배 등은 누각 주변의 독특한 풍광이다. 시인의 觸興을 물씬 풍기게 한 모두를 포괄한 시어가 '風月'이다.

사실 그가 목격한 영남루의 경치는 이것만이 아니었다. 이 무렵 金澥의 둘째 아들인 金慶遠이 진사에 오른 것을 축하하면서 그가 지은 시에[25] 강가의 날아가는 따오기와 소란한 갈매기, 먼 산 위로 떠오른 밝은 달, 아득한 숲 속의 푸른 안개 등의 여러 심상이 동원된다. 이는 영남루 風月의 전체 이미지를 구성하는 세부 공간인 셈이다. 그는 風月을 감상하는 행위에 부담이 될 수밖에 없는 공적 업무는 잠시 내버려 두고서라도 풍류의 한 요소인 술과 함께 자연의 閑情을 마음껏 즐기겠다고 하였다.

樓觀에서 관찰되는 승경의 탐미와 그것에 고조된 흥취를 즐기는 風流가 주조를 이루는 것이 이 작품의 특징이라 하겠다.

| | |
|---|---|
| 신선놀음 기대하지 않아도 별천지가 있으니 | 不待仙遊別有天 |
| 아름다운 산 좋은 물이 누각 앞에 둘렀구나 | 佳山勝水繞樓前 |
| 술 한 두루미 누른 빛 두 눈썹 위에 어리고 | 一樽黃色雙眉上 |
| 사방의 자리 푸른 광채 살짝 양편을 비추네 | 四座靑光兩鬢邊 |
| 객을 만류하는 꾀꼬리는 해 솟은 들에서 노래하고 | 留客新鸎歌野日 |
| 아이 태운 송아지는 연기 나는 마을로 들어가네 | 載童歸犢入村烟 |
| 봄의 신이 물러가자 숲의 꽃은 다지고 | 東皇送罷林花盡 |
| 버들개지 바람 따라 춤추는 자리에 떨어지네[26] | 飛絮隨風落舞筵 |

위 시를 지은 權好文(1532~1587)은 자는 章仲, 호는 松巖인데, 퇴계의 伯兄인 潛의 외손이다. 15세 때 선생의 문하에 들어가 학문을 처음 전수받았고, 류성룡과 김성일로부터 깊이 존경받았던 인물이다. 위 시를 보면 嶺南樓의 경개를 별천지라 규정하고 있다. 누각에서 조망한 산과 강물의 경개는 특별히 기대한 것은 아니었지만, 신선놀음하기에 조금도 부족함이 없는 奇勝의 경물로 인식되고 있다. 영남루 주변의 산이 아름답고 물이 좋다고 지칭한 것은 결코 과장적 표현이 아니다. 그가 예전에 이미 "해오라기가 날아다니는 청산에 십 리 안개가 펼쳐져 있고/ 기러기가 머금는 푸른 강물에 밝은 달빛이 비치는"[27] 광경을 시로 묘사한 예를 통해서도 충분히 이해할 수 있다. 풍류를 강화하는 술을 준비하여 화려하게 장식한 누마루에서 흥겹게 즐기고 있는데, 때마침 목전에 한적한 遠景이 거듭 연출됨으로써 寓興이 배가 된다. 즉 해가 비치는 들판에는 꾀꼬리가 노래

하고, 아이를 태운 송아지가 연기 나는 인가로 돌아가는 여유로운 정경은 영남루의 등림을 통해서 얻게 되는 독특한 미적 체험이다. 그리고 꽃이 지고 버들개지 떨어지는 늦봄의 近景에 시인의 아취가 더욱 고조되고 있음도 강조되어 있다.

전반적으로 누관의 원경과 근경에 촉발된 眞樂을 유감없이 발산하는 風流가 작품의 주조를 이루고 있다.

| | |
|---|---|
| 확 트인 평평한 호수 하늘이 이지러지려는 듯 | 眼豁平湖欲缺天 |
| 맑은 유람이 일찍 십 년 전 이곳에서 있었지 | 淸遊曾在十年前 |
| 허공에 임한 누각은 높은 하늘 가운데 있고 | 臨虛樓閣層霄裡 |
| 온갖 모양의 강산은 살아 있는 그림이로다 | 盡態江山活畫邊 |
| 비단 수놓은 밝은 창에 해 그림자 흔들리고 | 錦繡窓明搖日影 |
| 산호주렴 가는 발에 향불 연기 가늘게 타오르네 | 珊瑚簾細裊香烟 |
| 숲 가득 꽃과 새는 서로 의심치 말라 | 滿林花鳥休相訝 |
| 연분 있는 신임 사또는 옛날 그 사또라네[28] | 有分新筵是舊筵 |

이 시를 지은 洪聖民(1536~1594)은 자가 時可, 호는 拙翁으로 퇴계의 挽詩를 지은 문도이다. 그는 영남루 본루, 그 부속 건물인 凌波堂과 枕流堂, 東軒, 樓船 등을 제재로 21편의 제영시를 남겼는데, 위의 작품은 1590년 경상감사를 지낼 때 지은 것으로 보인다. 이는 2행에서 십 년 전 영남루에 유람한 적이 있고, 8행에서 경상감사로 재차 내려온 사실을 언급한 사실을 통해 창작 시기를 유추한 것이다. 작품에서 확 트인 평평한 호수는 넓은 강물을 지칭한 것이고, 그것이 너무나도 광대해서 하늘이 이지러질 듯한 형상을 갖고 있음을 보여준다. 그리고 하늘 위로 높이 버티고 있는 누각과 그곳에서 조망한 강산의 풍경에 대해 그림과 같다는 개괄적 이미지로 묘사하였다. 그가 지은 다른 시를 보면 "낚시 드리운 사람은 외로운

따오기 너머 돌아오고/ 마름 캐는 배는 끊어진 다리 곁으로 향한다/ 복사꽃 따뜻한 날씨 가벼이 비를 머금고/ 두약의 향기로운 냄새 가늘게 연기토하네"[29]라는 詩句가 있는데, 소위 살아 있는 그림의 구체적인 장면에 속한다. 누각을 장식한 비단 창에 비치는 해의 그림자가 시간의 흐름에 따라 흔들리고, 향불 연기가 매달아 놓은 주렴에 가느다랗게 타오르는 모습에 대한 寓興은 風致의 묘미를 더욱 자아낸다.

| | |
|---|---|
| 누가 岳陽의 하늘을 나누어 놓았나 | 誰敎分割岳陽天 |
| 地神의 신비한 공적은 太古 이전 일이었네 | 富媼神功太古前 |
| 채색 난간에 노닐던 혼은 황학루 벗어나고 | 彩檻魂遊黃鶴外 |
| 맑은 강가 감흥은 흰 갈매기 곁에 있네 | 晴川興在白鷗邊 |
| 구름 같은 쪽머리 우뚝 솟아 자태 다시 나타나고 | 雲鬟遠聳還呈態 |
| 옥 같이 밝은 촛불 높이 달렸는데 연기 나지 않도다 | 玉燭高縣不起烟 |
| 風光을 몰아 부리려면 글 솜씨 좋아야 하나 | 驅使風光須健筆 |
| 외로운 자취 이날 자리에 나온 게 부끄럽네[30] | 孤蹤此日愧當筵 |

위 시의 작가는 金玏(1540~1616)으로 자가 希玉, 호가 栢巖인데, 그의 문집에 보면 8편의 영남루 제영시가 전하고 있다. 어릴 적에 黃俊良의 문인이었다가 18세 이후로 퇴계의 문하에서 줄곧 수업하였고, 선생이 별세하자 장례를 끝까지 지켰으며, 伊山書院에 퇴계의 位版을 모실 때 서원의 상량문을 지을 정도로 훈도를 크게 입었다. 그는 1577년 5월 대마도에서 장사하는 왜인들이 우리나라의 해역에 표류하는 것을 임금의 특명을 받고 호송하는 일을 3개월간 맡았을 무렵[31] 밀양의 嶺南樓에 올라서 이 시를 지은 것으로 추측된다.

영남루는 중국의 악양루에 방불할 정도로 아름다운 것은 태고 이전에 地神이 조화를 부린 공적으로 여기고 있다. 누각의 난간에서 遊賞하는 즐거움은 황학루의 감상을 능가한다고 전제한 뒤, 맑은 강가의 흰 갈매기를 봄으로써 흥취가 절로 일어남을 강조하고 있다. 그리고 그에게 있어서 푸른 산을 유유히 떠다니는 구름과 하늘 높이 솟아 찬란히 빛나는 해는 예사롭지 않은 광경으로 비춰진다. 특히 산의 형세를 예쁜 자태를 드러내는 쪽찐 머리에 비유하고, 해를 연기가 나지 않은 촛불로 비유한 것은 탁월한 비유이다. 그의 시적 기교는 여러 곳에서 돋보이는데, 강물의 정경을 "거문고 타는 소리에 졸던 학이 놀라 이슬 날리고/ 어부 소리에 자던 갈매기 일어나 물결 차는도다"[32]는 표현이 좋은 예이다. 이런 풍광은 곧 창작의 욕망으로 연계되는데, 풍류의 자리가 부끄럽다고 말한 것은 영남루의 인상적인 경물에서 촉발된 감흥을 시적으로 담아내기 어려웠음을 암시한다. 이는 그만큼 영남루 주변의 황홀한 장관이 시인을 압도했다는 뜻이다.

이상에서 보듯이 퇴계의 여러 門人들은 영남루의 높이 솟은 누각의 형태, 그 주변의 자연 경관, 고을 사람의 평화스러운 정경 등이 복합적으로 이룬 승경을 탐미하면서 감발된 정서를 시로 노래하는 風流를 즐겼음을 알 수 있다.

### 2) 人情 世態의 투영

嶺南樓는 사람들의 만남과 이별의 수없이 벌어지는 공간이다. 누각이 부의 객사이기 때문에 공무로 방문할 경우 멀리 떨어져 있음으로 객지에서 느끼는 외로움이나 고향에 대한 간절한 생각이 생겨나기 마련이다. 세월의 흐름에 비해 더딘 성취에 따른 후회나 늙음에 대한 한탄 등의 정서도 개입될 수 있다. 이때 누각의 아름다운 풍광은 시인의 회포를 더욱 심화시키게 하고, 이를 작품에 의탁하는 일은 흔히 있을 수 있다. 이와 관련하여 洪聖民(1536~1594)의 영남루 제영시를 검토해 본다.

인간사 정해진 운명 어찌 벗어날 수 있으랴　　人事寧逃已定天
그대도 수년 전에 꿈꾸었다 들었네　　聞君有夢數年前
세상 변화 따라 봇짐을 맡기고서　　行裝只任浮沈裏
가는 길 가에서 웃으며 이야기하세　　談笑惟從道路邊
두루미 술로 목전의 모습을 위로하자니　　樽酒慰來前面目
강산은 교묘하게도 옛 풍경을 보이네　　江山巧逞舊風烟
촉급한 풍악 소리에 오열하지 말게나　　休將急管嗚嗚咽
부평초와 물처럼 만났다 헤어지는 자리이니[33]　　萍水相逢又別筵

이 시는 영남루에서 밀양부사와 작별하면서 그에게 준 작품이다. 작품 속에 있는 '옛 풍경'(舊風)이라는 시어로 볼 때 1590년경 지은 것으로 짐작할 수 있다. 사람은 누구나 자신의 현재 운명에서 벗어나기를 바라지만, 인간사는 하늘이 정한 것이기 때문에 쉽게 성취할 수 없는 보편적 한계를 먼저 토로하고 있다. 이에 따라 세상의 변화에 순응하면서 길에서 만나면 웃으며 이야기하고, 내면의 아픔이 있다면 술로 서로 달래면 그뿐이라는 생각을 담담하게 피력하게 된 것이다. 그는 강산의 풍경은 옛날 그대로의 모습을 간직하여 변함이 없지만, 부사와 이별해야 하는 이 순간을 굳이 슬퍼할 필요가 없다고 자위한다. 부평초가 물을 만나서 떠다니다가 사라지는 것처럼 오늘의 이별은 한때에 불과하고 서로가 언제든지 다시 만날 수 있기 때문이다. 자신 역시 10년 전에도 이곳에 왔으니 말이다. 특이하게도 이 시에는 嶺南樓의 실제 풍경을 드러내는 소재는 전혀 없고, 先체험의 주관적 정서가 寓意된 상관물로서만 기능한다. 따라서 승경 탐미의 정서 대신에 別離의 아픔을 극복하는 시인의 의지가 지배적으로 제시되어 있을 뿐이다.

| | |
|---|---|
| 돌아가는 구름이 비를 끌어 강을 지나가자 | 歸雲拖雨渡江天 |
| 소나기가 비스듬히 보름달 앞으로 내린다 | 銀竹橫絲月滿前 |
| 어지러운 봉우리 너머 어느 곳에 안개 개고 | 何處亂峯晴靄外 |
| 몇 몇 마을 밥 짓는 불이 석양 곁에 난다 | 幾村炊火夕陽邊 |
| 영웅호걸 세찼으나 공허하게 자취만 남았고 | 英豪滾滾空遺躅 |
| 좋은 모임 바삐 지나가 흩어지는 연기 같네 | 佳會忽忽似散烟 |
| 고향 생각을 늦도록 금할 수 없어서 | 鄕思晩來禁不得 |
| 밤 깊도록 걱정스레 앉았더니 달이 자리 찾아드네[34] | 夜深愁坐月侵筵 |

위는 柳成龍(1542~1607)이 지은 시이다. 그의 자는 而見, 호는 西厓로 19세 때 퇴계에 입문하여 줄곧 학문을 전수받아 도산 문학의 정맥으로 불렸고, 퇴계 문집과 연보를 편집하였다. 이 시는 대개 嶺南樓 누각과 주변의 자연 풍경이 등장하는 영남루 시와는 다른 경향을 보인다. 비를 품은 구름이 '銀竹' 즉 소나기로 변해 보름달이 떠 있는 강에 쏟아지다가 이내 봉우리 너머로 지나감에 따라 날이 맑아지고, 누각 저편으로 멀리 보이는 인가에서 밥 짓는 연기가 솟아나는 석양 무렵의 정경을 묘사하고 있다. 그런데 이런 객관 경물에 대한 시인의 반응은 침울한 분위기로 대변되고 있다는 사실이다. 즉 누각을 유람한 걸출한 인물도 결국에는 공허한 자취만 남겼고, 의기에 찬 풍류의 모임도 흩어지는 연기처럼 홀연히 사라져버리는 안타까운 무상감이 주조를 이룬다. 누각의 絶勝은 시인과 동화되지 못하고 단지 심리적 거리가 여전히 먼 객체로만 유지될 뿐이다. 이제 누각에 홀로 남게 된 화자는 주체할 수 없는 고향 생각으로 밤이 늦도록 떠나지 못하고 있는데, 바로 그 자리에 달빛이 찾아듦으로써 근심스러운 심정이 증폭되고 있음을 보여준다. 객지에서 체험하는 우수의 정서가 표출된 영남루는 승경 탐미의 풍류와는 성격이 전혀 다른 托物로 그려지고 있다.

이처럼 영남루는 시 창작의 주체의 특수한 조건과 누각 등람의 입장에 따라 이별의 슬픔, 고독이나 고향의 그리움 등 인간적 고뇌를 투영할 수 있는 제재로 활용됨을 알 수 있다.

### 3) 脫俗 隱逸의 지향

대개의 士林들은 관직에 진출하더라도 處士的 자세를 내면화하여 도학적 이상이 실현되는 歸隱 공간을 갈망하는 경우가 허다하다. 嶺南樓는 경치가 좋은 환경에 입지하고 있지만, 창작 주체의 조망 동기와 그 인식의 여하에 따라 주제 표출에서 전혀 다른 양상이 전개됨을 고려해 볼 수 있다. 곧 영남루의 산수를 읊되 단순한 탐승이나 세태 표현의 대상에 국한되지 않고, 관리가 취하는 현실 인식의 방식이나 유가적 지향 의식이 반영될 수 있다는 의미이다. 이때 시적 제재로서 영남루의 승경은 영원한 자유 의지가 내포된 초월적 隱逸을 추구하는 매개로 승화된다.

그러면 黃俊良(1517~1563)이 성주 목사로 지내던 때인 1561년에 당시의 밀양부사 鄭磌(1526~?)을 영남루에서 만나 화답한 제영시 두 편 중 첫째 수를 보기로 한다.

| | |
|---|---|
| 제일의 신선 세계에 그림 같은 누각 드러내네 | 第一仙區著畫樓 |
| 자연 풍경이 뚜렷한 남방의 가을이로다 | 分明物色楚江秋 |
| 淸湘 강안에는 천 그루 대나무 바람 불고 | 千竿風送淸湘岸 |
| 杜若 모래톱엔 아홉 이랑 난초 향이 나네 | 九畹香生杜若洲 |
| 밝은 달이 주는 풍광에 좋은 시로 화답하기 전에 | 佳句未酬明月贈 |
| 저녁 구름 언저리에 아득한 회포가 먼저 드네 | 遠懷先入暮雲頭 |
| 알겠노라 멀리 턱에 홀을 괴고 읊조리는 곳에 | 遙知柱笏高吟處 |
| 상쾌한 기운 맑은 광채 푸른빛이 흘러내렸음을[35] | 爽氣淸光翠欲流 |

그의 자는 仲擧, 호는 錦溪로 경북 풍기에서 출생하였고, 부인은 농암 李賢輔의 손녀이다. 그가 타계하자 퇴계가 직접 명정을 썼고, 이례적으로 行狀과 挽詞을 찬술하였으며, 또 祭文까지 지을 정도로 각별히 아꼈던 제자이다. 그는 密陽을 으뜸가는 신선의 세계로 이상화한 뒤, 嶺南樓 누각 공간의 장대함과 주변 경물의 수려함을 앞세웠다. 구체적으로 강 언덕에 무성하게 자란 대나무에 부는 바람, 두약이 자란 모래톱에 향기 어린 난초, 하늘 위로 떠 있는 밝은 달은 가을날의 명징한 경치를 구성하는 소재들이다. 이런 풍광이 제공하는 정감을 시로 표현하려고 할 때 정작 저녁 구름에 회포가 먼저 든다고 하여 시상을 전환하고 있다. 이는 작시의 세속적 행위보다는 자연에의 몰입이 주는 묘미 감상을 통해 고차원의 정신을 고양하는 것이 본질적인 풍류임을 내포한다. 이 함축적 의미는 尾聯에 활용된 王徽之의 典故[36]에서 유추할 수 있다. 즉 왕휘지가 관직을 제의받았을 때 초연하게 笏을 턱에 대고서 서산의 새벽이 오니 상쾌한 기운이 돈다고 한 고사의 인용을 말하는데, 여기서 사용된 시어 '爽氣'가 시 전반을 관철하는 핵심적 개념에 해당된다. 이는 번잡한 세속에 거처하지만 인간의 보편적인 관심사에 구애되지 않고 자연의 逸興을 지향함으로써 획득되는 隱逸의 정신을 은유화한 것이다.

산수 공간에 대한 그의 인식 태도는 다음 시에서 구체적으로 드러난다.

| | |
|---|---|
| 일찍이 신선 바람을 타고 여러 곳을 다녔으나 | 曾馭仙飆歷汗漫 |
| 귀양 오니 겨울 하늘에 누워 있는 학 같네 | 謫來猶臥鶴天寒 |
| 언제 푸른 난새 올라타고 떠나가 | 何當一跨青鸞去 |
| 風月 있는 강 누각에서 난간에 함께 기대보나[37] | 風月江樓共倚欄 |

그는 평소 신선의 바람을 타고 넓은 곳을 두루 다녔다고 했는데, 관직에 있으면서도 자유분방한 삶을 지향했음을 알 수 있다. 2행에서 자신을 귀

양 온 사람이라 지칭한 것은 그의 임소가 외직에 있음을 알려준다. 그리고 훨훨 날아다닐 수 없어 추운 하늘에 누워 있는 鶴에 자신을 비유하고 있는데, 현실에 내재된 갈등이 해소되지 못한 상태로 嶺南樓에 올라 조망하게 된 고독한 처지를 동일시한 결과라 하겠다. 그에게 있어서 속세에서 실현되는 功名이나 이득은 매우 부담스러운 존재로 작용한다. 화자가 추구하는 영원한 자유는 현실의 구속에서 벗어나 物外의 신선 세계를 소요할 때 성취될 수 있다. 따라서 상상의 푸른 난새를 타고 風月이 아름다운 강가의 누각에 올라 閑情을 누리고 싶다는 은일적 풍류로 승화되어 나타난 것이다.

| | |
|---|---|
| 봉래산이 있다 해도 이곳이 진경이라 | 設有蓬萊此是眞 |
| 흰 머리에 푸른 인끈 찬 것이 얼마나 다행인가 | 白頭何幸佩靑綸 |
| 기름지고 실한 열매 천 그루의 밤나무요 | 凝肪實滿千章栗 |
| 찬란하게 꽃이 피는 백 일의 봄이로다 | 爛錦花開百日春 |
| 묵은 안개 산허리에 걸쳐 아침이면 흰 베를 끌고 | 宿霧山腰朝拖練 |
| 맑은 강물 성 모퉁이를 흘러 밤이면 은빛 비끼네 | 晴河城角夜橫銀 |
| 두 겨드랑이에 훌훌 바람이 오랫동안 일어나니 | 飄飄兩腋生風久 |
| 丹丘로 가서 그대로 신선이 되리로다[38] | 欲向丹丘仍羽人 |

위 시는 金克一(1522~1585)이 1575년 밀양부사 재임 때 지은 것인데, 이외에 영남루 제영시가 8편이 더 전한다. 그의 자는 伯純, 호는 藥峰이고, 학봉 김성일의 伯兄이다. 그는 약관 때 퇴계의 문하가 된 이후로 많은 학문적 가르침을 받았고, 평생 동안 퇴계를 잊지 못하는 스승으로 삼았다. 영남루의 풍광을 신선이 사는 蓬萊山에 비유하고는, 나이가 든 관리로서 眞景을 탐승할 수 있는 기회를 얻은 것을 행운으로 여기고 있다. 열매가 가득 달린 천 그루의 밤나무, 백 일 동안의 봄을 연출하는 찬란한 꽃,

누인 흰 베처럼 산허리에 자욱 낀 아침 안개, 반짝이는 은빛처럼 성을 두르며 흐르는 저녁 강물 등은 영남루의 기묘한 경치를 구성하는 세부적 풍물이다.

이런 嶺南樓의 진경을 상징하는 것이 겨드랑이에 이는 바람을 타고 도달하게 되는 '丹丘'이다. 단구는 탈속의 이상적 공간이고, 신선이 되어 그곳에서 되어 영원한 隱逸의 자유를 누리겠다는 의지이다. 단구는 한평생 뜻을 두었던 '江海'[39]의 초월적 공간으로 상징화된 개념이기도 하다. 단구 세계로의 歸隱은 현실의 이속 관계를 철저히 단절할 때 비로소 도달할 수 있는 경지이다. 그가 평소 관직에 있으면서도 보잘것없는 집에서 거처하며 진리를 함양하는 공부를 중히 여기고 평생토록 안분자족의 삶을 지향하겠다는 것은[40] 산수 자연을 대하는 그의 도학자적 관점을 직접적으로 보여준다.

다음으로 검토할 시는 金玏(1540~1616)이 지은 「樓閣懸板二十韻呈藥峯」이다. 창작 시점은 앞에서 언급한 것처럼 1577년 무렵이다. 그리고 시제로 보아 嶺南樓 누각의 현판에 걸려 있던 20운 배율시에 화운하여 당시 밀양부사로 있던 동문수학의 藥峯 金克一에게 준 제영시이다. 原韻이 된 작가를 명시하지 않았으나 각운과 운자의 배치 순서 등 用韻이 퇴계의 22운시와 일치한다.

| | |
|---|---|
| 홰나무 짙은 여름부터 오동나무 가을까지 다녀 | 行當槐夏歷梧秋 |
| 남방의 수십 고을 두루 밟았도다 | 踏盡南中數十州 |
| 만 리 山河는 모두가 한나라 땅이고 | 萬里山河皆屬漢 |
| 천 년 文物은 빠짐없이 주나라를 따랐도다 | 千年文物悉從周 |
| 凝川이 장대함은 삼한국의 으뜸이고 | 凝川壯冠三韓國 |
| 부사의 영예는 만호의 제후를 뛰어넘네 | 府伯榮超萬戶侯 |
| 하늘이 기틀을 닦음은 신령의 힘이요 | 天始陶基須鬼力 |

| | |
|---|---|
| 땅에 만물이 흥기함은 어찌 인력의 꾀리오 | 地能興産豈人謀 |
| 푸른 들 외진 곳에 성가퀴 이어져 있고 | 靑郊欲斷連孤堞 |
| 푸른 골짜기 으슥한 곳에 그림 같은 누각일세 | 翠峽將低接畵樓 |
| 못물은 서쪽으로 흐름을 애석해 하여 포구에 머물고 | 潭惜西傾留浦口 |
| 산은 남쪽 이지러짐을 싫어하여 산꼭대기 세웠도다 | 嶽嫌南缺起峰頭 |
| 향의 연기 하늘하늘 금가루가 바람에 날리는 듯 | 香烟裊裊飄金瑣 |
| 선인의 노리개 찰랑찰랑 옥소리가 울리는 듯하네 | 仙佩摐摐響玉璆 |
| 달빛은 차고 기울어져 천지는 오래됐고 | 月色盈虧天地老 |
| 風光은 변하고 세월은 따라 흐르는구나 | 風光變化歲時遒 |
| 초나라 구름과 맺어 잠시 미녀와 취하였고 | 楚雲纔結纖娥醉 |
| 진나라 봉황이 날아오르니 寶曲이 무르익도다 | 秦鳳初飛寶曲稠 |
| 외로운 자취는 벼슬살이로 머문 곳이 많지만 | 孤跡自多冠舃住 |
| 일생의 행복이란 꿈속에서 보상받았네 | 一生猶幸夢魂酬 |
| 멀리 바라보니 정말 孱身이 아득함을 깨닫고 | 遐觀眞覺孱身遠 |
| 속세를 초탈하니 世界가 허망함을 알겠도다 | 高出尤知世界浮 |
| 이슬 맞은 과일 따다 아침이면 쟁반에 올리고 | 露顆登盤朝可飣 |
| 물고기 손에 넣으려고 밤이면 배 띄우네 | 霜鱗入手夜猶舟 |
| 구름이 영이한 산 위로 움직이자 검은 학 날고 | 雲移靈嶽隨玄鶴 |
| 안개 서린 신령한 못에는 푸른 규룡이로세 | 霧聚神潭老翠虯 |
| 갈매기와 백로가 약속한 듯 먼 포구에 머물고 | 鷗鷺一盟留極浦 |
| 마름 연꽃 따는 노래가 저편 모래톱에서 나네 | 菱荷數唱隔芳洲 |
| 바람을 타니 기쁨이 시작되고 속세 굴레 없어지며 | 乘風始喜抛塵累 |
| 옥을 먹으니 시름 돌려지고 병세도 나아진다 | 餐玉還愁足病疣 |
| 人傑은 이제 차일 친 수레와 부합됨을 바라니 | 人傑望符今皀蓋 |
| 天恩이 명을 내려 옛 丹丘를 내렸도다 | 天恩命賜舊丹丘 |
| 文章은 본래 스스로 사심 없이 얻게 되고 | 文章本自無心取 |

| | |
|---|---|
| 벼슬과 녹은 원래 뜻이 있어서 구해짐이 아니라네 | 爵祿元非有意求 |
| 얕은 자질에게 뜻을 물어 오는 행운을 얻었고 | 薄質幸蒙垂意問 |
| 병든 몸임에도 정다운 교유라 칭한 것이 부끄럽네 | 風痾還愧稱情遊 |
| 돌아가길 재촉하는 밤 새소리 귀찮을 지경이고 | 催歸夜鳥猶煩怨 |
| 짙어가는 가을 매미 시끄럽게 우는도다 | 欲老秋蟬强噪啾 |
| 만약 서쪽 도성에 들어가 인사 처리하고 나온다면 | 若入西城人事出 |
| 평생토록 강물에 의지하여 遊賞할 것이로다[41] | 平生遊賞負江流 |

서두에서 그가 '行當' 즉 공무로 남쪽 지방의 여러 고을을 두루 다녔음을 알 수 있는데, 발길 닿는 곳마다 산하가 장려하고 문물이 번화한 실상에 감탄하고 있다. 이어 밀양에 와서는 응천의 장대함이 우리나라에서 으뜸이고, 고을을 잘 다스려 백성들의 칭찬을 받고 있는 부사 金克一의 탁월한 능력을 부각시키고 있다. 밀양의 든든한 기틀이나 흥기한 만물을 인위적 소산으로 해석하기보다는 조물주의 신이한 부림의 결과라는 것이다. 즉 嶺南樓에서 관찰한 푸른 들에 이어진 성가퀴, 골짜기에 터를 잡은 아름다운 누각, 서쪽으로 흐르는 강물, 남쪽에 나열해 있는 우뚝한 산들, 누각 위로 타오르는 향불의 가느다란 연기, 선비들의 노리개에서 울리는 멋진 소리, 오래된 천지만큼 유구한 달빛, 세월 따라 변화해가는 풍광, 아름다운 미녀와 무르익는 음악 등은 신령이 자연과 문물을 조화롭게 구축한 질서로 규정된다. 그런데 시인에게 있어서 이러한 세계가 여전히 타자로 존재한다는 점이다. 그가 일생 동안 여러 곳에서 벼슬살이를 했지만 참다운 행복을 느끼지 못했고, 자신은 여전히 외로운 존재일 뿐이라는 자각을 드러내고 있다.

그는 속세가 주는 행복은 결국 허망한 세계에 불과하다고 생각하기 때문에 江山의 풍류는 탈속의 의경과 연계될 수밖에 없다. 그리하여 신선처럼 아침이 되면 이슬 맞아 윤택해진 과일을 쟁반에 올리고, 밤이면 배를 띄워 물고기를 낚는 무욕무심의 유연한 태도에 심취하기를 갈망한다. 작가가 영남루에서 연상해낸 강가의 玄鶴과 虯龍, 직접 관찰한 갈매기나 백로와 마름이나 연꽃 따는 노래 등은 자유분방한 초월 공간을 구성하는 상관물로 기능한다. 그리고 불어오는 바람을 타고 신선이 되어서 그들이 먹는 음식에 심취함으로써 속세의 근심과 심신의 고통을 훨훨 털어버리는 상상으로 이어지게 된다. 또한 세속에서의 출세나 문장의 명예는 억지로 해서 얻어지는 것이 아니고 무심의 脫俗 경지에서 비로소 성취될 수 있다는 인식이다. 아울러 평소 그와 각별한 사이로 지내던 부사 김극일이 '情遊' 즉 진정한 교유라 칭한 것도 서로가 隱逸을 추구한 공감 의식이 있었기 때문이라 하겠다. 지금은 관리로서 생계를 부득이하게 유지해나가지만 한시바삐 현실의 굴레에서 탈피하여 강물로 대표되는 산수 자연에 歸隱하여 평생토록 風流를 즐기겠다는 存養 의식을 보여주고 있다.

결국 이 작품은 은일을 통하여 진정한 내면의 자유를 향유하고 심성을 수양하는 存養의 풍류 의식을 영남루를 제재로 형상화한 것이라 하겠다.

## 4. 退溪學派 제영시의 특징

退溪의 嶺南樓 題詠詩에서 주제 의식은 7언 율시에서는 정감 절제를 통한 승경의 탐미를 위주로 한 풍류가, 7언 배율시에는 탈속 추구의 풍류가 특징적으로 나타났다. 흐르는 세월의 아쉬움이나 세상사의 부침 등 인간적 고뇌는 배율시의 後景的 요소로 작용하면서 궁극적으로는 歸隱의 주제 의식으로 수렴되었다. 이러한 風流 의식은 出仕에 연연하지 않고 산수의 眞樂을 통해 심성 수양을 추구한 도학자적 풍류 의식이 반영된 것이다.

退溪 門人들의 영남루 제영시에 나타난 주제 의식을 勝景 耽美의 흥취, 人情 世態의 투영, 脫俗 隱逸의 지향 등 세 양상으로 나누어 살펴볼 수

있었다. 대개 영남루 누각과 주변의 고유한 여러 풍물이 前景的 요소가 되었고, 작가의 독자적인 산수 의식에 기반을 둔 시적 형상화였다. 이는 일반적으로 누정 제영시에 나타나는 보편적 주제의 일부라 할 수 있고, 탐승과 탈속의 공간으로 부각된 嶺南樓의 이미지는 퇴계 시의 한 속성이기도 하다. 이들의 작품에 이 세 가지의 미적 세계가 모두 포함되어 있는 것은 아니지만, 退溪學派의 범주에서 본다면 이들의 영남루 시는 누정시 일반의 지배적 속성을 내포하면서도 門人들의 시각과 동기에 따라 그 주제가 다양하게 구현되었다는 사실이다.

그리고 退溪의 배율시는 형식이나 내용의 측면에서 계승 관계에 있다는 점이 확인된다. 門人들 중에서 영남루 배율시를 남긴 이는 본론에서 다룬 金玏 외에 약관에 동생과 함께 퇴계의 문하가 된 金誠一(1538~1593), 일찍 입문 사실이 있는 尹卓然(1538~1594) 등 세 사람 정도인데, 이들의 시는 모두 동일하게 20운으로 되어 있다.[42] 퇴계의 시에 비해서 다소 길이의 차이가 있으나 퇴계 시의 22운 중 제6운과 제15운을 제외하면 각운의 글자와 배치 순서가 완전히 일치한다. 뿐만 아니라 김륵과 김성일의 시가 퇴계의 詩想과 유사한 맥락이고, 尹卓然은 퇴계의 시에 대해 "형용을 잘했다"[43]는 관점을 드러낸 것에서도 퇴계와 급문제자들의 문학적 전통과 맥락을 짚어볼 수 있는 것이다. 아울러 여기에서 짚고 넘어갈 것은 영남루를 제영한 20운의 배율시는 李萬白(1657~1717), 孫鍾泰(1802~1880) 등에 의해 계속 지어졌음이 확인되나 퇴계의 시를 차운한 예는 찾을 수 없다는 점이다.

退溪學派의 영남루 제영시들은 모두 임진왜란 이전의 작품에 속한다. 따라서 누각의 웅장함, 아름다운 자연경관이나 목가적 풍경이 작품의 소재로 등장하였던 것이다. 전란으로 소실된 영남루의 상실이나 중수의 내면 정서, 외침에 대한 憂國 忠情의 의식, 阿娘 정신의 선양 등의 주제 의식은 그 이후의 작품에 비로소 등장했다.

## 5. 결론

본고는 退溪學派라는 범주 속에서 退溪와 그의 及門弟子들이 嶺南樓를 제재로 지은 50여 편의 시를 하나의 독립적 영역으로 설정하여 주제 의식을 분석하였다. 이 결과는 앞서 발표한 논문을 보완하는 의미도 있는데, 이를 요약하면 다음과 같다.

退溪 李滉은 세 편의 작품을 남겼는데, 영남루의 승경에 대한 탐미를 절제된 정감 속에서 즐기는 감상적 風流와 세속의 욕망에 집착하지 않고 탈속의 은일을 호방한 시상으로 표현한 도학적 風流가 반영된 작품으로 유형화할 수 있었다. 이는 영남루에 구현된 퇴계의 시 정신을 보여준다.

退溪의 門人들이 남긴 嶺南樓 제영시에 나타난 주제를 승경 탐미의 흥취, 인정 세태의 투영, 탈속 은일의 지향 등 세 양상으로 분류할 수 있었다. 탐승과 은일을 위주로 한 이들의 작품은 퇴계 시의 주제와 연관성을 가지면서 한편으로는 작가의 입장에 따라 다양한 층위로 주제가 구현됨을 살펴보았다. 그리고 특히 退溪의 배율시는 형식이나 내용면에서 직접 당대 門人들의 작품에 계승된 사실도 밝혔다.

한편 본고에서 다루었던 退溪學派의 제영시는 모두 임란 이전의 작품들인데, 장대한 영남루의 奇勝이 중심 제재로 활용됨으로써 우국 충정의 정신이나 영남루 소실에 따른 상실감 등의 주제가 등장하는 후대의 작품들과 구별된다는 점이다.

이상에서 밝힌 특징적 성격은 영남루 제영시의 전반과 退溪學派의 시적 경향을 모두 포괄하기는 어렵다. 그렇지만 영남루의 제재를 중심으로 표출된 주제 의식은 退溪와 그 門人들의 시 세계의 일단을 확인할 수 있다는 점에서 의의를 갖는다고 하겠다. (참고문헌은 미주로 대신함)

# 미주

1 하강진, 「金海 燕子樓 題詠詩 硏究」, 『지역문학연구』 10호, 경남·부산지역문학회, 2004; 하강진, 「密陽 嶺南樓 題詠詩 硏究」, 『지역문학연구』 13호, 경남·부산지역문학회, 2006.

2 『동국여지승람』, 邑誌, 文集 등에 소개된 밀양의 연혁을 소개하면 다음과 같다. 밀양은 삼한 시대 弁辰의 하나인 彌離彌凍國에 비정되고 있는데, 신라의 세력에 흡수된 이후 推火郡으로 불리다가 경덕왕대인 757년에 密城郡으로 개칭되었다. 고려 초에는 그대로 부르다가 성종 14년(995)에 密州縣으로 개칭했으나 현종 대 이르러 密城郡으로 환원되었고, 충렬왕 2년(1276)에 1271년 삼별초에 호응했다 하여 귀화부곡으로 강등되어 鷄林府에 속했다가 동왕 11년(1285)에 군으로 회복되었으며, 공양왕 2년(1390)에는 왕의 증조모의 고향이라 하여 密陽府로 승격시켰다. 조선 태조 때 밀성군으로 환원되었다가 다시 밀양부로 개칭되었고, 태종 원년(1401)에 또다시 밀성군으로 격하되었다가 동왕 15년(1415)에 천호 이상의 고을을 도호부로 만들면서 정식으로 密陽都護府가 되었으며, 중종 13년(1518)에 아들이 아버지를 죽인 곳이라 하여 현으로 강등된 적이 있으나 동왕 17년(1522)에 곧 복구되었다. 그러다가 고종 32년(1895)에 전국의 지방 관제를 개정하면서 密陽郡으로 개편했다.

3 임춘, 「遊密州書事」, 『西河集』 권2(민족문화추진회 편, 한국문집총간 1), "山郡多佳麗, 名高冠一方."

4 성원도, 「詩序」(『신증동국여지승람』 권26 「밀양도호부」 〈누정조〉), "疑其南方山水之靈, 聚密陽而扶擁於斯樓也."

5 임춘, 「鄕校諸生見招會飮作詩謝之」, 『西河集』 권2, "昨入宮墻拜聖眞, 衣冠高會杏壇春 …… 老儒久歎斯文喪, 始喜名都禮義新"
임춘, 「遊密州書事」, 『西河集』 권2, "風存禮義鄕, 多儒如蜀郡, 絶景甲餘杭."

6 密陽의 퇴계 사후 학맥은 다음과 같이 정리된다. 임병 양란을 전후로 퇴계의 학통을 전한 鄭逑(1543~1620)를 통하여 퇴계의 학문을 존숭하여 따라는 이가 점차 확산되었으니, 孫起陽(1559~1617), 安玑(1569~1648), 安璹(1572~1624), 朴壽春(1572~1652) 등이 대표적인 인물에 속한다. 그리고 인종 반정 이후 밀양의 사림은 대체로 한강 학통을 계승한 許穆(1595~1682)과 학봉 계열을 계승한 李玄逸(1627~1704)을 학통에 접맥하였다. 그러다가 영정조에 들어서면서 한강 학통의 한 갈래로 기호 지방에서 뚜렷하게 등장한 성호-순암 계열의 학통과 교통하였고, 또 하나는 영남 지방에 근거를 둔 갈암-대산 李象靖 계열의 학통에 접맥하였다. 그리고 조선 말엽에 들면 밀양의 사림은 대체로 대산의 학풍을 계승한 柳致明(1777~1861)의 문하에 종유하는 이가 많았고, 성호 계열의 학맥을 계승한 許傳(1797~1886)의 문하에 모여들었다. 정경주, 「밀양의 퇴계학맥」, 『퇴계학맥의 지역적 전개』(퇴계연구소 편), 보고사, 2004.

7 구한말 한 외국인은 밀양의 유구한 역사성과 도시 건축물의 예술성을 강조하여 밀양을 '조선의 뉘른베르크'에 비유하기도 했다. 샤를 루이 바라 저/성귀수 역, 『조선종단기(1888~1889)』, 눈빛, 2001, 180쪽. 번역서 제목은 '조선기행'이고, 샤이에 롱의 『코리아 혹은 조선』

이 함께 수록되어 있다.

8 자세한 것은 필자의 위의 논문 참조.

9 정경주, 「嶺南樓 題詠의 抒情的 積層에 대하여」, 『문화전통논집』 특별호 2집, 경성대 한국학연구소, 2004.

10 김종석, 「陶山及門諸賢錄과 退溪學統弟子의 범위」, 『한국의 철학』 26호, 경북대 퇴계연구소, 1998.

11 퇴계 제자로서 密陽 출신의 孫英濟(1521~1588), 朴愼(1529~1593), 南弼文과 일찍 창원에서 밀양으로 이거한 曺光益(1537~1578), 曺好益(1545~1609) 형제가 있지만 아쉽게도 이들이 지은 영남루 시는 보이지 않는다.

12 현재 영남루에는 퇴계의 7언 율시 2수가 하나의 詩板이 걸려 있다.

13 7언 율시 다른 한 편은 필자의 기존 논문에서 자세하게 분석하였으므로 여기서는 생략한다.

14 이황, 「嶺南樓」(박수헌 편, 『密州誌』 권1, 밀양군향교, 1932).

15 「퇴계선생년보」 권1, 『퇴계집』(한국문집총간 31), "十四年乙未(1535)六月, 差護送官, 送倭奴于東萊."

16 柳道源(1721~1791)은 퇴계 문집을 고증하면서 선생이 이때 영남루에 등림한 것으로 보았다. 『퇴계선생문집고증』 권2(한국문집총간 31), "乙未南遊. 案年譜, 乙未六月, 先生差護送官, 送倭奴于東萊, 是行登嶺南樓."

17 권오봉은 퇴계 시를 창작 시기별로 구성하면서 이 시를 1551년에 지었다고 하였다. 權五鳳 편, 『退溪詩大全』, 포항공대, 1992, 423쪽 참조.

18 신광한, 『企齋集』 〈별집〉 권3, "嘉靖癸卯(1543)夏. 余方在病中, 勉副朴侯勤請, 爲作「嶺南樓重修記」, 且次前韻, 書之于卷, 以示吾甥趙參知士秀公. 慨然曰 姪昔年(1542), 因使事, 得覽玆樓. 先祖嘗從事嶺南時, 亦和是韻, 鑱諸板上, 手跡尙宛然云."

19 「퇴계선생년보」 권1, 『퇴계집』(한국문집총간 31), "二十九年庚戌(1550)正月. 以擅棄任所, 奪告身二等 …… 八月. 聞兄左尹公瀣訃. 左尹公嘗在憲府, 論李芑不合爲相. 至是, 爲芑所構陷, 杖流歿於道"

20 朴祥의 작품은 '영남루 술자리에서 부사 이충걸과 시임 우병사 김세희, 황장목 경차관 곽지번과 함께 모여'(「嶺南樓觴席謝主人李公忠傑時右兵使金世熙黃腸木敬差官郭之蕃俱會」, 『訥齋集』 권7(한국문집총간 18))라는 제목의 20운 배율시이다. 이 시가 당대에 벌써 회자되었음은 시어 해석과 관련된 흥미로운 일화가 詩話集에 수록된 것을 통해서 알 수 있다. 권응인, 『松溪漫錄』 下, "有一水使以能詩自負. 嘗登嶺南樓, 見詩板有黃栗留之語, 再三吟咏曰'此可謂記實也'. 傍人曰何謂耶. 曰'密之有栗'. 世之所稱, 黃栗之留謂其多積也. 滿座掩口葫蘆. 彼不知栗留是何物, 而其自負何耶."

21 李時發(1569~1626)은 영남루 벽 사이에 내건 朴祥의 20운 배율시가 절창으로 회자되고, 박상의 시가 영남루에 걸리면서부터 누각의 한쪽이 기울어질 것 같다고 퇴계가 언급한 일화를 소개하였다. 「謾記」, 『碧梧遺稿』 권7(한국문집총간 74), "朴訥齋嘗遊嶺南樓, 有二十韻排律懸板壁間, 世稱絶唱. 退陶先生嘗稱曰, 嶺南樓自懸訥齋詩, 一邊將傾矣."

22 구사맹, 「復疊前韻酬士晦」 五首 중 '嶺南樓之勝', 『팔곡집』 권1(한국문집총간 40)

23 참고로 金澥는 영남루 시를 많이 남긴 洪聖民과 어릴 때부터 절친하게 지내던 사이었다. 홍성민, 「普濟院避暑序」, 『졸옹집』 권7.

24 이 시 바로 앞에 편차되어 있는 「奉訓柳浩浩兼柬金士晦八首」(『팔곡집』 권1)의 제5수에 "此以下, 訓士晦. 丁亥(1587)秋, 晦以考官, 余以預差, 赴咸陽都會, 相遇於陝川公館. 晦仍往試所, 而余入伽倻山, 故及之."라는 雙行의 小註를 참고하여 추정하였다.

25 구사맹, 「次嶺南樓韻」, 『팔곡집』 권1, "逸興不禁飛鶩外, 新詩陟覺鬧鷗邊, 迢迢遠岫動明月, 漠漠空林浮翠烟."

26 권호문, 「暮春宴松院次嶺南樓韻」, 『송암집』 속집 권1(한국문집총간 41).

27 권호문, 「次嶺南樓韻送行可赴試密陽」, 『송암집』 권3.

28 홍성민, 「嶺南樓韻」, 『졸옹집』 권2(한국문집총간 46).

29 홍성민, 「次嶺南樓韻」, 『졸옹집』 권2, "垂釣人歸孤鶩外, 采菱舟向斷橋邊, 桃花氣暖輕含雨, 杜若香薰細吐烟."

30 김륵, 「密陽嶺南樓韻」 2수 중 첫째 수, 『백암집』 권1(한국문집총간 50).

31 김륵, 「연보」, 『백암집』 권7, "五年丁丑(1577). 五月授承仕郎, 差護送官. 對馬島商倭率還漂流人, 特命護送".

32 김륵, 「密陽嶺南樓韻」 2수 중 둘째 수, 『백암집』 권1. "彈驚睡鶴飜松露, 漁起眠鷗蹴浪烟."

33 홍성민, 「密陽嶺南樓韻贈主伯」, 『졸옹집』 권2.

34 류성룡, 「嶺南樓」(『밀주지』 권1 〈영남루 제영〉)

35 황준량, 「嶺南樓和鄭使君礥」 2수 중 첫째 수, 『금계집』 외집 권6(한국문집총간 37).

36 유의경, 『世說新語』 〈簡傲〉, "王子猷作桓車騎參軍. 桓謂王曰, 卿在府久, 比當相料理. 初不答, 直高視, 以手版拄頰云, 西山朝來, 致有爽氣."

37 황준량, 「嶺南樓和鄭使君礥」 2수 중 둘째 수.

38 김극일, 「영남루」(출처 『영남루제영시문』, 143쪽).

39 김극일, 「五月二十日聞除密陽」, 『약봉선생문집』 권2(국역 『연방세고』), "平生江海志, 何日暫相酬."

40 김극일, 「영남루」(출처 『영남루제영시문』, 143쪽), "退伏衡門學養眞, 欲將身世老垂綸."

41 김륵, 「樓閣懸板二十韻呈藥峯」, 『백암집』 권1.

42 金誠一과 尹卓然가 지은 영남루 20운 시는 『영남루제영시문』에 수록된 것을 참고하였다.

43 윤탁연, 「영남루」(출처 『영남루제영시문』, 141쪽), "始覺宣城詩善壯".

# 제3장 19세기 말 오횡묵이 저술한 밀양 관련 시문과 그 의미※

: 『영남구휼일록』과 『경상도함안군총쇄록』을 중심으로

## 1. 들머리

오횡묵(吳宖默, 1834~?)은 19세기 말에 활동한 정치가인데, 그리 알려지지 않은 인물이다. 이는 관직 생활의 대부분을 지방관으로 보낸 것과 무관하지 않다. 특이한 점은 그가 재임한 지역마다 구체적인 정무 과정을 기록한 저술을 방대하게 남긴 점이다. 이는 조선 후기 지방정치나 교육제도 등의 실상을 파악하는 데 중요한 자료가 되고 있다.

본고에서 오횡묵을 주목하게 된 것은 무엇보다 그가 밀양과 매우 관계가 깊은 인물이고, 그의 저술을 통해 밀양에 관한 새로운 사실을 발견할 여지가 있으리라는 생각에서 비롯되었다. 그는 1886년 구휼사로서 영남을 순행할 때 밀양을 방문하였고, 1889년 이후 4년여 함안군수를 지내면

※ 본 논문은 『밀양문학』 22집(밀양문학회, 2009, 24~48쪽)에 게재되었다. 인용 원전과 그 풀이를 몇 자 고쳐 재수록한다.

서 밀양을 집중적으로 다녀갔다. 당시의 내왕 사정이 『嶺南救恤日錄』과 『慶尙道咸安郡叢瑣錄錄』에 상세히 기술되어 있는데, 이 저술 속에는 의외로 밀양과 관련된 시문 자료가 풍부하다. 우선 영남루, 능파각 등의 누각과 무봉암을 유람한 사실과 자신의 감회를 읊은 시를 수록하였다. 그리고 당시 현전하던 밀양의 관아, 객사, 작청 등 행정 관청과 정치 실상을 엿볼 수 있는 자료가 많다. 또한 밀양을 오고가는 여정을 날짜별로 기록하였고, 그 견문한 내용을 세밀하게 담았다.

오횡묵이 저술한 밀양 관련 시문은 여타의 문인들에게서 볼 수 없는 자료적 성격을 지닌다. 이를 통해 필자가 영남루 제영시에 관한 일련의 글을 쓰면서[1] 한번쯤 생각하기도 했던 다음과 같은 문제를 해결할 수 있는 정보를 얻게 되었다. 첫째, 영남루는 현재까지 알려진 대로 더 이상의 중수 사실이 없는가? 둘째, 영남루 경내에 있으면서 운치를 한껏 더해주는 무봉사에 대한 연혁을 보완할 사항은 없는가? 셋째, 그가 지은 영남루 시들은 어떤 특징이 있는가? 넷째, 대개의 유명한 누각에는 주련이 있는데 19세기 말에도 지금처럼 영남루에는 주련이 없었는가? 다섯째, 밀양 출신으로 전국적으로 명성을 떨친 기생 운심(雲心)에 대한 정보는 없는가?

이러한 질문과 그 해답은 밀양 지역을 연구하거나 문화적 맥락을 이해하는 데 도움을 줄 수 있을 것이다. 그동안 주목받지 받지 않은 인물인 오횡묵을 조명함으로써 발견한 밀양에 관한 새로운 사실은 본고의 핵심적 의의라 하겠는데, 저변의 인물이나 작품을 지속적으로 발굴하여 밀양의 문화콘텐츠를 더욱 심화시킬 필요가 있다.

## 2. 오횡묵의 밀양 체류와 관련 시문

오횡묵의 자는 성규(聖圭), 호는 채원(茝園)으로 경기도 영평에서 출생했다. 1860년부터 30여 년 존재한 칠송정시사(七松亭詩社)의 중심인물이었고, 20여년 벼슬살이를 하면서 대부분을 지방관을 역임한 것이 두드러지며,[2] 틈틈이 문필에 종사하여 『叢瑣錄』·『茝園詩抄』·『輿載撮要』 등의 방대한 저술을 남겼다.

그는 박문국 주사로서 1886년 3월부터 3개월간 영남구휼사로서 활동할 때 밀양을 방문하였고, 함안군수로 재직할 때(1889~1893) 밀양을 집중적으로 다녀갔다. 그때마다 다수의 영남루나 밀양과 관련된 시문을 남겼는데, 『嶺南救恤日錄』·『慶尙道咸安郡叢瑣錄錄』·『慶尙道固城郡叢瑣錄錄』 등에 각각 상세하게 수록되어 있다.

첫 번째 밀양 방문은 구휼사 시절인 1886년 4월 2일에 있었는데, 영남루를 등림한 뒤 「嶺南樓」 시를 지었다.

그는 3년 뒤 1889년 7월에 함안군수로서 밀양을 두 번째 방문하였는데, 밀양부사 정병하와 여러 막료들과 함께 노닐면서 지은 「嶺南樓」, 「賦蚊自嘲」 등이 있다.

세 번째 유람은 1890년 4월에 있었는데, 중수한 영남루와 능파각에 머물면서 「步凌波閣原韻」, 「香園詞」, 「嶺南樓次板上韻」, 「顯敞樓」, 「拓地得金佛安于舞鳳庵」 등을 지었다. 그리고 밀양에 들어오기 전에 운심의 묘를 둘러보고 나서 「題妓雲心墓」 시를 지었다.

네 번째 기행은 1890년 9월에 이루어졌는데, 당시는 부사 정병하가 서울로 올라가 돌아오지 않아 이해 4월부터 밀양겸관을 지낼 때였다. 영남루에 올라 현판시를 차운한 「登嶺南樓」와 「南樓戱作」 등을 남겼다.

다섯 번째 기행은 1892년 3월이었다. 원동, 작원관을 거쳐 밀양에 머물면서 「登嶺南樓」, 「題餞春詩三則戱贈月娥」 등을 지었다.

여섯 번째 기행은 고성부사를 그만둔 뒤 대구감영으로 가던 중 1894년 9월 5일 밀양에 들렀는데, 영남루가 일본인들의 차지가 된 것을 비통해마지 않았다.

이처럼 오횡묵은 최소한 여섯 차례 이상 밀양을 방문하여 영남루나 밀양에 관한 시문을 지었음이 확인할 수 있다. 이는 통상적인 정무 활동에 수반되어 이루어진 것이라 하겠는데, 19세기 말 밀양의 사정을 심층적으로 이해하는 데 좋은 길잡이가 된다.

## 3. 정병하의 영남루와 무봉암 새 중수

영남루는 『신증동국여지승람』의 기록에 의하면,[3] 관아의 동쪽에 있었고 옛날 영남사(嶺南寺)의 소루(小樓)였다고 한다. 본디 단독 건물이 아니라 영남사에 부속된 '조그만 누각'을 지칭한 것임을 알 수 있다. 소루는 소위 영남루의 전신으로 '영남사루(嶺南寺樓)',[4] '영남사 죽루(嶺南寺竹樓)'[5] 등으로 불렸다. 영남사는 언제 창건되었는지는 정확히 알려지지 않았으나 김창흡과 김광묵은 신라 때의 절로 보았고,[6] 반면에 신익전은 고려 때의 절로 추정하였지만 확신할 수 없다고 하였다.[7] 그런데 현재 영남루 동쪽의 가파른 절벽 위에 있는 무봉사(舞鳳寺)는 영남사의 후신인데, 이 절에 안치된 석조상과 연화대가 통일신라시대의 형식과 유사한 점에서 영남사가 신라 때 창건된 것으로 보고 있다.

영남사는 어느 시기에 허물어지고, 소루만 고려 말까지 남아 있었다. 절이 없어진 이상 영남사 죽루나 영남사 소루 대신에 영남루로 편의상 약칭된 것으로 보인다. 그러다가 金湊(?~1404)가 1365년 밀양 군수로 부임하여 이 소루를 진주의 촉석루를 참고하여 개창(改創)한 뒤 폐사된 옛 절의 이름을 따서 영남루(嶺南樓)라 명명함으로써[8] 그 명칭이 보편화되었

다. 개창의 동기는 그가 1389년에 관찰사로서 영남루를 다시 찾고서 지은 기문에 잘 나타나 있다.[9]

그런데 많은 문인들은 영남루의 '영남'을 영남사에서 유래된 것이라 하면서도 그 축자적 의미에 제한을 두지 않고, 영남의 제일가는 누각으로서의 심층적 의미를 부여하였다. 특히 15세기 이후 본루의 동쪽에 능파각(凌波閣)과 서쪽에 침류당(枕流堂)을 좌우의 익루로 건축함으로써 웅장한 규모를 갖추게 되어 더욱 명성을 얻게 되었다는 사실이다.[10]

영남루는 김주가 개창한 이후 여러 차례 소실과 재건의 과정을 거쳤다. 조선조 말엽에 이르기까지 누각의 관리 주체인 밀양부사는 소실되거나 무너진 누각을 중수하는 것을 주된 임무로 여기지는 않았다. 그렇지만 고을의 번성함을 대외적으로 과시하는 상징적 공간이 된다는 점에서 누각의 면모를 새롭게 하는 데 지극히 신경을 쓸 수밖에 없는 일이었다.

실제 부사로 재직하면서 영남루를 중건하거나 중수한 기록은 읍지나 여러 기문에 흔히 보이는데, 여기서 검토하고자 하는 것은 지금까지 알려진 것 외에 추가로 중수한 사실이 없는가 하는 점이다. 『밀주지』에는 1930년 군수 최두연이 1894년 이래로 보수하지 않아 거의 무너질 지경에 이른 영남루를 수만금을 모아 중수하였다고 전해진다.[11] 그런데 1844년 이인재가 중창한 이후 최두연이 중수하기까지 근 90년 동안 더 이상 영남루를 중수하지 않았다고 하기에는 무엇인가 석연치 않다.

『경상도함안군총쇄록』의 1890년 4월 16일자 기록에 김홍근의 「嶺南樓重建上樑文」과 함께 수록된 아래의 「南樓記」는 이와 같은 궁금한 점을 해명해 준다. 여기서 '南樓'는 '嶺南樓'의 약칭으로 쓰인 말인데, 이 글은 영남루 기문으로 한 차례도 언급된 적이 없고, 아울러 논지의 전개하는 데 이해를 돕기 위해 전편을 전재한다.

무릇 영남에 웅진이 있으니 옛날에는 추화(推火), 지금은 밀주(密州)이다. 신라 때 '화(火)'를 주(州)로 적었는데, '밀(密)'의 뜻은 사서에 상고할 길이 없다. 생각건대 그 민속이 진후하고 풍기가 밀집되었으므로 옛사람이 이름을 명명하였을 것이다.

태백산의 한 줄기가 남쪽으로 칠백여 리를 내달려 험준한 산들이 가득하고 육중하나 비대하지는 않다. 여기에 이르러 빼어나고 신령한 기운이 모였으니, 예로부터 걸출한 사람들이 꽃이 피듯 많이 배출되었다. 오른쪽으로는 낙동강 포구를 품었고, 남쪽은 김해로 트였다. 산하의 안팎은 용이 도사리고 봉이 나는 듯한 모습으로, 비단을 펼친 듯하고 수를 놓은 것과 같다. 천리의 남쪽에 온 이후로 마음과 눈이 비로소 활짝 열린다.

국가간 교린이 이루어지던 성문에 돌아오니 봉래산은 지척이다. 부상에서 예물을 갖춰 왕래하고, 사신과 수령이 연속되며, 상인들이 대거 모여든다. 순후한 풍속이 한층 변하여 화려하고 사치스럽게 된 것이 지금의 형세이다. 응천의 한 갈래가 빙빙 돌고, 연광과 아미의 두 봉우리가 검푸른 빛으로 엷게 단장한 곳은 금벽루의 옛 터이다. 여러 번 화마를 입었으니, 이 누각의 흥폐가 한 번이 아니었다.

저 헌종 갑진년(1844)에 부사 이인재(李寅在)가 다스리던 여가에 옛 자취를 튼튼하게 만들었으니, 붉은 노을빛은 영롱하고 구름더미는 아득하다. 높디높아 솔개 어깨에 침을 뱉을 만하고, 멀고도 멀어 붕새 등을 채찍질할 수 있다. 긴 강과 넓은 들·무성한 숲과 죽죽 뻗은 대나무가 강남의 여러 산보다 빼어나, 안석에 기대어 은거할 만하고 술잔을 잡으니 아득하다. 인간 세상에서 빼어난 형상이 독차지함을 자랑하는데, 예전의 공이 미칠 수 없을 정도라 감탄스러웠다. 진양의 촉석루와 서로 우열을 다툴 만하고, 안동의 영호루나 김해의 연자루는 이보다는 못하다.

누각의 이름은 세 번 바뀌었는데, 근자의 '영남제일'로 칭한 것은 진실로 명실상부하여 부끄러움이 없다. 지금에 이르기까지 사십칠 년이 지나 단청이 비바람에 마모되었고, 난간과 창은 구름 안개로 쇠약해졌다. 행인들이 이따금 말을 타고 다녔으니, 한숨이 절로 나와 세상의 부침에 대한 마음을 금할 수 없었다.

내가 이 고을을 다스린 지 3년(1890) 봄에 가난한 백성을 깨우치면서 아울러 그것을 수리하여 옛 누관을 회복하고자 하였다.

이때 한 나그네가 서울에서 왔는데 이 소식을 듣고 크게 기뻐하고는 나에게 "사치스러운 일이 아니다. 그대는 이 고을을 태수로 나와 3년을 철따라 적응하면서 번잡한 일을 없애고, 나쁜 일을 줄였다. 본디 폐단이 쌓인 지역으로 불리던 곳인데, 몇 번이고 이 지역에 진력한 것은 성은에 보답하기 위해 바친 성의가 아니었겠는가? 농상을 권장하고, 수리사업을 이끌며, 자신의 적은 봉급을 덜어내어 궁색함을 구휼함으로써 한 자락의 낙토라도 기대한 것은 동향[태수가 선정을 베푼 고을 이름]을 그리워한 것이 아닌가? 오늘에 이르러 누각을 윤색하고 새로운 면모를 개척하기로 한 것은 고관들을 접대하고 태평세월을 아름답게 꾸미는 데 염두에 둔 것이 아님이로다! 옛날에는 어찌 할 수 없는 땅이었지만 지금 선경을 회복하려 하니, 그대의 몸은 힘들고 마음은 고될 것이다. 무릇 큰 병을 교정하는 여가에 반드시 민생의 곤궁과 아픔을 헤아려야 하니, 어찌 앞으로는 금벽처럼 광채가 나고 뒤로는 비단처럼 빛나는 것을 할 수 있겠는가? 차라리 검소하게 하여 꾸미지 않고, 질박하게 하여 실질에 힘써야 할 것이다." 하였다.

비바람이 들쳐 창과 추녀가 퇴락하였고, 줄지은 섬돌과 편액이 꺾이고 부러진 모습이었다. 대략 창수함에 힘주어 말하기를 "죽루는 썩기 쉬우니, 차례로 단장하여 운치 있는 일로 삼는 것이 무방하지 않겠는가?" 하였다.

드디어 그의 말을 좇아서 2개월간 유능한 장인들을 시켜 짓도록 하여 완공을 알리게 되었는데, 비록 이부사 당시의 경치만큼은 못하지만 안개비로 침침한 광경은 한층 참신한 모양이다.

이로써 마을의 어른들과 함께 술잔을 들면서 자랑스레 말하기를 "아, 밀주는 교남의 명승지다. 예전에 필재 김종직(金宗直, 1431~1492), 오졸 박한주(朴漢柱, 1459~1504), 송계 신계성(申季誠, 1499~1562) 등 여러 선생이 영숙한 기품을 받아 시례의 학문을 창도하였으니, 지금도 오래된 집안의 후손들이 선조들이 은거하던 자연에서 공로가 있음에도 겸손해 하며 절로 수양하고 있다. 또 목옹 이색(李穡, 1328~1396), 퇴로 이황(李滉, 1501~1570), 삼연 김창흡(金昌翕, 1653~1722) 등 여러 현인들이 머물며 시문을 드날렸는데, 경치를 그려낸 아름다운 시가 현판에 전해져 온다. 무지개 달이 두우성을 꿰뚫고 있는데, 우주에 이 산이 있다면 이 누각이 없을 수 없다. 밀주의 사람들이 당대에 이름을 날리고, 누각은 밀주에서 썩지 않을 것이니, 장래에도 서로 의지하여 모름지기 하나라도 빠지지 않을 것이다. 뒷날 이 고을을 다스리는 자는 이를 이어받아 수리하여 밀주에 해가 있는 한 이 누각이 폐함이 없도록 한다면, 남쪽 고을의 얼굴이 어찌 비단 항주의 서호뿐이겠는가?" 하였다. 드디어 기문을 짓는다.

성상 즉위 27년 경인(1890) 윤이월 부사 정병하.

**南樓記** 夫嶺之南, 有雄鎭, 古推火而今密州也. 新羅時以火記州, 而密之義, 無乘可稽. 抑最其民俗之鎭厚, 風氣之固密, 前人所以錫名歟. 太白一脈, 南走七百餘里, 凌嶒磅礴, 肉而不肥. 到此而鍾靈毓秀, 古多偉人之華出. 右襟洛浦, 南坼金陵. 表裏河山, 有龍蟠鳳翥之勢, 又如鋪錦而錯繡. 南來千里, 心目始豁開焉. 國家交隣以還門扃, 蓬島咫尺. 扶桑玉帛之往來, 儐价守宰之釋絡, 及夫商旅之所輻湊. 醇俗之一變, 而至於華侈, 時勢然也. 凝川一派, 縈廻練光·峨嵋兩峯, 淡掃黛色者, 金碧樓之古址也. 屢經鬱攸, 斯樓之興廢不一. 粤在憲廟甲辰歲, 李知府寅在甫, 政成治暇, 仍健舊蹟. 霞標玲瓏, 雲房縹緲, 高可以唾鳶肩, 迥可以鞭鵬背. 有長江大野· 雩林脩竹之勝江南諸山, 隱約在几案間, 把酒憑眺渺然. 人寶詫勝狀之獨擅, 而歎前功之不可及. 與晉陽矗石, 相爭甲乙, 至如永嘉之映湖·金陵燕子, 風斯下矣. 樓名迨三變, 近以嶺南第一見稱, 信無媿乎名實. 迄今四十有七年, 丹雘消磨於風雨, 軒窓委靡於雲煙. 使行人往往征驂, 咨嗟不禁俯仰之感. 余於莅府之三載春, 諭蔀曲而謀厥修葺, 以復舊觀. 時有一客, 從京都來, 聞而聳喜, 因告余曰 "無奢也. 君出守此邑, 三經裘葛, 剸煩理劇, 鉏奸蠲逋. 素號積弊之區, 幾臻有爲之域者, 非圖報聖恩涓埃而然歟? 勸農桑·導水利·捐氷俸·卹窮蔀, 期鑄一片樂土者, 非戀懷桐鄕而然歟? 以至今日, 潤色樓榭·擬開新面者, 非念及於供億冠蓋·賁飾昇平而然歟! 嚮處末如何之地, 今回無何有之鄕, 其形勞矣, 其心苦矣. 凡厥矯捄鉅瘼之餘, 必形民力之困瘁, 詎必金碧光前·綺羅耀後而始可乎? 無寧素而不繪, 樸而懋實. 風窓雨檻之零落, 雁齒螭額之摧殘." 大約删修, 力謂 "竹樓之易朽, 次第粧點, 不害爲韻事乎?" 遂從其言, 經營兩箇月, 匠石告功. 雖不及李知府當日光景, 烟雨黯淡之色, 煥然一新. 因與鄕中父老, 擧觴飾喜曰 "噫! 密州, 嶠南名勝地也. 前有畢齋·迂拙·松溪諸先生, 稟靈淑之氣, 倡詩禮之學, 至今古家雲仍, 考槃泉石, 勞謙自修. 又有牧翁·退老·三淵諸尊, 宿揄揚風騷, 摹寫雲煙, 唾珠璣於紗籠. 貫虹月於斗牛. 宇宙此山, 不可無此樓. 密以人噪名於當世, 樓以密不朽於將來, 相須而不可闕一. 後之治斯州者, 嗣而葺之, 使有密之日不廢斯樓, 則南州之眉目, 豈獨杭州西湖而已哉?" 遂爲之記.

聖上卽阼二十有七年庚寅閏二月 知府鄭秉夏.

위 기문은 정병하(1846~1896. 자 子華, 호 南皐)가 쓴 것인데, 소위 「영남루 중수기」에 해당한다. 그는 1888년 5월부터 1894년 7월까지 6년간 밀양부사를 역임하였다.[12] 그가 목격한 당시의 영남루는 관리가 부실하여 "단청이 비바람에 마모되었고, 난간과 창은 구름 안개로 쇠약하였으며," 심지어는 세상의 인심이 격변하여 행인들이 영남루 경내를 말을 타고 다녀 "한숨이 절로 나올" 지경이었다고 토로하고 있다. 그러다가 부임 후 3년째 되던 1890년 봄에 이르러 그동안 폐단으로 지적되었던 관습이 고쳐지고 고을이 안정을 이루게 되자 비로소 영남루 보수를 본격적으로 모색할 수 있었던 것이다. 그 폐단은 다름 아닌 국가에 바쳐야 할 공금의 체납 문제였다.[13] 이는 당시 부사 정병하가 해결해야 할 중대한 과제였고, 그것을 제대로 수습하지 않는 한 누각 중수는 어디까지나 부차적인 일에 불과했다. 그는 농사를 권장하고 관개시설을 개선하며 백성을 구휼함으로써 누적된 폐단을 해소할 책임이 있었고, 이것이 누각 중수의 합리적 근거가 되었다. 이때 마침 서울에서 내려온 어떤 사람의 조언에 힘입어 2개월간의 공사 끝에 퇴락한 창과 추녀, 난간과 편액 등을 검소하면서도 질박하게 보수하고 새롭게 단청함으로써 예전의 누관 모습을 회복하게 되었음을 알 수 있다. 그리고 누관의 중수는 명승지로서의 명성을 회복하고, 선현들이 말한 것처럼 예의를 숭상하는 고을의 기풍을 바로잡는 것으로서 의의를 부여했다.

이처럼 오횡묵이 저술에 수록한 밀양부사 정병하의 기문은 영남루 중수에 있어서 새로운 정보를 알려주며, 연혁을 서술할 때 반드시 이 사실을 추가해야 한다. 영남루 연혁을 간단히 정리하면 다음과 같다.

○ **영남루**의 연혁: 영남사 소루(고려) → 개창(1365, 부사 김주) → 중수(1439, 부사 안질) → 중수(1460, 부사 강숙경) → 해체 복원(1543, 부사 박세후) → 임진왜란 때 소실(1592) → 초옥[惜音堂] 지음(1599, 부사 이영) → 전후 50년 만에 신축(1643, 부사 심기성) → 단청(1661, 부사 이지온) → 실화로 소실(1722) → 전면 복원(1724, 부사 이희주) → 붕괴(1788) → 중수(1793, 부사 조휘진) → 보수(1806, 부사 김재화) → 중수(1832, 부사 조기복) → 실화로 소실(1834) → 대대적 중창(1844, 부사 이인재) → **[중수. 1890, 부사 정병하]** → 중수(1930, 군수 최두연)

한편 영남루 동쪽의 가파른 절벽 위에 무봉암(舞鳳庵)이라는 사찰이 있다. 원래 이 절은 훼철된 시기가 알려지지 않은 영남사의 부속암자였다. 영남사의 소루가 영남루의 전신이라는 점에서 그 인연이 깊다. 창건 시기가 신라 시대로 거슬러 올라가는 무봉암은 임진왜란으로 잿더미로 변한 뒤 1605년 영정사를 중건한 혜징(慧澄)이 폐허 위해 다시 법당과 주변 건물을 중건하였고, 그 후 암자가 비에 무너져 황폐하게 된 것을 부사 김이탁(金履鐸)이 1783년 승려에게 명하여 기부금을 모으게 하고 자신의 봉급을 털어서 중건한 바 있으며,[14] 이후 허물어지고 황폐해진 것을 1899년에 신도들의 협조를 얻어 중창하였다고 한다.[15]

이러한 무봉암 연혁의 소략한 서술은 인멸된 역사와 자료의 한계에 의해 불가피한 것이다. 그런데 오횡묵의 『경상도함안군총쇄록』에 새로운 중수 기록이 있어 이를 보완할 수 있게 되었다. 그는 1890년 4월 16일 영남루 북쪽의 객사에 머문 뒤 계속해서 누각 동편의 무봉암과 그 동쪽 담장 너머 법당을 둘러보고 지은 시를 수록하였다. 이 대목에서 "本倅鄭秉夏昨夏重修此庵"이라 하여, 정병하가 1889년에 무봉암을 중수하였음을 단적으로 밝혔다. 그리고 1889년 단오날에 정병하가 쓴 중수 기문을 덧붙여 놓았다. 이 기문에 따르면, 정병하는 1889년 봄에 비바람에 꺾이고 단청이 퇴색한 것을 보수하고자 하여 주지에게 기부금을 모으게 하고 고을 선비와 친구들에게 돈을 모아 비로소 암자를 중창한 것임을 알 수 있다.[16]

이처럼 오횡묵의 저술에 전재된 정병하의 기문을 통해 지금까지 전혀 알려지지 않았던 영남루와 무봉암 중수의 새로운 사실을 추가로 알 수 있었다. 그런데 영남루와 무봉암을 정병하가 중수하였음에도 불구하고 읍지나 여타 기록에서 누락된 이유는 어디에 있는가 하는 점이다. 아마도 정병하가 밀양부사를 그만두고 중앙정계로 진출한 뒤 2년간의 행적과 깊은 관계가 있을 것으로 짐작된다. 그는 1881년에 신사유람단의 일원으로 일본을 다녀왔고, 1886년에는 국한문 혼용의 『농정촬요』를 편찬하는 등 일찍부터 선진 문물의 도입과 사회 전파에 지대한 관심을 가졌다. 하지만 1895년 명성왕후 폐비를 주장하는 조칙을 제정함은 물론 일본군의 궁궐 침입을 거짓 보고하여 명성왕후가 시해당하는 을미사변을 초래하였고, 고종의 두발을 가위로 직접 깎은 장본인이었으며, 아관파천 후 역적으로 지목되어 김홍집과 함께 타살된 뒤 시신이 거리에 전시되었다고 『매천야록』에 전하고 있다. 정병하의 지나친 일본 경도는 일제강점기에 극도의 반감을 불러일으켰고, 따라서 친일 이전 시기에 밀양부사로서 성취한 치적이 있음에도 불구하고 표면적으로 굳이 거론하지 않았을 것이다.

## 4. 오횡묵 시의 성향과 영남루 주련의 실재

영남루 제영시는 영남루를 제재로 미적 세계를 형상화한 시를 말한다. 따라서 제재로 활용되는 영남루가 핵심적 요소가 된다. 누각의 위치, 규모, 주변 환경 등 누각 공간을 형성하는 세부들도 중요한 배경으로 작용한다. 시인묵객이나 관리들은 영남루 자체의 공간성이 갖는 상징적 의미에 주목하였던 것이다.

영남루 제영시는 정지상(鄭知常, ?~1135)과 임춘(林椿, 1148~1186)이 활동한 태동기를 거쳐 고려 말에 본격적으로 형성되었는데, 1344년 성원도(成元度)가 天자의 '先' 운을 활용하여 지은 시가 처음이다. 이 작품을 최초로 보는 것은 동일한 원운(原韻)이 이전 시기에는 발견되지 않고, 근세에 이르기까지 시인묵객들이 수백편의 차운시를 남길 정도로 대표적인 원운이 되었기 때문이다.[17]

그리고 또 다른 작품으로 '庚'운 자를 쓴 이색(李穡, 1328~1396)의 「嶺南樓」 시를 들 수 있다. 그의 시가 문집에는 없지만 한때 영남루의 현판에 내걸렸는데,[18] 현재 『신증동국여지승람』에는 1행과 2행만이 전하고, 『밀주지』·『조선환여승람』·『교남누정시집』 등에 온전한 작품이 실려 있다. 이 시는 권근을 비롯하여 홍성민(洪聖民), 홍직필(洪直弼), 하겸진(河謙鎭) 등 여러 시인들이 지은 차운시의 원운이 되었다.

이처럼 형성기의 작품은 후대에 지어진 수많은 시의 원운이 되었고, 또 시인이 처한 시대의 형편과 독특한 시상에 따라 새로운 운에 입각한 독창적인 작품들이 대량으로 창작되기도 하였다. 현전하는 수많은 영남루 제영시에서 형상화된 미적 세계를 분석해 보면 몇 가지로 유형화할 수 있다. 예를 들어 승경 탐미(景勝耽美)의 풍류, 인간 세태(人間世態)의 정한, 우국 애민(憂國愛民)의 충정, 아랑 정신(阿娘精神)의 선양 등 주제 의식이 그것이다.

오횡묵은 여러 번 영남루에 등림하여 제영시를 남겼는데, 그렇다면 시를 통해서 형상하려고 한 중심 내용이 무엇인지 검토해보기로 한다. 아래의 시는 영남구휼사로서 1886년 4월 2일 밀양에 머물 때 지은 7언 율시 「嶺南樓」(시제의 출처는 『경상도함안군총쇄록시초』 〈한국학중앙연구원 소장〉임. 이하 동일)이다.

| | |
|---|---|
| 높은 누각 치솟아 백운 사이로 나왔고 | 高樓湧出白雲間 |
| 눈 아래 밝은 빛은 사방을 고루 비추네 | 眼下晴光均四寰 |
| 작은 배에 청풍 불고 천리의 강물이요 | 短棹淸風千里水 |
| 긴 숲에 해 지는데 겹겹의 산이로다 | 長林斜日萬重山 |
| 하늘이 트인 대지에 집들이 빼곡한데 | 天開大地閭閻撲 |
| 부평초 같은 인생살이 세월은 한가롭기만 | 人坐浮萍歲月閑 |
| 먼 물가에는 이리저리 나는 기러기 떼 | 極浦縱橫題鴈字 |
| 낙양의 어느 쯤이 고향이런가 | 洛陽何處是鄕關 |

이날 오후에 내리던 비가 개려고 하자 영남루에 올라 정경을 조망한 뒤 저녁에 서문의 객관에서 사신인 동시에 나그네로서 그 소회를 읊었던 것이다. 당시 남강에는 어선들이 정박하고 있었고, 그 일대의 긴 숲이 총총하고 신록은 아름다웠으며, 민물(民物)이 빽빽하고 성이 길게 둘렀으

며, 성가퀴가 견고한 것을 보고는 영남의 '대도보장(大都保障)'이라 감탄하였다.[19] 높은 누각에서 바라본 주변의 경치와 밀집한 민가를 공간 세부로 활용함으로써 승경을 형상화했다. 전반적으로 서경적 묘사에 치중하였지만, 마지막 연에서는 타향에서 벼슬살이하는 보편적인 객수를 담았다.

위의 시만을 두고 볼 때는 구휼사로서의 책무는 어디에도 나타나지 않고 외로운 나그네의 심정이 투영되어 있을 뿐이다. 그러나 이 시의 앞부분에 수록된 산문 기록을 보면 사정이 달라진다. 그가 4월 1일 밀양성 근처에 도착했을 때 낮부터 내린 큰 비로 앞을 분간할 수 없을 정도였는데, 마침 구슬픈 곡성이 들려오자 등불을 들고 직접 현장을 나아가 물에 빠져 죽은 사람이 많은 것을 보고 그 비통한 심경을 내비친 바 있다.[20] 백성들이 당한 재난을 빠뜨리지 않고 서술한 점은 임금의 특사로서의 면모를 직접 느낄 수 있다.

다음의 시는 함안군수 시절인 1889년 7월 1일 누각에 등림하고 난 뒤 지은 총 13운의 「嶺南樓」이다. 이날 밀양부사 정병하(鄭秉夏)는 피서를 하기 위해 이곳에 머물고 있었는데, 마침 그를 만나 여러 속관들을 비롯한 기녀들과 함께 술을 마시며 즐겼던 것이다.

| | |
|---|---|
| 영남루 위로 구름이 막 거두어지고 | 嶺南樓上雲初收 |
| 영남루 아래로 강물이 유장하게 흐른다 | 嶺南樓下水長流 |
| 영남루 앞으로 즐비한 가옥 | 嶺南樓前櫛比屋 |
| 지난 병술년에 머문 나루터 | 伊昔丹狗我渡頭 |
| 유신(劉晨)이 지금 하양에 다시 온 격이네 | 劉郎今又來河陽 |
| 하손(何遜)은 어찌하여 양주에 거듭 왔던가 | 何遜何事再楊州 |
| 친구는 수령, 나 또한 태수로 | 故人佩墨我亦宰 |
| 경치 보려고 이 누각에 올랐어라 | 爲看物色上此樓 |
| 경치는 의구하여 예전 모습 그대론데 | 風物依舊前歲色 |

| | |
|---|---|
| 사람은 늙었으니 옛날 얼굴 같지 않네 | 人生白頭非昔疇 |
| 그대가 은근히 베푼 넉넉한 술이 고마워 | 感君慇懃酒盃寬 |
| 흠뻑 취하니 평온한 흥이 그윽하여라 | 醉倒猶夷興復幽 |
| 가없는 풍월 속에 함안 태수는 | 無邊風月巴陵守 |
| 다정히 밀주의 부사와 벗하였네 | 有情朋儔密州侯 |
| 푸른 하늘에 기러기 떼 언제 올지 | 靑天鴈字來幾時 |
| 손잡고 배회하며 멀리 힐금힐금 | 把手徘徊憑遠眸 |
| 빛나는 누각 높아 추위 못내 겨워 | 瓊樓高處不勝寒 |
| 동파의 시혼 담은 수조사가 아련토다 | 東坡詩魄水調悠 |
| 함께 천 리 밖의 고향을 묻나니 | 共問鄕國千里外 |
| 백운은 뭉게뭉게 나그네 근심이라 | 白雲頭頭惱客愁 |
| 강 건너 청풍이 얼굴에 불어오고 | 渡水淸風上面吹 |
| 숲속 너머 고깃배 등불이 주렴을 비춘다 | 隔林漁火半簾偸 |
| 우두커니 북녘을 의지하다 고개 돌리고는 | 延佇依斗乍回首 |
| 즐거운 일 모두 잊고 호수 고기처럼 노닐세 | 樂事相忘湖魚游 |
| 만물이 동화하여 요나라처럼 따뜻하면 | 萬物同化堯天煦 |
| 들판 노인 등 쬐며 은혜 보답 생각하리 | 野老炙背可上酬 |

이 시의 전반적 특징은 목민관으로서 선정을 다짐하는 내용이 주조를 이룬다는 점이다. 구휼어사로 영남루를 다녀간 뒤 3년 만에 방문한 영남루에서 만난 정병하는 전부터 잘 알던 사이였음을 알 수 있다. 그가 밀양 부사여서 고을의 치도를 함께 걱정하고 백성들에게 임금의 은택이 두루 미치기를 염원하는 공감대를 이룰 수 있었다. 작시 시점이 음력 7월 초순임에도 누각에 오르고서 추위를 염려한 소동파의 「水調詞」를 인용한 것은 고을살이를 위해 서울을 떠나 있으면서 임금을 향한 충정심이 간절함을 단적으로 보여준다. 마지막의 두 시구에서 말한 '萬物同化'는 시적 화

자가 그리는 통치의 이상향이라 할 수 있다. 그리하여 백성들 누구나 고마움을 잊지 않고 그 은혜에 보답하고자 하는 마음을 갖도록 하는 것이다.

다음으로 검토할 작품은 1890년 4월 16일 정병하에게 써 준 「顯敞樓」 시인데, 현창루는 '顯敞觀'을 지칭한 것이다. 지금도 누각 정면의 처마에는 '嶺南樓'를 중심을 오른쪽에 '江左雄府', 왼쪽에 '嶠南名樓' 편액이 걸려 있다. 그리고 누각 내부의 들보에는 '江城如畵', '顯敞觀', '湧金樓', '嶺南第一樓'라는 편액이 있다. 이 편액 글자를 모아서 풀이하면 '밀양은 강좌의 웅부로 강에 둘러싸인 성은 그림과 같고, 누각은 높디높아 굽어보면 금벽의 물결이 출렁이는 광경이다'라는 의미로 해석된다. 이러한 심층적 의미를 지녔기에 편액이 제영시의 세부 요소로 활용되어 지배적 심상으로 기능을 담당하기도 하였다. 하지만 편액의 하나인 '현창관'을 직접 시제로 한 것으로는 이 시가 유일한 것으로 보인다.

| | |
|---|---|
| 현창의 높은 누각 푸른 하늘에 치솟았고 | 顯敞高樓湧碧空 |
| 만물이 화창함은 성인의 공덕이라 | 暢和萬物聖人功 |
| 초록 비단 같은 벼들은 태평세월 그림이고 | 秧如綠錦昇平畫 |
| 백성들은 본디 태고의 기풍을 품었도다 | 民是素襟太古風 |
| 현가의 소리가 노나라 시절처럼 들리고 | 魯區日月歌絃誦 |
| 위아래 모두가 우공의 산하에서 나왔네 | 禹貢山河上下中 |
| 부사의 후덕한 정사 분명함으로 칭송되듯 | 使君德政稱分命 |
| 백 리 고을이 우로의 은택 흠뻑 받았구려 | 百里桑麻雨露通 |

이 시는 현창관 곧 영남루가 중수된 지 2개월이 지난 시점에 지어진 것이다. 푸른 하늘에 치솟은 높은 누각과 만물이 화창함을 성인의 공덕으로 치켜세운 뒤 초록빛 비단 같이 자란 벼들을 통해 태평세월을 읽어내고, 그곳에 사는 백성들은 태고의 기풍을 받아 예악에 힘쓰며, 노나라와 요나

라처럼 조화로운 세계는 모두 임금의 은택을 훌륭히 베푼 밀양부사의 치적 결과로 보았다. 시 창작의 동기에 맞게 부사의 공적을 높이 드러내는 칭찬이 주조를 이루었다. 높이 추겨 세움이라는 자의를 함축한 '현창관'을 내세운 까닭을 이로써 짐작할 수 있다.

영남루를 제재로 한 시는 이밖에 여러 편이 있지만, 형상화한 중심적 의미가 본고에서 다룬 시들의 범주에서 크게 벗어나지 않는다. 즉 누각 자체나 누각 주변의 객관 경물을 부분적으로 묘사하되 고을의 안정과 민생의 안락함을 추구하는 내용을 반영하고 있다. 이는 누각이나 산수의 승경을 유람하기 위해 영남루를 등림한 것이 아니라 특수한 목적을 띤 사신이나 한 고을의 수령으로서 밀양을 방문한 계기와 밀접한 관계가 있다. 위정자로서의 모습을 성실히 구현했다고 할 수 있다.

대개 누각이나 정자에는 저명한 현판시나 주련이 내걸려 있기 마련이다. 그런데 현재 영남루에는 단 한 편의 주련도 남아 있는 것이 없어 그 실재를 상상하기란 쉽지 않다. 그런데 오횡묵이 영남루를 등림했을 때 주련을 목격하고 옮겨 적은 것이 『경상도함안군총쇄록』에 남아 있다. 1890년 4월 16일자에 서술된 기록을 보면, 먼저 "樓之扁號則 曰凌波閣 顯敞觀 湧金樓 嶺南樓 江左雄府 嶠南名樓 江城如畫 嶺南第一樓" 등 누각에 내걸린 편액을 열거한 뒤 바로 이어 아래와 같은 총 6행의 주련을 소개하고 있다.

① 山如巫峽挑雲出　　산은 무협과 같이 구름을 뚫고 치솟았고
② 月色晴籠近添煙　　달빛은 말갛게 가까이 짙은 안개에 싸였네
③ 玉簫吹入三淸煙　　옥퉁소 소리 삼청궁 안개 속으로 들어가고
④ 灘聲映雜長林雨　　여울소리 가물가물 긴 숲의 비에 섞였네
⑤ 錦帳圍將廣寒月　　비단 휘장은 광한전의 달빛을 에웠네
⑥ 南國山川輸海上　　남국의 산천이 강가에 모였구나

이 주련은 한 작품이 아니라 여러 시인의 시에서 적구한 것이다. ①은 이안눌의 시 「嶺南樓重題長律一首以記卽景」(『동악집』 권8)[21]의 3행이고, ②와 ④는 이덕형의 시 「舊時嶺南樓之勝~奉趙從事求和」(『한음집』 권2)[22]의 6행과 5행이며, ③과 ⑤는 이황의 시 「嶺南樓」(『퇴계집』 권1)[23]의 6행과 5행이며, ⑥은 김종직의 시 「嶺南樓次韻」(『점필재집』 권5)[24]의 3행이다. 당시의 주련이 이것뿐이었는지는 모르나 누각의 주련이 실재했음이 명백히 확인되고, 압축적으로 경관을 제시해 주는 이 주련으로 운치가 한층 고조되었을 것이다.

이에 비해 현재의 누각에는 주련이 전혀 없다. 중수 과정에서 사라진 것이 틀림없는데, 오횡묵의 기록을 통해서 19세기 말까지 영남루 주련을 상상해 볼 수 있는 것은 그나마 다행스러운 일이다.

## 5. 기생 운심(雲心)의 묘소 발견과 회고

오횡묵은 1890년 4월 15일 밀양의 최초 경계가 되는 유천 고개에 도착한다. 길가에서 잠시 휴식을 취한 다음 다시 6리를 더 가서 냉천 객점에 이르렀는데, 이곳은 신구 관리가 교대를 하던 곳이라 하였다.[25] 현재 상동면 안인리 신안마을에 해당한다. 여기서 주목할 점은 오횡묵이 운심(雲心)의 자취를 예상치 않게 확인하게 된 점이다.

> 뒷산에 명기 운심의 묘소가 있다. 산이 아름답고 물이 너무 고와 이곳에 묻히기를 원했던 것이다. 비록 저승에 있지만 꽃다운 마음은 진실로 죽지 않았으니, 참으로 명기라 하겠다(後山有名妓雲心之墓. 就其佳山麗水, 願埋于此. 雖在泉臺, 芳心不死, 信乎名妓也).
>
> ―『경상도함안군총쇄록』〈1890년 4월 15일조〉

운심은 밀양 기생으로 응천교방에서 익힌 검무로 20세 때 서울에 진출하여 영정조 시대에 전국적인 명성을 얻은 인물이다. 다른 기생들과 마찬가지로 생애에 대한 정보는 자세하지 않지만, 당대에 벌써 저명한 문인들의 저서에 수록되었다. 동향의 선비인 신국빈(1724~1799)이 "운심의 검무는 화대를 줘도 조금도 아깝지가 않다"[26]고 한 것을 비롯하여, 성대중(1732~1812)은 그녀가 "밀양 기생인데 뽑혀와 서울에서 검무로 한 시대에 이름났고, 백하 윤순의 사랑을 받았다."[27] 했고, 박지원(1737~1805)은 「廣文者傳」에서 그녀의 호협한 정신을 추겨 세웠으며,[28] 박제가(1750~1805)는 "근세에 칼춤으로는 밀양 기생 운심을 일컫는다."[29] 하였다. 성대중의 기록에 등장하는 윤순(1680~1741)과 사랑을 나눈 것을 보면 아마도 18세기 초엽에 출생한 것으로 보인다.

운심의 탁월한 명성은 사후에도 회자되고 있었음은 위 인용글의 "雖在泉臺, 芳心不死"라는 문장에서 알 수 있다. 이 표현은 마을 사람들이 이곳 출신의 운심에 대한 자부심을 여전히 간직하고 있었고, 오횡묵 자신도 그녀의 호방한 풍류를 기억하고 있었다는 두 가지 의미를 내포한다. 당대를 대표하는 학자들이 인정한 운심의 성가가 근 백년이 지난 시점에도 변함이 없었음을 알려준다.

그런데 운심의 묘소 존재에 대하여 오횡묵 이전에는 그 누구도 말한 적이 없다는 점이다. 문헌상으로 운심이 만년에 전국의 명승지 유람을 즐겼는데, 영변의 약산동대에서 술기운이 오르자 자신이 천하의 명기로서 천하의 명승지인 약산에 죽는 것을 만족해하면서 투신하려 했다는 일화가 전해질 뿐이다.[30] 오횡묵이 운심이 묘소를 어떻게 단정하게 되었는지는 서술하지 않아 정확히 알 길은 없다. 아마도 이곳 민간에 유포되고 있던 설화를[31] 인지하고 묘소를 확신하였을 것으로 추정된다. 다만 묘소의 택지 동기가 설화에서는 운심과 관원의 사랑에 초점을 두고 있다면, 오횡묵은 "佳山麗水"한 곳임을 강조하여 그녀가 한때 투신하려했던 명승지 약산과의 개연성을 부각시킨 점이 사뭇 다르다. 그는 설화를 통해서 운심의 무덤을 단정하되, 고도의 경지를 성취한 예술가에 합당한 묘지 선정의 동기를 부여한 시각이 이채롭다.

오횡묵이 운심의 묘소를 확인함으로써 본능적으로 시적 충동에 사로잡혀 그녀를 아련히 떠올리게 된다. 5언 배율 형식의 「題妓雲心墓」 시를 짓고 나서 곧바로 영남루로 향했는데, 운심을 제재로 한 작품을 쉽게 찾을 수 없다는 점에서 이 시의 의의가 있다.

강남의 제일가는 기녀　　江南第一妓
선녀가 무산 구름 따라 내려와　　仙降巫山雲
높은 하늘가에 남긴 자취는　　咳唾九霄上
자줏빛 불꽃처럼 찬란했었지　　紫焰生光文
앵무새처럼 본디 지혜로우니　　鸚鵡本能慧
아름다운 자질 어찌 없어지랴　　蘭蕙豈終焚
덧없는 세월에 푸른 눈썹은 늙어　　荏苒靑蛾老
뭇사람과 애끊게 이별할 제　　腸斷別離群
평소 아름다운 곳 소원했나니　　平生佳麗願
황진이 무덤가에 의탁함일세　　寄在眞娘墳
새들이 고요한 꽃밭에서 지저귐은　　鳥啼花寂寂
청춘의 넋이 응당 변한 것이라네　　春魂應化云

운심은 강남에서 제일가는 기녀로서 무산의 선녀가 화신한 존재로 상상하였다. 비범한 그녀가 지상에 남긴 자취는 찬란하고 아름다운 자질은 변함없었다. 하지만 세월의 흐름에 따라 찾아오는 늙음과 이별의 굴레는 결코 거부할 수 없는 인간의 숙명이었다. 시 속의 '애끊는 이별'은 다름 아닌 죽음이다. 그녀는 운명적 한계를 받아들이면서 평생 "佳麗"한 곳에 묻히기를 소원했다고 했다. 이는 어차피 한번 죽는 인생이라면 관서의 명승지에서 죽고자 일화를 활용한 것이다. 천하에 이름을 떨친 기생으로서의 당당한 자부심이 드러나는 부분이다. 시인은 운심의 당찬 기개와 분방한 풍류를 드러내는 방식으로 관서 출신의 명기 황진이와 결부시켰다. 수많은 명사들이 황진이의 무덤을 찾듯이 운심도 그처럼 대우받기를 바란 염원이 이입된 것이다. 비록 그가 운심의 무덤을 목격한대로 황진이의 무덤가에 있지는 않았지만, 밀양의 "佳山麗水"한 곳에 있음으로써 생전의 소원을 이루었음을 암시한다. 그렇기 때문에 오랜 세월이 흐른 뒤에도 명성이 여전히 자자함을 마지막 두 시행에서 알려준다.

## 6. 마무리

이상에서 검토한 결과를 요약함으로써 본고를 마무리하고자 한다. 오횡묵은 19세기 말 지방 관리의 정무 활동을 구체적 보여주는 전형적인 인물인데, 그의 저술에서 밀양과 관련된 시문이 풍부하게 발견되었다. 이 자료들을 통해 지금까지 알려졌던 밀양이나 영남루에 관한 새로운 사실을 얻게 되었다.

첫째, 1844년 밀양부사 이인재가 영남루를 중건한 이후 1930년 군수 최두연이 중수하기까지 중수에 관한 것은 전혀 거론되지 않았다. 하지만 오횡묵의 저술을 통해 1890년 밀양부사 정병하가 영남루를 중수한 사실이 새롭게 밝혀졌다. 이렇게 된 이상 영남루 연혁을 시급히 기워야 한다.

둘째, 영남루 경내의 유서 깊은 무봉사도 정병하가 1889년에 중수하였다는 점이다. 이로써 무봉사의 중수 기록이 도중에 인멸되어 전승되지 않아 그 연혁을 간략히 기술할 수밖에 없는 아쉬움을 다소나마 해결할 수 있게 되었다. 그리고 정병하가 영남루와 무봉사를 중수하였음에도 문헌에 정착되지 않은 것은 그가 밀양부사를 그만두고 서울로 올라간 뒤 보였던 경도된 친일 노선에 그 요인이 있었던 것으로 추정해 보았다.

셋째, 영남루를 제재로 한 오횡묵의 여러 시들은 고을의 안정과 민생의 안락함을 그리는 내용이 지배적 경향을 나타내었는데, 목민관으로서의 자세를 성실히 구현하고자 한 태도에서 비롯된 것이었다. 이렇기 때문에 영남루의 별칭이기도 한 편액 현창관을 시제를 처음으로 쓸 수 있었다.

넷째, 현존하는 다른 누각처럼 19세기 말까지 영남루에도 승경의 이미지를 압축적으로 전달하는 주련이 있었음이 확인되었다. 하나의 작품이 아니라 김종직, 이황, 이덕형, 이안눌의 시에서 하나 혹은 그 이상을 적구한 것이었다. 주련이 없는 현재의 영남루는 풍류미가 상대적으로 미흡할 수밖에 없다.

다섯째, 18세기 중반을 전후해 멋진 칼춤으로 전국적인 명성을 떨친 운심(雲心)의 묘소를 직접 발견하고 그 소회를 읊은 시를 남겼다는 사실이다. 문인의 저작에 운심의 묘소가 등장하는 것은 오횡묵의 경우가 처음이다. 당시 설화에 근거를 두고 그녀의 무덤으로 단정한 것으로 짐작되지만, 연정이 아닌 호방한 예술가에 초점을 둔 독특한 시각이 돋보인다. (참고문헌은 미주로 대신함)

## 미주

1 「밀양 영남루 제영시 연구」(『지역문학연구』 제13호, 경남·부산지역문학회, 2006), 「퇴계학파의 영남루 제영시에 대하여」(『퇴계학논총』 12집, 퇴계학부산연구원, 2006) 참조.

2 오횡묵의 벼슬살이 이력을 요약해보면 다음과 같다. 군자감 판관(1883)·정선군수(1887)·자인현감(1888)·함안군수(1889~1893)·고성부사(1893~1894)·내금위장(1894)·지도군수(1896)·여수군수(1897)·진보군수(1899)·익산군수(1900)·평택군수(1902~1906)

3 『신증동국여지승람』 권26 「밀양도호부」 〈누정조〉, "嶺南樓在客館東, 卽古嶺南寺之小樓, 寺廢."

4 정지상, 「嶺南寺樓」(『보한집』 권하).

5 임춘, 「嶺南寺竹樓」(『서하집』 권2).

6 김창흡, 「密陽嶺南樓」(『삼연집』 권8), "名樓位置占高圓, 坐憶新羅創寺年".
김광묵, 「嶺南樓重修記」(『영남루제영시문』), "刦灰水嚙新羅跡, 脩竹春凝古寺烟."

7 신익전, 「密陽志」(『동강유집』 권16) "或曰樓卽麗時嶺南寺之小樓, 寺廢而樓仍舊號, 世莫知其然否."
오횡묵, 「嶺南救恤日錄」(국립중앙도서관 소장), "嶺南樓本係嶺南寺舊址, 而羅朝伽藍."

8 『신증동국여지승람』 권26 「밀양도호부」, "至元乙巳(1365)金湊爲知郡, 因舊改創. 因以寺名名之."

9 김주, 「嶺南樓重修記」(『신증동국여지승람』 「밀양도호부」), "雖樂登臨, 難祛燥濕, 思欲草舊悉皆撤去. …… 余乃使吏致之, 語以其故, 令遣晉陽使圖矗石之制."

10 이희주, 「嶺南樓重建記」(출처 『영남루제영시문』), "樓居中間傑然高出, 而凌波閣枕流堂爲左右翼, 宏構勝觀, 足以賁餙强酸, 而爲一路之所艶稱矣."

11 박수헌, 『密州誌(1932)』. "自高宗甲午(1894)以來, 不擧修補之役, 上雨傍風, 幾至傾頹. 今郡守崔斗淵, 集數萬金, 重修而新之."

12 『승정원일기』의 고종 25년(1888) 5월 29일조와 31년(1894) 7월 9일조 기록 참조.

13 오횡묵, 『경상도함안군총쇄록』 〈1890.9.10〉(한국학중앙연구원 장서각 소장) "蓋此邑舊多弊痼, 公貨之愆滯, 至爲三十餘萬本, 倅鄭南皐自昨年至今春, 務盡方略, 矯捄董飭, 百弊一新. …… 且南樓之改觀, 亦其修擧中一也."

14 신국빈, 「舞鳳庵重建記」(『태을암집』 권5), "歲癸卯(1783), 庵圮于水便成滄桑, 府使金侯履鐸, 命僧而募緣, 捐俸而補施, 移舊址數十步而重建."

15 밀양지편찬위원회 편, 『밀양지』, 1987, 451쪽 참조.

16 정병하, 「무봉암 기문」(『경상도함안군총쇄록』 〈1890년 4월 16일조〉), "風雨摧殘, 金碧零落, 撫今懷古, 令人感慨. 余來府之翌年春, 擬欲修葺, 命住持募衆緣, 略有勸助於省內縉紳知舊, 鳩金數百. …… 遂祛其荒穢, 整其傾圮, 鍾磬已備, 香積是具. 雖不煥成寶坊, 俄而莊嚴淨土."

17 필자는 영남루 제영시의 형성과정과 주제 의식 등을 「밀양 영남루 제영시 연구」에서 다루었고, 이어서 특정 집단을 중심으로 한 시적 성향을 「퇴계 학파의 영남루 제영시에 대하여」에서 검토한 바 있다.

18 권근의 시 「密城太守余公寄惠銀魚謹用嶺南樓上牧隱詩韻~」(『양촌집』 권7) 참조.

19 『영남구휼일록』〈1886.4.2〉, "南臨大江, 漁艇泊於前, 一帶長林, 叢鬱天齊, 老紅新綠, 各逞媚麗. 不數百武, 南地官衙翼然. 民物稠雜, 山氣明秀. 西繞長城, 雉堞堅固, 此實嶺左大都保障."

20 『영남구휼일록』〈1886.4.2〉, "忽門外有哀哭聲, 具燈急探之. 俄者入店時, 捐贐救活數甚不少, 而晩到者, 遭雨未能散, 皆依場簷. 過夜忽川水漲溢, 爲洪濤所淹沒, 死者未詳其數. 然拯活者, 只數人而已. 風雨暴至, 燈又明滅, 雖欲善後, 莫如之何矣. 尤亦慘矣."

21 원시는 다음과 같다. "落日來登城上樓, 海門天闊鳥飛愁, **山如巫峽排雲出**, 川作巴江遶郭流, 兩岸平沙白雨過, 一郊寒樹碧烟浮, 夜深孤月上遙渚, 風露凄凄蘆荻秋."

22 원시는 다음과 같다. "建牙重到嶺南天, 十二年光逝水前, 人物盡銷兵火後, 江山猶媚畵角邊, **灘聲暝雜長林雨**, **月色淸籠近渚烟**, 風景不殊陳迹變, 白頭時夢醉芳筵."

23 원시는 다음과 같다. "樓觀危臨嶺海天, 客來佳節菊花前, 雲收湘岸靑楓外, 水落衡陽白雁邊, **錦帳圍將廣寒月**, **玉簫吹入太淸烟**, 平生儘有騷人興, 猶向尊前踏綺筵."

24 원시는 다음과 같다. "登臨正値浴沂天, 灑面風生倚柱前, **南服山川輸海上**, 八窓絃管鬧雲邊, 野牛浮鼻橫官渡 巢鷺將雛割暝烟, 方信吾行不牢落, 每因省毋忝賓筵."

25 『경상도함안군총쇄록』〈1890년 4월 15일조〉, "柳川峙, 此是密陽初界. 路邊暫憩, 傳聞洞任見余之來, 報邑次急走云. 余念其爲弊, 使使令急趨不及. 六里冷川店, 前有蘋洲, 虛舟空繫, 正是野渡無人舟自橫也, 新舊官交龜處."

26 신국빈, 「凝川敎坊竹枝詞八章」, 『太乙菴集』 권2, "醉與纏頭也不惜, 雲心劍舞玉娘琴."

27 성대중, 『靑城雜記』 권3, "雲心, 密陽妓也. 選至都下, 劍舞名於一世. 尹白下淳眄之."

28 「광문자전」(『연암집』 권8)은 박지원이 18세 때 쓴 것으로, "心, 名姬也."라 표현하였다.

29 박제가, 「劍舞記」(『정유각집』 권1), "近世舞劍, 稱密陽姬雲心." 그는 1769년 묘향산을 열흘 동안 유람할 때 용문사에서 기생들이 춘 칼춤을 본 뒤 그 기법이나 동작을 상세히 기술하였는데, 당시 춤을 춘 사람은 운심의 제자라 하였다.

30 성대중, 『靑城雜記』 권3, "藥山, 天下名區, 雲心, 天下名妓. 人生會當一死, 得死於此, 足矣!"

31 설화를 소개하면 다음과 같다. 늙어서 고향에 돌아온 운심은 밀양 관기 적 사모했던 관원을 죽어서라도 다시 보려는 마음에서 관속들의 왕래가 잦은 신원(新院)의 역로 변 높은 언덕에 묻어 달라는 유언을 함에 따라 묘소를 세운 것이라 하였다. 이운성, 「밀양지명고」, 『밀양문화원』 6호, 밀양문화원, 2005.

# 제4장 오휴자 안신의 禮說書 특징과 작품 세계※

## 1. 머리말

五休子 安玑(1569.9~1648.6.5)은 밀양의 名賢이다. 대개 지식인의 명성은 관료적 지위나 학자적 풍모가 있을 때 얻게 된다. 후자에 속하는 오휴자는 널리 알려진 인물은 아니지만 관직을 마다한 채 향리에 줄곧 머물며 시대의식 실천을 학문의 본질로 삼았다. 성호 李瀷(1681~1763)은 일찍이 그의 학문 세계를 집약해서 말한 바 있다.

> 병란의 여파로 의례의 글이 없어져 후생들이 고증할 만한 것이 없음을 걱정했다. 이에 주문공의 『가례』를 취하고 동방의 현인들이 남겨 주신 법도를 참작해 『관혼상제례』 4권을 엮었다. 또 옛날에 덕이 있던 이들의 유적을 모아서 「오현전」을 지었는데, 지평 이신·문숙공 변계량·문충공 김종직·오졸재 박

※ 본 논문은 『동양한문학연구』 56집(동양한문학회, 2020, 119~165쪽)에 게재되었다. 원문 그대로 재수록한다.

한주·송계 신계성으로 다 밀양 사람이다. 또 동방의 자음에 오류가 많은 것을 염려해 중국의 음을 참고해 『자해』 2권을 지었다. 그가 찬술한 것은 모두 우리 학문에 도움이 되니 후인들에게 아름다운 은혜를 베푼 것이다.[1]

윗글은 안신의 5세손인 만회 安景時(1712~1794)의 요청으로 이익이 1759년 겨울에 지은 오휴자 묘갈명의 일부이다. 성호는 『冠婚喪祭禮』, 「五賢傳」, 『字解』가 후학들에게 큰 도움을 주었다며 오휴자의 학문적 업적을 요약했다. 그가 『관혼상제례』라 칭한 『家禮附贅』는 『주자가례』를 창의적으로 보완한 것이고, 「오현전」은 밀양을 대표한 현인들의 행적을 기술한 것이며, 『자해』는 문자학 전문 사전이다.

또 순암 安鼎福(1712~1791)은 "저술한 것은 모두 우리 학문에 도움이 되고 빈 말은 하지 않았으며"[2], 문집의 발문을 쓴 회당 張錫英(1851~1926)은 "공의 학문은 본말이 두루 갖추어져 나라가 결딴 난 어지러운 시대에 시행되었다"[3]고 했다. 또 심재 曺兢燮(1873~1933)은 서문에서 "『가례부췌』 6권은 더욱 성인의 글을 도우고 몽매한 풍속을 깨우쳐 그 업적이 적지 않다"[4]며 그의 인품을 흠모했다.

이들 선현들은 오휴자가 병란 이후 지향했던 실천적 학문의 성격에 각별한 의의를 부여했다는 사실이다. 이를 통해 오휴자는 17세기 밀양을 대표하는 명현의 한 사람으로, 그리고 그가 성취한 예학이 한국 예학 발전사에서 차지하는 위상을 비중 있게 검토할 필요성이 제기되는 것이다.

오휴자의 학문에 대한 연구는 어떠한가. 선행 성과에서 그가 퇴계 이황의 재전 제자로서 조경암 장문익·국담 박수춘과 함께 임병 양난 후 밀양 지역의 학풍을 주도한 인물로,[5] 혹은 조선과 중국의 시간적 차이를 극복하기 위한 체재상의 특징이나 조식과 정구의 예학 영향에 대해 간략히 다룬 바 있다.[6] 하지만 여전히 『가례부췌』에 대한 개괄적인 소개에만 머물러 있고 단독 논문이 한 편도 없는 실정이다.

게다가 오휴자의 산문과 시에 대한 연구는 전무하다. 지역문학에 대한 관심 부족 외에 그의 상대적인 낮은 지명도나 적은 수의 작품 총량에 배경이 있는 듯하다. 『오휴당집』은 『가례부췌』가 나온 지 30년 뒤인 1922년에 10세손 安廈鎭(1876~1935)에 의해 밀양 금포에서 비로소 출간되었다. 유문을 보면 시 24수, 편지 6편, 잡저 5편, 서문 2편, 발문 1편, 묘문 2편, 제문 2편에 불과하다. 창작한 시문이 본래 많지 않았던 요인이 있겠지만, 전란 여파로 제때 정리되지 않아 대부분 사라진 탓이 아닌가 한다. 그의 작품이 이것이 전부가 아님은 본고를 통해서 발굴한 시 2수를 통해서도 드러난다. 이렇다보니 약 3백년간 「오현전」과 주역에 관한 글 정도만 알려졌던 것이다.

작품 수가 적다고 해서 평가를 소홀히 할 수 없다. 문집에 전하는 작품에 반영된 문화적 기억을 최대한 재구성해서 문학의 특징적 양상을 밀도있게 그려낼 필요가 있다. 그가 문학으로 이름 높은 밀양의 지역성을 구축하는 데 역할이 적지 않았고, 외세 침입에 맞서 구국의 대열에 기꺼이 합류해 공적을 남겼음에도 일신상의 영달을 바라지 않고 참다운 선비로 살다간 지사로서 의미가 있기 때문이다.

이러한 문제 시각에서 17세기 전후 밀양 지성사의 한 축을 담당한 안신의 학문 세계를 처음으로 조명해보고자 한다. 문집의 글을 최대한 활용하되, 필사본과 목판본 2종의 『가례부췌』 체재와 시문을 중심으로 몇 가지 주제를 제시하면 다음과 같다.

첫째, 지금까지 필사본의 존재와 가치는 목판본에 가려 제대로 언급되지 않았다. 필사본의 특성은 『가례부췌』 텍스트를 정밀하게 이해하는 데 핵심적 요소이다. 곧 안신이 집필을 시작해 일차 완성에 이르게 되는 경과, 이후 그가 내용을 수정해 최종 편술한 텍스트의 구성 체계를 분석한다.

둘째, 1899년 목판본 탄생까지의 지난했던 사정과 텍스트의 체재 변화를 미시적으로 들여다본다. 안신의 필사본과 상당한 차이가 있는 목판본의 저본 정립에 참여한 인물들과 그 교정 실제를 보여주는 標識의 변별적 자질을 밝히는 데 초점을 둘 것이다. 이는 『가례부췌』뿐만 아니라 조선시대 편찬된 예학서를 정치하게 읽는 요령과 관계가 있다.

셋째, 산문과 시에 구현된 제재의 특징을 통해 작가 의도를 분석한다. 작품에 등장하는 인물이나 장소성은 밀양의 정체성 구축과 지역사회 지식인의 동향을 파악하는 데 주요한 단서가 되기 때문이다.

안신의 예학과 문학이 사회적 관계망 속에서 형성되었다는 점을 고려해 논지 전개를 학문 연원의 소재에서부터 시작하고자 한다.

## 2. 학문 연원으로서의 가학과 사우 관계

오휴자의 학문 형성은 가학과 사우 관계에서 비롯되는바, 가계를 먼저 살펴보기로 한다(〈광주 안씨 가계도〉 참조). 그는 1569년 9월 밀양 金浦에서 시조 안방걸의 후손으로 출생했다. 통례원 인의를 지낸 5대조 안보문(1427~1514)은 1470년 경 함안에서 외향인 금포 소캐[涑河][7]로 이사함으로써 밀양 입향조가 되었다. 이를 계기로 고조부 태만 安覲(1458~1522)는 점필재 김종직의 제자가 되었고, 사간원 사간을 지냈다. 태만은 소격서 참봉을 지낸 불언재 安嶸(1491~1536), 완구 安嶒, 부사맹 安峋 세 아들을 두었는데, 안영이 곧 오휴자의 증조부이다. 안증은 처가인 영천 도동에 복거했고, 안순은 成軼의 사위가 됨으로써 창녕 지포촌 원동(현 대지면 왕산리)으로 이거했다. 조부는 생원 安守淵이고, 당시 밀양의 유력 가문으로 뿌리를 내리고 있던 금시당 李光軫(1513~1566)과는 1540년 생원시 동년이다. 부친은 공조참판에 추증된 금포주인 安光紹(1534~1582)인데, 안신의 맏아우 낙원 安璹은 안순의 손자인 안여경 후사로, 막내아우 안전은 안증의 손자인 안대해 후사로 각각 출계해 가계를 이었다.

오휴자의 가계를 보건대 벼슬로 크게 현달한 인물은 드물고 향리에서 존심수양하며 위기지학을 펼쳐나간 산림처사로서의 성향이 강했음을 알 수 있다.[8] 그리고 광주안씨의 통혼 관계에서 두드러진 존재는 재종동서 사이인 오졸재 朴漢柱와 신재 周世鵬이다. 오졸재는 안보문의 아우로 함안에 거주한 안효문의 사위이고, 신재는 성균관 훈도를 지낸 졸암 안여거의 사위이다. 또 신재의 양자 周博(1524~1588)은 박한주의 외손자로 퇴계의 제자이고, 창원에서 출생한 조광익·조호익의 어릴 적의 스승이다. 그리고 신재의 사촌형인 周世鸞은 고조부의 사위이다. 이런 혼맥으로 밀양과 함안, 그 인근지역의 명문가 사이에 문화적 연결 고리가 탄탄해지게 되었다.

밀양 광주안씨 가문의 학문은 예학 지식이 해박했던 옥천 安餘慶(1538~1592.1)에 이르러 하나의 가학을 이루게 된다. 오휴자는 부친이 하세한 뒤 재종숙부인 그를 찾아가 임란 직전까지 수학했다. 안순의 손자인 옥천은 조식의 외손서이자 제자인 김우옹과 도의지교를 나눈 사이였고, 남명의 제자 鄭逑(1543~1620)·朴惺(1549~1606)과 교유가 남달랐다. 그는 출사하지 않았지만 그들과 더불어 經禮와 俗禮 중에서 세상에 시행할 만한 것을 수습해 서로 의논하고 질정했다. 이러한 과정을 통해 한강이 명명한 『禮經要語』를 편찬했다.[9] 옥천 저술이 전란 통에 산일되자 현손 안학이 1774년 『가례부췌』에서 고조부의 예설을 뽑아 유형별로 나누어 안정복의 교정을 받은 뒤 『옥천유집』에 다시 수록함으로써 미완성이나마 유고의 일부로 실리게 되었다.[10] 해당 문집을 보면 〈解義〉, 〈抄解〉, 〈問答〉, 〈訓義〉, 〈雜儀〉의 5개 항목으로 분류되어 있다. 목판본 기준으로 편별에 따른 항목별 횟수를 표로 제시하면 다음과 같다.

| | | 통례 | 관례 | 혼례 | 상례 | 제례 | 계 |
|---|---|---|---|---|---|---|---|
| 유형 | 해의 | 2 | 4 | – | 19 | 2 | 27 |
| | 초해 | – | – | – | – | – | – |
| | 문답 | 5 | 1 | 4 | 22 | 6 | 38 |
| | 훈의 | – | – | – | 1 | – | 1 |
| | 잡의 | 4 | – | 1 | 9 | 1 | 15 |
| 계 | | 11 | 5 | 5 | 51 | 9 | 81 |

'훈의' 유형은 『예경요어』와 마찬가지로 상례편에 1회만 나타나고, '초해' 유형의 인용이 없는 것은 필사본에 있던 것을 최종 교정 때 삭제한 탓이다. 뒤에서 자세하게 검토하겠지만 『가례부췌』의 인용 문헌 중 옥천 예설이 가장 많이 등장하는데, 이는 오휴자가 예서를 편찬하는 데 재종숙부 옥천의 영향이 지대했음을 실증한다.

오휴자는 또 예학의 일가를 이룬 정구에게 직접 수학했다. 한강이 1586년~1588년 함안군수를 지낼 때 아우 안숙과 함께 찾아가 예를 갖춰 질정했고, 1617년 7월 말에는 경상도사 안숙과 더불어 동래 온정 욕행에 나선 스승을 밀양 수산의 남수정에서 만나 연일 상복과 퇴계 예설의 의심나는 부분을 질의했다.[11]

뿐만 아니라 오휴자는 동향 선배인 오한 孫起陽(1559~1617)의 제자가 되었고, 오한은 한강의 문하에서 함께 배운 우복 鄭經世(1563~1633)와 절친했다. 또 오휴자는 오한의 소개로 한강의 질서이면서 제자인 여헌 張顯光(1554~1637)을 사사했고, 동향 선배로 한강의 사돈인 취원당 曺光益(1537~1580)과 지산 曺好益(1545~1609) 형제가 있었다. 오휴자는 퇴계의 정맥을 이은 이들과 교유하면서 풍부한 예학 지식을 흡수해나갔다. 이외 오한의 제자 장문익, 오한의 종처남 박양춘, 박수춘, 김태허와 그의 조카인 김수인, 함안의 조임도 등과 도의로 사귀었다.

안신은 재종숙부 옥천이 이룩한 가학 전통의 기반 위에 종유한 스승이나 선배들이 성취한 예학을 흡수해 조선의 환경에 적합한 행위 규범을 마련하고자 했다. 그가 임진왜란 때 창의해 동향의 양무공 金太虛(1555~1620)[12]가 지휘하던 울산 진중에 들어가 적지 않은 공을 세워 군기시 부정에 임명되어 출세의 길을 걸을 수 있었지만 결국 택한 것은 예학에 대한 굳은 신념이었다. 기준이 다른 주관적 예법의 성행은 시대의 쇠퇴이고, 새로운 시대를 열어나가는 데 필요한 예법의 객관화를 시대 의식으로 삼았기 때문이다.[13] 그가 객관적 경향성을 띤 작업이 무엇인지를 검토하기로 한다.

## 3. 한국 예설의 정립 의지와 『가례부췌』

### 1) 『가례부췌』의 편찬 목적과 집필 시기

사람은 누구나 생로병사의 과정을 거친다. 인간의 존엄성을 지키면서 공동체 사회의 일원이 되어 주어진 역할을 다하다가 생을 마친다. 개체성과 집단성은 너와 나의 관계에서 비롯된다. 인간 사회의 조화로운 관계는 흔히 삼강오륜이라는 보편적인 행위 규범 속에서 규정된다. 대표적인 것이 생활 속에서 실천하는 冠婚喪祭의 예절이다. 이 네 가지 의례는 왕실과 국가 주관의 공식적인 예교 질서인 『國朝五禮儀』와 함께 조선조 통치이념을 공고히 정착시키는 실천 윤리로서 일반 서민에 이르기까지 법과 같은 준거 기능을 담당했다.

사회공동체의 준수 규범인 四禮는 16세기 중반 이후 성리학의 이론적 체계가 심화됨에 따라 사대부 계층의 핵심 의례로 인식되었고, 일반인의 생활문화에도 깊숙이 스며들었다. 이러한 국면 속에서 『주자가례』 항목을 보충하거나 예설의 미비한 점을 고증하는 전문 주석서가 나왔다. 그 실례로 회재 이언적의 『奉先雜儀』(1550), 하서 김인후의 「家禮考誤」(1557년경), 퇴계 이황의 「喪祭禮問答分類」(1570년경), 한강 정구의 『家禮集覽補註』(1573, 부전)·『五先生禮說分類』(1603), 학봉 김성일의 『喪禮考證』(1581), 구봉 송익필의 『家禮註說』(1599년경), 사계 김장생의 『家禮輯覽』(1599), 지산 조호익의 『家禮考證』(1609) 등이다. 그리고 예법의 보편화를 위해 『주자가례』를 처음 번역한 용졸재 신식(1551~1623)의 『家禮諺解』(1632)도 출간되었다.

예학의 논의와 저술은 임진왜란으로 심식한 위기에 직면했다. 참혹한 전화가 사회 전반을 휩쓸어 예악과 문물이 사라진 혼돈의 시대가 지속되었다. 예학의 위기는 새로운 논의를 자극하는 계기가 되었고, 안신의 예학 저술은 이 지점에서 출현한 것이다.

> 다만 그 편질이 너무 많아서 궁극을 쉽사리 탐구할 수 없고, 게다가 새로 병화를 겪어 문적이 탕진되어 예를 좋아하는 데 뜻을 둔 선비들은 매번 문헌의 부족을 탄식했다. 내가 일찍이 병통으로 여겨 마침내 『가례』 중에서 절목의 요점을 뽑아 책으로 만들었다. 그리고 어떤 것은 고례를 준거로 삼았고, 또 구씨의 『의절』과 동국 유자들의 문집 가운데 예론에 관한 것을 채집해 본문의 끝에 붙이고 『가례부췌』라 이름 지었다.[14]

『주자가례』를 보충한 퇴계, 한강, 지산의 글들이 너무 방대해 일반인들에게 활용성이 떨어지고, 특히 전란으로 예학 문헌이 대거 일실된 상황을 안타깝게 여겼다. 그리하여 『주자가례』 경문의 각 요점을 취한 뒤 중국의 예서나 문집,[15] 우리나라 예서나 문집에서 수집한 예설[16]을 깊이 섭렵해 주석을 다방면으로 보충했다. 또 시속에 통용되던 예법도 두루 수용해 의례의 적용 범위를 확장하고자 했다.

그렇다면 오휴자가 『가례부췌』를 집필한 시기는 언제인가. 이를 해명할 수 있는 단서를 낙원 安璹(1572~1624)의 행적에서 찾을 수 있다.

> 5월에 응천에 있는 오휴당을 가서 보았는데, 『가례부췌』를 강론하고 있었다. 오휴공은 새로 난리를 겪어 흐리멍덩하게 된 풍속을 개탄한 나머지 선유의 예설을 수집해 『부췌』의 서적을 만들었는데, 공과 더불어 헤아려 확실하게 했다.[17]

위의 인용 글에서 5월의 해당 연도는 1603년이다. 창녕에서 응천[밀양]에 갔더니 형은 무너진 풍속을 바로잡기 위해 앞선 유학자의 예설을 모아 『가례부췌』를 지어 강론하고 있었다. 이에 그가 내용을 확실하게 규정하는 데 도움을 주었는데, 물론 당시의 책은 가편집한 수준이었다.

오휴자는 사우들과 서신을 왕복했는데, 자신의 예학서를 정밀하게 다듬는 데에 밑거름이 되었다. 스승 손기양이 1612년 2월 창원부사를 그만두고 산외 竹院에 거처하면서 예학에 정통한 그와 더불어 疑禮에 관해 함께 강론하며 편지로 의견을 자주 나누었는데, 임란으로 소실된 스승의 문적 중에[18] 문장 일부나마 남은 서신은 『가례부췌』의 보완 과정을 알려 준다.[19] 아울러 1622년에는 鄕憲 수정을 기꺼이 맡았으니,[20] 예의 규범에 관한 한 밀양 사림이 그의 권위를 신뢰하고 있었음을 알 수 있다. 이런 배경으로 1624년 5월 손기양, 손의갑, 박양춘 등과 함께 향안에 입록되었다.[21]

『주자가례』 자체가 공백이 많은 텍스트적 성격을 지니고 있기에 여러 해석의 가능성은 늘 열려 있다. 덕목 절차는 최선의 지침을 마련하는 것으로 시행 과정에서 각양각식의 변례가 발생하기 마련이다. 저간의 사정은 "눈금 없는 저울"이나 "계단 없는 층계"와 같이 말하는 사람들에게 향해 지은 「喪服制辨」[22]이나 사우들과 주고받은 5통의 편지에 자취가 남아 있다. 예컨대 孫慶後가 질의한 기제 날짜와 南以焞이 질의한 묘소 상식에 대해서는 규범이 경전에 없지만 속례에 준하면 된다고 답변했고,[23] 玄纁의 척도·졸곡의 시기를 물어온 朴璨의 편지를 받고서는 『주자가례』의 상례를 따르되 결례하지 않도록 충고했으며,[24] 김수인의 장남인 金之鈗에게는 합장·상복·묘제·적서 분별의 문제를 속례나 상식 수준에서 절충하면 된다고 조언했다.[25]

또 1636년 스승 장현광에게 올린 편지를 한 사례로 들 수 있다. 그는 올바른 상례를 모르는 향촌의 실상을 심각하게 우려하는 한편, '結髮'과 '袒'의 소렴 예절, 고례나 주자의 글에 나오는 상복 혹은 담제 등의 의심나는 부분에 대해 질의하고 있다. 또 소상편의 〈지조석곡〉 중 '末'자 의미를 『가례부췌』에서 밝힌[26] 자신의 견해를 거듭 인용해 문목에 대한 입장을 거듭 확인했다.

한편 『주자가례』나 고례를 정확히 고증하자면 옛 시대의 제도나 문물에 대한 해박한 지식이 선행되어야 한다. 이를 뒷받침하는 것이 문자학에 대한 식견이다. 이에 오휴자는 우리나라와 중국의 한자음을 분변하고 한글로 주석을 낸 『字解』 두 권을 지었다.[27] 한글 자음이 1805년 『전운옥편』에, 한글 자의가 1908년 『국한문신옥편』에 처음 기입된 사실을 고려할 때, 『자해』가 한국 자전 편찬사에서 차지하는 의의를 가늠할 수 있다.[28] 지금 전하지 않으니 애석한 일이 아닐 수 없다.

이처럼 강론이나 사우들과의 문답 과정을 거치며 1603년 이전에 대략적인 구도를 잡고 꾸준히 내용을 보강해 1628년 10월에 이르러 전체 6권 체재의 『가례부췌』를 일단 갖춘 것으로 짐작된다. 그 구성 체계가 어떠한지를 현전하는 8권 4책의 필사본을 통해 살펴보기로 한다.

|  | 편 차 |  |
| --- | --- | --- |
| 권두 | 「家禮附贅序」, 「目錄」 | 元 |
| 권1 | 通禮 祠堂, 司馬氏居家雜儀 |  |
| 권2 | 冠禮 婚禮 議婚, 納采, 納幣, 親迎, 見舅姑, 壻見婦之父母 |  |
|  | **附贅別錄** 神主移安儀新增 相見禮新增 通禮考證 冠婚考證 |  |
| 권3 | 喪禮 初終, 沐浴 襲 奠 爲位 飯含, 靈座 魂帛 銘旌, 小斂袒 括髮 免髽 奠, 大斂, [補]成殯, 成服, 朝夕哭奠 上食, 弔奠賻, 聞喪 奔喪 | 亨 |
|  | **附贅別錄** 喪服新證, 本族五世服說解, 外族服制說解, 妻爲夫黨義服說解, 繼後子爲所後父族服說, 大夫爲士庶降服說, 雜服說解, 式假, 初喪禮攷證, 朝廷賜祭儀 |  |
|  | 襲含哭位之圖, 小大斂魂帛治棺圖, 喪服辟領裁衽制裳圖, 加衣領適衰負版圖, 喪冠首絰圖, 孝巾腰絰圖, 成殯設几筵男女哭位圖, 朔日設饌之圖, 喪服深衣後面圖, 喪服深衣前面圖 |  |
| 권4 | 喪禮 治葬, 遷柩 朝祖 奠 賻 陳器 祖奠, 遣奠, 發引, 下棺 祠后土 題主 成墳, 返哭 |  |
| 권5 | 喪禮 虞祭, 卒哭, 祔, 朔奠節祠, 小祥, 大祥, 禫, 居喪雜儀, 致賻奠狀, 謝狀, 慰人疏狀 | 利 |
|  | **附贅別錄** 遞遷吉祭新增, 喪葬考証, 朱文公祭延平李先生文, 祭蔡季通文, 祭劉氏妹文, 金濯纓祭佔畢齋金先生文 |  |
|  | 黼黻雲翣之圖, 神主前式陷中之圖, 主櫝坐式盖式之圖, 主櫝全式圖, 周尺及營造布帛尺圖, 反魂几筵設位圖, 虞卒哭祥祭設饌圖, 卒哭後朔望祭節祠及朝夕設饌說, 國葬前私葬考證 |  |
| 권6 | 祭禮 四時祭, 季秋祭禰, [附]孝子生日祭考妣儀, 忌日祭, 墓祭, 山神祭, 祭禮考証 | 貞 |
| 권7 | **新增** 追贈祭, 榮墳儀, 焚黃考証附榮墳, 新建祠堂神主奉安儀新增, [補]追後造主儀, 改葬, 合葬新增, 墳墓加土新增, 返葬, 招魂返家, 大轝, 靈車新增, 腰舁新增, 祭器祭席祭牀 |  |
| 권8 | **新增** 續居家雜儀, 居鄕雜儀 |  |

위의 책은 안신의 손길을 거친 『가례부췌』 최종본으로 판단되는데, 그 이유는 다음과 같다. 첫째, 1930년대까지 문중에 전해지던 것으로 안신의 아들이 필사한 책의 규모가 '8책'이었고,[29] 이익의 묘갈명을 보면 '4권'[30]으로 표시되어 있다는 점이다. 여기서 '책'은 '권'으로, 후자의 '권'은 '책'으로 각각 치환할 수 있다. 둘째, 안정복이 1759년에 지은 행장[31]과 묘지

명[32]에 언급된 '6책'은 필사본이 아닌 목판본의 서지를 지칭한 것이라는 사실이다.

위의 책에서 눈길이 우선 가는 곳은 권7과 권8의 新增이다. '신증'은 미묘한 주석 내용을 다듬고 항목을 더 늘렸다는 뜻이다. 보강한 부분을 권2와 권3과 권5에 일부 싣고, 나머지는 두 권에 분산 배치했다. 이는 증보나 산삭이 여러 차례 이루어졌음을 알게 하고, 따라서 권7과 권8을 제외한 6권 체재가 1628년 당시의 『가례부췌』로 짐작된다.

필사본 『가례부췌』의 외형적 특징은 〈부췌별록〉의 설정에 있다. 이는 『주자가례』에 없는 古禮나 예서, 경전이나 국내외 개인 문집에서 儀節에 관한 부분을 초출한 것이다. 권마다 각 편이 모두 끝나는 곳, 곧 도판 앞에 배치했다. 또 예의 상변에 대한 논설과 우리 시속에 부합하는 실용적인 禮圖를 별도로 수록했다.

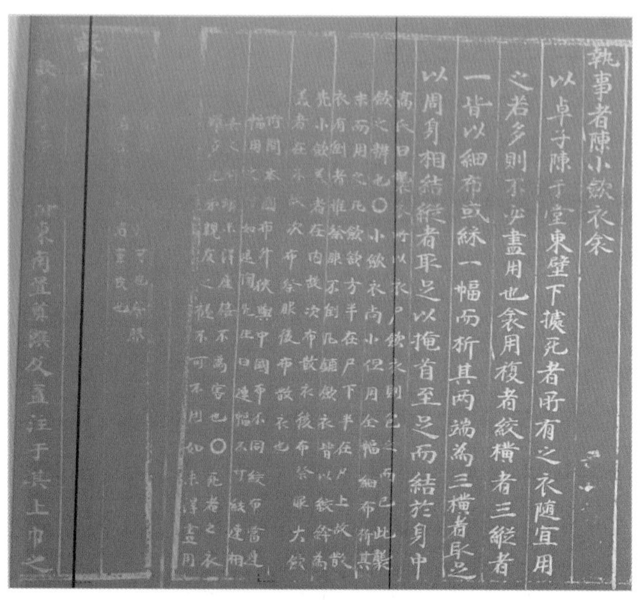
執事者陳小斂衣衾
以卓子陳于堂東壁下據死者所有之衣隨宜用
之若多則不必盡用也衾用複者絞橫者三縱者
一皆以細布或綵一幅而析其兩端爲三橫者取足
以周身相結縱者取足以掩首至足而結於身中

그림1 필사본 『가례부췌』 권3 〈13b〉 〈소렴〉.
부산대 고문헌 자료실 마이크로필름 촬영

뿐만 아니라 각 편의 내적 변별성도 갖추었으니 특별한 정보를 보여주기 위해 일종의 시각그래픽인 표지로 부각시켰다. 곧 『주자가례』 本文의 의미를 명료화하기 위해 국내외 제가의 학설이나 속례를 별도의 1행으로 인용할 경우 표지 [附]를 첫머리에 표지했다. 또 본문에 항목은 설정되어 있지만 그 풀이가 없거나 본문 문자를 바꾸거나 본문 자간의 의미를 새로 보완할 경우 [節]을 붙였다. 다음으로 『주자가례』 본문의 의미를 풀이하거나 본주에 없는 주석을 2행의 細註로 첨입한 경우이다. 예컨대 [附]는 보편적으로 적용되는 국내외 예설이나 속례를 인용할 때, [補]는 본문에 미진한 특수 사례를 보충할 때, 세주에만 표지한 [解]는 자구에 대한 자신의 해석이나 제설을 근거로 주견을 피력할 때, [註]는 해나 보의 세주 뜻을 보충할 경우에 각각 행을 달리해 붙였다. 참고로 목판본에 흔히 나타나는 [按]자 표지는 난외 말고는 없다.

이처럼 형식과 내용면에서 갖춘 특징적 체재는 고금과 지역의 여건이 다름에 따라 자연스레 바뀌는 예법의 현실과 『주자가례』의 난해하거나 소략한 절목에서 비롯된 제가의 주장을 흡수해 시의에 맞는 실용적인 한국 예제를 정립하려는 의지의 소산인 셈이다. 가례 시행의 규범화는 유학자의 이상 실현이자 향촌사회를 사랑하는 방식의 하나였다. 자신의 예학서를 '부췌'라는 겸사로 표현했지만 결코 군더더기가 아님은 선학들이 책의 효용적 가치를 비중 있게 거론한 데서 알 수 있는 바이다.

### 2) 『가례부췌』의 출간 과정과 그 체재

목판본 출간까지의 곡진한 사정은 안신 10세손인 安尙鎭(1858~1909)[33]의 「가례부췌발」을 통해 알 수 있다. 발간을 최초로 시도한 이는 18세기 중엽에 안경시의 아우인 동아 安景賢(1717~1765)[34]으로, 오휴자가 졸한 지 111년이 지난 1758년이었다. 그는 이보다 앞서 중형 안경시와도 절친했던 안정복을 직접 찾아가 원고 교정을 의뢰했음은 물론 그해 12월에는 출판 서문까지 받았으며,[35] 이듬해에는 안신의 행장도 입수했다. 당시 안경현의 요청에 따라 순암의 교정은 광범위한 범위에서 진행되었다. 필사본 원고의 번쇄함을 줄이고 오류를 수정해서 보완했을 뿐만 아니라 「가례부췌 교정 범례」(이하 범례)까지도 확정한 상태였다.[36] 하지만 1765년 안경현의 타계로 간역은 실제 착수에 도달하지는 못했다.

그 뒤 분위기를 추슬러 안경현의 族弟인 냉와 安景漸(1722~1789)이 다시 발 벗고 나섰다. 그는 서로의 선친 때부터 교분이 두터웠던 순암과[37] 더불어 추진했다. 두 사람은 李瀷의 문하에서 수학해 매우 각별한 사이였는데, 당시 『가례부췌』의 미간행을 걱정하고 있던 순암은 내용 교정에 적극적으로 호응했다.[38] 냉와는 대산 이상정 외에 1761년부터 1786년까지 순암과 15년간 서신을 왕복하며 예설의 미진한 항목이나 자구들에 관해 집중적으로 문답했다.[39] 이 과정에서 주석을 빼거나 더해나갔다. 예컨대 앞에서 말한 안여경의 「예경요어」는 1774년 안정복의 교정을 받은 것인데, 그중 상례편 〈성복〉의 본문 주석인 옥천의 '抄解'가 필사본 『가례부췌』에는 동일하게 실려 있으나 목판본에서는 대부분 삭제된 사실이다.[40] 또 상례편의 〈主人贈〉를 보면 필사본에 없던 김장생·이황·정구의 예법을 인용했는데,[41] 이는 1785년 순암과의 문답에서 이미 언급된 자료이다.[42] 뿐만 아니라 이듬해의 편지를 보면 안정복이 기제편에서 교정한 문자 '家供'에 대해 냉와가 그 이유를 묻자 순암은 자신의 오류라 답변했고,[43] 실제 목판본에 '加供'으로 반영되었다.[44]

보다 구체적으로 〈부췌별록〉을 포함해 필사본과 목판본의 각 편에 인용된 우리나라 제 유현의 예설의 횟수를 표로 나타내면 아래와 같다.

| | 통례 | | 관례 | | 혼례 | | 상 례 | | 제례 | | 계 | |
|---|---|---|---|---|---|---|---|---|---|---|---|---|
| | 필사 | 목판 | 필사 | 목판 | 필사 | 목판 | 필사 | 목판 | 필사 | 목판 | 필사 | 목판 |
| 김종직 | – | 2 | – | – | – | – | 1 | 1 | 5 | 5 | 6 | 8 |
| 이황 | 4 | 7 | – | – | – | 3 | 21 | 53 | 5 | 12 | 30 | 75 |
| 정구 | 1 | 2 | – | 1 | 1 | 1 | 4 | 32 | 1 | 7 | 7 | 43 |
| 조호익 | 2 | 2 | – | – | – | 1 | 7 | 9 | 1 | 2 | 10 | 14 |
| 정경세 | – | – | – | – | – | – | – | 5 | – | 1 | – | 6 |
| 손기양 | – | – | – | – | – | – | 1 | 1 | – | – | 1 | 1 |
| 안여경 | 9 | 11 | 6 | 5 | 1 | 5 | 51 | 51 | 8 | 9 | 75 | 81 |
| 안로 | 2 | 2 | – | – | 1 | – | – | – | 1 | – | 4 | 2 |
| 계 | 18 | 26 | 6 | 6 | 3 | 10 | 85 | 152 | 21 | 36 | 133 | 230 |
| 안정복 | – | 27 | – | 9 | – | 11 | – | 81 | – | 33 | – | 161 |

이처럼 안정복의 대대적인 교정을 받아 '3편'[45]을 완성했으니, 곧 목판본의 저본이 된 6권 3책에 해당된다. 그 시점은 대략 1788년경으로 추정한다. 왜냐하면 1786년에도 순암과 냉와 두 사람이 원고를 계속 수정했고, 또 냉와가 출판 작업을 구체적으로 상의한[46] 족질 安彛重(1735~1789)이 실제 판각 작업에 돌입했다는 관련 정보가 어디에도 없기 때문이다.

목판 상재는 예정대로 수순을 착착 밟아가는 듯했다. 그러나 불행하게도 안이중이 1789년 4월 갑자기 세상을 떠났고, 한 달 뒤에는 냉와가 타계했으며, 또 2년 뒤에는 냉와 제문을 지었던 순암마저 서세함으로써 간사는 부득이 중단될 수밖에 없었다.

그렇다면 안정복이 교정에 깊이 참여한 목판본의 저본은 어떠한가. 이에 대한 간략한 정보가 있기는 하나,[47] 그 경과를 자세하게 규명하려면 필사본과 목판본의 구성 체계를 비교해봐야 한다.

| | 편 차 | |
|---|---|---|
| 권두 | 「序」(안신 자서, 「주자가례서」), 「凡例」, 「引用書冊」, 「目錄」 | |
| 권1 | 通禮 祠堂, [補]追贈祭, [補]神主移安儀, [補]新建祠堂神主奉安儀, [補]改造神主奉安儀, [補]追後造主儀, **附贅別錄**, 司馬氏居家雜儀, [補]居鄕雜儀, **附贅別錄** | 天 |
| 권2 | 冠禮 **附贅別錄** 婚禮 議婚, 納采, 納幣, 親迎, 舅姑禮, 壻見婦之父母, [補]壻見婦之祠堂, **附贅別錄**, [補]壻婦相見禮 | |
| 권3 | 喪禮 初終, 沐浴 襲 奠 爲位 飯含, 靈座 魂帛 銘旌, 小斂袒 括髮 免髽奠, 大斂, [補]成殯, 成服, 朝夕哭奠 上食, 弔奠賻, 聞喪 奔喪, **附贅別錄**, [補]朝廷賜祭儀, 喪服新證, 本宗五服解, 外族服解, 妻爲夫黨服解, 出後子爲所後服解, 大夫爲士庶降服解, [補]服解, 式假 | 地 |
| 권4 | 喪禮 治葬, 遷柩 朝祖 奠 賻 陳器 祖奠, 遣奠, 發引, 下棺 祠后土 題主成墳, 返哭, **附贅別錄**, [補]改葬, [補]返葬, [補]合葬新證, [補]招魂返家新證, 大轝 靈車新證 腰舁新增 祭器祭席祭牀 | |
| 권5 | 喪禮 虞祭, 卒哭, 祔, [補]朔奠節祠, [補]朝夕上食, 小祥, 大祥, 禫, [補]遞遷吉祭, 居喪雜儀, 致賻奠狀, 謝狀, 慰人疏狀, **附贅別錄** | 人 |
| 권6 | 祭禮 四時祭, 禰, [補]孝子生日祭祖考妣考妣儀, 忌日, 墓祭, [補]榮墳儀, [補]墳墓加土儀新增, [校訂][補]改莎儀, [校訂][補]石物告墓儀, [校訂][補]墳墓火慰安儀, **附贅別錄** | |
| 권말 | 圖, 「跋」(안정복, 안상진) | |

목판본 『가례부췌』는 「범례」에 간명하게 밝혔듯이 여러 방면에서 대대적인 문헌 변화가 생겼다. 우선 외적 변화로는 첫째, 필사본 권8 '신증'의 〈속거가잡의〉는 『소학』을 절록한 것으로 당시 사람들이 다 외우고 있던 지식수준을 감안해 삭제하고, 〈거향잡의〉는 권1의 〈거가잡의〉 뒤로 옮김으로써 6권으로 축소된 형태가 되었다.[48] 이는 막대한 출판 경비를 줄여 보려는 뜻도 있었을 것이다. 사실 외형상 축약일 뿐 전체적으로 보면 분량이 늘어났다. 이는 빼버린 〈속거가잡의〉가 17쪽밖에 되지 않지만 본문과 주석의 세주가 앞에서 보았듯이 대거 증가했기 때문이다.

둘째, 필사본 권7의 '신증'에 있던 각 편의 위치 변화이다. 〈추증제〉·〈신건사당신주봉안의〉는 목판본 권1로 옮겨놓았고, 〈분황고증〉은 권1의 앞쪽 〈부췌별록〉에 합쳐 서술했다. 그리고 〈개장〉·〈합장〉·〈반장〉·〈초혼반가〉·〈대거〉·〈영거〉·〈요여〉·〈제기제석제상〉은 권4로, 〈영분의〉·〈분묘가토〉는 권6으로 각각 이동해 내용의 유기적인 체재를 구축했다.

셋째, 〈부췌별록〉은 필사본 권2와 권3, 권5의 말미 세 곳에 각각 두었으나 목판본에서는 독자들이 열람하기에 편리하도록 관련이 있는 각 편의 끝에 옮겨 여덟 곳으로 분산했다.[49] 그리고 권6의 〈부췌별록〉은 필사본 권6의 〈제례고증〉을 개명한 것이다.

넷째, 필사본 권3과 권5의 말미에 배치되었던 도판은 목판본의 경우 권6이 끝난 다음의 부록으로 일괄 배치함으로써 필사본과는 위치한 장소가 매우 달라졌고,[50] 그 뒤에 발문을 수록해 출판 정보를 제공하고 있다.

한편 내적 변화를 보면 첫째, 필사본에서 해석 보강을 위해 인용한 자료 가운데 禮意에 부합하지 않는데도 미처 수정하지 않은 듯한 글은 산삭했

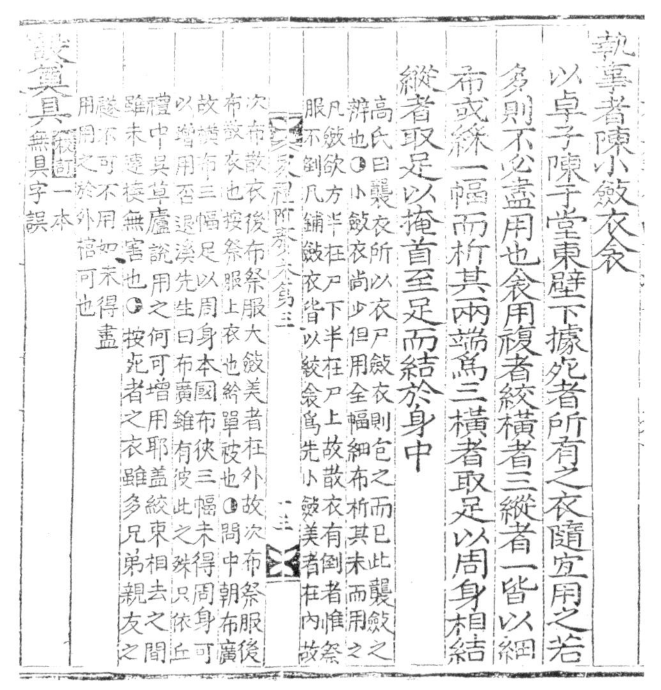
執事者陳小斂衣衾
以卓子陳于堂東壁下據死者所有之衣隨宜用之若
多則不必盡用也衾用複者絞橫者三縱者一皆以細
布或絲一幅而析其兩端爲三橫者取足以周身相結
縱者取足以掩首至足而結於身中
高氏曰襲衣所以衣尸斂衣則包之而已此襲斂之
辨也○小斂衣尚少但用全幅細布析其末而用之
凡斂欲方半在尸下半在尸上故散衣有倒者惟祭
服不倒凡鋪斂衣皆以絞衾爲先小斂美者在內故祭
家禮附贅 卷之三 十三
次布散衣後布祭服大斂美者在外故次布祭服後
布散衣也按祭服上衣也給單被也○問中朝布廣
故橫布三幅足以周身本國布狹三幅未得周身可
以增用否退溪先生曰布廣雖有彼此之殊只依丘
禮中只草廬說用之何可增用耶蓋絞束相去之間
雖未遽接無害也○按死者之衣雖多兄弟親友之
禭不可不用如未得盡
用用之於外揞可也
設奠具
校訂 一本無具字誤

그림2 목판본 『가례부췌』 권3 〈13a~b〉 〈소렴〉

고, 그렇지 못한 경우에는 교정했다.[51] 그리고 본문에 선학의 견해를 세주로 추가하거나 두 줄의 본문 주석을 본문과 글자 크기를 같게 해 한 줄로 처리하기도 했다. 인용문 출처를 명시했는가 하면,[52] 필사본의 권3의 〈잡복설해〉를 간단히 〈복해〉라 약칭했다.

둘째, 필사본의 특수 표지를 변경함으로써 문헌의 내적 변화에 대한 정보를 제공하고 있다. 우선 본문 풀이를 별행에 보충할 경우에 표지한 기존의 [附]는 [補]로 바꾸었다.[53] 「범례」에서 따로 언급하지 않았지만 [節]은 원문을 그대로 두거나 빼든지, 아니면 그 표지만을 [補]로 바꾸었다. 또 주석의 세주를 보면 필사본의 표지에 딸린 문장 전체를 삭제하거나 표지 글자만을 없앴다.[54] 예컨대 [그림2]를 [그림1]의 세주와 비교해보면 '附'자를 없애거나 '按'자를 추가했음을 알 수 있다.[55] 한편 표지를 붙일 경우에는 여러 방식을 취했다. 가령 [附]는 [按]이나 [註][56]로, [解]는 [按]이나 [補]로, [補]는 그대로 두거나 [按]으로 바꾸었다. 이는 목판본의 주석은 필사본의 표지와 그 문장을 대조할 때 온전한 이해가 가능해진다는 사실을 알려준다.

셋째, 『주자가례』 본문의 字義를 보완하기 위해 본문 중간이나 끝에 자구를 넣은 경우 쌍행의 세주 앞에 표지 [校訂]을 써서 구별한[57] 사례가 곳곳에 보인다. 때로는 〈그림2〉에서 보는 것처럼 필사본(〈그림1〉)의 세주에 '按'자를 새로 넣고 그 아래로 문장을 추가했다.[58] 아울러 권6의 항목처럼 필사본에 없던 본문의 풀이를 추가할 때 [校訂][補] 표지가 흔히 나타나고, 기존 주석이나 〈부췌별록〉에다 새 주석을 첨입하거나 신설한 경우에도 [校訂] 혹은 [校訂][補]를 기입했다.[59]

이처럼 각 편의 삭제나 위치 이동, 본문이나 주석 자료의 변개 등의 요인에 따른 분량 조정과 편차 변경은 목판본 출간을 염두에 두고 대대적으로 손질한 결과이다. 출간이 당초 계획보다 20여 년이나 늦은 만큼 이왕이면 예학서 체재의 완성도를 높이는 방향으로 목판본의 저본을 편집하고자 했을 것이다.

출판을 주도한 인물들의 잇단 유고로 정식 간행은 한동안 중지된 상태로 있었으니 후손들에게는 한스러운 일이 되었을 터이다. 그러다가 안정복 사후 100여년 시점에 다시 간행의 움직임이 되살아났다. 출판을 위해서는 막대한 물력과 인력을 다시금 확보해야 했다. 그리하여 안경현의 현손인 소강 安彦章(1830~1895)이 실행 계약서를 만들어 수년 동안 재원을 준비해 출간 기반을 닦던 중에 세상을 등지고 말았는데, 식호당 安彦繆(1846~1897) 또한 친형의 뜻을 성취시키기 위해 판목과 책지를 조달하고 장인을 모집해 추진하다가 타계하고 말았다.

그림3 『가례부췌』 책판. 밀양시 초동면 금포리 안재우家 소장. 촬영 2019.11.23.

이에 1898년 3월 문중 원로들이 나서서 선대의 유지를 곡진히 받들어 밀양의 금포 재실에 간소를 설치하고 이듬해 4월 마침내 출간하기에 이르렀다. 가문의 문화역량과 장구한 기간 동안 불굴의 집념이 없었으면 불가능했던 일로 책판 총수가 자그마치 251매나 된다. 이로써 안정복의 교정 필사본이 목판본에 고스란히 들어앉게 되었다. 오휴자 안신의 사후 무려

250년 만에, 그의 5세손 안경현이 착수한 지 실로 140년 만에 드디어 숙원 사업을 성취한 대역사였다. 단일문중으로서는 보기 드문 일이었다.

## 4. 지역 정체성의 확립과 작품 창작

### 1) 지역 사랑과 상징 인물의 입전

예학을 통한 안신의 지역 사랑은 고을 인물의 현양에 대한 관심으로 방향이 전환되었다. 그가 지은 산문 「密州五賢行蹟」(일명 「오현전」)은 여말선초부터 16세기 이전까지 시대별로 뚜렷한 행적을 남긴 밀양 출신 인물의 약전이다.[60] 성호 이익과 순암 안정복이 그의 입전을 언급한 바 있다. 오휴자가 이들의 행적을 집약해 '賢'으로 추숭한 이유는 무엇인가.

李申은 공민왕의 외손으로 국운 쇠퇴를 보고 개성에서 밀양으로 전거한 이일선의 장남으로 상동 조음마을에서 태어났다. 그가 공양왕 때인 1392년 사헌부 지평으로 있으면서 조준·정도전·남재 등의 죄상을 엄단할 것을 상소하가다 스승 정몽주의 피살로 먼 곳에 귀양을 가서[61] 죽은 사실을 서술했다. 그가 스승 정몽주의 가르침대로 효도와 충성을 다했으므로 백세토록 밀양 고을의 師表가 될 만하다고 추숭했다.[62]

卞季良(1369~1430)은 1140년 합천에서 밀양으로 이거한 변고적의 5세손이고, 초동 구령리에서 출생했다. 17세 때인 1385년 문과 급제했는데 당시 지공거는 정몽주였다. 선초의 국가이념과 문물제도를 주도적으로 설계한 사실을 결점으로 여기는 이들이 있음을 안타깝게 여기는 한편, 부자·형제가 막강한 배경이 있음에도 개국공신에 녹훈되지 않은 사실과 더불어 그가 일찍 출사했음에도 개국 초에 곧바로 참여하지 않았으니 처음에는 좌주 정몽주의 뜻과는 다르지 않았다고 옹호했다.[63]

金宗直(1431~1492)은 김숙자가 재취한 박홍신의 딸에게서 낳은 3남으로, 부친이 경북 선산에서 1420년 처향으로 이거한 부북 제대리에서 태어났다. 그의 외종조부 박언충의 사위가 곧 변계량이다. 그가 세조 때 출사한 이후 성종 치세에 국정에 참여하면서 정몽주처럼 효제충신의 도리를 다했고, 학문을 창도해 수많은 학자를 배출한 점을 먼저 기술했다. 이어서 점필재가 과거 급제하기 전인 1457년에 지은 「弔義帝文」이 빌미가 되어 30년 뒤 일어난 무오사화 때 부관참시 당한 사건을 말하면서, 우연히 지은 그 글을 제자 김일손이 굳이 사초에 실어 훈구파에 의해 정치적으로 이용된 일을 아쉽게 여겼다.[64] 뒷날 중종 집권으로 신원 회복과 더불어 선조 때에는 이황의 도움으로 밀양에 서원이 건립되었고, 정몽주에서 길재~김종직~김굉필·정여창으로 이어지는 도학 계통이 수립된 것에 큰 의미를 두었다. 그리고 점필재에 대한 항간의 이견을 일축하는 한편, 퇴계가 예조판서 때 지은 글 일부[65]을 가져와 마무리했다. 오휴자는 이 입전을 통해 '한 시대 유학의 종장'은 바로 '점필재 선생'이었음을 진정 말하고 싶었던 것이다.

朴漢柱(1459~1504)는 밀양에 고려 초 입향한 박욱의 후손으로 제대리 송악에 거주한 박세균의 고손자이고, 오휴자의 5대조인 안보문의 질서이기도 하다. 1684년 대구로 편입된 뒤 1906년 청도군으로 이관된 밀양 풍각현 흑석리 차산마을에서 출생했다. 김종직의 제자로 1485년 급제해 10여년간 여러 내외 관직을 충실히 수행해 임직마다 치적을 쌓은 사실을 서술했다. 그리고 예천군수 때 무오사화에 연좌되어 평안도 벽동으로 유배된 뒤 1500년 전라도 낙안으로 이배되었다가 갑자사화 때 서울로 압송되어 정도를 지키기 위해 죽음을 의연히 받아들였고, 연산군의 명령에 따라 가산이 적몰되고 아들 둘은 거제도와 낙안으로 유배되었다고 했다. 그리고 1517년 신원되어 도승지 겸 직제학에 추증되었는데, 위태로운 조정에서 불의에 타협하지 않고 임금의 면전에서도 당당했던 점을 높이 평가했다.[66]

그림4 송계 신계성 여표비. 밀양시 부북면 후사포리 소재. 촬영 2018.2.7.

申季誠(1499~1562)은 조부 신승준이 15세기 중엽 박익의 증손인 박문손(1440~1504)의 사위가 됨에 따라 서울에서 전거한 부북 사포리에서 태어났다. 양녕대군 외손인 송당 朴英의 제자인 신계성은 『소학』을 수신의 근본으로 삼았는데, 특히 조식이 '畏友'로 칭하며 막역하게 지내 1616년 신산서원에 병향되었다고 했다. 남명의 묘표[67]와 밀양부사 김극일(1522~1585)의 여표비명[68]에 이어서 스승 손기양의 「排悶錄」을 맨 끝에 가져와 신계성의 높은 풍모를 객관화시켜 드러내었다. 손기양이 말한 것처럼 김종직과 박한주의 유풍이 밀양에 해달 같지만 그 명성이 세상의 인심에 따라 흩어짐은 한 고을의 큰 불행이고, 이 때문에 신계성은 재주와 학식이 있었음에도 일생동안 세상을 멀리하며 산수에서 숨은 군자로 살다간[69] 사실을 부각시켰다.

오휴자가 착안한 입전 인물은 모두 정치적 격랑 속에 살다간 공통점이 있다. 왕조교체기에 스승 정몽주의 뜻을 충실히 받든 이신에 비해, 정몽주의 문생 변계량이 다른 길을 걸었지만 젊은 나이에 출사한 만큼 이해할만한 요소가 있다고 했다. 그리고 포은을 이어받아 조선 유학의 계보를 수립한 김종직의 도학 정신과 그의 제자 박한주의 고고한 의기를 높이 평가했다. 또 신계성이 태생 직후 일어난 양대 사화의 여파 속에서 군자의 양심을 묵묵히 고수한 점에 주목했다.

밀양박씨와 초계변씨는 고려 초기에, 재령이씨는 고려 말에, 선산김씨·평산신씨는 광주안씨가 입촌한 시기와 비슷한 15세기에 각각 밀양에 터전을 잡아 향촌사회의 문화를 일구어나갔다. 위 다섯 사람은 유가의 이상적 가치를 실현하고자 한 밀양의 대표적 인물인바, 그들을 '賢人'이라 칭해도 전혀 손색이 없다는 것이 오휴자의 생각이다.

그럼에도 당시의 고을 사정을 보건대 이신은 자손이 쇠락해 고을에서 향사를 제대로 대접받지 못하고, 변계량은 건국 사업에 적극 참여한 이유로 그 덕업과 문장이 드러나지 않으며, 김종직과 박한주는 시류에 편승한 인심의 영향으로 그 명성이 침체되어 있으며, 신계성은 겉치레나 글귀만 능한 저속한 사람들에게 비방을 받는 현상을 보이고 있었다.

이처럼 소극적이고 왜곡된 시선은 오휴자에게 발분저작의 동기를 제공했다. 그는 학연이나 혈연으로 기반으로 지역사회의 동향을 잘 알고 있었다. 약간의 단점이 있다고 하여 업적 평가에 인색하거나, 세속의 이해관계에 따라 고매한 학덕을 평가하는 데 소홀히 하거나, 후손의 세력이 미미하다고 해서 홀대해서는 안 된다고 강조했다. 인물은 지역의 정체성을 상징하고, 정체성은 인물에 대한 기억 정보의 질량에 비례한다. 이에 고을 현인을 기억하는 밀주인의 편협한 태도를 비판적으로 성찰하고, 지역의 인문 정신을 선양하려는 의도에서 입전했던 것이다. 세월이 바뀌고 상황이 달라져도 '師表', '儒宗', '隱君子', '節義' 등의 상징적 표상이 밀주인의 자긍심으로 작동하기를 바란 그였다.

오휴자의 「밀주오현행적」은 밀양의 현인에 대한 희미해진 기억의 보정과 항간에 퍼진 오해의 불식이라는 함의를 담고 있다. 실제 이신의 입전

자료로서는 오휴자의 것이 유일하다는 데서 소중한 의미가 있다. 그리고 김종직과 변계량처럼 초간본이 거의 유실되어 그 덕망을 소상히 알만한 자료가 부족하거나, 박한주처럼 애초 문집이 없었거나 신계성처럼 임란으로 문집이 소실되어 글이 전하지 않던 당시에 오휴자의 글은 분명 자료적 가치가 있었다. 그럼에도 후대 출간된 문집에 오휴자의 입전 사실이 누락된 것은 다소 의외의 일이다.[70]

### 2) 감고 의식과 선비 정신의 실천

지역의 장소성과 교유 인물에 대한 인식이 시에 어떻게 형상화되었는지를 살펴볼 차례이다. 문집에 전하는 24수가 대부분은 17세기 때에 지은 것인데, 먼저 역사 경관을 제재로 지은 시이다.

| | |
|---|---|
| ① 羅氏遺臺錦繡秋 | 신라의 유적 누대는 비단 수놓은 듯한데 |
| 每因佳節作淸遊 | 매양 좋은 계절이면 청아한 유람 즐겼지 |
| 一聲長笛靈山裏 | 한 가닥 피리소리가 영산곡조 속에 울리니 |
| 千古江波咽不流 | 천고의 강 물결이 흐느끼며 흐르지 않네 |

—「離宮臺」, 『오휴당집』 권1 〈1b~2a〉

| | |
|---|---|
| ② 離宮臺兀高江上 | 이궁대가 고강 가에 우뚝하거니 |
| 羅代謀臣此地營 | 신라 모신들이 이곳에 주둔했지 |
| 西望伽倻山影暗 | 서쪽에 보이는 가야산에 그림자가 짙고 |
| 南臨駕洛海波明 | 남쪽에 임한 가락에는 바닷물이 맑은데 |
| 法興聖澤流千里 | 법흥왕의 큰 은혜는 천리에 끼쳤으며 |
| 哲帥雄風冠百姓 | 총명한 장수의 웅풍은 백성들을 덮었지 |
| 遊子不知亡國恨 | 나그네는 망국의 한을 알지 못한 채 |

霜花酬唱暮歸程　　서리꽃을 수창하다 저문 길로 돌아가네

—「離宮臺次孫宜伯義甲韻」, 『오휴당집』 권1 〈3b〉

두 시의 제재는 高江 가의 높은 離宮臺이다. 고강은 보통 명사가 아니라 현 초동면 검암리의 曲江을 지칭하는 고유명사이다.[71] 신라왕들이 신하를 대동하고 연회를 베풀던 자취가 서린 장소이다. 작품 ①에서 화자는 좋은 계절에 이곳 승경을 찾아 청아한 유람을 즐긴 사실을 전제한 뒤, 이궁대 앞의 강물이 신라 멸망을 기억하고서 목메어 흐르지 못한다며 자신의 씁쓸한 감정을 이입하고 있다. ②는 임란 때 경상우수사 원균의 부하로 활약한, 자가 의백인 孫義甲 시에 차운한 작품이다. 그의 형 후지당 孫仁甲(1544~1592)은 합천에서 의병을 일으켜 정인홍 부대에 합류에 큰 전과를 거둔 뒤 적을 추격하다가 순국한 인물이다. 지략 갖춘 신하들이 이궁대를 근거지로 삼아 가야를 복속했으나, 지배층의 과도한 부패와 분열로 신라 또한 그 영광이 묻히고 말았다. 작품 속의 '清遊', '聖澤', '雄風'[72]은 이궁대의 수려한 풍광을 즐기는 낭만적 정서를 표출하는 시어가 아니라

그림5 곡강 이궁대에서 본 초동면 반월리. 얼음장이 강물에 깔렸다. 촬영 2018.2.5

화자의 엄정한 역사관을 드러내는 반어적 표현임을 알 수 있다. '망국의 한'은 역사의 흥망성쇠를 그 당시 조선사회 위기와 병치해서 드러낸 핵심 시어이다. 임병양란, 광해군 혼정과 인조반정 등 대내외의 혼란이 결국 정치집단의 분열에서 비롯된바 올바른 통치 질서의 회복이 시급했다. 이에 역사에 무지한 나그네를 내세워 당대 왜곡된 정치현실을 에둘러 비판했다. 이궁대의 역사경관은 과거에 비추어 현재를 성찰하고 미래를 통찰하는 거울로서 기능하고 있다. 한마디로 鑑古 의식의 반영이다.

오휴자는 향리에 소박한 띠집을 짓고 현실 정치에서 한발 짝 비켜나 세상을 응시하며 학자가 추구해야할 이상적 가치를 몸소 실천했다.

| | |
|---|---|
| ③ 星萬山容端且平 | 성만의 산 모습이 단아하고 평온한데 |
| 數間茅屋此中營 | 두어 칸의 띠집을 그 속에 지었거니 |
| 秋深菊塢餐金蕚 | 깊은 가을 국화언덕에서 황금빛 꽃을 즐기고 |
| 春早梅階賞玉英 | 이른 봄의 매화계단에서 옥 꽃송이 감상하네 |
| 昨醉今醒皆玅理 | 어제 취하고 오늘 깨어남도 묘한 이치요 |
| 紆靑拖紫摠虛名 | 자주색 청색 인끈을 걸침도 다 헛된 명예라 |
| 澹然忘却休休意 | 담담하게 잊고서 쉬고 쉬는 뜻을 |
| 分付書牕霽月明 | 서창의 갠 하늘 밝은 달에 부치고저 |

—「五休堂」, 『오휴당집』 권2 〈3b~4a〉

시제 五休堂은 오휴자가 성만마을 뒷산에 1630년 건립한 수양공간이다.[73] 이 무렵 그는 『가례부췌』를 편찬해 무너진 도덕규범의 회복 방향을 사색하며, "살고 죽는 일은 모두 한낱 환상일 뿐"(「己巳九月初度」)이라며 허망한 인생사에 대한 소회를 펴기도 했다. 작품의 시안은 '休休'다. 이 시어에는 아름다운 마음으로 자손과 백성을 보전할 수 있는 넉넉한 군자가 되어야 한다는 함의가 들어 있다.[74] 시인은 인간의 허명과 본연의 묘리를 대비하고 있다. 고관대작도 지나고 보면 부질없는 욕망의 찌꺼기일 뿐이고 철 따라 피고 지는 춘매나 추국에서 변함없는 자연의 이치를 깨닫는 것이 '休休'의 본뜻이라 했다. 당시 감회가 그의 「臘梅」와 「春日偶吟」 시에서도 여실히 드러난다. 세속적 욕망은 더 많은 것을 얻으려고 한다. 권력과 소유에 집착하지 않을 때 현실 정치에서 진퇴가 자유스러워진다. 오휴자는 이런 '休休'의 함의를 생각하며 주위 시선에 아랑곳하지 않고 담담하게 지내겠다는 의지를 밝히고 있다. 마을과 가까운 이궁대에서 역사를 성찰하고, 십리에 뻗은 연꽃과 푸른 대나무가 무성한 鰲山의 바위 조대에서[75] 낚시를 즐기며 안분지족과 심리적 평정을 누렸다. 오휴자의 쉼 행위는 이기심 버리기를 몸소 실천한 것이다. 곧 일상의 세속적 욕망에 초연하고 무욕의 절대 경지를 추구함으로써 혼탁한 세상을 맑게 하려는 참 선비 정신의 구현인 셈이다.

그림6 공장 부지로 편입되기 전의 오휴정 모습. 당시 벽면에는 기문과 여러 제영시가 걸려 있었다. 밀양시 초동면 금포리 노산 소재. 촬영 2006.12.24.

오휴자는 처음 당호를 '星萬亭'이라 칭했다가 '五休堂'으로 바꾸고는 조카이자 제자인 동만 安翔漢(1604~1661)에게 시 짓기를 지시했다. 안상한은 부친 안숙의 별세 이후 살림살이가 어려웠는데 백부가 금포 소캐에 전택을 마련해준 덕분에 창녕 본가에서 이곳으로 이사해 장문익 문하에도 출입하고 있었다. 이에 休의 뜻을 다섯 가지 항목에 따라 7언절구를 지어 풀이했는데,[76] 황정견의 「四休居士詩序」에 근거를 두었다. 곧 해진 옷 기워서 추위 가려 다스우면 곧 쉬고, 거친 차와 싱거운 밥도 배부르면 곧 쉬고, 탐하지 않고 시기하지 않으면서 늙으면 곧 쉬고, 월굴과 천근을 찾으면 곧 쉬고, 진한 술과 향기로운 차를 마시면 곧 쉬는 것이라는 의미

로 구체화했다. '休'의 요체는 욕심의 절제인 것이다.[77]

한편 위의 시에 차운한 蔣文益은 원시의 의경을 이어받아 오휴자가 자연에서 지극한 이치를 찾은 것은 헛된 명성을 추구하는 속세와 단호히 절연하려는 의지라 읊었다.[78] 안상한의 아우인 양곡 安彰漢(1605~1671)은 물욕을 비우고 세상의 명예와는 무관하게 태평하게 지내는 백부의 은일 흥취를 기렸으며, 또 장문익의 요청에 따라 반월서당의 숙사로 지낸 반월 처사 鄭寔은 세상 물정과는 거리를 두고서 평온한 심기로 유유하게 살아가는 오휴자의 모습을 차운시를 지어 흠모했다.[79]

한편 임란 후 밀양의 선비들이 수려한 자연 경관에 정자를 지어 뜻 맞는 벗들과 교류하면서 위기지학을 실천하고 강학 활동을 활발하게 전개하는 경향이 있었다. 이를 제재로 지은 시를 검토한다.

| | |
|---|---|
| ④ 登臨石壇上 | 석단 위로 올라가 굽어보니 |
| 紅白落紛紛 | 알록달록 꽃잎이 어지러이 떨어지네 |
| 紫電金兵府 | 자줏빛 번개는 김 병마사요 |
| 騰蛟孫會原 | 비상하는 교룡은 손 창원부사라 |
| 川生風引笛 | 냇가에 바람이 불면 피리를 쥐었고 |
| 山吐月迎樽 | 산에 달이 뜨면 술 단지를 맞이했지 |
| 聚散應無迹 | 모이고 흩어짐은 응당 자취가 없기에 |
| 留詞寄一言 | 시를 지어 한 마디 부치노라 |

—「博淵亭北石壇次聱漢孫先生起陽韻」, 『오휴당집』 권1 〈1a~2b〉

위 시의 제재 博淵亭은 양무공 김태허가 백전을 치르고 1599년 은거할 목적으로 상동면 고정리 노정마을의 강가 절벽에 세운 정자이다. 원래는 명종 때 이담룡이 지은 관란정이었는데, 양무공이 임란 때 소실된 것을 모옥으로 새로 짓고는 차츰 정비해 지내다가 1601년 합포에 경상우병사

그림7 밀양시 상동면 고정리 동창천 가의 박연정. 2014.9.6. 촬영.

로 나갔다. 작품 속의 '石壇'은 박연정 위쪽의 수어대에 오르는 돌계단을 지칭한다.[80] 그의 진중에 합류해 공을 세웠던 오휴자가 이곳을 방문하고 양무공을 만나지 못한 아쉬움을 스승 손기양의 시에 차운해 달랬는데, 우병사를 지낸 양무공의 용맹함과 창원부사를 지낸 스승의 뛰어난 문장력을 칭송하고 있다. 창작 시점은 1613년경으로 보인다. 왜냐하면 손기양이 1612년 창원부사를 지낸 뒤 명유석학들과 박연정에서 노닐며 시를 지었고,[81] 양무공은 같은 해 가을에 충청병사로 부임한 사실이 있기 때문이다.

| | |
|---|---|
| ⑤ 江碧塵心斷 | 푸르른 강에 세속의 욕심이 끊어지고 |
| 山平霽景明 | 편평한 산은 비 갠 경치가 선명한데 |
| 煙霞專逸興 | 연기와 놀은 은일 흥취를 도맡았거니 |
| 車馬少猜驚 | 수레와 말은 의심하고 놀람이 적도다 |
| 白首期閒老 | 백수의 몸으로 한가롭게 늙기를 바라고 |

| | |
|---|---|
| 丹心佇世淸 | 충심으로 세상이 맑아지기를 기다리네 |
| 藏修知有地 | 강학함에 장소가 있어야함을 알기에 |
| 倚竹數間營 | 대숲 속에 몇 칸의 집을 지었으리라 |

—「次蔣明輔文益江亭韻」, 『오휴당집』 권1 〈1b〉

위 작품은 조경암 蔣文益(1596~1652)의 시에 차운한 것이다.[82] 조경암은 서울 청파리에서 태어나 다산 목대흠 문하에서 수업하다가 부친 蔣瑛(1566~1611)의 별세로 의지할 곳이 없자 1613년 형과 함께 모친을 모시고 삼랑진읍 숭진리 금호마을에 낙향함으로써 밀양과 인연을 맺었다. 이내 손기양에게 집지했고, 또 그를 통해 정구와 장현광의 제자가 되었다. 금호에 서실을 마련해 손기양의 아들 孫緄(1616~?)[83]을 가르쳤고, 초동 半月村에 반월서당을 지어 후진을 가르치면서 밀양 사림과 더불어 학문 부흥에 앞장섰다. 정묘호란으로 거의한 이듬해인 1628년 모친을 여의고 난 뒤 1633년 상경해 명경과에 응시했으나 불합격하자 창원 대산의 낙동강 가에 복거했다.[84] 제재 '江亭'은 그가 은둔하던 곳에 지은 釣耕堂으로 일명 江舍이다. 곧 작품 속에서 말한 藏修地이다. 혼돈스러운 세상을 맑게 하려면 세상에 진정 '丹心'이 있어야 하는데, 오휴자는 장문익이 한적한 경관에 건립한 정자는 신진들에게 단심을 배양하는 배움터라는 사실을 강조하고 있다. 임병 양란을 생각하며 기개 있는 후학 양성이 무엇보다 절실하다고 보았을 것이다. 한 세대의 나이 차이를 떠나 조경암의 강학 정신에 큰 공감을 표한 것이라 하겠다.

이 무렵 밀양 수산 인근의 멱례 강가에서는 서울 출신의 낙주재 李潚(1575~1633)이 정자를 지어 유유자적했다. 멱례는 일명 뇌진(磊津)이다. 오휴자는 이곳을 방문하고 시를 지었다.

| | |
|---|---|
| ⑥ 數間精舍臨江上 | 두어 칸 정사가 강가를 굽어볼진대 |
| 景物依然杜老居 | 경치는 두보가 살던 곳과 비슷하여라 |
| 沙岸忘形來去鳥 | 형식을 잊은 모래톱에는 새들이 오가며 |
| 蘭舟玩意躍潛魚 | 배에서 자맥질하는 물고기를 즐기노라니 |
| 風淸野闊心無累 | 바람 맑고 들은 넓어 마음은 걸릴 것 없고 |
| 雨霽山浮興有餘 | 비 개어 산이 드러나니 흥겨움이 넉넉하네 |
| 賓主坐看淸趣足 | 주객이 앉아 바라봄에 맑은 운치 흡족하거늘 |
| 不須豐觶勸相如 | 가득 찬 술잔을 서로 권할 필요가 없구려 |

—「覓禮江亭訪李太源潏」, 『오휴당집』 권1 〈6a〉

낙주재는 효령대군의 7세손으로 인목대비(1584~1632)의 가까운 인척인데, 1613년 김제남 옥사 때 일가붙이라 하여 봉화현감에서 파직되었다.[85] 1623년 인조반정 때 구인후를 도와 거사해 녹훈이 내려졌으나 안동 오미동에 은거하다가 그 이듬해 둘째부인 재령이씨의 친정 연고가 있던 밀양에 정착했다. 1625년 江亭[86]을 지어 치열한 정쟁을 멀리한 채 소요자락하

그림8 하남읍 명례성당 앞의 낙주재. 촬영 2019.11.23

며 임금과 왕후의 부름에 응하지 않았다. 오휴자는 세상의 번뇌 따위를 잊기에 적합한 공간으로 정자를 묘사했다. 한가한 새들과 물고기들, 맑은 바람과 넓은 들, 비 갠 뒤 청신한 산들은 한 폭의 산수화를 연상하게 한다. 경치를 바라보는 것만으로도 우아한 정취에 젖게 되므로 굳이 술로 취할 것까지 없다고 했다. 오휴자는 혼돈의 정국 속에서 명철보신을 택한 낙주재와 심리적 공감대를 형성하고 있으며, 이는 권신과 부귀들이 득실거리는 정치 현실을 우회적으로 비판한 것으로 읽을 수 있다.

또 오휴자와 동갑이며 사돈사이인 박이눌의 차남 박지(1588~1645)[87] 또한 초동 신호마을에 安分堂을 건립해 수양처로 삼았는데, 그가 현재 감모재가 있는 이곳을 방문하고 시(「題朴和甫篪安分堂」)를 남겼다.

이외 오휴자가 교유한 인물을 보건대 거의 다 당색을 초월해 의리를 실천하고 사리사욕을 멀리하고서 은일을 추구한 경향이 있었다는 사실이다. 양무공 김태허의 조카인 구봉 김수인(1563~1626)이 죽자 만시를 지어 애도했다(「挽金上舍君愼守訒」). 그는 정구의 함안군수 때 제자가 되었는데, 영창대군이 1614년 살해되자 성균관 재임으로서 홀로 「전은소」를 올렸으나 비답이 내려오지 않자 미련 없이 귀명동으로 낙향한 바 있다. 그리고 조카 안진한의 장인인 국담 박수춘(1572~1652)은 손기양의 문하에서 함께 수학한 사이로 병자호란 때 거의했으나 항복 소식을 듣고는 산속에서 숭정처사로 자처하며 은거했는데, 그의 절개를 높이 산 시(「寄朴菊潭景老壽春)」가 있다. 또 정인홍을 규탄한 뒤 은거하다 1633년 함안 합강정을 건립하고 수양하던 간송 조임도(1585~1664)에게 부친 시(「贈趙磵松任道」)에서 그가 속세와 초연한 모습을 기렸다.

오휴자의 일관된 '休休' 지향, 교유인물들의 은거 성향은 권력과 영리를 좇아 이전투구 양상을 보이던 현실정치에 대한 반발이자 참다운 선비가 추구해야할 정신적 가치를 제시한 것이다. 오휴자는 소극적 은둔에만 그치지 않고 향촌사회의 학풍 진작과 예법 질서의 확립에도 주도적 역할을 했기에 밀양의 명현으로 불러도 손색이 없는 것이다.

끝으로 본고를 통해 새로 발굴한 오휴자의 시 두 편을 부기한다. 우선 조경암 장문익이 창원의 낙동강 가에 새 정자를 완성했을 때 감회를 읊은 「江舍新成」[88]이다.

斲石臨江作數椽　　돌 깎아 강가에 두어 칸 집 마련하니
光風霽月摠無邊　　광풍제월 경치는 모두 끝이 없거늘
新知培養景濂後　　새 지식을 배양하니 주렴계의 후예라
舊學商量太極先　　옛 배움 생각하며 태극을 앞세우는데
宿鳥忘形來砌畔　　깃드는 새는 형체 잊고서 섬돌을 찾고
風帆逐浪到門前　　돛단배는 물결 따라 문 앞에 이르렀네
休休子訪熙熙處　　휴휴자가 희희자의 거처를 찾고서는
兩眼雙靑却不眠　　반갑기 그지없어 잠 못 이루는구려

다음은 성균관 장의로 있던 구봉 김수인(1563~1626)이 갑자기 병사하자 상례를 치르면서 그 원통한 심정을 담아 지은 「輓詞」[89]이다.

殷夢初驚處　　죽음 소식에 막 놀랐더니
浮雲世事空　　뜬구름처럼 세상사가 공허하구려
故園黃草露　　옛 동산의 황초에 이슬이 내렸고
新宅白楊風　　새 유택 백양나무에 바람 부는데
穉子攀呼慟　　어린아이는 부여잡고서 통곡하며
親朋恨道窮　　친구는 도가 다함을 한스러워하네
幽明從此隔　　저승은 이곳에서 멀거니와
殘月隱西峰　　희미한 달 감춘 서쪽 산

## 5. 맺음말

이익과 안정복이 안신의 『가례부췌』를 주목했고, 문집 출간을 기점으로 심재 조긍섭과 회당 장석영이 그의 시문을 함께 대략 짚은 바 있다. 오휴자의 학문 중심에 있는 『가례부췌』의 텍스트 성격, 17세기 지역사회 동향이나 밀양의 정체성을 담고 있는 작품 세계를 천착한 연구가 없었다. 본고에서 이 두 가지 문제에 대해 처음으로 탐색한 결과를 요약한다.

첫째, 오휴자는 부친과 예학 전문가인 재종숙부 안여경을 통해 가학을 전수했고, 이들을 연결고리로 삼아 사우의 범위와 지역을 확장했다. 특히 이황 학맥을 이은 그의 스승이나 선배들의 예설은 『가례부췌』의 기초가 되었다. 그중에서도 옥천 예설의 영향이 지대했다. 『가례부췌』는 국내외 여러 예설을 흡수해 『주자가례』를 보완하면서 당시 속례를 절충시켜 편찬한 실용적 예학서로서 가치가 있다. 『가례부췌』의 텍스트 성격은 필사본과 비교해서 연구할 때 그 면모가 제대로 드러난다는 사실을 명백히 알 수 있었다.

둘째, 『가례부췌』은 임란으로 무너진 예학 질서를 회복하기 위해 집필하기 시작했고, 그 시기는 1603년 이전으로 거슬러 올라간다. 중국과 우리나라의 예설을 광범위하게 섭렵해 일차적으로 1628년에 6권 분량으로 완성했다. 이후 주석을 증보하거나 산삭해 오휴자의 생존 시 최종본은 8권 4책 형태의 필사본이었다.

셋째, 목판본은 1758년에 처음으로 발간이 시도되었는데 이보다 앞서 순암 안정복에게 다방면의 교정을 받았다. 하지만 담당 주역이 세상을 떠남으로써 중지되었고, 대신 이후 30년간 다시 안정복의 치밀한 교정을 통해 보강했다. 1788년경 목판본 저본이 완성되었는데 예전에 비해 체재와 주석 내용이 대폭 달라졌다. 6권 3책으로 외형상 축소되었지만 애초의 인용 문헌에서 예설을 더 발췌해 수록했고, 안정복의 예학 견해를 대거 추가했기 때문이다. 또 애초 필사본에 있던 주석의 표지 글자를 대부분 다른 자로 바꾸었다. 하지만 이때에도 간행 담당자가 별세로 중단되었고, 결국 1899년에 이르러 비로소 완성했다. 첫 간행을 시도한 지 140년만이었다.

넷째, 17세기 영남 유학의 정체성 확립 과정에서 문제를 제기한 산문 「오현전」은 예학을 통한 오휴자의 지역 사랑이 고을 인물의 현창으로 나타난 것이다. 오휴자는 입전을 통해 지역 사람들의 희미한 기억과 왜곡된 시선을 바로잡음으로써 그들의 인문 가치가 밀양인의 자부심으로 작동하기를 기대했다.

다섯째, 오휴자는 장소성이 짙은 문화 경관을 제재로 시를 지어 현재를 성찰하는 역사의식을 강조했고, 마을 뒷산에 공간을 마련해 은거하는 의미를 시로 나타냈다. 그가 추구한 '쉼[休]'의 뜻은 과도한 현실 욕망의 절제에 있다. 그리고 시 속에 나오는 인물 대부분은 중앙의 정쟁에서 벗어나 지역에서 은둔하며 강학 활동을 했다. 이러한 창작 경향성은 선비의 양심을 지키고 기개 있는 후진을 양성함으로써 혼탁한 세상이 맑아지기를 바란 데서 비롯되었다.

오휴자 안신은 행동과 학문이 일치한 밀양 명현의 한 사람이다.[90] 그래서 학문 세계를 다룰만한 의의가 있는 것이다. 특히 『가례부췌』는 밀양의 소중한 문화자산이다. 국내외 예설의 인용 방식, 주석으로 채택된 속례의 성격, 판본별 삭제되거나 추가된 주석들의 의미, 가례 주석서들과의 변별성 등을 면밀히 따져볼 필요가 있다. 이렇게 되면 예학자로서 안신의 면모와 『가례부췌』 주석의 특성이 보다 선명해질 것이다. 최근 출간된 거질의 예학 총서[91]가 이러한 연구에 활력을 불어넣을 것으로 본다. (참고문헌은 미주로 대신함)

## 〈광주 안씨 가계도〉

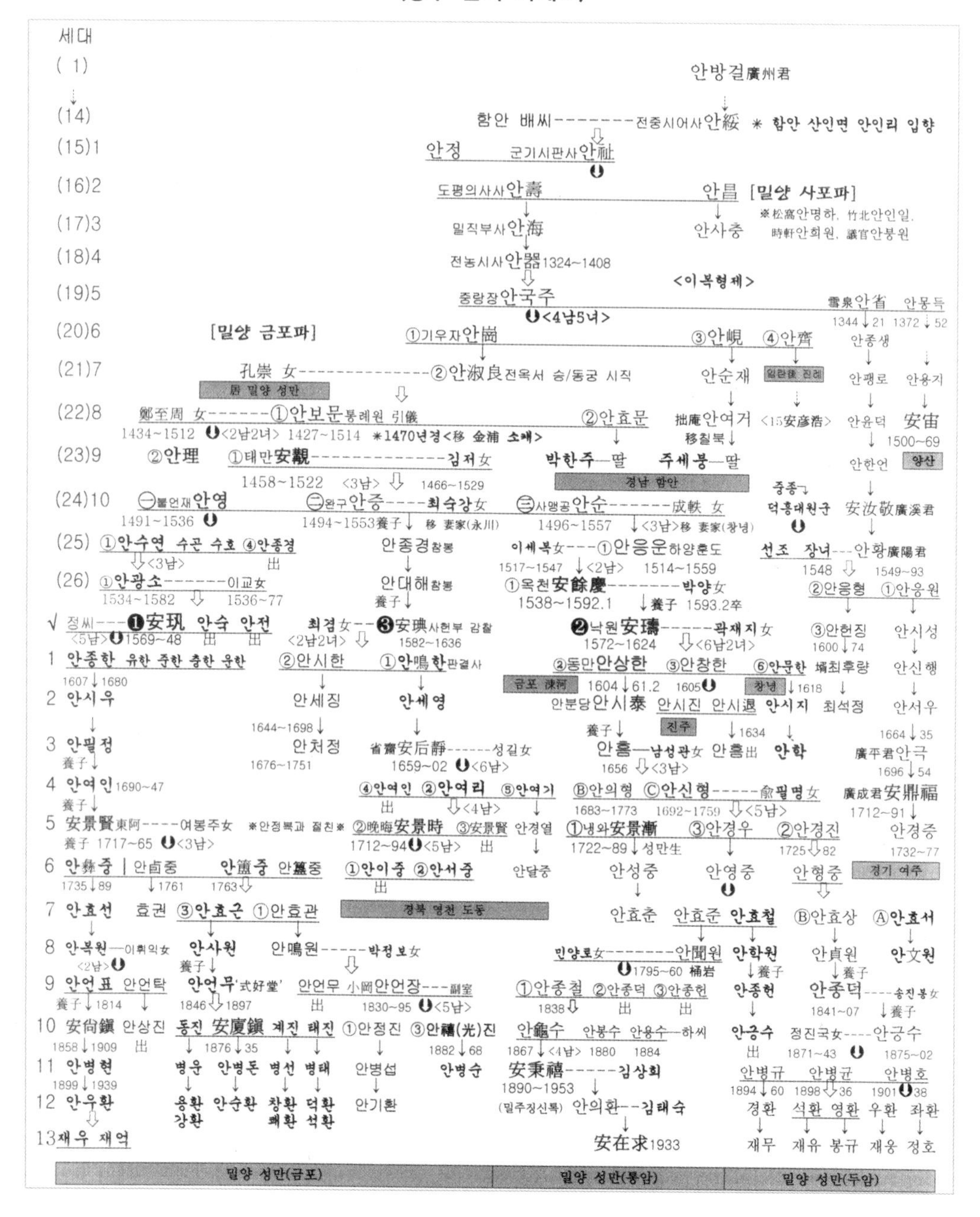

세대
안방걸 廣州君
함안 배씨 전중시어사 안綏 * 함안 산인면 안인리 입향
안정 군기시판사 안祉
도평의사사 안壽
안昌 [밀양 사포파]
밀직부사 안海
안사충
전농시사 안器 1324~1408
중랑장 안국주 <4남5녀>
<이복형제>
[밀양 금포파]
①기우자 안嵓
③안峴 ④안齊
孔崇 女 ②안淑良 전옥서 승/동궁 시직
居 밀양 성만
鄭至周 女 ①안보문 통례원 引儀
1434~1512 <2남2녀> 1427~1514 *1470년경<移 金浦 소매>
②안효문
②안理 ①태만 安覲 김저女
1458~1522 <3남> 1466~1529
박한주—딸 주세붕—딸
경남 함안
불언재 안영 완구 안증 최숙강女 사맹공 안순 成軼 女
1491~1536 1494~1553 養子 移 妻家(永川) 1496~1557 <3남> 移 妻家(창녕)
①안수연 수곤 수호 ④안종경
안종경 참봉
이세복女 ①안응운 하양훈도
1517~1547 <2남> 1514~1559
①안광소 이교女
1534~1582 1536~77
안대해 참봉
①옥천 安餘慶 박양女
1538~1592.1 養子 1593.2卒
정씨 安玭 안숙 안전
<5남> 1569~48 出 出
최겸女 安琠 사헌부 감찰
<2남2녀> 1582~1636
낙원 安璹 곽재지女
1572~1624 <6남2녀>
1 안종한 유한 중한 충한 운한
1607 1680
②안시한 ①안鳴한 판결사
②동만 안상한 ③안창한 ⑥안문한
금포 洡河 1604 61.2 1605
2 안시우
안세징 안세영
안분당 안시泰 안시진 안시退 안시지
3 안필정
안처정
省齋 安后靜 성길女
1659~02 <6남>
안흡—남성관女 안흡 出 안학
1656 <3남>
4 안여인 1690~47
④안여인 ②안여리 ⑤안여기
Ⓑ안의형 Ⓒ안신형 兪필명女
1683~1773 1692~1759 <5남>
5 安景賢 東阿 여봉주女 *안정복과 절친*
②晩晦 安景時 ③安景賢 안경열
①냉와 安景漸 ③안경우 ②안경진
6 안彝중 안卣중 안篪중 안籩중
①안이중 ②안서중 안달중
안성중 안영중 안형중
경기 여주
7 안효선 효권 ③안효근 ①안효관
경북 영천 도동
안효춘 안효준 안효철 Ⓑ안효상 Ⓐ안효서
8 안복원 이휘익女
안사원 안鳴원 박정보女
민양로女 안聞원 안학원 안貞원 안文원
1795~60 楠岩
9 안언표 안언탁
안언무 '式好堂' 안언무 小岡 안언장 副室
①안종철 ②안종덕 ③안종헌 안종헌 안종덕 송진봉女
10 安尙鎭 안상진
동진 安廈鎭 계진 태진 ①안정진 ③안禧(光)진
안鏞수 안봉수 안용수 하씨
안긍수 정진국女 안긍수
11 안병현 병운 안병돈 병선 병태 안병섭 안병승
安秉禧 김상회
1890~1953
안병규 안병균 안병호
12 안우환 용환 강환 안순환 창환 쾌환 덕환 석환 안기환
(밀주징신록) 안의환 김태숙
경환 석환 영환 우환 좌환
13 재우 재억
安在求 1933
재무 재유 봉규 재웅 정호
밀양 성만(금포)
밀양 성만(봉암)
밀양 성만(두암)

## 미주

1 이익, 「徵士五休安公墓碣銘幷序」, 『성호집』 권62, "兵燹之餘, 儀文盪殘, 懼後生之無所考信. 乃取朱文公『家禮』, 參以東賢遺範, 編爲『冠婚喪祭禮』四卷. 又裒聚舊德遺蹟, 作「五賢傳」, 如李持平申·卞文肅季良·金文忠宗直·朴迂拙漢柱·申松溪季誠, 皆密人也. 又患東方字音多訛, 參以華音, 爲『字解』二卷. 其所撰述, 皆羽翼斯文, 嘉惠後人也."

2 안정복, 「奉正大夫守軍器寺副正五休堂安公行狀」, 『순암집』 권25, "其著述, 皆羽翼斯文, 而不爲空言如是."

3 장석영, 「오휴자유집발」, 『오휴당집』, "噫, 公之學, 本末兼備, 施措於板蕩之際."

4 조긍섭, 「오휴자유집서」, 『암서집』 권18, "『家禮附贅』六卷, 則尤足以翼賢傳·牖蒙俗, 其功爲不細."

5 정경주, 「밀양의 퇴계학맥」, 퇴계연구소 편, 『퇴계학맥의 지역적 전개』, 보고사, 2004, 494~495쪽.

6 장동우, 「『가례』 주석서를 통해 본 조선 예학의 진전과정」, 『동양철학』 34집, 2010, 251~252쪽; 고영진, 「조선 중기 가례주석서의 특성」, 『한국계보연구』 권6, 한국계보연구회, 2016, 50쪽; 남재주, 『조선 후기 영남 예학 연구』, 도서출판3, 2019, 234~235쪽.

7 옛 수산현의 가장자리에 위치하며, 1913년부터 수산제가 개발되면서 금포 앞은 다 들이 되었다. 1914년 검암리와 성만리 일부를 합쳐 금포리가 되었다. 금포, 소캐, 시리골, 재골, 두암, 모래들 자연마을이 있다. 조희붕, 『밀양지명고』, 밀양문화원, 1994, 686~690쪽.

8 안희진(1882~1953)이 찬술한 『한산세고』에 광주안씨 시조 이후 139명의 역대 선조들 약전과 시문이 들어 있다.

9 안여경, 「유사척록」, 『옥천유고』 〈33a〉, "先生嘗取禮經之合於行世者, 爲一卷. 寒岡鄭先生, 見而善之, 題其曰『禮經要語』."

10 안정복, 「옥천안선생예설발」(1774.8), 『순암집』 권18. "平生著述, 散佚于兵燹之餘. 先生玄孫錚氏裒輯遺文, 且就先生從子五休公『家禮附贅』中先生所論禮說, 以類相從, 授鼎福校證." 안여경의 현손자인 안학 가계에 대해서는 부록 참조.

11 안숙, 「연보」, 『낙원유고』(『낙원동만합고』) 권2 〈8a〉.

12 김태허는 부친 안광소의 친구였던 구옹 김태을(1530~1571)의 종제이다. 김병권·하강진 공역, 『역주 광주김씨세고』, 세종출판사, 2015 참조.

13 E. H. 카, 『역사란 무엇인가』, 까치, 2015, 171쪽 재인용, "시대가 쇠퇴하고 있을 때, 모든 경향은 주관적이다. 그러나 반대로 여러 가지 일들이 새로운 시대를 위해서 무르익어가고 있을 때, 모든 경향은 객관적이다."

14 안신, 「가례부췌서」(1628.10), 『오휴당집』 권1 〈50b~51a〉, "但其篇帙浩穰, 未易究竟, 且新經兵燹, 文籍盪然, 有志好禮之士, 每有文獻不足之歎. 愚嘗病焉, 遂就『家禮』中撮其節要, 書之. 而

或準以時王之制, 又採丘氏『儀節』及東儒文集中有及於論禮者, 附于本文之下, 名曰『家禮附贅』."

15 『가례부췌』「인용서책」에서 제시한 중국 서적을 들면 『의례』, 『예기』, 『논어』, 『맹자』, 『이정전서』, 여대림의 『여씨향약』, 한기의 『한위공제례』, 『주자대전』, 구준의 『가례의절』(일명 의절가례), 탕탁의 『가례회통』, 풍선의 『가례집설』이다.

16 「인용서책」에서 제시한 우리나라 서적을 들면 『오례의』를 비롯해 김종직의 『점필재집』, 이황의 『퇴계집』, 안로의 『죽계잡의』, 정구의 『한강집』, 조호익의 『지산집』, 안여경의 『옥천예설』, 손기양의 『오한예해』, 정경세의 『우복집』이다.

17 안숙, 「연보」, 『낙원유고』(『낙원동만합고』) 권2 〈5b〉, "五月往見五休堂于凝川, 講論『家禮附贅』. 五休公新經亂離, 慨俗尙之貿貿, 裒集先儒禮說爲『附贅』書, 而與公商確."

18 손기양, 『오한집』「연보」〈答安五休玑書論喪禮〉, "先生休官後與之講論疑禮, 多所往復, 而問目及原書, 入於煨燼, 今不存."

19 손기양, 「答安待可玑問目」, 『오한집』 권3. 이 편지는 상례편의 〈止朝夕哭〉 문목에 관한 것인데, 손기양의 답변이 『가례부췌』(권5, 「소상」 〈15a〉)에 실제 채택되었다.

20 안신, 「鄕憲修正序」, 『오휴당집』 권1 〈49b~50a〉.

21 『밀양향안』 권상 〈14a〉.

22 안신, 「喪服制辨」, 『오휴당집』 권1 〈7a〉, "或人之說, 未免爲無星之衡·無等之階, 故余不得不辨焉."

23 안신, 「答孫善餘慶後」, 『오휴당집』 권1 〈9a〉; 「答南明仲以焞」, 『오휴당집』 권1 〈9b~10a〉.

24 안신, 「答朴君獻瑮」, 『오휴당집』 권1 〈10b〉.

25 안신, 「答金子重之釴問目」, 『오휴당집』 권1 〈11a~13a〉.

26 안신, 「上旅軒張先生」, 『오휴당집』 권1 〈7a〉, "未除服之未, 恐巳字之誤也."

27 안정복, 「오휴당안공행장」, 『순암집』 권25, "辨東華二音, 註以方言, 爲『字解』二卷."

28 하강진, 「자전 체재에서 본 『국한문신옥편』의 한국자전사적 위상」, 『동양한문학연구』 50, 동양한문학회, 2018 참조.

29 안희진, 『한산세고』 권2 〈1a〉, "十四世諱玑 …… 公之子寫本八冊尙在."

30 맨 처음 미주에 있듯이 이익의 묘갈명에 '4권'으로 되어 있으나 『오휴당집』 권2 〈5a〉에서 '六卷'으로 바뀐 것은 목판본의 체재에 따라 후손이 수정한 결과이다.

31 안정복, 「오휴당안공행장」, 『순암집』 권25, "就『文公家禮』, 參以東儒之說, 適質文之宜, 爲『家禮附贅』六卷."

32 순암의 묘지명은 『오휴당집』에만 전하고 순암의 행장과 상당 부분 문자가 겹친다.

33 안상진은 안경시 장남인 안이중의 현손으로 생부는 안언탁(1819~1868)이고, 백부 안언표(1814~1836)에게 입양되었다. 안신의 증손자 안필정부터 안이중까지 모두 養嗣子의 가계를 이룬다. 부록의 광주안씨 가계도 참조.

34 이익이 1762년 그에게 보낸 편지 1통이 전한다. 「答安季瞻景賢」, 『성호집』 권32.

35 안정복, 「교정가례부췌서」, 『순암집』 권18, "謹受而讀之, 畧加考正, 復爲校訂若干條, 是亦公之所望於後進者, 故不覺僭而爲之耳."

36 안상진, 「가례부췌발」, "我五世祖諱景賢, 圖所以壽其傳, 往質于文肅公順庵先生之門. 順公, 乃節其繁·正其謬, 校訂以補之, 凡例以定之."

37 안정복은 안경점의 요청으로 1756년 그의 고조부인 안상한(1604~1661)의 행장(「宣敎郞東巒安公行狀」, 『순암집』 권25)을, 또 1774년에는 선친 안신형(1692~1759)의 묘갈(「學生安公墓碣記」, 『순암집』 권21)을 지었다.

38 안상진, 「가례부췌발」, "順公憂是書之不得完成, 復與冷窩公諱景漸, 往復參訂."

39 안정복이 안경점에게 보낸 예설 문목에 관한 서신 7통(『순암집』 권7)이 있다. 안경점은 1771년 문과 급제해 성균관 전적, 예조좌랑(1774)을 지내고 낙향했다. 그리고 안경점의 본생 고조부 양곡 安彰漢이 성여신의 외손서이고, 그 아들 안시진이 성여신의 「언행록」을 지었는데, 1785년 『부사집』을 간행할 때 안경점은 「언행록」을 교정했고, 안정복도 종인이라는 인연으로 「서문」·「행장」·「묘갈명」을 지은 바 있다.

40 『주자가례』 「상례」 〈성복〉의 본문 풀이 "衣長過腰, 足以掩裳上際, 縫外向."에 붙인 『옥천유고』 〈11b〉와 필사본 『가례부췌』 권3 〈20a~b〉의 세주는 똑같으나 목판본 『가례부췌』 권3 〈21a〉는 그 앞부분의 두 줄만 남기고 다 삭제했다.

41 목판본 『가례부췌』 권4 〈15a~b〉; 필사본 『가례부췌』 권4 〈14a~b〉.

42 안정복, 「答安正郞正進『家禮附贅』問目」(1785), 『순암집』 권7.

43 안정복, 「答安正進『家禮』問目」(1786), 『순암집』 권7.

44 『가례부췌』 권6 〈16b〉.

45 최흥벽, 「狀錄」, 『냉와집』 권5 〈40a〉, "又其從五代祖五休公, 有所謂『家禮附贅』而未及釐正, 公刪爲三篇, 取訂於順庵." 이 글은 최흥벽(1739~1812)의 『두와집』에는 없다.

46 안상진, 「가례부췌발」, "公謙退不自居, 惟與我古祖諱彛重, 商確剞劂, 而我古祖賫志而沒." 안이중은 안경시의 장남으로 안경현의 양자이다. 부록의 광주안씨 가계도 참조.

47 김철범, 「가례부췌 해제」, 『가례부췌』(한국예학총서 8), 민족문화사, 2008, 10쪽.

48 「범례」 제7항, "八卷〈續居家儀〉, 皆節『小學』書. 『小學』書, 今皆人人誦習, 故刪之. 〈居鄕儀〉, 又移附〈居家雜儀〉下, 書凡六卷."

49 「범례」 제6항, "〈別錄〉, 皆書於卷末, 今移附各篇之下, 以便考閱."

50 목판본 도판은 총 25장인데 필사본에는 17장밖에 없다. 목판본을 볼 때 필사본 권1에는 '祠堂三龕之圖, 正寢時祭之圖, 時享禰祭設饌之圖, 正至俗節設饌圖'가, 권2에는 '行冠禮圖, 昏禮親迎圖, 壻婦交拜同牢之圖, 婦見舅姑之圖'가 수록되었을 것이다. 후대의 편집자가 도판을 추가했다는 정보가 없으므로 도판이 있는 필사본 이본 존재도 생각해 볼 수 있다.

51 「범례」 제3항, "是書引解, 或有不合於禮意者, 似爲未及修正之文, 或刪之. 其不可刪者, 以瞽說, 校訂之."

52 관례편 〈前期三日主人告于祠堂〉(『가례부췌』 권2 〈2a〉) 항목의 세주 출처를 '한강 선생'이라 하여 정구의 글(「答任卓爾」, 『한강집』 권7)에서 유래한 것임을 명시했다.

53 「범례」 제5항, "『家禮』外多有添補者, 今皆仍之, 別書補字圈之."

54 『주자가례』 본주 외의 새 주석을 별행에 달 때 표시한 '附'자가 〈부췌별록〉에 이미 들어 있다는 이유로 삭제했다. 「범례」 제4항, "『家禮』本註外所引諸說, 別行註書, 而冠以附字以標

之. 今旣名以附贅, 則不必更著, 附字故刪之."

55 해당 부분은 〈13b〉의 "◐聞中朝布廣~"인데, 필사본 『가례부췌』(그림1)의 '附' 표지를 삭제하면서 내용을 약간 변형했고, 또 "○死者之衣~"에 표지 '按'을 새로 넣었다.

56 예컨대 상례편 〈명정〉에 [按] 표지 하의 장단 주석을 추가하는 한편, 기존의 [附]를 [註]로 교체했다. 목판본 『가례부췌』 권3 〈11a〉; 필사본 『가례부췌』 권3 〈10a〉. 이때 기존 본문에 있던 [註]를 존치한 경우도 있으므로 구분이 필요하다. 목판본 『가례부췌』 권2 〈10a〉; 필사본 『가례부췌』 권2 〈57a〉.

57 「범례」 제5항, "又以瞽說入補者, 書校訂字, 別之."

58 해당 부분은 〈13b〉의 "按祭服, 上衣也, 紟單被也." 이 구절은 『주자가례』와 필사본 『가례부췌』(그림1)에는 없다.

59 예컨대 세주에 인용된 김인후의 견해(권3 〈35a〉), 김장생의 예설(권4 〈15b〉, 권5 〈37a〉), 이익의 예설(권3 〈51b~52a〉, 권5 〈13b〉, 권6 〈17b〉), 안정복 자신의 의견(권3 〈15b〉), 『의례』의 「士虞禮」(권5 〈3b〉) 등이다.

60 이들의 밀양 연고와 가계는 하강진의 「밀양고전문학사의 전개」, 밀양문학회 엮음, 『밀양문학사』, 두엄, 2018, 12~25쪽 참조.

61 이신은 이숭인, 이종학, 서견 등과 함께 1392년 4월 遠地로 유배를 갔다. 『고려사절요』 권35 〈공양왕조〉.

62 안신, 「밀주오현행적」 〈李溪隱〉, "先生遊於圃隱之門, 博學而力行, 居家致其孝, 在朝盡其忠, 可謂吾鄕百世之師表." 현재 그의 효행정려비가 하남읍 남전리에 세워져 있다.

63 안신, 「밀주오현행적」 〈卞春亭〉, "公之兄仲良, 爲李元桂之女婿, 而卞氏父子兄弟, 一不參開國佐命之勳, 初不貳圃隱之志, 擧此可想."

64 「조의제문」을 두고 벌어진 사림파와 훈구파의 대결과 그 정치사적 의미에 대해 필자가 논한 바 있다. 하강진, 「필화로 희생된 조선의 문인들」, 『월간문학』 569호, 한국문인협회, 2016.7, 318~320쪽; 「밀양고전문학사의 전개」, 35~38쪽.

65 안신, 「밀주오현행적」 〈金佔畢齋〉, "學問淵深, 文章高古, 爲一世儒宗. 誨人不倦, 前後名士, 多出其門, 稱爲佔畢先生." 한편 이 글은 『퇴계집』에는 보이지 않고, 권별의 『해동잡록』 권2에 일부가 전한다.

66 안신, 「밀주오현행적」 〈朴迂拙齋〉, "公當危亂之朝, 斥奸邪, 格君非, 面折廷爭, 略不顧避."

67 『남명집』 권2에 「처사신군묘표」 이름으로 실려 있다.

68 1576년 김극일이 찬한 「여표비명」(글씨 박도생)을 새겨 비석을 세웠으나 임란으로 파괴되어 1634년 밀양부사 이유달이 장현광의 발문을 받아 창원부사 오여벌의 글씨로 새겨 개수했다. 1756년 화재로 비면이 심하게 훼손되자 1765년 후손이 새 빗돌에 김극일의 비명과 장현광의 발문을 윤급의 글씨로 새겨 중건했다. 참고로 박도생은 박수춘의 일족인 박경수의 가계에 속하는 인물이다. 박병련, 「점필재: 송계 학맥의 부침과 밀양지역 사림세력의 변화」, 『제11회 점필재학술대회 자료집』, 밀양시, 2019, 18쪽. 한편 「송계신계성중건여표비지」(『내암집』 권13)에는 1622년 박수춘(1572~1652)의 주도로 세웠다고 했다.

69 안신, 「밀주오현행적」 〈申松溪〉, "遺風餘韻之日星乎鄕里者, 不免索然於人心消沮之餘, 此則

莫非天也數也, 而不但爲鄕里之大不幸而已也. 是以, 雖以松溪之才之學, 一生韜晦, 遯世无悶, 終不過爲隱君子而已."

70 19세기 무렵 출간된 『오졸재실기』에 박한주 외손이자 제자인 周愽(1524~1588)의 「오졸재 박선생행장」(『구봉집』 권1)이 실려 있다. 오휴자의 글과는 십 여자만 다르고, 오졸재 「교유문인록」에도 그가 「행장」을 지었다고 했는바 작자 고증이 필요하다. 그리고 『송계실기』(1815)에는 김종직 손자인 박재 김뉴의 「행장」(1571)과 낙천 裵紳(1520~1573)의 「행록」 등이 있을 뿐이다. 『춘정집』(1825)과 『점필재집』(1789)에도 수록되지 않기는 마찬가지이다. 본 논문의 심사자 한 분은 『가례부췌』 교정과 「밀주오현행적」 누락은 인조반정 이후 밀양지역 사회에서 일어난 정치사상의 변화와 관련해 접근할 필요가 있다고 지적했다. 고견을 귀담아 차후 논의를 확장해볼 계획이다.

71 안신의 「高江船上次琴昌原愷韻」(『오휴당집』 권1 〈2b~3a〉)에서 보듯이 '고강'은 고유명사로 쓰였다. 한편 밀양부사 신익전(1605~1660)의 「밀양지」 〈1652〉(『동강유집』 권16)에 上西에 高江村, 성만촌, 구령리, 백산, 대곡, 반월촌, 벌음리, 오방동 등이 있다고 했다. 또 이이정(1619~1679)의 『죽파집』에 '高江'을 제재로 지은 시 2수가 있고, 남경희(1748~1812)도 「곡강정기」(『치암집』 권6)에서 지리지의 高江亭은 이궁대가 있는 곡강정과 같다고 했다.

72 宋玉은 「風賦」에서 대왕이 사는 곳에 부는 바람은 雄風이요, 서민의 집에 부는 바람을 紫風이라 하여 초나라 양왕의 사치스러운 행위를 풍자했다.

73 약 300년 세월이 흘러 건물이 무너져 9세손 소강 안언장(1830~1895)이 중건을 하지 못하고 죽자 아들 안정진, 조카 안상진·안동진 등이 유지를 받들어 『가례부췌』를 출간하고 6년 뒤인 1905년 금포 노산 아래에 중건했으나 최근 공장이 들어서면서 없어졌다. 류필영, 「오휴정중건기」(1920), 『오휴당집』 권2 〈10a~12b〉 참조.

74 '休休'는 남을 포용하는 도량을 뜻함. 『서경』 「진서」에 "한 신하가 한결같이 정성스러울 뿐 다른 재주는 없을지라도 그 마음이 아름다워 모두 받아들일 것 같다면 …… 그런 자는 진실로 남을 잘 포용하여 자손과 백성을 보전할 수 있을 것이다[若有一介臣, 斷斷兮無他技, 其心休休焉, 其如有容焉 …… 寔能容之, 以能保我子孫黎民]."라는 말이 나온다.

75 안신, 「鰲巖釣臺」, 『오휴당집』 권1 〈3b〉. 일명 자라목인 오산은 국농소 가장자리인 모래들에서 금포로 돌아드는 곳의 잘록 튀어나온 야산이다. 고려 때 김방경의 주둔지.

76 안상한, 「五休堂詩幷序」, 『오휴당집』 권2 〈8a~b〉. 안명하, 이의한, 김광철, 황인채의 차운시도 함께 수록했다.

77 이익은 1759년 안신의 묘갈명을 지을 즈음 안정복에게 보낸 편지에서, '五休'를 분수를 지키며 그것으로 만족한 뜻으로 풀이한바 있다. 「答安百順」, 『성호집』 권27.

78 하강진, 「밀양고전문학사의 전개」, 74~75쪽. 참고로 『조경암집』의 시제는 「차안오휴당신」이고, 1행 '長江'이 『오휴당집』에는 '淸湖'로 되어 있다.

79 정식, 「차운」(『오휴당집』 권1 〈4a~b〉). 정식은 과거에 불합격하자 반월촌에 우거하며 평생 처사로 지냈는데, 1633년 반월서당에서 박수춘의 사위가 된 죽파 이이정(1619~1679)을 가르쳤다. 이이정은 안신의 조카 안진한과 동서간이다. 그리고 조임도가 1634년 정식과 함께 이궁대에 올라 지은 시와 차운시가 있고, 두암 전형(1609~1660)의 차운시와 장문익·이이정의 만시가 있다. 참고로 안병희(1890~1953)의 『밀주징신록』에 실린 정식의 「除夕飮酒」 시는 63세 때 지은 것이다.

80 안숙이 1616년 경상도사로서 지은 「題博淵亭數魚臺」(『낙원유고』 권1)가 있다.

81 손기양, 「연보」, 『오한집』, “遊金兵使太虛博淵亭. 亭, 金公晩年退休之地, 與一代名碩, 觴咏過從, 先生亦屢遊焉.” 그의 박연정 제영은 『오한집』에 연작시 4수, 『양무공실기』에 앞의 시를 포함해 9수가 각각 전한다. 하지만 오휴자가 차운한 원운 시는 없다.

82 장문익의 문학 세계는 정석태에 의해 폭넓게 소개되었다. 「조선시대 밀양지역의 문풍과 포의의 처사 조경암 장문익 선생」, 『제11회 점필재학술대회 자료집』, 밀양시, 2019, 47~117쪽.

83 손기양이 재혼한 우계이씨 부인에게서 만년에 얻은 아들로, 오휴자가 ‘榮甫’라는 자를 지어 주었다(「字孫生說」, 『오휴당집』 권2). 장문익은 임종을 앞둔 스승의 두 살배기 아들을 의탁 받았으나, 그가 나중에 불행히 요절하자 만시를 지어 애도했다.

84 장문익은 1627년 정묘호란 때 스승 장현광에 의해 12개 읍의 의병장으로 추대되었고, 병자호란 때에도 밀양에서 의병장으로 추대되어 서울로 진격했으나 항복 소식을 듣고 통곡하면서 부대를 해산했다. 병자호란 뒤 안신, 박수춘 등과 계를 맺고 돈독하게 지냈다.

85 『광해군실록』 〈1613.6.16〉. 이번의 이종매부가 인목대비의 부친 김제남(1562~1613.6)이고, 처의 5대조 李午는 오휴자가 밀주오현으로 현창한 李申의 셋째아우이다. 박병련, 「낙주재의 생애와 사상」, 『국역 낙주재선생실기』, 전주이씨효령대군파 낙주재종중, 1998 참조.

86 1625년 觀瀾亭이라 했다가 1627년 인조가 사액한 洛洲齋로 고쳤고, 1830년 중건했다.

87 안분당 박지는 손기양의 제자이고, 차남 박문잠의 장인이 오휴자의 첫째아우 안숙이다. 그는 은산공파 박영균의 9세손이고, 인당 박소의 7세손이다. 초동 신월의 입향조이고, 현재 감모재가 있는 초동못가 白梅[독뫼]에 당시 은거 자적하던 공간이 있었다.

88 장문익, 『조경암집』 권1 〈1b〉.

89 김수인, 『구봉집』 권3 〈16a〉. 김병권·하강진 공역, 『역주 광주김씨세고』, 359쪽.

90 19세기 때 밀양 사림에서 용호사·백곡사 두 사당에 안신과 장문익을 병향할 것으로 논의했다. 한편 18세기 영남 인사들이 ‘密州八賢’의 사당 건립을 밀양부에 청원할 때 안신은 빠져 있다. 8현은 변계량, 박증영, 손조서, 조광익, 손기양, 이광진, 장문익, 이이두이다. 「밀양사림통문」, 「밀주팔현건사통문략」, 『조경암집』 권2 〈29b~31b〉.

91 경성대 한국학연구소에서 2008년부터 2016년까지 거질의 한국예학총서 173책을 출간했다. 『가례부췌』는 제8책에 실려 있다.

# [ 부록 ]

초동면 덕대산 덕은사에서 본 초동들

단장면 고례리 밀양댐

# 참고문헌

## 1. 단행본


『신증동국여지승람』 권26(밀양도호부), 민족문화추진회 역, 1969.

신익전, 「밀양지」, 『동강유집』(한국문집총간 105).

박수헌, 『밀주지』, 밀양군향교, 1932.

손병현, 『밀주승람』, 1932.

이병연, 『조선환여승람』, 보문사, 1938.

안병희, 『밀주징신록』, 예림재, 1936(정경주 역, 밀양문화원, 2013).

안병희, 『밀주시선』, 예림재, 1938.

정원호, 『교남지』 권52(밀양군), 대구 경문당인쇄소, 1940.

손태규, 『밀양군지』, 협성인쇄소, 1963.

밀양군, 『미리벌의 얼』, 경남인쇄공업협동조합, 1983.

밀양문화원, 『밀양지』, 신흥인쇄주식회사, 1987.

밀양문화원, 『밀양지명고』, 태화출판인쇄사, 1994.

밀양문화원, 『향토사료집』 1~8집.

밀양문화원, 『밀양금석원』 1집, 태화출판인쇄사, 1997.

밀양문화원, 『국역 밀주지』(류창목 역·이운성 감수), 광명인쇄사, 2001.

밀양문화원, 『영남루 제영시문』(정경주 역주·이운성 교열), 광명인쇄사, 2002.

밀양문화원, 『밀양명승제영』(정경주 편역·손팔주 교열), 아트원인쇄사, 2004.
밀양문화원, 『국역 밀양누정록』, 신지서원, 2008.
밀양문화원, 『밀양문화원 70년사』, 태화출판인쇄사, 2020.
밀양시, 『밀양 영남루 문헌자료 총집』(정석태 편), 2016.
신유한 편/이의강 옮김, 『분충서난록』, 표충사, 2010.
동국대 불교기록문화유산아카이브사업단 편, 『밀양 표충사 시첩』, 동국대학교 출판부, 2017.
동계 경일 저/김승호 옮김, 『동계집』, 동국대학교 출판부, 2018.
월하 계오 저/성재헌 옮김, 『가산고』, 동국대학교 출판부, 2018.
편자 미상/남권희·전재동 옮김, 『영남루시운』, 경북대학교 출판부, 2018.
남경희 외 저/엄형섭 역, 『동남창수록』, 지식을만드는지식, 2016.
박제가 저/정민 외 역, 『정유각집』, 돌베개, 2010.
박지원 저/신호열·김명호 옮김, 『연암집』, 돌베개, 2007.
황현 저/임형택 외 옮김, 『역주 매천야록』, 문학과지성사, 2005.
오횡묵 저/허근수 역, 『경상도함안군총쇄록』, 함안문화원, 2003.
노상직 저/이은영 외 역저, 『철로 위에 선 근대 지식인』, 민속원, 2015.
손녕수 편/손팔주·정경주 역주, 『칠탄지』, 제일문화사, 1989.
정경주 편역/이운성 교열, 『영남루제영시문』, 밀양문화원, 2002.
정경주 편역, 『밀양 명승 제영』, 밀양문화원, 2004.
여주이씨금시당종친회, 『금시당요람』, 대보사, 2016.
김병권·하강진 역, 『역주 광주김씨세고』, 세종출판사, 2015.
김상한, 『밀양 순례』, 공동체, 2018.
김상한, 『민요로 살펴본 밀양』, 공동체, 2019.
손정태, 『수산: 사랑하는 나의 고향』, 선일인쇄소, 1990.
손정태 엮음, 『항일독립운동의 선구자 약산 김원봉 장군』, 밀양문화원, 2005.
손정태 엮음, 『밀양의 항일독립운동가』, 밀양독립운동사연구소, 2014.
신학상, 『향토문화』 창간호, 밀양고적보존회 재부밀양향우회, 1953.

신학상, 『사명당의 생애와 사상』, 너른마당, 1994.
안재구, 『할배, 왜놈소는 조선소랑 우는 것도 다른강?』, 돌베개, 1997.
이순공, 『아름다운 밀양산하』, 밀양문화원, 2019.
이은영, 『요동의 학이 되어』, 학자원, 2016.
줄리아 리(김주영), 『줄리아의 가족순례기』, 레드우드, 2014.
밀양문학회 엮음, 『밀양설화집』 1~3, 밀양시, 2008.
한태문·이순욱·정훈식·류경자 엮음, 『밀양민요집』 1~2, 밀양시, 2010.
류탁일, 『성호학맥의 문집간행연구』, 부산대학교 출판부, 2000.
류탁일, 『영남지방출판문화논고』, 세종출판사, 2001.
박경수, 『아리랑의 문학 수용과 문화 창출』, 민속원, 2021.
부산대 점필재연구소 엮음, 『점필재 김종직과 그의 젊은 제자들』, 인문사, 2011.
심경호, 『나는 어떤 사람인가』, 이가서, 2010.
안대회, 『조선의 프로페셔널』, 휴머니스트, 2007.
이근열, 『부산 사투리의 이해』, 해성, 2015.
장동표, 『조선시대 영남 재지사족 연구』, 태학사, 2015.
정치영, 『지리지를 이용한 조선시대 지역지리의 복원』, 푸른길, 2021.
조갑상·황국명·이순욱 엮음, 『김정한전집』, 작가마을, 2008.
조동일, 『(제4판)한국문학통사』, 지식산업사, 2005.
재부밀양향우회 엮음, 『자랑스러운 밀양인의 성공 스토리』, 북샾일공칠, 2020.
최필숙, 『끝나지 않은 그들의 노래』, 지앤유, 2019.
하강진, 『진주성 촉석루의 숨은 내력』, 경진출판, 2014.
하강진, 『역주해 촉석루 시문 대집성』, 경진출판, 2019.
하지영, 『천하제일의 문장』(신유한 평전), 글항아리, 2021.
한국문화역사지리학회 지음, 『현대 문화지리의 이해』, 푸른길, 2013.
한충희, 『조선초기 관인 이력, 태조~성종대』, 혜안, 2020.
밀양시, 『사진으로 보는 밀양 변천사』, 2005.
국립김해박물관, 『밀양』(특별전시 도록), 2017.

밀양시립박물관, 『밀양시립박물관 소장품 도록』(고서적), 태화출판인쇄, 2017.
알라이다 아스만 지음/변학수·채연숙 옮김, 『기억의 공간』, 그린비, 2011.
조지 클레이튼 포크 원저/조법종·조현미 번역 주석, 『화륜선 타고 온 포크, 대동여지도 들고 조선을 기록하다』, 알파미디어, 2021.
샤를 루이 바라 저/성귀수 역, 『조선기행』, 눈빛, 2001.
고토 분지로 저/손일 옮김, 『조선기행록』, 푸른길, 2010.
미야지마 히로시 저/노영구 옮김, 『양반』, 강, 1996.
미야지마 히로시 저/박은영 옮김, 『한중일 비교 통사』, 너머북스, 2020.
김영하, 『아랑은 왜』, 문학과지성사, 2001.
김춘복, 『칼춤』, 산지니, 2016.
박학진, 『칼의 춤』, 황금책방, 2015.
이양훈, 『양부하』, 좋은땅, 2016.
조열태, 『진주성 悲歌』, 이북이십사, 2012.

## 2. 논문

김광철, 「여말선초 밀양 지역사회와 수산제」, 『석당논총』 36집, 동아대 석당학술원, 2006.
김대숙, 「아랑형 전설 연구」, 이화여자대학교 석사논문, 1981.
김동석, 「죽파 이이정의 생애와 학문」, 『남명학연구』 42집, 남명학연구소, 2014.
김병권, 「아랑형 설화의 변이 양상고」, 『어문교육논집』 8집, 부산대학교 국어교육과, 1984.
김병권, 「밀양 간행 『태극옹전』의 지역문화적 의의」, 『지역문학연구』 13호, 경남·부산지역문학회, 2006.
김선회, 「사명당 유정의 시세계」, 공주대학교 석사논문, 2002.
김승찬, 「박곤장군 전설연구」, 『한국민족문화』 창간호, 부산대학교 한국민족문화연구소, 1988.

김승찬, 「사명당 구비서사물의 연구」, 『인문논총』 56집, 부산대학교 인문학연구소, 2000.
김영희, 「표문태의 삶과 소설」, 『밀양문학』 20집, 밀양문학회, 2007.
노한나, 「밀양검무의 춤사위 분석에 따른 미학적 성격 연구」, 성균관대학교 박사논문, 2017.
안계복, 「시문분석을 통한 영남루의 경관 특징에 관한 연구」, 『한국전통조경학회지』 32권 1호, 한국전통조경학회, 2014.
안대회, 「밀양 기생 운심의 검무와 그 역사적 의의」, 『밀양문화』 21, 밀양문화원, 2020.
오준호, 「사명유정 연구」, 동국대학교 박사논문, 2001.
유영옥, 「『양무공실기』에 나타난 김태허 장군의 풍모」, 『한국민족문화』 67집, 한국민족문화연구소, 2018.
윤호진, 「죽파 이이정과 송강 이명징의 생애와 시세계」, 『남명학연구』 42집, 남명학연구소, 2014.
이미라, 「사명당이야기의 지역적 변이양상 연구」, 연세대학교 박사논문, 2017.
이순욱, 「근대 사명당 담론과 밀양 지역문학」, 『한국문학논총』 55집, 한국문학회, 2010.
이순욱, 「딱지본 옛소설 『사명당전』의 판본과 유통 맥락」, 『한국문학논총』 65집, 한국문학회, 2013.
이순욱, 「매체로 읽는 근현대 밀양문학사」, 『밀양문학사』(밀양문학회 엮음), 두엄, 2018.
이운성, 「신국빈과 '응천교방죽지사' 8장」, 『밀양문화』 7, 밀양문화원, 2006.
이호열, 「밀양 영남루의 연혁과 건축형식」, 『밀양 영남루 국보 승격을 위한 학술심포지엄』, 한국건축역사학회, 2017.
이효원·하지영, 「신유한 후손가본 소장 고서에 대한 소고」, 『제143차 동양한문학회 학술발표자료집』(부산대학교 인덕관), 2021.10.1.
임채명, 「영남루기의 변모 양상」, 『한문학논집』 28집, 근역한문학회, 2009.

임채명, 「밀양 영남루 시의 양상」, 『한문학보』 20집, 우리한문학회, 2009.

전재동, 「밀양 영남루 제영시문의 서지적 분석: 필사본 영남루시운을 중심으로」, 경북대학교 석사논문, 2018.

정경주, 「영남루 제영의 서정적 적층에 대하여」, 『문화전통논집』 특별호 2집, 경성대학교 한국학연구소, 2004.

정경주, 「소눌 노상직의 생애와 학문 경향」, 『동양한문학연구』 18집, 동양한문학회, 2003.

정경주, 「밀양의 고서적 간행과 선현문집」(해제), 『밀양시립박물관 소장품 도록』(고서적), 밀양시립박물관, 2017.

정경주, 「조선 왕조 초기의 守成策과 春亭 卞季良의 역할」, 『밀양문화』 21호, 2020.

정석태, 「영남루문단의 형성과 전개양상」, 『언어와 문학의 생성공간, 그 특수성과 보편성』(경북대 국어국문학과 BK21플러스 사업단 발표자료집), 2017.

정용수, 「밀양의 누정자료 조사연구와 그 콘텐츠의 활용방안에 관한 연구」, 『석당논총』 36집, 동아대학교 석당학술원, 2006.

정우락, 「영남유학의 전통에서 본 소눌 노상직 학문의 실천적 국면들」, 『남명학연구』 24집, 남명학연구소, 2007.

정출헌, 「사명당의 현실인식과 시세계의 변모양상」, 고려대학교 석사논문, 1986.

정출헌, 「영남루와 아랑: 아랑 서사의 탄생과 그 변주」, 『대동한문학』 52집, 대동한문학회, 2017.

정출헌, 「명종대 한 젊은 선비의 정치적 여정과 시대정신: 금시당 이광진의 정치적 삶과 그의 시대를 중심으로」, 『국학연구론총』 19집, 택민국학연구원, 2017.

정훈식, 「손병사 이야기의 전승양상과 사회적 성격」, 『지역문학연구』 13호, 경남·부산지역문학회, 2006.

조상우, 「애국계몽기 소설 연구를 위한 방법론 모색」, 『온지논총』 21집, 온지학회, 2009.

조혁상, 「조선 후기 도검(刀劒)의 문학적 형상화 연구」, 성균관대학교 박사논문, 2011.
최석기, 「손암 신성규의 『논어강의』 연구」, 『퇴계학과 유교문화』 57호, 경북대학교 퇴계연구소, 2015.
하강진, 「김해 연자루 제영시 연구」, 『지역문학연구』 10호, 경남·부산지역문학회, 2004.
하강진, 「밀양 영남루 제영시 연구」, 『지역문학연구』 13호, 경남·부산지역문학회, 2006.
하강진, 「퇴계학파의 영남루 제영시에 대하여」, 『퇴계학논총』 12집, 퇴계학부산연구원, 2006.
하강진, 「진주 촉석루 제영시의 제재적 성격」, 『한국문학논총』 50집, 한국문학회, 2008.
하강진, 「19세기 말 오횡묵이 저술한 밀양 관련 시문과 그 의미」, 『밀양문학』 22집, 밀양문학회, 2009.
하강진, 「백산 안희제의 '황계폭포' 시 발굴과 그 의의」, 『근대서지』 14호, 근대서지학회, 2016.
하강진, 「중국 자전의 수용 양상과 그 의미」, 『동방한문학』 66집, 동방한문학회, 2016.
하강진, 「필화로 희생된 조선의 문인들」, 『월간문학』 569호, 한국문인협회, 2016.
하강진, 「백산 안희제의 가학전통과 유람시」, 『역사와 경계』 102호, 부산경남사학회, 2017.
하강진, 「밀양고전문학사의 전개」, 『밀양문학사』(밀양문학회 엮음), 두엄, 2018.
하강진, 「촉석루 제영시의 역사적 전개와 주제 양상」, 『남명학연구』 62집, 경상대학교 경남문화연구원 남명학연구소, 2019.
하강진, 「오휴자 안신의 禮說書 특징과 작품 세계」, 『동양한문학』 46집, 동양한문학회, 2020.
한의숭, 「20세기 초 일제강점기 향촌재지사족의 한문현토소설 창작에 대한 일

고: 〈신기도〉와 〈태극옹전〉을 중심으로」, 『동양한문학연구』 44집, 동양한문학회, 2016.
한태문, 「통신사 사행록에 반영된 조선시대의 밀양」, 『지역문학연구』 13호, 경남·부산지역문학회, 2006.
한국문화연구소, 「밀양지역학술조사보고」, 『한국문화연구』 창간호, 부산대학교 한국문화연구소, 1988.

# 지역별 사적 목록

## 시 내

| | | | |
|---|---|---|---|
| 가곡동 | 멍에실 | 용산서원 | 의성김씨 |
| 교동 | 춘복 | 춘복재 | 밀양손씨 |
| | | 현충사 | 밀양손씨 |
| | | 광리군 손긍훈 신도비 | |
| | 대공원 | 밀양독립운동기념관 | |
| | | '선열의 불꽃' 광장 | |
| | | 독립의열사 숭모비 | |
| | | 파리장서비 | |
| | 모례 | 오연정 | 밀양손씨 |
| 내이동 | 해천 | 의열기념관 | |
| 내일동 | 아북산 | 밀성재 | 밀양박씨 |
| | | 세루정 | 밀양박씨 |
| | | 추화재 | 밀양박씨 |
| | | 익성사 | 밀양박씨 |
| | 영남루 | 밀성대군 단소 | |
| | 아동산 | 사명대사 동상 | |
| | 용평 | 춘우정 | 여주이씨 |
| | | 송월당 | 여주이씨 |
| | | 영사재 | 여주이씨 |
| | | 풍수암 | 여주이씨 |
| | | 월연대 | 여주이씨 |
| | | 쌍경당 | 여주이씨 |
| | | 제헌 | 여주이씨 |
| | | 용호정 | 안동손씨 |
| | | 심경루 | 안동손씨 |
| | | 장선재 | 평산신씨 |
| | 활성 | 금시당 | 여주이씨 |
| | | 백곡재 | 여주이씨 |
| | | 전천서당 | 여주이씨 |
| | 밀양초 | 문산 손정현 기념비 | |

## 단 장 면

| | | | |
|---|---|---|---|
| 고례리 | 고례 | 옥봉정 | 인동장씨 |
| | | 낙주정 | 인동장씨 |
| | | 농산헌 | 인동장씨 |
| | | 고례사 | 인동장씨 |
| | | 효자 장응구 삼성각 | |
| | | 도원정 | 여주이씨 |
| | 평리 | 추모재 | 능성구씨 |
| 국전리 | 양지 | 추원재 | 경주이씨 |
| | | 남원양씨 열녀각 | |
| 단장리 | 단정 | 단구정사 | 여주이씨 |
| | | 주산서당 | 김해허씨 |
| | | 허씨고가 | |
| 무릉리 | 노곡 | 자암서당 | 광주노씨 |
| | | 노상익 노상직 공적안내판 | |
| | | 노곡재 | 나주정씨 |

| | | | |
|---|---|---|---|
| | | 모선재 | 밀양박씨 |
| | 안무룽 | 세경재 | 경주김씨 |
| **미촌리** | 구미 | 구산정 | 안동손씨 |
| | | 칠산정 | 안동손씨 |
| | | 칠탄정 | 밀양손씨 |
| | | 칠탄서원 유허비 | |
| | | 이강조 공적안내판 | |
| | 사촌 | 지족당 | 의령남씨 |
| | | 금석정 | 밀양박씨 |
| | | 서씨부인 순열비 | |
| **범도리** | 아불 | 반계정 | 여주이씨 |
| | 범도 | 삼화재 | 달성서씨 |
| **사연리** | 사연 | 침류정 | 의령남씨 |
| | | 진모재 | 밀양박씨 |
| | 동화전 | 사양정 | 월성손씨 |
| **안법리** | 큰골 | 용연정 | 의령남씨 |
| | 안포 | 광주안씨 절부비 | |
| **태룡리** | 태동 | 태산재 | 김녕김씨 |
| | | 현덕술 송덕비 | |

## 무 안 면

| | | | |
|---|---|---|---|
| **가례리** | 다례동 | 임연정 | 안동권씨 |
| | | 모계재 | 김해김씨 |
| | | 조우식 공적안내판 | |
| | 서가정 | 경도재 | 밀양박씨 |
| | | 김만곤 효자비 김해김씨 | |
| | | 여주이씨 정려각 | |
| | | 김정보 효행비 경주김씨 | |
| | | 윤대신 효자비 파평윤씨 | |
| | 새터 | 육해주 효자비 옥천육씨 | |
| | | 여주이씨 절효비 | |
| | 아치실 | 경모재 | 순흥안씨 |
| **고라리** | 중촌 | 괴산재 | 진양하씨 |
| | 장재터 | 송암재 | 평산신씨 |
| **내진리** | 내진 | 용안서원 | 벽진이씨 |
| | | 남회당 | 벽진이씨 |
| | | 청옹정 | 벽진이씨 |
| | | 밀양박씨 열부각 | |
| **덕암리** | 상촌 | 사모재 | 남원양씨 |
| | 중촌 | 덕암재 | 진양강씨 |
| **동산리** | 못안 | 모본재 | 분성배씨 |
| | | 경모재 | 밀양박씨 |
| | 하촌 | 만산재 | 해주오씨 |
| | | 원모재 | 진양하씨 |
| | 까막소 | 경주김씨 정려각 | |
| **마흘리** | 백안동 | 운포재 | 충주석씨 |
| | | 돈우정 | 충주석씨 |
| | | 월담재 | 충주석씨 |
| | 어은동 | 산양재 | 김해김씨 |
| | | 어영하 효자각 | |
| | | 소암 석수도 효자각 | |
| | 가복동 | 복강재 | 경주이씨 |
| | 점동 | 경우재 | 충주석씨 |
| **모로리** | 모로 | 삼은재 | 창녕조씨 |
| **무안리** | 동부 | 경덕단 | 밀양박씨 |
| | | 만운재 | 밀양박씨 |
| | | 경초재 | 밀양박씨 |
| | | 유경각 | 밀양박씨 |
| | | 사명대사 표충비 | |
| | 서부 | 보유재 | 능성구씨 |
| | 원원교 | 강순조 진휼비 | |
| **삼태리** | 당두 | 창번재 | 밀양박씨 |
| | | 박지원 공적안내판 | |
| | | 태산재 | 순창설씨 |
| | | 죽포 설육준 유허비 | |
| | | 배씨부인 기적비 | |
| **성덕리** | 부연 | 용연재 | 벽진이씨 |
| | 개미 | 포산재 | 창녕조씨 |
| **양효리** | 곡량 | 현곡재 | 김해김씨 |
| | | 청단재 | 연주현씨 |
| | | 현정건 묘 | 연주현씨 |
| | 효우촌 | 죽파정 | 벽진이씨 |
| **연상리** | 상당동(음달) | 어변당 | 밀양박씨 |
| | | 적룡지 | 밀양박씨 |

| | | | |
|---|---|---|---|
| | | 충효공원 | 밀양박씨 |
| | | 덕연서원 | 밀양박씨 |
| | | 충효사 | 밀양박씨 |
| | | 경모재 | 경주김씨 |
| | | 효자 김교문 기적비 | |
| | 상당동(양달) | 반월정 | 밀양박씨 |
| | | 박재양 제단비 | |
| | 고사동 | 추모재 | 해주오씨 |
| **운정리** | 서재골 | 죽담정 | 진주류씨 |
| | 본동 | 운곡재 | 진주류씨 |
| | | 백운재 | 완산전씨 |
| **웅동리** | 관동 | 영모재 | 평산신씨 |
| | 어룡동 | 용연재 | 경주이씨 |
| | 자양동 | 원천재 | 창녕조씨 |
| | | 추모재 | 창녕조씨 |
| **정곡리** | 새터 | 신남서원 | 밀양박씨 |
| | | 경보당 | 밀양박씨 |
| | | 상모사 | 밀양박씨 |
| | | 선대 제단비 | |
| | 신화 | 문송정 | 광주안씨 |
| **죽월리** | 본동 | 동광재 | 경주최씨 |
| **중산리** | 본동 | 낙남재 | 평산신씨 |
| | | 중봉재 | 평산신씨 |
| | | 지성재 | 평산신씨 |
| | 석가골 | 청덕재 | 충주석씨 |
| **판곡리** | 널실 | 죽산재 | 김녕김씨 |
| | | 도남재 | 밀양박씨 |
| **화봉리** | 초전 | 청사당 | 합천이씨 |
| | 화봉 | 벽산재 | 김녕김씨 |
| | | 박문호 유덕비 | |

## 부 북 면

| | | | |
|---|---|---|---|
| **가산리** | 본동 | 가산재 | 순창설씨 |
| | | 심재 설광욱 효자각 | |
| **대항리** | 상항 | 영모재 | 진양하씨 |
| | | 동강재 | 진양하씨 |
| | | 추모재 | 진양하씨 |
| | | 두곡정 | 진양하씨 |
| | | 보본재 | 진양하씨 |
| | | 만회재 | 진양하씨 |
| | 중항 | 첨모재 | 장수황씨 |
| | | 귀원정 | 장수황씨 |
| | 하항 | 내독재 | 아산장씨 |
| | | 추감재 | 재령이씨 |
| | 화남 | 추모재 | 경주최씨 |
| | | 관가정 최청 영모비 | |
| | 사랑골 | 사정재 | 밀양박씨 |
| **덕곡리** | 덕곡 | 덕곡재 | 밀양손씨 |
| | | 상덕재 | 밀양손씨 |
| | 새터 | 운곡재 | 김해김씨 |
| | | 김일준 묘비 | |
| **무연리** | 무연 | 옥봉재 | 선산김씨 |
| | | 무연회관 | 동래정씨 |
| | 연포 | 영모당 이원보 효자각 | |
| **오례리** | 본동 | 의첨재 | 함평이씨 |
| | | 성목재 | 함평이씨 |
| **용지리** | 용포 | 용화재 | 함안조씨 |
| | 지동 | 백민 황상규 묘 | |
| **운전리** | 대전 | 운계재 | 전주류씨 |
| | 신전 | 김제일 효자각 광산김씨 | |
| **월산리** | 안마을 | 성모재 | 함평이씨 |
| | 가산지 | 용호정 | 함평이씨 |
| | | 화수재 | 함평이씨 |
| **위양리** | 위양지 | 완재정 | 안동권씨 |
| | | 학산 권삼변 유허비 | |
| | 위양 | 학산정사 | 안동권씨 |
| | | 학강사 | 여양진씨 |
| | 도방동 | 삼모재 | 김해김씨 |
| **전사포리** | 전포 | 사우당 | 성주도씨 |
| | | 둔옹정 | 광주안씨 |
| | | 모렴당 | 광주안씨 |
| | | 숭효사 | 광주안씨 |
| | | 광천서원 | 광주안씨 |
| | | 고취정 | 광주안씨 |

| | | | |
|---|---|---|---|
| | | 광주안씨 삼세제단 | |
| | | 정암 안완경 제단 | |
| | | 의장비 | 광주안씨 |
| | 신당 | 사우당 | 성주도씨 |
| | | 망향비 | 성주도씨 |
| **제대리** | 송악 | 행산재 | 밀양박씨 |
| | | 박차정 묘 | 밀양박씨 |
| | 한골 | 점필재 김종직 신도비 | |
| | | 추원재 | 선산김씨 |
| | | 김종직 흉상 및 연보비 | |
| | 지동 | 추모재 | 아산장씨 |
| **청운리** | 도촌 | 화남정사 | 광주안씨 |
| | | 화운정사 | 광주안씨 |
| | | 망원재 | 함평이씨 |
| | 상촌 | 경모재 | 김해김씨 |
| | 중촌 | 갈곡재 | 밀양박씨 |
| | | 이제재 | 전주이씨 |
| **춘화리** | 봉계 | 이영헌 효자각(연효각) | |
| **퇴로리** | 본동 | 서고정사 | 여주이씨 |
| | | 한서암 | 여주이씨 |
| | | 천연정 | 여주이씨 |
| | | 삼은정 | 여주이씨 |
| | | 용현정사 | 여주이씨 |
| | | 정진의숙 창학기념비 | |
| | | 원모재 | 함평이씨 |
| | | 사우정사 | 함평이씨 |
| | | 퇴로서당 기적비 | |
| | | 사우정 유지비 | |
| | | 이상관 공적안내판 | |
| **후사포리** | 내곡 | 국담재 | 밀양박씨 |
| | 후포 | 기양재 | 밀양박씨 |
| | | 모헌 박양춘 여표비 | |
| | | 행산공파 삼세 단소 | |
| | | 예림서원 | |
| | 중포 | 송계 신계성 여표비 | |
| | | 경정당 | 평산신씨 |
| | | 사우정 | 평산신씨 |

## 산 내 면

| | | | |
|---|---|---|---|
| **가인리** | 땅뫼 | 지산재 | 장수황씨 |
| | 인곡 | 모현재 | 김해김씨 |
| **남명리** | 동명 | 동림재 | 김해김씨 |
| | 추곡 | 모운재 | 함안조씨 |
| | 내촌 | 사인재 | 경주이씨 |
| **봉의리** | 봉촌 | 탁삼재 | 김녕김씨 |
| | | 충효사 | 김녕김씨 |
| | | 어초와 김유부 충효각 | |
| **삼양리** | 상양 | 영모재 | 파평윤씨 |
| **송백리** | 양송정 | 만취재 | 밀양손씨 |
| | | 경암 손호 사적비 | |
| | | 영언재 | 안동손씨 |
| | | 영언재 손제겸 유허비 | |
| | 미라 | 우경재 | 밀양박씨 |
| **용전리** | 용암 | 삼우당 | 안동손씨 |
| | 오치 | 경모재 | 달성서씨 |
| **원서리** | 원당 | 혜남정 | 안동손씨 |
| | 석골 | 원사재 | 청도김씨 |
| **임고리** | 금암 | 낙선재 | 평산신씨 |
| | 임고정 | 건척정 | 광주안씨 |
| | | 건모재 | 재령이씨 |
| | 작평 | 영모재 | 연일정씨 |

## 산 외 면

| | | | |
|---|---|---|---|
| **금곡리** | 본촌 | 금계사 | 밀양박씨 |
| | | 금양재 | 밀양박씨 |
| | | 용산정 | 밀양박씨 |
| | | 내복재 | 양성이씨 |
| | | 안종달 공적안내판 | |
| **남기리** | 남가 | 운산정 | 남원양씨 |
| | | 학남서당 | 안동권씨 |
| | 정문 | 창녕장씨 열부각 | |
| **다죽리** | 죽동 | 죽원재사 | 밀양손씨 |
| | | 죽포정사 | 밀양손씨 |

| | | | |
|---|---|---|---|
| | | 모당천 | 밀양당씨 |
| | 죽서 | 동산정 | 안동손씨 |
| | | 숭덕사 | 안동손씨 |
| | | 양진당 | 안동손씨 |
| | | 이이정 | 안동손씨 |
| | | 혜산서원 | 안동손씨 |
| | | 다원서당 | 안동손씨 |
| | | 죽계서당 | 안동손씨 |
| | | 격재 손조서 신도비 | |
| | | 성하 손경헌 사적비 | |
| | | 회당 손일민 기념비 | |
| **엄광리** | 다촌 | 광산재 | 안동손씨 |
| | | 청룡재 | 청도김씨 |
| | | 성모재 | 밀양박씨 |
| **희곡리** | 박산 | 손씨부인 정려각 | |
| | | 훈련부정 백이휘 사적비 | |

## 삼랑진읍

| | | | |
|---|---|---|---|
| **검세리** | 큰검세 | 박천익 제단비 | 밀양박씨 |
| **미전리** | 대미 | 김상우 효자각 | 경주김씨 |
| **삼랑리** | 상부 | 오우정 | 여흥민씨 |
| | | 삼강사비 | 여흥민씨 |
| | | 삼강서원 | 여흥민씨 |
| **숭진리** | 금호 | 세심정 | 아산장씨 |
| **용성리** | 청룡 | 영사정 | 문화류씨 |
| | | 의비 연개비 | |
| **용전리** | 직전 | 벽소정 | 안동손씨 |
| **우곡리** | 우곡 | 송산재 | 안동권씨 |
| | 염동 | 사은재 | 안동손씨 |
| **율동리** | 율곡 | 이출재 | 광주안씨 |
| | 무곡 | 무산재 | 충주지씨 |
| | | 죽강 지공 유청비 | |
| | | 지창규 기적비 | |
| **청학리** | 학동 | 조경암 장문익 묘 | 아산장씨 |
| | | 고원재 | 나주정씨 |
| **행곡리** | 안촌 | 안양재 | 밀양박씨 |

| | | | |
|---|---|---|---|
| | | 나주정씨 문중회관 | |
| | | 청주한씨 문중회관 | |

## 상남면

| | | | |
|---|---|---|---|
| **기산리** | 기산 | 김상윤 의열투쟁기념비 | |
| | 푹실 | 용운재 | 경주이씨 |
| **동산리** | 상세천 | 포은정 | 광산김씨 |
| | 중세천 | 경묵재 | 회산감씨 |
| | | 삼세정 | 창녕조씨 |
| | | 첨모재 | 광산김씨 |
| **마산리** | 마산 | 덕후재 | 여흥민씨 |
| | | 최수봉 기적비 | |
| | 갓골 | 관곡재 | 창녕조씨 |
| | 무량원 | 영사재 | 재령이씨 |
| **연금리** | 이연 | 낙사정 조말손 유허비 | |
| | | 정관당 | 창녕조씨 |
| | | 이척재 | 창녕조씨 |
| **외산리** | 어은동 | 춘언재 | 경주이씨 |
| **조음리** | 명성 | 명덕재 | 선산김씨 |
| | | 명성재 | 평산신씨 |
| | | 추원재 | 재령이씨 |

## 상동면

| | | | |
|---|---|---|---|
| **가곡리** | 내가곡 | 원모정 | 밀양박씨 |
| | | 경모정 | 밀양박씨 |
| | | 요산요수당 | 밀양박씨 |
| | | 여흥민씨 열부각 | |
| | | 손봉현 공적안내판 | |
| **가인리** | 인곡 | 모현재 | 김해김씨 |
| **고정리** | 모정 | 박연정 | 광주김씨 |
| | | 양무공 김태허 공적비 | |
| | | 팔공산회맹시비 | |
| | | 김영복 공적안내판 | |
| | 고정 | 덕음재 | 김녕김씨 |
| | 고답 | 경선재 | 달성서씨 |

| | | | |
|---|---|---|---|
| **금산리** | 유산 | 송강정 | 밀양박씨 |
| | | 동화정 | 밀양박씨 |
| | | 호산정사 | 여주이씨 |
| **도곡리** | 하도곡 | 학선정 | 김해김씨 |
| | 상도곡 | 도화재 | 순천박씨 |
| | 솔방 | 청송정 | 청도김씨 |
| **매화리** | 안매화 | 경무재 | 김해김씨 |
| **신곡리** | 양지 | 영훈재 | 장연노씨 |
| | | 원사재 | 밀양박씨 |
| | 절골 | 모운재 | 파평윤씨 |
| | 새마 | 추모재 | 경주이씨 |
| | 음지 | 인산재 | 김해김씨 |
| | | 삼모정 | 달성서씨 |
| **옥산리** | 바깥여수 | 여수정 | 달성하씨 |

## 청 도 면

| | | | |
|---|---|---|---|
| **고법리** | 덕법 | 자암재 | 아산장씨 |
| | 덕산 | 치산재 | 광산김씨 |
| | | 전모재 | 함평이씨 |
| | | 구천 이계목 공적비 | |
| | | 모애당 박경수 기적비 | |
| | 팔방 | 경모재 | 밀양박씨 |
| | | 만계정 | 밀양박씨 |
| | | 모성재 | 밀양박씨 |
| | | 만취당 | 밀양박씨 |
| | | 모아재 | 밀양박씨 |
| | | 경현사 | 밀양박씨 |
| | | 모와재 | 밀양박씨 |
| | | 모우재 | 밀양박씨 |
| | | 보본재 | 밀양박씨 |
| | | 화남재 | 밀양박씨 |
| | | 송은 박익 신도비 | |
| | | 모와 박주 효자각 | |
| | | 박씨칠현 유적비 | |
| | | 우당·인당·감헌 제단비 | |
| | | 김씨부인 기적비(유정각) | |
| | | 노강 전병근 유적비 | |
| | 화동 | 달과정 | 밀양박씨 |
| | | 추모재 | 밀양박씨 |
| | | 영모사 | 밀양박씨 |
| | | 소암 박효생 제단비 | |
| | | 선무원종공신 박수 사적비 | |
| | | 청명재 박인후 기적비 | |
| | | 화석 박문정 유지비 | |
| | | 장남재 | 청도김씨 |
| | | 중추부사 김만전 기적비 | |
| | | 절부 박씨부인 행적비 | |
| | 화촌 | 장병순 순직 기공비 | |
| **구기리** | 구기 | 이필재 | 의흥예씨 |
| | 근기 | 망수재 | 청도김씨 |
| | | 추보재 | 벽진이씨 |
| **두곡리** | 듬실 | 남계서원 | 청도김씨 |
| | | 척망재 | 서흥김씨 |
| | 이불 | 추강정사 | 청도김씨 |
| | | 추강 김락곤 기행비 | |
| **소태리** | 소태(아랫마) | 사의정 | 청도김씨 |
| | | 낙역재 | 청도김씨 |
| | | 춘우당 | 청도김씨 |
| | | 태산서당 | 청도김씨 |
| | | 김태혁 기념비 | |
| | | 허희 창관 기념비 | |
| | 소태(웃마) | 모선재 | 김해김씨 |
| | | 모선재 중수기적비 | |
| **요고리** | 안곡 | 직조재 | 밀양박씨 |
| | 매곡 | 숭모재 | 남평문씨 |
| | 수리듬 | 화선재 | 김해김씨 |
| | | 김주석 기적비 | |
| **인산리** | 관목 | 인산서당 | 청도김씨 |
| | 지수 | 돈의정 | 청도김씨 |
| | 인목 | 원모재 | 전주이씨 |
| **조천리** | 본동 | 소호재 | 경주이씨 |
| | | 염수정 | 경주이씨 |
| | | 함안조씨 효열부비 | |
| | | 이언권 공적안내판 | |

| | | 오남재 | 청도김씨 |
|---|---|---|---|
| | | 송애 김한곤 교사비 | |

## 초 동 면

| | | | |
|---|---|---|---|
| 검암리 | 검암 | 검석정 | 밀양박씨 |
| | 곡강 | 곡강정 | 벽진이씨 |
| | | 팔문각 | 벽진이씨 |
| | | 영모재 | 수원백씨 |
| 금포리 | 본동 | 오휴정 | 광주안씨 |
| | | 임연재 | 광주안씨 |
| | 소캐 | 식호당 | 광주안씨 |
| | 시리골 | 근사재 | 광주안씨 |
| | 모래들 | 안동진 각자 | |
| 대곡리 | 대곡 | 경모재 | 파평윤씨 |
| 덕산리 | 삼손 | 덕산재 | 달성서씨 |
| 명성리 | 명포 | 여재당 | 김해김씨 |
| | | 경모재 | 김해김씨 |
| | 신포 | 원모재 | 창녕조씨 |
| | 성암 | 원모재 | 밀양박씨 |
| | | 성암재 | 벽진이씨 |
| | | 감모재 | 재령이씨 |
| 반월리 | 분두골 | 대원정 | 동래정씨 |
| 범평리 | 범평 | 유산재 | 김해김씨 |
| 봉황리 | 덕산 | 정수룡 효자각 동래정씨 | |
| | 방동 | 봉서재 | 밀양박씨 |
| | | 동래정씨 열효부각 | |
| | 봉대 | 영사정 | 고성이씨 |
| | | 귀후재 | 창녕조씨 |
| | 와지 | 덕린재 | 밀양박씨 |
| | | 사죽당 | 밀양박씨 |
| | | 수사 박기우 영정각 | |
| | 황대 | 봉림재 | 밀양손씨 |
| | | 밀성군 손빈 신도비 | |
| 성만리 | 안성만 | 취성재 | 광주안씨 |
| | 대구령 | 죽계재 | 청도김씨 |
| | | 우창주 효자각 | |
| | 소구령 | 밀양변씨 단소 | |
| | 대구말 | 삼현비각 | 밀양변씨 |
| 신월리 | 새월 | 역열재 | 밀양박씨 |
| | | 덕남서원 터 | |
| | 자양 | 자영재 | 밀양박씨 |
| 신호리 | 대구말 | 모선정 | 밀양박씨 |
| | | 덕남사 | 밀양박씨 |
| | | 숭절재 | 밀양박씨 |
| | | 인당 박소 유허비 | |
| | 새터 | 신계재 | 밀양박씨 |
| | | 양호당 | 밀양박씨 |
| | 백매 | 감모재 | 밀양박씨 |
| 오방리 | 본동 | 오봉서원 | 창녕조씨 |
| | | 청효사 | 창녕조씨 |
| | | 독지재 | 창녕조씨 |
| | | 강동구 | 창녕조씨 |
| | | 강동구 사적비각 | |
| | | 취원당 조광익 효자각 | |
| | | 경모재 | 창녕조씨 |
| | | 오사재 | 파평윤씨 |
| | | 오산재 | 파평윤씨 |

## 하 남 읍

| | | | |
|---|---|---|---|
| 귀명리 | 귀동 | 덕양사 | 광주김씨 |
| | | 구봉 김수인 별묘 | |
| | 귀서 | 경모재 | 밀양박씨 |
| | | 선대 묘·제단비 | |
| | | 영모재 | 벽진이씨 |
| | | 학명재 | 김해김씨 |
| | 사등산 | 무홀재 | 광주김씨 |
| 남전리 | 보담 | 호유당공원 | 벽진이씨 |
| | 서전 | 추파정 | 옥산전씨 |
| | | 덕산재 | 옥산전씨 |
| | | 일경재 | 옥산전씨 |
| | | 반전재 | 옥산전씨 |
| | | 덕봉정사 | 옥산전씨 |

| | | | |
|---|---|---|---|
| | 효자문 | 계헌 이신 효자각 | |
| **대사리** | 대사동 | 대학당 | 광주김씨 |
| | | 양무공 김태허 별묘 | |
| | | 양무공 김태허 신도비 | |
| | 덕동 | 임춘재 | 광주김씨 |
| | | 동호재 | 광주김씨 |
| **명례리** | 상촌동 | 낙주재 | 전주이씨 |
| | | 경덕사 | 전주이씨 |
| | | 관란정 | 전주이씨 |
| | | 이강래 공적안내판 | |

| | | | |
|---|---|---|---|
| | | 제주고씨 절부비 | |
| | 평지동 | 완산재 | 김해김씨 |
| **수산리** | 내서 | 남수정 | 광주김씨 |
| | | 추모정 | 광주김씨 |
| | 동촌 | 동호재 | 이천서씨 |
| | | 육절각 | 이천서씨 |
| | 서편 | 신석원 공적안내판 | |
| **파서리** | 파서 | 양정서당 | 여흥민씨 |
| | 파내 | 파산재 | 김해김씨 |

# 성씨별 사적 목록

## 감씨 ~ 김씨

| 성씨 | 사적 | 위치 |
|---|---|---|
| 감씨(회산) | 경묵재 | 상남 동산리 중세천 |
| 강씨(진양) | 덕암재 | 무안 덕암리 중촌 |
| | 강순조 진휼비 | 무안 무안리 서부 |
| | 강진호 효행비 | 초동 명성리 성암 |
| 고씨(제주) | 고씨부인 절부비 | 하남 명례리 상촌 |
| 구씨(능성) | 추모재 | 단장면 고례리 평리 |
| | 보유재 | 무안 무안리 서부 |
| 권씨(안동) | 완재정 | 부북 위양리 위양지 |
| | 권삼변 유허비 | 부북 위양리 위양지 |
| | 학산정사 | 부북 위양리 위양 |
| | 학남서당 | 산외 남기리 남가 |
| | 송산재 | 삼랑진 우곡리 우곡 |
| | 임연정 | 무안 가례리 다례동 |
| 김씨(경주) | 경모재 | 무안 연상리 상당동 |
| | 김교문 효자비 | 무안 연상리 상당동 |
| | 김씨부인 정려각 | 무안 동산리 까막소 |
| | 김정보 효행비 | 무안 가례리 서가정 |
| | 김상우 효자각 | 삼랑진 미전리 대미 |
| | 세경재 | 단장 무릉리 안무릉 |
| (광산) | 첨모재 | 상남 동산리 중세천 |
| | 포은정 | 상남 동산리 상세천 |
| | 치산재 | 청도 고법리 내곡 |
| | 김제일 효자각 | 부북 운전리 신전 |
| (광주) | 박연정 | 상동 고정리 고정 |
| | 팔공산회맹시비 | 상동 고정리 고정 |
| | 김태허 공적비 | 상동 고정리 고정 |
| | 김영복 공적안내판 | 상동면 고정리 고정 |
| | 덕양사 | 하남 귀명리 귀동 |
| | 무훌재 | 하남 귀명리 입구 |
| | 대학당 | 하남 대사리 본동 |
| | 임춘재 | 하남 대사리 덕동 |
| | 동호재 | 하남 대사리 덕동 |
| | 김태허 신도비 | 하남 대사리 입구 |
| | 남수정 | 하남 수산리 내서 |
| | 추모정 | 하남 수산리 내서 |
| | 김상윤 의열투쟁기념비 | 상남 기산리 기산 |
| (김녕) | 태산재 | 단장 태룡리 태동 |
| | 벽산재 | 무안 화봉리 화봉 |
| | 죽산재 | 무안 판곡리 널실 |
| | 탁삼재 | 산내 봉의리 봉촌 |
| | 충효각 | 산내 봉의리 봉촌 |
| | 덕음재 | 상동 고정리 고정 |
| (김해) | 의열기념관 | 내이동 해천 |
| | 운곡재 | 부북 덕곡리 새터 |
| | 김일준 묘비 | 부북 덕곡리 새터 |
| | 경모재 | 부북 청운리 상촌 |
| | 삼모재 | 부북 위양리 도방동 |

| | | |
|---|---|---|
| | 동림재 | 산내 남명리 동명 |
| | 모현재 | 산내 가인리 인곡 |
| | 경무재 | 상동 매화리 안매화 |
| | 학선정 | 상동 도곡리 하도곡 |
| | 인산재 | 상동 신곡리 음지 |
| | 김씨부인 기적비 | 청도 고법리 팔방 |
| | 모선재 | 청도 소태리 웃마 |
| | 화선재 | 청도 요고리 수리듬 |
| | 유산재 | 초동 범평리 범평 |
| | 여재당 | 초동 명성리 명포 |
| | 경모재 | 초동 명성리 명포 |
| | 학명재 | 하남 귀명리 귀서 |
| | 완산재 | 하남 명례리 평지동 |
| | 파산재 | 하남 파서리 파내 |
| | 모계재 | 무안 가례리 다례동 |
| | 김만곤 효자비 | 무안 가례리 입구 |
| | 산양재 | 무안 마흘리 어은동 |
| | 현곡재 | 무안 양효리 곡량 |
| (서흥) | 척망재 | 청도 두곡리 듬실 |
| (선산) | 예림서원 | 부북 후사포리 후포 |
| | 추원재 | 부북 제대리 한골 |
| | 김종직 신도비 | 부북 제대리 한골 |
| | 옥봉재 | 부북 무연리 무연 |
| | 명덕재 | 상남 조음리 명성 |
| (의성) | 용산서원 | 시내 가곡동 멍에실 |
| (청도) | 남계서원 | 청도 두곡리 듬실 |
| | 추강정사 | 청도 두곡리 이불 |
| | 김락곤 기행비 | 청도 두곡리 이불 |
| | 사의정 | 청도 소태리 아랫마 |
| | 낙역재 | 청도 소태리 아랫마 |
| | 태산서당 | 청도 소태리 아랫마 |
| | 춘우당 | 청도 소태리 아랫마 |
| | 김태혁 기념비 | 청도 소태리 아랫마 |
| | 망수재 | 청도 구기리 고장동 |
| | 장남재 | 청도 고법리 화동 |
| | 김만전 기적비 | 청도 고법리 화동 |
| | 돈의정 | 청도 인산리 지수 |
| | 인산서당 | 청도 인산리 관목 |
| | 오남재 | 청도 조천리 |
| | 김한곤 교사비 | 청도 조천리 |
| | 죽계재 | 초동 성만리 대구령 |
| | 원사재 | 산내 원서리 서촌(석골) |
| | 청룡재 | 산외 엄광리 다촌(중촌) |
| | 청송정 | 상동 도곡리 솔방 |

## 남씨 ~ 민씨

| | | |
|---|---|---|
| 남씨(의령) | 지족당 | 단장 미촌리 사촌 |
| | 용연정 | 단장 안법리 큰골 |
| | 침류정 | 단장 사연리 사연 |
| 노씨(광주) | 자암서당 | 단장 무릉리 노곡 |
| | 노상익 노상직 공적안내판 | 노곡 |
| | 파리장서비 | 밀양독립운동기념관 앞 |
| (장연) | 영훈재 | 상동면 신곡리 양지 |
| 당씨(밀양) | 모당천 | 산외 다죽리 죽동 |
| 도씨(성주) | 사우당 | 부북 전사포리 신당 |
| | 망향비 | 부북 전사포리 신당 |
| 류씨(문화) | 영사정 | 삼랑진 용성리 청룡 |
| | 의비 연개비 | 삼랑진 용성리 청룡 |
| (전주) | 운계재 | 부북 운전리 대전 |
| (진주) | 죽담정 | 무안 운정리 서재골 |
| | 선대 설단 | 무안 운정리 서재골 |
| | 운곡재 | 무안 운정리 본동 |
| 문씨(남평) | 숭모재 | 청도 요고리 매곡 |
| 민씨(여흥) | 오우정 | 삼랑진 삼랑리 상부 |
| | 삼강사비 | 삼랑진 삼랑리 상부 |
| | 삼강서원 | 삼랑진 삼랑리 상부 |
| | 양정서당 | 하남 파서리 파서 |
| | 덕후재 | 상남 마산리 마산 |
| | 여흥민씨 열부각 | 상동 가곡리 내가곡 |

## 박씨 ~ 변씨

| | | |
|---|---|---|
| 박씨(밀성) | 밀성대군 단소 | 영남루 경내 |
| | 밀성재 | 시내 내일동 |

| | |
|---|---|
| 세루정 | 시내 내일동 |
| 추화재 | 시내 내일동 |
| 익성사 | 시내 내일동 |
| 행산재 | 부북 제대리 송악 |
| 국담재 | 부북 후사포리 내곡 |
| 기양재 | 부북 후사포리 후포 |
| 박양춘 여표비 | 부북 후사포리 후포 |
| 행산공파 삼세제단 | 후사포리 후포 |
| 갈곡재 | 부북 청운리 중촌 |
| 박상윤 공적안내판 | 청운리 중촌 |
| 박차정 묘 | 부북 제대리 송악 |
| 사정재 | 부북 대항리 사랑골 |
| 모선정 | 초동 신호리 대구말 |
| 덕남사 | 초동 신호리 대구말 |
| 숭절재 | 초동 신호리 대구말 |
| 박소 유허비 | 초동 신호리 대구말 |
| 신계재 | 초동 신호리 새터 |
| 양호당 | 초동 신호리 새터 |
| 감모재 | 초동 신호리 백매 |
| 역열재 | 초동 신월리 새월 |
| 덕남서원 터 | 초동 신월리 새월 |
| 자영재 | 초동 신월리 자양 |
| 검석정 | 초동 검암리 검암 |
| 봉서재 | 초동 봉황리 방동 |
| 덕린재 | 초동 봉황리 와지 |
| 사죽당 | 초동 봉황리 와지 |
| 원모재 | 초동 명성리 성암 |
| 경모재 | 하남 귀명리 귀서 |
| 박대양 제단비 | 하남 귀명리 귀서 |
| 금계사 | 산외 금곡리 본촌 |
| 금양재 | 산외 금곡리 본촌 |
| 용산정 | 산외 금곡리 본촌 |
| 성모재 | 산외 엄광리 다촌 |
| 우경재 | 산내 송백리 미라 |
| 금석정 | 단장 미촌리 사촌 |
| 모선재 | 단장 무릉리 노곡 |
| 진모재 | 단장 사연리 사연 |
| 경모정 | 단장 사연리 사연 |

| | |
|---|---|
| 요산요수당 | 상동 가곡리 내가곡 |
| 원모정 | 상동 가곡리 내가곡 |
| 송강정 | 상동 금산리 유산 |
| 동화정 | 상동 금산리 유산 |
| 원사재 | 상동 신곡리 양지 |
| 경도재 | 무안 가례리 서가정 |
| 경덕단 | 무안 무안리 동부 |
| 만운재 | 무안 무안리 동부 |
| 유경각 | 무안 무안리 동부 |
| 경초재 | 무안 무안리 동부 |
| 신남서원 | 무안 정곡리 새터 |
| 경보당 | 무안 정곡리 새터 |
| 상모사 | 무안 정곡리 새터 |
| 선대 제단비 | 무안 정곡리 새터 |
| 도남재 | 무안 판곡리 널실 |
| 반월정 | 무안 연상리 상당동 |
| 박재양 제단비 | 무안 연상리 상당동 |
| 어변당 | 무안 연상리 상당동 |
| 적룡지 | 무안 연상리 상당동 |
| 덕연서원 | 무안 연상리 상당동 |
| 충효사 | 무안 연상리 상당동 |
| 충효공원 | 무안 연상리 상당동 |
| 박문호 유덕비 | 무안 화봉리 화봉 |
| 창번재 | 무안 삼태리 당두 |
| 박지원 공적안내판 | 삼태리 당두 |
| 밀양박씨 열부각 | 무안 내진리 내진 |
| 경모재 | 무안 동산리 못안 |
| 박익 묘 | 청도 고법리 팔방 |
| 우당·인당·감헌 제단비 | 고법리 팔방 |
| 박주 효자각 | 청도 고법리 팔방 |
| 경현사 | 청도 고법리 팔방 |
| 모아재 | 청도 고법리 팔방 |
| 모우재 | 청도 고법리 팔방 |
| 모와재 | 청도 고법리 팔방 |
| 박씨칠현 유적비 | 청도 고법리 팔방 |
| 모성재 | 청도 고법리 팔방 |
| 만취당 | 청도 고법리 팔방 |
| 보본재 | 청도 고법리 팔방 |

| | | |
|---|---|---|
| | 박익 신도비 | 청도 고법리 팔방 |
| | 화남재 | 청도 고법리 팔방 |
| | 영모사 | 청도 고법리 화동 |
| | 박효생 제단비 | 청도 고법리 화동 |
| | 추모재 | 청도 고법리 화동 |
| | 달과정 | 청도 고법리 화동 |
| | 박수 사적비 | 청도 고법리 화동 |
| | 박인후 기적비 | 청도 고법리 화동 |
| | 박문정 유지비 | 청도 고법리 화동 |
| | 밀양박씨 절부비 | 청도 고법리 화동 |
| | 박경수 기적비 | 청도 고법리 덕산 |
| | 직조재 | 청도 요고리 안곡 |
| | 안양재 | 삼랑진 행곡리 안촌 |
| | 박천익 제단비 | 삼랑진 검세리 큰검세 |
| (순천) | 도화재 | 상동 도곡리 상도곡 |
| **배씨**(분성) | 모본재 | 무안 동산리 못안 |
| | 배씨부인 기적비 | 무안 삼태리 당두 |
| **백씨**(수원) | 백이휘 사적비 | 산외 희곡리 박산 |
| | 영모재 | 초동 검암리 곡강 |
| **변씨**(밀양) | 삼현비각 | 초동 신호리 대구말 |
| | 밀양변씨 단소 | 초동 성만리 소구령 |

## 서씨 ~ 신씨

| | | |
|---|---|---|
| **서씨**(달성) | 경모재 | 산내 용전리 오치 |
| | 경선재 | 상동 고정리 고답 |
| | 삼모정 | 상동 신곡리 음지 |
| | 삼화재 | 단장 범도리 범도 |
| | 서씨부인 순열비 | 단장 미촌리 사촌 |
| | 덕산재 | 초동 덕산리 삼손 |
| (이천) | 육절각 | 하남 수산리 동촌 |
| | 동호재 | 하남 수산리 동촌 |
| **석씨**(충주) | 운포재 | 무안 마흘리 백안동 |
| | 돈우정 | 무안 마흘리 백안동 |
| | 월담재 | 무안 마흘리 백안동 |
| | 석수도 효자각 | 무안 마흘리 어은동 |
| | 경우재 | 무안 마흘리 점동 |
| | 청덕재 | 무안 중산리 석가골 |
| **설씨**(순창) | 가산재 | 부북 가산리 |
| | 설광욱 효자각 | 부북 가산리 |
| | 태산재 | 무안 삼태리 당두 |
| | 설욱준 유허비 | 무안 삼태리 당두 |
| **손씨**(밀양) | 춘복재 | 시내 교동 춘복 |
| | 현충사 | 시내 교동 춘복 |
| | 손긍훈 신도비 | 시내 교동 춘복 |
| | 오연정 | 시내 교동 모례 |
| | 손정현 기념비 | 밀양초등학교 |
| | 죽원재사 | 산외 다죽리 죽동 |
| | 만취재 | 산내 송백리 양송정 |
| | 손호 사적비 | 산내 송백리 양송정 |
| | 칠탄정 | 단장 미촌리 구미 |
| | 칠탄서원 유허비 | 단장 미촌리 구미 |
| | 상덕재 | 부북 덕곡리 덕곡 |
| | 덕곡재 | 부북 덕곡리 덕곡 |
| | 손봉현 공적안내판 | 상동 가곡리 내가곡 |
| | 손빈 신도비 | 초동 봉황리 황대 |
| | 봉림재 | 초동 봉황리 황대 |
| (안동) | 심경루 | 시내 용평동 장선 |
| | 용호정 | 시내 용평동 장선 |
| | 손조서 신도비 | 산외 다죽리 죽서 |
| | 혜산서원 | 산외 다죽리 죽서 |
| | 다원서당 | 산외 다죽리 죽서 |
| | 이이당 | 산외 다죽리 죽서 |
| | 양진당 | 산외 다죽리 죽서 |
| | 동산정 | 산외 다죽리 죽서 |
| | 죽계서당 | 산외 다죽리 죽서 |
| | 손경헌 사적비 | 산외 다죽리 죽서 |
| | 손일민 기념비 | 산외 다죽리 |
| | 광산재 | 산외 엄광리 다촌 |
| | 손씨부인 정려각 | 산외 희곡리 박산 |
| | 영언재 | 산내 송백리 양송정 |
| | 손제겸 유허비 | 산내 송백리 양송정 |
| | 혜남정 | 산내 원서리 원당 |
| | 삼우당 | 산내 용전리 용암 |
| | 칠산정 | 단장 미촌리 구미 |

| | | |
|---|---|---|
| | 구산정 | 단장 미촌리 구미 |
| | 벽소정 | 삼랑진 용전리 직전 |
| | 사은재 | 삼랑진 우곡리 염동 |
| (월성) | 사양정 | 단장 사연리 동화전 |
| 신씨(평산) | 신계성 여표비 | 부북 후사포리 중포 |
| | 경정당 | 부북 후사포리 중포 |
| | 사우정 | 부북 후사포리 중포 |
| | 장선재 | 시내 용평동 장선 |
| | 낙남재 | 무안 중산리 본동 |
| | 중봉재 | 무안 중산리 본동 |
| | 지성재 | 무안 중산리 본동 |
| | 송암재 | 무안 고라리 장재터 |
| | 영모재 | 무안 웅동리 관동 |
| | 낙선재 | 산내 임고리 금암 |
| | 명성재 | 상남 조음리 명성 |
| | 신석원 공적안내판 | 하남 수산리 서편 |

## 안씨 ~ 임씨

| | | |
|---|---|---|
| 안씨(광주) | 둔옹정 | 부북 전사포리 전포 |
| | 모렴당 | 부북 전사포리 전포 |
| | 숭효사 | 부북 전사포리 전포 |
| | 광천서원 | 부북 전사포리 전포 |
| | 고취정 | 부북 전사포리 전포 |
| | 안씨삼세제단 | 부북 전사포리 전포 |
| | 안완경 제단 | 부북 전사포리 전포 |
| | 안씨의장비 | 부북 전사포리 전포 |
| | 망향비 | 부북 전사포리 신당 |
| | 화남정사 | 부북 청운리 도촌 |
| | 화운정사 | 부북 청운리 도촌 |
| | 이출재 | 삼랑진 율동리 율곡 |
| | 문송정 | 무안 정곡리 신화 |
| | 광주안씨 절부비 | 단장 안법리 안포동 |
| | 오휴당 | 초동 금포리 금포 |
| | 임연재 | 초동 금포리 금포 |
| | 식호당 | 초동 금포리 소캐 |
| | 근사재 | 초동 금포리 시리골 |
| | 안동진 각자 | 초동 금포리 모래들 |
| | 취성재 | 초동 성만리 안성만 |
| | 건척정 | 산내 임고리 임고정 |
| | 안종달 공적안내판 | 산외 금곡리 본촌 |
| (순흥) | 경모재 | 무안 가례리 아치실 |
| 양씨(남원) | 운산정 | 산외 남기리 남가 |
| | 사모재 | 무안 덕암리 상촌 |
| | 양씨부인 열녀각 | 단장 국전리 양지 |
| 어씨(함종) | 어영하 효자각 | 무안 마흘리 어은동 |
| 예씨(의흥) | 이필재 | 청도 구기리 구축골 |
| 오씨(해주) | 만산재 | 무안 동산리 하촌 |
| | 추모재 | 무안 연상리 고사동 |
| 우씨(단양) | 우창주 효자각 | 초동 신호리 대구령 |
| 육씨(옥천) | 육해주 유허비 | 무안 가례리 새터 |
| 윤씨(파평) | 오사재 | 초동 오방리 |
| | 오산재 | 초동 오방리 |
| | 경모재 | 초동 대곡리 대곡 |
| | 모운재 | 상동 신곡리 절골 |
| | 영모재 | 산내 삼양리 상양 |
| | 윤대신 효자비 | 무안 가례리 서가정 |
| 이씨(경주) | 소호재 | 청도 조천리 |
| | 염수정 | 청도 조천리 |
| | 복강재 | 무안 마흘리 가복동 |
| | 용연재 | 무안 웅동리 야촌 |
| | 추원재 | 단장 국전리 국전 |
| | 사인재 | 산내 남명리 내촌 |
| | 추모재 | 산내 신곡리 새마 |
| | 춘언재 | 상남 외산리 어은동 |
| | 용운재 | 상남 기산리 푹실 |
| (고성) | 영사정 | 초동 봉황리 봉대 |
| (벽진) | 남회당 | 무안 내진리 내진 |
| | 청옹정 | 무안 내진리 내진 |
| | 용안서원 | 무안 내진리 내진 |
| | 죽파정 | 무안 양효리 효우촌 |
| | 용연재 | 무안 성덕리 부연 |
| | 곡강정 | 초동 검암리 곡강 |
| | 팔문각 | 초동 검암리 곡강 |
| | 성암재 | 초동 명성리 성암 |

| | | |
|---|---|---|
| | 호유당공원 | 하남 남전리 보담 |
| | 영모재 | 하남 귀명리 귀서 |
| | 추보재 | 청도 구기리 근기 |
| | 이언권 공적안내판 | 청도 조천리 |
| | 이강조 공적안내판 | 단장 미촌리 구미 |
| (양성) | 내복재 | 산외 금곡리 본촌 |
| (여주) | 월연대 | 시내 용평동 |
| | 쌍경당 | 시내 용평동 |
| | 제헌 | 시내 용평동 |
| | 춘우정 | 시내 용평동 선불 |
| | 송월당 | 시내 용평동 선불 |
| | 영사재 | 시내 용평동 선불 |
| | 풍수암 | 시내 용평동 선불 |
| | 금시당 | 시내 활성동 |
| | 백곡재 | 시내 활성동 |
| | 전천서당 | 시내 활성동 살내 |
| | 서고정사 | 부북 퇴로리 |
| | 천연정 | 부북 퇴로리 |
| | 삼은정 | 부북 퇴로리 |
| | 한서암 | 부북 퇴로리 |
| | 이씨고가 | 부북 퇴로리 |
| | 정진의숙 창학기념비 | 퇴로리 |
| | 용현정사 | 부북 퇴로리 |
| | 호산정사 | 상동 금산리 유산 |
| | 반계정 | 단장 범도리 아불 |
| | 도원정 | 단장 고례리 고례 |
| | 단구정사 | 단장 단장리 단정 |
| | 여주이씨 정려각 | 무안 가례리 서가정 |
| | 여주이씨 절효비 | 무안 가례리 새터 |
| (재령) | 이신 효자각 | 하남 남전리 효자문 |
| | 영사재 | 상남 마산리 무량원 |
| | 추원재 | 상남 조음리 명성 |
| | 추감재 | 부북 대항리 하항 |
| | 감모재 | 초동 명성리 성암 |
| | 건모재 | 산내 임고리 임고정 |
| (전주) | 이제재 | 부북 청운리 중촌 |
| | 낙주재 | 하남 명례리 상촌동 |
| | 경덕사 | 하남 명례리 상촌동 |
| | 관란정 | 하남 명례리 상촌동 |
| | 원모재 | 청도 인산리 인목 |
| (함평) | 의첨재 | 부북 오례리 본동 |
| | 성목재 | 부북 오례리 본동 |
| | 원모재 | 부북 퇴로리 |
| | 사우정사 | 부북 퇴로리 |
| | 퇴로서당 기적비 | 부북 퇴로리 |
| | 사우정 유지비 | 부북 퇴로리 |
| | 이상관 공적안내판 | 퇴로리 |
| | 망원재 | 부북 청운리 도촌 |
| | 성모재 | 부북 월산리 안마을 |
| | 용호정 | 부북 월산리 가산지 |
| | 화수재 | 부북 월산리 가산지 |
| | 이영헌 효자각(연효각) | 춘화리 봉계 |
| | 전모재 | 청도 고법리 덕산 |
| (합천) | 청사당 | 무안 화봉리 초전 |
| | 이원보 효자각 | 부북 무연리 연포 |
| 임씨(풍천) | 표충비각 | 무안 무안리 동부 |
| | 사명대사 생가지 | 무안 고라리 중촌 |
| | 사명대사 기념관 | 무안 고라리 중촌 |
| | 사명대사 동상 | 내일동 아동산 |

## 장씨 ~ 진씨

| | | |
|---|---|---|
| 장씨(아산) | 추모재 | 부북 제대리 지동 |
| | 내독재 | 부북 대항리 하항 |
| | 세심정 | 삼랑진 숭진리 금호 |
| | 장문익 묘 | 삼랑진 숭진리 학동 |
| | 자암재 | 청도 고법리 덕법 |
| | 장병순 순직기공비 | 고법리 화촌 |
| (인동) | 낙주정 | 단장 고례리 고례 |
| | 농산헌 | 단장 고례리 고례 |
| | 고례사 | 단장 고례리 고례 |
| | 옥봉정 | 단장 고례리 고례 |
| | 장응구 효자각(삼성각) | 고례리 고례 |
| (창녕) | 창녕장씨 열부각 | 산외 남기리 정문 |
| 전씨(옥산) | 추파정 | 하남 남전리 서전 |

| | | |
|---|---|---|
| | 덕산재 | 하남 남전리 서전 |
| | 일경재 | 하남 남전리 서전 |
| | 반전재 | 하남 남전리 서전 |
| | 덕봉정사 | 하남 남전리 서전 |
| | 전병근 유적비 | 청도 고법리 팔방 |
| (완산) | 백운재 | 무안 운정리 본동 |
| (정선) | 전홍표 묘 | 교동 구대곡 |
| 정씨(동래) | 대원정 | 초동 반월리 분두골 |
| | 정수룡 효자각 | 초동 덕산리 내송 |
| | 동래정씨 열효부각 | 봉황리 방동 |
| | 무연회관 | 부북 무연리 무연 |
| (연일) | 영모재 | 산내 임고리 작평 |
| 정씨(나주) | 고원재 | 삼랑진 청학리 학동 |
| | 문중회관 | 삼랑진 행곡리 안촌 |
| | 노곡재 | 단장 무릉리 노곡 |
| 조씨(창녕) | 조말손 유허비 | 상남 연금리 이연 |
| | 정관당 | 상남 연금리 이연 |
| | 이척재 | 상남 연금리 이연 |
| | 관곡재 | 상남 마산리 갓골 |
| | 오봉서원 | 초동 오방리 |
| | 청효사 | 초동 오방리 |
| | 독지재 | 초동 오방리 |
| | 조광익 효자각 | 초동 오방리 |
| | 강동구 | 초동 오방리 |
| | 강동구 사적비각 | 초동 오방리 |
| | 경모재 | 초동 오방리 |
| | 귀후재 | 초동 봉황리 봉대 |
| | 원모재 | 초동 명성리 신포 |
| | 삼세정 | 상남 동산리 중세천 |
| | 삼은재 | 무안 모로리 모로 |
| | 포산재 | 무안 성덕리 개미 |
| | 원천재 | 무안 웅동리 자양동 |
| | 추모재 | 무안 웅동리 자양동 |
| | 조우식 공적안내판 | 가례리 다례동 |
| 조씨(함안) | 용화재 | 부북 용지리 용포 |
| | 모운재 | 산내 남명리 추곡 |
| | 함안조씨 효열부비 | 청도 조천리 |
| 지씨(충주) | 무산재 | 삼랑진 율동리 무곡 |
| | 지창규 기적비 | 삼랑진 율동리 무곡 |
| 진씨(여양) | 학강사 | 부북 위양리 위양 |

## 최씨 ~ 황씨

| | | |
|---|---|---|
| 최씨(경주) | 추모재 | 부북 대항리 화남 |
| | 최청 영모비 | 부북 대항리 화남 |
| | 최수봉 기적비 | 상남 마산리 마산 |
| | 동광재 | 무안 죽월리 본동 |
| 하씨(진양) | 영모재 | 부북 대항리 상항 |
| | 동강재 | 부북 대항리 상항 |
| | 추모재 | 부북 대항리 상항 |
| | 두곡정 | 부북 대항리 상항 |
| | 보본재 | 부북 대항리 상항 |
| | 만회재 | 부북 대항리 상항 |
| | 원모재 | 무안 동산리 하촌 |
| | 괴산재 | 무안 고라리 중촌 |
| 하씨(달성) | 여수정 | 상동 옥산리 바깥여수 |
| 한씨(청주) | 문중회관 | 삼랑진 행곡리 안촌 |
| 허씨(김해) | 주산서당 | 단장 단장리 경주산 |
| | 허씨고가 | 단장 단장리 단정 |
| (양천) | 허희 창관기념비 | 청도 소태리 아랫마 |
| 현씨(연주) | 청단재 | 무안 양효리 곡량 |
| | 현정건 묘 | 무안 양효리 곡량 |
| | 현덕술 송덕비 | 단장 태룡리 태동 |
| 황씨(장수) | 첨모재 | 부북 대항리 중항 |
| | 귀원정 | 부북 대항리 중항 |
| | 황문익 공적안내판 | 대항리 중항 |
| | 지산재 | 산내 가인리 땅뫼 |
| (창원) | 황상규 묘 | 부북 용지리 지동 |

# 집필 후기

약 50년 전쯤이다. 초등학교 3학년 때 아버지 뒤를 따라 초동 성만에서 부북 한목으로 큰 나들이를 했다. 대구말에서 버스를 타고 수산을 거쳐 밀양 읍내에 내려 다시 부북행 버스를 갈아탔다. 차창에서 먼지가 풀풀 나는 신작로 뒤를 보는 것 자체가 신나는 일이었다. 아마 시사(時祀)로 본향을 찾은 것 같다. 그날 영모재 마루 뒷켠에 쪼그려 앉아 무언가를 받아 적었다. 종이가 있었는지, 연필을 가지고 갔는지는 기억에 없다. 다만 주위 어른들이 나를 기특하다고 칭찬하시던 말씀에 아버지를 따라오길 잘했다는 생각을 했었다.

중학교 진학해서는 춘정 변계량을 새롭게 만났다. 새마을 조기청소 시간에 변계량 비각으로 알려진 밀양변씨 삼현비각을 찾았다. 당번 친구와 함께 대빗자루를 들고 가서 비각 뜰앞을 숙제 삼아 쓸고 왔다. 초등학교 때까지는 아버지 심부름으로 석유를 사러 대구말에 갔다가 그저 한두 번 스쳤던 곳이다. 영화 〈국제시장〉에 나오는 것처럼 애국가 소리가 들리면 동작 그만하고 태극기가 게양된 학교를 향해 가슴에 손을 얹고 노래가 끝나기만을 기다리던 시절이다.

고향을 떠난 지 만43년 지금, 덕대산이 보이는 대곡의 연구소에서 밀양(密陽) 천년의 인물 역사와 문화를 마무리하고 있다. 생각해보면 어릴 적에 어렴풋이 접한 진양 하문(河門)의 내력과 향현(鄕賢) 기억이 국문학 연구자의 길로 이끈 잠재적 동인이 아니었나 짐작해본다. 본서는 이 두 가지를 확장한 것이다. 밀양의 유구한 역사와 함께 한 가문으로는 어떤 성씨가 있으며, 밀양의 지역성을 일군 문화자산으로 무엇이 있는가를 통시적으로 살펴보고자 했다.

세상에 변하지 않는 것은 없다. 숙명인 주역(周易)의 역사 속에서 정체성의 실체를 규명해야 하고, 정체성이 고정 개념이 아니기에 미래지향적 시각에서 접근해야 한다. 소위 생성적 관점에서 과거를 상상하고 미래를 기억해야 한다. 밀양의 과거를 어떻게 상상할 것인가. 어떤 사람들이 살았고, 그들이 남겨놓은 유무형의 문화자산이 무엇이며, 후속 세대에게 어떤 가치를 전수할 것인가에 대한 문제로 귀착된다. 곧 과거를 진지하게 고찰하고 미래를 올바르게 전망하는 연구의 현재가 되어야 한다는 뜻이다.

밀양 고전학(古典學)은 여느 지역학과 마찬가지로 인물계보 연구가 핵심이다. 지역문화를 주도한 인물의 위상은 지역 내의 사회관계망에서 구체적으로 이해할 수 있기 때문이다. 그러자면 가문별 입촌 내력과 확장 과정을 면밀하게 들여다봐야 한다. 족보나 문집 자료를 일차적으로 활용하고 아울러 집성촌의 분포지를 조사해 문헌 내용을 보철할 때에 한층 세밀한 객관적 실체를 얻을 수 있다.

밀양의 고문헌을 입수하고 분석해 기초 정보를 얻었다. 그리고 밀양문화원에서 발간한 『밀양지』, 『밀양누정록』, 『밀양지명고』는 동족집단 개요를 구성하는 데 요긴하게 쓰였다. 2018년에 이어 2021년 1월부터 집중적으로 답사해 성씨별 세거지 분포 현황을 파악했다. 밀양 800$km^2$의 약 600여 자연마을에 흩어진 유적을 찾아 골목골목 샅샅이 뒤졌다. 승용차를 지프차처럼 몰고 동서남북의 구석진 비탈길까지 기꺼이 누비며 1만 수천 장의 사진을 찍었다. 가능한 색감이 좋고 구도가 괜찮은 사진을 책에 싣기 위해 같은 곳을 최소한 두 번 이상 방문했다. 550여 장의 사진은 발로 뛴 생생한 자취이다. 스마트폰이 없었으면 불가능한 일이었고, 집필 막바지에는 타이어도 교체했다.

현지를 답사하면서 코로나로 마을 사람을 만나지 못해 집성촌 성격을 파악하기가 힘들었다는 점이다. 왕래하는 사람이 적은 농촌 마을에 그마저 경로당과 쉼터가 폐쇄되었고, 그렇다고 무턱대고 집으로 들어갈 수 없거니와 외부인 접근을 반기는 사회 분위기도 아니었다. 지금은 조금 나아지기는 했지만 족보나 문헌 조사를 사전에 꼼꼼히 챙겨두지 않았으면 현장 답사 의미를 살리지 못할 뻔했다.

한편으로는 현지에서 성씨 관련 새로운 정보도 얻었다. 부북면 무연리의 선산김씨 옥봉재와 동래정씨 문중회관, 삼랑진읍 청학리의 나주정씨 고원재, 율동리 무곡의 충주지씨 무산재, 행곡리 안촌의 밀양박씨 안양재와 충주한씨 문중회관과 나주정씨 문중회관, 단장면 범도리의 달성서씨 삼화재와 안무릉의 경주김씨 세경재, 상동면 신곡리 양지의 장연노씨 영훈재와 도곡리 솔방의 청도김씨 청송정, 산내면 임고리 임고정의 재령이씨 건모재, 초동면 대곡리 파평윤씨 경모재, 무안면 동산리의 분성배씨 모본재 등은 기존 문헌에 없는 재실이다. 이 중에는 근래 건립된 것도 있지만 밀양 전체 집성촌 현황을 파악하는 데 빠뜨릴 수 없는 문중 사적이다.

답사하면서 세월의 급격한 흐름을 실감했다. 한때 북적대던 재실이나 강학소가 쓰러져갈 지경에 놓인 예가 더러 있었고, 이미 잡초에 묻혀 건물이 거의 퇴락해 차마 책에 싣지 못한 재숙소 분암(墳庵)도 있다. 긍정적인 신호의 경우로 기존 재사를 대신해서 최신 형태의 회관을 건립해 집안 결속을 도모하는 문중도 있었다.

성씨별로 누정 경영이나 문집 저작과 관련 있는 인물들의 정보를 소상히 제공했다. 밀양 문화 역량을 심도 있게 이해하고, 전통자산을 문화콘텐츠로 활용하는 데 계보 지식이 절대적으로 필요하다고 판단했기 때문이다. 입향조와 시조나 파조의 관계, 입향조로부터 해당 인물의 족보상 위치, 생몰연대, 양자 및 통혼 관계를 밝히기란 여간 까다로운 일이 아니다. 이를 위해 부산시민도서관, 밀양족보도서관, 인제대도서관의 온오프라인을 부지기수로 방문했다. 인내심을 갖고 일일이 족보를 찾아 대조했으며,

밀양 중심으로 서술하다 보니 성씨별 분량 차이는 불가피했다. 열람에 협조해준 분들과 답사 때 낯선이를 따뜻하게 맞이해주신 마을 어른들께 감사의 말씀을 전한다.

특히 과거를 연구하는 현재의 시점에서 미래에 전승할 밀양의 중요한 인문가치는 양심과 충절의 정신일 터이다. 이런 관점에서 근대 이전의 밀양문학사를 서술했고, 나라를 위해 희생한 독립지사들의 가계와 공적을 약술했다. 계보를 구체적으로 확인하지 못해 싣지 못한 인물도 있다. 아쉬운 부분은 차후에 보완하도록 하겠다.

본서의 구상 계기는 2018년 밀양문학회에서 기획한 밀양고전문학사이다. 정해진 분량이라 많은 부분을 다루지 못해 언젠가는 저서로 출판하려는 마음을 두고 있었다. 그리고 2020년 재부밀양향우회에서 밀양 성씨를 소개해 달라는 청탁을 받았다. 사정상 싣지 못하게 되어 단독 출간을 앞당기게 되었다. 따지고 보면 국문학을 본격적으로 연구하면서부터 내가 생장한 밀양 고전학을 써보려고 했다. 본서는 오래된 생각의 결과물이다. 그리고 이제 시작이다.

끝으로 답사를 동행한 아내의 눈물을 기억한다. 8월말 처음으로 출력해 링제본한 원고를 트렁크 위에 얹어 둔 것을 깜빡 잊고서 운전하다가 한참 뒤 없어진 것을 알았다. 길을 되돌아오며 눈을 닦고 찾았으나 무효였다. 교정한 부분도 여러 곳인데 참으로 난감했지만 포기할 수밖에 없었다. 아내에게 전화하고 한참 뒤 등짝이 따끔함을 느낌과 동시에 소파에 누운 나를 발견했다. 아내 '띠앗' 장혜선(蔣惠先)의 손에는 링 제본이 있었다. 손맛이 그렇게 반가울 줄이야. 고마운 아내다.

2021년 11월 1일

묵계(默溪) 근지(謹識)

밀양 천년의 인물계보와 고전학



1판 1쇄 인쇄_2021년 11월 10일
1판 1쇄 발행_2021년 11월 20일

지은이_하강진
펴낸이_양정섭

펴낸곳_경진출판
등록_제2010-000004호
이메일_mykyungjin@daum.net
사업장주소_서울특별시 금천구 시흥대로 57길(시흥동) 영광빌딩 203호
전화_070-7550-7776 팩스_02-806-7282

값 40,000원
ISBN 978-89-5996-833-6 93810